# El Inmortal

# El Inmortal

por
## Traci L. Slatton

TRADUCCIÓN DE ELEONORA ESCUDERO

parvati
press

Título original: Inmortal
Traducción: Eleonora Escudero

© 2008 Traci L. Slatton. Reservados todos los derechos
© 2008 por la traducción Eleonora Escudero. Reservados todos los derechos.
© 2012 Parvati Press. Reservados todos los derechos.

ISBN 978-0-9846726-5-3 (Paperback)
ISBN 978-0-9846726-4-6 (eBook)

Parvati Press
New York, NY 10024
www.parvatipress.com
email: parvatipress@gmail.com

# Para

*Jessica*

*Naomi*

*Madeleine*

*Julia*

y

*Sabin*

# RECONOCIMIENTOS

Me gustaría agradecer a mi maravillosa editora en Bantam, Caitlin Alexander, que es responsable directa de muchas de las fortalezas de este libro. Sus valiosas sugerencias, que muchas veces fueron brillantes, han servido de molde y guía para esta novela desde el comienzo.

También quisiera dar las gracias a Martha Millard, por su arduo trabajo, su dedicación y el entusiasmo que mostró por esta obra. Y agradecer a Matt Bialer su respaldo y sus valiosas sugerencias.

Hay muchas otras personas a las que debo expresar mi afecto y gratitud por brindarme aliento, apoyo y sugerencias en el camino, entre las que se incluyen, entre otras: Dani Antman, Thomas Ayers, el clan Baldwin completo en 110, Lynn Bell, Bill Benton, Adrienne Brodeur, Paul Brodeur, Kim Bunton, Silver Cho, Johanna Furus, Stuart Gartner, Dr. Henry Grayson, Dan Halpern, Rita y Myron Hendel, Harrison Howard, Geoffrey Knauth, Drew Lawrence, Rachel Leheny, Jennifer Weis Monsky, Matthew y Miyoko Olszewski, Chris Schelling, Komilla Sutton, Gerda Swearengen, Vincent Vichit-Vadakan, y Arthur Wooten. Gracias a Ronnie Smith, Barbara Pieroni y al equipo dedicado de Writer's Relief, Inc. Hago llegar mi afecto y gratitud a la gente espléndida de BBSH healers listserve. Lorine «Granny Bee» Adkerson y Judy Poff me acompañan por siempre en mi corazón.

Los profesores Michael McVaugh y James Beck tuvieron la amabilidad de responder a mis preguntas. No son responsables de ningún error que pueda aparecer en estas páginas. Frederic Morton y Judy Sarafini Sauli me ayudaron con los materiales de investigación; Wendy Brandes Kassan leyó un borrador y me aportó sus comentarios. ¡Gracias a todos!

Quiero agradecer a mi madre, Jo Slatton, que crió a una lectora, y que me respalda con su aliento y el consejo sabio, «Writers write» («Los escritores escriben»).

Sin Jessica Hendel, este libro no habría sido posible. Leyó los dos primeros capítulos y me dijo: «Tienes que escribir el resto, mamá. ¡Quiero saber qué sucede con Luca!».

Naomi Hendel y Julia Howard me han alentado incansablemente. Madeleine Howard es una fuente de inspiración constante. Y agradezco a mi esposo, Sabin Howard, que tiene todos los libros que uno se pueda imaginar sobre el Renacimiento y que comparte el «¡Sí!» conmigo.

# Epígrafe

Jesús dijo: «Cuando saquéis lo que hay dentro de vosotros, eso que tenéis os salvará.

Si no tenéis eso dentro de vosotros,
eso que no tenéis dentro de vosotros os matará».

*El Evangelio según Tomás, 70*

# 11 de junio de 1324

Su Excelencia:

Le ruego me sepa disculpar por llamar su atención a un asunto que, en principio, puede parecer de poca monta. Sin embargo, mi conciencia y la orden de mi confesor, además de la promesa que hice hace mucho tiempo, en mis días de juventud, al mismísimo Santo Padre, me obligan a relatarle una experiencia que me aconteció en el mercado de Florencia. Mientras compraba ciertas frutas de estación, se me aproximó una mujer que sollozaba. Era dueña de una belleza celestial, su cabello era del color de los albaricoques maduros, es decir, dorado con vetas rojizas, y me preguntó si había visto a su hijo, que apenas era un bebé. La dama dijo que lo habían perdido de su casa. Hablaba con un acento singular y vestía finas ropas, lo que me confirmó que debía de pertenecer a alguna nobleza extranjera. Le respondí que no había visto al niño, y ella se marchó deprisa con un grupo de personas que la protegían. Estas personas hablaban con un acento que yo había escuchado en mi juventud, cuando viajé con el mismo Arzobispo Pierre Amiel para supervisar la honrada cruzada del Santo Padre, el Papa Inocente, contra los herejes del Languedoc y hacer colapsar la Sinagoga de Satán en Montségur.

Sentí la necesidad de acercarme a un hombre joven, con quien entablé una conversación cordial en la que pregunté por la mujer y su esposo. El joven confesó que él y sus compañeros profesaban la creencia en el conocimiento directo de la naturaleza de Dios, comenzando por uno mismo, pues conocerse uno mismo como la chispa de luz atrapada dentro de la materia es conocer la naturaleza y el destino de la humanidad. Sabía que lo que escuchaba era profano y peligroso, y que ningún cristiano podría escuchar esas ideas sin arriesgar su alma, pues se trataba de una herejía diabólica diseñada para seducir a los bienintencionados, denunciada por los antiguos padres de la Iglesia que buscaban protegernos. Sin embargo, no manifesté sorpresa alguna, pues deseaba conocer el alcance de la vileza que debíamos enfrentar. El joven me susurró que la pareja noble era muy singular, que formaba parte de los elegidos, pues habían nacido de sangre incorruptible.

He llegado a esta edad avanzada de noventa años, y guardo un secreto que se me confió cuando era un jovencito en Montségur. A mi edad, hace tiempo espero el llamado a los pies de Nuestro Señor, y no tengo ningún deseo de llevar la carga de este secreto por más tiempo. Os lo ruego, es necesario encontrar a este niño perdido, secuestrarlo hasta que llegue a la adultez, cuando el cuerpo lo delatará con signos, tanto sutiles como demoníacos. Llevará en el pecho la marca de la sangre hereje, eso será su condena. Mi miedo más terrible es que sea uno de aquellos cuyo ser carnal cuestiona a nuestra Sagrada Madre Iglesia, amenazando su misma existencia como única fuente de la voluntad de Nuestro Señor sobre la tierra. Instigará creencias en la mente de los hombres que mancillarán las almas de generaciones enteras. En efecto, si permitimos que esta abominación deambule libremente, el mundo entero se hundirá y se destruirá. Se generarán pestes y flagelos que acabarán con la mayor parte de la humanidad. Debemos detenerlo.

Le presenta a Su Excelencia sus más humildes y cordiales saludos, como siempre.

Fr. Juan

# PARTE I

# Capítulo 1

Me llamo Luca y me estoy muriendo. Es cierto que todos los hombres mueren, que las ciudades entran en decadencia y los principados desaparecen, y que brillantes civilizaciones enteras se extinguen en finas hebras de humo gris. Sin embargo, yo he sido diferente, pues he tenido la bendición y la maldición de un dios que ríe. Estos últimos cien años, he sido Luca Bastardo y, aunque poco conocía de mis orígenes, sabía que estaba exento del llamado de la muerte. No era obra propia; mi vida simplemente fluía a través de la resplandeciente ciudad de Florencia como el volátil río Arno. El gran Leonardo da Vinci una vez me dijo que la caprichosa naturaleza se deleitaba al crear a un hombre de juventud interminable para ver cómo el espíritu aprisionado en el cuerpo luchaba con el anhelo de regresar a su fuente. Yo no tengo la sagacidad del maestro, pero en mi humilde opinión, mi vida ha divertido al Señor. Y si no fuera por la mano del inquisidor que dice actuar en su nombre, la vida seguiría haciendo uso de mí.

Pero ahora, las quemaduras y los huesos rotos, la gangrena que me corroe la pierna y me invade con su hedor a carne putrefacta, coartan el tiempo que me queda. Qué más da. No es mi intención caer en alardes interminables sobre los grandes amigos cuya amistad cultivé, las bellas mujeres que acaricié, las batallas que libré, las maravillas que vieron mis ojos y mi único amor incomparable. Tales cosas son ciertas y han signado mi vida, del mismo modo que la abundancia y el hambre, la enfermedad y la guerra, la victoria y la vergüenza, la magia y la profecía. Pero no son el motivo por el que cuento mi historia. Mi historia debe ser contada con otros fines. La ofrezco a aquellos cuyas almas anhelan conocer el alma del mundo. De casi dos siglos de vida se puede aprender lo que realmente importa, lo que es en verdad valioso en esta tierra, y con qué música la voz del dios que ríe hace a un lado la ironía y se convierte en un canto inmortal.

Nunca supe de dónde vine. Es como si me hubiera despertado en las calles de Florencia en 1330, como un niño ya crecido de nueve años. Siempre fui de contextura más pequeña que la mayoría, quizá porque nunca tuve suficiente para comer, pero estaba alerta todo el tiempo, por pura necesidad. En esos días, dormía en recovecos y debajo de los puentes, y durante el día recogía monedas que se le caían a la gente. Rogaba limosnas a las mujeres acaudaladas y deslizaba los dedos en los bolsillos de los hombres bien vestidos. Estiraba un trapo para que los ancianos descendieran de los carruajes los días de lluvia. Vaciaba los urinales en el Arno y limpiaba los cepillos de los mozos y los deshollinadores. Me subía a los tejados para reparar las tejas de terracota. Hacía recados para un comerciante que sabía que yo era rápido y confiable. En ocasiones, le seguía los pasos a un sacerdote, recitando Ave Marías y largos fragmentos de la Misa en latín, porque era un imitador natural y podía repetir todo lo que escuchaba, lo que divertía al sacerdote, quien caía en un acto de caridad cristiana poco común. Hasta dejaba que algunos de los hombres mayores me acariciaran debajo del puente, conteniendo el aliento mientras me refregaban las manos lascivas contra la cara y el cuello, la espalda y las nalgas. Cualquier cosa con tal de obtener una moneda para comer. Siempre estaba hambriento.

Uno de mis pasatiempos favoritos era rebuscar en el suelo del mercado en busca de fruta que se hubiera caído de los puestos y carros de los vendedores. Por lo general, la dejaban abandonada por estar golpeada, sucia y no tener ningún valor, pero yo nunca fui tan melindroso; siempre creí que algunas manchas sólo hacían que algo fuera más interesante. En ocasiones, encontraba algunas monedas en el suelo y, una vez, un brazalete con perlas engarzadas que, después de venderlo, me alcanzó para pan y carne salada durante un mes. No podía visitar el mismo mercado demasiado tiempo seguido, pues los *ufficiale della guardia* siempre estaban a la búsqueda de los granujas como yo y, si nos encontraban, nos golpeaban o algo peor. Pero semana de por medio, solía ir temprano a uno de los tantos mercados que servían a los cien mil habitantes de Florencia y me dejaba deslumbrar por las mercancías ofrecidas. Los mercados eran voluptuosos, en cuanto a los aromas y también al aspecto: manzanas rojas de aroma dulzón, albaricoques de olor intenso, hileras doradas de panes de corteza crocante que exudaban la cálida fragancia de la levadura, barriles de granos crujientes, sabrosas nueces en cubas de miel, patas de cerdo curadas en hierbas, costillas rosadas de carne vacuna, cortes pálidos de tierna carne de cordero que olían a lavanda silvestre, gruesas fetas de queso aromatizado y panes de mantequilla color crema. Satisfacía mis sentidos de la vista y el olfato, al tiempo que me hacía la promesa de, algún día, darme un banquete que saciara todos mis sentidos. También calculaba cómo conseguir bocados preciosos inmediatamente. Hasta unas pocas migajas podían aplazar la noche insomne de un estómago vacío. Cada bocado era importante.

En ese entonces, mi familia estaba conformada por otros dos pilluelos a los que había cobrado afecto, Massimo y Paolo. Massimo tenía un pie zopo, orejas caídas y un ojo lechoso que se desviaba en todas direcciones, mientras que Paolo tenía la figura oscura de un gitano, lo que era razón suficiente para segregarlos a las calles. El astuto Massimo afirmaba que yo debía de ser el hijo de la esposa de un noble con el fraile de la familia, que no era un contratiempo inusual. Él era quien, entre risas, me había apodado «Luca Bastardo».

«¡Por lo menos, no te asfixiaron!», se mofaba. Habíamos visto suficiente cantidad de recién nacidos muertos en las alcantarillas como para saber que no eran palabras vanas. Sin importar cuál fuera mi historia, era afortunado de estar vivo. No tenía ningún defecto físico, salvo que era pequeño y escuálido. No tenía ninguna deformidad. Mi aspecto hasta era agradable. Muchas veces me dijeron que mi cabello rubio y mi piel color melocotón eran hermosos, y que el contraste con mis ojos oscuros era cautivador. No era el tipo de cosa que me agradaba escuchar, cuando me acariciaban los hombres mayores. Ocupaba la mente soñando en comida hasta que dejaban de jadear. Luego, tomaba sus *soldi* y compraba panecillos y trozos de pescado curado para calmar el hambre y el desasosiego.

Esos días tempranos eran inseguros, pero estaban colmados de intenciones simples: alimentarme, mantenerme abrigado y seco, reír y jugar siempre que surgiera la oportunidad. Había una pureza en mi vida que sólo sentiría en otra ocasión, más de un siglo después, y atesoraría con pasión esos años más tardíos porque sabía cómo se podía desintegrar la vida.

Como un mozuelo de las calles, me entretenía con juegos de tablero que compartía con el astuto Massimo y en competencias de lucha con el fuerte Paolo, que tenía un temperamento apasionado que se condecía con su herencia gitana. Mis hermanos adoptivos siempre me ganaban, hasta un día en que Paolo y yo nos metimos en una reyerta con unos muchachos de clase alta. Jugábamos en la verde Piazza Santa Maria Novella, en el sector occidental de la ciudad, junto a las altas paredes de piedra gris. Era un bello día de primavera; soplaba una leve brisa debajo del interminable cielo azul, que jugueteaba en olitas sobre la superficie plateada del Arno; era la tarde previa al festival de la Anunciación. A los poderosos

y entusiastas dominicos les agradaba predicar allí, pero ese
día, la *piazza* había sido copada por hordas de gente: niños
que corrían y jugaban; mercenarios llamados *condottieri* que
hacían apuestas entre silbidos; grupos de mujeres chismosean-
do, rodeadas de sus hijas; trabajadores y comerciantes de la
lana que salían a almorzar; escribanos y banqueros que
inventaban recados para poder, también, disfrutar de la
inusual calidez de ese sol durante *Marzo pazzo*, Marzo loco.
Un grupillo de niños de la nobleza corría de un lado a otro,
practicando esgrima con el derecho que les otorgaba la seguridad de su posición social. No podía evitar sentir envidia por
ellos, pues tenían todo lo que un florentino podía desear:
buena comida y ropa de calidad, destreza para la esgrima y la
equitación, y la certeza de un matrimonio conveniente que
fortaleciera su posición social.

Usaban *mantelli* de fina lana y empujaban y esgrimían
sus espadas bajo la mirada atenta de su instructor de esgrima,
que era famoso en Florencia por su destreza estratégica con
la espada. Me acerqué con sigilo para poder escuchar las instrucciones que les daba; tenía sed de conocimiento, y recordaba todo lo que oía. El travieso de Paolo tenía otra idea en
mente. Cogió un palo del suelo y me embistió con él, riendo
salvajemente e imitando a los muchachos.

—¡Bastardo, defiéndete! —gritó Massimo desde cierta distancia, arrojándome un palo. Lo atrapé en el aire y me
di la vuelta justo a tiempo para detener el golpe de Paolo. Me
salvé por un pelo; Paolo no había tenido intención de lastimarme, pero no era muy lúcido y solía dejar moretones.
Ahora sonrió, y me imaginé que quería divertirse un poco a
costa de los niños ricos, de modo que me incliné en una reverencia, y él hizo lo mismo. Levantamos nuestras espadas falsas y baileteamos el uno alrededor del otro, imitando a los
hijos de los nobles, mofándonos con ademanes exagerados y
pavoneos vanidosos. Un grupo de *condottieri* que estaba cerca
prorrumpió en una carcajada áspera llena de desprecio, que

hizo enfurecer a los muchachos nobles.

—¡Demos una lección a estos bastardos callejeros! —gritó el chico más alto, y comenzó el ataque. En ese mismo instante, Paolo y yo estábamos rodeados de cinco espadas de madera que embestían nuestros palos. Los *condottieri* ovacionaban. Paolo era fuerte como un toro y derribó a dos de los muchachos. Yo no tenía su fuerza, de modo que eludía los golpes, saltando fuera del alcance de las espadas. Paolo cayó, con la nariz ensangrentada. Me invadió la ira y salté hacia los muchachos que tenía frente a mí. Blandí mi palo en el aire, atacando con torpeza, y el palo se quebró al medio. Se escucharon risotadas burlonas. Ahora los *condottieri* se reían de mí. Esto me enfureció aún más y ataqué desenfrenadamente con lo que quedaba de mi palo. Fue una decisión estúpida. Los muchachos me atacaron por los lados, al mismo tiempo. Me arrojaron de espaldas; me dolían las costillas y no podía respirar. Los *condottieri* reían a carcajadas.

—Muchacho, vas a lograr que te maten —dijo un anciano, inclinándose sobre mí. Para entonces, se había juntado un grupo de gente considerable para observar la reyerta. No había nada que los florentinos disfrutaran más que una contienda desequilibrada, y se congregaban más espectadores con cada minuto que pasaba.

—¡Esos niños lastimaron a mi amigo! —exclamé—. ¡Y se ríen de mí! —Señalé a los *condottieri*.

El anciano era de baja estatura, fornido y de aspecto sencillo, pero sus vivaces ojos parecían absorber todo al mismo tiempo y comprenderlo al instante.

—Los hombres ríen porque Dios ríe y, en este instante, se está riendo de ti —afirmó, con una mirada clara de empatía. Nadie me había mirado antes de ese modo; era una mirada que me hacía sentir casi una persona real, y sus palabras quedaron grabadas en mi corazón. Dios se ríe, pensé, maravillado, sí, tiene sentido si se tiene en cuenta lo que vi en las calles. Esas palabras pronunciadas hace tanto tiempo, en efecto, han dado sentido a mi vida entera.

—No me gusta que nadie se ría de mí —respondí, sorbiéndome los mocos—. ¡Pero quiero que esos mozos dejen de molestarnos a mi amigo y a mí!

El anciano se encogió de hombros.

—Ese palo roto que tienes da lástima.

—¡Es todo lo que tengo!

El hombre sacudió la cabeza y se acuclilló a mi lado.

—Muchacho, las cosas concretas que puedes sostener en la mano nunca son todo lo que tienes. Son la menor de tus posesiones. Las cualidades que tienes en tu interior son las verdaderas armas que tienes para defenderte.

—¡No tengo cualidades! ¡Todo lo que tengo dentro es la calle! —protesté.

—¡Si es así, es una calle florentina! Los florentinos tenemos grandes almas. Somos imaginativos, creativos, tenemos espíritu; somos excelentes artistas y mercaderes. Es por eso que somos famosos por nuestro agudo ingenio y nuestra inteligencia, nuestro *ingegno*. ¡Debes tenerlo; de lo contrario, no sobrevivirías en las calles! —Hubo un destello en sus ojos, que repararon en mis harapos y mi suciedad sin juzgarlos—. Cuando tus contrincantes te superan en fuerza y en número, cuando enfrentas un desafío, debes buscar en tu interior y encontrar ese *ingegno* y ponerlo en práctica.

—¿Cómo? —Abracé mis costillas doloridas. El amable desconocido de ojos vivaces sonaba tan seguro de sí, que me convencí de que lo que me decía era de suma importancia.

—Vi que escuchabas al instructor de esgrima antes de que estos *fracas* comenzaran la pelea. Eres astuto, si sabes que debes prestar atención a los que saben más que tú. Puedes encontrar una estrategia alternativa, algo inesperado, para defenderte. La sorpresa, la estrategia y el subterfugio, ¡he ahí tus armas! —Me aferró el hombro, para darme aliento.

—¡Vamos, niña bastarda! —espetó uno de los muchachos nobles—. ¡A ver cómo esgrimes tu palo roto!

—¿Contra los tres? —pregunté en voz baja al hombre. El miedo me heló la sangre y tuve que hacer un esfuerzo para evitar que me temblara la barbilla—. ¡Son fornidos y están bien alimentados!

—*Ingegno.* —El anciano se encogió de hombros. Yo asentí y me puse de pie. Él me dio una palmadita en el hombro.

—¡Aquí vamos, niñita! —Uno de los muchachos pateó el palo roto en mi dirección. En lugar de cogerlo, lo miré de soslayo e hice un ademán de pánico fingido. No era una exageración; estaba aterrado. Los tres muchachos acabarían conmigo si me atrapaban. Nos rodeaba un grupo de curiosos; la hilera irregular de *condottieri* estaba de pie del lado de los nobles, que me enfrentaban en un grupito cerrado dentro del círculo que formaban los espectadores. Gritando como una niña, corrí alrededor de los chicos y por detrás de los *condottieri*, como si estuviera huyendo. La multitud se desternilló de risa al verme salir corriendo, y yo aproveché para quitarle la daga a un *condottiere* desprevenido. Le quité el cinto con un movimiento rápido y ensayado que él ni siquiera sintió. Luego, salí desde detrás de la hilera de soldados con la daga en alto.

—¡Mirad! ¡El pequeño bastardo tiene una pequeña espada bastarda! —se mofó uno de los *condottieri*. Estaba comparando mi baja estatura con el largo de la daga, que era semejante a la poderosa *spada da una mano e mezza*, la espada larga que también se conocía como espada bastarda. Los demás mercenarios aullaron de risa ante la astucia.

Los tres muchachos nobles sólo se quedaron mirando la daga, mientras yo corría a ponerme al lado de Paolo, que seguía en el suelo salpicado de sangre, gimiendo.

—¡Vamos! —los desafié, gesticulando con el filo de la hoja—. ¿Quién quiere sentir el golpe de mi palo roto ahora? Vosotros sois tres, de modo que podéis derribarme, ¡pero soy rápido y os heriré antes! —Era un discurso ambicioso para mi estatura, pero lo decía en serio. Cautelosos y súbitamente inseguros, los muchachos se quedaron inmóviles y callados. Ninguno quería sentir el filo de la daga. Era algo que mantenía las distancias. Era un empate.

—Venga, muchachos, ya os habéis divertido bastante; vuestro instructor ahora querrá entrenaros —exclamó con aspereza el anciano, permitiendo que los muchachos se retiraran con dignidad. Éstos mascullaron, reticentes, pero dejaron caer las espadas y se arrodillaron para ayudar a sus compañeros. El instructor de esgrima, un hombre barbudo y fornido con brazos y muslos musculosos, se acercó y me dio una palmada tan fuerte en el pecho que perdí el equilibrio sobre los pies.

—Astuto —sonrió—. Puedes venir a ver cada vez que entrene a estos zopencos. Aunque a cierta distancia. —Hizo una reverencia con la cabeza en dirección al anciano y murmuró—: Maestro. —El anciano inclinó la cabeza hacia él, y luego se volvió hacia mí.

—Lo que tienes en tu interior es la puerta que conduce a todo —me dijo con una sonrisa—. Recuérdalo.

—Quizá Dios no se ría tanto de mí si uso el *ingegno* —sugerí tímidamente, admirado de la atención que me prestaba ese desconocido que inspiraba respeto hasta de un famoso maestro de esgrima.

—Dios sólo ríe, muchacho; no se ríe de ti. Tiene algo que ver con la vida como una divina comedia. —Se acarició la barba—. Ahora, devuelve la daga al soldado, o tu *ingegno* te hará ganar unos buenos coscorrones. —Yo me reí y corrí hasta el desventurado *condottiere*. Le ofrecí la daga con la empuñadura hacia él, y éste la cogió con una elaborada reverencia, con la mano en el corazón y la cabeza inclinada. Le devolví la reverencia, imitándolo, y los *condottieri* volvieron a reír, esta vez con aprobación. Casi mareado del orgullo que me invadía, corrí a ayudar a Paolo, que se esforzaba por sentarse. Le extendí la mano y éste se incorporó con una sonrisa.

—Espada bastarda; eso sí que es gracioso —afirmó, pues en ese instante comprendió la broma. Yo intercambié una mirada con Massimo, quien hasta ahora había permanecido de pie a un lado, fuera de la acción.

—Vayamos a la ribera y juguemos a los dados —sugirió Massimo—. Robé algunos de uno de los *condottieri*, mientras os miraban. ¡No se dará cuenta por mucho tiempo!

—Oh, no —se quejó Paolo—. Detesto jugar contigo, Massimo; siempre pierdo. —Hizo un gesto lastimoso con la boca y frunció el ceño.

—Sí, pero siempre ganas en la lucha —respondió Massimo con satisfacción. Era cierto, y pensé que a Paolo le costaría más ganar sus batallas ahora que el consejo del anciano acerca del *ingegno* estaba en mis pensamientos. Luego, me di cuenta de que podía usar el consejo del anciano con Massimo también; el *ingegno* era una herramienta que se adaptaba a muchas ocasiones. Miré alrededor para agradecer al hombre, pero estaba lejos; ya había pasado por los bellos arcos de taracea verdes y blancos de la iglesia de Santa Maria Novella, aún sin terminar. Él debió de haber sentido que yo lo miraba, pues se dio la vuelta y alzó la mano a modo de despedida. Yo le devolví el gesto, antes de que desapareciera en el interior de la iglesia.

Massimo se inclinó hacia delante, moviendo las orejas.

—También robé unas monedas, ¡así que podemos comprar algo para comer mientras jugamos!

—Claro, ya que tú invitas —dije yo, en tono travieso, y Paolo volvió a reír.

—¡Claro que hoy invito yo! —aceptó Massimo. Era generoso cuando le daba la gana, aunque atesoraba sus ganancias cuando no era así. Hoy compartiría, con la condición de que jugáramos alguno de los juegos de tablero que le gustaban tanto. Había encontrado el tablero de ajedrez y varias piezas de Alquerque y ajedrez de las pilas de basura arrojadas detrás de los *palazzi*, y nos había enseñado a jugar, aunque Paolo no tenía la astucia necesaria y yo prefería trabajar para ganar dinero y comprar comida. Massimo había aprendido el juego de los gitanos, a quienes les divertía la combinación de su fisonomía desencajada y su mente ingeniosa. Por una temporada, lo adoptaban como objeto de su fascinación, y luego siguieron su camino, como hacen los gitanos, sin llevarlo con ellos. A Massimo le agradaba contar anécdotas de los momentos que había pasado con ellos, e insistía en conservar sus costumbres. Él y yo solíamos sentarnos fuera de una *bottega* de sedas en los días soleados para jugar unas cuantas horas. Después de aceptar el consejo del anciano en la *piazza*, me convertí en un contrincante digno, con estrategia reservada. Elegía jugadas lentas, seguidas de repentinos cambios osados que sorprendían a Massimo y lo dejaban quejándose de su derrota. Massimo, tan listo como era, nunca llegó a apreciar el valor de lo inesperado. Lo mismo sucedía con la predilección natural de Paolo por la lucha. Él me tenía aferrado con fuerza, pero yo gritaba «¡*Ecco, ufficiale!*» y me soltaba un poco para darse la vuelta a mirar, dándome oportunidad de escurrirme y hacerle una zancadilla. Luego, yo salía corriendo como un perro que huye de su amo malhumorado y con botas pesadas. Al igual que Massimo, Paolo quería ganar, pero a diferencia de éste, me daba una paliza cuando no lo hacía.

Cuando llegaba el invierno, los tres compartíamos la comida, los harapos y nos acurrucábamos juntos para entrar en calor. Cuando teníamos más hambre de lo habitual y, por lo tanto, nos volvíamos más arriesgados en nuestra búsqueda de alimento, trabajábamos juntos para conseguirlo. Yo entretenía con conversación a una anciana bien vestida, inventando algo para mantenerla ocupada, mientras Massimo, con sus dedos rápidos y suaves, le quitaba unas monedas de la bolsa. O Paolo se arrojaba debajo de las ruedas de un carro y fingía que lo habían atropellado, mientras

Massimo y yo amenazábamos al conductor, insistiendo en que armaríamos un escándalo para atraer a los *ufficiali*, sacerdotes y espectadores, a menos que nos diera unas monedas. Teníamos muchos planes por el estilo para asegurarnos una comida, y el tiempo, como un río de corriente rápida, transcurría entre esas búsquedas ingeniosas hasta el día en que la caprichosa suerte se hizo presente su golpe y cambió el rumbo de mi vida para siempre.

Ese día decisivo de otoño, yo estaba más hambriento de lo habitual. Fue después de una semana tormentosa de lluvia persistente y relámpagos que sacudían el aire frío. Pasamos la semana arropados debajo del escudo de armas de Guelf en la iglesia de San Barnaba en el atestado antiguo barrio de San Giovanni, que era el corazón de Florencia. Más tarde ese día, fui al Mercato Vecchio, cuando los *ufficiale* solían estar agrupados en las tabernas tomando vino. Ni siquiera me detuve a codiciar las mercancías del *Mercato*, pues no estaba de humor para soñar; lo único que sentía era el estómago vacío desde hacía cuatro días. Di vueltas alrededor del pabellón del carnicero, mirando de soslayo a ver si veía a la policía, pero la embriagadora mezcla de aromas de los alimentos, frutas, vinos y aceites me dio coraje. Un buen aceite de oliva emana un aroma intenso con un amargo dejo de sabor a nuez, y los higos disecados huelen como la carne en miel. Merodeaba entre los puestos y recorría con los ojos el suelo embarrado para detectar cualquier mercadería caída. Al mismo tiempo, buscaba un blanco fácil entre el bullicio de clientes abrigados para protegerse del impredecible clima de otoño. Pronto, vislumbré a una anciana nerviosa y a su nieta, una niña, que estaban vestidas de manera sencilla pero no pobre, sin criada que las siguiera ni les llevara las compras: perfecto. Estarían concentradas la una en la otra y en las mercaderías, demasiado ocupadas comprando, tanteando las verduras, oliendo los melones, y contando los *dinari* como para percatarse de una mano que se llevaba una *paniota*.

Las seguí, manteniendo la distancia. Luego acercándome un poco. La niña tendría unos nueve años, como yo, aunque era más regordeta y mucho más inocente. Tenía el pelo ondulado color castaño atado con un lazo rojo, y el rostro ovalado, igual que su abuela. Hasta se movían de manera similar, con la misma inclinación de la cabeza y gestos similares de las manos. Por un momento, envidié la evidente cercanía que había entre ellas. Siempre había querido tener una familia. Las personas más cercanas que tenía eran Massimo y Paolo, que me golpearían para sacarme mi botín sin dudarlo si veían que tenía algo deseable. Luego, vi que la abuela regateaba el precio de unos pasteles, y el sentimiento me abandonó como una cáscara descartada. No hay nada como el hambre para focalizar el pensamiento.

Mi atención estaba fija en las dos mujeres cuando alguien me dio un empujón en el hombro. Era Massimo, que pasaba a mi lado, y proferí un gruñido. Seguramente iba tras la mujer y su nieta. Yo no estaba dispuesto a cedérselas y me volví a enfrentar a mi amigo. Me miró socarronamente, como si estuviera disculpándose, con los ojos azules desviados hacia arriba y las orejas caídas ondulantes. Luego, me señaló con el dedo:

—¡Ladrón! ¡Este mozo es un ladrón! —gritó.

Mis pies estaban acostumbrados a salir disparados, pues esa era la educación que había tenido hasta entonces, pero me quedé tan pasmado por la acusación de Massimo que no pude reaccionar. La niñita se volvió a mirarme, boquiabierta por la sorpresa. Alcé las manos y gesticulé para aplacar a Massimo, porque sus gritos estaban llamando la atención,

—¡Ladrón, ladrón! —exclamó con más fuerza. Yo di un paso atrás, para caer en los brazos de un *ufficiale della guardia*.

—¡Te atrapé, ladronzuelo mugriento! —gruñó el *ufficiale*.

—¡No soy ladrón! —protesté.

—Mire en su camisa —lo instó Massimo—. ¡Vi que se guardaba algo allí!

—No tengo nada —exclamé yo. Pero sentí un suave roce contra el pecho cuando Massimo se inclinó hacia mí, acusándome y señalándome, y el corazón me dio un vuelco. Ahora había algo allí. El *ufficiale* metió la mano en la faja destrozada que me ajustaba la camisa.

—¡Un anillo de sello! —exclamó el *ufficiale*. Lo alzó, mostrando el destello del oro entre sus dedos gruesos—. ¿De dónde sacaste esto, sinvergüenza?

—¡Yo no lo tomé!

—Es mío —anunció una voz altanera. La muchedumbre que me rodeaba se sumió en un silencio que hedía a desagrado. La abuela colocó a su nieta detrás de ella. La gente se abría paso, como si hubiera visto una víbora venenosa, para dejar pasar a un hombre delgado y bien vestido—. Estaba en mi monedero hace un momento. Este ladronzuelo me lo robó del bolsillo.

—Señor, es la primera vez que lo veo —protesté, pero el *ufficiale* me dio un golpe en la oreja, y se me tapó el oído. Mi cabeza se sumió en el dolor y un zumbido insistente. El hombre que me acusaba de robarle el anillo dio un paso hacia mí, y yo retrocedí, asustado. Dejando una oleada de perfume a su paso, acercó su rostro al mío, hasta que pude verle las marcas de acné en las mejillas delgadas y las cepilladas de su barba oscura y cuidada. Tenía el mentón puntiagudo y protuberante, y una nariz angulosa y afilada como un cuchillo. Giré la cara, asqueado, y traté de zafarme de los brazos del *ufficiale*.

—Mírame, ladrón —jadeó. Yo desvié los ojos para mirarlo. La comisura de la boca se le arqueó en una sonrisa de satisfacción—. Eres exactamente lo que necesito, mi querido niño perdido —asintió, luego se incorporó.

—Me robó algo que es más valioso que su vida miserable —afirmó Bernardo Silvano—. Ahora me pertenece. Puede trabajar hasta pagar su deuda. Será un castigo justo para los de su clase. —La multitud de dispersó en silencio, y Silvano me clavó los dedos en los hombros—. Átelo —ordenó al *ufficiale*, que sacó una soga gruesa con la que me ató las muñecas detrás de la espalda. Yo protesté y el *ufficiale* me volvió a dar un coscorrón en las orejas. Un hilillo de sangre me corrió por la oreja derecha. Miré a Massimo, horrorizado e incrédulo, pues lo había considerado un hermano. Éste se negó a levantar su mirada bizca. Los demás espectadores se dieron la vuelta, pues el asunto estaba resuelto, aunque no a su satisfacción. Silvano se inclinó y tomó la mano de Massimo entre las suyas. Con la otra mano, casi como en una caricia, Silvano dejó caer algo en la palma de Massimo. Se vio el destello del metal, y Massimo se apuró a llevar el florín contra su pecho. Un florín entero; eso lo alimentaría durante un mes. ¿Eso era lo que valía yo, las comidas de un mes?

—¡No, Massimo! —rogué.

Massimo me miró:

—¡Yo gano! —susurró. Luego, salió corriendo.

El *ufficiale* me empujó hacia Silvano.

—¡Lléveselo! —gruñó—. Para que no se siga metiendo en problemas.

—Los problemas no me interesan. Tengo otros planes para él —respondió Silvano con frialdad. Sentí el sabor de la bilis en la boca. Nunca me había sentido tan solo y asustado. Me retorcí para zafarme de Silvano, pero sus dedos largos y suaves ocultaban una fuerza asombrosa, y me sostenía de la soga que me ataba las muñecas. Las hizo girar hacia arriba, poniendo los brazos en una posición no natural. El dolor me recorrió los hombros y solté un gemido, al tiempo que caía de rodillas. Miré alrededor para ver si había alguna forma de escapar, de pedir ayuda, pero no había nadie. Todos habían vuelto a sus asuntos. Una anciana pedía limosna con voz quejosa; la conocía de debajo del Ponte Vecchio, hasta había compartido algunas sobras con ella. Ahora, ni siquiera me miraba. Massimo había desaparecido; Paolo no estaba a la vista.

Pensé, con amargura, que el anciano de la Piazza Santa Maria Novella tenía razón, que Dios se reía. Y que su risa era cruel y estaba cargada de la peor de las burlas.

Silvano me levantó de las muñecas, instándome a avanzar.

—No es lejos; podemos caminar —afirmó—. Apenas debemos atravesar las murallas de la ciudad. Estoy seguro de que sabes dónde queda mi bello establecimiento: todo el mundo lo conoce.

Pensé en los cuerpos descartados, algunos con cortes, siempre jóvenes, que arrastraba el Arno desde su establecimiento.

—La gente no usa la palabra «bello» para describir su establecimiento.

—¿Y la gente qué sabe? La belleza está en todas partes, en todas las cosas, y adopta las formas más variadas —replicó con tono alegre. Se puso a silbar una melodía a medida que avanzábamos por las calles. Traté de zafarme violentamente en dos ocasiones, y las dos veces me atrapó por las sogas que me ataban las muñecas y tiró con maldad de los brazos hasta que pensé que me los dislocaría. Una vez, me arrojé al suelo, con la intención de que me arrastrara. Se inclinó y me dio un golpe en la oreja lastimada, de modo que la sangre comenzó a caer por el cuello, y luego me levantó por las sogas. Di un paso hacia delante. El atardecer cayó sobre el horizonte como un *mantello* rosado sobre una túnica azul. A medida que se desvanecía la luz del día, el Ponte Vecchio, con sus casas de piedra y madera agrupadas como tantos nidos, obstruía el cielo del atardecer como una cinta negra que se extendía por una vastedad de seda amarilla. La ciudad se expandía en armonías de grises y ocres, y más allá las colinas de Fiesole ya estaban envueltas en las sombras índigo de la noche. Su belleza hacía una agonía exquisita del destino que me esperaba. Mi estómago se rebelaba y palpitaba de terror y, a pesar del dolor, tropezaba y me dejaba caer tanto como me atrevía, desesperado por prolongar la caminata. Silvano tenía paciencia, al tiempo que retorcía con pericia la soga para torturarme las muñecas y las manos, y luego empujándome para que avanzara cuando yo gritaba de dolor. Después de un rato, llegamos a las murallas de la ciudad, a un *palazzo* cuya fachada inmaculada contradecía todo lo que sucedía en su interior. Yo no conocía los pormenores con exactitud; nunca había querido saberlo. Desde luego, había presenciado todos los tipos de fornicación en las calles, pero ese lugar representaba un nivel más profundo y oscuro de pecado carnal. Sabía por las conversaciones susurradas con Paolo y Massimo que la puerta que ahora se abría para tragarme pertenecía al burdel más famosamente depravado de toda la Toscana.

# Capítulo 2

Me sentí abrumado por el silencio denso y cargado que nos recibió. Me asustaba tanto como Silvano; sentí ganas de replegarme sobre mí mismo y esconderme. No estaba acostumbrado al silencio. Las calles de Florencia nunca eran silenciosas. Siempre había sonidos: la risa de los borrachos, amenazas obscenas proferidas a gritos antes de una reyerta, el relincho de los caballos, el aullido de los perros, el tañido de campanas en la torre de la Badia Fiorentina, las exclamaciones de las prostitutas, las ruedas de los carros sobre las calles empedradas, los martillazos sobre los yunques en la herrería, el roce entre las embarcaciones que se mecían en el Arno, la basura que era arrojada por las ventanas y caía con un ruido húmedo al empedrado, el trajín de los obreros al trabajar la piedra de la nueva y enorme iglesia de Santa Maria del Fiore, que todos decían coronaría la ciudad algún día, los pregoneros que anunciaban sus noticias con trompetas, músicos que cantaban y tocaban la gaita o la *viola da gamba* al anochecer. Hasta de noche, las calles vibraban con sonidos. Yo lo esperaba. Más aún, el bullicio se había convertido en parte de mí, como las hebras entretejidas de una capa hacen a la textura de la tela. De modo que ese silencio que me invadió al entrar al burdel de Silvano no era natural; era ponzoñoso. Me resultaba extraño, a pesar de que yo mismo era una criatura extraña, sin familia ni nombre.

Silvano me empujó hacia dos mujeres corpulentas que esperaban en el vestíbulo.

—Alimentadlo y limpiadlo; huele a alcantarilla. Ponedlo en la antigua habitación de Donato. Trabajará esta noche.

Las mujeres asintieron y una me cogió del hombro. Tenía rostro con forma de luna, surcado por la desesperanza, pelo castaño oscuro y ojos perezosos inyectados en sangre. Su aliento olía a vino y ajo. La otra mujer, más joven y de tez más pálida, tenía una extraña marca roja en la mejilla. La mujer más joven desató la soga para soltarme las muñecas. Mientras me las frotaba para aliviar el dolor, observé cómo ella recogía del suelo los pedazos de soga caídos. A través de su sedosa camisa blanca, vi que tenía la espalda surcada de franjas rojas de las que se había levantado la piel.

—Sacadle los piojos —indicó Silvano, mientras se marchaba—. Está destinado a una clase alta. Y curadle la oreja. La mercadería dañada pierde valor.

Ninguna de las mujeres habló mientras me conducían por el *palazzo*, que parecía envuelto en sombras. Las ventanas estaban cubiertas con telas pesadas y se veían las llamas titilantes de las velas altas, pero, aun en la oscuridad, pude ver que estaba amoblado suntuosamente. Las paredes estaban decoradas con elaborados tapices tejidos y maravillosos muebles de madera tallada, y había cofres pintados que adornaban los recodos. A pesar de mi pavor, no pude evitar mirar todo, boquiabierto. Muchas veces había espiado por las ventanas para saciar mi curiosidad sobre cómo vivían las otras personas, las personas de verdad, pero en realidad nunca había entrado a un *palazzo*. Observé todo con atención. Vislumbré pesados candelabros y tapetes afelpados, pero no vi a ninguna otra persona, salvo por un instante en que percibí fugazmente una silueta menuda que se deslizaba tras una puerta. Las mujeres no me permitieron demorarme, sino que me llevaron directamente hasta un atrio bien iluminado con antorchas y faroles. Nos esperaba una amplia tina llena de agua caliente. La mujer de cara de luna me condujo a la tina y desató la faja que rodeaba mi camisa. Yo no estaba acostumbrado a un trato tan íntimo y retrocedí. Me horrorizaba la posibilidad de que me desvistiera una extraña. No tenía forma de saber que me esperaban vejaciones mucho peores. Sin inmutarse ni decir nada, la mujer persistió, hasta sacarme la faja y la camisa, seguidas de los pantalones. Cuando hubo terminado, todo lo que yo tenía en el mundo quedó hecho una pequeña pila de harapos mugrientos; hasta yo veía que estaban plagados de insectos. Avergonzado, me tapé con las manos. La mujer más pálida desapareció y regresó trayendo un pequeño frasco de aceite de oliva y un poco de tela. Cogí la botella y tomé un largo trago del aceite verde. Era espeso y casi sabía dulce al paladar, por lo que proferí un gruñido.

—No, todavía no —susurró la mujer, cogiendo una vez más la botella, con suavidad pero con firmeza. Hizo un gesto en dirección a su compañera más madura, que me tomó la cabeza y la inclinó. Luego, la mujer más pálida dejó caer unas gotas de aceite de oliva en el oído lastimado. El aceite se deslizó lentamente por el canal, y se apagó el ardor que sentía en la cabeza. La mujer sacó un pedacito de la tela, armó una bolita y me tapó el oído con ella. Luego, me indicó que me metiera en la tina.

—¿Qué tienes aquí? —le pregunté, tocándole la marca que tenía en la mejilla. Unos rizos de su trenza rubia me rozaron los dedos.

—Una marca de nacimiento. No te preocupes; no es de las que son el beso del diablo —afirmó.

—No creo en el diablo —le dije—. Un hombre me dijo una vez que Dios se ríe, y creo que la risa de Dios es tan cruel que no hay necesidad de que exista un diablo.

—Calla, muchacho, no digas esas cosas, ni siquiera aquí. —Me señaló la tina.

—¿Cómo te llamas? —le pregunté mientras me metía en el agua. Me senté y me envolvieron los círculos del agua tibia. Era mi primer baño. Por supuesto, había nadado en el Arno en los días de verano, pero era para refugiarme del calor sofocante. El objetivo no era la limpieza cuando tenía que eludir semejante cantidad de menudillos y excrementos.

—Yo soy Simonetta, y ella es María. —Sacó un cepillo de cerdas de una bandeja ubicada junto a la tina, al igual que María, la de la cara de luna. Las dos cogieron barras de jabón de lejía, las sumergieron en el agua, y se pusieron a enjabonarme y frotarme con los cepillos. Yo gritaba y trataba de quitarme el jabón, porque me hacía arder la erupción de la piel y las abrasiones de las muñecas. María me pegó en los nudillos con la parte de atrás del cepillo y dejé de resistirme. El agua de la tina se volvió turbia y se enfrió. Me enjabonaron la cabeza, con cuidado de no mojarme el oído lastimado. Por último, me sacaron de la tina. Yo seguía cubierto de jabón, y me enjuagaron con cubos de agua. Algo hizo que se me erizara el pelo de la nuca. Alguien me observaba. Escudriñé los oscuros rincones del atrio hasta que vi a un joven debajo de una espaldera cubierta con una parra.

—¡Ey! —exclamé, tapándome con las manos.

—No temas —dijo el joven—. Soy Marco. Siempre doy la bienvenida a los nuevos. —Las mujeres miraron alrededor, nerviosas, pero siguieron trabajando conmigo, cepillándome y enjuagándome. Marco salió de entre las sombras. Era varios años mayor que yo. Era alto y de caderas estrechas, con cabello negro y ojos oscuros, enmarcados por pestañas de un largo absurdo. Era muy bello; su rostro se parecía al de las muñecas de porcelana que había visto en las bolsas de los vendedores ambulantes. Traía algo en la mano—. ¿Eres el chico de la calle?

—Luca —respondí—. Luca Bastardo.

—No te sientas mal por eso; todos somos bastardos por aquí —dijo, entre risas—, y cosas peores. ¿Tienes hambre? —Me arrojó lo que tenía en la mano. Era un pequeño pastel, que atrapé en el aire, agradecido, y devoré en un instante. Marco suspiró—. Hace tiempo que Silvano pensaba traerte, sabes. Estaba esperando que le fueras útil, y la semana pasada se deshizo de un chico que no trabajaba bien.

—¿Por qué yo? —pregunté, intrigado.

—Creo que conocía a tus padres. —Marco se encogió de hombros—. Mencionó a una hermosa mujer de la nobleza con el cabello como el tuyo. Vino desde Florencia en busca de su hijo y lloraba mientras le preguntaba a la gente si lo había visto. Silvano siempre se reía de eso.

—Tuve padres que me buscaron... —dije yo, preguntándome si sería cierto.

—Por supuesto que sí, y eres afortunado; mis padres me dejaron aquí. Les dieron tres florines por mí. Es lo máximo que Silvano ha pagado por ninguno de nosotros.

Tragué el último bocado del suave y sabroso pastel y me chupé los dedos.

—A mi amigo Massimo sólo le dieron un florín por mí.

—Yo valía más que tú porque no estaba cubierto de mugre y piojos —se mofó Marco, enarcando las cejas negras de manera juguetona. Yo fruncí el entrecejo y él se encogió de hombros—. Qué buen amigo el tal Massimo.

Ahora me tocó a mí encogerme de hombros. La gente hace lo que debe para sobrevivir. Las calles de Florencia me habían enseñado eso. No debería de haberme sorprendido, salvo de que Massimo no me hubiera vendido antes. Yo no podía darme el lujo de confiar en los demás. Quizá alguna vez había tenido padres, pero desde que tenía memoria, había estado solo de un modo que la gente, la gente real, no conocía.

—¡Al menos no me vendieron mis propios padres! —dije.

—¡Al menos, yo conocí a mis padres! —retrucó Marco, sonriendo—. ¿Alguna vez trataste de encontrar a los tuyos?

—Nunca se me ocurrió hacerlo —admití—. Simplemente, me alegraba de que no me hubieran estrangulado o ahogado.

—A veces, pienso que sería mejor si mis padres me hubieran matado en lugar de venderme a Silvano. Quizá si no hubiera sido tan bello... —La cara de muñeca de Marco se contrajo con desesperación, como si en realidad estuviera hecho de porcelana, como si no fuera un ser vivo. Era una mirada que observé a menudo en la cara de los chicos de ese establecimiento.

Con suavidad, me atreví a preguntar.

—¿Se pasa muy mal aquí?

—Muy mal, pero te alimentan bien —dijo, sin emoción—. No puedes trabajar si no estás bien alimentado. Pronto te va a golpear. No llores ni grites demasiado; eso le gusta. Hagas lo que hagas, ¡no te resistas! Y no grites. Sólo te golpeará más.

—Me han golpeado antes y nunca grité —respondí, con cierto orgullo. No era una niñita débil, que grita al menor dolor. Había soportado muchas veces los puñetazos de Paolo cuando sabía que yo tenía pan o carne y él los quería. Solía esconderme cuando tenía algo valioso. Las paredes quemadas del antiguo mercado de granos del Orto San Michele, o los soportes de madera del Ponte Santa Trinita eran buenos escondites. Habría dado cualquier cosa por estar allí ahora. Conocía todos los escondites de Florencia, todos los pasadizos secretos y atajos. Recuperé parte de mi fe en el *ingegno* y alcé la barbilla—. ¡No dejaré que me golpee! Y aunque lo haga, no me quedaré aquí por mucho tiempo. Encontraré la manera de escapar.

—No hay forma de escaparse de Silvano.

—Algo se me va a ocurrir. Usaré el *ingegno* —afirmé con seguridad—. Me fugaré.

—Te encontrará y te traerá de regreso.

—Si Silvano sabe quiénes son mis padres, los encontraré y ellos me protegerán —afirmé con vehemencia—. O me esconderé. ¡Conozco todos los escondites de Florencia!

Nadie puede protegerte de Silvano. —Marco me miró con lástima—. No hay forma de abandonar este lugar. Ya lo verás. Debes aprender que, si no haces lo que él quiere, será muy difícil para ti. Te lastimarán. Te podrían matar. Le gusta matar.

—En el Arno, los cadáveres... —comencé a decir. Maria y Simonetta me estaban poniendo una poción con fragancia floral, que me frotaban con guantes ásperos. Me habían dejado el jabón de lejía en la cabeza, como si fuera una máscara, para matar los piojos y me picaba el cuero cabelludo por el calor, pero me recorrió un escalofrío. Recordé haber visto el cuerpo de una joven mujer, apenas mayor que una niña, flotando en el río. Había sido famosa, una bella y deseable cortesana. Todos sabían que había vivido allí. Al bajar, el agua dejó ver los cortes del rostro, los jirones de piel flotando entre los mechones de cabello, y las manos, horriblemente quemadas, que se extendían sobre el agua y terminaban en muñones chamuscados.

—Cuando alguien hace algo que le disgusta, monta un espectáculo. Siempre de manera sangrienta. No lo hagas enfadar. Por favor, Luca, sigue mi consejo. Pareces una persona interesante, alguien con quien podría hablar, que podría sobrevivir aquí, como yo. No lo hagas más difícil para ti.

Me quedé mirando a Marco fijamente. Su expresión era seria. Con la única excepción del anciano de la Piazza Santa Novella, que me había aconsejado que usara el *ingegno*, nadie me había dicho que me cuidara. Y allí estaba Marco rogándome que lo hiciera, como si fuera importante, como si yo importara. Massimo, mi hermano de la calle, no había sentido lo mismo.

—¿Por qué te importa lo que me suceda? —pregunté.

—Porque me importo yo mismo —respondió Marco, dando la vuelta y caminando por la sala—. Hace ocho años que estoy aquí. Aprendí a mantenerme vivo. La mayoría de los chicos se hace pedazos; se marchita y muere. Yo sigo vivo pues protejo lo que tengo en mi interior. Eso es todo lo que tenemos aquí y, si no somos cuidadosos, lo que nos obligan a hacer lo termina matando.

—Yo no creo que haya mucha bondad en la gente —afirmé, escupiendo las palabras.

—Algunas personas son buenas. Los clientes, no. Ésa es una de las razones por las que soy amable con los demás chicos. Me diferencia de los clientes. Me da una razón para vivir. —Alzó la cabeza elegante como si hubiera oído algo—. ¡Cuídate, Luca! —Me saludó con la mano y desapareció una vez más entre las sombras.

—Shh, trabajemos —dijo Simonetta por lo bajo. Un escalofrío de miedo me recorrió la nuca, pero cuando me di la vuelta no vi nada. Los ojos de la mujer se desviaron hacia una ventana y yo seguí su mirada, pero estaba vacía, como un espejo sin nadie detrás. La ausencia sugestiva me aterrorizaba más que si Silvano hubiera estado de pie frente a mí. Traté de contener el impulso de cubrirme. Si él sabía que yo era consciente de que me estaba mirando, quizá eso podría disgustarle.

Las últimas nubes cargadas se habían desvanecido, dando paso a las estrellas, cuando Simonetta y Maria finalmente dieron un paso atrás para estudiarme. El pelo me caía por la espalda en una cortina lacia de color rubio rojizo, hasta los omóplatos. Me habían exfoliado tanto la piel que había adquirido un tono rosado en todo el cuerpo, y desprendía una suave fragancia almizclada. Me llevé el codo a la nariz e inhalé, oliéndome, sintiendo mi piel. ¿Seguía siendo yo? Nunca había imaginado que podía verme u oler de ese modo. Simonetta se humedeció el pulgar con la lengua y me lo pasó por la ceja izquierda. Los vellos internos de esa ceja se erizaban; lo había visto antes, en una mañana sin viento en la que el caprichoso Arno estaba liso y plateado y me devolvía el reflejo de la cara. Simonetta frunció el ceño ante mi ceja, y luego se encogió de hombros. Maria me extendió una *camicia* amarilla sedosa y yo me la puse, aliviado de no estar desnudo. Me condujeron de regreso por el *palazzo*.

Tomamos otro corredor, tan opulento como el anterior, y llegamos a un salón comedor. Sobre la mesa, había un cerdo asado con una manzana en la boca, un plato de ave asada, un cuenco humeante con sopa de alubias, una pequeña rodaja de pan y una canasta con higos y uvas. El sabroso aroma del romero y la grasa crocante perfumaban el ambiente. Corrí hasta la mesa y tomé la sopa, sorbiéndola ruidosamente. Seguramente estaba deliciosa; la comida de ese lugar siempre lo estaba, pero sólo me importaba calmar el dolor que me retorcía la sangre y el estómago. Luego, ataqué la carne de ave, arrancando un muslo con una mano y un trozo de carne de pechuga con la otra. Estaba por coger el segundo muslo, cuando oí a Silvano detrás de mí:

—Comes como un perro hambriento.

Me quedé helado, con los dedos aún aferrando la carne tierna y caliente del ave suculenta. Lentamente, retiré la mano y me volví para enfrentar a Silvano, que se encontraba de pie en el umbral, sosteniendo un pesado saco de seda que hacía oscilar de un lado al otro como si fuera un péndulo. Dio un paso hacia mí, escudriñándome. Con la mano libre, me levantó un rizo del pelo recién lavado y lo dejó caer. Un escalofrío comenzó a recorrerme la columna, pero lo sofoqué antes de que pudiera convertirse en un estremecimiento.

—Te sienta bien estar limpio —afirmó, con una sonrisa satisfecha—. Sabía que así sería. —Dibujó un pequeño círculo con la mano de modo que el saco onduló en un ángulo más amplio. Emanaba de él un placer tan maligno que mis ojos, sin quererlo, se dirigieron al saco, que era irregular y abultado en el fondo.

—Hay reglas en este establecimiento. Reglas que hay que seguir en todo momento. —Su mano se movió un poco más rápidamente y el saco cobró velocidad—. Estarás limpio y callado todo el tiempo —continuó. Y luego, giró la muñeca, con un movimiento apenas perceptible, ensayado, y la bolsa se dirigió hacia mí. Me golpeó las costillas con una fuerza que me sacudió.

Abrí la boca para gritar, y las palabras de Marco reverberaron en mi mente: «No grites; ¡sólo te golpeará más!» De modo que exhalé lentamente, con la boca abierta. El saco seguía girando. Silvano no había terminado. Iba a volver a pegarme. No pude evitarlo. A pesar de las advertencias de Marco, corrí a la otra punta de la mesa. El pánico me estremecía cada extremidad, cada vena. No existía nada más que el miedo al dolor. Silvano rió y me siguió, hasta acorralarme contra la pared.

—Complacerás a los hombres que te visiten. —El puño de Silvano se sacudió, y el saco aterrizó en mi vientre. Caí de rodillas, invadido por las arcadas—. Haz lo que se te diga, ¡o te mataré! —Me pegó una y otra vez. Los ojos se me llenaron de lágrimas, pero no emití sonido alguno. Después de un rato, sus amenazas adoptaron un tono desilusionado. Me arrojó el saco, frustrado, y luego se marchó de la habitación. Yo me quedé tumbado de lado, aferrándome el abdomen. Las lágrimas me caían por la nariz, había vomitado lo que había comido un momento antes y, sí, alrededor de las piernas había un charco de orina. Desde ese momento, siempre sentí respeto por el dolor. Puede despojar de dignidad al hombre más fuerte.

Cuando pude ver a través de las lágrimas, observé que Marco estaba arrodillado a mi lado.

—Un cliente salió de mi habitación y vi que Silvano se marchaba, de modo que vine a ver cómo estabas. Estaba preocupado; algunos chicos no sobreviven a la primera paliza. Pero estuviste bien; no gritaste.

—Me lo hice encima como una niñita, y vomité como un perro —me quejé, gimiendo mientras me ayudaba a levantarme.

—Pero no gritaste, y era tu primera vez —me consoló Marco—. Hasta yo grito a veces, y soy el que mejor tolera el dolor. —Me entregó una copa de plata llena de vino. La cogí con manos temblorosas, agradecido por su amabilidad—.

Bébelo todo, Luca —me instó—. Simonetta te limpiará y te llevará a tu habitación. Descansa. Más tarde, Silvano enviará un cliente a tu habitación. Sólo quédate ahí tumbado. Eso es todo lo que quieren, al principio. Quédate ahí tumbado y respira. —Incliné la cabeza sobre la copa de vino, con la esperanza de que Marco no viera las lágrimas que caían sobre la superficie púrpura del líquido.

—¿Qué hay en el saco? —pregunté.

—Florines de oro —respondió Marco—. Duelen, pero no hacen cortes. Vamos, bebe; te aliviará el dolor. Te dará fuerzas.

Logré tragar con dificultad.

—Habría sido mejor si hubiera muerto en la calle.

—No puedes pensar de ese modo. Te acostumbras. El tiempo pasa —dijo Marco con suavidad—. Vamos, eres el Bastardo que usa el *ingegno*; eso es lo que me dijiste.

—¿De qué me sirve el *ingegno* aquí, ahora? —pregunté, aspirando por la nariz.

—Puedes usarlo para pensar en algo que te ayude a sobrevivir, como encontrar a tus padres. —Se puso de pie—. Debo irme. El próximo cliente debe de estar esperando. Tengo privilegios especiales, porque hace mucho tiempo que estoy aquí, pero si llego tarde, Silvano me golpea. Y no me deja fácilmente, como lo hizo contigo. —Se marchó deprisa con su paso largo y gracioso, y Simonetta y Maria entraron a la habitación, trayendo trapos, cepillos y una camisa limpia.

Casi no tuve tiempo de mirar en derredor y descubrir la cama y la pequeña cómoda. La cama estaba cubierta con un cobertor de seda roja que se extendía sobre sábanas amarillas de tela de cáñamo. Levanté las sábanas y vi un lujo inimaginable: un colchón. Era finito y, a través de un agujero en uno de los extremos, vi que estaba relleno de crin de caballo, pero nunca había dormido antes sobre un colchón. Había un ventanal, pero estaba tapado con pesados cortinajes, como todas las demás ventanas de ese oscuro *palazzo*. Unas cuantas velas altas proyectaban una tenue luz sin gracia que distorsionaba las sombras. Ésa era mi habitación. Nunca había tenido una habitación. Luego, se abrió la puerta y di un salto para alejarme de la cama cuando entró un hombre de pecho ancho y largo cabello ondulado, con canas en la barba. Llevaba ropa costosa y calzaba botas de cuero de becerro. Era un hombre conocido, que presidía el gremio de los armeros, y a quien había visto en el mercado. O más bien, lo había visto mirándome en el mercado.

Me sonrió con lascivia y me imaginé cómo se habría sentido el ave asada cuando yo la contemplaba en el salón comedor. Me abrumaron el terror y la humillación, y retrocedí contra la pared. En las calles, podía salir corriendo cuando uno de los hombres que me había pagado una moneda para tocarme se volvía demasiado insistente; pero allí, no había escapatoria. El corazón me latía con fuerza. Miré la habitación, desesperado, pero no había adónde ir. El armero se acercó hacia mí. Le temblaban las manos. Le aparté las manos, pero era fuerte y me rodeó con un grueso brazo, para inmovilizarme los brazos a los lados del cuerpo y arrancarme la camisa. Me resistí, pero no se dio cuenta.

—Tan suave, tan bello —murmuró, con el aliento gorjeándole en la garganta—. Tan joven. —Se llevó la mano a los pantalones y luego me empujó boca abajo sobre la cama. Yo me debatía furiosamente. El hombre me apoyó la rodilla en la espalda para que me quedara quieto. Era peor que la muerte. Grité y grité, sin dejar de gritar con todas mis fuerzas, incluso cuando me quedé sin aliento. Me resistí a pesar de que Silvano me había indicado claramente que me mataría si lo hacía. En ese momento, hubiera preferido que me mataran. Sentía demasiada humillación como para llorar, y sólo pude cerrar los ojos y rezar por que me llegara la muerte. Me di cuenta de que Dios se reía de mí una vez más, y de que Él era demasiado cruel e indiferente como para dejarme morir, como le había pedido.

Fue en ese momento cuando aprendí que la burla de Dios a veces trae consigo atisbos de gentileza, pues Él me arrojó un atisbo de gracia. De manera súbita, milagrosa, toda la ciudad de Florencia se extendió ante mis ojos, más allá del *palazzo*. Podía alejarme del burdel de Silvano. Podía dar un paso hacia cualquiera de mis lugares favoritos de las calles de la ciudad. Pero no me dirigía hacia allí sólo con la mente, sino con todo mi ser. Las fronteras entre lo físico y lo imaginario se disolvieron, y la realidad se infiltró en ambos reinos. Se produjo un salto sobrenatural, primero de mi imaginación, luego de mis sentidos y, por último, al ver los pigmentos de los frescos, oír las suaves voces del coro y oler la piedra húmeda, de todo mi ser, hacia la monumental Iglesia de Santa Croce. La Resurrección de Drusiana en la vida del Evangelista se extendía ante mis ojos. Una vez me había agachado en los bancos cerca de un sacerdote que contaba la historia en una clase de catecismo, y relataba cómo Drusiana había amado tanto a San Juan y había seguido sus mandamientos con tanto ahínco que el santo la había resucitado en el nombre del Señor. Me entusiasmaba que una devoción semejante pudiera generar la salvación, y decidí que, algún día, yo también demostraría ese tipo de amor. Quizá no por un santo, pues los santos no querrían saber nada de una gentuza como yo; quizá no por una persona, aunque anhelaba ser de cuna noble y pertenecer a una familia y tener una esposa propia; quizá sólo por la pintura.

La pintura que tenía delante merecía mi veneración. Cada detalle era vibrante y bello, desde las emociones variadas de los rostros de la multitud hasta el cielo azul que se arqueaba sobre ella. Las caras asombradas e incrédulas eran naturales y realistas. Si tocaba con el dedo una mejilla o una ceja, sentiría el calor de la piel. Era como si el artista hubiera pintado gente de verdad, agrupada alrededor de San Juan, y yo fuera uno de ellos, observando cómo la fe se recompensaba con la renovación de la vida. El artista debió de haber dado un salto hasta ese momento maravilloso para poder plasmarlo de ese modo, al igual que yo ahora.

Se cerró la puerta y el cliente se marchó. Me desplomé en el suelo, volviendo de Santa Croce con un golpe seco. Tenía la cara empapada en lágrimas, la bilis me subía a la boca y un líquido rojo y blancuzco me caía por las nalgas. Me arrodillé en el suelo para limpiarme la sangre. Luego, me quedé ahí tumbado, desolado pero respirando una vez más, dolorido, mirando fijamente el cielorraso. Sabía que el armero sólo había sido el primero. Habría otros. Nunca tendría un buen pensamiento sobre mí mismo otra vez. A lo sumo, lo único que podía esperar era seguir vivo.

Después de un tiempo (nunca supe cuánto, porque el tiempo había cambiado para mí, y nunca sería el mismo), entró Simonetta con una toalla y agua. Me ayudó a levantarme y me limpió con movimientos rápidos, ensayados. Luego, con ojos tristes, me besó la frente con suavidad.

—¿Marco? —susurré. No confiaba del todo en él, aunque quería hacerlo, pues el chico tenía *ingegno* y conocía ese lugar. Él sabría qué decirme para sobrevivir después de lo que me había pasado. Simonetta negó con la cabeza.

—Traeré comida —susurró a modo de respuesta. Al menos, no moriría de hambre allí.

Los incontables días que siguieron a esa noche horrible fueron una seguidilla de comidas, baños, trabajo y sueño. Me sentía tan escindido de mi cuerpo que el ritmo estaba allí presente, pero no así el paso del tiempo. Cuando trabajaba, emprendía una travesía. Por lo general, a la Iglesia de Santa Croce, donde pasaba mucho tiempo estudiando los frescos. Descubrí detalles de ellos que no había registrado cuando los vi en persona: la graciosa postura de un par de manos unidas en una plegaria, la devoción en un rostro fiel, las estrellas que titilaban en un cielo azul tan vasto que por poco me zambullía en él... Las pinturas estaban siempre allí para mí, del mismo modo en que lo estaba una familia para otra persona. Yo podía pertenecerles, y ellas a mí, de un modo que me sostenía. Lo que me había dicho el anciano fuera de la Santa Maria Novella era cierto, por increíble que pareciera: el portal estaba en mí. Cuando la belleza me llamaba, se abría el portal, y yo podía trasladarme adonde fuera. Me sentí afortunado.

En ocasiones, veía figuras oscuras en las escaleras, o siluetas que se escondían detrás de una puerta, pero además de los clientes, cuyos rostros intentaba no mirar, y de Simonetta y María, no veía a nadie. Silvano nos obligaba a permanecer encerrados en las habitaciones la mayor parte del tiempo. Siempre que podía, espiaba desde la puerta de mi alcoba cuando no estaba cerrada con llave, y pude ver que había *condottieri* al final de un corredor. Cuando me llevaban a tomar un baño, vi otros *condottieri* que patrullaban los terrenos aledaños al burdel; la única forma de salir de allí era pasar frente a ellos. Simplemente, no había escapatoria. El silencio, el aislamiento y la sensación opresiva de estar atrapado me hacían sentir triste, solitario y, muchas veces, aburrido. Estaba acostumbrado al bullicio y a la compañía ruidosa de Paolo y Massimo. Estaba acostumbrado a la libertad de las calles. Un día, al atardecer, Marco finalmente se aventuró hasta el atrio. Me sentí complacido de verlo.

—¿Cómo va, Luca? ¿Has encontrado a tus padres ya? —preguntó, en un tono jovial que contradecía el moretón negro amarillento de su mejilla.

—Sí, me vienen a buscar mañana en un carruaje de oro con doce caballos blancos.

—¿Me llevas de paseo? —retrucó Marco, con su sonrisa presta—. Soy tan guapo que seré un adorno para el carruaje. —Le dediqué una sonrisa sardónica—. Te traje un dulce —me dijo, arrojándome algo—. Aunque ya estás más regordete ahora.

—A los clientes no les gustaría que no fuera más que piel y huesos. Les gusta que sea un niño inocente —observé, mientras chupaba el caramelo.

—Creí que eras Luca Bastardo, el de las calles, no tan inocente —dijo Marco con una sonrisa.

—A ellos no les importa quién soy.

—Tienes razón; no les importa. Darte cuenta de eso es el primer paso para sobrevivir. Así que, continúa engordando. Complacerás a Silvano. Yo me voy a dar un paseo a la Piazza Santa Croce.

—¿Vas a salir? —pregunté, perplejo, incorporándome a medias en la tina.

—Silvano me concede algunos privilegios, porque hace mucho que estoy aquí y hago bien el trabajo. Y porque los chicos se ven mejor cuando hacen cosas afuera. Se parecen a los niños de verdad, ya sabes. A los clientes les gusta.

—¡No sabía que alguno de nosotros podía salir de aquí! ¡Podrías irte de Florencia, escaparte para siempre!

—Debo regresar.

—Yo no lo haría —respondí, en voz baja. Simonetta alzó su amplia cara cansada y me clavó la mirada.

—Yo traté de escapar una vez —me dijo suavemente—. Antes de llegar aquí, estaba ahorrando para poner una sastrería con mis primos. Yo era costurera, y era muy buena. Mis primos me vendieron a Silvano a cambio de dinero para abrir la tienda. No les gusté a los clientes, pues no soy guapa. Pero era buena cuidando a los niños y cosiendo prendas, de modo que Silvano se quedó conmigo. Un día, los *condottieri* que custodian la puerta se emborracharon y se quedaron dormidos, así que me escapé. Silvano me atrapó en la puerta y me golpeó. No pude volver a entrar. Me dejó allí fuera sangrando toda la noche, y luego me volvió a arrastrar adentro.

Sentí horror ante la idea de la corpulenta y dulce Simonetta sufriendo tanto.

—Eres bonita para mí —dije ferozmente, acariciándole la mano. Ella me cogió la mano y la frotó con ternura contra su mejilla.

—Nadie es más guapo que yo —afirmó Marco, alzando la nariz de manera exagerada, lo que hizo que Simonetta y yo sonriéramos. Marco me despeinó el cabello—. No te preocupes, Luca, eres casi tan guapo como yo, ¡pero es tu *ingegno* lo que hace que me agrades! —Luego se puso serio—. Simonetta es afortunada. Los cuerpos flotando en el río, eso es lo que suele hacer cuando alguien intenta escapar.

—Tiene que haber alguna manera —protesté—. Hay escondites, y la gente sale de la ciudad hacia el *contado*; podrías salir en el carro de un vendedor ambulante. Solía pensar en eso, pero decidí quedarme en Florencia donde sabía cómo cuidarme. ¡Qué tonto he sido! Podrías vestirte para parecer otra persona. Podrías disfrazarte. ¡No sería fácil encontrarte fuera de la ciudad!

Por unos instantes, los ojos negros de Marco se clavaron en mí como un halcón que se zambulle en busca de su presa. Se acercó a mí, deslizando uno de sus dedos largos y elegantes en el agua de la tina. En voz baja, preguntó:

—¿Cómo podría vestirme para parecer otra persona? No tengo dinero para comprar ropa.

—¡Eso es sencillo! —reí—. Cualquier mendigo intercambiaría su ropa contigo. Buscas en la basura, o la robas de la cuerda de una lavandera. Hasta hay ropa en algunas iglesias. Hay cien formas de conseguir una *camicia* y un *mantello*. ¡Nadie debe andar desnudo por la calle!

—Podría sacar ropa de la basura —dijo, en tono pensativo—. No querría que nadie supiera lo que estoy haciendo, o le informarían a Silvano. Tiene muchos espías.

—No sólo espías que él pague. La gente le debe favores, entonces le da información —advirtió Simonetta—. Silvano se entera de todo lo que sucede en Florencia. Lo sabe todo. Es demasiado peligroso.

—¡Es más peligroso quedarse, pues la muerte es la única salida! Si Marco sale de Florencia, al menos tiene una oportunidad —argumenté—. Busca ropa en los callejones, detrás de los *palazzi*. Allí tiran la basura los nobles. Encontrarás lo que queda después de que los sirvientes han elegido lo suyo.

—Y después de disfrazarme, debería ir a…

—El Ponte alla Carraia. Hay muchos carros allí, gente que llega del *contado* con su mercadería y que vuelve al campo con los carros vacíos —respondí.

—Debe de haber una manera de liberarte a ti también —dijo con suavidad—. Me has dado este plan. Quiero que vengas conmigo. ¡Ninguno deberá estar solo en el exilio de Florencia!

Quería creer que Marco podía ser mi familia, que podía cuidarme como yo había creído alguna vez que lo hacían Massimo y Paolo. La traición de Massimo me impedía volver a confiar en alguien, pero Marco era amable. Parecía genuino.

—Tenía la esperanza de que dijeras eso —asentí con toda sinceridad—. ¿Cómo puedo convencer a Silvano de que me deje salir, como a ti?

Marco sacudió la cabeza.

—Te tiene que conocer y decirles a los *condottieri* que te dejen pasar. Por mucho tiempo, me quise morir. Dejé de comer. Fue entonces cuando me dejó salir, como si, al darme más libertad, yo fuera a trabajar mejor en agradecimiento.

—Pues dejaré de comer —afirmé—. Me mataré de hambre y tendré aspecto enfermizo. —Incluso después de la época terrible en que había pasado hambre, era mejor que lo que debía enfrentar ahora.

—Eso podría funcionar —dijo lentamente Marco—. Los clientes no pagarán por un niño de aspecto enfermo, y a él no le agrada perder dinero. Querrá que recuperes tu semblante. Cuando te deje salir, volveré al Ponte alla Carraia. Podemos ir juntos a Siena o Lucca. ¡Tendremos una nueva vida!

—A Roma —corregí—. Siempre quise ir allí. ¡Puedo buscar a mis padres allí!

—¿Por qué no? —sonrió Marco—. Me escaparé dentro de tres días. Hoy buscaré a alguien que me pueda llevar hasta el *contado*. Esperaré dos semanas; eso te dará tiempo de ayunar…

—¡Empezaré hoy mismo!

—Bien. Entonces volveré a la ciudad. No podré enviarte ningún mensaje, pero te esperaré en el Ponte alla Carraia. Nos reuniremos allí.

—Lleva comida —dije, ansioso—; después de unas semanas de no comer, no sólo tendré aspecto de enfermo, sino que lo estaré. —Sabía que eso sucedería, tras mis años en las calles. Una semana sin comer hacía temblar las extremidades, nublaba la mente y debilitaba la voluntad. Yo no subestimaba el poder del hambre.

—Llevaré comida y ropa para ti —afirmó Marco, con expresión decidida—, pues me ayudaste a hacer un plan. Siempre me ocupo de mis amigos.

—Hicimos un plan juntos, usando nuestro *ingegno* —dije, deseoso de consolidar nuestro vínculo.

—Silvano tiene más *ingegno* que nadie —susurró Simonetta—. ¡Y el suyo es letal!

—Es cierto —admitió Marco—. Nadie logró escaparse de aquí. A todos los encuentra. Siempre.

—Pero lo intentaremos —lo presioné—. ¡Debemos intentarlo!

—Vale la pena intentarlo. Quizá funcione. Soy del tipo afortunado; va de la mano con mi belleza. Mira qué afortunado he sido de conocerte, y ¡tú tienes el *ingegno* necesario para ayudarme a escapar! —Marco sonrió. Me dedicó un saludo garboso y se marchó. Me dejó sonriendo y soñando que juntos encontraríamos la libertad. Quizá llegaríamos a ser amigos, o hermanos incluso, tal como había imaginado que lo era Massimo. Ninguno de los dos consideró que nuestro plan podía fracasar y conducir a las más desastrosas consecuencias que pudieran imaginarse.

Pasaron días en los que tomé agua, pero no comí nada. Fue fácil porque, después de todo, yo sabía cómo pasar hambre. Lo había practicado con mucha frecuencia. Pero la atención de Silvano no llegaba y yo me estaba consumiendo. Después de que pasaron los quince días que me había dado Marco, comencé a desesperar. Habían pasado dieciséis días desde que había ingerido algo más que agua y algunos sorbos de vino. Pronto estaría demasiado débil como para llegar al Ponte alla Carraia. Traté de pensar una manera de que Silvano se percatara sin recibir una golpiza, para que viera que estaba enfermo y necesitaba salir al aire libre. Massimo me había traicionado, pero no pensaba que Marco fuera igual, así que confiaba en que me esperaría en el Ponte alla Carraia con comida.

Esa noche, después de que se marchó el último cliente, cuando todavía estaba gozando del grácil ascenso de San Juan hacia el cielo, decidí hacer algo. Ese cliente se había tomado más tiempo que la mayoría. Me empecé a impacientar, pero también me dejó más tiempo para detenerme en los frescos. El hambre me hacía ver las cosas con más claridad y me hacía olvidar la humillación y la desesperanza que eran la rutina diaria de mi reclusión. Los colores nunca me habían parecido tan brillantes, la carne de las figuras de Giotto nunca había sido más cálida y viva. Eran verdaderamente mis hermanos y hermanas, y su intimidad dio tal fuerza a mis extremidades debilitadas que logré ponerme la *camicia* y las calzas y salir de la habitación. Al no ver a ningún soldado, me sentí al mismo tiempo sorprendido y alentado. Quizá a un dios perverso le divirtiera que mi plan se concretara, pensé mientras caminaba por los corredores del *palazzo* envuelto en sombras. Estaba decidido a encontrarme con Silvano y ganar el privilegio de una salida. Me apoyé contra la pared para juntar fuerzas.

—Luca, venía por ti —dijo Simonetta, apareciéndose frente a mí. Me acarició el pelo con ternura—. ¿Qué haces fuera de tu habitación? Ten cuidado, ¡llamarás la atención de Silvano! —Hizo un gesto—. Vamos —dijo, al tiempo que tomaba la vela del candelabro de pared. Me condujo por el largo corredor. A medida que pasábamos por otras puertas, ella golpeaba e indicaba a los ocupantes que nos acompañaran. Era un acontecimiento tan poco habitual que, a pesar de la lasitud de mi cuerpo, los observé sin disimular mi curiosidad. La mayoría eran niños, como yo, niños y niñas de todas las edades, formas y tamaños. Algunos eran rubios, pelirrojos, gitanos morenos, y hasta algunos africanos con lustrosa piel color ébano que cubría sus músculos redondos. Había un niño delgado de ojos rojos, sin color en la piel y el cabello como el lino blanco. Y un niño enano que apenas me llegaba a la cintura. Estábamos todos en silencio; la mayoría tenía una timidez tal que le impedía alzar la mirada. Me pregunté cómo habrían llegado allí, si los habrían sacado de las calles como a mí, o si los habrían vendido sus padres, como a Marco. Se nos unieron algunas mujeres, jóvenes en su mayoría, todas hermosas, con excepción de dos que eran increíblemente gordas. Dos hombres adultos no podrían haber rodeado la cintura de las mujeres gordas con los brazos. Traté de imaginarme cuánto deberían comer para ser tan obesas, y tuve que detenerme cuando me sentí mareado al visualizar un desayuno de dulces con mantequilla y crema, y un almuerzo con un cuenco de sopa y un muslo entero de carne asada. Simonetta dobló por otra esquina y nos condujo a una puerta de gran tamaño. La abrió y nos llevó escaleras abajo.

Había antorchas en candelabros de pared que nos iluminaban mientras descendíamos los peldaños de piedra. Una niñita con lazos en el pelo, que estaba detrás de mí, comenzó a llorar. Caminé un poco más despacio hasta ponerme a su lado en los peldaños. Ella me cogió la mano en un gesto espástico y la apretó. Era la primera vez que alguien buscaba mi contención, y me sentí conmovido más allá de lo imaginable. El pecho se me infló de coraje. A pesar de que me sentía algo mareado por el hambre, le devolví el apretón y le sonreí. Ella me miró con sus ojos azules aterrados abiertos de par en par, inhaló con un estremecimiento y se aferró a mi mano como si ésta le diera algún alivio.

Entramos en un gran sótano frío iluminado con antorchas. Las llamas proyectaban sombras malignas sobre las paredes de piedra gris y, en el centro, se encontraba Silvano, de pie con un grupo de hombres fornidos que tenían el aspecto endurecido de los *condottieri*, los soldados contratados que defendían a Florencia de las ciudades rivales de Pisa y Torino. El rostro de Silvano, con su nariz afilada, se veía relajado y rubicundo a la luz de las antorchas. Se dio la vuelta de forma abrupta, poniéndose de perfil, y el juego de la luz y la sombra sobre su cabello y barba le dieron la apariencia de tener otra cara al costado de la cabeza, donde deberían estar la mejilla y la oreja. Hizo un ademán y dos hombres robustos y altos dieron un paso al frente, sosteniendo a Marco, que estaba sin fuerzas, entre ellos. Marco se veía pálido y confundido. Su cara de porcelana estaba sucia y rasguñada, tenía el labio inferior partido y las ropas rasgadas. No pude evitar una leve exclamación, y me cubrí la boca con la mano.

—Éste es Marco; vosotros lo conocéis —anunció Silvano con tono dulzón, y un gesto despreocupado de la mano delgada—. Tenía privilegios aquí, ¿no es cierto, Marco, que siempre estuviste tan orgulloso de tu belleza? Pero abusaste de mi confianza. —Silvano chasqueó la lengua, fingiendo que estaba desilusionado. Giró en torno de Marco, que no levantaba la mirada del suelo, y se me hizo un nudo en el pecho del miedo. Algo blanco destelló en la mano de Silvano. Al principio, creí que se trataba de un diente gigante que le crecía de esa mano, pero luego lo arrojó al aire y lo atrapó con la otra mano con destreza consumada, y vi que era una navaja delgada y fina.

—Por mi gracia suprema, a Marco se le concedió el privilegio de salir del *palazzo* —dijo Silvano con tono burlón—, pero pensó que se quedaría fuera. ¡Decidió no volver nunca! —Al decir eso, Silvano atacó a Marco, con una cuchillada. La sangre brotó del tendón de la parte de atrás de la rodilla de Marco. El niño gritó, y su barbilla se alzó hacia el cielorraso mientras profería un alarido de dolor. La pierna quedó colgando sin vida y Marco se dobló hacia ese lado. Los niños y las mujeres que me rodeaban comenzaron a sollozar, en silencio. «No grites, Marco», recé, «eso lo incitará». Algo en mi interior se destrozó. Marco había sido amable conmigo. ¿Acaso le había pagado planificando un escape fantástico que había generado esa violencia? Luego, asqueado de mi propio egoísmo, no pude evitar hacerme una pregunta peor: ¿Le había hablado Marco a Silvano acerca de mi participación en sus actos? Mi pecho se sentía como hojas marchitas y chamuscadas que se deshacen en el polvo.

—Tonto muchacho. —Silvano dio otra cuchillada. La sangre brotó, manchando sus costosas vestiduras. Se rió en voz alta. Los hombres que sostenían a Marco se rieron a carcajadas. Lo soltaron y éste se desplomó al suelo, aún entre gemidos y sollozos. Contuve el aliento cuando Marco guardó silencio, buscando entre la multitud hasta que su mirada encontró la mía. Me descompuse y, aunque aún me avergüenza admitirlo, rogué silenciosamente que no me delatara. En mi interior, sabía que estaba traicionando a Marco. Quizá así se había sentido Massimo cuando me vendió. Una parte de mí recordaba decirle a Marco que no había mucha bondad en las personas; me di cuenta de que eso me incluía. Con frialdad, pensé que la gente probablemente sería más bondadosa si Dios también lo fuera. Marco cerró los ojos, se dio la vuelta y se quedó boca abajo, sollozando y gimiendo contra el suelo. Yo sentí un alivio tan intenso que me mareó. No me delataría.

—Venda las heridas —dijo Silvano a Simonetta. Ella dio un paso adelante para obedecer la orden. Los ojos de Silvano se posaron en el grupo de niños y mujeres—. A Marco se le cumplirá su deseo. Vivirá fuera de mi bello establecimiento. Puede vivir dondequiera, pero nunca más volverá a caminar. —Pasó por encima de la figura fláccida de Marco y se dirigió hacia las escaleras. Todos nos hicimos a un lado para dejarlo pasar. Silvano se detuvo en el segundo peldaño—. No hay escapatoria. ¡El que trate de huir, sufrirá esto, o algo peor! —Me señaló—. Tú, ven conmigo.

La niñita de ojos azules sofocó un sollozo y me soltó la mano. Yo temblaba de pies a cabeza, pero me moví con rapidez para obedecer a Silvano. Éste no pronunció palabra a medida que subíamos las escalinatas. Lo seguí una vez más al salón comedor donde me habían llevado la primera vez que llegué al *palazzo*. Esta vez, la mesa estaba cargada con más abundancia de carnes asadas, quesos de aroma intenso, panes, carnosas aceitunas verdes y vino. Me pregunté si me golpearía una vez más si, después de todo, Marco le había contado a Silvano mi participación en su plan de escape. Miré alrededor, para ver si encontraba el saco de seda.

Silvano se sentó a la mesa, limpió la hoja manchada de sangre con la pechera de su camisa y cortó una costilla de cordero. La dejó caer en el plato, apoyó el cuchillo, y cogió la costilla con la punta de los dedos. Comenzó a comer con gran delicadeza. Yo me quedé inmóvil, apenas respirando, a la espera.

—¿Quieres comer algo, Bastardo? —preguntó—. No eres un bastardo en realidad, pero el nombre te sienta bien. ¿Un poco de vino? Te ves pálido; el vino te dará fuerzas.

—No, señor —respondí.

—¿Estás seguro? ¿Estás enfermo?

—Creo que no, señor.

—¿Acaso prefieres algún otro alimento? —continuó. Yo negué con la cabeza. Él frunció el ceño—. ¿Más dulces? —Yo volví a negar con la cabeza—. Mis clientes están complacidos contigo, salvo que te ves enfermo. ¿Estás seguro de que no estás enfermo, muchacho? —preguntó, dejando caer sobre el plato la costilla sin carne—. Me acuerdo cuando estabas en esta misma habitación con los dedos enterrados en un capón asado, como un animalito hambriento, limpio por primera vez desde que te perdió tu madre, con su aire de engreída superioridad. —Rió entre dientes, casi con afecto, y el sonido hizo que me recorriera un escalofrío. Moría de ganas de preguntarle acerca de mi madre, pero el miedo me lo impidió. Quizá me cortaría como lo había hecho con Marco. Silvano continuó—: No comes.

—No tengo hambre, señor.

—No podemos permitir que adelgaces, Luca. Parte de tu atractivo es tu bonito trasero redondeado. Eso es lo que dicen. —Silvano volvió a reír entre dientes. Yo aparté la mirada. Su voz se volvió dura—. No me sirves de nada si te mueres de hambre. Perderé una gran cantidad de ganancias. ¿Crees que salir a la ciudad te estimularía el apetito?

—¿Fuera? —La palabra salió de mí en un jadeo atormentado. Marco y yo habíamos planificado que me dejaran salir, y ahora eso se haría realidad. Pero él estaba lisiado, probablemente agonizando. Saldría a la ciudad, pero ahora ninguno de los dos gozaría de la libertad. Era cierto que Silvano tenía más *ingegno* que nadie. Todo lo sabía y todo lo veía. Sentí un intenso dolor en el estómago al tiempo que se desvanecía la esperanza.

—Me gustaría salir —susurré. Oh, sí, me agradaría sin duda, tener un respiro de esa prisión lujosa, silenciosa y solitaria. Me odié por la gratitud que sentí ante la posibilidad de una mínima libertad. Sabía que estaría más dispuesto a dejarme usar por los clientes debido a ello.

—Hay reglas. —Me dirigió una mirada significativa.

—Sí, señor —asentí con fuerza—. Comprendo las reglas. Las seguiré al pie de la letra.

—No querrás terminar igual que Marco, ¿no es cierto?

—No, señor —gemí.

—No le fue tan mal. —Silvano se encogió de hombros y se rascó la barbilla estrecha y protuberante oculta bajo la barba cuidada—. A otros los saqué de aquí hacia los fríos brazos del río. Una vez que te abraza, no duras mucho. Él vivirá en las calles. La gente allí es generosa con los tullidos, ¿no es así, muchacho? —En realidad, no parecía esperar respuesta, y yo no quise dársela porque implicaría una mentira, y yo no quería mentir ni disgustarlo. La gente de la ciudad no era generosa. Yo había trabajado con mucho esfuerzo para pedir limosna, pero aun así solía pasar hambre.

—Las mujeres te darán monedas para comprar comida en el mercado. Eso te gustará. Solía observarte allí, mirando la mercadería con deseo. Tienes una naturaleza lujuriosa y ambiciosa. Si la alimentas, volverás a engordar. —Le hizo un gesto a Simonetta para que me llevara de vuelta a mi habitación—. Ah, muchacho —gritó Silvano. Simonetta y yo nos quedamos inmóviles.

—Sí, señor —respondí, sin aliento.

—Tendrás más clientes cada semana, para pagar tus salidas —dijo con decisión. Simonetta me aferró la mano contra su amplio pecho y salimos rápidamente hacia mi habitación. Yo sentí como si estuviera escapando de la imagen de Marco, ensangrentado y lisiado. También escapaba de mi participación en su destino. A pesar de lo horroroso que eran los clientes, casi no podía esperar a visitar Santa Croce. Los frescos borrarían a Marco, y quizá mi propia culpa, de mi mente.

Semanas más tarde, fui a visitar la iglesia franciscana de Santa Croce. Se avecinaba el invierno, la ciudad estaba fría y ventosa, y yo caminaba envuelto en un *mantello* de armiño; nunca había usado una prenda tan fina. Recorrí las calles adoquinadas e intrincadas del distrito bullicioso de clase trabajadora de Santa Croce con el corazón palpitante y nervioso de anticipación. Quería pararme ante los frescos a los que había viajado con tanta frecuencia. Pasé por los talleres de tintura de lanas y las cortes de justicia y un mercado que ahora frecuentaba. Desde que Silvano me concediera la libertad, había salido a dar paseos, pero no había regresado a mis antiguos lugares predilectos. No quería ver a Paolo y a Massimo. Me despreciarían. Ahora yo era distinto. Siempre había sido diferente de los mendigos, gitanos y descastados que me encontraba en las calles, pero ahora era diferente incluso de quien solía ser. El trabajo que hacía me había manchado en mi fuero más íntimo, pero estaba limpio y vestía las ropas más elegantes. Ya no pasaba hambre, y sentía una gratitud vergonzosa por ello. Y había descubierto en mí un secreto y una capacidad de viaje maravillosa que me diferenciaban aún más de mis antiguos compañeros y de mi antiguo ser.

Atravesé la crujía derecha de la iglesia de Santa Croce hasta la capilla de Peruzzi. Por último, me paré con reverencia frente a los frescos de San Juan. Eran exactamente como los había visto en mis viajes. Y los detalles; los agrupamientos musicales de figuras, la armonía de las figuras con los edificios, las elocuentes expresiones en el rostro de las personas y los gestos realistas, las tonalidades cautivadoras, la vida plena que emanaba de los frescos, eran como se habían revelado. Era maravilloso, milagroso, y me puse de rodillas con gratitud.

—¿Tanto te conmueven, muchacho? —preguntó una voz amable.

—¡Oh! —La voz irrumpió en mi éxtasis y me incliné hacia atrás, con cierta torpeza. Me di la vuelta. A unos pasos, había un anciano robusto de aspecto sencillo. Me miró con tanta curiosidad como yo a él. Luego, di una exclamación al reconocerlo—. Ese día en la Santa Maria Novella. ¡Usted es el hombre que me habló del *ingegno*!

—Un título del que me gustaría ser digno —respondió con sequedad—. Y te reconozco. Eres el niño con el palo roto y la daga bastarda...

—El niño a quien Dios se le ríe en la cara —asentí, al tiempo que me ponía de pie.

—No lo tomes como algo personal —respondió—. Dios se ríe de todos nosotros. —Señaló las pinturas.

—Son sagradas, pues vienen de un lugar hermoso —dije con suavidad.

—¿Un lugar hermoso? ¿Y eso qué es?

—Usted me dijo que los florentinos tenemos grandes almas, que son las cualidades en nuestro interior las que definen quiénes somos —dije—. El lugar hermoso es de donde sale todo lo que es bello; no está en nuestro interior, pero podemos ir allí desde el interior. No es de este mundo.

—Si el lugar hermoso no está en nuestro interior, ¿cómo lo expresamos de este modo? —El hombre mayor señaló los frescos, mientras avanzaba para ponerse de pie a mi lado—. ¿No crees que tiene que estar dentro de uno?

—No —respondí, pero con suavidad, para no ofenderlo—. El lugar hermoso es independiente de nosotros. Este mundo está lleno de fealdad. Al igual que la risa de Dios, pero más allá de eso, hay belleza.

—¿Qué sabe un muchachito como tú de la fealdad?

Pensé en los clientes que abrían la puerta de mi habitación. Recordé la cara indiferente de la gente que había pasado a mi lado en la calle cuando estaba hambriento y les pedía una moneda, una migaja para comer, cualquier cosa. Recordé el modo en que yo mismo había rogado que Marco no revelara mi participación en su intento de fuga. La experiencia me había enseñado que había más fealdad que belleza en la mayoría de los hombres. No iba a decirle eso a ese hombre que tenía una inteligencia rápida, aunque pensé que lo comprendería.

—La fealdad es lo que obtenemos por ser humanos. Es el pecado que nos ensucia desde el jardín del Edén. El lugar hermoso es el que se crea cuando Dios es magnánimo con nosotros.

El hombre se acarició la barbilla y me miró fijamente.

—Tenía un amigo que estaría de acuerdo contigo. Habría dicho que la belleza expresa la gracia de Dios, y que vemos la belleza cuando estamos lo suficientemente purificados como para ver toda la creación de Dios como una unidad continua.

—Yo no estoy purificado. Veo el mal por todas partes.

—Me atrevo a decir que mi amigo Dante está pasando algo de tiempo en el purgatorio por estos días —afirmó el hombre con una sonrisa que fue una suave iluminación que provenía de su corazón, una sonrisa de amor y pérdida que lo abarcaba todo sin negar nada. Nunca había visto una sonrisa así, y la recordé, con la decisión inmediata de que, algún día, yo también sonreiría de ese modo.

—Entonces está muerto. ¿Fue un buen amigo? —quise saber, al tiempo que me volvía para ver el ascenso de San Juan.

—Oh, sí, un amigo querido. Un hombre notable y un poeta como ningún otro. Todavía lo extraño. —Suspiró—. Más de lo que extrañaría a mi familia, supongo. Son ruidosos y gastan mucho.

—Estos son mi familia y mis amigos —dije, extendiendo los brazos como si pudiera abarcar los frescos—. Ellos se quedarán conmigo.

Por un rato, contemplamos los frescos en silencio. Por último, se volvió hacia mí.

—Tengo que ir a comprar algunos pigmentos, muchacho. Luego, debo volver a trabajar en otra ciudad.

—Yo también tengo trabajo —respondí, y las palabras se sentían como ceniza en la lengua.

El hombre asintió.

—Regresaré a Florencia en unos meses. Me gustaría traerte algo. Me recuerdas a uno de mis hijos, con esas ideas que tienes que son más grandes que tú, y tan maduro para tu corta edad… Si mis pinturas han de ser tu familia…

Me quedé sin aliento.

—¿Usted es *él*? ¿Usted es el artista increíble? ¿Usted pintó estos frescos sagrados?

—Giotto di Bondone, a tu servicio, y casi digno de tanta adulación —respondió con sequedad, sacudiendo su cabellera entrecana.

Caí de rodillas.

—Maestro, no lo sabía. ¡Le habría mostrado más respeto!

—Tonterías, estuviste bien, tontillo —afirmó Giotto bruscamente. Me hizo poner de pie con una fuerza sorprendente en sus manos salpicadas de manchitas—. ¿Dónde puedo encontrarte a mi regreso?

En el burdel; no; eso sería intolerable. Más que ninguna otra cosa, no deseaba que ese hombre inteligente cuya sonrisa transmitía un esbozo de la gracia del Señor, ese artista de pinturas milagrosas, supiera lo que era yo. Me detestaría. Sacudí la cabeza.

—Yo lo encontraré a usted, maestro.

—Asegúrate de hacerlo, cachorrito —afirmó. Me sacudió el pelo como jugando y se marchó.

Un poco después, salí de la capilla a tropezones, transportado de alegría de que el mismísimo Giotto hubiera hablado conmigo, el maestro de los frescos que me daban consuelo mientras trabajaba. El hombre había sido amable conmigo, ¡y hasta parecía interesado en mi persona! Los pies me condujeron al río resplandeciente, debajo de un puente donde había dormido muchas veces. Estaba parado cerca del agua, que súbitamente, se había vuelto veteada y azul, llena de corrientes traviesas y picos sorprendentes de luz invernal. En ocasiones, el cauce del Arno subía y se alzaba sobre los puentes para llevarse a la gente que gritaba, pero hoy su juego era pacífico, y la risa flotaba desde el puente, por encima de mi cabeza.

Después de un rato, me percaté de lo que me rodeaba; alguien me hacía señas.

—Bastardo —dijo una voz débil. Apoyado contra uno de los puntales del puente, con las piernas inútiles extendidas frente al cuerpo, se encontraba Marco.

—¡Marco! —grité, al tiempo que corría hacia él y lo abrazaba con fuerza. Estaba pálido y sucio, los arañazos que le cubrían el rostro estaban llenos de pus, y se veía mucho más delgado. Pero estaba vivo—. ¿Tienes hambre? —pregunté, con urgencia—. ¡Buscaré comida!

Él negó con la cabeza.

—Ya no; sólo los primeros días.

—¡Te buscaré pan y carne! —Me incorporé, me preparé para salir corriendo para buscarle algo.

—Quédate y habla conmigo, Luca. Siempre me gustó conversar contigo. —Marco hizo un gesto débil con su mano enlodada. Me senté a su lado—. Te dejó salir. Nuestro plan funcionó. Para ti.

Se me cerró la garganta, pero me esforcé por responderle.

—Marco, lo siento tanto. ¡No sabía que te sucedería esto!

—¡Al menos, ya no estoy trabajando! Eso ya es algo. Tú puedes caminar, pero debes seguir trabajando —se rió con amargura.

—¿Logras sobrevivir aquí? ¿Cómo es?

Marco parpadeó varias veces con sus largas pestañas.

—Las calles de Florencia no tratan bien a los tullidos.

—Lo sé, pero te traeré comida cada vez que me deje salir —prometí.

Marco abrió los ojos hundidos y esbozó una sonrisa.

—Sé que lo harías. Me traerías comida y me hablarías como si importara, como si yo todavía fuera especial.

—¡Desde luego que todavía eres especial! ¡Importas y mucho! —le aseguré con vehemencia—. Que vivas en las calles no quiere decir que no importes.

—Ahora tú eres el especial. Aprendiste de mí. Conservas esa cosa en tu interior que te hace ser bondadoso.

—Tú fuiste bondadoso —dije yo—. Me diste golosinas y me hiciste bromas para que me riera, y me dijiste que no llorara cuando me golpeara para que no fuera tan terrible.

—Las pequeñas cosas que hice por los niños en ese lugar me mantenían vivo. Ahora tú debes hacerlo. Ayuda a los otros niños. Dales lo que puedas. No te contengas; dales todo, lo que sea. ¡Entrégalo todo! ¡Así te salvas a ti mismo!

—¡Quiero salvarte a ti! —exclamé.

—Puedes salvarme, pero no es comida lo que necesito de ti, Bastardo. —Los ojos de Marco eran como lanzas que se clavaban en mí.

—¿Agua? ¿Vino? —pregunté—. ¡Dime!

—Libertad —sonrió al pronunciar la palabra, luego se incorporó con ayuda de sus brazos huesudos—. ¡Ayúdame a arrojarme al río!

—¡No! —exclamé, echándome hacia atrás sobre los talones, consternado, al comprender lo que quería decir—. ¡No me pidas eso!

—Estás en deuda conmigo, Luca Bastardo —declaró, con determinación—. No le informé a Silvano de ti.

—¡Esa no es forma de escaparse, Marco! ¡Estás vivo! Tú mismo lo dijiste, ¡al menos no estás trabajando! —Lo aferré de los hombros—. ¡Por favor, Marco, debes intentarlo! —Le escupía las palabras como plegarias descontroladas, pero la desesperación llenaba mis entrañas. Marco tenía la mirada fija y vacía. No entendí cómo no me había dado cuenta antes; Marco, que había encontrado una forma de sobrevivir en el burdel, se había rendido frente a su mutilación. En cierta forma, él mismo se había abandonado, ya estaba muerto.

—No estoy vivo —afirmó, con el rostro distorsionado por una furia salvaje. Su voz era como un saco de seda pesado que ondulaba hacia mí—. Ésta es una prisión peor que el burdel de Silvano. Los demás mendigos me escupen, porque saben qué hacía antes. ¡Al menos los clientes me deseaban, aunque fuera asqueroso!

—Te acostumbras a las calles. Es mejor que con Silvano. ¡Eres libre aquí!

—¡Era más libre en el burdel de Silvano! Al menos allí tenía control sobre mi propio cuerpo, a veces, cuando los clientes no me estaban usando.

—¡Todavía puedes controlar tus pensamientos! —grité—. Como me dijiste, piensa en lo que te puede hacer sentir mejor. Puedes transportarte a lugares maravillosos...

—Soy un lisiado que vive en las calles, sin forma de conseguir alimentos, ni amigos aquí. Moriré, lentamente y sufriendo. Tienes que hacer esto por mí —dijo con frialdad—. Es lo que necesito. Lo haría yo mismo, pero hace dos días que no tengo fuerzas; con este frío, no las recuperaré. Llévame hasta la orilla y déjame caer al río. Si salgo a la superficie, vuelve a hundirme.

—¡Es demasiado terrible! —exclamé—. ¡No puedo hacerlo!

Marco me fulminó con la mirada, sosteniendo la mía con sus ojos vacíos e inescrutables.

—Sí, puedes. Te conozco, Luca Bastardo. Eres de los que pueden hacer todo lo que tienen que hacer. No te echarás atrás. Así sobreviviste por tanto tiempo en las calles. Es por eso que no caíste muerto la primera semana en el burdel. Les pasa a muchos, sabes, pero no a ti. Tengo la sensación de que serás el único que saldrá vivo de ese lugar infame. Y no lisiado. Lo veo en tus ojos. ¡Tienes algo dentro de ti, una cualidad que te hará perdurar!

—Me estás pidiendo que te mate —susurré. ¿Y acaso importaría si lo hiciera? Yo era el único en el mundo a quien Marco le importaba. En el otro mundo, Dios reía entre dientes: si yo accedía a la petición de Marco, su broma sólo sería más evidente. Se me había hecho un nudo en el pecho mientras discutíamos, pero ahora éste se deshizo en oleadas de tristeza. Sollozaba internamente, aunque no emití ningún sonido.

—¡Te estoy pidiendo que me salves! Es lo que debes hacer para salvarte a ti mismo —retrucó, con tono triunfante y amargo a la vez.

No es algo que me enorgullezca, pero lo hice. En realidad, fue sencillo. Marco no pesaba más que un gorrión y lo levanté fácilmente, pues yo era fuerte y estaba bien alimentado, y lo arrastré hasta la orilla. Sólo me llevó unos minutos.

—Ve hacia la libertad —le susurré, lo que fue una especie de plegaria para lograr su perdón.

De modo que lo arrojé al agua veteada por el sol. La vida tiene voluntad propia y se niega a rendirse con tanta facilidad. Los brazos de Marco se sacudieron y él volvió a emerger, jadeando e inhalando aire. Lo empujé de la cabeza firmemente. Lo mantuve así hasta que dejó de luchar y los brazos se relajaron. Marco tenía razón; yo era capaz de hacer todo lo que había que hacer, por terrible que fuera. Había robado bolsillos y hurtado frutas, había fingido estar lastimado para obtener dinero en las calles, y me había sometido a las vejaciones de los clientes en el burdel, pero esto era diferente, en cuanto a su magnitud y naturaleza. Me convertí en asesino de buena gana. Podía avenirme a lo que fuera. Hasta hoy, es una característica de mi personalidad, ya sea para bien o para mal, o quizá para ambos, y he vivido lo suficiente como para saber que un hombre debe conciliar todos los aspectos de su naturaleza. No es que no llore después, sólo que pagaré el costo el día que sea necesario. Marco me enseñó eso acerca de mí mismo, y nunca lo he olvidado, ni tampoco su bondad.

Solté la cabeza de Marco y me quedé sentado, contemplando cómo el Arno se llevaba el cadáver. Me pregunté si yo acabaría de la misma manera, como un despojo arrastrado por la corriente del río. Podría suceder en poco tiempo; no había forma de predecir los caprichos de Silvano; deseé de todo corazón que alguien bienintencionado estuviera cerca, para no tener que morir despreciado y solo, como había vivido. Quizá algún amigo me devolviera el servicio que había hecho yo por Marco y me tirara al río. En ese entonces, no sabía yo que los caprichos de la vida me deparaban otros planes, y que mi final no llegaría a merced del agua sino del fuego.

# Capítulo 3

En las semanas que siguieron a la muerte de Marco, me concedieron más libertades de las que antes había tenido él. También adopté sus pasatiempos, y me inmiscuía en las habitaciones de los demás niños para cultivar su amistad. Quizá fuera mi forma de mantenerlo vivo, porque lo echaba de menos; quizá tuviera que ver con apaciguar la culpa y la pena que sentía por su muerte; quizá fuera que, cuanto más tiempo vivía en el burdel de Silvano, más detestaba el encierro, y estaba decidido a exprimir tanta libertad como pudiera de mi situación actual. Comencé a escabullirme por el *palazzo* del mismo modo que lo había hecho Marco. Recurrí a mis antiguas destrezas callejeras, mi agilidad de movimiento y mi capacidad de fundirme con el entorno. En general, pasaba inadvertido, salvo una vez, cuando Silvano me descubrió en una habitación en la que llevaba sus cuentas comerciales. Había un amplio escritorio de madera sobre un tapete sarraceno, con una cómoda con puertas pintadas y protegidas con cerrojo.

—¡Bastardo, qué muchacho listo! ¡Has encontrado el lugar del dinero! —Se oyó la voz alegre de Silvano—. En todos los años que llevo a la cabeza de este bello establecimiento, nunca encontré a un trabajador aquí. Eres el primero. ¡Eres como yo, más listo que la mayoría! Ávido de riquezas.

—No soy como usted, señor —susurré.

—Creo que sí lo eres. De lo contrario, ¿por qué estás en la habitación del *abbaco*, donde llevo mis cuentas? —quiso saber Silvano. Traté de respirar con normalidad, pero sentía una presión en el pecho. Silvano se acercó y me acarició el cuello. El cuarto osciló frente a mis ojos, como lo hace el aire por encima de un adoquín ardiente en un día de verano.

—¿Por qué es tan importante esta habitación? —pregunté.

—Aquí es donde tengo el libro contable, donde registro los pagos y los gastos, desde luego —explicó con una sonrisa—. Y mis documentos importantes. ¡Hasta tengo uno que tiene que ver contigo! —Me rodeó con el brazo para alcanzar un libro de gran tamaño. Lo abrió y sacó una hoja de papel vitela—. Si puedes leerlo, dado que eres tan listo, te dejaré salir corriendo hasta tu habitación sin sentir la caricia de mis florines. —Me puso el papel en las manos—. ¡Vamos, léelo! Yo nunca antes había tenido en la mano una hoja de papel, que era un bien demasiado preciado para un granuja como yo. Era suave y blanco, y estaba cubierto de extrañas marcas.

—¿Qué es?

—Es una carta que llegó a mis manos cuando mis *condottieri* robaron a un mensajero. El tonto mensajero llevaba demasiada cantidad de oro, lo que demoró a su caballo. Mis hombres le solucionaron ese problemilla. Y se llevaron esto. No podían leerlo, por supuesto, pero yo me sentí encantado de tenerlo en mi poder. ¿No puedes ver lo importante que es su contenido? ¡Pero si el mismo Papa querría leerlo! ¡Luego lo escondería donde no fueran a encontrarlo por mil años! Algún día, se lo venderé. ¡No lo haré sólo por dinero, pues tengo de sobra, sino para obtener un perdón, un título, influencias! ¡El Papa estará dispuesto a pagar lo que le pida por ti! Te entregaré a cambio de una fortuna, pero esperaré hasta que seas adulto. No pueden usarte antes de que seas adulto.

—¿Qué querría el Papa de mí? —pregunté en un susurro.

—¿No puedes leerlo? —preguntó él, con fingida consternación—. ¿A pesar de que eres tan listo como para llegar hasta mi sala del ábaco? Y te escabulles como tu viejo amigo Marco. Bueno, no debes preocuparte; un prostituto como tú es valioso por otros motivos. —Extendió un brazo para despeinarme un poco—. Eres un hermoso bien, con tu cabello rubio y esos enormes ojos oscuros que son exuberantes y casi púrpura, como ciruelas, ¿no crees? Agradezco a Dios la lujuria de otros hombres, pues es la que hace florecer mi negocio. —Me soltó de repente, lo que me hizo caer sobre el escritorio.

—He oído decir a otros comerciantes florentinos, nobles de riqueza y alcurnia que, si ejercemos la cautela y el control sobre nuestros asuntos, cuidando hasta el más mínimo detalle, podemos prevenir el desastre. —Caminó por la habitación hasta la cómoda, retiró una llave del interior de su *lucco* y abrió el cajón—. Estoy de acuerdo con ellos. —Extrajo un saco de seda abultado del interior del cajón. Me recorrió un escalofrío. La cara angosta de Silvano se contrajo en una mueca de desdén. Luego, blandió su saco de florines con tanta fuerza que hizo que la primera paliza que me había dado pareciera anodina.

—¡No quiero encontrarte aquí otra vez! —dijo cuando hubo terminado. Yo me quedé en el suelo, bañado en un charco de orina, vómito y lágrimas. Sentía dolor y vergüenza, además de una furia considerable. Sabía que a Silvano le importaban menos mis exploraciones por el *palazzo* que la oportunidad de darme una paliza. Después de una semana de recuperarme en mi recámara, de sentir que las paredes se cernían sobre mí, volví a hacerlo. Los golpes de Silvano sólo fortalecieron mi resolución de tomarme cuantas libertades pudiera.

La paliza también agudizó mis sentidos, o quizá me enseñó a prestarles una atención exquisita, porque me volví alerta a la proximidad de Silvano hasta un extremo que iba más allá de lo natural. Se me erizaba el pelo de la nuca para advertirme que estaba cerca. Aprendí a contorsionarme para esconderme en un recodo oscuro, o a escabullirme detrás del pesado cortinaje que cubría todas las ventanas. Había momentos en los que podría haber jurado que él pensaba en mí, porque se me hacía un nudo en el estómago que luego se aflojaba de repente, como si la mente del hombre fuese una criatura con garras que se extendían hacia mí a través del *palazzo* oscuro y silencioso.

En mis exploraciones, busqué a la niñita rubia que se había aferrado a mi mano en el sótano en busca de consuelo. Un día la vislumbré cuando se abrió una puerta del largo corredor y salió un hombre panzón, vestido con ropaje costoso. Recordaba haberlo visto en el mercado con su esposa e hijos y algunos sirvientes. Detrás de él, sobre la cama, estaba sentada la niñita. Llevaba puesto un vestido blanco rasgado, y tenía la cara hinchada, con líneas de expresión que le habrían sentado mejor a una mujer de treinta años. Comencé a comprarle golosinas en mis salidas al mercado. Escuchaba para asegurarme de que estuviera sola, y luego abría apenas la puerta y le arrojaba mi ofrenda. A la niñita se le iluminaban los ojos cuando sus deditos se cerraban alrededor del dátil azucarado o el pastelito relleno con *frutta di bosco*. Los clientes solían traernos dulces; por algún motivo, se volvían locos de lujuria al ver a un niño chupar un dulce, pero yo sabía que la niñita valoraba lo que le llevaba, porque yo no quería hacerle nada.

Mientras tanto, cuando iba a Florencia, trataba de conseguir información acerca del maestro Giotto. Había dicho que quería verme a su regreso, y yo le creía. El honor que rodeaba a ese hombre era evidente incluso para un granuja como yo. Cuando volviera, quería impresionarlo con mi conocimiento de su obra incomparable. En un frío día después de la Navidad, fui a ver al monje fray Pietro, que alguna vez me había llevado a la abadía de Santa Trinita para mostrarme el glorioso panel de la Madonna.

—*Asperges me. Domine, hyssopo, et mundabor: lavabis me, et super nivem dealbabor. Misere mei, Deus, secun-*

*dum magnam misericordiam tuam* —llamé, alegre, cuando lo vi barriendo el sendero del exterior de la austera fachada de piedra de la Antigua iglesia de Santa Maria Maggiore. No tenía idea de lo que significaban las palabras, pero recordaba haberlas oído en la misa, y al monje le divirtió que le recitara la liturgia.

—*Salve*, Bastardo, hace cuánto que no te veo —dijo Pietro, al tiempo que alzaba su cabeza afeitada y me sonreía a través de una muchedumbre de transeúntes—. Hace semanas que no tratas de llevarte los restos del pan de la comunión, o me sigues recitando la misa.

—*Gloria Patri, et Filio, et Spiritui Sancto. Sicut erat in principio, et nunc, et semper, et in saecula saeculorum* —respondí. Me deslicé hacia él, esquivando a un cuarteto perfumado de mujeres risueñas que llevaban *mantelli* ribeteados de piel que se abrían para revelar *cottardite* brillantes, prendas de cuerpo entero de tela suntuosa con perlas y accesorios bordados. Se detuvieron al otro lado de la calle de la iglesia, frente a una mesa de ovillos de lana coloreados en el grupo de puestos atendidos por mercaderes que hablaban lenguas foráneas y vivían en el Oltrarno, el otro lado del Arno, donde habitaban enclaves de extranjeros y judíos.

—Tengo que hacerle algunas preguntas, fray Pietro.

—¿Qué sabe un viejo monje como yo? —suspiró el hombre—. Ni siquiera lo suficiente como para avanzar en mi orden. Soy tan incompetente que tengo suerte de poder barrer el frente de la iglesia en un día de frío. Ni siquiera sirvo para trabajar en el monasterio de San Salvi, con los otros hermanos de la digna orden de Vallombrosa.

—Usted es culto, como un *professore*. Sabe mucho acerca del maestro Giotto —afirmé.

Pietro se apoyó en su escoba. Su aliento formaba una neblina blanca en el aire. Me miró con ojos ancianos.

—¿El maestro Giotto? ¿Qué quieres saber acerca de ese pintor? ¡Es demasiado bueno para un pilluelo roñoso como tú!

—Por supuesto —afirmé, pensando que al menos no estaba tan sucio ahora, al menos por fuera. Me pregunté si se daría cuenta de lo limpio y bien alimentado que estaba, y de lo que ello implicaba—. Pero quiero saber acerca de Giotto. Usted dijo que su maestro fue Cimabue. ¿Qué más sabe?

—Ven —me indicó Pietro. Apoyó la escoba contra la pared de la iglesia.

—Ey, monje, ¡qué bonito muchacho! —gritó un *condottiere* de un grupo que se encontraba junto a la pared de la iglesia. Se llevó la mano a la daga, gritando—. ¡Mirad ese sedoso cabello rubio! —Los demás rieron estrepitosamente, mientras que otro silbó.

—A mí que me den un bonito muchachito de trasero apretado —aulló un tercer hombre—. ¡Son más limpios que las mujeres! Me gustan más.

—Eso es porque ninguna mujer tendría nada contigo —grité yo, aunque estaban a una corta distancia de donde nos encontrábamos. El hombre gruñó y dio un paso hacia mí, pero yo me escabullí hacia el interior de la iglesia, detrás del monje.

—Deja en paz a los soldados —me reprendió Pietro—. Son brutos, pero los padres de la ciudad creen que los necesitamos. —Nos sentamos en un banco de la parte trasera de la iglesia—. ¿Así que Giotto? ¿Por qué él?

—Me gustan los frescos de Santa Croce —respondí.

—Deberías ver los frescos de Asís —dijo él—. Pintó un ciclo en San Francisco… extraordinario. Me han dicho que las pinturas de Papua, en la capilla del lugar donde estaba la antigua arena romana, también son espléndidos: el Juicio Final, la Anunciación, la vida de la Virgen, todos magníficos, con una presencia física que conmueve el espíritu. ¿Pero qué es lo que te gusta de los frescos de Santa Croce, Bastardo? —insistió. Yo me encogí de hombros—. ¿El naturalismo, la composición de sus figuras, la inventiva de su alegoría? —Pietro rió entre dientes, sin esperar que lo entendiera. Eran palabras difíciles para mí, pero, gracias al tiempo que había pasado con los frescos en los últimos tiempos, logré comprender la idea general de lo que me quería decir. Sin embargo, creo que mi rostro debió de permanecer inescrutable, porque Pietro me apoyó la mano sobre el hombro—. ¿Crees que son bellos? —canturreó. Yo asentí—. Conozco bastantes historias acerca del maestro Giotto —afirmó Pietro. Se frotó la barbilla con una mano regordeta cubierta de pálida piel fláccida—. Lo he visto algunas veces, pero nunca he hablado con él. Nació en una familia pobre de Vespignano, hace cincuenta y cinco años.

—¡Cincuenta y cinco! —exclamé, sin poder creerlo—. ¡Ha vivido mucho tiempo!

—Bueno, el tiempo es diferente para cada uno —acotó Pietro, con una mueca—. Al maestro Giotto le sientan bien los años. A mí, no tanto, aunque nacimos el mismo año. —Miré las facciones caídas de la cara del monje, recordando la inteligencia vivaz que animaba los rasgos de Giotto y estuve de acuerdo, aunque no dije nada—. Desde luego, no tengo vanidad; nuestro amado Señor no querría eso de los humildes monjes que están a Su servicio —agregó Pietro en tono piadoso—. Cuando Giotto era pastor con su padre, solía dibujar en las rocas planas con una piedra afilada. Dibujaba lo que veía a su alrededor, o lo que imaginaba. ¡Un día, el gran artista Cimabue pasó por la pastura y se quedó asombrado! El pastorcito sin educación era un artista de una calidad que el mismo Cimabue no podía igualar. De inmediato, preguntó al padre del muchacho si podía llevárselo a vivir con él, para recibir instrucción y desarrollarse como artista. Así como así, la vida de Giotto cambió, y su destino quedó forjado.

—Sólo me había enterado de cosas malas que cambiaran la vida de una persona —susurré.

—Ah, los accidentes, las catástrofes, sí, son cosas que alteran la vida para siempre, pero los milagros también suceden. ¡Acaso no crees que la vida de los leprosos que sanó el

Señor cambió para mejor? —preguntó Pietro—. ¿O la de los enfermos cuyos demonios mandó al exilio? ¿O los ciegos a los que devolvió la vista?

—Nunca pensé en el tema —confesé.

—Necesitas más clases de catecismo, muchacho —afirmó el monje, en un tono de indulgencia mezclado con indignación—. Cuando te decidas, yo te enseñaré. Si un roedor callejero como tú puede interesarse en Giotto, aún quedan esperanzas para ti. Simplemente, no termines como tu viejo *amico* Massimo.

—¿Massimo? ¿Qué le pasó? —Me incorporé de repente. Pietro me escudriñó, con curiosidad.

—¿No te enteraste? Se peleó con un *condottiere* bruto por un florín. El *condottiere* afirmó que ningún vagabundo deforme podía ser propietario de un florín entero, y le dio una puñalada. En el cuello, aquí. —Pietro inclinó la cabeza e indicó un lugar en la línea entre el lóbulo de la oreja, que lo tenía hundido, y la clavícula—. Pobre bastardo desagradable; le salió sangre como a un puerco en manos del carnicero. Yo mismo lo puse en el carro para que le dieran un entierro para indigentes. Hace más de un mes.

Cerré los ojos y recordé las muchas veces que me había escabullido con Massimo, compartiendo una migaja de pan o inventando un juego para mantenernos abrigados en invierno. Me pregunté si a él lo habrían invadido los mismos recuerdos al venderme a Silvano. Se me revolvió el estómago como si hubiera comido algo en mal estado, y no supe si se debía a que me sentía mal por Massimo, o a que no era así. ¿Acaso no debía sentir dolor por su muerte, después de lo que habíamos compartido?

—No te quedes pensando en eso, muchacho —dijo Pietro, tocándome el hombro—. ¿Sabías que el mismo Santo Padre envió a un cortesano hasta aquí para saber qué tipo de hombre y pintor era este Giotto? El cortesano llegó un día al taller de Giotto mientras éste trabajaba y le pidió un dibujo para llevarle de regreso al Papa, y Giotto sacó una hoja de papel y un pincel con pintura roja, sostuvo el brazo cerca del cuerpo, de este modo —Pietro hizo una demostración—, y luego, sin ayuda de un compás, dibujó un círculo perfecto ¡A mano!

—¿Qué es un compás?

Pietro resopló.

—Es un instrumento que se utiliza para dibujar un círculo, Luca *Stupido*. He ahí el punto, Giotto es tan extraordinario que no necesitó un compás. El cortesano pensó que le estaba tomando el pelo y se quejó pero, ante la insistencia de Giotto, envió el círculo al Santo Padre, junto con una explicación de cómo lo había hecho Giotto. El Papa envió a buscar a Giotto de inmediato. ¡Giotto pintó obras tan hermosas para él que el Papa le pagó seiscientos ducados de oro!

—Tanto dinero —exclamé. Traté de imaginar semejante fortuna, al igual que la libertad y belleza que podría comprar, pero la mente se deslizó fuera de mí, como si yo estuviera tratando de contemplar los límites sin fronteras del cielo. Me pregunté si incluso Silvano podría concebir una riqueza a tal escala.

—Sin duda —afirmó Pietro, dándome una palmadita en el hombro—. Suficiente por hoy, Bastardo; tanto conocimiento puede ser una carga demasiado pesada para ti.

—Tengo otra pregunta —dije, pensando en las sugerencias de Silvano respecto de conocer mis orígenes—. He estado preguntándome acerca de mis padres. Usted se entera de todo lo que sucede en Florencia y hace mucho tiempo que es monje aquí. ¿Sabe algo acerca de ellos? ¿O sobre mis orígenes?

—Sólo te recuerdo de las calles, Luca. Parecía que habías estado allí siempre, aunque nunca encajaste con el resto de los pícaros callejeros. El color de tu pelo es muy singular; quizá te perdiste, y estabas con gente que vino a Florencia de visita. Pregunta en el *Oltrarno*; es posible que encuentres a alguien que recuerde algo. —Suspiró—. Debo regresar para barrer el sendero; de lo contrario, el abad pensará que ni siquiera eso sé hacer. Lo usará como excusa para culparme de que la gente done más dinero a los franciscanos y a los dominicos que a nuestra orden. Vamos, vete —me dijo—. Un vagabundo de las calles como tú tiene muchas cosas que hacer. ¡Así, no, imbécil! —gritó a un novicio que pulía la caja de incienso del altar—. ¡Dañarás el acabado! Tendré que responder por tu ineptitud ante el Abad. —Se marchó a paso rápido. Yo me quedé sentado un rato más, con la mente perdida en los círculos perfectos y en los momentos de oportunidad que cambian el rumbo de la vida de una persona. Me pregunté si alguna vez tendría un momento así, o si mi gran momento llegaría con la filosa hoja del cuchillo de Silvano.

Seguí la orilla del Arno de regreso al establecimiento de Silvano y me detuve en una tienda cerca del Ponte alle Grazie para comprar algunos higos acaramelados para la niñita rubia. Si no me lamentaba por la muerte de Massimo, al menos podía sentir pena por aquella niña, que no merecía nuestra suerte compartida en ese lugar. Cuando llegué, la puerta de su habitación estaba cerrada; los ruidos del interior sonaban sofocados. Sabía que Silvano no me estaba buscando, pues no se me erizaron los vellos de los brazos ni de la nuca y no sentía el estómago revuelto. Esperé detrás de unos cortinajes que me daban picor, hasta que un próspero mercader de la lana emergió de la recámara de la niña. El hombre bostezaba y sonreía, y ni se molestó en cerrar la puerta al salir. Yo me deslicé dentro de la habitación. La pequeña niña estaba de pie al lado de la cama. Tenía un golpe reciente en la mejilla y una delgada línea de sangre le caía desde la nariz.

—Mira lo que te traje —le dije, al tiempo que le arrojaba la bolsita con higos. Su expresión no se inmutó cuando extendió una mano para coger la golosina. Con el otro brazo, se limpió la nariz, desparramando la sangre. Se metió un higo en la boca—. Me llamo Luca, ¿tú cómo te llamas?

Se le iluminó la carita, como si se encendiera una vela en su interior. Los ojos azules que me devolvieron la mirada eran de un azul brillante e intenso como el cielo, y volvió a verse como una niña pequeña.

—Te conozco; me tomaste de la mano cuando tenía miedo y me ayudaste. Eres muy bueno. Me llamo Ingrid —dijo con voz dulce, con un acento que no pude reconocer y una sonrisa en los labios.

—Ingrid —repetí, devolviéndole la sonrisa. Sentí un orgullo feroz de que me recordara, de que pensara en mí como en alguien que le había brindado ayuda, como en alguien bondadoso. Sonrió mientras daba un mordisco al higo. Me sentí fascinado por la suave elevación de sus pómulos, la delicada sedosidad de la piel blanca, que se asemejaba a los pétalos perfectos de una margarita, y la curva perfecta del labio superior, que parecía un arco. Era tan bella y, a la vez, tan humana, que parecía una de las figuras celestiales del fresco de Giotto. No pude evitar que mi mano se acercara a su mejilla. Ella no se alejó. Con suavidad, limpié la sangre de su barbilla delicada con la palma de la mano. Tenía la piel más suave de lo que parecía, era maravillosamente suave, y la sangre salió al pasarle la mano. Cómo sufrimos todos aquí, pensé, con dolor. Me hice la promesa de no permitir que nadie la lastimara, y después me sentí ridículo, porque, después de todo, yo también era un esclavo en ese lugar. Luego sentí un escalofrío en los antebrazos que ya me resultaba familiar. Con suavidad, a regañadientes, me separé de ella. Salí de su habitación y corrí hasta la mía. Llegué sólo un minuto antes de que entrara un cliente.

Un poco más tarde, llegó Simonetta para conducirme al baño. Su rostro pálido mostraba más señales de cansancio de lo habitual.

—¿Por qué estás tan cansada, Simonetta? —quise saber.

—No te preocupes por mí, Luca —respondió, al tiempo que me acariciaba la cabeza—. Mírate un poco, ¿acaso son piojos eso que veo? ¿Cómo haces para seguir metiéndote en problemas?

—Esa niña, Ingrid... ¿De dónde es? —pregunté, pero Simonetta ya me había enjabonado la cabeza.

—Yo no me acercaría demasiado a esa chiquilla —dijo Simonetta, con el ceño fruncido. Tenía la larga trenza sobre un hombro, y yo extendí una mano para tocarla, notando su suavidad.

—¿Por qué? ¿Qué problema tiene?

—¿Qué problema tenemos todos los que estamos aquí? —preguntó Simonetta, con singular amargura—. Escuché decir a Silvano que la venderá a un cardenal rico para un sacrificio.

—¿Qué es eso?

—A algunos clientes les gusta matar. Si pagan lo suficiente, una fortuna, Silvano acepta.

Me deslicé en el agua tibia y cerré los ojos, tratando de contener las náuseas. Resultaba difícil de creer que, después de todas las cosas que me habían hecho, algo pudiera perturbarme.

—¿Por qué querría un cardenal matar a una niñita?

—El Cardenal cree que Dios quiere que castigue a las mujeres por el pecado que cometió Eva. Está limpiando el mundo. Somete a la niña a las agonías que Eva desató sobre la humanidad. Se toma su tiempo, lo hace de manera lenta y minuciosa, de modo que sea sagrado. Usa fuego y hojas filosas. Debe ser una niña pequeña e inocente para que sea una ofrenda adecuada para la expiación. Ha solicitado una virgen.

—Ingrid no lo es.

—Hay formas de simularlo —dijo Simonetta, en voz baja. Me levantó de la tina y me secó con un lienzo áspero—. Hay un cirujano que cose un poco, y un boticario que nos da una loción para tensar la piel... Hoy es el último día de trabajo de Ingrid. El cirujano viene mañana, para que tenga tiempo de cicatrizar hasta que venga el cardenal. —El amplio rostro de Simonetta se mostró desanimado—. La bañaremos todos los días en la solución del boticario, para prepararla.

—¿Cuándo? —susurré.

—Durante unos quince días, quizá un mes —dijo Simonetta, encogiéndose de hombros—. El cardenal viene de Avignon.

No pude evitar recordar la suavidad de la mano de Ingrid contra la mía, y el modo en que había aceptado mi contención. Tampoco podía sacarme de la cabeza su carita sonriente. Su imagen se formaba implacablemente en mi mente, primero feliz y aniñada, como cuando le había preguntado cómo se llamaba, y luego cubierta de sangre y retorciéndose del dolor, similar a la imagen de Marco cuando Silvano lo había cortado. No pude ayudar a Marco, pero debía ayudar a Ingrid, pensé cuando volvía a mi recámara a toda prisa. La niebla del miedo por poco no me dejó encontrar el camino. Lo único que sabía era que no podía permitir que la niñita que había acudido a mí para obtener consuelo muriera en manos de un cardenal fanatizado que creía estar haciendo la obra de su Dios. No podía permitir que sufriera de ese modo, no sin matar mi propia esencia, no después de que Ingrid me había llamado «bueno» y había permitido que le limpiara la sangre del rostro y apoyado su cabeza sobre mi hombro.

—No pienses en eso —susurró Simonetta, poniendo mi mano contra su corazón. Nos detuvimos frente a la puerta de mi recámara. Ella me apoyó la mano regordeta en el hombro—. Luca...

—¿Qué? —pregunté, sin aliento.

—Silvano quiere que te pregunte si disfrutaste la lección que te dio tu antiguo amigo Pietro sobre Giotto.

Me quedé boquiabierto.

—¿Lo sabe? ¿Cómo?

—Lo sabe todo —me advirtió, y la marca de nacimiento de la mejilla redonda se volvió de un color rojo oscuro—. No olvides eso, *caro*. No debes arriesgarte como Marco. —Me dio un apretoncito en el hombro y se marchó, y yo entré a la habitación mientras me preguntaba quiénes serían los espías de Silvano. Me prometí agudizar los sentidos hasta que pudiera reconocer a los secuaces de Silvano tan bien como lo percibía a él, y esa promesa casi apaciguó el estremecimiento de miedo que me recorría las entrañas.

Diez días más tarde, me mecía hacia delante y hacia atrás sobre las rodillas, frente a San Juan Evangelista en Santa Croce. Pensaba en la manera en que podría salvar a Ingrid. Ni siquiera podía salvarme a mí mismo, pero de algún modo debía ayudarla a ella, que había acudido a mí en busca de consuelo. El tiempo se estaba acabando y yo no tenía un plan. Estaba desesperado y recurrí a lo que sabía era maravilloso: las pinturas de Giotto. Si había algo real en las historias que las habían inspirado, si había alguna verdad en la sensibilidad del color, la línea y la expresión, si había algún santo real protegido por la gloria de esos frescos, entonces, seguro ese santo me ayudaría. Yo casi nunca había rezado, tendría más maldiciones que plegarias para Dios en los largos años de mi vida, pero en ese momento, rezaba.

—No es para mí, San Juan —murmuré a la figura que se elevaba.

—¿Qué cosa no es para ti? —preguntó una voz divertida a mis espaldas. Me di vuelta.

—¡Maestro Giotto! —exclamé, feliz de ver su silueta baja y robusta en persona. Luego supe que la gente a menudo reaccionaba de ese modo en su presencia. Aunque no tenía la belleza en los términos convencionales en los que se la suele imaginar y, en realidad, sus rasgos eran decididamente poco atractivos, Giotto tenía una inteligencia tan vivaz y un espíritu tan generoso y humano que era una dicha mirarlo.

—Pero si es el cachorrito callejero, moviendo la cola ante mi fresco, justo donde lo dejé la última vez —bromeó Giotto, con un movimiento de sus cejas grises.

—He estado aprendiendo cosas sobre su obra —afirmé, atropellando las palabras—. He estado preguntando a los monjes...

—Ten cuidado, perderás la apreciación estética con tanta educación. —Levantó la comisura de los labios en una mueca de ironía—. La respuesta natural tiene algo que no interfiere con la verdad. —Yo no supe qué responder, pero Giotto negó con la cabeza y desestimó sus palabras—. Pensé que podía encontrarte aquí. Te traje algo. —Me extendió un pequeño paquete.

Nadie me había dado un regalo antes, salvo Marco, que me llevaba dulces, y no supe qué hacer. Era evidente que no se trataba de algo comestible. Estaba envuelto en un lienzo brillante y de fino tejido, y atado con un lazo rojo.

—No te morderá —afirmó Giotto, haciendo un gesto con el paquete. Yo lo cogí y lo alcé—. Vamos, anda —me alentó. De modo que inhalé profundamente y luego desaté el lazo. La tela se abrió, y apareció un panel cuadrado de madera. Me metí la tela en la camisa y pasé el dedo por el panel, cuando me di cuenta de que, en realidad, se trataba de dos paneles pequeños enfrentados. Los abrí y los sostuve uno al lado del otro. Cada pintura tenía el tamaño de dos manos mías en largo y ancho. En uno, había una Madonna luminosa que me contemplaba, envuelta en su capa azul sembrada de estrellas. En el otro, estaba el Evangelista y, junto a él, un pequeño perro, que miraba al santo con adoración.

Me hinqué de rodillas.

—Maestro, no lo merezco.

—Pero son tu familia —aseguró él—. Si mis pinturas han de serlo, debes tener algunas para llevarlas a donde vayas. Yo no puedo escaparme de mis parientes; se me adhieren como la pintura a la madera, en especial cuando están en la quiebra.

—Son tan bellas; no soy digno de ellas. No tengo nada para darle a cambio —musité, atribulado ante tanta generosidad.

—Me basta con tu admiración —afirmó, al tiempo que se volvía hacia los enormes frescos que adoraban la capilla—. Son valiosas, asegúrate de cuidarlas.

—¡Lo haré! —prometí. Me incorporé despacio y aferré los dos paneles contra el pecho. No podía pronunciar palabra de la emoción, ni siquiera pude expresar tartamudeando la gratitud que me invadía en oleadas tan intensas como las del Arno en los días en que se vuelve gris plata y arrasa sus orillas.

—¿Qué es lo que no querías para ti? —preguntó Giotto, con tono suave.

Yo sostenía los paneles con manos temblorosas, absorbiendo cada línea, color, curva. La cara radiante de la Madonna estaba delineada con tanta delicadeza que se percibía tanto como una mujer real y un ser celestial que podía ser verdaderamente la Madre de Cristo. Los ojos eran manantiales de compasión y amor. Pensé que podía zambullirme en ellos y quedarme allí para siempre. Tendría que esconder mis tesoros de Silvano y sus ojos que todo lo veían, debería encontrar un escondite seguro en el *palazzo* para ellos. Tendría que buscar mucho para encontrar aunque fuera un solo recoveco inviolable en ese lugar.

—¿Y bien? —La curiosidad en la voz de Giotto interrumpió mi concentración en mis pensamientos. Levanté la mirada.

—La libertad.

—¿Le pides a San Juan el Evangelista la libertad para otra persona? ¿Eso es porque tú eres muy libre?

Negué con la cabeza.

—No tengo libertad, pero tengo una amiga…

—¿Alguien que ha sido buena contigo? —preguntó.

—Alguien que necesita de la bondad. Una enorme bondad que yo no sé cómo dar.

—Por eso rezabas —respondió—. Entiendo. —Guardó silencio y yo regresé hacia los paneles, devorándolos con los ojos. Luego, afirmó—: Mi amigo Dante habría dicho que la mayor de las libertades es el amor, en especial, el amor de Dios. Es lo que hace girar a las esferas en su órbita. No la encontramos en este cuerpo. La encontramos cuando renunciamos a las cosas terrenales por la voluntad de Dios.

Pensé en los hombres que entraban a mi recámara y en Silvano, que hacían lo que les viniera en gana, y que podían matar con impunidad. Yo mismo había matado a un amigo. Tal como había esperado, la única consecuencia de ese acto era mi propia culpa y tristeza. La voluntad de Dios no parecía tener nada que ver con el amor, sino únicamente con el dolor. Dudaba de las palabras de Giotto, pero se trataba de Giotto, de modo que lo tomé con seriedad.

—Alguien me dijo que obtendría la libertad con la muerte —afirmé.

—Eso es un caso extremo —respondió Giotto, con tono sombrío—. A veces, es la única forma, supongo. Esta vida terrenal puede ser cruel, plagada de fuerzas que están fuera de nuestro control y nuestra capacidad de comprensión, hasta que la muerte nos libera hacia el cielo. Me gusta pensar que mi viejo amigo ha encontrado la libertad. Pero hay otras formas de encontrarla. La devoción es una de ellas.

—¿Y si la devoción no es la respuesta? —pregunté, con un estremecimiento, pues eran las devociones del cardenal las responsables de los tormentos que éste infligiría a Ingrid.

—Entonces tienes razón; la muerte siempre es una opción. —Se oyeron voces que lo llamaban y un par de hombres le hicieron señas desde la nave de la iglesia. Giotto se volvió, con un suspiro, y alzó la mano en un gesto de reconocimiento—. El deber me llama. Te ruego me sepas disculpar, cachorrito, pero debo dejarte a ti con tus serias cavilaciones.

—¿Lo volveré a ver? —susurré.

—Siempre vuelvo a Florencia, a pesar de los nobles acaudalados que quieren que me dedique constantemente a pintar sus retratos y tumbas —afirmó con sequedad. Se marchó hacia donde estaban los hombres, al tiempo que los saludaba de manera afectuosa y los abrazaba. Volví mi atención a las dos pinturas asombrosas que me habían regalado con tanta generosidad. Posé la vista en el perrito que miraba a San Juan. Corrí tras Giotto.

—¡Maestro, maestro! —grité. Luego observé las costosas ropas de sus amigos, y me sentí abrumado de la vergüenza. No podía imaginarme la imagen que se harían de mí.

Giotto no parecía preocupado.

—Disculpad, debo hablar con mi joven amigo —afirmó, con una palmada en la espalda de sus acompañantes. Dio un paso hacia mí, enarcando una ceja.

Tragué saliva antes de hablar.

—¿El perro...?

En el rostro de Giotto, se dibujó una sonrisa astuta y complacida.

—¿Sí?

—Es... rubio, como yo. Tiene el pelaje rubio oscuro, con un poco de naranja. ¡Es como mi pelo!

—Así que este cachorro al que llaman Luca Bastardo no es ningún tonto —afirmó Giotto, complacido—. Encontrarás la forma de ayudar a tu amiga, no te preocupes.

Levanté la cabeza y sostuve en alto los dos paneles pintados.

—Gracias —le dije, con toda la dignidad que poseía. Él me guiñó el ojo, y volvió con sus amigos.

Al día siguiente, mientras trabajaba y mi espíritu se elevaba a los cielos azules con el Evangelista de Giotto, pude ver todo con claridad repentina. Quizá fuera otro atisbo de la gracia del dios que ríe, esa deidad que no dejaba de posar su mano sobre mí, ya fuera para estrujarme o para descartarme como si fuera un trozo de basura. Y al igual que la mayoría de los momentos de gracia que se me concedieron en el curso de mi larga vida, estaba entrelazado de pesar. Sin embargo, de repente supe cómo proteger a Ingrid de la devoción del cardenal; del mismo modo en que había liberado a Marco, pero no con la ayuda del río. Debía encontrar una manera de hacerlo sin que ella sufriera, para que ni siquiera se diera cuenta, de modo que su corazoncito no tuviera que debatirse entre las viciosas mandíbulas del terror. Además, tenía que protegerme a mí mismo; Silvano no me perdonaría que le hiciera perder una fortuna.

Cuando el cliente hubo terminado y después de que Simonetta me limpiara, me dejaron salir. Sin hacer ruido, me dirigí a la tabla suelta de la madera del suelo, detrás del cortinaje, donde había escondido uno de los paneles de Giotto. Los guardaba en escondites separados, por si Silvano descubría alguno de ellos, para que no se quedara con los dos. Acerqué con reverencia la frente a la bella cara de la Madonna. No sabía si alguna vez había existido una Virgen que concibió un hijo sin pecado; no creía en nada inmaculado. Este mundo estaba demasiado mancillado para que sobre su faz hubiera existido algo puro. Pero la gracia con la que Giotto la había plasmado merecía mi veneración. Me metí el panel dentro de la túnica y salí del *palazzo*. Me escondí en un callejón aledaño y me aseguré de que nadie me siguiera. Cuando vi que ninguno de los secuaces de Silvano me había seguido los pasos, continué mi camino a toda prisa.
Sabía adónde iba porque había hecho un recado en el lugar antes, cuando vivía en las calles y hacía cualquier cosa por conseguir comida. Todo, menos lo que hacía ahora, en realidad. Pero una vez, un albañil que ambicionaba mejorar su posición en su gremio me había enviado a un sector alejado de la ciudad. Había cogido lo que le llevé al regresar, con una sonrisa, y me había dado algunas monedas, mientras me decía que me olvidara de haberlo conocido. Al día siguiente, me enteré de que su competidor estaba muerto.

Era un día de invierno templado, con un cielo moteado de blanco, que parecía los fragmentos de la cáscara rota de un huevo de petirrojo, así que caminé por la ribera del Arno, pasé por sus lavaderos de lanas y llegué hasta el Ponte Vecchio con sus pequeñas tiendas de madera y la vista impactante a ambos lados del río. Allí, crucé al Oltrarno, el otro lado del Arno. Seguí un camino sinuoso para despistar a los espías de Silvano, rodeando la iglesia de Santa Felicita, para regresar al Ponte Vecchio, luego una vez más al Oltrarno por el Ponte Santa Trinita. Deambulé más allá de talleres de seda y herrerías, más allá del monasterio de los monjes de San Romualdo, a través de las callejuelas angostas, hasta llegar a una pequeña *bottega* adentrada en las afueras del sur, el *camoldoli* donde tenían sus tugurios los limpiadores, golpeadores y cepilladores de lana, y donde vivían los extranjeros y los judíos. La tienda tenía un letrero igual al de la docena de sastrerías de Florencia, aunque yo sabía que no lo era, y estaba cerrado con persianas, pero yo sabía que estaba abierto. Golpeé a la puerta, impaciente.

Me abrió un hombre alto y rubio. Al verme, entrecerró los ojos y luego cambió la expresión de su rostro de mandíbulas cuadradas. Era un hombre del lejano norte, que tenía buena memoria, y me recordaba. Me hizo pasar a la tienda. Corrió un pesado pestillo cuando pasamos, mientras yo estudiaba la habitación. Allí no se veían por ningún lado los asistentes que deberían estar sentados en un tapete con el regazo lleno de telas e hilos. Tampoco había una mesa amplia para cortar la tela, ni maniquíes de madera, ni navajas, tijeras ni agujas, ni las tiras del lino áspero que los sastres usaban para tomar las medidas. Sólo había una pequeña mesa rústica para hacer negocios y unas sillas. El norteño me miró con expresión adusta.

—Eso que vine a buscar una vez; me mandaron a buscar más —dije con suavidad.

—¿Tienes con qué pagar? —preguntó, con voz lenta y acento muy marcado. Saqué el pequeño panel que llevaba debajo de la camisa. Sentí una punzada de dolor y reticencia que casi hizo que conservara la Madonna, pero conjuré la imagen de la pequeña Ingrid, cubierta de cortes y quemaduras, y de la tortura que había llevado a Marco a reclamar su propia muerte. Ingrid había sido la única persona que me había llamado «bueno» en mi vida. Había encontrado consuelo en mí. Me había prometido no permitir que nadie la lastimara. Debía mantener mi promesa. Mis manos empujaron el panel hacia el norteño. El hombre profirió una exclamación y se sentó a la mesa, estudiándolo. Lo acarició, como si no pudiera contenerse.

—Con esto bastará.

Más bien sobrará, pensé, presa de la furia. Te alcanzará para salir de este negocio ilícito y podrás regresar a la fría tierra de donde viniste con una fortuna en las manos. Pensé en el regreso de este hombre a su lejana tierra natal y recordé que el monje Pietro me había dicho que averiguara en el Oltrarno acerca de mis propias raíces.

—Señor —pregunté con amabilidad—, ¿hace mucho que está en Florencia? —Él asintió, sin poder quitar los ojos del panel. Yo continué—. Me preguntaba si alguna vez oyó de alguien que perdió a un niño, hace años. Extranjeros, quizá pertenecientes a la nobleza.

El hombre levantó la vista, con evidente reticencia. Sus pálidos ojos azules se fijaron en mí con sagacidad.

—Crees que tú eras ese niño. —Yo me encogí de hombros. Él asintió—. Escuché algo, hace cinco años, quizá. Un rumor que circulaba por el mercado, acerca de un niño perdido, relacionado de algún modo con los cátaros, pero yo no le presté atención.

—¿Quiénes son los cátaros?

—Una secta hereje que creía en un dios benévolo y un dios malvado, de modo que la iglesia los persigue. —Negó con la cabeza—. Los padres no eran cátaros. Guardaban un secreto y por eso estaban junto a los cátaros, pero no sé de dónde venían o si estaban emparentados contigo.

Sin dejar de abrazar el panel de madera, desapareció en la habitación trasera, para regresar poco después con un pequeño frasco.

—Me dijeron que preguntara si se puede mezclar con algún dulce —dije, con la mirada perdida en la oscuridad de la puerta de la habitación donde había quedado mi pintura exquisita. Parte de mí estaba de duelo. Sabía que atesoraría mucho más el panel que me quedaba.

—Es la mejor manera; también es dulce —respondió el hombre, entregándome el frasquito—. Hay que usarlo todo; es una sola dosis; no duele y no se puede detectar. —Abrió el pestillo y me empujó hacia los peldaños, a la fría noche invernal de Florencia, en la que un cielo sin luna estaba surcado de nubes color ciruela, y una brisa gélida prometía más frío para el día siguiente. Caminé de regreso por las calles angostas, al amparo de las casas con torrecillas y las residencias fortificadas, las viviendas privadas donde las demás personas, la gente de verdad, vivían vidas pacíficas y seguras con sus seres queridos.

Silvano me mandó llamar al mediodía del día siguiente. Estaba sentado en la mesa del salón comedor, chupando el tuétano de un hueso vacuno.

—Tengo visitas hoy —informó. Escudriñé la habitación en busca del pesado saco de florines. No se veía por ningún lado. Silvano descartó un hueso y se rascó la barbilla puntiaguda y barbuda—. Se trata de una visita importante. Desafortunadamente, el visitante se sentirá desilusionado. —Yo guardé silencio—. De hecho —continuó Silvano, en tono cada vez más ácido—, debo reintegrarle un depósito cuantioso. —Se volvió hacia mí con un estremecimiento de la nariz filosa, como si tratara de olfatearme hasta sonsacarme la verdad—. ¡Eso me desagrada!

—¿Señor? —dije. Me cogí de las manos detrás de la espalda, apretando las palmas entre sí, para poder sentirme dentro de mi propio cuerpo, vivo, aún Luca.

Silvano se levantó de un salto, mirando el cielorraso, y profirió un aullido, como un perro bajo la luna.

—¡Una de mis niñas apareció muerta esta mañana! ¡Una niña que ya estaba pagada! —Arrojó el plato lleno de huesos contra la pared. Volvió a proferir un aullido y me tiró un cuenco con sopa a la cabeza. Yo me agaché y logré eludirlo, pero quedé cubierto del líquido. Entre jadeos, Silvano alzó su navaja y gritó—: ¿Sabes algo de la muerte de esta niña, astuto Bastardo?

—¿Por qué habría de hacerlo, señor? —dije, negando con la cabeza con tanta fuerza que me sacudió el pecho, o quizá fuera el miedo que me azotaba el corazón como lo hace un gato con un ratoncillo antes de devorarlo.

—Quizá te lo dijeron los frescos de la iglesia de Santa Croce —dijo Silvano, blandiendo la filosa hoja. Tenía la cara colorada de la ira—. Quizá te lo dijo alguien el otro día en Santa Felicita. Creo que tú sabes todo tipo de cosas. Creo que ocultas cosas. Creo que te quedas despierto de noche para pensar cosas raras. ¡Creo que guardas secretos!

—No, señor —repetí en un susurro, al tiempo que retrocedía para poder escapar de ser necesario.

Derribó todo lo que había sobre la mesa con un movimiento del brazo. Al mismo tiempo que caían platos y copas, dio un salto hacia mí y me puso el cuchillo en el cuello. Yo me quedé muy quieto. Silvano me hundió la punta del cuchillo en el cuello, al lado de la nuez de Adán. Sentí que algo húmedo, una gota de sangre, me caía hasta el hueco de la garganta. Me pregunté si yo estaba a punto de seguir la misma suerte que Marco e Ingrid, después de todo; me sorprendió la tranquilidad que sentía. Silvano gruñó.

—Soy muy buen juez de carácter, Bastardo; es por eso que me va bien en la vida.

—Sí, señor —susurré.

—No tendría problema en cortarte ese cuello blanco que tienes, quizá te destriparía como el cerdo que eres, aunque seas la progenie bastarda de algún elegante aristócrata extranjero. Pero no quiero perder a ningún otro de mis preciosos trabajadores. No podemos destruir nuestra tierna familia, ¿no crees, Bastardo? —Silvano echó la cabeza hacia atrás y profirió un gruñido, mostrando los dientes como un perro rabioso. La hoja del cuchillo se estremeció contra mi cuello—. ¡He perdido una pequeña fortuna por la muerte de esta chiquilla! ¡Esto es inaceptable! ¡La reputación que me he ganado por darles a mis clientes todo lo que me piden ha sido arruinada! ¡Tú algo tienes que ver con esto! Sé que te metiste en su habitación. No puedo demostrarlo, pero voy a observarte. Bien de cerca. Te quedarás dentro. ¡No habrá más salidas!

Retrocedió un paso, sin dejar de blandir el cuchillo.

—No sé adónde fuiste después de la iglesia de Santa Felicita, pero no volverás durante un tiempo. —Yo bajé la cabeza, ocultando la mirada para que no pudiera ver las lágrimas de furia y desdén. Mi cuerpo latía de ira, y de gratitud por seguir vivo. También sufría por Ingrid, a quien no volvería a ver; había algo en las acusaciones de Silvano que daban un carácter definitivo a la muerte de la niña. No dijo nada más y yo retrocedí hacia la puerta, saliendo de la sala.

—Algo más, Bastardo —dijo. Golpeó la mesa con el puño—. Ya estoy enterado de tu parentesco, pero averiguaré más. Sabré lo que sabes y lo que escondes. Voy a desvelar tus secretos. ¡Todos y cada uno de ellos!

# Capítulo 4

Los días se arrastraron hasta convertirse en meses que, al cabo del tiempo, se volvieron años, como un soporífero de acción lenta, y las palabras de Marco demostraron ser ciertas. Me acostumbré al trabajo. La gente se acostumbra a todo, si continúa el tiempo suficiente. Sin embargo, no era sólo la costumbre, sino que también era la forma en que logré entumecer partes de mí mismo para sobrevivir y concentrarme en los escasos atisbos de gracia que se cruzaban en mi camino: las travesías que emprendía hacia las grandes pinturas, la libertad de salir cuando Silvano me concedía ese privilegio, la buena comida, el estar abrigado en el invierno. No podía evitar sentir gratitud por el alimento y el techo que tenía sobre mi cabeza, después de haber pasado tantos años en las calles, a pesar del desprecio por mí mismo ante la debilidad perturbadora de esa gratitud. Pensaba poco en el trabajo en sí. Sólo una vez lo disfruté.

Un cliente habitual, un miembro de alto rango del gremio de los peleteros, más rudo incluso que los *condottieri* que me visitaban, abrió de un empujón la puerta de mi habitación, me observó con lascivia, y luego se aferró el macizo brazo izquierdo. Cayó de rodillas, entre jadeos y gemidos. Su mirada estaba desencajada y le caía espuma por la boca, humedeciéndole la barba. Yo lo observaba desde la cama con curiosidad. Se le dilataron los poros de la enorme cara, y comenzaron a brotarle gotas de sudor que le caían por la cara hasta la mejilla, pegada al piso.

—Ayúdame, muchacho —jadeó—. Por favor ayúdame. —Tenía un marcado acento campesino y yo me encogí de hombros, como si no comprendiera. Me levanté y corrí la pesada cortina de terciopelo color carmesí, cuya tela había sido diseñada originalmente para exportarla a un harén de Turquía, pero que Silvano había adquirido para su establecimiento. Después de todo, un burdel era el lugar perfecto para burlar las leyes de la mesura. Un triángulo de luz amarillo brillante cortaba en dos el rostro del cliente. Eran las últimas horas de una tarde de verano, después del cierre de los mercados y antes de la cena; una hora voluptuosa del día, de gran demanda en ese oficio. El peletero se atragantó unas cuantas veces y vomitó un pequeño charco de bilis verde. Sus labios se movían bajo la luz; alrededor de su cabeza se acumulaban motas de polvo, pero su voz ya no se oía. Me senté en el suelo, a su lado, me abracé las rodillas con los brazos, a la espera, respirando. Me llevaba bien con la muerte y sabía cuando se aproximaba.

—Busca a Silvano —jadeó el peletero, al tiempo que se incorporaba un poco. Luego, se desplomó como un pescado sobre el muelle. Se puso pálido, después color carmesí, luego pálido nuevamente y vomitó más. Luego se quedó inmóvil. Observé cómo el triángulo de luz ascendía por el cuerpo del peletero como un escorpión, hasta que lo que sería la cola se enroscaba sobre el torso del hombre y su cabeza yacía sobre el suelo. Por último, se desplomó y permaneció quieto.

Examiné el cuerpo. Tenía una billetera con algunas monedas de plata. Metí la mano en su fino jubón de seda, y arranqué de un tirón la cadena de oro que le colgaba del cuello, con un crucifijo con perlas, que le había visto una vez que se había desnudado el pecho. No le quité los anillos; Silvano, a quien no se le escapaba nada, se habría dado cuenta. Así que tomé parte del *soldi,* aunque no todo, y luego lo escondí en un orificio que habían hecho los ratones detrás de la cajonera. Después abrí la puerta y llamé a Simonetta.

La mujer llegó rápidamente, con su paso aparentemente lento y una pregunta reflejada en la mirada. Al ver al peletero, chasqueó la lengua y masculló algunos improperios intercalados con plegarias. Hizo girar el cuerpo hasta que éste quedó boca arriba y se cubrió la boca con la mano.

—Problemas —afirmó—. ¡No quiero que te lastimen, Luca!

—Yo no lo maté —respondí, mientras acariciaba su rubia trenza.

—¿Acaso importará? —Se persignó y salió en busca de Silvano. Me quedé sentado en la cama, esperándolo. Esa espera no resultó tan sencilla. El paso del tiempo, aunque más breve, estaba congelado por la anticipación del dolor. Me pregunté si podría trasladarme hasta las pinturas de Giotto mientras Silvano me daba la paliza. Por lo general, no podía concentrarme lo suficiente cuando Silvano blandía su saco de florines. Pero tenía esperanzas renovadas: Giotto estaba en Florencia, supervisando el campanario de la iglesia de Santa María del Fiore. Se suponía que la catedral coronaría nuestra gloriosa ciudad, y todo el mundo estaba entusiasmado con que Florencia hubiera recobrado su propósito, después de 30 años de construcciones descuidadas. Los líderes de Florencia habían logrado atraer a Giotto hasta la ciudad, otorgándole la ciudadanía y cien florines de oro. Por eso, me daba el lujo de ver al gran maestro día por medio, aunque no hablaba con él con tanta frecuencia. Por lo general, me escondía detrás de la construcción y lo observaba bromear con sus trabajadores, debatir los diseños con los otros artistas. Luego, salía de mi escondite para que él me viera. Si tenía tiempo, el maestro me hacía un gesto para que me acercara, me despeinaba el cabello, me llamaba «cachorro callejero», me hablaba acerca del trabajo realizado, y me hacía preguntas sobre lo que me había enseñado la vez anterior. Yo recordaba todo lo que me había contado, lo que le complacía. A veces me guiñaba el ojo y seguía adelante, y me daba cuenta de que estaba ocupado con asuntos mucho más importantes que un vagabundo callejero como yo.

—Has matado a un cliente. —La voz maliciosa de Silvano interrumpió mi ensueño. Avanzaba por el corredor delante de Simonetta, que tenía un moretón reciente debajo del ojo y no levantaba la mirada. Se retorcía las manos dentro de las mangas largas de seda azul. Silvano nos vestía bien; eso contribuía a darle categoría a su establecimiento—. ¡Qué astuto eres! Todo con tal de no trabajar. ¿Lo disfrutaste? ¿Te regocijaste con el poder omnipotente de cobrarte una vida? Para mí, es mejor que el clímax carnal. Tú eres como yo, Luca, perteneces a una elite, no tienes los escrúpulos que son la debilidad de otras personas.

—Yo no lo maté. —Me quedé donde estaba, sentado sobre la cama, fuera del alcance de sus manos, que podían esgrimir un cuchillo en un abrir y cerrar de ojos. Todavía tenía una marquita blanca diminuta en el cuello, donde Silvano había apoyado el cuchillo cuando murió Ingrid.

—Qué pena, quizá me habría sentido orgulloso de que me imitaras. Tal vez te habría premiado con dinero para que gastaras en el mercado, que tanto te gusta. —Silvano se inclinó sobre el peletero, al tiempo que lo examinaba con golpecitos rápidos e indiferentes—. Apuesto que lo observaste morir durante casi una hora —afirmó—. Y siempre gano mis apuestas. —Abrió la billetera del peletero y sacó el dinero restante, luego le quitó los anillos, dejando solamente el sello, pues la familia del hombre lo reclamaría. Por último, se incorporó y me observó; mi mirada enfrentó la suya por unos instantes, pero se parecía demasiado a clavar los ojos en las mandíbulas frígidas del infierno, de modo que aparté la mirada.

—Vamos, no vas a decirme que estás impresionado, Bastardo —se mofó Silvano, mientras se acariciaba la barbilla.

—Mi trabajo no me lo permite —respondí. El hombre rió, con un sonido sibilante, semejante al batido de las alas de un murciélago en el viento gélido, un sonido que era más aterrador que sus palabras.

—Tienes respuesta para todo —espetó, con desdén—. Hace cuatro años que estás conmigo, ¿no es cierto, muchacho?

—Sí, señor —asentí. ¿Acaso cuatro años era demasiado? ¿Querría deshacerse de mí?

—Sin embargo, te ves exactamente igual a cuando llegaste: como un niño de nueve años —afirmó Silvano—. No pareces ni un día mayor. No es por falta de alimento. Comes casi tanto como ganas. —Dio un paso por encima del cuerpo del peletero y me aferró la barbilla. Me obligó a mirarlo y se acercó aún más, como lo había hecho el primer día en que lo conocí. Luego me quitó la *camicia* y clavó la mirada en mi pecho como si buscara algo. Concentré la mirada en su barba canosa, al tiempo que me esforzaba por no protestar cuando me invadió el olor de su perfume. En todos los años que siguieron, gracias a Silvano y sus clientes, nunca pude usar perfume, ni siquiera cuando tuve la riqueza como para costearme las mejores fragancias.

—Ya deberías madurar; deberías estar cambiando la voz y tener algo de barba. Pero no; te ves exactamente como cuando te cogí en el mercado. Sé que eres el muchacho del documento que tengo en mi poder. Tienes un color de cabello muy particular, Bastardo. Pero quizá eso no quiera decir que tengas sangre especial. Quizá sólo seas un brujo. ¿Sabes lo que hacemos con los brujos?

—Van a prisión —respondí, sin rodeos. Sin embargo, *la prisión sería mejor que esto*, pensé.

—Van a la hoguera —me corrigió en tono alegre—. Es un proceso lento que derrite la piel y fríe el cerebro dentro del cráneo, que exprime hasta la última gota de agonía. No es algo placentero ser brujo, Bastardo. Eres afortunado de trabajar aquí. Debes asegurarte de complacer a mis clientes. Si te dejo de patitas en la calle y entrego ese documento a los padres de la Iglesia, te quemarán por brujo.

—No soy un brujo, señor. Sólo soy diferente —aseguré.

—¿Diferente? Eres una abominación, un ser anormal que no envejece como el resto de nosotros. —Sus labios finos se curvaron en una mueca de desdén—. El resto de nosotros envejece sin lugar a dudas. Como Simonetta, por ejemplo, que se está poniendo vieja. ¿No es así, Simonetta? Te estás poniendo vieja y temes que nunca tendrás hijos, ¿no es cierto? ¿No es eso lo que le dijiste a María el otro día? —Hacía las preguntas sin mirarla, y Simonetta retrocedió hasta apoyarse contra la pared de mi habitación; su boca era apenas una línea en el pálido rostro alunado.

Silvano me hizo girar la cara de un lado al otro.

—A diferencia de ti, yo estoy envejeciendo. Con la edad, un hombre comienza a pensar, si no es un crápula. He estado pensando. Me gustaría tener un hijo, un heredero. Un hijo que se case con una mujer de una de las mejores familias de Florencia y dé lustre al buen nombre de Silvano. —Me soltó de repente y dio un paso atrás—. Mi hijo será respetado; no será un prostituto y hechicero con cualidades anormales como tú, Bastardo, sino un hijo que continúe con mi negocio, que provea para mí en la vejez. —Se volvió hacia Simonetta—. Hay un *ufficiale*, Alberti, que es cliente habitual; mándalo llamar. Le explicaré la situación. Y también manda a llamar al médico, uno de esos médicos hebreos a los que podemos convencer de mi historia. Prométele un florín si dice lo que se le ordene. Si trata de negarse, amenaza con exiliar a su familia de Florencia.

Trascurrió casi un año más y mi aspecto seguía igual. Solía examinarme en los espejos oscuros del *palazzo* de Silvano que los clientes usaban para arreglarse antes de marcharse del establecimiento. Yo seguía teniendo cara de niño, lampiña, sin alteraciones. ¿Qué me pasaba, que no maduraba del mismo modo que los demás niños? ¿Acaso Silvano tenía razón y yo era un fenómeno, una abominación? ¿Qué es lo que decía ese documento y por qué Silvano estaba tan seguro de que hablaba de mí? Yo sabía que no era un hechicero. ¿Sería por eso que me habían echado a las calles en primer lugar? Hasta Giotto lo había comentado un día en que caminamos juntos.

Era una mañana de verano, plena de vida gracias al buen tiempo, y colmada con la abundancia de imágenes, sonidos y aromas de la Florencia que yo amaba en aquellos días: las flores que adornaban los maceteros de las ventanas, y que se amontonaban en altas pilas en los carros de madera que llegaban de las granjas del *contado*, las afueras; las mujeres bonitas vestidas con ropas coloridas, cargando cestos llenos de comestibles, como higos dulces y alubias frescas, o mercaderías como los rollos de nuestra excelente lana florentina; niños corriendo y perros ágiles que andaban a saltos, y gatos aún más ágiles cazando ratas que se escondían durante el día; los mercados atiborrados de quesos de aroma intenso, de pescado fresco del río Arno y de carnes rosadas, y toneles de vino, y la cerámica por la que era famosa la ciudad y las obras que definían la vida de las demás personas, la gente común y corriente, con familias, la gente íntegra. Cerca del frente de la Iglesia de Santa María del Fiore, se estaban colocando las piedras para el campanario de Giotto. Llegaba el ruido de martillazos, junto con el repiqueteo de los cascos de los caballos, el tañido de las campanas de la iglesia, el crujido y ajetreo de los carros y el susurro distante de los molinos de harina y los lavaderos de lana a lo largo del río. Giotto y yo nos dirigíamos a la construcción de la Iglesia de Santa María del Fiore cuando el maestro se detuvo, agitado por el paso rápido que llevábamos, y señaló una piedra

—¿Sabes que es eso, Luca *Cuccolo*? —Su voz era afectuosa al llamarme «cachorrito Luca», pero yo sabía que el afecto no me estaba destinado. Estaba dirigido a la piedra plana de color gris que teníamos enfrente. Había unas letras negras pintadas sobre la piedra, pero yo no sabía leer, de modo que negué con la cabeza—. Éste es un lugar de reverencia atemporal, un lugar sagrado como un altar —afirmó Giotto—. Lo llamo *Sasso di Dante*, o piedra de Dante. Aquí se sentaba él durante horas, para observar la construcción, mientras escribía su inmortal *Divina Comedia*, absorto en sus reflexiones.

—Dante, el gran poeta, que era su amigo —señalé. Giotto solía mencionar a Dante con amor y respeto; en ese momento deseé saber leer, para poder compartir, aunque fuera un poco, la admiración que sentía por su amigo. Me pregunté si podría convencer a fray Pietro de que me enseñara. Quizás si obsequiaba al fraile el crucifijo perlado que le había quitado al cliente muerto... Agregué—: De modo que esta piedra es sagrada porque un gran hombre, un hombre perfecto, se sentaba aquí a menudo.

—Mi viejo amigo pecó. En su gran obra, *El infierno*, confiesa sentir lujuria y orgullo...

—El infierno debe de estar más atestado que Florencia si todas las personas que pecan de lujuria y orgullo lo confiesan —comenté. El rostro sencillo y maravilloso de Giotto se iluminó con una sonrisa.

—Somos todos humanos. Tú también serás presa de la lujuria, cuando te conviertas en hombre.

—No es mi lujuria lo que me condenará —señalé, perturbado, al pensar en las insinuaciones de Silvano acerca de que era un hechicero.

Giotto rió, con una risa profunda que le resonó en el vientre, una risa que sólo él podía producir. Quienes pasaban por ahí esbozaron una sonrisa.

—A mí tampoco, cachorrito. Para eso está la gracia del purgatorio: para purificarnos.

—Si uno cree en la purificación —agregué secamente. No bastaría con el purgatorio para que yo pudiera ir al cielo.

—Yo sí creo —afirmó Giotto—. No es la perfección lo que hace que esta piedra sea sagrada. Dante era un buen hombre, pero tenía defectos, como todos nosotros. Dante fue condenado al exilio por corrupción, aunque no era culpable de lo que lo acusaban.

—Es por su genio —reflexioné, pasando la mano por la áspera superficie de la piedra—. Por su habilidad como poeta. Eso es lo que hace que esta piedra sea sagrada, aunque él no fuera un hombre perfecto.

—Exactamente. —Giotto me dio una palmadita en el hombro—. No hay hombres perfectos; sólo hay hombres con partes sublimes. Tú sabes comprender las cosas, Luca.

—No lo sé —dije lentamente—. Pensé que sólo las cosas designadas por la Iglesia eran sagradas y sacras, como el pan y el vino de la comunión.

—Esos son un ejemplo de lo sacro —reconoció Giotto—. El misterio más profundo del sacramento, ese momento en que el cielo desciende a la tierra, lo hace sagrado.

—No creo que el cielo descienda nunca a la tierra; la tierra está demasiado plagada de crueldad y fealdad. Si el cielo llegara a la tierra, el mal lo mancillaría, como cuando una tela se sumerge en un tinte. Pero bueno, yo no he hecho catecismo. Ni siquiera sé si me han bautizado —confesé, con una risita.

—¡Seguro que tus padres te habrán bautizado! —respondió Giotto.

Me encogí de hombros.

—No los recuerdo, ni a ellos ni a la vida que tuve antes de las calles.

—¡Luca, algo debes de recordar de tus orígenes!

Miré alrededor para asegurarme de que nadie estuviera escuchando.

—Oí algo acerca de unos extranjeros que viajaban con los cátaros y perdieron a un niño —dije en voz baja para que ninguno de los espías de Silvano me pudiera oír. Había pre-

guntado en el Oltrarno al respecto, pero mis consultas habían
llegado a oídos de Silvano y éste se había burlado de mí, de
modo que casi nunca lo mencionaba.

—Oí hablar de los cátaros —dijo Giotto lentamente—.
Eran un grupo devoto, colmado de virtud cristiana. Cuidaban
a los enfermos y necesitados, y trataban de vivir una vida
pura que reflejara las enseñanzas más básicas de Jesús. Nunca
comprendí por qué la Iglesia los llamó herejes y trató de erra-
dicarlos. Quizás fue porque tenían una idea extraña acerca de
Cristo y el bautismo; que el Señor hizo que el río Jordán flu-
yera río arriba, en sentido contrario. Se trata de una imagen
poética muy bella, pero no veo por qué habría de destruirse a
un pueblo por eso.

—¿Por qué habría de destruirse un pueblo, por la
razón que fuere? —pregunté, disfrutando nuestro debate,
como de costumbre—. ¿Por qué no pueden dejar que la gente
cultive su propia fe como le plazca?

—He ahí un verdadero pensamiento hereje: la tolerancia —afirmó Giotto, entre risas. Luego, se encogió de
hombros—. Muchas veces pensé en este río que fluye en sentido contrario. Pensé que se trataba de una demostración del
dominio del Señor por sobre la naturaleza, que es una fuerza
primitiva, una fuente original. Yo acudo primero a la naturaleza para descubrir aquello que es sagrado y sacro.

—Los sacerdotes no dicen cosas así —arriesgué a decir.

—Tú eres demasiado astuto como para creer lo que
dicen los sacerdotes. —Giotto volvió a reír—. Ya has vivido
suficientes años para tener pensamientos propios. —Inclinó
su cabeza enmarañada, me miró fijamente con sus ojos intensos—. Sin embargo, ni tu cara ni tu estatura reflejan los años
que tienes, muchacho. Eres como una pintura, que no se
modifica con el tiempo. Hay cierto misterio que te rodea,
Bastardo —afirmó—. Tienes el rostro de un niño, pero las
palabras de un anciano que ha dedicado mucho tiempo a
reflexionar sus propios pensamientos. Ten cuidado de que eso

no sea tu condena. A la Iglesia no le agradan demasiado aquellos que piensan por sí mismos

—A nadie —dije, recordando las palabras amenazadoras de Silvano. Sin embargo, después de todo lo que había visto y hecho, no sabía cómo iba a evitar el hervir en mis propios pensamientos. Eran como los restos de un naufragio a la deriva en el río, subían y bajaban en mi interior, y me diferenciaban de otras personas, incluso de quienes trabajaban en la prostitución, incluso más que mi oficio o mi anormal juventud.

—Ten cuidado en quien confías. No querría que sufrieras—afirmó Giotto, con una mueca, al tiempo que lo envolvía un aire extraño de tristeza. Luego, su cuerpo corpulento se estremeció como la cuerda de una viola, y dio paso a su habitual naturaleza jovial—. Venga, cachorro, vamos a ver mi campanario. ¡Los padres del tribunal se quejan acerca del costo, pero la belleza cuesta caro, en especial la bella taracea de mármol!

# Capítulo 5

Giotto murió en 1337, y toda Florencia lo lloró. Mucha gente que apenas lo conocía anduvo con el rostro pesaroso y con ropa de duelo. Fue enterrado en Santa Maria del Fiore, cuyas paredes finalmente estaban terminadas, debajo de una placa de mármol blanco. Yo no asistí a la suntuosa procesión del funeral público, ni a la misa extensa. Me acerqué unos días después y me quedé de pie frente al mármol blanco, con el pequeño panel del Evangelista que me había dado Giotto, el del perrito de pelaje dorado escondido debajo de la camisa. No recé; sólo recordé las pinturas de Giotto. Cerré los ojos, rememorando todas las obras del maestro que había visto, lentamente, con reverencia. Pensé en su rostro de rasgos sencillos, en el modo en que le encantaba reírse y la atracción que su jovialidad ejercía sobre los demás. Y recordé cada conversación que tuvimos a lo largo de los años, con deleite, cada una de ellas. Recordé cada palabra preciosa que habíamos intercambiado. Mi amistad con Giotto fue lo más dulce de toda mi vida. Me hizo sentir casi digno. Me inspiró la esperanza de tener nuevos amigos, circunstancias más favorables de superarme y quizá, algún día, incluso de tener una esposa propia. Era un deseo ambicioso para alguien como yo, que probablemente no sobreviviera a la infancia. Ni siquiera esperaba poder liberarme de Silvano. Lo había intentado una vez, hacía dos años, en parte como resultado de una conversación con Giotto. El doloroso recuerdo irrumpió sin que lo llamara ni lo deseara, reflejando el modo en que el sufrimiento está entretejido incluso en las hebras de los tapices más coloridos de mi vida.

Fue un intento por lograr la libertad totalmente espontáneo. Una tarde, mientras seguía a Giotto a corta distancia, escondiéndome detrás de la gente, de las rocas y de los carruajes para no molestar al maestro, apareció de manera repentina un hombre alto de rostro dulce y ojos vivaces.

—A ver muchacho, ¿por qué te escabulles detrás del gran maestro? ¿Tienes pensado vaciar sus bolsillos? —Los ojos oscuros del hombre me examinaron mientras sus manos me sostenían con firmeza por los hombros.

—¡No, señor! —protesté—. ¡Me gusta observar al maestro Giotto! Así aprendo cosas.

—¿Aprendes cosas? ¿Qué es lo que quieres aprender? —preguntó el hombre, soltándome de manera abrupta.

—Supongo que todo —afirmé, encogiéndome de hombros, al tiempo que trataba de ver detrás del hombre para observar a Giotto.

—¿Todo? Es una montaña muy alta para escalar. ¿Cuál es tu motivación para querer emprender un ascenso semejante? —insistió, con curiosidad. Tenía un leve acento, como si fuera originario de Florencia, pero no viviera allí.

—¿Por qué querría cualquiera escalar una montaña? —respondí, con cierta aspereza, pues Giotto había seguido su camino y yo quería ir tras él—. ¡Para contemplar el paisaje!

—¡Pues claro, para contemplar el paisaje! —El hombre alto estalló en carcajadas—. ¿Pero no crees que la mayoría de las personas han escalado una montaña simplemente para cruzar del otro lado?

—¿Cómo voy a saber yo lo que hace la mayoría de la gente? Yo no soy la mayoría de la gente; yo soy yo. —Me enderecé el *mantello*—. ¿Ya me puedo marchar?

—Sí, desde luego. ¡Reflexionaré sobre tu deseo de ascender a grandes alturas sólo para ver qué ofrece el paisaje! —me dijo, con un gesto que me indicaba que me podía marchar. Salí corriendo detrás de Giotto. Al principio, no lo encontré y, cuando lo hice, estaba de pie junto al hombre alto. Al verme, Giotto me hizo un gesto para que me acercara.

—Este cachorrito es amigo mío —afirmó Giotto, dándome una palmadita en el hombro—. Luca, quiero que conozcas a mi amigo Petrarca.

—Un discípulo interesante —afirmó el hombre alto, guiñándome el ojo—, que tiene la gran aspiración de aprenderlo todo.

—Pensé que tu mayor deseo era la libertad, Luca —bromeó Giotto.

—Sí, eso es lo que quiero —susurré—. ¡Más que nada en el mundo!

Giotto rió y me sacudió el cabello.

—¡Pues entonces no dejes de ser un pilluelo y persigue la libertad con todo el corazón! Dios sabe que mereces alcanzar aquello que anhela tu corazón.

Había algo en el afecto de Giotto, al igual que en sus palabras, y en la aprobación que se reflejaba en el hombre alto, que desencadenó en mí un sentimiento ardiente de libertad. Sin pensar en las consecuencias, me arrojé sobre el carro de un vendedor ambulante que salía de la ciudad. Dos *condottieri* que solían frecuentar el establecimiento de Silvano me vieron de inmediato. Me obligaron a apearme y me arrastraron de regreso al burdel, a la espera de una recompensa.

—Elegid entre mis trabajadores; la casa invita —ofreció Silvano, a pesar de que nunca ofrecía sus mercancías gratuitamente. Sonrió—. ¡Te has comportado muy mal, Luca! —Iba a matarme; yo tenía tanto miedo que no pude responder—. Simonetta, llama a Bella. Y tráeme la navaja.

—¿Para qué quiere a Bella, señor? —susurré, con un nudo en el estómago, por el miedo.

—Es una niña tan bonita, ¿no es cierto, Luca? Se parece mucho a la pequeña Ingrid, que trabajaba aquí hace varios años, la de los grandes ojos azules y la piel blanca lechosa. Aunque Bella no es rubia. Aquí está. —Silvano hizo un gesto con la cabeza. Estábamos de pie en el vestíbulo alfombrado. Fuera todavía era de día, pero las ventanas estaban cubiertas con pesados cortinajes de brocado, de modo que la única luz provenía de las velas de los candelabros de pared. Bella tenía unos siete años, estaba vestida con una *camicia* amarilla sin mangas y tenía los brazos desnudos y el pelo castaño suelto, como si hubiera estado durmiendo. Era probable que hubiera estado con un cliente hasta hacía unos minutos.

—Bella, Luca se ha comportado muy mal —afirmó Silvano mientras cogía la navaja que le alcanzaba Simonetta. La niña miró a Silvano con sus intensos ojos azules. Al lado del hombre, se la veía diminuta y delicada, a pesar de que Silvano no era corpulento. El hombre tomó la manita de la niña entre las propias—. Hay que darle una lección a Luca. —Silvano se llevó la mano de Bella a los labios. Luego, le sostuvo la mano y estiró el dedo índice. Con la otra mano, hundió la navaja en el dedo de la niña con un movimiento rápido, cortándolo. Bella y yo proferimos un grito cuando vimos la sangre que brotaba del muñón que ahora tenía en el nudillo. Simonetta bajó la cabeza, al tiempo que se cubría el rostro con las manos y se le estremecían los hombros.

—¡No! ¡No! —gritó Bella, al tiempo que se retorcía entre los brazos de Silvano, tratando de soltarse.

—Sí —corrigió Silvano, extendiendo el pulgar de la niña. Verás, a Luca no le importan demasiado su vida ni sus propios dedos. —Silvano blandió el cuchillo una vez más para rebanarle el pulgar a la niña—. Le importan más los otros niños, ¿no es así, Luca?

—Por favor, ya no la lastime —rogué, entre sollozos—. ¡Hágamelo a mí!

—No funcionaría; además, te quiero entero para venderte a la Iglesia —afirmó Silvano con un leve jadeo, que se parecía al de un hombre preso de la lujuria. Cogió el dedo mayor de Bella, aunque la niña trató de evitarlo, mientras le rogaba lastimosamente que se detuviera. Cortó cada uno de los dedos de sus dos manitas. Para cuando llegó al pulgar de la segunda mano, me dejé caer al suelo, sobre el charco de la sangre de Bella, mientras le imploraba a Silvano que me matara y le prometía que nunca más trataría de escaparme, le prometía cualquier cosa. Simonetta sollozaba en silencio.

—Por favor, máteme —rogué, retorciéndome en el suelo, destrozado—. ¡Bella, lo siento tanto!

—Ya me cansé de esto —musitó Silvano y, con una estocada rápida, hundió el cuchillo en el cuello de Bella. Fue un alivio ver que la mano vacía de la muerte se llevaba el alma de los ojos de la niña—. Luca, aprende de esto. Si alguna vez tratas de escaparte, mataré a otro de los niños, y no seré compasivo, como lo he sido con Bella. —Dio un paso atrás, limpiando la hoja filosa en su *lucco*—. Simonetta, limpia esta mugre. Y si lo deseas, puedes volver a salir, Luca —afirmó, con naturalidad.

Ese era el único recuerdo de Giotto que me causaba angustia. Tras la muerte de Bella, me prohibí a mí mismo el siquiera pensar en fugarme, en la libertad. Hasta dejé de preguntar acerca de unos extranjeros vinculados con los cátaros que habrían perdido a un bebé. Desde luego que no era culpa de Giotto; y todos mis otros recuerdos de él me causaban deleite. Apenas unos meses antes de morir, me había enseñado un panel que pintó para las monjas de San Giorgio. Me había llevado hasta el cuadro sin decir nada, hasta que yo solté una exclamación de placer.

—¡Tiene mi cara! ¡Soy yo! —dije, señalando a un niño que observaba desde un rincón, con actitud reverente.

—El hombre que se conoce a sí mismo llegará muy lejos en la vida. —Giotto rió.

—No lo merezco —murmuré. Ingrid y Marco, al igual que la pequeña Bella con sus ojos azules, deberían haber sido quienes quedaran plasmados por siempre en la gloriosa obra de Giotto.

—Claro que lo mereces. Prefiero poner tu rostro que el de cualquiera de mis hijos o nietos. Dios no ha bendecido a mi familia, en especial a mi mujer y a mí, con la belleza —afirmó, tornando los ojos con desesperación burlona—. Al menos, hacemos una buena pareja, ¿no es cierto? No sé cómo encontrarás esposa, Luca. Hay pocas mujeres cuya belleza esté a la altura de la tuya. Es una enorme bendición la que te han concedido, aunque no pareces apreciarla.

—Usted posee una bendición mayor: crea belleza —respondí con suavidad, encantado de que mencionara a mi esposa, como si yo la mereciera tanto como cualquier otro florentino en esa ciudad obsesionada con el matrimonio. Comencé a pensar en cómo podría ganarme el amor de una esposa algún día, en lo que podía hacer para merecerla. Esa idea se convirtió en una de mis motivaciones secretas.

En nuestro último encuentro, Giotto y yo caminábamos por el corazón de Florencia, alrededor del Baptisterio octogonal con su colorida túnica de mármol resplandeciente. Él me citó del *Paraíso*, de Dante: «Lo que no muere y lo que puede morir no son sino el esplendor de esa idea que engendra, con amor, nuestro Señor; pues esa luz viva que emana de su Fuente Iluminada, que... de su propia bondad los rayos reúne, como si se reflejara, en nueve subsistencias, permaneciendo por siempre una».

—Es muy bello, pero no entiendo cómo tres o nueve pueden ser uno —afirmé. Me detuve a admirar los diseños geométricos verdes y blancos de la fachada. Estaba hecha con el más fino mármol de Carrara blanco y con piedra serpentina verde que Giotto había descrito como verde *di Prato*.

Mi viejo amigo admiraba este antiguo edificio, que era un templo romano para adorar a Marte. Es tan exquisito que no podemos dejarlo como está; le hacemos más y más cambios —explicó Giotto con una sonrisa, acariciándose la barba—.

Arnolfo di Cambio le agregó el frente a rayas a las pilastras de las esquinas, y sus formas precisas coinciden plenamente con los ritmos de la superficie de la pared. —Pasó la mano por una de las rayas, y luego se volvió hacia mí—. No te preocupes demasiado por entender la poesía de Dante, cachorrito. Eres inteligente, puedes pensarla y comprenderás mucho; esa es la belleza de su arte. Se refiere a las nueve órdenes de los ángeles y a que la creación, todo, ya sea mortal o inmortal, es una forma de amor que fluye de la mente de Dios como si fuera luz. Dante pensaba en Dios en términos de luz.

—Pero, si es una forma de amor, ¿cómo es posible que la creación, que el mundo, estén plagados de mal? Salvo que el mal sea la broma de Dios. Usted me dijo que Dios ríe, ¿lo recuerda? Ese día en la *piazza* Santa Maria Novella, cuando yo luché con los niños nobles con un palo roto —dije, con vehemencia—. ¡El día en que me habló acerca del *ingegno*! ¡Jamás lo olvidé y siempre trato de seguir su consejo!

Giotto enarcó las cejas grises.

—Veo que mis palabras tuvieron un gran efecto en ti, a pesar de que fueron breves.

—¡Aprendí mucho de esas palabras!

—Cayeron en suelo fértil —respondió Giotto enseguida. Me dirigió una mirada inescrutable y luego, como si se levantara un manto de niebla, reconocí lo que reflejaba esa mirada: respeto.

—Las ideas de Dante sobre la luz me parecen más sensatas que lo que dice sobre el amor —comenté, ruborizándome—. Creo que al humor impiadoso de Dios le sienta bien verse reflejado en la belleza y el arte, que son hermanos de la luz. Como resplandece la luz en el mármol del Baptisterio de San Juan, y usted reproduce la luz en sus pinturas.

—Dilemas, el sentido del humor de Dios, el arte como hermano de la luz... Se te ocurren las ideas más estrambóticas. Guárdalas para ti, cachorrito. Podrían meter a un hombre en problemas. Al menos, estás más alto. No has cambiado de manera tan evidente, aunque la gente siempre notará tu belleza. No quiero que des que hablar a la gente.

En efecto, yo estaba más alto y, por fin, me veía mayor, como los demás niños de once años. Mi cuerpo no había madurado como debía para mi edad, pero el menor atisbo de envejecimiento apaciguaba mi inquietud. Silvano seguía persiguiéndome con palabras como «brujo» o «monstruo», y me examinaba con regularidad para buscar algo que nunca aparecía, lo que le enfadaba sobremanera. Sin embargo, me sentí reconfortado de que Giotto hubiera notado el cambio en mi aspecto. De pie frente a su tumba, recordé la oleada de placer que había generado su observación. Repetí en voz alta las palabras que me había citado del poema de su amigo. Tenía la esperanza de que estuvieran juntos en el paraíso, riendo y bromeando como solía hacerlo Giotto. Si había alguna bondad en Dios, Él valoraría la belleza y la luz. La forma en que Giotto había plasmado ambas cosas deberían abrirle las puertas del cielo de par en par.

Unos meses más tarde, después de la cosecha, cuando se servían los segundos higos pequeños en las mesas y la ciudad se estaba refrescando con la aproximación del otoño, Simonetta dio a luz al hijo varón de Silvano. Éste anunció un receso de una semana para celebrarlo. Llamó a un sacerdote que solía visitar el burdel para que se encargara de bautizar al niño, lo que demostraba que, a cambio de una cantidad suficiente de florines para la Iglesia, se podía comprar cualquier cosa, hasta un bautizo solemne para el hijo bastardo del asesino dueño de un burdel. El niño fue llamado Nicolo, y sus rasgos imitaban los paternos incluso de recién nacido: tenía la barbilla estrecha y protuberante, y la nariz diminuta y angulosa. Después del bautizo, Silvano organizó un banquete en el *palazzo* e invitó a una extraña mezcla de personas: algunos *condottieri*, al dueño de otro burdel, a ricos mercaderes a quienes había comprado los objetos opulentos que adornaban el *palazzo*, a dos banqueros que le administraban las ganancias, a un prestamista, un boticario, un vendedor ambulante y hasta a algunos nobles. Todos se embriagaron con el vino contrabandeado que Silvano había traído ilegalmente desde Lucca y corretearon detrás de un grupo de niñas pequeñas, para quienes la ocasión no era ni una celebración ni un receso del trabajo.

Simonetta se encontraba muy débil porque el parto había sido difícil, y Silvano estaba tan complacido con ella que le destinó un sector propio en el ala privada del *palazzo*. Desde luego que nunca le permitiría marcharse; la única forma de abandonar su burdel era con la muerte; eso lo sabíamos todos. Trajo a otra mujer para que la sustituyera. Era una forastera taciturna de pómulos altos, ojos rasgados y brazos y piernas robustos. Apenas hablaba el idioma y lo que hablaba, lo hacía muy mal, y no me caía en gracia. Mientras que Simonetta siempre había dado indicaciones suaves con palabras o gestos amables, ésta nos aferraba con brusquedad. Aun así, me alegraba por Simonetta. Había dejado el trabajo sin morir en el intento. Yo me escabullía hasta su habitación para visitarla, a pesar de que teníamos prohibido acercarnos al ala privada. Confiaba en mis sentidos para que me alertaran de la cercanía de Silvano. Éstos eran cada vez más aguzados, hasta lindar con la frontera de lo sobrenatural. Siempre sabía en qué parte del *palazzo* estaba Silvano. A medida que pasaba el tiempo, hasta sabía en qué parte de la ciudad se encontraba. Lo único que tenía que hacer era quedarme quieto y no pensar en nada, y se me formaba una imagen en la mente, como el reflejo que se vislumbra en la superficie del río cuando sus aguas están calmas. Solía ver una *piazza* o una *bottega* o un mercado, y sabía con certeza dónde se encontraba Silvano. Era como si el miedo y el odio que sentía por él me vincularan a su persona de manera tan palpable que siempre lo percibía, sin importar dónde o cuán lejos estuviera.

Y así se sucedieron los años. El trabajo no se modificó, pero yo había desarrollado una inmunidad a él, al igual que al tiempo. Vivía en una especie de suspensión que me parecía natural porque era todo lo que conocía. Mi espíritu emprendía las travesías necesarias para absolverlo del tiempo, y mi cuerpo nunca se enfermaba o marchitaba, como le sucedía a muchos de los demás niños. Sólo me sentía descompuesto después de una paliza. Incluso en esos momentos, me recuperaba con rapidez. Una vez me golpearon salvajemente fuera del burdel. Fue en medio de la bancarrota de las sucursales londinenses de las compañías Bardi y Peruzzi, con la caída de los bancos más pequeños, lo que hizo que quebraran muchos mercaderes y pequeños fabricantes de la industria de la lana. Como si la sensación de malestar social fuera poca, faltaban los cultivos en la Toscana. Los florentinos se volvieron huraños, malhumorados y temerosos. Ningún negocio prosperaba, con excepción del de Silvano, a quien nunca le faltaban clientes. Un día, me dirigí hacia la Iglesia de Ognissanti, cerca del Arno, para contemplar el retablo, una Madonna con el niño Jesús pintados por Giotto. La bella Madonna, con su cabeza redonda, su cuello esbelto y el cuerpo generoso envuelto en la tela azul, exudaba una seriedad espiritual palpable, mientras que el niño Jesús, cuya manita se levantaba en un gesto de bendición, era tierno y triste, majestuoso, grácil y abierto. Giotto había usado los colores de las telas de los mercados de Florencia, lo que le daba a la Madonna un aspecto dulcemente cotidiano. Los ángeles que contemplaban la escena tenían expresión devota y pacífica, como verdaderos testigos de la gloria. Salí de la iglesia de Ognissanti tropezando, como si me hubieran perforado el corazón, pues tan intenso era el arte de Giotto. Me di de bruces contra un hombre que me empujó a un lado con un gruñido.

—*Mi scusi, signore* —murmuré, y luego lo reconocí; era uno de los primeros clientes que me habían visitado, un mercader que comerciaba las sedas de Catay.

—¡Espera! Yo te conozco —espetó. Era un hombre delgado, un poco encorvado, cuyo cabello negro había encanecido desde que había dejado de frecuentar el establecimiento de Silvano. Entrecerró los ojos—. ¿Sigues con Silvano? ¡Han pasado diez años... y tú te ves igual! ¡Ya deberías ser un hombre, y Silvano hace tiempo que te debería haber descartado!

—Me está confundiendo, *signore* —respondí, tratando de seguir mi camino

—¡No tan deprisa! —exclamó, aferrándome del brazo, lo que atrajo la atención de los transeúntes que caminaban hacia el Ponte alla Carraia—. Estás exactamente igual a entonces. ¿Cómo es eso posible? ¡No has envejecido! ¡Eso es magia! ¡Eres un brujo, sin duda! —Un grupo de personas se había agrupado a nuestro alrededor, y yo traté de zafarme.

—¡Me confunde con otra persona! —dije nuevamente, con cierta urgencia. Miré en torno, pero sólo vi rostros consternados y enfurecidos. Se me hizo un nudo en el estómago del miedo. Miré alrededor, tratando de encontrar una vía de escape.

—¡Es cierto; es Luca Bastardo, del burdel de Silvano, y no ha cambiado en todos estos años! —gritó otra voz. Se trataba de un tejedor que solía ahorrar sus *soldi* durante meses para poder costearse una visita al burdel. Antes de quitarme la ropa, me contaba de sus penurias, como si fuera a importarme. El tejedor, también, tenía el cabello cano.

—¡Brujo! ¡Brujo! ¡Hechicero! —repitieron varias voces.

—¡Es la brujería lo que ha empobrecido a Florencia! —clamó una voz con angustia.

—¡La magia negra la que ha quebrado nuestros bancos!

—¡La magia negra ha devaluado nuestras lanas!

—¡La magia negra ha arruinado nuestros cultivos!

—¡Estamos hambrientos y somos pobres por culpa de los brujos!

La multitud se cerró sobre mí. Se oyeron gritos y sentí las manos que me golpeaban. No intenté defenderme. Estaba acostumbrado a que me lastimaran y una parte de mí sentía que lo merecía. También sabía que mi cuerpo podía recuperarse de casi cualquier afrenta; era parte de mi singularidad, era algo con lo que podía contar. Me arrancaron la ropa y me dejaron la nariz cubierta de sangre. Al ver la sangre, la multitud se incendió aún más, y sentí el golpe de sus puños furiosos en todo el cuerpo. Las acusaciones eran cada vez más furiosas, proferidas a voz en grito. Me golpearon hasta que caí de rodillas y luego me cogieron de los brazos y las piernas, y me arrastraron. Me arrojaron en la Piazza d'Ognissanti, frente al Arno. Un grupo de gente armó una pila de ramas.

—¡Quemadlo! ¡Quemad al brujo! —gritaban las voces, enardecidas. Algunos se alejaron un poco para preparar la pira, mientras otros se acercaban a examinarme. Apoyado de lado, me hice un pequeño ovillo, me tapé la cabeza con los brazos, cerré los ojos y me transporté de regreso a la virgen de la iglesia de Ognissanti. Me desplomé en los brazos de los ángeles que contemplaban a la virgen y los escuché cantar: «¡Madonna, Madonna!».

—¡*Audi partem alteram*! —gritó una voz, con furia—. ¡Escuchad a la otra parte!

Se hizo silencio entre la multitud, pero yo apenas lo registré. Estaba absorto en mi viaje. Floté frente a la bella Madonna de Giotto, admirando su fuerte cuerpo beatífico y la tranquilidad del niñito Jesús entre sus brazos. Me deleitaba en el coro angelical. «Madonna, Madonna», cantaba alguien. Luego, me di cuenta de que ese alguien era yo. Abrí los ojos. Un hombre muy alto, de expresión dulce y buen semblante, que debía de tener unos treinta años, se encontraba de pie cerca de mí. Lo reconocí; era el hombre que me había descubierto siguiendo a Giotto hacía años: Petrarca, el amigo de Giotto. Me hizo una seña para que me sentara. Lenta y dolorosamente, me incorporé de modo que quedé de rodillas. La multitud se alzó en murmullos desagradables.

—Si la vida que llevamos es buena, también son buenos los tiempos. Los tiempos reflejan lo que somos —dijo el hombre alto con vehemencia. Me dirigió una mirada penetrante con sus ojos apasionados, luego se volvió a la multitud que nos rodeaba—. Son las palabras del mismo San Agustín. ¡Debéis escuchar las grandes voces del pasado y aprender de ellas! Matar a este mozo no hará que aumente el precio de la lana. ¡Tampoco fortalecerá vuestros bancos, ni hará florecer vuestros cultivos!

—¡Complaceremos a Dios si exterminamos a los brujos! —aulló una voz de hombre a modo de respuesta—. ¡Si el Señor está complacido, gozaremos de prosperidad una vez más!

—¡Sí, sí! —exclamaron muchas voces al unísono.

—¡No! —gritó Petrarca—. Ordenad vuestras almas; reducid los lujos; vivid en caridad; asociaros en comunidad cristiana; obedeced las leyes; tened fe en la Providencia, ¡es eso lo que debéis hacer! ¡Eso mejorará la suerte de la ciudad y la fortalecerá!

—¡Tiene razón; basta ya! —La voz fría y letal exigía atención; había aparecido Silvano. Atravesó la multitud, que se abrió paso como si fuera una serpiente. Me sentí asqueado hasta la médula al darme cuenta de que me alegraba de verlo.

—El *signore* Petrarca honra nuestra ciudad con su visita, y lo que dice es muy cierto. Matar a un prostituto no nos devolverá nuestro dinero —afirmaba Silvano, con su habitual desdén—. ¡Volved a trabajar! ¡Nuestro negocio es lo que hizo grande a Florencia, y lo que le devolverá su grandeza! —Se oyeron algunos silbidos, pero la multitud se dispersó. Silvano inclinó la cabeza en dirección al hombre alto—. He leído su poesía, *signore*. ¡Me conmueven las emociones sutiles del amor no correspondido que usted expresa de manera tan brillante!

—Me alegra que mis humildes palabras lo hayan conmovido —respondió el hombre, amablemente.

—¿Es cierto que ha recibido invitaciones de Roma y de París para recibir la corona del Poeta Laureado? —preguntó Silvano en tono servil.

—Está muy bien informado, *signore* —afirmó Petrarca, apartando la mirada—. Voy rumbo a Roma para aceptar humildemente los honores que desean concederme.

—En mi negocio, es necesario estar bien informado —respondió Silvano, con picardía—. Todo el mundo habla de su obra. Me sentiría honrado si pudiera visitar mi humilde establecimiento. —Hizo un gesto en dirección a mí, luego indicó a los dos *condottieri* que lo acompañaban que me ayudaran a ponerme de pie. Me incorporaron con violencia y me empujaron hacia delante, en exhibición. La humillación hizo que el rostro se me ruborizara, por debajo de las manchas de sangre. Silvano continuó—: Me especializo en ciertos gustos refinados. Incluso si sus apetitos no se inclinan por eso en general...

—Hay una mujer cercana a mí y, bueno, tengo un hijo —respondió Petrarca, incómodo—. También es mi meta máxima evitar los pecados carnales.

—Muy noble de su parte —respondió Silvano con tono obsecuente, haciendo un gesto a los *condottieri* para que me alejaran de allí. Petrarca se encogió de hombros y me observó. Las rodillas me fallaban, lo que me hacía caer, de modo que uno de los *condottieri* me alzó por encima del hombro. Silvano se acercó a mí.

—Tienes suerte de que haya venido por ti, Bastardo. Ese poeta remilgado no podría haber convencido a la muchedumbre para que no te quemara en la hoguera. Habría sido un gran entretenimiento escuchar tus gritos mientras ardías entre las llamas —afirmó con ojos destellantes—. ¡Debes estarme agradecido! —Me tocó los verdugones de la cara y frunció el entrecejo—. Estás lastimado, pero puedes trabajar de cualquier manera. Efectivamente, así fue.

Así que crecía, pero muy despacio y, para cuando debería de haber tenido veintisiete años, la edad de un hombre adulto, sólo aparentaba trece. Nicolo, el hijo de Silvano, que tenía once años, estaba más desarrollado que yo, lo que complacía a Silvano. Nicolo no era más alto, y era tan delgado como el padre, pero tenía la voz más ronca, una pelusa incipiente a modo de barba y marcas rojas de acné en las mejillas. Yo sólo tenía una sombra de vello sobre el labio. Algo es algo. Al verla, Simonetta siempre sonreía y me llamaba *porcino*, chanchito. Su cabello se había vuelto blanco, y su rostro ahora estaba surcado de arrugas alrededor de la marca de nacimiento, aunque seguía siendo la misma mujer callada y dulce que yo había conocido por casi veinte años, años que habían transcurrido como si yo estuviera durmiendo y soñando, años durante los cuales no traté de escapar por miedo a que Silvano pudiera matar a otro niño, o quizá a la misma Simonetta.

Una primavera, el negocio decayó de manera notable. Por un cliente, me enteré de que una enfermedad arrasaba la ciudad. Era un comerciante dedicado al teñido de lanas, que había prosperado y era propietario de algunas tiendas en las afueras de la ciudad, al norte, que era la zona más respetable. En el centro de la ciudad, los ricos mercaderes y los nobles mantenían las rentas a precios muy elevados, de modo que la mayoría de las tiendas de teñido y terminado de lana estaban ubicadas en los peores suburbios del Oltrarno. Ese cliente se sentía muy orgulloso de haberse mudado a una zona más respetable de la ciudad. Ese tipo de cliente siempre creía que había que agradecerle su interés en uno. Éste me indicó que me quitara la ropa antes de tocarme. Yo hice lo que me ordenó, y me gritó que girara lentamente.

—No tienes *bubboni* —masculló—. ¡Levanta los brazos por encima de la cabeza! —Hice lo que me ordenó, y el hombre asintió—. No tienes ronchas. Bien. Tose y luego escupe en el suelo. —Nunca me habían dado esa orden antes, pero en los dieciocho años que trabajaba allí, los pedidos poco usuales eran lo habitual. Los seres humanos eran criaturas de deseos retorcidos; si el hombre fue creado por Dios a su imagen y semejanza, sólo una deidad malévola podría engendrar tales apetitos. Me obligué a toser y escupir. El hombre estudió el escupitajo—.

No hay sangre —afirmó, aliviado—. Tú servirás, muchacho.
—Y el resto de su hora continuó como de costumbre.

Después de eso, vino una mujer nueva a limpiarme, una extrajera que no me agradaba. Era fría y escuálida, y hablaba con una cadencia rígida, azuzándome con el dedo para que la obedeciera. Nos servía porciones pequeñas de comida y me reprendía por querer repetir, hasta que un día me pregunté en voz alta si Silvano la castigaría por hacer adelgazar a sus trabajadores. Ante ese comentario, la joven frunció la boca en una línea rígida y retrocedió. Nunca más escatimó la comida. Le dejé bien en claro que a Silvano le gustaba que todos los niños se vieran regordetes, para que no lo hiciera con los demás. Ese fue uno de esos gestos de amabilidad pequeños, pero cruciales, que podía hacer por los demás niños. Ese día, miré a la joven extranjera directamente a los ojos antes de preguntarle.

—Mujer, ¿acaso hay alguna peste en la ciudad?

—Hay una enfermedad terrible, Bastardo —respondió, con un estremecimiento—. Ha llegado a las afueras de Florencia. La gente tiene miedo. ¡No sale de su casa; algunos hasta abandonan la ciudad!

—¿Qué tipo de enfermedad?

—La llaman la peste negra —susurró—. Algunas personas tienen una fiebre terrible y escupen sangre, y para el tercer día están muertos. A otros les salen ronchas negras, *bubboni*, antes de morir. ¡Dicen que más de la mitad de los pobladores de los países del este han muerto! ¡Dicen que hasta ocho de cada diez!

—Hace ocho años hubo una peste, pero muchos sobrevivieron —afirmé.

Ella negó con la cabeza.

—Ésta mata a todos los que caen enfermos. ¡A todos!

Al mes siguiente, cuando la primavera cedía paso al verano, Silvano me convocó a la sala comedor, donde estaba jugando a los dados con Nicolo.

—¡Te enseñaré a no jugar de manera estúpida, hijo! —decía, mientras daba un coscorrón al niño en las orejas. Nicolo, al ver que yo había presenciado el castigo, se sonrojó y desvió la mirada. Silvano no dejaba que su hijo se acercara a los niños que trabajaban en el burdel, de modo que Nicolo y yo casi no habíamos intercambiado palabra, pero había visto odio reflejado en sus pequeños ojos, tan parecidos a los del padre. Hacía lo posible por evitarlo.

Un graznido agudo me sobresaltó. En un rincón de la habitación, en una jaula dorada, había un pájaro de brillante plumaje. Me quedé mirándolo boquiabierto.

—¿Sabes qué es eso, Bastardo? —preguntó Silvano.

—Por supuesto que no sabe qué es, papá; es un prostituto ignorante —acotó Nicolo.

—Es un pájaro —respondí yo, incómodo.

—No es un pájaro cualquiera —dijo Silvano. Se acercó a la jaula y sacó al ave, extendió el dedo y lo arrulló con suavidad. Acarició la cabeza roja y las alas verdes del ave—. Este hermoso animal es un ave especial que exhibiré en las noches de festival, cuando nos visiten muchos clientes. Es un ave exótica que proviene del Lejano Oriente. Se la compré a un mercader para que le dé más fama y brillo a mi glorioso establecimiento. ¡Nadie más tiene algo así en toda Florencia! —Se le veía exultante, y luego volvió a colocar al pájaro en su jaula dorada—. Bastardo; debes ir a la ciudad.

—¿No deberías darle una paliza antes, para asegurarte de que regrese? —preguntó con desdén Nicolo, acomodando las aperturas de su túnica color carmesí para mostrar el *farsetto* azul de seda que llevaba debajo. La túnica, de fino tejido y de cuidada terminación, al igual que la prenda que llevaba debajo, podría haber pertenecido al magistrado más respetado de la ciudad. Hay un viejo proverbio florentino que dice que «la ropa y el color hacen a un hombre honorable», pero no es cierto. Aunque Nicolo se pusiera las ropas más finas, siempre sería el hijo bastardo de un burdelero asesino por nacimiento, y una rata humana repugnante por intención.

—Luca sabe lo que haré si no regresa. —Silvano rió y se rascó la cabeza, que ahora estaba casi blanca por las canas—. Tiene que salir a reunir información.

—Quiere saber acerca de la nueva peste —adiviné.

—El mercader que me vendió el pájaro dice que está azotando la ciudad —agregó Silvano—. ¿Es cierto que la peste ha llegado a la misma ciudad de Florencia? ¿La gente se muere como moscas? Una basura callejera como tú puede recorrer la ciudad de manera muy astuta, averiguar qué sucede, cuán serio es. Eres bueno para escabullirte y observarlo todo, ¿no es cierto, Bastardo? Va de la mano con tu juventud anormal. —Me señaló—. Anda, vete. Fíjate si los enfermos mueren de manera rápida y horrible. —Me miró de soslayo y vi que sus ojos estaban opacados por una delgada película blancuzca. Eso me sorprendió; siempre había pensado en Silvano como en el hombre poderoso, invencible y malévolo que había conocido en el mercado. En ese momento observé, maravillado, que la barba no era el único signo del paso del tiempo. Tenía la cara curtida y cubierta de arrugas, y se le veía el cuero cabelludo rosado a través de una tonsura de pelo blanco. Miré con atención los dados que había sobre la mesa. No quería que Silvano viera que yo había detectado alguna debilidad en él—. No te preocupes, no te contagiarás la peste negra —dijo con desdén, malinterpretando la expresión de mi rostro—. Eres la criatura más resistente y adaptable que conozco. Ni siquiera te contagias la gonorrea, y todos los meses pierdo algún trabajador que se la agarra.

—Pero es algo muy raro, ¿no lo crees padre? Que no envejezca ni se enferme —se quejó Nicolo—. No es natural. Es una especie de hechicería maléfica. Quizá deberías matarlo y arrojarlo al río. —Nicolo me miró con una risita—. Hace meses que no hacemos algo divertido.

—Tonterías, hijo; él es muy útil para mí, y todavía lo piden mucho los clientes —respondió Silvano con una sonrisa afectuosa dirigida a su hijo—. Además, tengo planes importantes para él. Algún día madurará y, cuando eso suceda, disfrutaremos de una nueva vida, con honor y posición social. —Se inclinó para despeinar el pelo de Nicolo y observé que la piel de la mano de Silvano estaba floja y mortecina—. Si quieres divertirte un poco, puedes hacerlo con el nuevo chico español. —Se puso de pie y le hizo un gesto a su hijo para que lo siguiera. Yo retrocedí contra la pared cuando pasaron a mi lado.

—Realmente, este Bastardo es demasiado arrogante; no me agrada —se quejó Nicolo, haciendo una pausa frente a mí. Inclinó a un lado la cabeza y me miró con desprecio desde lo alto de su nariz filosa.

—Bueno, golpéalo si eso deseas, pero no tanto como para que no pueda salir a las calles —afirmó Silvano, desde el vestíbulo. La mirada de Nicolo se iluminó. Antes de pensar lo que iba a hacer, di un paso hacia el chico. No fue largo, apenas recorrí el ancho de una mano, pero al mismo tiempo, mis brazos cobraron fuerza, como las aguas de un río que se impulsan para formar una ola, y sentí el flujo de la sangre hacia el pecho y los hombros. Mi mirada enfrentó la suya sin titubear. Era un proceso sutil, en el que me volvía poderoso. Lo había hecho antes, cuando algún perro me mostraba los dientes en la calle, pues mostrar debilidad habría incitado el ataque, pero nunca lo había probado con un ser humano. Quizá no lo había hecho por el miedo que sentía por mi juventud anormal, la humillación que me producía trabajar en el burdel, y la repugnancia por los actos terribles que había cometido; el poder no era para los seres indeseables como yo. Pero hoy, después de vislumbrar la debilidad en Silvano, no quería que su hijo me golpeara. Nicolo empalideció. Dio un paso atrás rápidamente y luego corrió tras su padre. Yo no cabía en mi asombro. No podía creer lo que había hecho. Probablemente pagaría el precio más tarde, cuando Nicolo convenciera a su padre de que me golpeara. Sin embargo, en ese momento, estaba dispuesto a defenderme con todas mis fuerzas. No sabía que era capaz de hacerlo y esa certeza me fortaleció. Quizá yo no fuera tan despreciable después de todo.

Me marché del *palazzo* de inmediato. Era un día de principios de mayo, cuando todavía se podía disfrutar de momentos frescos antes de la llegada avasalladora del verano, cuyo sol hace arder el valle del Arno. Había pocas personas en las calles. Las puertas estaban tapiadas y las ventanas cerradas con persianas. Las tiendas, las fábricas y hasta las tabernas estaban cerradas. Florencia era una ciudad de altas torres, aunque no tan altas como en el pasado, cuando habían alcanzado más de ciento veinte *braccia* de altura. Los padres de la ciudad habían decidido limitar la altura de las viviendas particulares por razones de seguridad pública, pero aun así eran impactantes. Ahora, esas torres estaban cerradas y oscuras. La campana de aviso de la torre del austero Palazzo dei Priori dobló en tonos sombríos. Un silencio sobrenatural imperaba en las calles, perturbado únicamente por el sonido de los cascos de los caballos de los carros cargados de posesiones que abandonaban la ciudad, y el aire estaba impregnado de un olor hediondo. No tardé en descubrir la causa del hedor. Había cuerpos desparramados por todas partes. Sobre ellos, pululaban las moscas y los cuervos, con estridentes graznidos. Las ratas recorrían las calles de la ciudad, pero evitaban los cadáveres hinchados. La mayoría parecía pertenecer a trabajadores de la lana, de bajos recursos, que todavía llevaban puestos sus *foggette*. Algunos eran cuerpos pequeños, de niños, apilados de a dos o tres, con los brazos entrelazados o extendidos. La ciudad se había convertido en un enorme osario.

Había un cuerpo de aspecto diferente; pertenecía a una mujer joven que tenía las manos entrelazadas sobre el pecho, como si hubiera muerto en medio de una plegaria. El suntuoso vestido de brocado que llevaba indicaba que se trataba de una mujer de la nobleza. Tenía las mejillas delicadas y el cuello cubiertos de manchas negras. Su vientre se veía abultado debajo de la ropa; debía de estar encinta. La peste se había cobrado dos vidas en una.

—Una horrenda pestilencia, que sólo acaba de comenzar —afirmó una voz sombría con acento sureño. Provenía de un hombre alto y de cabello oscuro que, a pesar de su acento napolitano, tenía un rostro de rasgos francos esculpidos.

—Usted cree que será peor —afirmé. El hombre asintió.

—No te acerques demasiado —me advirtió, señalando con un gesto del mentón el cadáver de la mujer—. Se transmite con una velocidad monstruosa de los muertos a los vivos y de los enfermos a los sanos. —Se apartó. Las pocas personas que había en la calle andaban solas y arrojaban miradas suspicaces a los demás transeúntes. Nadie quería acercarse a los otros. Yo apuré el paso para alcanzar al hombre.

—¿Los médicos no pueden curarla? —pregunté en voz alta. El hombre alto se volvió con una débil sonrisa.

—¿No te he visto antes hoy? —preguntó.

—Si suele frecuentar el establecimiento de Bernardo Silvano…

—No, no; prefiero no pagar para divertirme —murmuró—. Además, las mujeres son lo suficientemente infantiles y triviales como para tener que recurrir a niños de verdad. De algún otro lado.

—¿Del mercado? —sugerí. Escudriñó mis rasgos con su mirada intensa, y luego esbozó una sonrisa.

—Tu cara me recuerda a uno de los rostros del panel de la abadía de San Giorgio —afirmó—. Aunque ese niño tiene dos o tres años menos que tú. Pero sois muy parecidos; tú bien podrías ser su gemelo mayor.

Yo estaba rebosante de dicha.

—¡Conoce la gloriosa obra del maestro Giotto!

—Al igual que tú, evidentemente, aunque no lo habría esperado de uno de los trabajadores de Silvano —respondió. Nos detuvimos cuando vimos que, de una ventana por encima de nuestra cabeza, salían despedidos varios harapos. Se produjo un golpe seco al cerrarse las persianas, incluso antes de que los harapos aterrizaran en la calle, a pequeña distancia de donde nos encontrábamos. Yo estaba por acercarme a echar un vistazo, pero el hombre me puso la mano en el hombro a modo de advertencia—. Es probable que fueran las prendas de una pobre alma que murió de la peste —advirtió—. La gente se desespera por deshacerse de cualquier objeto que haya entrado en contacto con los muertos. —Dos cerdos flacos corrieron hacia los harapos, los cogieron entre los dientes y el hocico peludo, y los sacudieron, como hacen los cerdos. Nos quedamos observándolos resoplar y gruñir entre los harapos—. En respuesta a tu pregunta inicial —continuó el hombre—, no; los médicos no saben cómo curarla. Quizá no se puede curar por su naturaleza, o quizá los médicos son tan ignorantes que no reconocen sus causas, de modo que no pueden indicar el remedio adecuado.

—¿Es cierto que proviene del Este? —pregunté.

—Sí, pero ha cambiado su curso —dijo el hombre—. En el Este, los que enfermaban sangraban por la nariz, y luego morían. Ahora los primeros síntomas son una hinchazón en la entrepierna o en las axilas. La hinchazón puede aumentar hasta tener el tamaño de un huevo. —Posó su mirada en mí—. Ten cuidado de no acercarte a ningún cliente que tenga esas partes inflamadas. —Hablaba como quien sabe del tema, pero sin juzgarme. Me encogí de hombros.

—Es posible que no pueda evitarlo.

El hombre sacudió la cabeza, frunciendo el entrecejo.

—Silvano, esa sanguijuela. No comprendo cómo los padres de la ciudad le permiten hacer lo que hace. No hay necesidad de que exista un establecimiento tan abominable. Si un hombre no logra saciar su lujuria, siempre puede encontrar a la esposa de otro hombre para hacerlo, si lo intenta con determinación. Las mujeres son descerebradas, como adornos. Son criaturas muy fáciles de seducir.

—Algunos de los padres de la ciudad son clientes de Silvano.

Una expresión indignada se reflejó en su rostro delgado.

—A veces creo que es la merecida ira de Dios la que ha desencadenado esta peste sobre nosotros, en castigo por nuestras iniquidades. El pecado florece en esta ciudad, y en todas partes; esta peste no puede ser simplemente el resultado de una estrella desafortunada. ¡Sería una expresión adecuada de la justicia divina que Silvano sucumbiera a la peste y tuviera una muerte horrible!

—Usted habla como un clérigo, pero no lo parece —observé. Estaba bien vestido, aunque de manera simple, con telas que cualquier florentino reconocería como de buena calidad: llevaba un *mantello* de lana oscuro sobre una túnica de lino de algodón estrecha, y calzas negras comunes pero bien diseñadas. No llevaba el sombrero blando, llamado *foggetta*, que era señal de menor posición social, ni tampoco llevaba el color carmesí, reservado para los funcionarios públicos. Tampoco parecía un mercader, con su aire pensativo.

—Soy poeta, aunque mi padre habría preferido que me dedicara a las leyes o al comercio —sonrió.

—¿Un poeta como Dante? —pregunté. Dado que tenía el don de la imitación perfecta, recité la cita de Giotto: «Lo que no muere y lo que puede morir no son sino el esplendor de esa idea que engendra, con amor, nuestro Señor; pues esa luz viva que emana de su Fuente Iluminada, que... de su propia bondad los rayos reúne, como si se reflejara, en nueve subsistencias, permaneciendo por siempre una».

El hombre enarcó las pobladas cejas oscuras.

—Giotto, Dante; ¿acaso Silvano dirige una escuela? —Yo estallé en carcajadas. El hombre señaló algo con el dedo—. ¡Mira! —Seguí la dirección que me indicaba, y vi que los cerdos se convulsionaban en el suelo, entre chillidos y espumarajos, poniendo los ojos en blanco. En pocos instantes, se quedaron duros y murieron—. Por tocar la ropa de los muertos

—explicó el hombre, maravillado—. ¡Los animales murieron tan sólo en minutos por tocar la ropa de un hombre muerto! —Seguimos andando, rodeando a los animales muertos.

—¿Vendrá alguien a enterrarlos? —pregunté, volviéndome a mirar a un padre que yacía muerto con su hijo, a escasa distancia.

—Su familia no lo hará. Hay tantos muertos, más y más cada día, y la gente le teme tanto a la peste que contagian los cadáveres, que las familias ya no entierran a los suyos. La ciudad ha contratado a sepultureros llamados *becchini*, que recogen los cadáveres de los pobres y de la gente de clase media sobre tablones de madera —afirmó—. Los sacerdotes no quieren acercarse a los cuerpos, de modo que se acortan los ritos sagrados para los muertos. En poco tiempo, se suspenderán por completo esas costumbres —dijo con un estremecimiento, arropándose más en su *mantello* oscuro—. Algunas personas se han arrojado a una vida licenciosa, mientras que otros mantienen los regímenes más estrictos de la negación y la abstinencia. Esta peste pondrá fin a las costumbres y a las leyes que conocíamos.

—Será muy difícil no enfermarse si la peste se contagia a través de la ropa y los animales —observé—. Muchos morirán. Poco importa si son licenciosos o abstemios.

—En efecto —respondió. Pasó un coche con las cortinas cerradas; los caballos pardos a pleno galope. Él hizo un gesto con la cabeza en dirección a éste—. Están acertados en abandonar la ciudad, me parece.

—¿La peste no los seguirá a la *campagna*, o los encontrará allí? —pregunté.

—Es probable, pero los que se escapan tienen más posibilidades. Yo abandonaré la ciudad.

—A mí me gustaría poder hacer eso —musité—. Marcharme de la ciudad, dejar atrás el burdel de Silvano. A su modo, es tan terrible como la peste.

—He oído rumores de niños asesinados y desfigurados —asintió el poeta—. Se dice que Silvano mata a los que tratan de fugarse.

—¿De lo contrario, quién se quedaría? —pregunté con amargura.

—Creía que los que caían en la prostitución buscaban escapar de la vida de indigencia.

—Nadie va a ese lugar para escaparse de nada. Las calles son el paraíso en comparación —dije, sin poder disimular la angustia y la ira de mi voz.

El hombre me puso la mano sobre el hombro.

—Has sufrido —afirmó—. Quizá Silvano muera pronto, ya sea por la peste o de viejo, y te verás liberado. —Había gran compasión en su mirada. Me encogí de hombros. El hombre preguntó—: ¿Si pudieras fugarte, irte a cualquier lado para escaparte de Silvano y de la peste, adónde irías? ¿Adónde irías?

—Un juego de imaginación —acoté con cautela—. No me permito esas cosas.

—La imaginación puede ser una ráfaga intensa que abre las puertas de la mente, y puede ser una especie de visión, una nueva forma de ver. Puede ser de gran ayuda en los tiempos difíciles, cuando la fortuna nos niega su generosidad y nos brinda miserias en su lugar. La imaginación hasta puede dar un buen consejo, si uno sabe escucharla. Es más que un entretenimiento. Debes lograrlo —me instó el poeta. Lo miré con los ojos bien abiertos, pues nunca había pensado en tales cosas. Cuando los clientes se acercaban a mi habitación y yo me elevaba a los frescos de Giotto, lo hacía de modo literal. O al menos eso creía. Y el fervor de esas experiencias me convence de que excedían el terreno de la fantasía, incluso ahora, mientras espero a mi verdugo. Hay una frontera que divide lo real de lo irreal, que en ocasiones se quiebra y permite que se fusionen las dos partes, como los fluidos en el alambique del alquimista. Mi suerte en esta vida ha sido sumergirme a menudo en esa mezcla. Mi propio cuerpo, de casi doscientos años de edad, lo atestigua.

En ese entonces, hace tanto tiempo, sólo sabía que quería complacer al poeta amable y elocuente que caminaba a mi lado.

—Iría a las colinas, donde podría oír el canto de las cigarras en los olivos y ver el verde de las pasturas. Nunca salí de la ciudad, pero he oído que, en la *campagna*, los campos de trigo se mueven con la brisa del mismo modo que el Arno. Buscaría lo sagrado en la naturaleza. —Luego lo miré, recordando con melancolía a Giotto—. Iría con un amigo, me sentaría a sus pies y lo escucharía hablar durante diez días seguidos. Me bastaría con escucharlo.

Nos quedamos callados, atravesamos la amplia Piazza Santa Maria Novella, el mismo lugar donde había conocido a Giotto. Los dominicos, fieles aún, predicaban en el césped ubicado frente a la iglesia, pero no había ninguno a la vista por el momento. A pesar de toda su devoción, los sacerdotes le temían a la peste negra como cualquiera. ¿Dónde estaba su Sagrada Trinidad y sus nueve órdenes de ángeles frente a toda esta pestilencia? Al final de la plaza había una maraña de cadáveres.

—Diez —murmuró el poeta—. Inconfesos, insepultos. —Se oyeron gritos provenientes de la red de callejuelas al oeste, detrás de la iglesia. El poeta y yo nos miramos. Los gritos se intensificaron; estaban cargados de una desagradable tensión. Por encima del clamor, se elevaban voces de odio y muerte.

—Están gritando cosas acerca de los judíos —observó—. La muchedumbre los convertirá en chivos expiatorios.

—Los judíos no trajeron la peste. ¿Por qué habrían de ser chivos expiatorios? —pregunté, sin comprender.

—La gente busca a quien culpar por su sufrimiento —respondió el poeta, encogiéndose de hombros—. Está en nuestra naturaleza. En lo posible, el culpable debe ser otro. Pocos pueden tolerar culparse a sí mismos por mucho tiempo.

—Pero la realidad es que Dios trajo la peste... Usted dijo que era Su ira.

—No podemos culpar a Dios, y tampoco es probable que los florentinos se miren al espejo con arrepentimiento. Los florentinos son un pueblo orgulloso. No importa quiénes sean esos judíos —continuó señalando el sonido de la multitud—, serán culpados, y probablemente asesinados. La peste se cobrará más víctimas de manera indirecta.

—¡No está bien que la gente le eche la culpa a los judíos, o a los brujos! —afirmé, recordando con un sudor frío lo cerca que había estado de la hoguera ese día, hacía tanto tiempo, en la Piazza d'Ognissanti.

—Hay muchos judíos decentes y honrados; yo mismo conozco a algunos —afirmó el poeta, frunciendo el ceño—. Pero sus almas están perdidas al infierno por falta de fe. ¿Acaso importa cuándo mueran?

—Toda vida importa —respondí, al tiempo que aceleraba el paso—. ¿Qué tipo de fe diría lo contrario?

—Quizá una vida más larga les daría la oportunidad de convertirse y abrazar la verdad cristiana —admitió el hombre, que se había quedado un poco rezagado—, de arrodillarse frente al clero y recibir el bautismo y la redención.

—Les dará más tiempo para ver la hipocresía del clero —respondí yo con brusquedad, pensando en los frailes que visitaban el burdel. Muchos habían entrado en mi recámara y exigido servicios indignantes, como si rezar con frecuencia les hubiera retorcido la lujuria más allá de lo imaginable.

El poeta se rió con ganas, aunque no había sido mi intención ser gracioso.

—¡Sí, y se sorprenderán de que el cristianismo se siga expandiendo, a pesar de los vicios del clero! Y sólo puede ser el Espíritu Santo el responsable, y esa certeza quizá genere la conversión que no pueden lograr los métodos humanos. —Se detuvo. Me volví a mirarlo. Sacudió la cabeza.

—Debo irme —dije, haciendo un gesto hacia el bullicio, que se acrecentaba cada vez más—. Sé lo que puede hacer la turba cuando culpa a alguien por los problemas de la ciudad.

—Pues entonces me despido de ti, joven admirador de Giotto y de Dante —respondió. Sonrió e hizo una reverencia, con la mano en el corazón—. Espero que consideres a mi humilde obra digna de tu admiración. Me llamo Giovanni Boccaccio, y me aseguraré de hacerte llegar mi poesía.

—Yo soy Luca Bastardo y no sé leer —confesé, y luego mi atención se volcó una vez más a los furiosos gritos.

—Pero quizá algún día aprendas, Luca Bastardo —señaló. Luego, hizo un gesto con la mano—. Anda, ve hacia lo que sea que te depara el destino.

Sus palabras portentosas, quizá ingeniosas, eran ciertas: mi destino estaba a punto de cambiar, de manera drástica y para siempre.

# Capítulo 6

Para cuando llegué al origen del bullicio, la multitud había llegado a unas sesenta personas. Era una turba desagradable que avanzaba en tropel y que había arrinconado contra las paredes de piedra de una iglesia a un hombre de barba que refugiaba a una criatura entre sus brazos. La muchedumbre parecía tener un objetivo común, un objetivo guiado por el odio que los hacía agolparse contra el hombre y la criatura como paredes que se ciernen sobre uno. Me pregunté por qué sería que me encontraba con tanta frecuencia en situaciones que mostraban al hombre en su peor momento. Quizá fuera porque yo mismo había cometido actos impensables.

—¡Judío roñoso! —gritaba un hombre.

—¡Vosotros trajisteis la peste! —exclamó un tintorero de lana vestido con prendas burdas y una *fogetta* gastada. Temblaba como si tuviera fiebre, pero yo sabía que no era por la peste sino por la angustia: se habían perdido muchas vidas en los barrios pobres que rodeaban a los talleres de teñido de lanas. Después de la peste, quedarían pocos para trabajar en la industria textil de la que dependía Florencia. En ese entonces, no tenía modo de saber que no sería la peste lo que mutilaría la ciudad; sería un sacerdote loco, un siglo y medio más tarde. Ese sacerdote también me quitaría aquello que yo habría de apreciar más, antes de despojar a Florencia de su gloria.

Sin embargo, en ese momento la gente no dejaba de gritar.

—¡No puedo cuidar a mis hijos! ¡Si lo hago, moriré! —exclamó una mujer—. ¡Mis hijos morirán solos! ¡Judíos sucios, nos habéis traído la peste negra!

—¡Mi familia entera ha muerto!

—¡Le cerré la puerta en la cara a mi esposa porque tenía ronchas, y murió en las calles!

—¡Vuestro pueblo roñoso asesinó a nuestro Señor y nos trajo la peste! —gritó otro hombre. Era huesudo y tenía la piel curtida por el sol; era un granjero llegado de la *campagna*, y sostenía una horquilla que blandía a modo de amenaza. Se alzaron gritos agudos de afirmación y los hombres esgrimieron unos palos afilados con los que hacían movimientos de golpear. Alguien arrojó una piedra pequeña. El judío se volvió para cubrir al niño con su propio cuerpo. La piedra rebotó contra el hombro del hombre y cayó al empedrado, a sus pies. Alguien le arrojó otra piedra, más grande. Lo golpeó en las costillas. Pude oír su gemido de dolor incluso a través de los gritos y exclamaciones de la muchedumbre. Me escabullí por un callejón lateral y di la vuelta para poder acercarme más, y cuando emergí del lado del judío, éste giraba de modo frenético para proteger al niño de la lluvia de piedrazos. Sentí envidia de ese niño que conocía el tipo de protección paternal que yo nunca había recibido, y quise ayudarlo como no lo había podido hacer en el caso de Ingrid o Marco.

Esparcidas alrededor del hombre, había piedras del tamaño de un puño y más grandes, y de la nariz, le corrían rosas rojas de sangre que le manchaban la barba y el *mantello*. Vislumbré el rostro aterrado de la criatura. Era una niña que tenía una maraña de cabello negro rizado que le enmarcaba unos enormes ojos azules. Las suaves mejillas blancas estaban empapadas en lágrimas, y se le veía una sombra que parecía un hematoma, como el de Ingrid. El hombre que blandía la horquilla la arrojó. Antes de pensarlo siquiera, me abalancé para desviarla. Un diente filoso me arañó el brazo. Tenía la sangre demasiado enardecida como para que me importara.

—¡*Bubboni*! —grité, señalando la parte trasera de la multitud—. ¡Ese hombre tiene la peste! ¡Nos contagiará a todos! ¡*Bubboni*!

Se oyeron exclamaciones de: «¿Dónde», «¿Dónde?» y «¡*Bubboni*!».

—¡Aquí nadie tiene la peste! —aulló el granjero—. ¡Es una trampa!

Yo señalé, insistente.

—¡*Bubboni*! ¡La peste negra! ¡Está tosiendo! ¡Nos matará a todos! ¡Corred, corred o morid!

Se alzaron gritos de pánico y dos mujeres se apartaron de la multitud, entre alaridos, corriendo. Un anciano vetusto les siguió los pasos, con lentitud. De repente toda la multitud perdió el control. La gente corría por todas partes, gritando por la confusión y el miedo. Yo cogí la horquilla y se la arrojé al granjero, con fuerza, para desalentar su interés en mí y en el judío. Luego, me dirigí hacia el judío, haciéndole un gesto para que me siguiera por el callejón.

—¡Por aquí!

Gracias a mis antiguos días en las calles, conocía una alcantarilla que terminaba en una pared de ladrillos, pero la pared tenía una superficie irregular con espacios para encajar los pies y las manos, y así escalarla. Detrás de la pared, había otro callejón que salía hacia una calle paralela. El hombre tenía la frente cruzada de cortes y moretones, pero salió corriendo de inmediato detrás de mí, aferrando a su hija contra el pecho y perdiendo sangre por la nariz. Llegué a la pared de piedra y la trepé, me senté a horcajadas a llegar a la cima y estiré los brazos hacia el hombre.

—¡Démela para poder trepar! —le dije. El granjero y otros tres hombres con palos nos habían seguido, sin dejarse disuadir por mi estratagema. El judío miró por encima del hom-

TRACI L. SLATTON

bro y me alcanzó la niña con un temblor de sus manos grandes. La niña extendió los brazos y me rodeó el cuello con firmeza. Tenía las mejillas manchadas con la sangre de su padre.

—Yo los demoraré para que se la lleve de aquí —me susurró.

—¡Suba a la pared; ambos podran escapar! —lo insté. Le arrojaron otra piedra, que ascendió al chocar contra la pared. Acunando a la chiquilla, me estiré y cogí la piedra con la otra mano. La arrojé al granjero con todas mis fuerzas. Le dio en la nariz, y el hombre profirió un grito—. ¡Vamos! —insté al judío. Éste comenzó a subir y yo me deslicé del otro lado de un salto, cayendo de rodillas con la niña aferrada contra el pecho. Detecté un olor dulce en su aliento, como si hubiera comido una golosina en un momento familiar antes de ser atacada por la muchedumbre furiosa. Un momento después, el judío aterrizó a mi lado. De este lado de la pared, el espacio del callejón se abría de modo que dejaba ver el cielo azul y una tajada del sol sobre los techos de las construcciones de piedra.

—Salvaste la vida de mi hija, y la mía. Estaré en deuda contigo por siempre.

—No quiero que esté en deuda conmigo —respondí.

—Estoy en deuda contigo —insistió—. Más de lo que jamás podré pagar. Mira, te sangra el brazo por desviar la horquilla que estaba destinada a mí, o lo que es peor, a mi hija. Puedo ayudarte; soy médico —afirmó—. Ven conmigo a mi casa y te curaré la herida. —Me tomó de la muñeca con suavidad para examinar la herida. De la palma de su mano, emanó un calor que fluyó hacia mi brazo; era el primer contacto sanador que yo había experimentado. Algo se me aflojó en el pecho. La herida se cerró y dejó de sangrar. Miré al judío, asombrado. El hombre frunció el entrecejo oscuro sobre sus sagaces ojos azules—. Es profunda. No debes tomarla a la ligera, en especial con esta peste que anda dando vueltas. Puedo coserla y darte un ungüento para que no se infecte. No querrás morir a causa de una infección.

Retiré la mano, aunque con reticencia, pues el contacto de su mano había sido reconfortante.

—Nunca tengo una infección. Siempre me curo solo; no necesito sus servicios.

—¿Por qué, porque soy judío? —Se enderezó y me miró directamente a los ojos, con una mirada seria e inteligente que insistía en saber la verdad.

—Porque trabajo en un burdel —respondí, con amargura—. ¡No llevaría semejante vergüenza a su casa! —Hice un gesto hacia la niñita, que se aferraba al *mantello* rasgado de su padre. Ella me contempló con sus luminosos ojos azules, chupándose el pulgar.

El hombre negó con la cabeza.

—No importa. Ven conmigo; deja que te cure el brazo.

—A mí me importa —respondí, con seguridad. No tenía muchos motivos para sentirme orgulloso, pero podía evitarle la deshonra a esa familia honesta. Era un consuelo humilde, pero era mío, y lo atesoré.

El judío acarició el pelo de su hija. Finalmente, preguntó.

—¿En qué establecimiento trabajas?

—En el de Bernardo Silvano.

Una expresión de repulsión le cruzó el rostro anguloso.

—De seguro me matarán por lo que voy a decirte. —La nuez de Adán le subía y bajaba al tragar, y luego se animó a hablar—. Vi cómo te manejaste hoy. Pareces de trece años, pequeño para tu edad, pero astuto. Te comportas como un hombre. Te sabes cuidar. No tienes que quedarte allí. No tienes que ser... que hacer eso nunca más. He oído lo que les hace Silvano a los niños que tratan de escaparse, pero tú te puedes defender. Se te ocurrirá la manera. ¿Me oyes? ¡Tú puedes defenderte!

—¿Contra un ejército de *condottieri* armados? —retruqué.

—Mira a tu alrededor. ¿Cuántos *condottieri* quedan en Florencia? La gente abandona la ciudad. Qué más da la guerra con Pisa o Lucca cuando la gente se cae muerta en las calles. ¿Cuántos soldados quedan trabajando para Silvano? Me atrevo a decir que no muchos. —Me miraba como si se tratara de algo que yo debiera entender, sin lograrlo.

—No me preocupo por mí —respondí—. Silvano matará a uno de los otros niños si me voy.

—Con los *condottieri* fuera de la ciudad, Silvano no tiene protección, y no es joven y vigoroso como tú. Podrías asegurarte de que no pueda lastimar a nadie más —prosiguió el judío con un matiz intenso. El impacto de sus palabras me recorrió el cuerpo como un relámpago. Perdí el equilibrio, luego apoyé la mano sobre la pared para sostenerme. Pasé la mano por la superficie áspera para que los arañazos en las manos me calmaran. No sólo el contacto de la mano del judío tenía el poder de sanar; sus palabras tenían el mismo efecto. Dejé de temblar y una terrible calma se apoderó de mí.

—Tuve miedo por tantos años que no me di cuenta de que ya no tenía que sentirme así —susurré, comprendiendo—. ¿Pero adónde iré? Yo antes vivía en las calles, pero ahora no hay nadie que dé limosna a los pobres, con el azote de la peste.

—Vendrás a mi casa. Vivirás conmigo y con mi familia.

El ofrecimiento era casi cruel debido a que era imposible. Me debatí entre la certeza de que las manchas que ensuciaban mi alma me hacían indigno, y la sensación que habría tenido Adán si Dios hubiera reído con compasión en lugar de con ansias de castigo y lo hubiera invitado a matar a la serpiente para volver al Edén. Negué con la cabeza.

—No deshonraría…

—El mayor deshonor sería mío si no devolviera el favor después de que salvaste mi vida y la de mi hija —afirmó él, con el tono de voz calmo y resonante que llegaría a venerar—. ¿No querrías que me deshonrase a mí mismo, o sí? ¿Cómo te llamas?

—Luca Bastardo.

—Bien, Luca. —Me cogió del hombro, con su mirada seria clavada en la mía—. Ésta es Rebecca, y yo soy Moshe Sforno. Vivo en el Oltrarno, en el distrito judío. Todo el mundo conoce mi casa. Escápate, *haz lo que sea que debas hacer*, y luego ven a buscarme. Encontrarás un hogar en mi casa. —Alzó a su hija—. No me importa el pasado. Hoy nos salvaste de una muerte terrible; eso es todo lo que necesito saber. Mi casa es tu casa, Luca. —Salió a la calle con Rebecca entre sus brazos. La niña me saludó con la mano por encima del hombro del padre. Los observé alejarse desde los callejones, preocupado de que los atacara otra muchedumbre. Incluso entonces sabía lo que he vivido de manera tan trágica desde entonces, que la gente en masa pierde la cabeza y se pone de acuerdo rápidamente para matar. Cuando Sforno y su hija llegaron al Oltrarno, me di la vuelta. Era hora de regresar al burdel de Silvano.

Ya había caído la tarde cuando llegué al *palazzo*. Miré lo que me rodeaba con una mirada nueva. Como Sforno había adivinado, no había *condottieri* a la vista. Traté de recordar la última vez que los había visto; habían pasado meses. Y en los últimos años, había menos que al principio. ¿Cómo no lo había notado? ¿Qué era lo que tenía el tiempo muerto en ese lugar enclaustrado que me había sumido en la complacencia? Había dejado que el miedo me congelara, como a la figura de una pintura, en el momento desesperado de las palizas de Silvano o en el instante, más terrible aún, del ataque a Marco. Golpeé a la puerta y me abrió la escuálida muchacha extranjera.

—¡Fuera de mi camino, mujer! —le ordené. Ella dio un paso hacia atrás—. ¡Deja la puerta abierta! —dije. Marché hacia la ventana ubicada junto a la puerta y tiré de los pesados cortinajes de terciopelo. Volaron nubes de polvo pálido. Con un crujido, quedaron en mis manos. La luz cálida de la tarde entró en el vestíbulo, iluminando la danza de unas

motas insignificantes de polvo, y la joven se quedó boquiabierta. Arrastré las cortinas por el corredor, deslizándolas
detrás de mí de modo que hacían un sonido sibilante.

Silvano estaba solo en el salón comedor. Frente a él,
tenía abierto su libro contable. Su cabeza cana dio un respingo cuando entré. Arrojé las cortinas al suelo. Me caía sangre
del brazo, que chorreaba hasta formar un pequeño charco en
el suelo, pero no le presté atención.

—No pienso quedarme —afirmé. Silvano se levantó
de la mesa, pero con cierta dificultad, según pude observar
con cierta satisfacción. Los años le habían causado dolor en
las rodillas. ¿Cómo se me había escapado ese detalle?

—Me preguntaba cuándo el cachorrito mostraría los
dientes —dijo con frialdad. Se abrieron las fosas nasales de su
nariz filosa. El filo de un cuchillo resplandeció en su mano,
pero no me dio miedo. Me defendería. Pondría fin a mi prolongada esclavitud. Sentí una columna de luz sólida que se
inyectaba en línea recta hacia el centro de mi cuerpo, desde
las plantas de los pies hasta la coronilla: una expresión pura
de ese momento *ahora*.

Silvano salió de detrás de la mesa.

—Lo lamentarás, Bastardo. No puedes imaginarte el
dolor que te haré sufrir. Aunque es una pena perderte; eres
un trabajador popular, ¡uno de los mejores! Debes de amar tu
trabajo para hacerlo tan bien; te sale naturalmente —afirmó
con desdén—. Tus padres aristocráticos con su elegante linaje se morirían de la vergüenza. ¡Según mi documento, tu
gente es de pura sangre, pero tú la has mancillado y eres una
vergüenza!

—No hable sobre mis padres —le advertí.

—Desde que naciste, supieron que eras una abominación detestable, que nunca madurarías como una persona
normal. Por eso se deshicieron de ti. ¡Querían perderte!
¡Imagínate lo que pensarían si supieran lo que le hiciste a
Marco! —resopló. Yo di un paso hacia atrás, consternado—.

¿Pensabas que no lo sabía, Bastardo? Pero tengo muchos espías. Sé lo que eres. ¡Un asesino, como yo! ¡Me odias, pero eres igual a mí! —Estaba sumamente complacido y se acercaba a mí.

—¡Yo no soy como usted!

—Eres igualito a mí, sólo que peor, porque eres un prostituto, y además estás marcado por la magia negra que te mantiene joven. Tus padres se dieron cuenta de que tú arruinabas su sangre y que sólo podrías engendrar el mal —susurró. A medida que se acercaba a mí, movía el cuchillo de una mano a la otra.

—¡Mis padres me amaban! ¡Eran buenas personas, gente de verdad, que me estuvo buscando!

—Te debería haber vendido a la Iglesia hace mucho, con ese documento y la historia sobre los herejes. Nunca olvidé el cabello y los ojos de tu madre; eran idénticos a los tuyos y, aunque no hubieras madurado como para portar la marca de la herejía sobre el pecho, podría haber convencido a la Iglesia de que eras el niño que se menciona en la carta. La Iglesia me habría recompensado; le indigna tanto toda esa tontería sobre el dios bueno y el dios malo. ¡Como si Dios pudiera ser otra cosa que todo y en todas partes! El reino del padre se ha esparcido por la tierra, y los hombres no pueden verlo.

—¡Porque hay mal en este mundo, hombres malvados como usted! —grité—. ¡No hay Dios en su persona!

—¡Yo no soy un prostituto monstruoso que nunca crecerá, como tú! —bramó—. ¿Quién es el que verdaderamente carece de Dios? Pensé que conseguiría más dinero si te entregaba de adulto, con la marca que describe la carta. ¡Pero te negabas a crecer! Todos mis planes para Nicolo tuvieron que esperarte a ti. Siempre me has traído problemas. ¡Vivirías para siempre, con tu maldita magia negra, hasta que te quemaran en la hoguera, si no fuera porque voy a matarte ahora!

—¡No! ¡Yo voy a matarlo a usted! —grité. Se intensificaron y estremecieron todos mis sentidos. Súbitamente, podía oír, ver, oler, degustar y percibir como nunca lo había hecho antes: el chirrido sibilante del pajarraco exótico que había traído Silvano para dar un toque distintivo a su burdel, las patitas diminutas de un ratón que se escabullía por debajo de las tablas del suelo, el olor punzante de la lejía que usaban para limpiar, el llanto de un niño en la planta alta, el perfume intenso de Silvano, el ritmo de su corazón, que se aceleraba, y el fluir frenético de la sangre que corría por sus venas; todas esas cosas que percibía eran más intensas, más nítidas y reales que todo lo que había visto antes en mi vida. Fue como si otro mundo, otro cosmos, estuviera presente en éste.

A mi alrededor, se disolvieron las formas y moldes. Los contornos de los objetos se desdibujaron. Lo que quedaba estaba bañado de luz, separado en motas danzantes y rayas jugosas y delgadas de color. Hasta las paredes se disolvieron y pude ver el exterior: flores, árboles y otras *piazze*. Todo se desarmaba con suavidad como un puñado de arena arrojado al viento. Podía verlo todo, en todas partes, pero me concentré en Silvano. Era lo único que quedaba entero, a pesar de estar rodeado por una bruma y de parecer inmóvil. Tras lo que pareció una hora, seguía avanzando hacia mí. Le llevó una eternidad alcanzarme. Su mano se movió con tal lentitud que no me costó nada aferrarle la muñeca y sacudirla hasta obligarlo a dejar caer el cuchillo. La hoja cayó al suelo con un ruido metálico, y se elevó un grito desencajado (¿sería de Silvano?). Yo seguía sacudiéndole la mano, aferrándole la muñeca. Estaba poseído por una fuerza que no sabía que tenía, que era fluida y rígida a la vez, y fue esa fuerza lo que logró aplastar a Silvano. Sentí un fuerte crujido cuando cedieron los pequeños huesos de la muñeca. Me estremecí de placer. Con la otra mano, trató de golpearme en la cara, con los dedos extendidos como si quisiera clavármelos en los ojos, pero se movía muy despacio. Le aparté la mano de un puñetazo. La muñeca que le sostenía quedó fláccida. Silvano se desplomó de rodillas. En vano, trató de zafarse de mi mano con la mano libre. Yo seguí apretando. Había un ruido de fondo y me di cuenta de que eran los gritos de Silvano.

—¡Basta, te lo suplico! —rogó, mirándome con la cara pálida—. ¡Te pagaré lo que sea! ¡Más florines de oro de los que puedas cargar!

—¿Un saco de viejos florines? ¿Cómo el que usa para golpear a los niños? —pregunté, una vez más presa de la ira. Le solté bruscamente la muñeca y lo cogí del cuello con las dos manos. Me sorprendió sentir su debilidad, pero eso no me detuvo. Era intoxicante sentir que su vida estaba en mis manos, sentir las venas azules que latían contra las palmas de mi mano, hambrientas, saber que el pulso pronto se apagaría, lo que daría paso a mi libertad. Silvano dejaría de respirar y los horrores de los últimos dieciocho años morirían con él.

Inhalé como si mis pulmones no hubieran recibido aire desde ese día, hacía tanto tiempo, en el que Silvano me había conducido a su «bello establecimiento». Él me golpeaba los brazos con la mano sana. La cara se le puso carmesí, azul y luego violeta, los ojos parecían a punto de estallar y estaban inyectados en sangre. Yo seguí apretando. Después de los actos horribles que me habían hecho en ese lugar, y de todo lo que yo había tenido que hacer, los colores de la muerte que avivaban su expresión me resultaban hermosos. Marco, Ingrid y Bella, a quien había asesinado ante mis ojos, se me cruzaron por la mente, y la agonía de Silvano fue mi deleite. Nunca antes había disfrutado tanto de algo. Vi la cara de cada cliente que pasó por mi recámara en los largos años que viví en ese lugar. Reviví todas las humillaciones que sufrí. Apreté con más fuerza. La satisfacción me recorría las venas como el canto glorioso de la lira en un desfile. Había matado antes, pero sólo había sentido la horrible carga de la culpa y la vergüenza. Esta vez, al matar a ese hombre malvado que había lastimado a tantos niños, sólo sentí un placer embriagador. Desde ese día, he matado a muchos hombres, pero nunca con el mismo deleite. Justo cuando estaba por quebrarle el pescuezo a Silvano como si fuera una gallina, sentí un golpe. Era Nicolo.

—¡Deja en paz a mi padre! —exclamó. Le di un puñetazo, con fuerza, que lo envió volando a través del cuarto. En mis años de vida en las calles, Paolo, el muchacho de aspecto gitano y tez oscura, me había enseñado a dar golpes, y yo nunca olvidaba lo que aprendía. Nicolo cogió el cuchillo de su padre del suelo y me atacó. Al igual que su padre antes que él, parecía lento en comparación con mis aguzados sentidos sobrenaturales. Le asesté un golpe en el mentón protuberante antes de que pudiera alcanzarme con el filo. Se desplomó sobre las cortinas. Me volví a Silvano, que jadeaba y se retorcía sobre el suelo. Podía verme reflejado en sus pupilas dilatadas.

—¡No mates a mi hijo! —susurró, al tiempo que se llevaba la mano al cuello marcado—. No es más que un niño.

—¡Bella también era una niña cuando le cortó el cuello! —respondí. Rodeé con las manos la cabeza de Silvano y la hice girar, con fuerza. Se oyó un crujido y el cuerpo se desplomó sin vida.

—¡Papá! —exclamó Nicolo. Se arrojó sobre el cuerpo de su padre, llorando.

—Voy a liberar a los demás niños —dije. Nicolo me volvió a atacar, arrojándose sobre mi espalda. Me di vuelta, lo aparté. Aterrizó con un crujido contra la jaula dorada, y el ave profirió un chillido de protesta. Batió las alas contra la jaula—. ¡Nadie quedará encerrado! —prometí. Corrí hacia la jaula y solté al pájaro, que salió volando por la habitación, batiendo las alas y chillando, y defecando por todas partes. Cogí el cuchillo de Silvano—. Quizá deba matar a algunos clientes. Si interfieres, te mataré a ti también. —Me di la vuelta para contemplar al pajarraco—. ¡Lo soltaré fuera!

—¡No! ¡No tendrás el pájaro de mi padre! —gritó Nicolo. Dio un salto y atrapó al ave. Con un movimiento rápido, le dobló el cogote, al igual que había hecho yo con su padre. Sostuvo al pájaro inmóvil de las patas, riendo como un lunático—. ¡Ja, ja, Luca Bastardo, prostituto y abominación!

Me volví un poco loco. No tanto como lo he estado desde la enorme tragedia que ha llegado a definir mi vida, pero con parte de la misma ira ciega y desenfrenada.

—¡No puedes quitarle su libertad! —aullé. Bailé por la habitación, blandiendo la hoja ensangrentada—. ¡No puedes hacer eso! —Me detuve frente a Nicolo—. Ya que lo has matado, te lo vas a comer. ¡Ahora! —Apoyé la hoja del cuchillo de Silvano contra el cuello de Nicolo. Éste levantó el pájaro, sin dejar de temblar—. ¡Cómetelo! ¡Cómetelo! —grité, una y otra vez, presionando con el cuchillo hasta que brotó una gota de sangre de su cuello flacucho.

Nicolo se metió el pájaro en la boca y mordió el cogote. Masticó, tragó, con plumas y todo. Me miró con su rostro granoso y empapado en lágrimas. En su pequeño bigotito, se acumulaban burbujas de moco y sangre coagulada. Parecía la misma imagen de su padre, con esa nariz afilada y su mentón protuberante, y sentí la tentación de matarlo, de ver a padre e hijo encerrados en ataúdes insignificantes, sin sudario, sin nadie que los llorara. Lo que me detuvo fue que Nicolo aún era un niño y yo estaba decidido a no ser como Bernardo Silvano, que había matado a tantos.

La sangre del pájaro chorreaba por la barbilla de Nicolo. Éste vomitó con violencia sobre la alfombra, evacuando unas plumas rojas húmedas. Yo estallé en carcajadas y cogí una de ellas. La coloqué contra la frente de Nicolo y, como estaba mojada, se quedó adherida a la piel. No podía dejar de reír.

—¡Nunca olvidaré esto! ¡Nunca te olvidaré! ¡No olvidaré lo que has hecho, Luca Bastardo! Algún día, vengaré la muerte de mi padre. ¡Lo juro por mi propia sangre, sobre el cuerpo de mi padre! ¡Te haré sufrir! ¡Tendrás una muerte horrible! —Nicolo se puso de rodillas y sacudió el puño en el aire, con la pluma roja adherida a la frente—. ¡Te maldigo una y mil veces!

Sacudí la cabeza.

—No creo en las maldiciones proferidas por niñitas vestidas con plumas rojas. —Di un paso por encima del cuerpo de Silvano y me dirigí a enfrentar a los clientes y a abrir las puertas para liberar a los niños. Si en ese momento hubiera sabido el poder que puede tener la intención cruel cuando viene acompañada de la ira de la sangre, no habría desmerecido sus palabras. Las maldiciones tienen poder, y las de Nicolo maduraron, y así marcaron mi vida para siempre, y ahora le ponen fin.

# Capítulo 7

Llegué temblando al portón de la casa de Moshe Sforno. Era una típica casa florentina de la época, construida de piedra y de tres plantas, con ventanas espaciadas simétricamente con dinteles arqueados; era de aspecto tan común que yo, una criatura sobrenatural de las calles y del burdel, me sentí admirado. De una ventana con la persiana abierta se filtraba la luz dorada pálida de una vela que proyectaba una sombra monstruosa de mi silueta sobre la calle. Extendí la mano para coger el llamador de la puerta, que era una estrella de bronce de seis puntas, con un anillo en el centro para golpear. La luna llena se reflejaba sobre la sangre que me cubría los brazos. De la casa, emanaba un aroma suculento a cebollas, como un cálido aliento. Era la hora de la cena. ¿Cómo podía yo, un desconocido cubierto de inmundicia, invadir la intimidad de esa familia?

Me estaba alejando sin llamar cuando se abrió la puerta. Allí estaba Sforno, delineado en la luz amarillenta de la vela.

—Escuché algo, o quizá lo percibí —afirmó, acariciándose la barba—. Me imaginé que podía tratarse de ti.

—Me libré de Silvano —repuse con calma. Sentía un hueco en el pecho, lo que me sorprendió. No tenía idea de que la libertad llegaría acompañada de ese vacío, después de anhelarla durante tantos años. ¿Qué quedaba, después de desvanecerse la prisión? ¿Cómo llenaría mis días? ¿Sería en verdad vivir con extraños la respuesta?

—Pasa.

—No estoy limpio —objeté, con el respingo familiar de miedo que me había perseguido en mi encierro: el miedo de violar las reglas y sufrir un castigo severo. Sforno me condujo con suavidad hacia la casa. Permanecí de pie en el vestíbulo, sobre un tapete gastado azul y dorado, de origen sarraceno. Las paredes y el cielorraso estaban bañados de una cálida luz que proyectaban las lámparas ubicadas sobre unas cómodas antiguas de madera tallada llamadas *cassones*. Una mujer de cabello oscuro que llevaba un vestido azul estampado y un *capucci*, o sombrerete, amarillo, entró al vestíbulo.

—¿Quién es, Moshe? —preguntó, secamente. Se puso de pie al lado de Sforno, mirándome fijamente. Tenía pómulos altos, barbilla dividida en dos y nariz prominente; su cuerpo era voluptuoso y femenino, con el atractivo que tendría la pequeña Rebecca cuando madurara. Unas finas patas de gallo le surcaban las comisuras de los ojos, que se clavaron en mí al ver mis brazos y mis ropas cubiertos de sangre.

—Mi amigo Luca, el que nos salvó la vida a Rebecca y a mí hoy.

La mujer sonrió.

—Te doy las gracias. ¡Pocos gentiles harían lo que hiciste tú hoy!

Moshe asintió.

—Se quedará aquí.

—¿A cenar? —preguntó la mujer.

—Vivirá con nosotros, Leah —respondió Moshe, con tono firme.

—¿Qué? Moshe; él...

—Mujer, pon un plato para él en la mesa mientras yo lo acompaño a asearse —dijo Sforno. Su voz tenía un matiz amenazador que me sobresaltó.

—No quiero causar problemas —intervine.

—Parece un poco tarde para eso —retumbó una voz masculina en tono alegre. Un hombre corpulento de mayor edad se acercó a la señora Sforno. Tenía brazos fuertes, y hombros y piernas robustos, una barba gris que le tapaba la cara y le llegaba al cinto, y una melena de pelo negro entrecano. Su cara era enorme y estaba surcada de líneas de expresión, y tenía la nariz más grande y los ojos más astutos que había visto en mi vida. Llevaba puesta una túnica gris de tela burda enlazada a la cintura con bramante. Cruzó los brazos sobre el pecho fornido y rió—. Pareces un lobezno que se salió con la suya con los corderos.

—No maté a ningún cordero hoy —respondí con un gruñido, molesto por lo que sugerían sus palabras.

—¿Sería tan terrible si lo hubieras hecho? —respondió el hombre, enarcando una ceja entrecana, desafiante—. ¿Acaso no es necesario hacerlo en ocasiones, por el bien del cordero?

—¿Has matado a alguien? —preguntó la señora Sforno. Desvió la mirada, perturbada—. ¡Lo perseguirán los *ufficiale*!

—Luca me salvó la vida. A mí y a Rebecca. Tenemos una deuda con él que nunca podremos saldar por completo. —Sforno apoyó la mano en el hombro de su esposa. La boca carnosa de ésta se apretó en una línea delgada, pero inclinó la cabeza para apoyar la mejilla en la mano de su esposo y la expresión de su rostro se suavizó. Luego volvió a fruncir el entrecejo.

—Ahuyentaremos a los *ufficiale* —la tranquilizó Sforno—. No necesitamos saber qué es lo que hizo Luca.

Pero si yo iba a vivir allí, la esposa de Sforno tenía derecho a saber la verdad. No quería ocultar información que pudiera implicar algún peligro para esa buena gente.

—Maté al propietario de un burdel que ofrecía los servicios de niños —informé a la mujer, sin rodeos. Si ella hubiera levantado la mirada, la habría enfrentado sin titubear, pero no lo hizo. En realidad, su mirada evadió la mía durante los muchos años que conviví con su familia.

—¿Eso es todo? —preguntó bruscamente.

—También maté a dos clientes que estaban abusando de los niños. A otros dos, los apuñalé por la espalda, pues estaban encima de los niños. A tres, los degollé, y a otros dos les abrí las tripas —confesé. En mi fuero íntimo, me sentí complacido conmigo mismo por encontrar en mí esa fortaleza singular; en ese entonces, me pareció mucho más útil que la juventud interminable. Sabía que mis actos me hacían parecer sobrenatural. Silvano se había aprovechado durante años de mi singularidad para mantener vivo en mí el miedo a la persecución del mundo exterior. Conmocionado, comprendí que ese antiguo miedo se había desvanecido, diluido con la sangre de mis opresores. Sin embargo, en ausencia del miedo y en presencia de esa gente de bien, no sentí paz, sino la humillación y la culpa por lo que había hecho durante mi prolongada esclavitud. Eso sería mucho más difícil de superar que el miedo.

—Te querría cubriéndome las espaldas en una pelea —rió el hombre de mayor edad—. ¡Sin duda, un lobezno!

—¿Por qué no te quedaste en el burdel con los tuyos? —quiso saber la mujer. Yo desvié la mirada con un rastro de culpa. Simonetta me había pedido que me quedara, pero yo me había querido alejar de allí, irme bien lejos de ese lugar que sólo albergaba recuerdos maléficos.

—Leah, él es muy superior a la gente que vive en esos lugares —intervino Sforno—. ¡Merece una oportunidad de comenzar su vida en un nuevo hogar!

—¡No es un perrito callejero que has traído a casa! —objetó la mujer—. Es un gentil que ha matado a varios florentinos. ¡Habrá gente buscándolo! Le agradeceré toda mi vida el haberos salvado a ti y a Rebecca, pero debemos ser prácticos. Nada bueno puede pasar si le damos alojamiento. ¡Nos podrían obligar a abandonar la ciudad, o algo peor! Podrían hacer daño a nuestros hijos. ¡Como judíos, ya somos demasiado vulnerables como para dar amparo a un asesino!

—Leah, si no fuera por él, yo no estaría aquí, ni tampoco nuestra chiquilla —dijo Sforno con tono tranquilizador.

—Lobezno, ¿qué hiciste después de toda esa matanza? —preguntó el anciano. Le brillaban los ojos como si se tratara de una anécdota divertida, como si yo no estuviera bañado en una esencia roja de vida cálida.

—Entregué a los niños el dinero que encontré en el burdel y les dije a las criadas que los cuidaran. Eché al hijo del propietario. Le dije que lo mataría si regresaba. Sabe que lo dije en serio.

—Todo eso seguramente te dio hambre —respondió el hombre—. Ven a cenar.

—Debo lavarme antes —repuse.

—Ven, te llevaré —me dijo Sforno. —Su esposa abrió la boca como para decir algo, pero él levantó una mano a modo de advertencia. Tomó una lámpara y me condujo por el vestíbulo, hacia otro corredor, a través de una puerta lateral—. Mujeres —masculló—. Siempre complican las cosas. Siempre opinan sobre todo.

—¿Acaso no lo hacemos todos si nos dejan? —pregunté yo.

—Mi Leah es una buena mujer —dijo lentamente—. No la juzgo; no es fácil para nosotros, los judíos.

—No soy quién para juzgar a nadie —respondí, con calma—. ¿El hombre mayor es familiar vuestro?

—No que yo sepa —respondió Sforno, negando con la cabeza.

—¿Cómo se llama? —Lo seguí por un sendero iluminado por la lámpara que llevaba Sforno. Al final del sendero había un cobertizo rústico, característico de los que se construían en el *Oltrarno*, donde no toda la tierra se utilizaba para construir viviendas.

—No sé si tiene nombre. Es un Errante. Conocía a mi padre; parece conocer a todo el mundo, y trae noticias de mi hermano y de mis primos, que están en Venecia. Aparece por aquí y nosotros le damos de comer. —Sforno tiró de la cuerda que mantenía cerrada la puerta del cobertizo y me hizo señas para que entrara. Dos caballos bayos relincharon y una vaca mugió cuando entramos. Sforno me condujo hasta una tina llena de agua y dejó la lámpara en una banqueta de tres patas—. Aquí tienes un cubo y un cepillo; puedes asearte, Luca. —Luego salió.

Yo sentía cierta reticencia a borrar las manchas de mi ira. Primero saqué la preciosa pintura de Giotto que llevaba debajo de las vestiduras manchadas de sangre; era lo único que me había llevado del burdel. Miré alrededor para buscar un escondite, y vi un pequeña saliente sobre la puerta. Di la vuelta a un cubo y lo usé para subirme hasta el alféizar, luego quité una tabla y escondí el panel en el hueco que había entre la pared exterior del cobertizo y la interior. La pintura estaba bien envuelta en cuero de vaca lubricado, por lo que sabía que no la atacarían los roedores. Bajé del cubo y me lavé. El agua cayó por el suelo rústico de madera en arroyuelos rosados. Me arrojé algunos cubos más sobre la cabeza. Quité algo de crin de caballo del cepillo y me limpié la sangre seca del pelo y de la piel debajo de las uñas. Uno de los clientes se había defendido con particular ahínco, y encontré un jirón de piel adherido a mis manos.

Sforno regresó con una *camicia* rústica, un jubón de lana a cuadros, unas calzas y un *mantello* corto.

—Tendremos que hacerte algunas prendas —dijo con un suspiro—. A Leah no le agradará gastar el dinero, pero es necesario. Aquí tienes un antiguo *farsetto* mío. —Hizo oscilar el chaleco con remiendos de un lado al otro—. Te quedará grande, pero servirá.

—Cuando vivía en las calles, buscaba ropas en la basura; las doblaba y enrollaba para que me quedaran bien —respondí. Eran antiguos recuerdos, pero ahora más vívidos, pues la prisión de Silvano ya no existía. Sin darme cuenta, me sumergí en las viejas imágenes; vi a Paolo y Massimo y el

154

lugar en el Ponte Vecchio donde nos acurrucábamos uno contra otro para entrar en calor en el invierno; jugando juegos de azar y de destreza, pidiendo limosna en las calles para conseguir algo de comer, yendo al mercado con la panza vacía. La voz de Sforno irrumpió en el pasado, y me di cuenta de que me estaba hablando.

—¿Antes de trabajar en el burdel? —preguntó. Yo asentí—. No tienes el aspecto del vagabundo típico —observó—. No eres deformado, ni idiota, ni de tez oscura como un gitano. El cabello rubio, tus rasgos, tu fuerza e inteligencia… Podrías ser el hijo de un noble… Me atrevería a apostar que lo eres, y que ocurrió algún extraño giro del destino. Hasta es probable que haya quien te esté buscando en este mismo momento.

—Me he preguntado a menudo sobre mi pasado. ¿Pero no me habrían encontrado hace tiempo ya mis padres, si me estuvieran buscando? —pregunté con amargura. Lo miré intensamente, sin confesar la secreta abominación de mi extensa juventud y resistencia. Sforno era médico, probablemente lo notaría por sí solo.

—El mundo es extraño; está lleno de caminos que se desvían —respondió Sforno, encogiéndose de hombros—. Ahora estás aquí. Entra a la casa cuando estés vestido. —Se marchó, musitando en voz baja alguna queja sobre las mujeres.

Una vez limpio y vestido, me dirigí hacia la casa, presa de la ansiedad. Con la sensación abrumadora de la diferencia que existía entre esas personas y yo, tanto de sangre como por la experiencia vivida, ninguna de las cuales podía quitarme de encima con un cepillo, entré con timidez al corredor. El cielorraso tenía vigas de madera, y pinturas de los canales de Venecia adornaban las paredes. Cada detalle de ese lugar expresaba el canto común y corriente de una familia acogedora, algo que yo nunca había tenido. Sobresalía incluso entre esa gente exiliada, como una fruta magullada en un huerto de flores. Moshe Sforno me daba alojamiento por un sentido de obligación, pero no podía quedarme allí para siempre. Tendría que organizar un plan. No quería regresar a las calles, en especial con la peste negra cobrándose vidas gratuitamente, más de lo que lo había hecho yo ese mismo día. Tampoco volvería a hacer el trabajo que hacía en el burdel de Silvano. Oí el sonido de voces, tonos infantiles entremezclados con la voz resonante de Sforno, y entré al comedor. La conversación se interrumpió. Ante mí había un modular de madera alto pintado con unas uvas ya descoloridas debajo de las que había un arco con letras extrañas. Al lado de éste, estaba la mesa; un rectángulo largo de patas simples con forma de columna, pero hecho de madera de nogal de fino lustre. Allí estaba sentado Sforno, su esposa, sus cuatro hijas y el Errante. Había un plato puesto entre Sforno y el Errante. Todos me clavaron la mirada, salvo la señora Sforno, que escudriñaba la mesa, que estaba puesta con velas encendidas, copas de plata, un ave asada, verduras salteadas de exquisito aroma, una dorada hogaza de pan y una garrafa de vino color ciruela. Rebecca, la niña más pequeña, se deslizó de su silla y me dio un abrazo. Su aliento se sentía cálido y lechoso contra mi mejilla.

—¡Míralo! ¡Es un gentil de pies a cabeza! —exclamó la señora Sforno moviendo las manos—. ¿Qué van a decir nuestros vecinos? ¡Pensarán mal de nosotros por dejar que se acerque a nuestras hijas!

—No importa lo que digan; no estás recitando el *kaddish*. Siéntate Luca. —La voz resonante de Sforno era amable. Rebecca me condujo hacia el lugar vacío, al lado de su padre.

—Cuatro hijas —murmuré. Las niñas me miraban con evidente fascinación. No sentían vergüenza ni timidez, a diferencia de las niñas maltratadas y golpeadas que había conocido en el burdel de Silvano, o de las indiferentes que recordaba de mi época en las calles. Me ruboricé y me senté más erguido, jugueteando con el *farsetto* de Sforno para ajustarlo más.

—Hasta el gran Rashi tenía cuatro hijas y ningún varón —afirmó Sforno, con un aire tanto de amor como de resignación. Las niñas soltaron unas risitas. El sonido me resultó tan exótico que me quedé mirándolas fijamente. Durante muchos años, no había oído ni una vez la risa alegre de una niña. El poeta Boccaccio, a quien había conocido en la calle más temprano ese mismo día, estaba equivocado: las mujeres no eran ornamentos triviales. Hasta las más pequeñas eran mucho más que eso. Tenían una gracia especial, porque la música divina jugueteaba en su risa. Sforno acarició la mejilla de Rebecca. Suspiró.

—Uno acepta los obsequios de Dios como éste los da.

—¿Qué quiere decir que alguien es un «prostituto asesino»? —preguntó Miriam, la niña de seis años, con tono cantarín. Sforno gimió y se tapó los ojos con la mano.

—¡Calla, Miriam! —advirtió Rachel, la hermana mayor.

—Alguien de quien se ha abusado cruelmente decidido a cambiar su destino —respondí yo en tono sombrío.

—La vida aquí de repente se ha vuelto mucho más interesante —acotó el Errante—. Creo que me quedaré por un tiempo, Moshe. Haré el *kiddush*, ¿te parece bien? Alzó su copa de vino y entonó algunas palabras en un idioma que no pude identificar. Tenía una voz rica y hermosa que no esperaba en él y que me llamó la atención. Los demás seguían con la mirada clavada en mí.

El Errante bebió un largo sorbo de vino. Apoyó la copa y tamborileó con los dedos gruesos sobre la mesa.

—¿Y dónde meteremos a este muchacho gentil, al pie de la cama, como si fuera un perro malherido al que has rescatado? —exclamó la señora Sforno—. ¡No quiero que se acerque a las niñas!

—Puedo dormir en el cobertizo —intervine—. No causaré ningún problema.

—Ya veremos si no causas problemas —acotó el nómada, algo divertido.

—Puedo trabajar —afirmé—. Limpiaré el cobertizo y cuidaré a los animales. Me ganaré mi estadía.

—No te preocupes, Luca —dijo Sforno con tono tranquilizador—. Solucionaremos la situación luego. Come un poco de pollo. Mi Leah es la mejor cocinera del distrito.

—El cambio es la única constante —comentó el Errante. Y así comenzó mi primera comida con los Sforno, y el inicio de mi vida en familia. Era tangencial a la verdadera intimidad doméstica; no eran mi familia, y yo aún era un extraño. Pero era lo que más se le parecía.

A la mañana siguiente, me desperté de una pesadilla de fuego y dolor, de clientes muertos y pájaros liberados, y de una bella mujer con una fragancia de lirios que se hundía debajo de aguas negras. Había despuntado el alba y yo estaba recostado sobre un camastro de paja. El corazón me golpeaba contra el pecho, que ya no estaba adormecido por la sumisión, y una serpiente verde de jardín, de aspecto corriente, se deslizaba por el heno. Inhalé una bocanada de aire y, cuando se fueron apaciguando los ritmos de mi cuerpo, me quité la manta de lana que me había dado Moshe. La gata gris que habitaba el cobertizo, que había dormido bajo mi axila, ronroneando, salió disparada tras un ratón de campo, o quizá tras la pequeña serpiente. Me estiré e inspiré una gran bocanada de aromas animales de la tierra, de piel sudorosa, plumas polvorientas, estiércol fresco, excrementos de roedores, insectos muertos y heno fresco. Allí el aire no estaba viciado de perfumes y no había una cama con cobertores lujosos, como en el burdel de Silvano. Me pregunté cuándo se disolvería el olor de esos perfumes y la sensación lujuriosa de esas telas, o si empalagarían por siempre mis sentidos. Sentía confusión y gratitud hacia Sforno, y luego la angustia del sueño irrumpió como un caballo encabritado. Me recordó la promesa que había hecho a la esposa del hombre de ayudar en la casa. Cogí una pala y comencé a limpiar los establos de los caballos. Trabajaba con torpeza, pues eran otras las destrezas que había practicado esos últimos años. Abrigaba la esperanza de que ese nuevo trabajo hiciera añicos el sueño que me rodeaba como vidrio oscuro. Luego entró el Errante, con un repiqueteo de los zuecos de madera sobre las tablas a medio terminar del suelo del cobertizo.

—Te ves pálido, Bastardo —afirmó. Cogió un cepillo, se acercó a uno de los establos y cepilló con movimientos rápidos a un burro que se encontraba entre los dos caballos de los Sforno.

—Una pesadilla —respondí, tratando de que no se me notara el mal humor en la voz.

—Yo duermo poco y sueño aún menos —dijo el hombre, encogiéndose de hombros—. ¿Quién puede dormir cuando la creación de Dios emana tanta bondad a nuestro alrededor?

—He visto poco de la bondad de la creación de Dios.

—¿Entonces, qué tipo de sueño tuviste, que te cegó de ese modo?

—De los que lo atrapan a uno, incluso a la luz —musité.

—Un perro maltratado se quedará en su jaula incluso si la puerta está abierta —afirmó el Errante—. Porque la puerta de la jaula está en su interior.

Yo me detuve y apoyé el mentón en las manos, sobre la pala.

—Creí que yo era un lobezno.

—¿No puedes ser ambas cosas? —me preguntó, y fue una pregunta tan íntima que disipó el deje de frialdad que conservaba en mi interior y me sentí comprendido por completo en su presencia, de un modo en que no me había sentido nunca antes, ni siquiera con Giotto. El Errante estaba de pie, de perfil a mí, sin dejar de cepillar al burro, que rebuznaba de placer. Me quedé asombrado de la enorme nariz con forma de pico del hombre, que dominaba su rostro hosco, pero sin quitarle mérito. Por el contrario, resaltaba la inteligencia de su carácter y la seriedad que no desaparecía incluso cuando reía—. ¿Qué miras?

—Su nariz; es la más grande que he visto jamás —respondí.

—Un hombre tiene que tener algo que lo distinga —rió entre dientes, frotándose la nariz con orgullo—. ¡No podemos ser todos bellos lobeznos de cabello dorado!

—Creí que era un perro maltratado —acoté.

—Una vez más; las cosas que pueden parecer opuestos, no lo son. Necesitas un nuevo modo de ver, Luca, para que tus ojos te revelen la bondad que se cuela en todas las cosas, hasta en las que parecen obras del mal.

—¿Qué ojos me mostrarán la bondad en una vida en la que fui abandonado para vivir en las calles y luego vendido a un burdel por mi amigo más cercano? —pregunté con amargura—. La única vida que he conocido es una vida de humillación y crueldad. ¿Qué bondad hay allí?

El hombre bajó la mirada.

—Yo sólo soy un anciano vagabundo, ¿qué puedo saber? Pero si lo supiera, quizá te respondería que tu vida te está enseñando. Es un don; una educación extraordinaria. Y tal vez sufras ahora para que, más tarde, la vida te depare una dicha enorme, y el sufrimiento te haga digno de ella. Quizá lo sabría, si Dios me lo susurrara.

—Dios no susurra; nos acecha. A lo sumo, ríe. ¿Usted tiene nombre?

—¿Cómo quieres llamarme? —me preguntó con un guiño—. Responderé al nombre que elijas. Siempre y cuando me cuentes un poco más de este dios tuyo con tanto sentido del humor.

—¿Qué puedo saber yo acerca de Dios? —reformulé su pregunta y volví a cargar palas de estiércol—. He escuchado los sermones de los sacerdotes, pero sus palabras devotas nada tenían que ver con lo que he visto y sentido.

—Así que tienes la mente vacía. Bien. El vacío es un lugar donde encontrar al Maestro de lo Oculto.

—Siempre pensé que Dios se encontraba en la plenitud —intervine lentamente—. Como en la riqueza y la belleza de las obras de un gran maestro. Dios se encuentra en esa belleza, en esa pureza.

—¿Sólo en la pureza y en la belleza y en la plenitud? ¿Acaso Dios no se encuentra en la suciedad y en la fealdad y en el vacío? ¿Por qué lo limitas de ese modo?

Interrumpí una vez más mi tarea y me quedé mirándolo.

—¿Por qué llama a Dios el Maestro de lo Oculto?

—¿Cómo querrías que lo llamara? —preguntó el Errante, sacudiendo su melena rebelde.

—¿Los judíos no tienen un nombre para Él?

—¿Cómo podrían los judíos dar un nombre a aquello que es ilimitado? ¿O los cristianos o los sarracenos? —El Errante se ajustó la burda túnica sobre su torso ancho—. Los nombres se evaporan en esa plenitud y belleza que colgaste del Señor como un *mantello*, niño que parece un niño pero no lo es.

—Usted habla con acertijos —murmuré—. No logro comprenderlos. Yo sólo quiero vivir una vida nueva, una buena vida, y algún día tener una esposa y una familia propia. Dios no es muy bondadoso que digamos; no quiero preocuparme acerca de Él y sus nombres. Sólo quiero mantenerme lejos de Su camino.

—Ten cuidado con lo que desees —advirtió el Errante con una mueca burlona en su amplio rostro—. Al nombrar algo, tratamos de dar forma a aquello que carece de ella; un terrible pecado. El pecado original. ¿Comprendes el pecado?

—Conozco el pecado. —Lo miré con toda la arrogancia que podía permitirme en su presencia. Yo era un asesino, un prostituto y un ladrón. Si alguien conocía el pecado, ése era yo.

—¡Maravilloso! ¡Qué bendición! ¡Pronto serás coronado! ¿Qué necesidad tienes de conocer los nombres de Dios? ¿Por qué recorrer un camino equivocado cuando has empezado tan bien tu travesía?

—¿Usted cree que nombrar a Dios es una forma de limitarlo y que por eso está mal? —pregunté, confundido, tratando de expandir mi mente para comprender sus palabras. Nuestra conversación me recordaba a las que había tenido con Giotto, salvo que ahora mis pensamientos eran un torbellino de confusión y curiosidad, como las hojas que el intenso viento que se levanta desde el Arno sopla en forma de remolino.

—Desde luego que tenemos un nombre para Dios, pero nunca lo decimos en voz alta. Las palabras tienen magia y poder, ya sean escritas o habladas. ¡Y los nombres son las palabras más sagradas y poderosas!

—De modo que los judíos tienen un nombre para Dios; ¿eso los hace pecadores? —retruqué, con cierta vehemencia, frustrado por la argumentación circular del Errante.

—¿No lo somos todos? ¿Acaso tu propio Mesías no dijo «El que esté libre de pecado, que arroje la primera piedra»? —El Errante hizo un gesto con el cepillo en dirección al estiércol, que yo había logrado esparcir por doquier, al no saber exactamente dónde se suponía que debía ponerlo—. No eres muy bueno para esto; has hecho un embrollo.

—No sé hacer esto —admití. Dejé caer la pala—. Tengo otra idea, sobre algo que no requiere tantas habilidades. Hablaré con Sforno al respecto.

—Es probable que puedas aprender a limpiar el estiércol, con un poco de enseñanza y unas semanas de práctica —respondió el Errante con sequedad—. Junta los huevos de las gallinas y tráelos a la casa, ¿quieres? Hay un cesto colgado al lado de la puerta.

Dentro de la casa, la señora Sforno, enfundada en su amplio vestido azul, se movía por la cocina, inmersa en sus tareas. Estaba llenando las jarras de aceite, virtiendo el aceite de oliva color verdoso de una gran jarra con un grifo al costado en jarras más pequeñas. El intenso aroma del aceite emanaba de sus manos. Su hija de cabello castaño rojizo,

Rachel, estaba de pie al lado de una mesa de madera, rebanando pan. Me miró con expresión seria, inquisitiva, y luego me dedicó una sonrisa irónica. Yo le devolví la sonrisa, inseguro.

—Eh... junté los huevos. —Extendí el cesto hacia Rachel, pero la señora Sforno se apresuró a cerrar el grifo de la jarra y me lo quitó de la mano. Miriam entró. Vestía un camisón rosado con remiendos. Robó una rebanada de pan del plato que se encontraba a la altura del codo de Rachel. Ésta se dio la vuelta y fingió darle una bofetada. Las largas trenzas castañas de Miriam volaron por el aire cuando ésta giró y detectó mi presencia. Se le iluminó la cara con una expresión traviesa.

—¡Buenos días! —canturreó—. ¡Aquí tienes un poco de pan! —Cortó en dos el pan birlado y me lo entregó con una sonrisa—. Ahora que vives con nosotros, ¿sigues siendo un prostituto asesino?

—¡Miriam! —exclamaron a dúo la señora Sforno y Rachel.

—No —respondí, ruborizándome, aunque no me molestaba la honestidad de la niña. Incluso era preferible a las preguntas no formuladas. Me moví, incómodo, ante la mirada de las mujeres, clavada en mí—. ¿Está el *signore* Sforno por aquí?

—Justo ahora vuelvo del *minyan* matinal —respondió Sforno, al tiempo que ingresaba a la habitación con largas zancadas. Llevaba puesto un largo chal blanco con el que envolvió afectuosamente a la señora Sforno al abrazarla. Ella sonrió y le dio un empujoncito, pero él la besó con deleite antes de dejarla escapar. Acarició la mejilla de Rachel y tiró de la trenza de Miriam. Miriam rió y se arrojó a sus brazos. Sforno trastabilló como si no soportara el peso de la niña, lo que la hizo reír a carcajadas.

—Luca recogió los huevos —anunció Rachel.

—Qué amable de su parte —exclamó Sforno. Miró a su esposa, pero ésta pareció no notarlo, y él y Rachel inter-

cambiaron una mirada significativa. Me aferró del hombro—.
¿Cómo te encuentras esta mañana, Luca?

—Tengo un plan para ganar dinero —le informé—.
Usted y la señora Sforno pueden conservar mis jornales.

—Gano buen dinero como médico —afirmó Sforno—.
No es necesario que nos des dinero. —Tomó un trozo de pan
del plato.

—¡Papá! —lo regañó Rachel—. No quedará pan para
el desayuno.

—Siempre he trabajado —continué—. Ahora están
contratando *becchini* en la ciudad para llevarse los cuerpos de
los muertos. Puedo hacer eso. No hace falta ninguna destreza especial, y yo no tengo ninguna. Sólo se requiere ser fuerte. Y tengo suficiente fuerza. —Me encogí de hombros—.
Además, nunca me enfermo. Puedo hacerlo.

—Habrá que enseñarle a leer —afirmó la señora
Sforno, sin mirarme.

Tuve que ahogar una exclamación de sorpresa y deleite. Aprender a leer era algo que esperaba lograr algún día,
pero siempre había pensado que no estaba a mi alcance. Ni los
vagabundos ni quienes practicaban la prostitución sabían
leer. Pero allí estaba yo, en una casa de verdad con una familia de verdad; quizá ya no estuviera tan mancillado como
siempre me había sentido, quizá la lectura en verdad estuviera a mi alcance. Si podía leer, quizá también pudiera conseguir una esposa algún día, tal como había sugerido Giotto. Y
por Giotto, ¡podría leer a Dante!

—Deberá aprender un oficio —continuó la esposa—.
Es la única forma en que podemos hacer que se pueda marchar de aquí.

—Mi querida Leah, qué práctica eres —afirmó Sforno,
acariciándole la mejilla.

—Mientras tanto, puedo trabajar para la ciudad —intervine.

—No debe traer el contagio aquí —dijo la señora Sforno—. Pero puede ahorrar sus ganancias hasta juntar lo necesario para comenzar una vida propia.

—Leah tiene razón; la peste se propaga como el fuego. —Sforno frunció el ceño—. Deberás hacer lo mismo que yo cuando llego de cuidar a los enfermos; refregarte con jabón de lejía y cambiarte de ropa antes de entrar. Incluso la ropa contagia la peste.

—Lo haré —respondí, ansioso.

—Yo puedo enseñarle a leer —se ofreció Rachel.

Sforno estaba asintiendo, pero la señora Sforno se volvió e hizo un gesto en dirección a su hija.

—No lo creo —respondió con gesto adusto—. Con sus jornales, puede contratar a un tutor.

¿Un tutor, para un sujeto como yo? La sola idea me maravilló. Todo era demasiado.

—Me marcho, entonces —dije, retrocediendo para salir de la cocina. Me di la vuelta y salí por el corredor, pasé por las escalinatas, donde las otras dos niñas, la tímida Sarah y la pequeña Rebecca, jugaban con una muñeca, hasta llegar al vestíbulo y luego a la enorme puerta tallada a la que no había podido golpear ese primer día. No sabía qué era lo que me alejaba con tanta prisa de la casa de los Sforno. Tenía que ver de algún modo con cómo la señora Sforno apartaba la mirada mientras planificaba una nueva vida para mí, y con la forma en que Miriam reía entre los brazos de su padre. También tenía un poco que ver con la pequeña víbora que se deslizaba para apartarse de mí. Quizá tenía que ver, sobre todo, con los perros maltratados y las jaulas que albergaba mi mente.

# Capítulo 8

El sol del amanecer de mayo proyectaba sobre la ciudad una luz blanquecina que se extendía como una bruma acuosa, y los cadáveres yacían por todas partes, arrojados de sus hogares sin ceremonia alguna. Si no fuera por los *bubboni* negros, muchos podrían haber sido florentinos que dormían a la intemperie en poses antinaturales, como después de un carnaval infernal. En los sectores más pobres del Oltrarno, vi a los vivos tumbados en grupos harapientos en las calles, donde exhalaban su último aliento. Por la cantidad de cadáveres y el olor que despedían, me di cuenta de que no habría suficientes *becchini* para llevarse los cuerpos. La situación se agravaría con la llegada del verano y del calor impiadoso que azotaría cada vez más temprano. Me dirigí deprisa hacia el Arno, que ondulaba como un perezoso lazo plateado debajo de los puentes, indiferente al contagio y la muerte que arrasaban la ciudad. Atravesé un puente hacia la zona central de Florencia, y entré al Palazzo del Capitano del Popolo, donde encontraría un ministro o a los *ufficiale* que contrataban a los *becchini*.

Algunos mendigos y rufianes comunes esperaban en el patio del *palazzo*, que era un edificio de piedra adusto e imponente, con ventanas arqueadas y una torre elevada que se alzaba por encima de las tres plantas de la construcción. Desde fuera, parecía una fortaleza, con sus enormes paredes de piedra rústica. Pero el patio donde esperaba era elegante;

había columnas que sostenían un pórtico abovedado y una escalinata ceremonial que conducía a una gran *loggia* abierta en la primera planta. Los que ya estaban allí me midieron con la mirada, pero era demasiado joven y vestía ropas simples, así que no desperté su interés; era evidente que no tenía dinero. Llegaron otros hombres y jóvenes que, por su ropa gastada, deberían de ser trabajadores de la lana. También llegaron algunas mujeres, prostitutas comunes que se habían quedado sin trabajo a consecuencia de la peste. Los que no estábamos enfermos de todas maneras debíamos alimentarnos. Le dije mi nombre a un notario que asintió con aire cansino y lo registró en un libro, luego me apoyé contra una pared de piedra a mirar a la gente que se congregaba. Agucé el oído cuando escuché que un hombre decía: «… y cuando entramos a las casas, encontramos a todo el mundo muerto».

Su compañero asintió con ahínco.

—Aunque hay que tener cuidado con los *ufficiale*. Ayer, un hombre cayó muerto en la puerta de su *palazzo* y, cuando entré para sacar a su esposa e hijos, encontré tres florines de oro. El *palazzo* estaba vacío; no había criados ni nada, y me podría haber llevado más, pero vinieron dos *ufficiale* montados para observar cómo cargaba los cadáveres. Tuve que atar los cuerpos de los niños a los de sus padres para poder cargarlos. ¡Tuve mala suerte de que llegaran los *ufficiale*, pues podría haberme llevado una fortuna!

El primer hombre sacudió el puño.

—Se piensan que pueden controlar la ciudad, incluso ahora que el que no se cae muerto, se marcha de la ciudad. Nos merecemos llevarnos las cosas que encontramos, ya que tenemos los cojones para tocar a los muertos. ¡Ponemos en riesgo la vida! La ciudad está en deuda con nosotros.

Un hombre corpulento, casi pelado, que estaba cerca de ellos, se encogió de hombros.

—Son los sirvientes los que se están haciendo ricos ahora. Cobran lo que quieren por sus servicios, y los nobles lo pagan. Es decir, los nobles que quedan en la ciudad. La mayoría se ha marchado.

Abrí los ojos de par en par al imaginar que encontraba un *palazzo* vacío, con todas sus riquezas al alcance de la mano, lo cual no sería robar, pues los dueños estaban muertos. Podría conseguir dinero y joyas, sedas y pieles, cálices de plata y collares de perlas, lo suficiente como para mantenerme durante un tiempo. Me alegré al ver que pensaba como en mis viejos tiempos en las calles, cuando tenía que arreglármelas solo, y como hubiera seguido pensando de no caer preso de Silvano durante tantos años de salvaje esclavitud. Luego recordé que ahora vivía con la familia Sforno. No era necesario tramar ese tipo de planes. Incluso podía ser inapropiado. Tampoco podía imaginarme que la señora Sforno, con sus pómulos altos y su mirada despierta, se sintiera complacida ante cualquier cosa que obtuviera de ese modo.

Un magistrado delgado, de barba excesivamente acicalada, emergió del *palazzo* a la *loggia* y comenzó a descender las escalinatas. Vestía mangas gigantes de terciopelo rojo que ondulaban a su paso. Parecía obsceno adornarse con tanto lujo cuando la ciudad estaba inundada de cadáveres. Si eso no era transgredir las leyes del decoro, debería serlo. Dirigió una mirada condescendiente a la multitud y explicó las condiciones del trabajo: cuánto nos pagarían, que deberíamos trabajar hasta el anochecer, con un receso al mediodía para el almuerzo, dónde podíamos encontrar planchas y tablas de madera para cargar los cuerpos y dónde depositarlos. Los cadáveres serían transportados en carros tirados por caballos hasta las afueras de la ciudad, donde nos encontraríamos para cavar las fosas de sepultura cuando las campanas de la iglesia dieran las vísperas. Sobre todo, nos informó, no debíamos saquear los hogares de los muertos o desahuciados, o nos pudriríamos en prisión con los reos que sucumbían a la peste negra. Por último, sugirió que nos llenáramos la camisa de hierbas y ajo, para combatir los olores y prevenir el contagio. Con ese fin, habían puesto una carretilla llena de hierbas junto a las tablas de madera, y otra cargada de dientes de ajo. Luego el hombre caminó por entre la multitud para agruparnos de a dos.

—Tú —me señaló. Ambos nos ruborizamos al reconocernos. Erguí los hombros e inflé el pecho. Me negaba a sentir vergüenza nuevamente. Tampoco sofocaría el placer que sentía al pensar que, el día anterior, había matado a varios de su calaña: hombres que iban a misa, bebían vino con sus compañeros de gremio y enfundaban a sus esposas en finas ropas, que vivían como gente temerosa de la ira de Dios, pero luego abusaban de niños esclavizados. Sentí el impulso de agarrarlo del cuello, y el deseo de derramar sangre rugió en mis entrañas como un ansia sofocada hacía tiempo. La noticia de mi desmán en el burdel se debía de haber difundido por la ciudad. Florencia era una ciudad que se deleitaba con las habladurías, incluso en tiempos de la peste. Y la mayoría de los clientes tenía familias, esposas, padres y amigos. Me pregunté qué pensaban hacer los padres de la ciudad. Quizá la señora Sforno estuviera en lo cierto y me siguieran los soldados hasta la puerta de su casa.

En ese momento, el magistrado bajó la mirada, y sentí una satisfacción que me recorría el pecho, como vino fresco. El hombre hizo de cuenta que no nos conocíamos, que nunca se me había subido encima, sin fijarse en mis lágrimas de ira y vejación, que nunca había pagado generosamente por el placer de poder hacerlo.

—¿Yo qué hago? —lo desafié. La cara se le puso de color escarlata.

—Ve con ese muchacho —señaló con el dedo y se marchó a toda prisa.

—Busquemos una tabla —dije al muchacho. Luego me volví y vi a un Nicolo pálido que me miraba fijo. Sin pensar, me abalancé sobre él, y le rodeé el cuello con las manos con fuerza sobrehumana. La noche anterior le había perdonado la vida por considerarlo un niño, pero esa intención se había desvanecido. Nicolo me aferró de las muñecas; la cara se le puso azul y comenzó a golpear las baldosas con los pies. El hombre fornido de pelo ralo me aferró. Yo me negaba a soltar a Nicolo. El cuerpo de éste se puso fláccido y el hombre me cogió de las axilas y me arrastró hasta alejarme. Luego me dio un golpe en las orejas.

—¿Acaso eres estúpido, muchacho, que atacas a alguien en los peldaños del Palazzo del Capitano del Popolo? —preguntó, riendo. El escaso cabello que le quedaba era rojo y tenía la barba veteada de hebras blancas. De algún modo, el cabello rojo hacía que su semblante pareciera agradable y rubicundo, en lugar de pálido—. ¡El lugar está infestado de *ufficiale*, ministros y magistrados! ¡Te meterán a la cárcel antes de que puedas cobrar tus jornales!

Me zafé del hombre y fulminé a Nicolo con la mirada.

—Eres un vagabundo lunático —silbó Nicolo, mientras se frotaba el cuello—. ¡Asesinaste a mi padre y yo por poco pierdo la vida vomitando esas plumas rojas! ¡Te atraparé! ¡Haré que lo último que veas sean plumas rojas!

Antes de que pudiera responderle, el hombre corpulento me alejó de él.

—Vendrás conmigo. Eres fuerte; me vendrá bien un compañero así. —No me resistí, pues mi recién recobrada libertad significaba mucho para mí, y el hombre corpulento tenía razón. Los padres de la ciudad no tendrían más opción que meterme preso si mataba a Nicolo en los peldaños de ese *palazzo* público. Pero quería hacerlo. Quería que pagara por el sufrimiento que me había infligido su padre. Volví a ver escenas de mis días en el burdel de Silvano y observé a Nicolo con calma, al tiempo que me preguntaba si algún día podría librarme de la humillación de esos años. Clavé los ojos en su rostro feo y flaco, tan parecido al de su padre, hasta que el hombre corpulento me llevó a un rincón donde había varios rectángulos de madera. Eran camillas improvisadas, construidas con tres o cuatro tablas unidas con clavos, con otra tabla a lo ancho que servía a modo de manija. El hombre me soltó y trastabillé, frotándome el hombro.

—No era necesario que interviniera —me quejé—. No es asunto suyo.

Él esbozó una sonrisa que dejó ver un diente podrido.

—Te vi salvar al judío y a su hijita ayer. Hiciste una buena acción. No sé si los judíos son culpables de todo lo que se los acusa, pero no me gusta ver que maten a nadie. Ya ha habido suficientes muertos en los últimos meses. —Se encogió de hombros—. No quería que te mandaran a la cárcel. Lo tendrían que haber hecho si matabas a una persona delante de todo el mundo, aun a una bazofia como el hijo de Bernardo Silvano.

Lo miré con frialdad.

—¿Era cliente de su establecimiento?

Negó con la cabeza, y toda la calidez desapareció de sus ojos. Se dirigió hasta un barril cercano y cogió un manojo de hierbas, principalmente ajenjo, enebro y lavanda, que se metió en la *camicia*.

—Antes de la peste, tenía una esposa que me cuidaba. No me interesaban las depravaciones que ofrecía ese burdel.

—¿Cómo conoce a Nicolo Silvano entonces? —lo desafié.

—Toda Florencia conocía a Bernardo Silvano y a su hijo. Todos los que han sobrevivido están comentando que lo asesinaron anoche. Sólo Nicolo lamenta su muerte. Silvano obtuvo su merecido, al igual que quienes frecuentaban ese establecimiento. Pero un hombre no puede hacer ante la mirada de todos lo que puede hacer en un burdel sin que lo castiguen. —Cogió una tabla y la arrastro más allá de donde me encontraba yo—. La venganza debe cobrarse en privado. Toma la otra punta, ¿quieres?

Cogí la manija opuesta. Un *ufficiale* nos llamó.

—¡*Rosso*! ¡*Ragazzo*! Recoged los cuerpos de las calles de la ribera derecha, cerca del Ponte Santa Trinita!

—*Rosso*, así me llamaba mi hija en broma —respondió mi fornido compañero, riendo.

Partimos en dirección oeste, hacia el río, donde las calles estaban sumamente pobladas y habría muchos cadáveres. Otros *becchini* se marchaban de en dos a direcciones diferentes. Las voces reverberaban a su paso, y eran los únicos sonidos vivos de esa ciudad enferma y debilitada. Pasamos por el mercado de granos del Orto San Michele, con su *loggia* de dos plantas para almacenar granos, reconstruida hacía poco, que servía de recordatorio de los tiempos abundantes y animados de la Florencia que yo conocía. Ahora el mercado estaba vacío, salvo por algunos comerciantes del *contado*.

—Lamento lo de su esposa —dije.

—Yo también —respondió en un susurro—. Y lo de mis hijos. Tenía dos varones y una niña. Mi hijo mayor tenía tu edad, trece años. Mi hija tenía diez y era muy bonita. Podría haberla casado con un buen esposo, quizá con un miembro de un gremio de alto rango o hasta con un noble de baja estirpe. Tenia buen carácter y manos bonitas, habría honrado a su esposo y le habría dado muchos hijos. Y mi hijo menor era muy travieso y divertido. Los echo de menos.

—¿Cuándo murieron?

—Hace un mes. Las manos de mi pobre hija estaban desfiguradas completamente por las ronchas negras, y el dolor le resultaba insoportable. —Su enorme rostro estaba surcado de una desesperanza tan absoluta y resignada que me llevó un instante reconocerla. Luego, me di cuenta de que estaba frente a la misma desesperanza en estado puro que había visto reflejada en la mirada de los niños del burdel de Silvano. Es la expresión del cuerpo que continúa en vida cuando el alma ya ha muerto.

—Usted lo perdió todo —observé en voz suave. Él asintió—. ¿Desearía no haberse casado, ni haber tenido hijos, para evitarse este sufrimiento?

—Oh, no. Disfruté de quince dulces años junto a mi esposa; fuimos muy felices. El matrimonio fue arreglado por

173

nuestros padres, pero éramos el uno para el otro. En poco tiempo, aprendimos a amarnos.

—A veces tengo la esperanza de tener una esposa propia —afirmé con timidez—. Una mujer guapa que me ame como yo a ella.

—El amor es una gran bendición, el don más preciado que nos da el Señor —afirmó en tono solemne—. Hace que un hombre sea íntegro de un modo que no imaginó antes. —Suspiró—. Sólo desearía que la peste me hubiera llevado a mí también. Aunque —hizo una pausa, bajando la cabeza— de no haber sobrevivido, no habría podido darles sepultura. No quedaron tirados esperando que un extraño los arrojara sobre un tablón como éste. Después de sepultarlos, cerré mi tienda y me dediqué a este trabajo, que haré hasta que me lleve la peste. La mayoría de los *becchini* muere. Todo el mundo se está muriendo.

—¿Tuvo que enterrar a su familia con sus propias manos? —No podía imaginar lo doloroso que debía de ser tener esposa e hijos, amarlos, para luego perderlos.

El hombre asintió.

—No pude conseguir un sacerdote que hiciera los oficios de los muertos, así que hice los ataúdes y los llevé hasta las colinas, donde los sepulté. Yo mismo recé por ellos. Espero que haya sido suficiente para elevar sus almas al cielo.

—Seguro que sí —afirmé—. ¿Qué puede ser más sagrado que el amor de un padre por sus hijos?

Rosso se encogió de hombros. Hizo una pausa para limpiarse el sudor que le corría por la cara, y luego se quitó el *mantello*, lo dobló y se lo anudó a la gruesa cintura como si fuera un enorme cinto. Yo lo imité, pues también estaba sudando.

—Hace calor, después de una primavera fresca —dijo—. Los sacerdotes quieren que creamos que no se puede llegar a Dios si no es a través de ellos.

—¿Qué saben los sacerdotes? —acoté, recordando a varios que habían visitado el burdel—. Por lo que he visto, son glotones o borrachos, lascivos o malhumorados, si no ambas cosas, y se dedican a vender reliquias e indulgencias para progresar en su orden. Nadie llega a ningún lado a través de ellos, salvo directo al infierno.

Rosso rió sin alegría.

—No comentes a nadie esas ideas. Muchos hombres han muerto por menos. —Me encogí de hombros y avanzamos por las calles atestadas de cadáveres hasta llegar a la sección que nos habían asignado. Cuando llegamos, me indicó que trabajara a un lado de la calle mientras él se encargaba del otro.

—Colocaremos unos cuatro cuerpos sobre la tabla, según el tamaño —explicó—. Los apilaremos allí, donde los recogerá el carro. —Señaló una pequeña *piazza* en la intersección de dos calles—. Es fácil. Simplemente, volvemos a buscar más cadáveres y sacamos la mayor cantidad que podamos.

Así que me dirigí al otro lado de la calle, donde había un cuerpo tendido boca abajo sobre los adoquines. Cuando lo di la vuelta, vi que era un niño rubio que tendría mi edad. Sus rasgos eran más toscos que los míos y los ojos vacíos eran azules, a diferencia de los míos, que son oscuros. En la mejilla, tenía un verdugón negro abultado del tamaño de un huevo de gallina. Estaba envuelto en un costoso *mantello* de terciopelo verde que se había abierto y revelaba los *bubboni* negros que le cubrían todo el cuerpo desnudo. Cuando lo aferré del brazo para poder moverlo, vi que todavía estaba cálido y que sus extremidades estaban suaves y flexibles. Lo arrastré hasta la tabla, sobre la que Rosso estaba colocando los cuerpos de dos hombres. Despedían un olor hediondo que me hizo fruncir la cara y taparme la nariz.

—Te acostumbras —observó Rosso, enarcando las cejas castaño rojizas—. Casi.

—El hombre se acostumbra a todo —admití, pensando con triste ironía que era mejor cuando no debía hacerlo. Hice una pausa, para contemplar la calle silenciosa con sus adoquines grises, sus ventanas cerradas y los cadáveres desfigurados cuyas vestiduras parecían derretirse con la humedad. En el fondo, el río gorgoteaba y se deslizaba por debajo del puente. Todas las cosas terminaban en muerte y destrucción; algún día, también a mí me sucedería, aunque no envejeciera como los demás. Quizá mi monstruosa longevidad me diera oportunidades que otros no tenían. Era afortunado y, si bien también recaía una maldición sobre mí, al menos podía prometerme a mí mismo que nunca capitularía. Había ganado ese derecho al matar a Silvano. De ahora en adelante, cuando no me gustaran mis circunstancias, las cambiaría.

Fui a buscar otro cadáver. Cerca del niño, había dos cuerpos; uno pertenecía a una anciana marchita, cuya cabeza cana yacía sobre el vientre de un hombre de edad mediana. Eran parecidos: madre e hijo. Sus manos estaban entrelazadas. Si no hubiera sido tan incómodo, los habría arrastrado juntos hasta la tabla de madera para preservar su intimidad, que les envidiaba. Si la peste se cobraba mi vida ese día, nadie me tomaría de la mano para darme compañía. ¿Acaso mi nacimiento había sido similar, ante la presencia de alguna imperfección que hiciera que mis padres desearan deshacerse de mí, tal como había sugerido Silvano? Si yo en verdad era el hijo perdido de unos nobles extranjeros de pura sangre, ¿por qué no me habían encontrado hacía mucho tiempo? Yo llamaba la atención; no era arrogancia de mi parte reconocerlo. Mi aspecto físico era inusualmente llamativo. El color de mi cabello era muy poco común.

¿Acaso mis padres habían sentido que su sangre se arruinaba conmigo? ¿Alguna vez me habían amado como Sforno y Rosso amaban a sus hijos? A lo largo de los años, muy pocas veces me había preguntado sobre mis padres de ese modo. Cuando vivía en las calles, estaba muy ocupado tratando de conseguir qué comer. Marco había despertado mi interés en el tema. Sin embargo, en el burdel, estaba ocupado con la ignominia del oficio, con el éxtasis de las pinturas que salvaron mi vida y, sobre todo, con la certeza de que, si intentaba fugarme, como sin duda habría hecho si descubría a mis padres, otros niños habrían pagado mis actos con su vida. No podía permitir que eso sucediera. Ahora era libre y podía investigar mis orígenes, descubrir quién era y por qué me diferenciaba de los demás. También concretaría mis otros sueños. Ganaría dinero, aprendería a leer y hasta me casaría. Pero sobre todas las cosas, evitaría llamar la atención del dios malvado que condenaba a los niños a la esclavitud, fomentaba el éxito de los asesinos y violadores y maldecía al mundo con pestes letales. No sabía cómo lograría esos objetivos; simplemente estaba decidido a hacerlo.

Ese día tan lejano en Florencia, el brazo libre del hombre muerto estaba plegado sobre su pecho en una postura torpe, y la cabeza estaba echada hacia atrás. Tenía la boca abierta de dolor. El rostro demacrado de la madre tenía una expresión de agonía. La peste los había hecho sufrir. La *cottardita* de seda de la mujer, teñida de un exótico *rosa di zaffrone*, flameaba alrededor de ambos cuerpos como una marea nacarada de olas rosadas. Era un vestido para usar en una ocasión en la que uno se abandona al placer inocente, como un carnaval o una fiesta. Era tan exuberante e incongruente, y tan absolutamente humano en su aspiración a la dicha, que casi me hizo sonreír. La muerte estaba por todas partes, pero resultaba imposible reprimir la vida. Volvería a Florencia. Volvería a mí, a pesar de todo. Hasta el primer día en que tuve que cargar esos cadáveres, no me había dado cuenta con tanta claridad de que los florentinos éramos un pueblo audaz, complejo y también obstinado, que no dejaba de ostentar sus mejores galas, ni siquiera frente a la muerte. En efecto, cuando Florencia renunció a sus galas, un siglo y medio más tarde, perdió todo su poder y prestigio.

Estaba absorto en mis reflexiones sobre las telas, el color y la vanidad, sobre los tonos contrastantes de los canesúes y las mangas, y sobre cómo se utilizaban dos diferentes tonalidades para la seda de modo que, al igual que los seres humanos albergan tanto el pecado como la santidad, un color predominaba a la luz y otro en las sombras. Luego me llamó la atención un suave golpeteo. Levanté la vista: detrás de una ventana cubierta por una cortina que flameaba al viento, en la segunda planta de un edificio, había un hombre cuyo rostro no pude distinguir. Me llamaba con la mano. Miré alrededor para ver si había *ufficiale*. Al ver que no había ninguno, deposité con suavidad los cuerpos cubiertos de *bubboni* de los pequeños mellizos que llevaba sobre los hombros. Fui hasta la puerta ubicada debajo de la ventana. En el interior, vi un pequeño pasillo que conducía a unas escalinatas en forma de espiral. Subí a la planta alta, donde una puerta se abrió sola para dejarme pasar. De la puerta, emanaba una nube de humo de azafrán que se curvó como en una invocación. La sospecha me puso rígido, pero la curiosidad me impulsó a avanzar.

En el interior de la habitación, había varias mesas con objetos de aspecto extraño. Había frascos, alambiques y pequeños cuencos de los que brotaban llamas que calentaban la parte inferior de varios tubos con líquidos burbujeantes. Había una profusión de objetos cuyos nombres y funciones desconocía. Maravillado, contemplé la habitación.

—Al parecer, sientes curiosidad por los instrumentos de mi arte —susurró el hombre, que estaba sentado en un banco ubicado junto a la ventana—. Es un buen comienzo. Tienes la inteligencia mínima como para sentir curiosidad.

—Nunca había visto nada igual —respondí, volviendo mi atención a él. Era de mediana edad, de corta estatura, delgado y ágil, con grueso cabello negro y blanco, y una cara estrecha y sin barba. Vestía una túnica negra y las ranuras de las mangas revelaban una *camicia* negra debajo de esa prenda. Un extraño aparato, sostenido sobre el puente de la nariz, le cubría los ojos vivaces; otra maravilla. Al ver que lo miraba fijo, dio un golpecito al costado del objeto, junto al borde exterior de su poblada ceja negra.

—Muchacho, no te quedes callado. Habla y pregunta. Éstas son gafas; se inventaron hace más de sesenta años, pero todavía el *popolo* no las usa. Me ayudan a ver mejor.

—¿Quién es usted? —quise saber.

—Un alquimista; me llaman Geber —afirmó—. La mano del destino recae sobre ti y me ordenó hablarte. De otro modo, no habría dejado mi trabajo. Debo haber hecho algo mal para recibir semejante castigo.

—¿Cómo pudo saber eso de mí desde aquí arriba?

—Caminé por la habitación, contemplando el mar móvil de objetos que cubría las mesas, como una marea mágica. Había pequeños implementos para perforar y cortar junto a un mortero y mazo, frascos de tintura, arcilla, agujas e hilo, libros con páginas iluminadas, pergaminos y plumas y tinteros, cajitas de lata con polvos gruesos y finos, piedras de todos los colores, botellas llenas de líquidos coloridos, un saco de sal y jarras llenas de aceite. El aroma dulce del clavo de olor y del anís se mezclaba con el olor ácido del azufre, que de todos modos olía mejor que los muertos. Sobre la mesa, había una rata sin cabeza; en otra mesa, un trapo cubría un frasco con escarabajos y, sobre una tercera, había una paloma con las alas cortadas con prolijidad. Me detuve para observar la paloma, pues los cortes eran sumamente precisos, y el cuerpo había sido cosido donde faltaban las alas. Una de las alas estaba desplegada al lado del cuerpo.

—La distancia no es un obstáculo para el conocimiento —observó con una sonrisa astuta—. La distancia es sólo una tela que se disuelve en el ácido de la fusión. Tú lo sabes. Has recorrido grandes distancias para ver las cosas.

Me sorprendí. Parecía referirse a los viajes que emprendía cuando trabajaba en el burdel, pero nunca se lo había dicho a nadie. No se lo habría confesado a Dios, si fuera propenso a la confesión, por miedo a que pusiera fin a mis travesías para entretenerse a costa mía. Era imposible que ese hombre, Geber, hubiera adivinado eso de mí. Lo miré con frialdad.

—¿Su arte es la magia?

—Mi arte es la naturaleza, y se revelará ante quien mire con los ojos y vea con el corazón —respondió, misteriosamente—. El cielo reina sobre la tierra, pero los hombres no lo pueden ver. Ni tampoco los muchachos de inteligencia mínima, como es de esperar.

—El infierno es lo que reina sobre la tierra ahora, pues hay víctimas de la peste por todas partes. —Me acerqué a otra de las mesas, sobre la que había un libro abierto, una pila de violetas secas, la garra peluda de algún animal pequeño de color pardo, un tazón de barro lleno de cáscaras de huevo blancas y otro con fragmentos azules, y un cuenco con una piedra triangular translúcida embebida en agua turbia.

Geber suspiró.

—Es una peste maléfica, pero también lo son todas las cosas terrenales. —Yo había comenzado a toquetear un artefacto con tres recipientes de vidrio que se comunicaban entre sí—. ¡Cuidado! Eso es un alambique de tres brazos, hecho exactamente según las especificaciones del mismísimo Zósimo. Es para la destilación... la liberación del espíritu de la materia que lo tiene atrapado.

—Como la muerte —observé.

El hombre asintió.

—La muerte no es el fin de la historia en la alquimia. El espíritu, el neuma, se puede reintegrar al cuerpo tras la purificación. Sobre esa mesa, he construido el *kerotakis* de Zósimo, para la sublimación. Ven, deja que te mire. No veo bien, ni siquiera con este maravilloso invento. —Dudé, pasando los dedos sobre las páginas delicadas de colores de un libro, y Geber me llamó, impaciente—. Ven, muchacho. Estoy enfermo, pero a la peste le llevará unos meses matarme. Y tú eres inmune, lo sabes.

Parecía saber tanto sobre mí que hice lo que me indicó, cruzando con reticencia el cuarto hacia donde se encontraba. Me examinó con sus ojos verdes pensativos. Yo extendí la mano para tocar el objeto que tenía en la nariz. Había un trozo de cristal sobre cada ojo, sostenidos por un marco de metal.

—¿Cómo sabe que soy inmune a la peste?

—No trabajarías de *becchini* si no lo fueras —respondió Geber, al tiempo que tiraba del párpado inferior de mi ojo izquierdo, y luego del derecho. Colocó el dedo índice en la comisura mi boca y me hizo abrirla. Me examinó los dientes y luego me cogió la mano y me miró las uñas. Las dio la vuelta y siguió con el dedo algunas de las líneas que se dibujaban sobre la palma. Se rió un poco y me dio un golpecito en el pulgar. Parecía complacido cuando se cruzó los brazos sobre el pecho.

—Hay muchos *becchini* —observé, dando un paso atrás, incómodo. ¿Qué había visto al examinarme? ¿Qué secretos de mi persona le habían revelado las gafas? Hablé para distraerlo—. Muchos *becchini* contraerán la peste. —Pensé en Rosso—. Algunos quieren morir.

—Yo no —respondió sin rodeos—. Me he pasado años trabajando para engañar a la muerte, sólo para que la peste me engañe a mí y me quite los frutos de mi arduo trabajo.

—Nadie puede engañar a la muerte.

—Pero tú harás un esfuerzo extraordinario —afirmó, con otra risita—. Tus padres eran magos de la segunda raza de hombres. Tú has heredado sus talentos, aunque nadie te ha guiado para que pudieras desarrollarlos. Se requerirá un esfuerzo de tu parte para adquirirlos.

Di un salto hacia atrás, consternado y confundido.

—¿Cómo sabe acerca de mis padres? —exclamé. ¿Acaso los había conocido? ¿Sabía los secretos sobre mis orígenes y, de ser así, me los contaría?

—La gente emana una luz, y esa luz es nuestra esencia —afirmó Geber con ahínco, inclinándose hacia mí—. De eso se trata en realidad la alquimia. La gente ignorante piensa que tiene que ver con transformar el metal base en oro, o quizá con fabricar el elixir de la vida. Pero eso es sólo la superficie más burda. La alquimia es la búsqueda de lo que aún no es, el arte del cambio, la búsqueda de los poderes divinos que se esconden en las cosas. Los poderes divinos se manifiestan en forma de luz. ¡Aquel que se cultive adecuadamente verá la luz amarilla brillar como debe!

No sabía cómo responder ante sus palabras extrañas y apasionadas. Me parecía que pocas cosas podían ser más importantes que convertir el metal base en oro, que era el sostén de la vida. Podía creer que existía una luz que brotaba de las personas, ¿pues acaso Giotto no pintaba así a las personas, con luminosidad? Aparté la mirada.

—No se le ve enfermo.

—No te dejes llevar por las primeras apariencias; te hace parecer vulgar —dijo Geber con sequedad. Alzó un brazo delgado y me señaló la axila—. Vamos, tócala tú mismo. ¡La experiencia directa es siempre la mejor! —Así que extendí la mano y sentí un bulto debajo de su túnica negra—. La peste me ha alcanzado hace poco. Puedo resistirme, pero no por siempre. Sucumbiré —dijo con calma, sin miedo.

—Quizá no; algunas personas se recuperan; usted podría ser una de ellas.

—No me recuperaré. Lo he visto. —Se encogió de hombros—. Mi propia luz se ha mancillado, se ha debilitado. Cuando se va la luz interior, el cuerpo la sigue inevitablemente. Tú también puedes verlo, hijo de magos, y así verificarás mis palabras con la experiencia directa. Mira alrededor de mi brazo y de la cabeza. —Su voz era suave, y expresaba autoridad elegante. Me encontré contemplando casi con pereza el contorno del brazo extendido del hombre, la curva del hombro y el cuello, y luego vi un pulso de luz azul que se extendía desde su hombro. Murmuraba—. Como arriba, también abajo; como adentro, también afuera. —Otro pulso azul le recorrió el brazo, y luego la luz se extendió hasta convertirse en una sombra amarilla que se proyectaba desde su silueta, pero la luminosidad amarilla estaba veteada de manchas negras...

—¡Basta! —grité—. ¡No me gusta esto; me hace más extraño de lo que ya soy! —Trastabillé con torpeza, y fui a dar contra una de las mesas. Geber había mencionado temas muy perturbadores, en especial, a mis padres. Debía averiguar qué sabía. Debía mantener la calma para lograr que me revelara sus secretos. Parpadeé por el vapor que salía de un cuenco humeante. El vapor fluía hasta adoptar formas suaves, como un río. Mis ojos siguieron la dirección de los pequeños tubos que drenaban los vapores hasta conducirlos a un frasco cerrado. Me pregunté si toda esa ebullición de la alquimia tendría que ver con transformar el metal en oro, y si podría convencer a ese Geber de que me enseñara a hacerlo. Sería una habilidad útil. Geber no parecía apreciarla, pero yo sabía la importancia que puede tener el oro en la vida de un hombre. Si lograba convencerlo de que me enseñara a hacerlo, nunca más debería preocuparme por pasar hambre o por caer presa de una vida de vejaciones. Era necesario salvar a Geber, pues tenía secretos que enseñarme—. Conozco a un médico, un buen hombre. Puedo pedirle que lo vea.

—Ningún médico puede ayudarme.

—Al menos, debe dejar que lo examine. Debe intentar curarse.

—¿Porque la vida es valiosa incluso con el infierno desatándose sobre la tierra? —preguntó. Sacudió la cabeza—. No quiero hacerle perder el tiempo a tu buen doctor. Ya he prolongado lo suficiente los años que me tocaron. Pero hablaré más contigo. Vuelve a verme mañana. Tráeme algo.

—¿El qué?

Sonrió.

—Algo se te ocurrirá. —Con un gesto de despedida, miró hacia la puerta con ojos que no parecían débiles. Salí corriendo.

Más tarde, mientras me cepillaba en el cobertizo de los Sforno, a la luz débil de la única lámpara de aceite, alcé la vista y vi que el Errante me contemplaba. Supe de inmediato que la vista no lo excitaba, pero de todos modos, me perturbaba su presencia. Ya no quería que ningún hombre me observara cuando me aseaba. Después de todo, hacía sólo un día que me había librado de Silvano.

—Quisiera estar solo —dije. Tenía la mente llena de telas de texturas sensuales y colores abundantes, de ronchas negras, de la luz amarilla que rodeaba el cuerpo de Geber, del olor hediondo que emanaba de los cadáveres, y del aspecto andrajoso de las hileras de cuerpos que habíamos sepultado en las fosas comunes, rociado con cal y luego cubierto con otra hilera de cuerpos. Me dolían los brazos, la espalda y los hombros de tanto cargar, arrastrar, cavar. Me rugía el estómago, pero no sabía si podría comer, aunque estaba famélico de un modo que no había estado por años y me llegaba el aroma de la comida de la señora Sforno desde la casa. Sin embargo, el cobertizo oscuro con la luz blancuzca de las estrellas que entraba por las ventanas, el resplandor de luz dorada del interior que se irradiaba hacia afuera para fundirse con las estrellas y los sonidos de los animales de sangre caliente que me rodeaban era un refugio. No quería que nada perturbara esa frágil paz.

—Hueles mal —observó el Errante, peinándose la larga barba con los dedos.

Hice un gesto con la barra de jabón de lejía que tenía en la mano.

—Me estoy limpiando.

—No. —Se inclinó contra el establo del burro gris, por el que parecía tener un afecto especial—. Hueles a magia e inmortalidad. —Me dedicó una amplia sonrisa, mientras acariciaba las orejas del animal—. Hueles a esplendor y al camino oculto, como alguien que se ha dado de bruces contra el árbol de la vida y se le ha caído una manzana en la cabeza. ¿Tienes un chichón en la cabeza, cachorro afortunado?

—Hoy me rodeó cualquier cosa, menos la vida y la inmortalidad —respondí, con cansancio—. Y no me cayó nada sobre la cabeza. Mire; no tengo ningún chichón. —Me pasé una mano enjabonada sobre la cabeza.

—¡Qué literal! Bueno, más tarde habrá cosas para ver —chasqueó el Errante y, cuando volví a levantar la vista, había desaparecido, pero su risa todavía reverberaba en el cobertizo.

# Capítulo 9

A la mañana siguiente, me desperté con Rachel de pie al lado de mi catre, mirándome fijamente. Su cabello castaño rojizo estaba peinado prolijamente en una única trenza larga, que había enrollado alrededor de la coronilla, lo que resaltaba su cuello largo y esbelto. Llevaba una simple *giornea* amarilla, sin mangas, sobre una *gonna* verde.

—Voy a enseñarte a leer y escribir, Luca Bastardo —anunció, con tono serio. En una de sus manos delicadas, llevaba una tablilla de madera con garabatos tallados; con la otra mano sostenía una tabla de cera—. Levántate. Comenzaremos ahora.

—¿Ahora mismo? —Me senté con lentitud, alejando a la gorda gata del cobertizo y sacándome algunas hebras de paja de la cara. El aire estaba fresco y de una tonalidad gris perlada, como si el sol estuviera justo debajo del horizonte, pero aún no hubiera salido—. ¿Tu madre sabe que estás aquí?

—Papá sabe. Acércate al lado de la ventana; hay más luz. No tenemos mucho tiempo antes del desayuno y quiero enseñarte las letras. Papá dice que eres listo y que aprenderás rápido. Ya veremos. —Se sentó junto a la ventana. Yo me destapé, apartando la manta de un puntapié, y fui a sentarme a su lado, aunque no demasiado cerca. Su presencia me resultaba perturbadora. Era una niña, pero estaba al borde de ser algo más, y ese algo más flotaba a su alrededor como una fragancia a rosas. Todo en ella era suave: cabello castaño rojizo suave, y una seguridad en sí misma que no era tan suave. No estaba acostumbrado a niñas como ésa, la verdad. Con cada segundo que pasaba, me ponía más nervioso.

—¿Tu padre dijo que yo era listo? —le pregunté. Me agradaba el cumplido, pero aumentaba mi titubeo, porque ahora tenía que estar a la altura de las expectativas de Sforno. Era una sensación nueva, pues nadie había esperado nada de mí antes. Silvano había pensado lo peor de mí; Giotto había pensado lo mejor de mí, y los clientes sólo habían esperado lo que les dictaminaba la lujuria.

—Así es, papá piensa que probablemente seas el hijo perdido de un noble. Siéntate aquí, o no verás nada —ordenó, señalándome un lugar a su lado. Yo me acerqué un poco más. Ella sostuvo la tabla de modo tal que también pudiera verle la cara—. Ésta es la *tavola*, la tablilla del abecedario. Te enseñaré las letras, y luego las copiarás en la tablilla de cera, como ésta. —Me mostró un pequeño implemento que parecía un palillo afilado—. No tengo pluma, tinta ni un pergamino para que escribas, así que deberemos hacerlo así. Te enseñaré la *rotunda*, que es la forma más sencilla de escribir.

—¿*Rotunda*? —pregunté yo, clavando la mirada en su boca, que era plena y de labios rosados.

—¡Sí, porque las letras son redondeadas! —respondió bruscamente, lo que me dio la pauta de que se le estaba acabando la paciencia. Desvié la mirada de esa boca rosada que me perturbaba y me concentré en la *tavola*, me senté derecho y metí la panza—. Cuando llenes la tablilla de cera, la debes alisar nuevamente.

—¿Qué quieres decir con llenarla? —repetí con tono estúpido.

Me dirigió una mirada sardónica desde sus ojos oscuros, tan parecidos a los de la señora Sforno.

—Preferiría que mi padre estuviera en lo cierto con respecto a ti, y no mi madre, pero hasta ahora, no estás causando una muy buena impresión, con o sin cabello dorado. Tal vez seas el hijo perdido de un idiota.

—Me voy a esforzar más.

—Hazlo. Ahora, aquí está el alfabeto —señaló los garabatos.

—Eso es una cruz —afirmé, indicando el primer símbolo de la *tavola*. Me sentí complacido de saber algo, lo que fuera, aunque me sorprendía encontrar la señal de la cruz en la casa de un judío—. Creí que los judíos no reverenciaban la cruz.

—Los cristianos piensan que, si nos muestran una cantidad de cruces suficiente, veremos su verdad, renunciaremos a nuestras creencias ancestrales, y nos convertiremos —respondió Rachel, con tono irónico y delicado—. Ahora, por cada sonido, hay una letra del alfabeto. Comencemos con tu nombre. ¿Con qué sonido comienza?

—¿Bas? —sugerí.

—Bastardo no es tu nombre y allí hay más de un sonido —acotó la niña—. Inténtalo una vez más.

—Bastardo sí es mi nombre —insistí, aunque sin convicción, pues quería complacerla. Había algo en tanta suavidad que me engatusaba en sumo grado. Y todo eso a pesar de que sabía que no tenía una muy buena opinión de mí.

—No; no lo es. Es una especie de descripción, pues no conociste a tus padres. Piensa, *Lluca* —dijo, enfatizando el primer sonido.

—¿L-l-l? —intenté.

—Bien, esa es la letra «l». Tiene este aspecto. —Me mostró la letra «l»—. Ahora tú. —Colocó la tablilla de cera en mi regazo y me entregó el utensilio cortante. Yo le miraba la boca rosada en lugar de la mano, y éste se me cayó de inmediato al suelo. Rachel chasqueó la lengua.

—Ya lo haré bien —me apresuré a decir, arrojándome al suelo. La tabla voló por el aire y Rachel la atrapó con una exclamación de impaciencia mientras yo rebuscaba en el suelo, buscando el utensilio, y lo recuperaba con una sonrisa estúpida.

—¡Aquí lo tengo!

La lección no fue larga, pero sí insoportable. No me salía nada bien. Cada vez que intentaba copiar las letras que escribía Rachel, se me caía la tablilla o el punzón, o decía algo tonto. Insistía en copiar las letras al revés. Como si tuviera voluntad propia, mi mano invertía las letras, lo que generaba chasquidos y murmullos de Rachel. Yo me retorcía de desesperación. Era la primera lección que recibiría sobre el poder que ejercen las mujeres sobre los hombres, aunque nosotros quizá detentemos el mayor poder en el mundo. La desaprobación de una mujer puede emascular al más viril de los hombres. Más tarde en la vida, descubriría el poder más supremo que puede detentar una mujer: su amor. Pero para eso faltaba más de un siglo y, ese día, sólo pude suspirar de alivio cuando la lección por fin terminó.

—Es suficiente por hoy, *Stupido*... es decir, Bastardo —dijo Rachel, tornando los ojos. Se colocó la *tavola* debajo del brazo—. Mañana lo volveremos a intentar. Quizá te vaya mejor.

—¿Mejor pasado mañana? —dije, esperanzado—. Necesito descansar. ¡Es muy difícil leer!

—Necesitas dos lecciones al día; no descansar —respondió con desdén, y desapareció del cobertizo, dejándome con el punzón en la mano sudorosa. Al mirarlo, recordé a Geber, quien me había pedido que le llevara algo ese día. Ahora tenía algo para llevarle.

La puerta del piso de Geber se abrió de golpe, y del interior emanaron ráfagas de humo azulado, como dedos de la mano dispuestos para evitar el mal de ojo. Entré a la habitación y me acerqué a él, frente a una de las extensas mesas cargadas profusamente.

—Le traje esto... —comencé a decir.

—Shh —me ordenó. Volví a guardar el utensilio cortante en la cintura de las calzas y observé cómo vertía con cuidado un líquido dorado desde un cuenco humeante a uno frío. Para sostener el cuenco humeante, llevaba gruesos guantes de cuero con almohadillas de cuero adicionales cosidas sobre cada dedo—. ¿Sabes lo que estoy haciendo?

—¿Eso es oro? —pregunté, a modo de respuesta.

—Es amarillo, brillante, pesado, extensible bajo el martillo, y tiene la capacidad de soportar pruebas de contraste de copelación y cementación —respondió.

—¿Eh?

—Es oro —asintió—. Voy a purificarlo con ácido nítrico.

—¿Por qué?

—Piensa, jovencito. ¿Cuál es el objeto de la purificación? Disolver las impurezas, alcanzar rápidamente la perfección a la que apunta la naturaleza. Purifícame, oh, Señor, renuévame en un nuevo espíritu —masculló. Las gafas se le habían deslizado por la nariz debido a una delgada película de sudor que le cubría el rostro—. ¿Recuerdas lo que te dije ayer sobre el objetivo de la alquimia, o volverás a gruñir a modo de respuesta?

—Dijo que «la alquimia es la búsqueda de lo que todavía no es, el arte del cambio, la búsqueda de los poderes divinos que se ocultan en las cosas» —cité.

—Muy bien; no hubo gruñidos. ¿Entiendes lo que acabas de decir?

—No, y no tengo ganas de responder más preguntas, pues me pasé toda la mañana quedando como un estúpido frente a una niña sabelotodo —respondí, malhumorado.

—¿Una niña bonita? —quiso saber Geber, riendo. Yo lo fulminé con la mirada y me dirigí hacia una mesa ubicada cerca de la ventana, en la que el viento hacía soplar las sedosas cortinas sobre la superficie de la mesa. Había un pequeño perro blanco y negro con las patas amputadas, que había sido seccionado en una línea recta y larga desde la garganta hasta el pene, con la piel extendida de manera estratégica alrededor del cuerpo para revelar los músculos debajo. Me sentí intrigado por el modo en que se entrelazaban los músculos y las gruesas venas los cruzaban como ríos que recorren las colinas.

—¿Abrió a este perro para verlo por dentro?

—Sí, pero no toques nada —me advirtió Geber—. Se llama disección. Comencé a abrir la piel, y examinaré los tejidos, músculos y el esqueleto.

—¿Por qué hace la disección de un perro?

—Hay tanto por aprender; ciento cincuenta años no bastan —respondió con un suspiro.

—¿De verdad es tan viejo? —pregunté, sin poder creerlo—. ¿Cómo es posible?

—¿Cómo es posible que una persona de casi treinta años parezca un muchacho de trece? —La mirada de Geber se clavó en mí—. El hombre pensante se cuestiona a sí mismo antes que nada. En cuanto a mí, se me está acabando el tiempo.

—Quizá el médico lo pueda ayudar —dije yo, incómodo, tratando de evitar el tema de la edad y el tiempo, aunque me daba curiosidad su fuente secreta de conocimiento, que le había revelado mi verdadera edad. Estaba decidido a que el hombre me diera respuestas, aunque era evidente que no lo haría fácilmente. Debería recurrir a mi *ingegno* y a su circunspección. Cambiando de tema, pregunté—: ¿De verdad puede convertir el metal común en oro?

—Cualquier buen alquimista puede hacerlo —respondió, con desdén—. Hasta un perro con entrenamiento en alquimia podría hacerlo.

—¡Quiero aprender!

—Pronto. Hay temas más importantes que nos ocupan, pues la peste me consume en este mismo instante. ¡Quiero crear la piedra filosofal perfecta! ¡Quiero revivir a los muertos! ¡Quiero crear un homúnculo y dominar la naturaleza e impedir el caos! ¡He ahí el objeto de la alquimia!

Sus palabras eran tan vehementes y ambiciosas, tan diferentes de las perogrulladas piadosas y falsas de los sacerdotes, que despertaron mi curiosidad.

—¿Acaso la naturaleza no lo es todo? ¿De qué modo se la puede dominar?

—Muchos están de acuerdo contigo: «el arte es tan desnudo y desprovisto de destreza que nunca puede lograr la vida o parecer natural... Nunca alcanzará la sutileza de la naturaleza, aunque la procure toda su vida». —Geber me guiñó el ojo—. Así dice en la historia del romance de una rosa.

—Me encantan las rosas —dije, pensando en las mujeres bonitas aristocráticas, que solían sostenerlas entre sus dedos enguantados—. El color, el aroma, la suavidad de los pétalos. Son bellas y buenas.

—¿Acaso no te gustan más las rosas plasmadas en una pintura? ¿Como si fueran de la naturaleza, pero con el arte del hombre aplicado a ella? —inquirió Geber. Me recorrió un estremecimiento, y me pregunté si en verdad sabía algo acerca de mis singulares viajes. Él continuó—: El error está en la lógica de tu razonamiento, si se puede decir que lo que sale de tu cabezota es lógica, pues separas mi trabajo de la naturaleza. Yo hago la labor de la naturaleza por ella y con ella, de modo que se somete a mí.

—Si Giotto hubiera pintado una rosa, me gustaría aún más —admití—, pero Giotto se volcaba a la naturaleza para encontrar lo que era sagrado y lo que no. Copiaba personajes de la naturaleza, a la gente como se movía en verdad en la vida. Tal como Dios hace al hombre. Es parte de lo que otorga tal poder y santidad a su obra.

—La alquimia tampoco es un arte no sacro —respondió Geber—. Aunque lo frecuentan los demonios, que también frecuentan todo en el mundo material, también los santos... Muchos pintores me han traído sus pigmentos, para poder copiar a la naturaleza con más nitidez. Hasta el gran Giotto.

—¿Usted conoció a Giotto? ¿Él venía aquí? ¿Tiene algo que le perteneciera? —exclamé. Por un instante, sentí como si el gran maestro estuviera a mi lado, con su enorme sentido del humor y su sencillez, y el corazón me dio un salto.

—Lo conocí bien, tanto como tú. —Sonrió y se me puso la piel de gallina. ¿Cómo sabía tanto de mí Geber? ¿Qué más sabía?

—¿Sabe algo de mis padres? —exigí saber—. ¿Quiénes eran, qué sucedió?

—¿Y si así fuera?

—¡Entonces debe decírmelo!

—¿Debo hacerlo? ¿En verdad te ayudaría si te dijera?

—¡Bastardo! ¡Bastardo! —me llamó Rosso; su voz llegaba débil desde el exterior.

—Debo irme —afirmé—. ¿Por qué no quiere decirme lo que necesito saber?

—¿Por qué habría de privarte de recorrer tu destino? Aquel que no hace girar la rueda una vez que se pone en movimiento ha dañado la obra del mundo y malgastado su vida, Luca.

—Usted habla en acertijos —masculló—. Adondequiera que vaya últimamente, encuentro acertijos, ¡pero ninguna respuesta!

Geber sonrió.

—Quizá estés haciendo las preguntas equivocadas.

—Entonces, cuénteme acerca de usted —dije. Quizá si comenzaba a revelar cosas de sí mismo, dejara escapar otras respuestas—. ¿De dónde es?

Geber asintió con lentitud.

—Pertenecía a un pueblo que casi ha desaparecido por completo. Éramos los guardianes de los secretos que el mundo necesita, pero para los que no está preparado. Tratábamos de purificarnos y perfeccionarnos. Nos llamábamos cátaros.

—Los cátaros, he oído hablar de ellos —respondí, recordando un día, hacía mucho tiempo, en el Oltrarno, cuando el norteño indiferente me había dado el frasquito de hermoso diseño para Ingrid, la niñita de los ojos azules—. Según tengo entendido, eran una secta hereje perseguida por la iglesia.

—¡No éramos una secta hereje! Una secta que poseía las enseñanzas secretas del Mesías, por lo que la Iglesia nos exterminó a casi todos —corrigió Geber, con amargura—. Las cosas que enseñábamos, la experiencia directa de Dios, la tolerancia, la pureza, la igualdad del hombre y la mujer, la devoción incesante al verdadero ministerio de Jesús, amenazaban el poder secular que anhela el Sacro Imperio Romano. Nosotros no encajábamos en su doctrina corrupta de lujuria por riquezas, odio y exclusión. ¡Ambicionaban nuestros secretos y tesoros, mientras fingían venerar al Señor del amor!

—¡Luca Bastardo! —gritó Rosso, en voz más alta y con más exasperación.

—Pero los cátaros aún existen —afirmé deprisa—. Algunos estuvieron en Florencia hace veinte años.

—Quieres saber cuál es la conexión entre tus padres y mi gente.

—¡Quiero saber quién soy, de dónde vengo, y por qué soy diferente de las demás personas, y qué significa eso! ¡Quiero conocer los secretos de mis orígenes y si soy diferente hasta de mis padres!

Geber me miró por un largo instante.

—Los cátaros conocían muchos secretos. Guardábamos secretos. Nuestra pureza nos hacía dignos. ¿Qué te hace digno a ti, Luca?

—¡Toda mi vida me he esforzado por responder esa pregunta! —exclamé.

—¿No crees que tal vez la misma lucha sea tu respuesta? ¿Que quizá no me competa acortar tu búsqueda? —preguntó Geber en tono firme—. ¿Acaso tu búsqueda personal no hace avanzar la historia hacia su final, permitiendo que los hombres sean las espadas que el espíritu esgrime en la batalla? ¿Qué es la historia después de todo: las grandes series de acontecimientos o la suma de las vidas individuales? ¿Qué es más importante?

—¡Luca, ahora! —gritó Rosso.

Geber y yo nos miramos. Me di cuenta de que no respondería ese día a mis preguntas, salvo con las propias, para las que yo carecía de respuesta.

—Me pidió que le trajera algo. Aquí tiene. —Le di el palillo afilado y lo coloqué sobre la mesa.

—¿Un palillo con punta?

—Es para copiar las letras en una tablilla de cera, una tarea que es el purgatorio en la tierra —expliqué. La cara impiadosa de Rachel me vino a la memoria. Era una maestra estricta.

—Un obsequio alquímico —afirmó Geber, quien parecía sorprendido y complacido—. Pensamientos que se transforman en signos, que se convierten en palabras habladas y pensamientos una vez más: la más rica de las alquimias...

—¡Bastardo! ¡*Ufficiale*! —llamó Rosso con urgencia en la voz. Saludé a Geber con la mano y salí corriendo por la escalera. Rosso me esperaba en la puerta, frotándose el escaso cabello pelirrojo con la mano, nervioso. Caminamos hacia unos cadáveres de *condottieri*, que yacían sobre los adoquines. Se nos acercaron tres *ufficiale* a caballo. Los dos que estaban al frente clavaron la mirada en mí, y yo se la devolví con actitud desafiante. Ahora era libre. No tenía que bajar la mirada y escabullirme como un callejero culposo cuando aparecía la policía. Quizá se sintieron perturbados por mi osadía, pues se alejaron. El que estaba a la retaguardia acercó su caballo a mí, haciendo que el animal se alzara sobre las patas traseras, y me escupió. Al levantar la mirada, me encontré con el rostro angosto de Nicolo Silvano. Por un segundo, furioso, indignado y un tanto aterrado ante la idea de que algún alquimista diabólico hubiera reunido el alma de Silvano con su cuerpo, vi el semblante de su padre. Pero luego volvió a ser Nicolo, enfundado en el color rojo que correspondía a un magistrado, con una capucha elaborada enrollada alrededor del cuello.

—La ciudad debe de estar desesperada por encontrar *ufficiale* si acepta que bazofias como tú sean magistrados.

—Te rodea la brujería, Bastardo —siseó Nicolo—. Mi padre asesinado solía decir que no eres como debes ser. Te ves demasiado joven para la edad que tienes, y tienes demasiada fuerza; ningún mozo común podría haberlo matado como lo hiciste... ¡Les estoy hablando a todos sobre ti, y te estaremos vigilando! —Azuzó a su caballo y se marchó al trote, detrás de los otros *ufficiale*. Furioso, cogí una piedra y se la lancé.

—Ten cuidado, Luca —me advirtió Rosso—. Tienes un enemigo en Silvano. El miedo va de la mano de la peste, y la gente no duda en matar aquello que teme. —Yo me encogí de hombros, sofocando mi enfado. Entre los dos, cogimos de las axilas un cuerpo cubierto de *bubboni*, arrastrándolo para que se uniera a las pilas de cadáveres, que se encontraban por doquier.

En las semanas que siguieron, mis días adquirieron un ritmo. Rachel me despertaba antes del alba para enseñarme el abecedario, o más bien, para intentarlo. Yo tenía el don de la memoria auditiva y la imitación verbal, y nunca olvidaba una pintura o una escultura después de haberla visto una sola vez, pero los significados de los pequeños garabatos que dibujaba la niña me eludían. No lograba comprender que esas marcas en la cera tuvieran significado alguno. Rachel se acostumbró a pellizcarme con sus dedos elegantes y fuertes cuando yo olvidaba cómo dibujar una letra o lo hacía al revés, que era casi siempre.

Yo me escapaba de sus lecciones en cuanto podía, corría a la casa, daba los buenos días a los Sforno y al Errante, y luego cogía un trozo de pan untado en aceite de oliva y una tajada de queso, que me llevaba a la Piazza del Capitano del Popolo, donde me encontraba con Rosso. Mientras juntábamos los cadáveres, mi compañero me contaba anécdotas sobre su esposa e hijos. Me gustaba escuchar que su hijo mayor solía imitarlo, el del medio le gastaba bromas, y que su hija, con sus manos bonitas, solía ayudar a la madre a coserle el *lucco* a Rosso. Una vez la niña le había cosido las calzas hasta cerrarlas, a modo de broma, y había reído hasta las lágrimas observando a su padre andar a los saltimbancos sobre una pierna mientras trataba de enfundarse la otra. Cuando Rosso se tomaba el descanso para comer, al mediodía, yo me apresuraba a ir a casa de Geber.

Un día, éste me saludó en la puerta, riendo.

—A este paso, nunca aprenderás a leer, mi estimado hechicero ignorante —afirmó. Tenía la cara y la túnica negra manchados de un polvo fino color ocre y emanaba el aroma de la sal y el cuero húmedo. Detrás de él, en la habitación, se veían hebras de humo de color parduzco que recorrían la habitación, humeando por encima de la acumulación de objetos extraños—. ¡Te daré una lección también que quizá te ahorre algunos pellizcos!

—¿Cómo sabe tanto acerca de mí? —exigí saber. Lo cierto era que tenía la parte interna del brazo amoratada por los pellizcos de los dedos fuertes de Rachel.

—Me lo dice la piedra filosofal —afirmó misteriosamente, con un chasquido de la lengua. Me hizo gestos impacientes y se predispuso a darme una segunda lección. A partir de ese momento, nos pusimos de pie a la cabecera de la mesa, donde el alambique de tres brazos todavía bullía, mientras el hombre pintaba unas letras, luego combinaciones de letras, en pequeños cuadrados de lino. Cuando yo leía el cuadrado correctamente siete veces seguidas, me permitía arrojar uno al fuego y observar cómo la tinta pintaba las llamas de color púrpura y verde, como magia.

A pesar de mí mismo, después de unos meses, mientras Florencia se cocía bajo el horno natural del valle del Arno y luego volvía a enfriarse, mientras la cantidad de cadáveres se inflaba como la marea y luego finalmente comenzaba a menguar, las lecciones por duplicado comenzaron a dar sus frutos. Sin que yo hiciera nada para lograrlo, las letras cedieron su misterio y me hablaron, primero en susurros y luego en tonos claros y razonables. A medida que iba leyendo sílabas primero y luego palabras enteras, Rachel comenzó a anotar números y sumas junto con las oraciones. Antes de la peste (y lo esperable era que volviera a ser así), Florencia, con sus bancos y mercaderes, abundaba de personas que se destacaban en la aritmética. Tal como me había informado Silvano, esa destreza que se llamaba *abbaco* se valoraba en gran medida para el comercio, y me sentí complacido de aprenderla.

Las matemáticas tenían sentido para mí. Podía entender que dos panes, sumados a cuatro damascos, generaban seis cosas para comer, y podían dividirse a lo largo de tres horas si uno comía dos por hora. La resta también era obvia para mí; tenía que ver con la pérdida. Rachel me enseñó un sistema de cálculo con los dedos mediante el cual estiraba y doblaba los dedos de la mano izquierda para hacer cuentas. Yo era ágil con las manos y, al poco tiempo, ya podía hacer cálculos complejos en segundos, lo que provocaba el deleite de Rachel. Se me esfumaron las marcas de los pellizcos de los brazos.

A medida que mejoraba mi capacidad de lectura, Geber comenzó a hablarme de otras cosas. Me mostró pesas y medidas, me demostró las propiedades de los metales y las hierbas, me enseñó sobre los cuatro elementos: el fuego, el aire, la tierra y el agua, y las cuatro cualidades: el calor, el frío, lo húmedo y lo seco, y me explicó que todos los minerales vienen del mercurio y del azufre. Discutió conmigo la transformación de la materia, como cuando el agua, a través de la evaporación, se convierte en aire y, a través de la condensación, se vuelve a convertir en agua. Me enseñó la diferencia entre el arte puramente mimético, que copia la naturaleza, y el arte perfectivo, que la mejora.

—¡El alquimista debe utilizar lo que usa la naturaleza, y limitarse a ello; la naturalidad de sus productos dependerá de que imite la obra de la naturaleza siempre que resulte posible! —exclamaba, con tono insistente, como si yo argumentara lo contrario, que no era el caso. Me daba la sensación de que era una antigua discusión que persistía en su cabeza. Sermoneaba acerca de la necesidad de experimentación, de una observación consistente del arte de la alquimia que no diera nada por sentado de antemano—. No todos los alquimistas están de acuerdo conmigo, pero yo anoto en detalle cada una de mis observaciones —confesaba—. He hecho un enorme libro con ellas, llamado *Summa Perfectionis.* —Luego me miró con tristeza, y yo vi esa emoción como una oportunidad de preguntarle acerca de los cátaros.

—Éramos un grupo de devotos que adorábamos a Dios. Creíamos no sólo en la fe sino también en el acceso directo a Dios, sin la intervención del clero.

—¿Y? —lo insté con astucia. Mi objetivo final era averiguar más sobre mí.

—Y porque éramos devotos, teníamos acceso al punto indivisible en el interior, el grano de semilla que es como una radiante perla azul... —La voz de Geber se suavizó y su mirada se tornó distante.

—¿De dónde venían los cátaros? —insistí.

—Directamente del Señor Jesús —respondió con aspereza—. Nuestras enseñanzas son puras y perfectas, y provienen de Él. ¡Sabíamos, por ejemplo, que hay un componente femenino en Dios y que es nuestra tarea escapar a las trampas materiales siguiendo la estrella interior! Que Judas Iscariote no era un traidor, sino una persona muy cercana al Cristo y que sólo hizo lo que le pidió el Señor para cumplir Su misión en la tierra, que Judas era el único que poseía el pleno conocimiento de la verdad de Dios en su interior...

—¡Judas traicionó a Cristo! Hasta yo lo sé, y ni siquiera tomé el catecismo —argumenté.

—Si Judas no hubiera entregado a nuestro Señor, ¿acaso existiría la salvación? —retrucó Geber.

—No lo sé —dije, encogiéndome de hombros—. Lo que quise decir es, ¿de qué lugar provienen los cátaros?

—Los jovencitos de melena abundante no usan la cabeza —se quejó Geber. Me clavó la mirada por encima del borde de las gafas—. Los cátaros han estado en todos los lugares, en todos los tiempos; se los ha conocido por diversos nombres, pero siempre nos caracterizamos por nuestro compromiso para con el despertar del sueño del olvido de nuestros orígenes divinos. Estábamos próximos a los setianos antes de recibir a Cristo. La raza setiana es la raza secreta e incorruptible del hombre, quienes portan el gran conocimiento y se ocultan...

—¿Yo pertenezco a esa raza? —lo interrumpí, entusiasmado—. ¿Qué significa si lo soy? ¿Tienen marcas en el pecho? ¿Yo debería tener una también?

Súbitamente, la expresión de Geber se suavizó.

—No soy el indicado para revelarte estas cosas, muchacho.

—¡Entonces enséñeme cómo convertir el metal base en oro!

—Hoy no —respondió, negando con la cabeza—. Aprenderás algún día. —Era una promesa que ponía frente a mis narices, y siendo el oro la meta, Geber encontró en mí un alumno deseoso de complacer a su maestro. Me enseñó muchos temas. Desplegó un enorme mapa sobre una de las largas mesas y me mostró la ubicación de la República de Florencia en la bota de tierra que se extendía hacia el Mediterráneo, con el Mar Tirreno al este y el Adriático al oeste. Cuando le informé de que una banda errante de soldados había matado a tres hombres y ultrajado a sus mujeres en la campiña, y que los padres de la ciudad no habían hecho nada al respecto, pues habían sido diezmados por la peste, me explicó el gobierno de la ciudad y su historia.

La *Signoria*, compuesta por nueve miembros, conducía el gobierno de la ciudad y recibía el asesoramiento de dos colegios legisladores, el *buon'uomini* y el *gonfalonieri di compagnia;* un representante de cada una de las divisiones de *gonfaloni* de la ciudad. La justicia era aplicada por extranjeros, la *podestà* que tenía instrucción legal, el capitán del *popolo*, y el ejecutor de las Ordenanzas de Justicia. Se pensaba que un extranjero no estaría apegado a ninguna *casate*, o familia, de modo que mantendría el equilibrio entre las rivalidades familiares. Florencia siempre fue una ciudad de amargas disputas familiares. Pero ahora, la peste hacía peligrar todo el sistema.

Incluso la gran *casate* florentina estaba hundiéndose, lo que era una medida de la devastación que había traído aparejada la peste, según afirmaba Geber. La *casate* se había originado hacía cientos de años. Las familias gobernantes eran los Uberti, los Visdomini, los Buondelmonti, los Scali, los Medici, los Malespini, los Giandonati; la mayoría se había trasladado a la ciudad, pero conservaba sus tierras rurales con los derechos de patronazgo en sus zonas ancestrales. También cultivaban el espíritu de la *vendetta*, que había azotado a Florencia, y estallado en violencia en un banquete de bodas en 1216. Allí, un Buondelmonti hirió a un Uberti con un cuchillo. Se propuso un matrimonio a modo de reconciliación, pero el Buondelmonti eligió la *vendetta*. Lo emboscaron y terminó como un cadáver sangriento en la calle, junto a la estatua de Marte.

—Los Uberti se vengaron; problema resuelto —comenté.

—¡Fue el comienzo de más de un siglo de problemas! —exclamó Geber—. Todo el mundo en Florencia debió elegir bandos, y la ciudad quedó dividida en dos facciones. Los que apoyaban a Buondelmonti se convirtieron en güelfos, seguidores del Papa, mientras que los que apoyaban a Uberti eran gibelinos, seguidores del Emperador. Ambas facciones lucharon cruelmente por el poder hasta que los gibelinos se vieron finalmente derrotados. Lo que condujo a las luchas entre *neri* y *bianchi* en este siglo —prosiguió Geber. Parecía estar organizando sus pensamientos, y vi la pequeña mancha negra que tenía en el cuello. Hice un leve sonido, señalándola, y él asintió—. La peste me ha dejado su marca. Ahora deja que te cuente acerca de los Donati...

Esa noche, me encontraba en el cobertizo, refregándome el hedor de la peste del cuerpo, mientras escuchaba al Errante sólo a medias. Éste me daba una perorata acerca de que el universo era un equilibrio de fuerzas de luz y oscuridad que parecían independientes, pero en verdad formaban parte de una única gran singularidad sin forma. Me perdí en mis pensamientos porque, al fin y al cabo, el Errante no me podía enseñar a hacer el oro y no me pellizcaría el brazo si me atrapaba absorto en mis ensoñaciones.

—He estado fuera atendiendo a los enfermos. La gente de la ciudad menciona tu nombre, Luca —dijo Sforno con seriedad, mientras entraba y tomaba el jabón de lejía de mi mano. Ahora sabía, por las lecciones de Geber, que el jabón contenía potasa para la limpieza.

—¿Cómo lo llaman? —quiso saber el Errante. Estaba sentado en el banquillo de tres patas y acariciaba a la enorme gata gris que habitaba en el cobertizo—. Ah, pero la verdadera pregunta es, y la pregunta correcta lo es todo, ¿le dan un nombre o le quitan un nombre? Porque perder su nombre quizá sea el primer paso en la extensa escalada del árbol de la vida hasta su fuente.

—No quiero que nadie me quite el nombre —dije con obstinación—. Es probable que Luca Bastardo sea un nombre que me denigre frente a los demás, pero es mío. ¡Tengo la intención de lograr grandes cosas con ese nombre!

—La esencia última no se limita por un nombre —comentó el Errante—, aunque para nuestra conveniencia, se la conoce como *Ein Sof*, y el que la contempla es aniquilado en un océano de luz y pasa más allá del control de su mente natural.

—Lo llaman «brujo» —respondió Sforno—. La gente se ha quedado sin sus entretenimientos habituales, y el aspecto de Luca llama la atención. Al igual que su pasado. Todo el mundo conoce a Silvano, aunque a nadie le importa un bledo su muerte. Los padres de la ciudad tienen otras preocupaciones en mente.

—Los nombres divinos se despliegan de acuerdo con su propia ley —dijo el Errante, encogiéndose de hombros y peinándose la amplia barba negra y gris con los dedos carnosos. Los animales de sangre caliente que habitaban el cobertizo iluminado por la luz de la vela se movieron y emitieron sus rebuznos, relinchos y sonidos varios, y hasta la gata maulló, como en respuesta a las palabras del hombre.

Sforno sumergió el cepillo en la tina.

—Dicen que practica la magia negra para permanecer joven y bello, y que ningún jovenzuelo normal podría haber matado a ocho hombres en una noche.

—¿Dicen que mata bebés cristianos para beber su sangre, como dicen de nosotros? ¿También te adjudican cuernos satánicos? —cacareó el Errante—. ¡Bienvenido a la tribu, lobezno! ¡También has sido elegido por Dios y te espera una vida de tribulaciones y lucha! —Me dio una palmada.

Sforno se encogió de hombros.

—El hijo de Silvano está inventando cosas. Los que quedan en Florencia le prestan atención. Los florentinos son entrometidos y se creen cualquier cosa cuando tienen miedo.

—No pueden hacer mucho; ya bastante difícil es llevarse los cadáveres de las calles —respondí. Sforno se quitó la túnica y la *camicia* y se enjabonó generosamente. Tenía el amplio pecho fornido y cubierto de vello y, aunque había visto a muchos hombres desnudos, aparté la mirada.

—Lo mejor será que evites toda acumulación de gente —me dijo Sforno—. Una turba puede volverse asesina.

—Diez hombres se vuelven una comunidad de Dios —intervino el Errante. La gata gris saltó de su regazo para perseguir a un ratón que se escabullía por el suelo de madera.

—De ningún modo podrían juntarse diez personas —observé—. Le temen a la peste. La mitad de la ciudad está muerta. *Signore* Sforno, hay un hombre que conozco que necesita un médico. ¿Puede ir a verlo?

—Yo iré —afirmó el Errante, con un bostezo—. Necesito una distracción, y oigo el ruido de las carrozas de guerra. Moshe, ¿crees que tu bonita esposa cocinó cordero para la cena?

—No sé qué encontró en la carnicería hoy —respondió Sforno, con el ceño fruncido—. O si encontró carne. Intercambia cosas con las otras mujeres y con el único carnicero hebreo que sigue trabajando.

—Los judíos son afortunados de poder intercambiar mercadería entre sí. Escasea la comida —intervine—. No encontrará tres huevos aunque revise toda la ciudad. Nadie llega desde las afueras con alimentos y carne fresca. Los mercados están desiertos. La gente pasa hambre.

—He observado que escasean los alimentos —afirmó Sforno—. Habrá problemas cuando los sobrevivientes de la peste comiencen a morir de inanición. —Él y el Errante intercambiaron una mirada sombría.

—Los judíos son los chivos expiatorios del mundo —respondió el Errante, con aire cansino, sin atisbo de su jocosidad. Su rostro parecía derretirse como la cera sobre la llama y se le veía viejo, imposiblemente viejo, como si tuviera siglos de vida. El pesar se aferraba a las líneas desdibujadas de la cara; tenía el aspecto de alguien que ha presenciado más dolor y sufrimiento de lo que puede observar un hombre sin perder la cordura. Luego su rostro recuperó su expresión irónica habitual—. ¡Pensad el servicio que prestamos a aquellos que siempre quieren echarle la culpa a alguien! Deberían agradecernos mientras nos queman.

—Los judíos no son los únicos chivos expiatorios —intervine—. También se persigue y mata a las brujas y brujos. Y a los cátaros.

—¿Cátaros? He ahí un nombre que no escucho hace mucho tiempo —respondió el Errante—. Habría sido mejor si hubieran sido judíos, si tenemos en cuenta las gentilezas que les propinaron los demás cristianos. En efecto, eran amigables con los judíos. ¡Vivían con nosotros en Francia!

—¿Sabe de dónde vinieron antes de entonces? —pregunté.

—Vagaban por el mundo, buscando un lugar seguro, al igual que hacemos los judíos —respondió el Errante—. Hace siglos había judíos entre los cátaros, aunque los cátaros se hacían llamar de otras maneras en ese entonces. Ahora no quedan muchos.

—Los que quedan guardan secretos —afirmé—. Y tesoros.

—¿Acaso no lo hacemos todos? —preguntó el Errante—. Los cátaros no mantenían en secreto que creían que el mundo material era malvado, estaba regido por un dios malévolo, mientras que el cielo y las almas eran del reino del buen Dios. Dividían en dos lo que para los judíos es uno: Escucha, oh, Israel, El Señor nuestro Dios es uno solo.

Los problemas abstrusos de filosofía no eran de mi interés.

—Sí, todos tenemos secretos, pero no necesariamente tesoros —acoté, pero luego recordé que yo también tenía un tesoro: el panel que me había dado Giotto.

—Depende de cómo definas un tesoro —afirmó el Errante, con su sonrisa sardónica—. Hay tesoros de la mente y del corazón, tesoros de una vida que se vivió de manera tal que tuvo sentido tanto para el individuo como para la comunidad...

—Los judíos deben tener tesoros que se puedan transportar, como oro, piedras preciosas y un oficio —intervino Sforno sombríamente—, para cuando llega el exilio, como sucede inevitablemente.

—Siempre tendremos adónde escapar —agregó el Errante.

—El año próximo en Jerusalén —murmuró Sforno.

—Que así sea —respondió el Errante.

# Capítulo 10

A la mañana siguiente, llevé a Sforno y al Errante a ver a Geber. Los conduje escaleras arriba hasta la puerta que, misteriosamente, se abría sola cada vez que llegaba. Las mesas estaban atiborradas de la habitual miríada de objetos, de calderos y tubos humeantes, y había una bruma rosada que llegaba al cielorraso, perfumada de aromas dulzones e intensos que se entremezclaban en el aire. Geber estaba de pie, de espaldas a nosotros. Tenía la desmarañada entrecana inclinada sobre un amplio manuscrito iluminado, con tapas de cuero marrón; desde debajo del codo, se vislumbraba una página de papel vitela con miniaturas de rosas y cuadrifolios. Cuando se volvió a mirarnos, él y el Errante profirieron una exclamación al unísono. Un momento después, se abrazaban, dándose palmadas en la espalda, al tiempo que musitaban exclamaciones.

—¡Mi viejo amigo! ¡La última vez que te vi estabas escabulléndote de Montségur en el Languedoc con un tesoro cargado en la espalda! —rugió el Errante—. ¡Te lamentabas del poder de Satán y la carne, y protestabas acerca de la terrible guerra entre el bien y el mal!

—El 16 de marzo de 1244, el día después de que mi esposa y amigos, los otros Perfectos, fueron quemados vivos en una hoguera llena de maderos. Junto con los niños y bebés. «Matadlos a todos. Dios reconocerá a los suyos», dijo el representante del Papa. —El rostro de Geber se distorsionó en una mueca de dolor—. Aún la escucho rezar en mis sueños, como sé que lo hizo con su último aliento.

—La Iglesia ve el amor como herejía y genera la ira más sangrienta —afirmó el Errante, apretando el hombro delgado de Geber con su amplia mano. Geber tragó con fuerza, ahogando un sollozo. En una mesa ubicada junto a la ventana, dos palomas comenzaron a volar contra la puerta de su jaula, hasta que la rompieron y salieron volando por la habitación, deslizándose por la bruma rosada entre graznidos.

—¿Será que el Papa despreciaba nuestras creencias o que ambicionaba nuestros tesoros y quería controlar la región? —preguntó Geber con amargura—. El Languedoc era rico y fértil, un lugar donde florecían la educación y la tolerancia, y desde allí se irradiaban las ideas cátaras hacia Flandes, Champagne y Munchen. La Iglesia no podía lograr eso. Nunca fue un tema relacionado con la fe. ¡Como siempre, tenía que ver con el poder secular!

—¿Os conocíais? —intervine. Miré primero a uno y luego al otro. Se observaban absortos, con las pupilas dilatadas. El espacio que los separaba vibraba de antiguos recuerdos y sensaciones recientes, debates de ideas y bromas compartidas. Suavizando la mirada, casi podía ver hilos dorados que se extendían entre los dos en esa proximidad encantada... luego parpadeé y la ilusión se desvaneció. Una vez más estaba frente a dos hombres que se conocían de un pasado distante y secreto, y yo siempre miraba desde fuera, contemplando las conexiones tiernas de los demás.

—He conocido a... ¿Cómo te haces llamar por estos días, mi amigo Perfecto? —preguntó el Errante, con afecto masculino en la voz.

—Geber.

—¡Abu Musa ibn Hayyan estaría complacido! —rió el Errante.

—Tal vez sí, tal vez no. —La expresión de Geber se suavizó y se desvaneció parte de su angustia—. He ampliado algunos principios que él podría no aprobar, aunque yo no lo conocía tanto como tú. Y tú, errante rufián, ¿has adoptado algún nombre?

—Jamás lo haría; no le daría a los demás los medios para que puedan usar la magia conmigo —respondió el Errante seriamente, y esa fue la única vez que lo vi responder una pregunta de manera directa. Respondió—: Geber, deja que te presente a mi buen amigo, el médico Moshe Sforno.

—Es un honor conocer a cualquier amigo del Errante —respondió Sforno, con una sonrisa seria que me recordaba a su hija Rachel cuando estaba decidida.

—Encantado, doctor. ¿Ha venido a petición de Luca? —dijo Geber, mirándome.

—Dijo que tenía un amigo enfermo. —Los ojos de Sforno se dirigieron al cuello de Geber—. Veo que se ha contagiado la peste.

—No quiero que se muera —le dije a Geber—. ¡El *signore* Sforno es un médico excelente!

Geber me miró, sacudiendo su dedo manchado de tinta.

—Asumes una responsabilidad demasiado pesada para ti, jovencito. Se podría haber ahorrado el viaje, doctor. No hay nada que pueda hacer por mí. ¡Aunque es un placer ver a mi antiguo amigo! —Dio un apretón al brazo del Errante.

—¡Debería haberme dado cuenta de que tú eras el maestro del muchacho! —intervino el Errante—. Llega a la casa con el pecho inflado de orgullo, mucho más del que debería generarle arrastrar cadáveres por la ciudad el día entero...

—¡Yo no soy orgulloso! —objeté acaloradamente—. Hago un trabajo honrado para la ciudad.

—El mundo está repleto de muchachos insolentes, lo que me convence de que nuestras antiguas creencias estaban acertadas, y el mal equivale al bien. Por lo que veo de este mozuelo en particular, el tiempo no podrá ni siquiera magullar esa cabezota.

—Tendrá suficiente con el intento —respondió el Errante, divertido—. ¿Es uno de los protegidos de tu gente?

—El hijo de una de esas familias que custodiábamos —asintió Geber.

—¿Qué familias? ¿El hijo de quién? —exigí saber—. ¿Por qué los protegían los cátaros? ¿Os referís a la segunda raza de los hombres? ¿Qué significa ser de la segunda raza?

—¡Cuántas preguntas! Como si las respuestas sirvieran de algo —suspiró Geber—. Por más que estudie conmigo, no aprende nada.

—¡Las respuestas son la solución a las preguntas! —afirmé—. ¡Quiero saber quién era mi familia!

—La respuesta correcta genera más preguntas —dijo el Errante. Su mirada se volvió hacia Geber—. ¡De haber sabido antes que estabas en Florencia!

—La Inquisición quemó a Cecco d' Ascoli en la hoguera hace sólo veinte años —respondió Geber—. Era un buen tipo, aunque no debería haber insistido tanto con la estrella de Belén como evento natural. Los sacerdotes protegen sus milagros. Armaron una gran fogata y sonrieron mientras las llamas le consumían la carne y la grasa de los huesos. A los alquimistas nos conviene mantenernos ocultos.

—Pero me habría gustado pasar tiempo contigo —dijo el Errante, con tristeza, con la mirada clavada en la mancha negra que Geber tenía en el cuello.

—¿Por qué no se acerca a la ventana para que pueda examinarlo a la luz, *signore* Geber? —pidió Sforno, conduciéndolo con gentileza hacia la ventana—. Quisiera controlarle el pulso y conocer sus antecedentes de salud, y si tiene algo de orina en su bacinilla, quisiera verla.

—Mi corazón late, mis antecedentes son la salud hasta que la peste se cruzó en mi camino, y mi orina es hedionda, como la de los hombres que sufren de la peste negra —masculló Geber.

Sforno debió sofocar una sonrisa.

—Los antecedentes son más que eso, si en verdad tiene más de cien años. ¿Es cierto que los alquimistas han descubierto el elixir de la vida?

—Como dijo el mismo Hermes Trismegistus: usar el intelecto para hacerse inmortal —respondió Geber.

—Si este elixir fuera parte del conocimiento secreto de los cátaros, sería una buena razón para que la Iglesia persiguiera a su gente —comentó Sforno—. Ve la inmortalidad como su dominio.

—Conocimiento secreto, tesoros, artefactos ancestrales, nuestra amistad con los setianos; tenían muchas razones para odiarnos —masculló Geber. Se sentó en un banco ubicado cerca de la ventana y Sforno se inclinó sobre él, mirándole los ojos y la garganta. Hablaban en susurros.

—El Errante se acercó al manuscrito iluminado de Geber.

—En cada palabra brillan muchas luces —afirmó el Errante, pasando su dedo índice por la página delicadamente grabada. Las florcitas y pequeños animales temblaron con el contacto—. ¿Conoces esa palabra, Luca, la de las muchas preguntas?

—*Pan-ta-rhei* —leí, titubeante.

—Todo fluye —afirmó el Errante, extendiendo los brazos corpulentos para indicar el mundo entero y, al hacerlo, casi desata el nudo del *lucco* gris que le envolvía el vientre—. Hasta tu lectura. Debes estarle muy agradecido a la hija de Moshe, pero si su madre descubre lo que habéis estado haciendo os meteréis en problemas. Aunque en realidad Leah Sforno no puede culpar a nadie más que a sí misma; eso pasa por educar a las mujeres.

—No hemos estado haciendo nada —respondí, incómodo, aunque la imagen de la boca de Rachel pasó ante mis ojos—. Rachel es una muchacha decente. —Me acerqué hasta la mesa más cercana y pasé los dedos por la pirámide de piedras planas grises que había junto a una pila de castañas y una hilera de corazones secos de manzana a los que se les había tallado la imagen de un rostro. Junto a las manzanas, había una diminuta cabeza encogida, y me pregunté si de verdad sería la cabeza de un humano de tamaño pequeño, pues eso es lo que parecía. No había forma de predecir lo que uno encontraría sobre una de las mesas de Geber. Siempre había algún objeto nuevo y extraño, y nunca se repetía el mismo objeto raro. Me pregunté dónde obtendría Geber esos objetos, o si simplemente los fabricaba en sus frascos y tubos—. ¿Por qué llamó «perfecto» al *signore* Geber? A mí no me parece perfecto; ¿usted lo considera perfecto?

—¿Quién soy yo para juzgar la perfección de otro hombre? —El Errante sonrió, pasando una página del manuscrito. El borde dorado de la página de vitela blanca resplandeció cuando lo sostuvo en posición vertical, para luego dejarlo caer—. ¿Acaso tengo el aspecto de ser la encarnación viviente de la *sefirá* Gevurah, el juicio divino?

—Supongo que no —mascullé, en tanto deseaba que el Errante simplemente me respondiera, en lugar de arrojarme más preguntas como si fueran piedras que destrozaban el recipiente de cristal que alojaba mi cerebro.

—Error —respondió al instante—. Soy la encarnación viviente de la Gevurah. Soy la encarnación viviente de las diez *sefirot*, las emanaciones sagradas o atributos de Dios, al igual que todos los hombres, pues cada uno de nosotros nos formamos como Adam Kadmon a la imagen de Dios.

—Habla con palabras formales; parece un sacerdote en la misa —dije con ferocidad—. ¿Y qué saben los sacerdotes acerca de Dios? No creo que sepan nada. ¿Cómo podrían saberlo? ¿Cómo podría cualquiera saberlo? Un gran maestro me dijo una vez que Dios se reía de mí, y estaba en lo cierto. Dios, desde su gran distancia, se ríe de todo. Lo sabemos porque algo maravilloso sucede en medio de algo demasiado terrible para describir con palabras, como la visión de una pintura cuando se produce una atrocidad. Luego algo terrible acontece en medio de la felicidad, como la peste que mata a la esposa y los hijos de un hombre. Reina la contradicción. Una contradicción que no conoce arrepentimiento. De algún modo, si no se piensa en los sentimientos de la gente, es gracioso. Agridulce, y gracioso.

—Finalmente —afirmó el Errante, sin disimular la admiración en su rostro de huesos amplios, en sus ojos astutos rodeados de la barba enorme y enmarañada.

Moshe Sforno se acercó, meneando la cabeza.

—Me temo que el *signore* Geber tiene razón; no es mucho lo que puedo hacer por él. Lo siento por ti, Luca. Y por usted —dijo dirigiéndose al Errante.

—Todavía me queda un tiempo —afirmó Geber, alisándose el *lucco* negro, mientras se unía a nosotros.

—Qué desperdicio —suspiró el Errante.

La mayoría de las noches, regresaba tarde a la casa de los Sforno. Había tantos cadáveres que enterrar que los *becchini* teníamos que quedarnos fuera de las murallas de la ciudad, cavando fosas hasta después de que caía la noche, y mucho tiempo después de servir la cena. No era un secreto que la señora Sforno no me quería cerca, de modo que, después de lavarme en el cobertizo para quitarme el hedor de la muerte, me escabullía hacia la cocina como si fuera invisible. Una vez allí, me las arreglaba con los restos: una rodaja de pan gomoso, un trozo de queso de aroma intenso o una tajada de pechuga de pollo asado con hierbas. A veces hasta encontraba unas sabrosas alubias blancas, repollo oscuro y sopa con crotones que habían quedado de la cena en un cuenco sobre la mesa, o un sabroso guiso de alubias con ajo y tomates, o un plato de guisantes cocinados en aceite y perejil. La señora Sforno también preparaba una maravillosa tortilla con alcachofas. Era una excelente cocinera, aunque seguía un conjunto arcano de reglas hebreas para cocinar. Yo agradecía lo que me dejara separado para mí. A toda prisa, cogía la comida y me la llevaba de vuelta el cobertizo. Una vez allí, sacaba el panel que me había dado Giotto y lo contemplaba mientras devoraba la cena.

Una noche, después de comer un plato de espinacas frescas salteadas en aceite de oliva, aún sentía apetito, de modo que volví a la casa a buscar más comida. Comí en la cocina, vestido sólo con las calzas y la *camicia*. A través de la luz dorada y pálida de una lámpara que había sobre la cómoda del vestíbulo, vi a Moshe Sforno que volvía del cobertizo. Se le veía sombrío y demacrado, y su barba y sus hombros estaban caídos debajo del *mantello*, que parecía enorme y negro entre las sombras.

—*Ciao* —murmuré, y el hombre levantó la cabeza y sonrió con aire cansado.

—¿Tienes alguna palabra positiva para decirme, Luca? Acabo de decirle a un hombre que su esposa e hijos están muriendo por la peste y que no hay nada que pueda hacer por ellos. El mejor consejo que pude darle fue que tratara de no contagiarse —murmuró.

—Su esposa hizo unas espinacas excelentes —susurré. No había nada más que decir; al día siguiente, yo daría sepultura a la pobre gente que él había examinado ese día. Sforno me saludó con la mano a modo de buenas noches.

—¿Moshe? —murmuró una voz suave—. *Caro*, ven aquí. —Era la voz de la señora Sforno, que sonaba tan dulce y sensual desde escaleras arriba, que me ruboricé. Los años y el cansancio se deslizaron de la espalda de Sforno como si fueran un manto, y éste se paró más erguido. No se volvió a mirarme; sonrió y subió las escaleras deprisa. Yo me quedé consternado, de sólo imaginar a una mujer llamándome de ese modo, esperándome para rodearme con sus brazos suaves y cálidos. Supe de inmediato que, algún día, debía contar con ese tipo de dulzura en mi propia vida, al igual que, hacía unos años, había tenido la certeza de que algún día desearía poder esbozar la misma sonrisa que Giotto, con toda la aceptación que expresaba. La vida estaba llena de dolor, de pena y horror, pero un hombre podía soportarlo todo, si tan sólo lo esperaba una voz así al final del día.

Transcurrieron los meses, y la peste se fue cobrando menos víctimas. Una mañana, Rosso fue a mi encuentro en el Palazzo del Capitano del Popolo. Tenía una pústula negra en la mejilla regordeta.

—¡No! Usted no. —Me sentía consternado.

—Uno se pregunta… ¿Moriremos todos? ¿Desaparecerá cada hombre de la faz de la tierra? ¿Estaremos cada uno de nosotros sepultados bajo tierra, con el cuerpo cubierto de ronchas negras y los labios ensangrentados? —Sonrió, revelando el diente azul podrido—. Si esta peste mata a todo el mundo, si todo el mundo muere, no quedará nadie sobre la tierra, no habrá música ni risas, ni bromas infantiles. ¿Cual será el sentido entonces? Habremos amado, trabajado y construido en vano.

—No todos morirán —respondí. Él me devolvió una mirada afable.

—No; esta peste no te llevará a ti, Bastardo. Y en lo que a mí respecta, no es tan malo, me uniré a mi familia por fin —murmuró—. Si conozco a mi esposa, me estará esperando para asignarme diez tareas importantes en el cielo, y me dará un abrazo dulce cuando las haya terminado. Las manos de mi hija serán bellas una vez más, y me gastará una broma, seguramente alguna historia divertida que el mismo Santo Pietro le ha dictado al oído. Puedo aceptar lo que vendrá. Incluso lo espero de buena gana. Dios es bueno.

—Quizá lo sea para usted —afirmé, amedrentado ante su rendición. No podía verme a mí mismo rindiéndome con tanta facilidad; me había hecho la promesa de pelear. Tampoco creía en el cielo del que hablaba Rosso, o en un dios bueno, para el caso, pero si esas creencias reconfortaban a Rosso, que sólo me había mostrado amabilidad, me alegraba por él.

Dos días más tarde, no se presentó a trabajar. Busqué por la ciudad hasta que lo encontré tumbado sobre la veranda de una *bottega* que alguna vez había sido próspera. En la calle, había dos tiendas abiertas, y un hombre hasta pasó caminando y miró la vidriera de una de ellas. Las persianas de las ventanas estaban abiertas y las campanas redoblaban una vez más con la llamada a misa, y no sólo para advertir sobre la peste. En un otoño soleado de cielos cerúleos, esa ciudad de *palazzi* de piedras grises y pardas, de ancestrales estatuas griegas y romanas, y de puentes que el Arno se llevaba periódicamente, daba sus primeros pasos hacia una nueva vida.

Pero Rosso no respiraba. Tenía los ojos inyectados en sangre, y su mirada era vacía y de aspecto vidrioso. Debía de haber muerto sólo unos minutos antes de mi llegada; su cuerpo aún estaba cálido y los poros dilatados alrededor de los *bubboni* todavía emanaban pus. Su cuerpo robusto estaba cubierto de pústulas negras, al igual que las manos fuertes; el frente de su *lucco* estaba manchado de vómito, y las calzas de materia fecal. Había sufrido. Me lamenté de no haber estado allí para acompañarlo.

Arrastré el cadáver hacia el interior de la tienda, hasta una habitación espaciosa y con yeso blanco, con dos mesadas de trabajo y muchos estantes con tinturas y pequeños rollos de tela. Todo se había cubierto de polvo durante el prolongado asedio de la peste. Me senté en un banco y miré el cuerpo vacío de Rosso. Afuera, pasaron unos caballos al trote, empujando un carro que llevaba *ufficiale*, pero no me preocupé de que se fueran a ensañar conmigo. Estaban ocupados con la reconstrucción de la ciudad, ahora que la peste cedía. Recordé las anécdotas de Rosso acerca de su esposa e hijos, las que me había relatado repetidamente durante meses. Me había preguntado que significaría que murieran todos. Yo pensaba que la idea era divertir a Dios, y que un mundo vacío en el que toda la humanidad hubiera muerto, sería una gran broma para Él. ¿Para qué nos necesitaba Él? Después de un rato, me puse de pie y miré por la ventana. Las altas casas de piedra gris al otro lado de la calle oscurecían todo y sólo dejaban ver una franja del cielo azul que resplandecía con la luz exuberante y almibarada de la tarde.

—Dios que ríe, deja que su alma se una a la de sus seres amados —rogué. Luego, volví a arrastrar el cadáver hacia la calle y lo coloqué sobre la plancha de madera. Le doblé las manos sobre el corazón, en una plegaria, pues sabía que las extremidades pronto se volverían rígidas. En las siguientes horas, sudoroso bajo el sol intenso, arrastré la camilla por las callejuelas empedradas hasta atravesar las murallas de la ciudad de ladrillo y piedra, con sus almenas que habían presenciado tantas veces la marcha de ejércitos, más allá de los árboles de cedro y los cultivos de olivos y viñedos descuidados, cuyas uvas pesadas arrastraban las viñas castigadas por el sol, hasta llegar a las colinas curvas de Fiesole, con su brisa fresca, sus ruinas romanas y sus vistas de las torres de piedra de la ciudad y de sus techos rojos. Me detuve cerca de la catedral de San Romolo. Rosso me había dicho que allí había enterrado a su familia. Sabía que no podía encontrar la ubicación exacta de la tumba en los altos campos de lavanda en el otoño y en los bosquecillos de pino y encinas y, en efecto, había muchas tumbas allí ahora, al igual que cadáveres insepultos en estado de descomposición, pero al menos estaría cerca de los huesos de sus seres queridos. Tal vez eso reconfortara un poco su espíritu. Tomé prestada una pala del casco de una granja cercana a la iglesia y, cuando encontré un lugar que parecía pacífico, bajo un cielo especialmente azul y despejado, como un paisaje que podría haber pintado Giotto, comencé a cavar. Los últimos meses como *becchini* me habían fortalecido los brazos, los hombros y la espalda, y en poco tiempo finalicé la tarea. Deposité el cuerpo en la tumba con la mayor suavidad posible y luego lo cubrí con tierra. Presioné con firmeza la tierra para que ningún perro o lobo pudiera llegar a él. Dios al menos no se reiría esa vez.

TRACI L. SLATTON

Decidido, regresé a la casa de Geber. Quería enfrentarme a él para que me contara de mis orígenes, del bien y de la
pérdida de la gente de bien, de la necesidad de Dios con respecto a la gente. Era una noche oscura y fría, repleta de estrellas y con una luna llena blanca con sus mares de ensueño
iluminados. Caminé por la ciudad sin temer el toque de
queda. Una vez me crucé con algunos *ufficiale* a caballo. Se
me acercaron, pero se detuvieron súbitamente al vislumbrar
mi cara en la luz plateada, para luego marcharse al trote. Esa
noche, nadie me provocaría.

Sorprendentemente, la puerta de Geber estaba cerrada. Golpeé, pero no hubo respuesta; lo llamé, pero no hubo
respuesta. Luego intenté empujar la puerta, pero ésta no se
abrió. Usé los puños y le di un puntapié, pero no cedió. Apoyé
la espalda contra ésta y luego me deslicé hasta estar sentado
sobre el suelo, con la espalda contra la puerta.

Después de un tiempo, quizás horas, quizás minutos,
pues el tiempo parecía haberse detenido como un río cuya
corriente ha sido bloqueada por una piedra, volví a la calle. La
camilla de madera que había utilizado para llevar el cuerpo de
Rosso a la tumba se encontraba frente a la puerta, y traté de
aflojar los clavos de hierro de las manijas. Se me rasparon y
cortaron los dedos, a pesar de los callos gruesos que se me
habían formado después de meses de arduo trabajo.
Finalmente los clavos se aflojaron y pude quitar la manija. La
llevé escaleras arriba para utilizar como herramienta. Al
blandirla para dar el primer golpe, la superficie porosa de la
puerta se onduló como un espejo borroso, o como la superficie del Arno. La cara de Bernardo Silvano me miraba desde
allí. Sonreía con esa mueca desdeñosa y engreída que había
adoptado en los años de mi esclavitud en su establecimiento,
y yo arrojé la tabla contra la puerta, apuntando a su rostro de
nariz estrecha y mentón protuberante. Silvano se rió de mí.
Sabía que nunca podría olvidarlo. Sabía que viviría por siempre en mi interior, como un gusano que habita por siempre

218

en una manzana putrefacta. Una furia más infinita que el horizonte estalló en mi interior. Aullé como un lobo y perdí el control, golpeando la puerta con la misma fuerza sobrenatural que había invocado para matar a esos hombres en el burdel. Toda mi ira y mi frustración, al igual que los amargos jirones de la humillación que había sufrido, se batieron contra la puerta de madera. Ésta crujió y luego se abrió de un golpe. Di un paso hacia la habitación.

En el interior, en lugar de encontrar la habitación de Geber, que me resultaba tan familiar, con el humo juguetón y la abundancia de objetos curiosos, me recibió una caverna. Era de piedra, húmeda y oscura, y olía a excremento de animal y aire rancio. Tuve que agachar la cabeza para poder entrar. Más adelante, vislumbré el dobladillo de un *mantello* color carmesí que me resultaba familiar. Lo reconocí con asombro. La ira me invadió. Con un filoso palo proveniente de la manija arruinada, salí corriendo detrás del *mantello* rojo. Corrí por un laberinto de túneles bajos empapados de humedad, hasta acorralar a la figura de rojo contra una pared de la cueva. Esgrimí la madera astillada y la figura se volvió; su rostro era invisible, envuelto en una fina capucha roja, y me eludió con una espada. No era una espada común. Era una de esas espadas largas elegantes y costosas que fabricaban en el norte, la espada de un noble, del tipo de la que había visto abrochada a la cintura de los hombres honorables, que gozaban de la riqueza de sus esposas, familias, amigos y su nombre. Luchamos de ese modo, yo con mi palo de madera y él con su espada resplandeciente, hasta que la espada se hundió en la madera. En lugar de retroceder, di un paso al frente. Debía usar el *ingegno*, como me había aconsejado Giotto hacía tanto tiempo. Mi oponente de rojo no esperaba ese movimiento. Trastabilló, sin poder extraer la espada del palo de madera. Levanté la mano izquierda y le di un golpe de lleno en el cuello, con fuerza. El otro tosió y perdió la espada, y yo alejé el palo de madera para que el palo y la espada se alejaran de él, en mi mano. La espada voló por el aire y yo me lancé hacia delante, hundiendo el extremo filoso del palo de madera en lo profundo del pecho de mi oponente. Éste cayó, salpicando sangre, primero de rodillas, y luego se desplomó al suelo. Lo hice girar de un puntapié, y agregué unas patadas viciosas más, sólo por el placer de hacerlo. Me incliné para quitarle la capucha roja, que estaba confeccionada con la lana más suave que he tocado. Di un respingo, pues el rostro de ojos vidriosos que me devolvía la mirada no era el de Nicolo Silvano, sino el mío.

Mientras seguía allí parado, consternado, el humo gris de la cueva comenzó a esfumarse. Emergió la habitación de Geber, con todas las mesas vacías, salvo por las velas, con excepción de una, donde había un alambique. De pie, hombro contra hombro, se encontraban Geber y el Errante. Estaban enfundados en *lucchi* blancos simples en lugar de sus vestimentas habituales, que eran el *lucco* negro de Geber y la áspera túnica gris del Errante, anudada con bramante.

—Es hora de que te enfrentes a la piedra filosofal —afirmó Geber.

—No veo ninguna piedra —respondí, mirando alrededor—. ¡Las cuevas de piedra que me pareció ver han desaparecido!

—No se trata de una piedra física —retrucó Geber, golpeándose el dorso de la mano con la otra para dar énfasis.

—¿Entonces, por qué se llama piedra filosofal?

—Es una imagen de transformación. ¡Presta atención, jovencito! ¡Serás ennoblecido!

—¿Ennoblecido yo? —respondí con una risa amarga—. ¿Un vagabundo, un prostituto, un asesino?

—Lo sé, tendrás que recorrer un largo camino —admitió Geber, con cansancio en la voz—. Pero estás todo lo preparado que puedes en el poco tiempo que me queda. —Había *bubboni* nuevos en sus mejillas, y ojeras moradas debajo de los ojos vivaces, y supe que la peste comenzaba a fatigarlo.

220

—Los caminos del cosmos son maravillosos —agregó el Errante—. Eres el novio que va al encuentro de la luz. Tu cuerpo se ha vuelto fuerte. Es hora de fortalecer tu alma.

—¿De qué se trata todo esto? —pregunté, mirando a uno y a otro—. ¿Finalmente vais a enseñarme cómo transformar el metal en oro?

—El nombre de Dios todo lo transforma —respondió solemnemente el Errante.

—Primero, el matrimonio sagrado —intervino Geber. Extendió las manos. Con una, sostenía una vela de cera de abeja; con la otra, una copa de vino de plata, que llevaba grabado el símbolo de un árbol invertido con las frutas enlazadas en una red—. El fuego es el elemento que multiplica; la copa llena y vacía. —Colocó los objetos en mis manos y luego me hizo señas de que lo acompañara. Lo seguí hasta una de las mesas, sobre la que había un alambique humeante. Se acercó y me arrancó unos cabellos de la cabeza. Yo protesté, pero Geber no me prestó atención y quitó un fragmento de uña del dedo magullado—. Al tubo —murmuró. Quitó el tapón de un frasco burbujeante y dejó caer con cuidado el cabello y la uña dentro del líquido hirviente.

—¿Qué está haciendo? —pregunté.

—Hay cuatro mundos del ser: la emanación, la creación, la formación y la acción —respondió el Errante, acercándose para ponerse a mi lado. Comenzó a entonar un cántico en un idioma que yo no comprendía, y se balanceaba de un lado al otro al ritmo del cántico—. Podemos ver un diseño, pero nuestra imaginación no puede ver a su creador. Vemos el reloj, pero no vemos al relojero. La mente humana es incapaz de concebir las cuatro dimensiones. ¿Cómo puede concebir a un Dios, ante quien mil años y mil dimensiones son como una?

—Yo puedo concebir a un Dios que gasta bromas crueles, y creo que lo está haciendo en este mismo momento —dije, incómodo. Miré hacia la puerta, pero estaba cerrada, y ni siquiera se veía una ranura de luz que mostrara dónde se recortaba contra la pared. En su lugar, había un horologio del nuevo tipo mecánico que se veía en los últimos años en las torres alrededor de Florencia que siempre, al igual que una mujer rica, se enorgullecía de contar con los últimos y mejores accesorios.

—Es la risa del pícaro. —El rostro inteligente y anguloso de Geber se relajó en una sonrisa. El Errante siguió con su cántico y su balanceo, con la melena salvaje oscilándole alrededor de la cara en franjas grises y blancas. Geber se sirvió vino en la copa de plata con el árbol de aspecto extraño y me hizo un gesto para que bebiera. Tomé un sorbo; el vino era dulce con un dejo amargo—. El pícaro te hace sentir la nada del deseo humano y la sublimidad, y el orden maravilloso que se revelan tanto en la naturaleza como en el mundo del pensamiento, del arte. El pícaro te enseña que la propia existencia es una prisión. Te genera el deseo de experimentar el cosmos como una singularidad significativa inseparable. —Geber encendió la vela y se puso los guantes de cuero con las almohadillas adicionales cosidas para cada dedo—. Presta atención al pícaro, jovencito; es tu única esperanza de escaparte de la prisión.

—Ahora no estoy en prisión; ahora soy libre —respondí, con cierta terquedad, pues estaba confundido y no me agradaba esa sensación—. Me liberé. ¡Y me quedaré libre!

—Sustituir la nada por el caos es garantizar la libertad —afirmó el Errante—. En el Rey, este abismo existe junto con la plenitud sin límites. Por ende, Su creación es un acto de amor entregado libremente. Así está escrito: «Al principio, cuando la voluntad del Rey empezó a actuar, grabó unas señales en el aura celestial» —recitó el Errante con su profunda voz de narrador. Sus grandes manos hicieron gestos para resaltar las palabras.

—¿Recuerdas lo que te enseñé, jovenzuelo que sólo ambiciona el oro? —preguntó Geber, con un atisbo de burla en la voz—. Sobre el proceso de destilación. De este tubo de ensayo, a través del condensador. —Pasó un dedo enguantado por el tubo que salía del frasco—. Hasta llegar al destilado. —Retiró el frasco de destilado y lo destapó. Algo brillante y blanco salió volando, sus alas batían ruidosamente tan cerca de mi cara que proferí una exclamación; Geber suspiró; el Errante estalló en carcajadas. Geber extrajo un pequeño frasco dorado de su *lucco* blanco. Colocó dos gotas de un líquido denso y aceitoso dentro del tubo de destilado. En tono melodioso entonó—: ¡Una naturaleza se regocija en otra naturaleza; una naturaleza triunfa sobre otra naturaleza; una naturaleza domina otra naturaleza!

Dentro del tubo de destilado, se encendió una chispa. Comenzó como un punto diminuto iridiscente de luz, que luego se expandió en forma esférica hasta llenar el tubo. A medida que aumentaba de tamaño, resplandecía con colores en una secuencia: primero una luz negra de aspecto curioso, luego blanco, amarillo, violeta. Un crujido sonoro retumbó en la habitación, como un rayo que cae sobre un árbol, y el punto de luz se hinchó hasta rebalsar el tubo y después inundar la habitación. Arrojó haces de colores como un arco iris por todas las superficies: las mesas, las paredes rústicas, nuestras vestimentas. A través de la luz, vi los huesos de Geber, pero no su carne. El Errante también parecía un esqueleto, no una persona. Extendí la mano y vi las delgadas falanges de los dedos ante mis ojos. Sentía un cosquilleo en las manos, como si estuvieran hechas de agua.

—¿Qué magia es ésta? —suspiré, y la luz disminuyó en intensidad. La habitación volvió a la normalidad, iluminada con la suave luz de muchas velas. Geber vertió el líquido humeante en una pequeña vasija de barro y me lo entregó.

—Antes de la creación del mundo, sólo existían Dios y su nombre —dijo el Errante—. Cuando seas subsanado por la piedra que no es una piedra, repite en tu mente una palabra que te susurraré al oído, una palabra que nunca debes pronunciar a otra persona. ¡Es uno de los nombres sagrados!

—*Prima materia* —dijo Geber—. ¡Bebe y vuelve a tu esencia!

Sostuve la vasija con ambas manos, que todavía cosquilleaban. Era una vasija muy pequeña de color marrón, pintada con hojas verdes y, lo que era extraño, se sentía helada al contacto. Observé a los dos hombres que se encontraban de pie frente a mí, tan diferentes entre sí, enfundados en sus *lucchi* blancos, y luego me llevé la taza a los labios. El Errante se inclinó hacia mí y me susurró al oído. Repitiendo mentalmente sus palabras murmuradas, tragué el amargo elixir.

Geber y el Errante se desvanecieron; simplemente no estaban presentes, como si nunca hubieran estado de pie frente a mí, el Errante con sus acertijos irritantes, Geber con sus enseñanzas astutas. La habitación de Geber no había cambiado: seguía iluminada con las velas dispuestas sobre las mesas de madera, cuya cera goteaba, una mesa central con un alambique que bullía. Sentí arcadas. Perdí la fuerza en las extremidades, y caí hacia adelante. Logré aferrarme del borde de una de las mesas, pero sólo recobré el equilibrio por un momento. Me fallaron las rodillas (el gentil, condenado Marco, debió de haberse sentido así hacía tantos años, cuando Silvano lo mutiló ante la mirada horrorizada y triste de los demás niños) y caí al suelo. Con la última fuerza que me restaba en los brazos, me incorporé contra la pata de la mesa. Un estremecimiento recorrió la habitación, y el cuerpo se me fragmentó en partes: las manos se quemaron y desaparecieron en un vacío azul profundo, mientras que las extremidades se separaron del torso, de la cabeza, el aliento, de los pensamientos que se acumulaban en mi mente como objetos que se sacuden dentro del saco de un vendedor ambulante. Todo estaba fragmentado, y el centro desapareció. Supe que iba a morir.

Sentí pesar porque iba a morir solo y, durante años, en los que la muerte me había eludido en el burdel, había esperado morir pacíficamente, con alguien amable a mi lado. Pensé en Rosso y me pregunté si su espíritu aún estaría cerca para recibirme. Se había rendido a la muerte con tanta gracia, cuando sabía que era inevitable, que decidí seguir su ejemplo. Suspiré, o lo habría hecho de haber podido mover el pecho congelado, para esperarla.

Me atravesó una oleada de dolor desencajado, y mi aliento dejó de entrar y salir. Los latidos constantes del corazón, a los que estaba tan acostumbrado, se apagaron. Un cuerpo se desplomó y, al contemplar al delgado joven rubio acurrucado de costado sobre el suelo, me di cuenta de que ya no habitaba ese cuerpo. Era un cuerpo atractivo, que tenía el aspecto de estar a punto de madurar a la adultez, las extremidades eran limpias y fuertes, los músculos de los hombros y la espalda eran esbeltos y redondeados, tenía un rostro simétrico de aspecto agradable, brillantes ojos oscuros y cabello rubio rojizo desgreñado, pero ya no me contenía en su interior. El alba obligó a la oscuridad de la habitación a retroceder, y Geber entró en la habitación, gritando al ver la forma vacía de mi cuerpo. Se arrodilló a mi lado para sentir el pulso en el cuello, murmuró con verdadera tristeza cuando sus dedos no lograron palpar el río de la vida fluyendo por mis venas. Con un gruñido de esfuerzo, me arrastró escaleras abajo hacia la calle, para esperar que vinieran por mí los *becchini* con sus tablas de madera. Apilaron mi cuerpo encima de los cadáveres de un anciano y una mujer embarazada, las últimas pocas víctimas de la peste. Geber se marchó y, cuando mi cuerpo ya había sido arrastrado fuera de las murallas de la ciudad hasta su lugar de entierro, regresó a la casa de los Sforno. El Errante no estaba con ellos. La familia estuvo reunida, mientras un grupo de *becchini* cavaba una fosa donde depositaban una docena de cadáveres, incluido el mío. Nos arrojaron cal y luego nos cubrieron con la tierra fértil de la Toscana, de un color pardo rojizo. Rachel y Miriam sollozaban suavemente; Moshe Sforno entonó un cántico, abrazando a Rebecca; la señora Sforno desvió la mirada hacia las colinas de lavanda y hacia las altas murallas de piedra de

Florencia, con sus torres oscuras elevándose contra el interminable cielo azul del otoño.

Súbitamente era libre. Podía ir a donde quisiera. Me inundó el júbilo: podría ver más de los frescos de Giotto. Podía ver el glorioso ciclo de San Francisco de Asís que fray Pietro me había mencionado. Y así como así, me encontré flotando sobre una colina elevada con una catedral doble de mármol blanco, una iglesia construida sobre otra. La paz emanaba de la colina. La enorme ventana de la basílica superior miraba al este, y me sentí tentado de descender por la ventana hacia el crucero de la Iglesia. Me acerqué a una pintura de San Francisco predicando a los pájaros. San Francisco era una figura gentil y vivaz, envuelta en el manto marrón de un monje, que hacía gestos tiernos a las aves que volaban y a las que descansaban. Sus manos eran calmas y sagradas, y expresaban bondad incluso a los animales sin inteligencia. La compasión resplandecía en la humildad del gran santo. Detrás de San Francisco, un acompañante observaba ese milagro con actitud maravillada, pero sin hacer ningún movimiento brusco, como si él tampoco quisiera molestar a las tímidas aves. Dos árboles enmarcaban la escena, y el fondo azul y verde era la propia sacralidad de la naturaleza. El maestro Giotto había capturado con su arte un momento de paz y santidad, al mismo tiempo conservando la calidez humana vívida del santo.

No pude quedarme allí, porque había una fuerza brillante que me presionaba, aunque no supiera bien qué era yo ahora. La fuerza se abrió, como una puerta, hacia un remolino sin tiempo ni espacio. Frente a mí, corrieron imágenes como el agua que se desliza por los aleros: las calles empedradas de Florencia, sucias y silenciosas y despobladas por la peste; el mercado con sus barriles de granos y cestos de albaricoques maduros; los rostros de las personas que había conocido, la tez morena de Paolo y Massimo, que me habían traicionado, y Simonetta, con su marca de nacimiento; los rostros de las per sonas que había matado, los hombres del burdel, las largas pestañas negras de Marco, los ojos azules de Ingrid; rostros desconocidos que se parecían mucho al mío; la cama con el colchón relleno de crin de caballo en la pequeña habitación en el burdel; el beatífico San Juan de Giotto en su ascensión; el heno del cobertizo de los Sforno y la gorda gata gris que maullaba hasta que la dejaba dormir bajo mi axila sudorosa...

Las imágenes pasaron velozmente frente a mis ojos y luego estaba observando grandes franjas de tiempo, como si fuera un manuscrito iluminado cuyas páginas pasaban a toda velocidad disparando sus ilustraciones secretas: rostros extraños, guerras sangrientas, armas novedosas que escupían fuego, inundaciones, pestes y hambrunas, enormes ciudades nuevas en tierras lejanas, máquinas maravillosas que volaban por el aire o se sumergían en lo profundo del agua y una nave con forma de flecha que se lanzaba hacia la mismísima luna... Un despliegue de imágenes inimaginables pasó frente a mis ojos; parecía no haber nada que el arte del hombre no pudiera crear y sostener, para luego destruir. Yo sólo podía limitarme a contemplarlo todo, maravillado, al igual que había contemplado los frescos de Giotto en mis viajes secretos, mientras trabajaba en el burdel. Durante todo ese tiempo, la palabra sagrada que me había susurrado el Errante retumbaba en mi mente como el tañido de una campana distante.

Mi corazón se abrió. La llama oscura del interior del frasco de destilado de Geber estaba encendida dentro de mí. Se sentía más como agua corriente que como fuego; a su paso, abría canales dentro de la densa conciencia de mi ser. Me dejó blando, exhausto, sumido en la tristeza, la pérdida y el dolor, y en mi interminable anhelo oculto de amor. Estaba en carne viva, vigorizado, desnudo de una manera que mi desnudez en el burdel de Silvano nunca podría haber presagiado, porque era una desnudez del corazón. Me revelaba en la translucidez de mi vulnerabilidad, cuando se me acercó una figura femenina esbelta y menuda. Vestía una *cottardita* fina azul y anaranjada. Estaba envuelta en una luz plateada, pero su rostro y su cabello estaban ocultos entre las sombras.

—Puedes elegir —dijo una voz que no era la suya. En efecto, la voz no era ni joven, ni vieja, ni femenina ni masculina, ni florentina ni extranjera. No provenía de ningún lugar y simplemente hablaba. En la resonancia de la voz, me vi convertido en un hombre. Era esbelto y de mediana estatura, aunque musculoso. La cara simétrica del niño había madurado hasta adquirir un atractivo que, aunque no apreciara, al menos podía reconocer. Como ese hombre, me acerqué a la mujer. La cogí de la mano delicada, le besé la palma suave que olía a lirios y limón, como si ella viniera de recoger flores a la luz clara de la mañana. La abracé. Su cuerpo delgado se fundió con el mío. Era mi esposa, mi vida, la suma de todo lo que siempre había deseado; familia, posición social, belleza, libertad, amor. Una felicidad insoportablemente dolorosa estremecía todo mi cuerpo.

—Puedes tener el gran amor que anhelas, pero ella no se quedará.

Y pude ver y sentir que me encontraba solo. Me ardía la garganta de la angustia, el fuego oscuro que se había abierto paso en mí ahora me quemaba sin piedad el corazón, y mi propia soledad me presionaba como las púas de una pared de hierro que se cierne sobre mí. Las pinturas de Giotto no podían apaciguarme, como tampoco la obra impactante de pintores que aún no habían nacido, pero cuya existencia se me había revelado durante el vuelo a través del tiempo. Sufría a una escala que ni siquiera yo había imaginado posible antes, y eso que sabía lo que era el sufrimiento. Tenía la lengua amarga, hecha jirones de tanto maldecir a Dios. Mis propias uñas causaban excoriaciones en la carne de la palma de mis manos. Luego todo se quedó quieto.

—... y tu amor te conducirá a la pérdida y a una muerte prematura. O puedes vivir sin conocerla nunca por cientos de años más —continuó la voz. El hombre en el que me convertí caminó con paso natural, su costoso *mantello* de lana aleteaba al viento como si estuviera caminando en la campiña con una suave brisa a mis espaldas. Sentía la billetera pesada, con varios florines de oro, y supe que era un hombre acaudalado. En efecto, me sentía pacífico, contento, extrovertido, pero incompleto de algún modo. Tenía las manos frías e inmóviles. Había un espacio abierto a mi alrededor, una libertad suave y expansiva. Podría conocer con mis propios ojos las máquinas maravillosas que había visto momentos antes. La voz terminó—: Debes elegir ahora.

—Eso no es elegir —dijo mi voz en tono elevado—. El amor, desde luego.

Se produjo una conmoción, y luego me invadieron nuevamente las arcadas, me atraganté y vomité sobre el suelo de madera de Geber. El Errante me sostenía, mientras Geber me limpiaba la cara con un paño. Yo tosía y vomitaba una vez más. No había ingerido nada desde el desayuno; no sabía que mi estómago todavía alojara algo que pudiera regurgitar. Me limpié la cara con la mano y me sorprendí al detectar la fragancia de los lirios que se aferraba a mí desde la visión. La fragancia no era sutil sino intensa, como si me hubiera arrojado un frasco de perfume encima. Era un resultado tangible de un viaje inconcebible, lo que me perturbó. ¿Había sido real? ¿Y si lo era, qué era, en efecto, lo real? Mi propia bizarra juventud, y las maravillosas travesías que había emprendido rumbo a los frescos de Giotto para escapar los horrores del trabajo en el burdel me habían llevado a cuestionarme cosas que los demás daban por sentado. La visión que había tenido disolvía fronteras que yo mismo había creído inamovibles.

—Es bueno tenerte de regreso —afirmó el Errante alegremente.

—¿Tuviste un buen viaje? —preguntó Geber, con una expresión curiosa en su rostro delgado y lampiño. Miré a uno y a otro; tenía miles de preguntas en la punta de la lengua, pero sólo pude inclinarme para volver a vomitar.

—Tengo un burro en la calle; lo llevaré a casa —se ofreció el Errante. Me cargó al hombro y partió escaleras abajo, marcando el ritmo con sus zuecos de madera en los peldaños. Me dolía la cabeza. Geber nos siguió con un trapo para limpiar la bilis que volví a vomitar. Había un burro atado al bronce de la puerta, nos recibió con un rebuzno. El Errante me arrojó sin ceremonias sobre la bestia hedionda, con la cabeza colgando a un lado del lomo, y los pies del otro. Me inundaron las náuseas y volví a vomitar contra el pelaje gris polvoriento del animal.

—Por suerte, este muchacho no insiste tanto con la limpieza como la bonita esposa de Moshe; de lo contrario, deberías limpiarlo y disculparte por tu mala conducta —bromeó el Errante—. Quítatelo de encima ahora, lobezno, pues si te descompones en el piso de los Sforno, su esposa te castigará a escobazos.

La cabeza me daba vueltas, pero logré levantarla para mirar a los dos hombres. Las preguntas que acechaban mi mente parecían piedritas que chocan entre sí, pero sólo logré formular una:

—¿Ahora puedo transformar plomo en oro?

—Es posible —respondió Geber. Tomó una de mis manos y la observó a la luz plateada de la luna, pasó un dedo por las líneas grabadas en la palma. Observé con sorpresa que parecía haber una línea nueva que se irradiaba desde la elevación del pulgar. Complacido, Geber continuó—: Sí, es muy posible. Aunque no esta noche, muchacho impaciente.

El Errante resopló.

—¡El oro verdadero es la comprensión, y dudo que haya sublimado eso!

—Al menos es persistente —afirmó Geber—. Tenemos que admirar esa cualidad. Puede concentrarse en una idea fija, a pesar de su mínima inteligencia.

—Encuentro muchas cosas admirables en nuestro joven lobezno —rió el Errante—. La pregunta es, ¿podrá encontrar aquello que es admirable y sagrado en sí mismo?

¿Continuará viendo al enemigo que tiene en su interior, o finalmente podrá ver al aliado? ¿Antes de que vuelva a morir y se termine su oportunidad de reparar el mundo?

—¿Por qué debo reparar el mundo? —pregunté con un gruñido al tratar de acomodarme a horcajadas sobre el burro. El animal giró la cabeza para darme un mordisco. El Errante le dio una palmada en la grupa, pero con afecto evidente—. ¡Después de lo que el mundo me ha hecho, después de que me abandonó en las calles, vendiéndome a un burdel, obligándome a matar a mis amigos, mostrándome una y otra vez la maldad del alma humana e incluso mi propia maldad, lo que menos siento es que le debo algo al mundo!

—Justo cuando pensaba que tenía potencial —resopló Geber.

—Lobezno, lo que importa no es lo que el mundo nos hace a nosotros —dijo el Errante, con tono amable—. Es lo que nosotros hacemos al mundo. No nos enseñan eso, pero tú has recibido la gracia de una vida en las calles, así que te han enseñado poco. Todavía tienes esperanza. Debemos volvernos ignorantes y desconcertados. Es allí cuando la vista se vuelve visión. ¿Ya puedes ver?

Yo ya me sentía débil, y las preguntas del Errante me agotaron aún más. Apoyé la cabeza sobre el cuello del burro.

—No sé qué es lo que vi —confesé—. No sé si es real o si son sombras. Ya no sé qué es lo real.

—Entonces tienes potencial —afirmó Geber.

Nos saludó con la mano cuando el Errante hizo andar al burro, y el sonido rítmico de los cascos de la bestia sobre los adoquines me adormeció. Me dejé llevar, pensando que más tarde tendría tiempo de hacer todas las preguntas, de obtener las respuestas de Geber y el Errante acerca de lo que me acababa de pasar y de su significado. Estaba equivocado. El tiempo no es lo que imaginamos. Su extensión no es aprehensible, mensurable; es inesperadamente breve, incluso para un hombre cuya vida supera muchas veces el tiempo asignado a la mayoría de los hombres.

# Capítulo 11

Al día siguiente, Rachel irrumpió en el cobertizo al alba para despertarme y comenzar nuestra lección habitual. Con un gruñido, me di la vuelta y me cubrí la cabeza con los brazos. La gata gris maulló para expresar su protesta.

—Levántate, Bastardo; vas a leer las Fábulas de Esopo hoy —me ordenó, al tiempo que me daba un golpe considerable con la punta del zapato.

—Hmm —respondí, enterrando la cabeza en el heno y debajo de la manta. A Rachel no le agradaba que la ignoraran; tenía su temperamento, y ofreció algunos comentarios sagaces acerca de mi holgazanería y estupidez. Yo era inmune a ellos, y ni siquiera el pequeño puntapié que le propinó a mis costillas me convenció de levantarme. Tenía la lengua pastosa e hinchada; me dolían todos los músculos y el menor ruido desencadenaba un dolor ensordecedor en mi cabeza que parecía el ruido de pies marchando con zuecos de hierro. Había enterrado a Rosso, quien me agradaba. Luego yo mismo había muerto. Todo era muy confuso. Las visiones de la noche anterior se volvieron a representar en mi mente e instigaron nociones extrañas y anhelos amorfos. Geber había afirmado que la piedra filosofal me ennoblecería, y yo sentía que, de algún modo en que no llegaba a merecerlo por completo, eso había pasado. Primero me había deshecho y luego había emergido como una mejor persona. Ahora deseaba hacer un trabajo más sublime, una tarea que me enorgulleciera, una tarea que tuviera algún impacto en el mundo. Una tarea que honrara el amor que se me había prometido en la visión, si es que la elección que se me había ofrecido en la visión prosperaba hasta convertirse en realidad. Semejante ambición se encontraba muy por encima de mi alcance, pero aumentaba en lugar de disminuir. No sabía cómo concretarla. Así que no me levanté hasta avanzada la tarde, cuando Moshe Sforno entró para buscar su ropa de salir. Sacó su *lucco* de una percha. Una imagen que había permanecido de las visiones de la piedra filosofal irrumpió en mi mente, y me vi caminando detrás de Sforno a atender a los enfermos.

—Espere, *signore*, debo ir con usted —dije, haciendo un esfuerzo por incorporarme—. Va a atender a un enfermo. ¿Alguien con la peste?

—Esta vez no. Voy a ver al hijo de un noble que tiene una infección en el brazo, por un corte hecho con una espada.

—¿Puedo acompañarlo? —pregunté—. Puedo ayudarlo, llevarle los instrumentos o algo así. —La idea me generaba la suficiente curiosidad como para que se me aclarara un poco la mente y pudiera ponerme de pie.

—Bueno, nunca había pensado en que podías ayudarme —respondió Sforno, pensativo.

—No puedo seguir siendo un *becchini* por siempre —señalé—. La ciudad ya no los necesita ahora que la peste está retrocediendo. Y usted tiene cuatro hijas, pero ningún hijo varón que pueda acompañarlo.

—No tengo un hijo varón a quien enseñarle lo que sé —suspiró Sforno.

—Además, va a necesitar ayuda para inmovilizar al chico si necesita amputar el brazo.

—Es cierto; trabajas duro, eres fuerte y no te impresionas con facilidad —respondió, con una sonrisa—. Serías un excelente asistente, quizá incluso un buen médico algún día. Vístete.

Me desprendí de la manta de lana marrón con la que dormía siempre, la doblé y luego me sacudí la *camicia* para quitarme el heno y el pelo de gato. Mi ropa de trabajo, compuesta por las calzas, el *farsetto* y el *mantello*, colgaban de una percha de madera cerca de la puerta. Me vestí.

—Nunca lo había pensado hasta ahora, pero me gustaría ser médico. Es un buen oficio.

—Es un oficio difícil —afirmó Sforno—. Hay que aprender muchas cosas.

—No me asusta el trabajo arduo, y estoy dispuesto a aprender —repuse. En efecto, estaba más que dispuesto. Los meses de lecciones con Rachel y Geber me habían despertado el apetito del conocimiento y, después de la piedra filosofal, quería darle un nuevo rumbo a mi vida—. ¡Estoy ansioso por aprender!

Sforno me escudriñó el rostro, luego asintió.

—Comenzarás como empírico, aprenderás observándome y luego practicarás bajo mi supervisión. Si muestras talento, buscaré las obras de Galeno para que las leas y, desde luego, los tratados de Aristóteles, y también puedo mandar a buscar una copia del gran *Canon* de Avicenna. Escribió sobre temas médicos de gran importancia, como la naturaleza contagiosa de la tisis y la tuberculosis, la distribución de las enfermedades por agua y por tierra, y la interacción entre la psicología y la salud. Tendrás que aprender latín. La mayoría de los grandes escritores médicos eran sarracenos; algunos, griegos, y su obra fue traducida. Te encontraré un tutor. Aprenderás rápido. Rachel dice que avanzas, a pesar de ti mismo —afirmó Sforno, con una sonrisa sardónica. La brisa otoñal se sentía fresca en el cobertizo y el hombre se arropó más dentro de su *mantello* grueso—. Pero te repito, no te imagines que la medicina es tarea fácil.

—Ningún trabajo es fácil; eso ya lo he aprendido —dije en voz baja. Ser médico debía ser más fácil que dedicarse a la prostitución, o que recoger cadáveres para enterrarlos. Me sorprendió con qué rapidez el pasado salía a mi encuentro, incluso después de una noche como la que había pasado, cuando todo lo que creía real y concreto se había dado la vuelta. A pesar de la piedra filosofal, y de si había sido destruido para emerger una mejor persona o no, seguía acechándome el pasado. Quizá siempre lo hiciera. Me envolví en el *mantello*. El rostro de Sforno se volvió inmutable, como si hubiera seguido mis pensamientos no pronunciados con su habitual astucia, y se miró las manos. Yo sabía que no se sentía cómodo con mi pasado, pero yo debía aceptarlo, pues era todo lo que tenía. Era el lugar desde donde podía avanzar hacia un futuro mejor. El Errante me preguntó si había encontrado al aliado en mi interior. No sabía cómo hacerlo, salvo ser ese aliado yo mismo.

Ya vestido, acompañé a Sforno por el sendero del jardín hacia el interior de la casa. Allí, nos detuvimos en la cocina, donde cogí una rodaja de queso y un trozo de pan negro. Había un pastel de miel horneándose en el hogar, y olía como si estuviera hecho de harina de trigo, y no de la harina de castañas a la que nos habíamos acostumbrado desde la peste. Me pregunté cómo habría conseguido la harina de trigo la señora Sforno; la ciudad estaba desesperada por los comestibles. Luego vi que la *signora* Sforno estaba de pie junto a la mesa, hablando con otra dama hebrea. Moshe me dirigió una mirada divertida y me indicó que observara durante unos minutos.

—Mi esposa negocia sin piedad; me encanta observarla —susurró.

—Puedo ofrecerle un gran cuenco de mis albaricoques disecados —decía la *signora* Sforno.

—¡Estas manzanas están frescas y maduras; no quedan muchas manzanas lindas y rosadas como éstas en la ciudad, pues la gente ha estado demasiado enferma como para cuidar sus cultivos! —respondió la otra mujer, señalando un cesto con manzanas de cáscara roja brillante. Era regordeta y de cabello oscuro, que se le escapaba en rizos del tocado amarillo—. Además, ¡acepté los albaricoques que me dio ayer por la harina de trigo, y la *signora* Ben Jehiel me dijo después que me habría dado carne seca a cambio!

—¿Qué quiere, *signora* Provenzali? ¿Qué cree que me queda? ¿Acaso cree que la gente le ha estado pagando a mi esposo por sus servicios, cuando se caen muertos ni bien los ve? Mientras tanto, la casa de empeños de su esposo ha permanecido abierta durante estos terribles tiempos de la peste. —La voz de la *signora* Sforno había adoptad un tono sugestivo. Cogió dos manzanas del cesto y se las arrojó a Sforno, que me entregó una a mí.

—Mi esposa, sí que tiene carácter —afirmó el hombre con deleite, mientras salíamos por el vestíbulo—. Ha tenido que trabajar mucho en los últimos meses. Pero pronto volverá la criada para ayudarla; me dijeron que logró sobrevivir. Bueno, como dije antes —Sforno dio un mordisco a su manzana con ganas—, no se trata de una profesión sencilla. Siempre hay ignorantes curanderos de las aldeas que piensan que saben más que un médico capacitado y que ofrecen amuletos y encantamientos en lugar de medicina. Podría pensarse que ahora habría más magos, aprovechándose del miedo y la superstición de la gente, pero la peste ha matado a muchos. Y no olvides que deberás tener los arrestos para amputar extremidades y tumores, cauterizar heridas y cortar la gangrena de ser necesario. —Tomó un enorme saco de cuero de las escaleras. Abrió la cuerda que lo mantenía cerrado y me señaló los instrumentos: bisturíes, cuchillas, una cánula de plata, hierro para cauterizar, varias agujas y pinzas de distinto aspecto. Sacó un serrucho de hierro manchado de sangre. Yo asentí y él volvió a guardarlo en el saco con una mueca.

—La gente sabe diferenciar los amuletos de la medicina —afirmé, al tiempo que lo seguía hacia la calle.

—Nunca —resopló Sforno, manchándose la barba de pedacitos blancos de manzana—. A veces. Aún peor; los conjuros funcionan tanto como cualquier otra cosa. Algunos sacerdotes ofrecen hacer exorcismos como medicina, y ningún judío puede contradecir a un sacerdote, si no quiere morir en la hoguera. También están los barberos que hacen cirugías, que hacen sangrar a la gente para curarla de cualquier cosa, aunque no creo que el sangrado le haya hecho bien a nadie.

—La gente se muere si pierde mucha sangre —comenté. Lo había visto yo mismo, durante las exhibiciones que hacía Silvano. Una vez más, me sentía complacido de haberlo matado.

—Yo también lo creo —confesó Sforno, al tiempo que arrojaba el corazón de manzana en una alcantarilla. Salimos del enclave judío y atravesamos las estrechas callejuelas de ladrillos del Oltrarno, donde los nuevos *palazzi* de los nobles y ricos mercaderes habían quedado a medio construir con la irrupción de la peste. Estaban las panaderías y tiendas de artesanos de siempre, la mayoría cerradas, aunque no todas. Tres niños seguían a dos mujeres que cuchicheaban cerca del mercado; pasaban *ufficiale* montados al trote; un hombre enfundado en la vestimenta color carmesí de los magistrados pasó apresurado hacia la herrería, de donde surgían martillazos ajetreados. Incluso se veía una mano que se asomaba de una ventana para cambiar las flores marchitas de una maceta. Sforno comentó—: La gente vuelve a la ciudad, ahora que la peste retrocede, pero el Errante no vino a desayunar. Volverá. Es como una verruga que nunca se va.

—Pensé que era su amigo.

—¿Acaso ese buscapleitos es amigo de alguien? —preguntó Sforno, con tono tan sarcástico que ambos sonreímos—. Hace enojar a Leah siempre. Le hace la pregunta incorrecta en el momento menos indicado, y luego ella se enfada conmigo durante dos días. Discutió con Rachel, y el otro día la hizo enfadar. Ella es una muchacha pensativa que tiene buena imagen de sí misma; no le gusta que la cuestionen. Creí que le arrojaría un tazón a la cabeza. Espero que pueda escabullirse rápido; pues es un blanco muy grande.

—Es una especie de pícaro, con las preguntas que hace —respondí con calma, recordando una vez más la noche anterior. No tenía forma de comprender mi experiencia, la cueva y la batalla con Nicolo, que resultó ser yo mismo, y la visión del futuro. Las imágenes eran palpables, pero ahora se esfumaban como sueños a la luz del día. Sabía que me acompañarían para siempre, aunque no que el tiempo las aplacaría. Decidí hacer lo que hacía siempre: concentrarme en el trabajo por hacer. En el pasado, muchas veces había dejado que las cosas que me sucedían se asentaran solas, como todo lo que flota hacia la tierra, aunque eso estaba cambiando, en parte como resultado de observar cadáveres en mi oficio como *becchini*, y en parte por la piedra filosofal y las visiones que había generado. En los últimos tiempos, me sentía más inclinado por elegir y actuar.

—El Errante aparecerá cuando sea más conveniente. Mientras tanto —continuó Sforno con brusquedad—, debes aprender sobre hierbas. Conozco a una mujer de Fiesole que es experta en herbología. Hay muchas sanadoras excelentes —me informó, con tono de confidencia—. La mayoría de los médicos que estudiaron en la universidad las desdeña, pero prefiero una sanadora a un barbero sangriento. Y todo médico debe contar con una buena comadrona, pues el médico no puede estar presente en cada nacimiento del *popolo grosso*. Sin embargo, es necesario tener destrezas y buen criterio. Ser comadrona es practicar la medicina seria: muchas mujeres mueren al dar a luz. Yo por poco pierdo a Leah cuando nació Rebecca. Si la comadrona no hubiera tenido tanta experiencia, habría salido todo mal. Pero salvó a mi bebé y mantuvo a Leah con vida. Aunque ya no podemos tener más hijos. Así que... no tendré hijos varones. —Me dio una palmada en la espalda, amistosamente—. Quizá es por eso que Hashem te envió, Luca Bastardo, para salvarme a mí y a Rebecca ese día. ¡Para que fueras ese hijo para mí! —Su mirada se perdió en la distancia—. Hay pocos textos médicos de gentiles, pero hay una mujer llamada Hildegard que escribió cosas muy interesantes. Por eso digo que no hay que desdeñar a las mujeres en la medicina.

Llegamos a otro *palazzo* nuevo cerca del Ponte alla Carraia, desde donde llegaban los carros del campo, y me invadió un recuerdo triste de Marco, hacía tanto tiempo, de mis primeros días en el burdel de Silvano, y de cómo habíamos planificado nuestro encuentro en ese puente después de fugarnos del burdel. De la mano del recuerdo, llegó la culpa, pues Marco estaba siguiendo mi plan cuando lo atraparon y mutilaron. Había sido mi mano la que lo empujó hacia la muerte bajo las aguas del Arno, y mi intento de escapar lo que había inspirado la muerte de Bella a manos de Silvano. Casi nunca pensaba en Marco y Bella, pero en ese día de memoria, tras una noche de clarividencia, me pregunté si en verdad me perdonaría alguna vez por el papel que había desempeñado en la muerte de ambos. Quizá, si en realidad llegaba a encontrar el amor que se me había ofrecido en la visión, merecía perder ese amor. Me pregunté cómo soportaría la pérdida de aquello que había anhelado durante toda la vida. Tal vez había tomado la decisión incorrecta en la casa de Geber. ¿Y por qué se me había ofrecido esa elección? ¿Por qué me había elegido Geber para la travesía fantástica de la piedra filosofal? ¿Sería por la relación que había entre los cátaros y mi familia? Sabía que a Geber le quedaba poco tiempo, y estaba decidido a sonsacarle las respuestas acerca de mi ascendencia. Al igual que el secreto de convertir el metal base en oro. Mis reflexiones fueron interrumpidas por el *signore* Soderini, que nos esperaba en el umbral.

—Lo esperaba, *signore* Sforno —afirmó el ansioso aristócrata, un hombre robusto de cabello negro. Gesticulaba exageradamente, con los brazos enfundados en mangas doradas voluminosas—. ¡Debe ayudar a mi hijo! —Nos condujo por su residencia suntuosa hasta una recámara ubicada en la planta superior, donde un niño de unos trece años yacía en la cama, sacudiéndose de un lado al otro. Era delgado y tenía el cabello negro y la frente alta del padre. El rostro ovalado estaba pálido por la fiebre. Su madre, una mujer regordeta y menuda, con un tocado color verde claro que le cubría el cabello castaño, le mojaba la cara con lienzos embebidos en agua.

—Usted es el médico hebreo que estudió en Bologna —afirmó la mujer, mirando a Sforno de soslayo con expresión decidida—. Mi primo Lanfredini me habló bien de usted. Nos instó a regresar a la ciudad y enviarlo llamar para que atendiera a Ubaldo.

—Su primo es un buen hombre —respondió Sforno con amabilidad—. *Signora*, ¿puede retirarse para que pueda hablar con el joven *signore*? —Ella se levantó, aferrando su falda de seda color lavanda con una mano. Sforno apoyó el saco de instrumentos al lado de la cama y se ubicó en el lugar que había dejado la mujer, junto al muchacho.

—Es nuestro último hijo —dijo ella en voz baja, con un temblor en la barbilla—. Mis otros dos hijos varones y mi hija murieron de la peste. ¡Tiene que salvarlo!

Sforno la miró con compasión.

—Yo también tengo hijos. Haré todo lo que pueda por salvarlo, *signora*. —Me hizo un ademán para que me parara a su lado. Observé cómo saludaba al niño con tono amable—. Voy a examinarte, Ubaldo. Éste es mi aprendiz, Luca. Veré qué puedo hacer por ti —afirmó, al tiempo que estiraba hacia abajo el párpado inferior del niño para mirarle los ojos. Apoyó la oreja en su pecho, escuchando, y luego tomó el brazo derecho del niño, que estaba envuelto en vendas. Ubaldo gimió y se pasó la lengua por los labios. Una expresión de dolor se reflejó en sus ojos negros, tan parecidos a los de la madre, pero no gritó. Sforno quitó los vendajes.

—Eres valiente, Ubaldo —afirmó, cuando el olor de la carne putrefacta nos llegó a la nariz. Señaló el corte infectado en el antebrazo del niño, pero yo no necesitaba que un médico me lo mostrara para saber que estaba infectado. De la herida supuraba una sustancia hedionda. Estaba rodeada de piel morada y bronce que graduadamente iba adquiriendo un tono rojo hinchado, y de la hinchazón irradiaban líneas de color rojo oscuro. Incluso bajo nuestra mirada, los límites de la infección se expandieron hacia la muñeca y el codo, y parte de la piel color dorada que rodeaba el corte adquirió un tono amoratado. Ubaldo gimió y sacudió la cabeza.

—Ubaldo; hablaré con tus padres —anunció Sforno con gentileza. Me dirigió una mirada significativa, y entendí que debería amputar el brazo.

—Tienes suerte; tus padres están preocupados por ti —susurré, cuando Sforno se alejó. No sabía si Ubaldo podía responderme.

El chico levantó la cabeza e hizo un intento valiente y doloroso de sonreír.

—¿Acaso no es lo que hacen todos los padres? Los tuyos también. Pareces tener mi edad. Estaba jugando a las espadas con mi primo. No quiso lastimarme; no es más que un bebé. Yo me descuidé, pues no esperaba que tuviera tanta fuerza.

—¿Duele? —quise saber, mirando la herida. Sentía un cosquilleo en las manos, como la noche anterior en la casa de Geber. Las imágenes de ensueño de los tiempos por venir pasaron ante mis ojos, a pesar de que estaba completamente despierto. Mi aliento se hizo más lento. La magia de la piedra filosofal volvía a mí.

—Sólo me duele cuando estoy despierto. —Ubaldo trató de sonreír, pero sólo pudo emitir un gemido—. A ti seguramente nunca te pasó algo así; no eres tan tonto como para cortarte de este modo.

—Conozco el dolor —respondí. Sentía un ardor en las manos. Me invadió un impulso incontrolable de tocar a Ubaldo. De su propia voluntad, mis manos se dirigieron hacia el brazo del niño. Lo aferré con una mano en la muñeca y la otra en el codo. El calor aumentó, hasta que mis manos eran llamas de carne. Luego, una sensación torrentosa, como el agua dulce que bombea desde un pozo subterráneo, fluyó entre mis dos palmas. La carne morada y dorada que rodeaba la herida del brazo de Ubaldo se infló y luego comenzó a supurar. Una sustancia parda y rojiza de olor dulzón comenzó a drenar del brazo, manchando las sábanas de lino blanco. Sin saber por qué, pero confiando en mi intuición, aferré con fuerza el brazo y clavé la mirada en la herida. Después de unos instantes, la sustancia se aclaró hasta convertirse en un líquido lechoso y luego transparente y, ante mis propios ojos, la hinchazón bajó, como la marea. La piel enrojecida empalideció, y la piel morada y dorada se suavizó hasta adquirir un tono rojo, luego rosado, como un atardecer que ascendiera en sentido inverso de la noche, o un río que revirtiera su curso para fluir en dirección ascendente.

—Ah —dijo Ubaldo, echando la cabeza a un lado y con los ojos cerrados.

—Es por eso que se debe amputar el brazo —decía Sforno, con el tono triste, pero firme de un médico experimentado. Se alejó un poco de los padres de Ubaldo para señalarles el brazo del muchacho. Luego se quedó boquiabierto—. Luca, ¿qué haces? ¿Qué está pasando?

—¿Me detengo? —pregunté, consternado, soltando un poco el brazo de Ubaldo.

—¡No! —gritó Sforno—. ¡No importa lo que hagas, no dejes de hacerlo! —Así que volví mi atención al brazo del muchacho. Los tonos intensos estaban disminuyendo, la hinchazón casi desaparecía y las líneas rojas se habían retraído al interior de la herida como un hilo que se envuelve alrededor de un huso. La madre de Ubaldo emitió un suave gemido. Yo me concentré en el brazo, observando cómo regresaba casi a su estado normal. El corte seguía allí, pero la piel que lo rodeaba se veía rosada y flexible.

—¡Santa Madre de Dios! —exclamó el *signore* Soderini—. ¡*Grazie Madonna*!

—¡Un milagro! —suspiró la mujer—. ¡Una mujer en Fiesole usó las manos para detener el sangrado, y los sacerdotes calman con plegarias a los perturbados, pero nunca había visto algo así! —Besó a Ubaldo, que roncaba sonoramente. Apoyó la mejilla contra la del niño, y sentí envidia de tanta ternura—. No tiene fiebre —exclamó la madre—. ¡Ha cedido la fiebre!

—¡Debes de tener la bendición de Dios para tener el poder de hacer algo semejante! —exclamó Soderini—. He oído a algunos decir que eras aliado del diablo. Ese apestoso hijo de Silvano ha estado difundiendo rumores maliciosos sobre ti; te ha llamado hechicero...

—Nicolo Silvano es un mentiroso —respondí, alarmado. Retrocedí y me acerqué a la puerta, por si debía escapar. Recordaba con demasiada nitidez lo que había pasado la última vez que me habían llamado de ese modo, en la Piazza d'Ognissanti: por poco me habían quemado en la hoguera—. No soy un brujo —expliqué, incómodo, pero con un destello de miedo, porque la travesía de la noche previa quizá había sido fruto de la magia. Geber diría que el arte del alquimista nada tenía que ver con la magia, sino con una metodología y aplicación cuidadosas de los elementos; yo no estaba seguro de que nadie, además de Geber, creyera eso—. ¡No soy un brujo! —repetí.

—Ningún brujo sanaría a un niño como lo hiciste tú. ¡Me aseguraré de que todo el mundo lo sepa! —bramó Soderini.

—Quizá no debería hablar de esto —sugerí.

—La gente preguntará —intervino la madre de Ubaldo sin aliento—. Los florentinos son chismosos, y se han dicho suficientes cosas de Luca como para que lo ahorquen o algo peor.

—Cuanto menos se hable de mí; mejor —respondí, tenso.

—Luca tiene razón —intervino Sforno. Parpadeaba rápidamente y se le veía aturdido—. Mi joven aprendiz es muy talentoso. Luca no es ningún hechicero; no practica ninguna alianza diabólica. Es un joven inteligente que ha tenido un comienzo difícil en la vida.

—¡Salvó a nuestro hijo! —afirmó Soderini, dirigiéndome una mirada conmovida.

—Sí, pero la gente toma lo que quiere de las conversaciones e incluso decir «no es ningún brujo» dejará una pregunta en su mente, porque su nombre se mencionará en el mismo aliento que la brujería —explicó Sforno, con su tono razonable y paciente.

—Respetaré vuestros deseos. Si preferís que no mencionemos las habilidades de Luca, no lo haremos —aceptó Soderini—. Doctor, nunca podré agradeceros lo suficiente. Tenéis nuestra gratitud por la recuperación de nuestro hijo, y porque no perdió el brazo. —Aferró a Moshe Sforno en un fuerte abrazo. Sforno masculló y luchó por liberarse y, por último, Soderini lo soltó, con los ojos llenos de lágrimas. Luego, quiso acercarse a mí, pero yo me escabullí por debajo de su brazo y me escondí detrás de Sforno. No me agradaban los abrazos masculinos. Busqué la puerta; estaba listo para marcharme.

—Es un placer haber sido de ayuda —respondió Sforno, enderezándose el *lucco*. Se inclinó sobre Ubaldo para examinarlo—. Ni siquiera es necesario colocarle un vendaje a la herida ahora. No hace falta un ungüento tampoco. Simplemente hay que tener cuidado de que no se vuelva a infectar.

—Dado que no queréis que defendamos el buen nombre de Luca, debéis aceptar esto. —El hombre colocó dos florines contra la palma de Sforno y cerró los dedos del médico alrededor de las monedas.

—Eso supera mis honorarios —objetó Sforno.

—Muchos médicos han sacado provecho de la peste, sin poder salvar a nadie —replicó Soderini—. ¡Usted trajo a su aprendiz, quien curó a mi hijo!

Sforno negó con la cabeza.

—No he aumentado mis honorarios para sacar provecho de la peste.

—Debe aceptarlo —insistió la madre de Ubaldo—. ¡Es una humilde recompensa por la vida del único hijo que nos queda con vida! —Apoyó una mano temblorosa en el brazo de Sforno. Éste asintió. Por detrás de su cabeza, vi que la mujer me sonreía con extrema dulzura. Salí corriendo detrás de Sforno.

—Luca —dijo—. Debemos dejar que esta gente noble atienda a su hijo.

—Hablaremos bien de usted, como judío —afirmó entonces el aristócrata, en el tono de quien otorga un enorme favor. Era una concesión generosa, pues todo el mundo sabía que los judíos habían sido cegados por el diablo, por lo que no reconocían la verdadera fe. En ese momento, decidí que yo era afortunado de haber vivido en las calles. Mi vida allí, al igual que en el burdel, a pesar de todas las humillaciones y penurias, sólo había cultivado las nociones más simples de Dios, cuya gracia funesta veía con certeza sólo en las pinturas de los maestros. No había en mí prejuicios que me viciaran la mirada y, por eso, no necesitaba denigrar a otros por sus creencias.

—Sí, le otorgaremos casi tanto respeto como a un médico cristiano —agregó la *signora* Soderini, entrelazando las manos a la altura del corazón.

—Es muy amable de vuestra parte —respondió Sforno, acelerando el paso para descender las escalinatas.

—Y por siempre abogaremos por los permisos de residencia para los judíos —le aseguró Soderini. Habíamos llegado al vestíbulo, cuando Sforno se volvió a mirarlo.

—No todo muchacho de aspecto inusual es un brujo, y no todos los judíos son prestamistas despiadados que cobran intereses desmedidos —dijo, con brusquedad. Los dos hombres intercambiaron una mirada intensa que abarcaba tanto sus similitudes como padres de familia, como sus identidades diferentes como judío y cristiano, forastero y fundador de la ciudad, otro ambivalente y florentino seguro de sí. Por otro lado, estaba yo, que no era ni lo uno ni lo otro, y siempre estaba solo. La capacidad de ver las dos perspectivas era un don que me quedaba de la vida de vagabundo. El Errante estaba en lo cierto: mis humildes orígenes eran valiosos.

—Desde luego que no —afirmó Soderini, bajando el tono. Aferró la mano de Sforno—. Avíseme si alguna vez necesita algo, doctor. Estoy en deuda con usted. —Giró para mirarme—. Y contigo, muchacho que no eres un brujo. ¡Siempre serás bienvenido aquí! —Abrió la puerta y Sforno y yo salimos a la fresca tarde de otoño. Miré al médico, pero éste permaneció en silencio. Caminaba de regreso por las calles por las que habíamos llegado, acariciándose la barba, con el ceño fruncido. Finalmente, se volvió hacia mí con expresión confundida en su rostro de huesos anchos.

—Luca, ¿cómo hiciste eso?

—No lo sé —murmuré. Entonces, me pregunté hasta qué punto era un fenómeno de la naturaleza, y si el cosquilleo caliente que había curado el brazo de Ubaldo había sido generado por la piedra filosofal o si se trataba de un efecto antes no observado de la cualidad congénita que me hacía diferente. Me complacía poder ayudar al muchacho, pero me perturbaba una vez más la extrañeza que seguía uniéndose a mí, sin que la convocaran. Nunca había visto algo semejante, ni siquiera en las visiones de la noche anterior. Pero parecía estar relacionado. Geber y el Errante me habían transformado más de lo que me había percatado. Sacudí la cabeza—. Pero sé a quién preguntarle. —Sforno me escudriñó intensamente y luego asintió. Lo saludé con la mano y desaparecí a toda carrera por otra calle.

La puerta de Geber se abrió de golpe. La habitación había recuperado el desorden habitual. Las mesas de madera estaban atiborradas de objetos extraños y fantásticos. No vi la copa de vino ni la vasija de barro de la noche anterior. Y reinaba un silencio reconfortante; los alambiques estaban fríos;

no había ningún humo de tonos vívidos acumulándose contra el cielorraso. La profusión de objetos estaba inmóvil. El fermento vivaz que había llegado a esperar no estaba allí. Geber no estaba en la habitación y, cuando lo llamé, no hubo respuesta. Deambulé un poco hasta ver una escalinata pequeña en un rincón que no había notado antes. Había estado en esa habitación muchas veces y habría jurado que la escalinata no estaba allí antes. Corrí escaleras arriba y descubrí una habitación sin ventanas en la que encontré a Geber, sobre un camastro pequeño. Estaba cubierto por una manta fina de algodón, debajo de la cual se veía marchito y demacrado. Tenía los ojos hundidos en la cara, cubierta de *bubboni*. Las gafas, junto con un fajo de papeles atados con un cordón púrpura, se encontraban sobre una mesita ubicada junto al camastro, al lado de una vela de llama ondulante.

—No te quedes parado ahí; apaga la vela —me dijo Geber suavemente—. La luz me hace doler.

—*Signore*, ¿se encuentra bien? —pregunté ansiosamente, arrodillándome a su lado.

—Eso depende —afirmó, al tiempo que abría los ojos. Estaban amarillentos, y tenía las pupilas dilatadas en las sombras que arrojaba su rostro sudoroso—. Si lo que quieres decir es que, al morir, completo mi purificación y logro alcanzar la perfección y reencontrarme con mi amada esposa, entonces me encuentro bien. De lo contrario, no, como tú mismo puedes observar. Es evidente: estoy lleno de *bubboni* y tengo la piel marchita. No hagas preguntas cuando ya sabes las respuestas, o cuando puedes descubrirlas tú mismo. Siempre que puedas aprender tú solo, experimentar tú solo, aprehender directamente sin ningún intermediario, ¡debes hacerlo! ¡Recuérdalo cuando no esté, muchacho!

—Pero... ¿Cómo se siente? —me atreví a preguntarle, sintiéndome estúpido.

—Me duele la espalda y la cabeza me está a punto de estallar como truenos en una tormenta, y tengo el estómago tan revuelto como el mar durante un vendaval.

—¿No se puede deshacer? —pregunté, en tono desconsolado—. Tiene tantas pociones y elixires. ¿No hay ninguno para prolongar sus días ahora?

Geber tosió y su menudo cuerpo se estremeció.

—Hasta el mejor de los elixires falla en algún momento.

—Tengo tantas cosas que aprender —dije, con desesperación—. ¡Tengo tantas preguntas que hacerle!

—Por lo menos sabes que tienes mucho que aprender —respondió él, con una débil sonrisa—. He ahí el inicio del conocimiento. Como te dije, tú solo debes procurar las respuestas a tus preguntas. Eso hará que la travesía sea mucho más interesante, ¿no crees?

—Pero usted tiene las respuestas.

—Tengo mis respuestas; tú debes encontrar las propias.

—¿Cómo voy a averiguar acerca de mis padres, de mi familia?

—Llegado el momento, no podrás evitar descubrirlo. —Se volvió hacia la pared y volvió a toser, luego giró la cabeza en dirección a mí—. Me gustaría que aprendas el zodíaco, y los significados de las constelaciones y las luces. La astronomía te será de gran utilidad en tu travesía. Veo que se la enseñarás a alguien muy cercano a ti, una bella mujer... Encontrarás algunos libros sobre el tema entre mis posesiones.

—¿Sus posesiones? —pregunté.

—Presta atención —me ordenó, con algo de su antigua aspereza—. Tú eres el heredero. Mis posesiones, al igual que la escritura de este lugar, serán tuyas. Me he encargado de dejarlo por escrito con un abogado.

Me eché hacia atrás, sentándome sobre los talones.

—¡No deseo sus posesiones!

—Deseas mis secretos —rió, con un sonido sibilante que terminó en pequeños jadeos. Después de unos segundos, continuó, complacido—. Deseas mis conocimientos.

—Sí —confesé—. ¡Quiero saber lo que saben los cátaros de mi familia!

—Los cátaros guardan muchos secretos. Poseemos arte- factos que la Iglesia y otros matarían por tener en su poder, artefactos poderosos de los que habla la Biblia. Somos los guar- dianes de secretos de alquimia y de tesoros del mundo antiguo. Dado que hemos custodiado esos artefactos con nuestra propia vida, también se nos han confiado otros secretos.

—No estoy interesado en la Biblia —respondí—. ¡Quiero aprender cómo convertir el plomo en oro! ¡Quiero saber lo que pasó anoche, y lo que sabe de mis orígenes! —Con el entusiasmo, lo aferré de los hombros y, al ver mis manos sobre él, pensé en Ubaldo Soderini y en la razón de mi visita a Geber—. Quizá lo pueda ayudar —dije, con entusiasmo. Alcé las manos. Habían hecho magia antes, quizá lo volvieran a hacer. Apoyé las manos suavemente contra su pecho. Me quedé mirándolo, expectante, pero no sucedió nada. No sentí ningún cosquilleo. No sentí calor. La sensación del fluir del agua tampoco pulsaba en las manos. Geber volvió a reír.

—Tu *consolamentum* no puede ayudarme —susu- rró—. Y de cualquier modo, no impartirás el *consolamentum* de este modo. Tiene que ver con la rendición, tonto, ¿cuándo podrás comprenderlo?

—¡Pero yo quiero ayudarlo!

—Ayudarte a ti mismo, quieres decir —contestó con una sonrisa—. Si puedes invocar el *consolamentum*, podrás hacer aquello a lo que aspiras. Son la misma cosa.

—El *consolamentum*... ¿Es el calor que siento en las manos y que curó al hijo del noble hoy? —pregunté intriga- do—. ¿Cómo lo hice, y cómo puedo repetirlo?

—El *consolamentum* supera el calor y la sanación. Comprende la plenitud y la perfección. —La tos invadió el cuerpo de Geber, que luego giró la cabeza y escupió sangre en la almohada.

—¿Por eso el Errante lo llamó «Perfecto»? —pregun- té, confundido. Era más fácil volver al intercambio de nues- tra lección que observarlo marchitarse ante mis ojos. Y tenía la tonta y vana esperanza de convencerlo de que permaneciera con vida, de que se quedara, si me negaba a renunciar a él como maestro—. ¿Pues se puede usar el *consolamentum* no sólo para curar sino también para convertir el plomo en oro?

—¡Nosotros no usamos el *consolamentum*! ¡El *consolamentum* nos usa a nosotros! —corrigió Geber con una ferocidad que iluminó sus ojos cansados, como el reflejo mellizo de la llama danzante de la vela. Se incorporó sobre un codo, como si fuera a gritarme, pero sólo se volvió a desplomar, agotado y derrotado. Chasqué la lengua con tristeza, al verlo tan debilitado, y extendí el brazo para sostenerlo, pero me rechazó—. El Errante usó una palabra de la hermosa fe de los cátaros, la fe de mi esposa, aunque ella y yo ya no vivíamos como esposos cuando tomamos el voto de renunciar al mundo de la carne...

—¿Por qué? He visto lo reconfortante que puede ser el afecto de una mujer en tiempos difíciles.

—Este reino de la carne es el reino de Satán —susurró Geber—. El peor de los pecados es perpetuar el mundo de la carne. Por eso, renunciamos a la unión carnal de los esposos, para perfeccionarnos. Nuestro amor perduró, como siempre perdura el amor, pero no así la escoria carnal, que presta servicio al rey del mundo. Verás, muchacho que vivirá más que yo, los hombres son las espadas que se cruzan en una batalla poderosa entre el bien y el mal, la luz y la oscuridad, el espíritu y la materia. Estos dos lados son iguales, y el Dios de la luz es espíritu puro, amor puro, no contaminado por la materia y separado por completo de la creación material. El rey del mundo es la materia misma y es el mal.

—No, este reino posee belleza; la podemos ver en las pinturas de Giotto —insistí—. ¡Es pecado no disfrutar de la belleza que nos rodea! ¡Es posible que sea el único bien que conozcamos!

—Te pareces tanto a los judíos —sonrió Geber—. Con razón te abriste paso hasta encontrarlos; estaba escrito en tu destino. Ellos te dirían que disfrutar de Su creación es uno de los mandamientos más sagrados de Dios. «Y Dios vio que era bueno».

—Yo no sé si Dios emite mandamientos; si lo hace, no es bueno haciéndolo. La gente hace lo que quiere; viola, roba, mutila y mata, sin preocuparse por los mandamientos bíblicos, y sin castigo salvo el que los demás hombres dan con abundancia. Es posible que la creación de Dios sea buena, ¿pero qué hay de Dios? Lo mejor es mantenerse fuera de Su camino —afirmé, con cierto malhumor, pues el secreto para hacer el oro se escurría de mi alcance con el último aliento del alquimista. Y con ese secreto se iban las respuestas a todas mis preguntas sin formular, acerca de la noche previa, de mis orígenes. Debajo del malhumor, sentía un dolor terrible, al que no quería dar lugar. Quizá apurara a Geber en su camino—. Fue el azar lo que me llevó hasta los judíos. Me encontré frente a una multitud que estaba apedreando a Moshe Sforno y a su hijita.

—No existe el azar —respondió Geber—. ¡Debajo de la superficie de todas las cosas, subyace un entramado complejo de sentido!

—¡El sentido de las cosas es una broma cruel que nos gastan a todos!

—Cuando regrese, lo discutiremos —repuso Geber con voz ronca.

—Creo que esta vez no regresará, maestro Geber —repuse con suavidad, ya sin poder contener el dolor—. Se le ve muy mal. He visto la muerte demasiadas veces como para no reconocerla.

—El regreso es un hecho seguro para los que todavía tenemos deseos —respondió en un silbido—. Recuérdalo cuando la ambición por el oro se apodere de ti. —Luego tosió sangre, que le corrió por el mentón y las mejillas, pues ahora estaba demasiado débil como para dar la vuelta la cara siquiera, y usé el cobertor para limpiarle la piel afiebrada.

—¿Quiere un poco de agua, *signore?* —pregunté en voz baja. Me di cuenta con un respingo que debería haberlo atendido, en lugar de entablar una discusión. ¿Qué clase de médico sería? Geber negó con la cabeza—. ¿Algo para aliviar el dolor? ¿Vino con un poco del licor destilado de la amapola? Me dijo dónde lo guarda.

—Se me ha dado toda esta vida para que aprendiera cómo morir —susurró—. ¿Por qué habría de adormecerme la mente en la esencia del camino?

—Porque la muerte es segura, pero el sufrimiento, innecesario —respondí con tristeza—. Yo podría ahorrárselo.

—Serás un buen médico; quieres librar a los seres conscientes de su sufrimiento. No lo olvides cuando... —El susurro de la voz de Geber disminuyó hasta desaparecer. Sonrió apenas y me miró con ojos luminosos. Me pregunté si le había visto alguna vez antes los ojos sin las extrañas gafas que los enmarcaban. Luego comprendí que ya no podía seguir hablando. Deslicé el brazo por debajo de su cuello para sostenerle los hombros y, con la mano libre, le sostuve la mano, porque yo habría deseado ese tipo de contacto si estuviera agonizando. De su propia voluntad, sin que yo intentara generarlo, el cosquilleo con calor me invadió. Se deslizó por el pecho y luego me bajó por los brazos hasta las manos, para pasar a Geber. Sus ojos destellaron por un instante, y luego se opacaron, cuando su cuerpo se sacudió con un estremecimiento. Su respiración era cada vez más entrecortada, hasta que no fue más que una tenue bocanada, como el aleteo de una mariposa. Al final, sonrió y me dio un apretoncito en la mano.

Aún era de día cuando salí a la calle con el cuerpo de Geber envuelto en el cobertor manchado de sangre. Me sorprendí, pues su pequeña recámara estaba tan oscura y cerrada que di por sentado que se había puesto el sol. El Errante me esperaba con su burro gris.

—Pensé que se había marchado —le dije, mientras colocaba el cuerpo de Geber sobre el lomo del animal. Yo mismo había estado en esa posición la noche anterior. Pero ahora yo caminaba, mientras que Geber no lo volvería hacer, y para mí era perder a otro preciado amigo.

—Pensé que necesitarías ayuda —respondió el Errante, dando una suave palmadita en la espalda de Geber.

—No soy yo quien necesita ayuda —repuse, con amargura y tristeza. Había vuelto a ponerle las gafas a Geber, con la idea de darle sepultura tal como lo había conocido, con ese extraño aparato visual, pero el Errante se las quitó, las dobló y me las entregó.

—¿No crees que él querría que vieras como lo hacía él? —me preguntó con astucia.

—Yo veré como veo yo, y no como nadie más —dije. Guardé el aparato en el bolsillo interno de mi *farsetto*, con torpeza, pensando que lo guardaría con el panel de Giotto. Luego saqué el fajo de papeles que había estado en la mesita de luz de Geber; me había ajustado el *farsetto* alrededor del paquetito antes de cargarlo a Geber escaleras abajo. Se lo di al Errante—. Él querría que usted lo tuviera, me parece. Vosotros os comprendíais.

—*Summa Perfectionis Magisterio* —leyó el Errante de la portada—. Típico de mi viejo amigo. Sé a quién entregárselo. —Tomó la rienda del burro en su manaza nudosa y caminó a mi lado—. La muerte no es más que el pasaje de un hogar a otro. Si somos sabios, como lo era mi amigo Perfecto, haremos del último un hogar mejor.

—Yo nunca tuve un hogar —contesté—. He tenido otras cosas. Trabajo. Más y más trabajo, del bueno y del malo, y quizá ahora trabajo honrado, si Moshe Sforno logra convertirme en médico. En su mayoría, he tenido travesías y visiones. ¿Usted cree que las visiones son reales?

—¿Qué es lo real? —preguntó el Errante con un gesto, al tiempo que se rascaba la desmarañada barba que le cubría todo el rostro—. ¿Qué es ilusión?

—Me imaginé que diría algo así —suspiré—. Pero quedaron tantas cosas sin decir, tantas preguntas sin responder, con la muerte de Geber. ¿Qué significó todo, la piedra filosofal y las extrañas visiones que tuve luego? ¿Por qué me sucedió a mí? ¿Qué sabía Geber acerca de mí y de mis padres? ¿Quiénes eran? ¿Pertenecían a otra raza de hombres? ¿Era esa su relación con la extraña fe cátara de Geber? Anoche, me sucedió algo raro, una travesía, y se me ofreció una opción. ¿Fue real? —Tenía el rostro húmedo cuando aferré la manga del Errante.

—El objetivo del duelo es vaciarse uno mismo —replicó, apretándome la mano—. Luego, despacio, gota a gota, uno se vuelve a llenar. Lleva tiempo.

Yo había buscado una respuesta directa. De hecho, quería respuestas directas a muchas preguntas y, ahora que Geber se había ido, sólo quedaba el Errante para responderlas. No estaba en sus planes hacerlo. En ese momento, yo era un hombre de casi treinta años, a pesar de tener la contextura de un niño, pero sólo varias décadas después, me daría cuenta del sentido de las palabras del Errante: no hay respuestas directas en la vida. Me quité las lágrimas con la mano. Geber no querría que llorara por él. Había afirmado que estaba completando su recorrido y alcanzando la perfección; que había vivido toda su vida aprendiendo cómo morir. Echaría de menos sus lecciones astutas. Echaría de menos la sensación de estar en compañía de otra persona que era diferente, al igual que yo.

—Te contaré una historia, ya que me has preguntado qué es real y qué ilusión —continuó el Errante, y se le iluminó el rostro—. Hay un hombre, que camina por un camino y ve...

—¿Cómo se llama? —interrumpí, sorprendido ante mi propia solemnidad traviesa. A pesar de la pérdida de Geber, no podía contener el impulso de tomarle un poco el pelo al Errante. Dos podían jugar el juego del pícaro. Una vez, Geber me había dicho que yo tenía la inteligencia mínima para ser curioso. Podía utilizar esa curiosidad para darle al Errante un poco de su propia medicina.

—¿Cómo se llama el hombre? ¿Qué importa?

—A mí me importa —dije con terquedad.

—Giuseppe —respondió el Errante con un gesto impaciente—. Ve a una mujer....

—¿Cómo se llama?

—Sarah. —Revoleó los ojos—. Ve a Sarah, que es hermosa. Queda maravillado; debe poseerla. Entonces se dirige a la casa del padre de la mujer (el padre se llamaba Leone) y pide su mano (la de Sarah) en matrimonio. El padre acepta; los dos se casan. Son muy felices. Con el tiempo, la pareja tiene tres hermosos hijos...

—¿...que se llaman?

El Errante masculló algunas oraciones en otro idioma. No necesitaba una traducción para saber que eran imprecaciones. Luego entonó:

—Avram, Isaac y Anna. El suegro, un hombre acaudalado, se muere, y Giuseppe hereda sus posesiones. Giuseppe lo tiene todo: una bella y cariñosa esposa, hermosos hijos, un hogar sólido, tierra, ganado y oro.

—Me agrada esta historia.

—Sí, bueno, un día llega una inundación; una inundación vasta y terrible que cubre la tierra....

—Como la inundación de noviembre de 1333 —observé—. Fue terrible. Llovió como cataratas sin parar durante cuatro noches y cuatro días, con relámpagos aterradores y truenos ensordecedores que no cesaban. ¿Estaba en Florencia en ese momento? Era increíble de ver, y nunca escuché nada igual —continué—. Todas las campanas de las iglesias redoblaban sin parar. Un monje llamado fray Pietro me dijo que era una invocación para que el Arno no subiera más. En los hogares, la gente golpeaba los utensilios y gritaba «Misericordia, misericordia», pero Dios no dejaba de reír. El agua seguía subiendo. La gente, en peligro, corría de un techo a otro y de casa en casa construyendo puentes improvisados. ¡Y el bullicio que hacían era tan intenso que por poco no se oían los truenos!

—Sí, mucho ruido. Volviendo a mi historia…

—El agua arrastró todos los puentes, no sé si lo sabía —continué, como si le estuviera revelando algo confidencial—. Vi cómo desaparecía el Ponte Vecchio, con los vendedores dentro de las pequeñas tiendas. ¡Fue una tragedia terrible! —Miré al Errante con los ojos grandes y expresión inocente, y él me devolvió una mirada que decía que pensaba que era el tonto de la aldea. Sabía que lo estaba fastidiando. Le dediqué una sonrisa encantadora.

—La inundación no fue mejor para el Giuseppe de mi historia —continuó el Errante, rechinando los dientes—. Las aguas se llevaron su casa, sus cultivos y sus animales, con todo lo que tenía. Entonces, apareció una ola gigantesca en el horizonte y Giuseppe aferró a sus hijos y a su esposa, se puso a un niño sobre la cabeza, sostuvo a los otros dos con la mano y a su esposa con la otra. La ola le dio de lleno y le arrancó a la niña que tenía sobre los hombros y, cuando quiso aferrarla, las aguas se llevaron a los otros dos niños y a la esposa. Luego, la ola lo devolvió a la costa. Lo había perdido todo. Eso es ilusión. —Terminó con un además ostentoso.

—¿Qué parte? —exclamé, consternado.

—¿Qué parte no es ilusión? —respondió el Errante chasqueando la lengua; se le veía complacido por la frase de remate de la historia—. Todo es ilusión. Lo que teníamos y lo que no teníamos.

—No me gusta la historia —musité, malhumorado.

—Debería gustarte; es la historia de tu vida. De la vida de todos, en realidad.

—La vida debería ser diferente.

—¿Cómo puede ser la vida diferente de lo que es?

—Está llena de muerte y pérdida, y de preguntas sin respuesta —repuse tristemente.

Permanecimos en silencio. A medida que se desvanecía la luz, el sol poniente proyectaba nubes anaranjadas a través del cielo y la brisa fresca de otoño adquirió un aroma a lavanda. Recorrimos las angostas callejuelas, a la sombra de edificios que semejaban fortalezas, con sus severas fachadas grises coronadas de cornisas almenadas, elevadas torres de ladrillo y techos rojo terracota, y los anillos de hierro negro donde se colocaban las antorchas en sostenes de piedra tosca, hasta llegar a la muralla de piedra de veinte *braccia* de altura que rodeaba la ciudad. Era el tercer círculo, tal como me había explicado Geber durante una de nuestras lecciones, porque era el tercer recinto que habían construido para protegerla. El primero, que era un cuadrado irregular, había sido construido por los antiguos romanos. Todavía se podían observar algunos tramos en ciertos sectores de la ciudad. El segundo lo había construido la comuna en 1172, cuando los *borghi*, los suburbios de la ciudad, rebasaron los caminos de las cuatro puertas romanas originales y los ciudadanos no querían que los invasores quemaran los *borghi*. El tercer círculo se había construido hacía dos décadas. Nos detuvimos allí, pues había tres caballos que se dirigían hacia nosotros al galope. Nicolo Silvano montaba el que encabezaba el grupo, enfundado en sus mangas rojas de magistrado.

—No te saldrás con la tuya Bastardo, no importa lo que heredes —espetó, rodeándome—. Sé lo que eres: un brujo. Un brujo amante de los judíos —continuó, escupiendo al Errante, que miraba el suelo. Yo clavé la mirada en Nicolo, en su anguloso rostro desagradable con su mentón protuberante y su nariz afilada. Los demás jinetes lo alcanzaron.

—¿Tú eres el muchacho llamado Luca Bastardo, que trabajaba para la comuna como *becchini* en estos últimos meses? —preguntó uno de los *ufficiale*—. Has recibido una herencia. —Se detuvo y miró a Geber—. ¿De quién es el cadáver que llevas sobre el lomo del burro?

—De Geber.

—Antonio Geber, el mercader. Son dos herencias, entonces —agregó amablemente, como si me estuviera diciendo que era un día soleado—. Tendrás que pagar impuestos. Ven al Palazzo del Capitano...

—¿Dos? —pregunté, confundido.

—Una es de este Geber, y la otra de Arnolfo Ginori. Te vieron ocupándote de su cuerpo para darle sepultura. Ambos hombres te dejaron sus posesiones, cuentas bancarias, todo.

—¿Ginori? —quise saber.

—Alguien a quien hiciste un conjuro, hechicero —espetó Nicolo con desdén—. ¡Alguien a quien engatusaste con tu brujería, con la misma magia que usas para mantenerte joven cuando deberías ser un hombre adulto!

—Ginori te ha dejado su *bottega*, una tienda para materiales de teñido de lanas —explicó el *ufficiale*—. Era muy próspera antes de la peste; Ginori era primo de una de las familias más antiguas y tenía clientes excelentes.

La tienda... Rosso.

—Nunca me dijo su nombre —murmuré, conmovido de que hubiera pensado en mí de ese modo. Tenía la esperanza de que descansara en paz en las colinas de Fiesole, y de que se hubiera reencontrado con su amada esposa, su hija de bellas manos y los dos hijos varones que lo enorgullecían tanto. ¿Acaso no había sido ayer que lo había enterrado, y hoy hacía lo mismo con Geber? Los dos últimos días parecían diez años. El tiempo parecía tergiversado, pues se extendía en algunos lugares y se enrollaba como una madeja apretada en otros.

—Ahora eres rico —anunció el *ufficiale*, con una sonrisa—. Deberías buscarte una esposa.

—¿Una esposa? —repetí con lentitud, casi aturdido. La piedra filosofal me había dado una elección, y ahora tenía los medios para lograrla.

—Así es —dijo otro oficial—. ¡Hay un auge de compromisos en este momento! También de bodas. Los sobrevivientes están desesperados por casar a sus hijas. El mercado favorece al comprador, gracias a la peste. Eres joven, pero puedes comprometerte con una muchacha bella de familia acaudalada, quizá hasta con una de la nobleza menos pudiente. Puedes ascender en este mundo. Es un momento de gran oportunidad para aquellos que han sobrevivido a la peste.

—No es tan joven como parece —siseó Nicolo, fulminándome con la mirada.

—Ocúpate de los menesteres legales y de los impuestos —me aconsejó el *ufficiale*. Miró de soslayo al Errante—. Ahora tienes propiedades; no tienes por qué vivir con los hebreos. —Hizo girar su corcel, mientras agregaba—: Tengo que notificar a otros herederos. —Él y el segundo *ufficiale* se marcharon en un trote enérgico, al ritmo del movimiento de las patas de los caballos—. ¿De verdad crees que es un brujo?

Nicolo se quedó rezagado. También él oyó la pregunta.

—No puedo matarte ahora, Bastardo; los padres de la ciudad que quedaron vivos están decididos a proteger a los pocos sobrevivientes. Mi ambición debe tener prioridad. ¡Pero te atraparé algún día! —Tenía la misma expresión de desdén que había observado en el rostro de su padre, la mueca que mostraba cuando me golpeaba, la que me había hecho prisionero. Me invadió una oleada de ira. Deseé haberle dado muerte cuando tuve la oportunidad y la determinación necesarias, cuando la sed de sangre corría por mis venas. Si iba a matarlo después de todo, debía hacerlo pronto, antes de que cultivara más amistades o llegara al poder en la Florencia posterior a la peste. Sin embargo, debería matarlo en privado, por la misma razón que había mencionado: a medida que la peste retrocedía, volvía el imperio de la ley a Florencia, y no se condonaría el asesinato. Luego me di cuenta de que había visto demasiada muerte y me sentí asqueado en mi fuero íntimo. Ni siquiera por venganza deseaba un bocado de ese festín envenenado. Me bastaría con borrarle la mueca de desdén de la cara.

Respondí lentamente.

—Tu padre sonrió del mismo modo que tú cuando le retorcí el pescuezo y lo maté como la rata que era.

Nicolo profirió un aullido.

—Disfrútalo ahora, Bastardo. ¡Pronto, te quitaré todo lo que tienes!

—No puedes hacerme daño —repuse. Desvié la mirada con calma. Quería menospreciarlo, hacerlo sentir tan inservible como me había sentido yo en el burdel de su padre—. Si lo intentas, encontraré otro pajarraco y te lo haré comer. Sin embargo, éste no será rojo. ¿Crees que tendrá tan buen sabor?

—¡Lamentarás haber posado la mirada en un ave roja! ¡Lamentarás haber nacido! La gente sabrá que eres una abominación. A Florencia no le agradan los fenómenos de la naturaleza. ¡Arderás en la hoguera, Bastardo! —Nicolo espoleó su caballo y salió detrás de los dos *ufficiale*.

—Ese sujeto encantador no te felicitó, pero yo sí lo haré —afirmó el Errante—. Si conozco a mi viejo amigo cátaro, tenía florines de sobra. Serás un hombre rico. Es lo que siempre has deseado. Así que te hago una pregunta, ya que parecen agradarte tanto: ¿qué se hace una vez que se obtiene lo que se desea? —Sonriendo, el Errante me entregó la rienda del burro, envolviendo mis dedos alrededor de ésta. Tuve un súbito recuerdo de una imagen en el Mercato Vecchio, de Silvano cerrando los dedos de mi amigo Massimo alrededor de una moneda. «¡Yo gano!» había susurrado Massimo, hacía tantos años. Pero no había sido así, salvo que ganar fuese morir a manos de un *condottiere* sanguinario. Yo había soportado la agonía, la humillación, la malicia mucho más de lo que podían imaginar las personas comunes y corrientes, pero había ganado. Había ganado porque ahora no tendría que preocuparme más por el hambre o la pobreza. El Errante estaba allí de pie, observándome absorto, como si mis pensamientos le resultara transparentes. Quitó un paquete del lomo del burro y se lo colocó al hombro. De repente, supe que se marchaba.

—¿Lo volveré a ver? —pregunté.

—¿Acaso crees que te librarás de mí tan fácilmente? —Sacudió la cabeza con su melena negra y gris—. Dentro de mucho tiempo, y en un lugar muy lejano, nos volveremos a encontrar, Bastardo.

—Le deseo lo mejor, Errante —afirmé. Él alzó la mano a modo de despedida y emprendió camino por la callejuela empedrada hacia la ciudad. Unos pasos más adelante, se volvió para mirarme.

—Cuida a ese asno, ¿de acuerdo, Bastardo? Él también es un viejo amigo —gritó. Yo le respondí con un gesto algo obsceno que provocó la risa del hombre. Lentamente, le devolví la sonrisa. Luego, el Errante siguió su camino y yo continué hacia las colinas de la Toscana, para enterrar a otro amigo.

# Capítulo 12

Descubrí que el dinero que poseía superaba hasta mis sueños más ambiciosos. Me dirigí al Palazzo del Capitano a la tarde del día después de dar sepultura a Geber y me enteré de que el Errante estaba en lo cierto: Geber tenía una cuenta sustanciosa de mil florines, que se había incrementado por sus inversiones en la producción de la lana y en un viñedo cercano, en Anchiano. Ginori, a quien yo había llamado Rosso, tenía un tercio de esa cantidad. Sin embargo, era propietario del edificio que albergaba su tienda y su vivienda. Tenía un inventario de materiales para el teñido, rollos de tela y los otros insumos de su oficio. Yo era acaudalado ahora, y tenía todas las herramientas de un negocio consolidado. Había que pagar impuestos, pero podía tomar posesión de las pertenencias de Geber y de la vivienda de Ginori cuando quisiera. La mitad de los habitantes de Florencia había muerto, por lo que se intentaba acelerar los trámites relativos a herencias y legados hereditarios. Los que quedaban querían volver a la industria lanera y al comercio internacional, el comercio de granos y la venta de artesanías, la banca y la inversión, los carnavales y el arte, todo lo que hacía de los florentinos, según el papa Bonifacio, el quinto elemento del universo.

Salí del *palazzo* sumergido en una especie de estupefacción. Esa herencia implicaba la libertad a una escala que había anhelado, pero que nunca pensé que llegaría a alcanzar. Tenía los medios necesarios para mantenerme de manera honrada. Nunca más debería seguir las directivas de otra persona. Podría elegir adónde ir y cuándo hacerlo. El hambre y el frío habían quedado atrás y, más aún, hasta podía buscar gratificaciones personales.

Era un frío día invernal con un vasto cielo cremoso, y yo tenía en la mano una hoja de papel de lino que declaraba mi herencia y me concedía el derecho de retirar fondos de mis nuevas cuentas. Fuera, en la *piazza*, una brisa me arrancó el documento de la mano y éste cayó al suelo. Cuando me agaché para recogerlo, pasó un caballo al trote. En el mismo momento en que mis dedos rozaron el papel, la punta de una espada de hoja larga, la impactante *spada da una mano e mezza*, fue a dar contra el papel, a menos de un pelo de distancia de la yema de mis dedos. Nicolo Silvano se inclinaba desde el caballo, con una mueca de desdén dibujada en el rostro.

—¿Reclamando tu herencia, brujo? —preguntó—. ¿Cómo crees que la tendrás antes de que la gente descubra que no eres más que el retoño de un ser maléfico de larga vida? ¡Mi padre me dijo que te rescató una vez de una muchedumbre que quería quemarte por no envejecer!

—¡Tu padre no me rescató! ¡Tu padre no realizó una buena acción en toda su miserable vida! —espeté con frialdad—. Me rescató un gran hombre y tu padre estaba allí de casualidad y me recogió.

—¡Mi padre fue un hombre extraordinario! ¿Qué fue tu padre? ¿Un fenómeno de la naturaleza, al igual que tú? ¿Acaso nunca te preguntas, Bastardo, qué clase de ser maléfico podría engendrar una bella abominación como tú y luego perderte? —Nicolo rió—. Mi padre se preguntaba al respecto.

—Lo que me pregunto no es asunto de tu incumbencia —respondí, sin permitir que me acorralara. En lugar de eso, estudié su postura y cómo estaba sentado en la silla. Sostenía la espada con torpeza, como si fuera nueva, y yo sabía que nunca había aprendido esgrima. Me incorporé con un movimiento rápido y le di un puntapié. La espada se deslizó del papel y Nicolo casi la soltó; sólo el movimiento torpe que hizo sobre el cogote de su corcel logró evitarlo. Yo me puse de cuclillas para coger el papel, al mismo tiempo evitando los cascos del caballo, enfundados en hierro.

—Por más que tengas una espada, nunca serás un noble —dije en tono de mofa—. ¡Siempre serás el hijo del dueño de un burdel de baja estofa que esclavizaba y asesinaba niños!

—Soy un noble, pues los padres de la ciudad me han nombrado —afirmó, al tiempo que se enderezaba sobre la montura y aferraba la espada con más firmeza. Comenzó a andar en círculos a mi alrededor—. ¡Florencia está llena de oportunidades en este momento, y yo lo aprovecharé! ¡Ya lo verás! Mi padre estaría orgulloso de mí. ¡Yo cumpliré sus sueños! —Nicolo trató de empujarme con su caballo, pero yo le di una palmada en la grupa y éste se retobó, por poco arrojándolo de la silla.

—Sólo una víbora podría estar orgullosa de otra víbora.

—Tú estás celoso porque yo tengo un padre —afirmó Nicolo. Se enderezó sobre su corcel e hizo una mueca, cogiendo las riendas con la misma mano de la espada—. Regresé al *palazzo* de mi padre, Bastardo. Encontré un documento que te menciona. Cierta carta que algún día enseñaré a los padres de la Iglesia para que te quemen en la hoguera. —Luego, se inclinó y me dio un puñetazo en el rostro con la mano libre. Me invadió la ira. La fuerza sobrehumana que había invocado ya en otras ocasiones llenó todo mi ser y estiré la mano para desmontarlo, arrancándolo de los estribos de cuero. Mi contrincante gritó y trató de apuñalarme, pero le quité la espada de un golpe. Lo arrojé al sueldo de un puntapié, y cogí la espada. Apoyé el extremo contra su garganta.

Nicolo jadeaba, tenía los ojos abiertos de par en par e inyectados en sangre. Un olor punzante se entremezcló con su perfume empalagoso: el hedor del miedo. Podía matarlo. Deseaba hacerlo. Presioné el filo de la hoja contra su nuez de Adán. Una gota de sangre salió a la superficie. Me tembló la mano. Recordé que su padre una vez me había hecho lo mismo con la punta de su cuchillo, también haciéndome sangrar. Yo no quería ser como Bernardo Silvano. Y más aún, por más que esa era una motivación suficiente, no quería atraer la atención divina hacia mi persona.

Dios solía ser cruel; bastaba con mi vida para saberlo. Yo no tenía forma de saber si Él estaría complacido o disgustado si me encargaba de Nicolo, quien era el retoño de la crueldad y la malicia. De cualquier modo, lo más probable era que sólo le provocara risa si mataba a Nicolo. Y yo ya había tenido suficiente del jolgorio de Dios.

Di un paso atrás, no por compasión sino por temor a llamar la atención divina, con el sufrimiento que ésta engendraba. No sabía cuánto más debería sufrir por perdonarle la vida a Nicolo. Mi vida habría sido muy diferente de haber puesto fin a la descendencia de Silvano en ese momento, hace tanto tiempo, hubiera sido como decapitar a un áspid. No estaría ahora en esta celda diminuta, derrotado y cubierto de sangre. Sin embargo, no cuestiono mi camino, pues, tal como dijo Geber, aquel que deja de girar la rueda que ya está en movimiento, perturba el funcionamiento del mundo y desperdicia su vida.

—Eres débil —espetó Nicolo—. ¡Tu debilidad será mi victoria, Bastardo! —Su caballo se alzó en dos patas, y tuve que retroceder para evitar los cascos. Nicolo se marchó a toda velocidad, sin dejar de reír.

Regresé a la casa de los Sforno con él labio partido y un ojo morado. Moshe Sforno estaba de pie en la cocina, junto al fuego. Bebía vino y almorzaba un poco de pollo asado frío y aceitunas negras curadas en sal. Levantó las cejas, y luego apoyó la copa de vino y se acercó para examinarme el labio y el ojo. Sus manos me palparon las heridas de manera gentil pero firme, y decidí que, cuando fuera médico, tendría el mismo cuidado con mis pacientes. La amabilidad de Sforno eliminó todo residuo de tensión que quedaba de mi encuentro con Nicolo.

—Lávate y estarás bien —indicó. Levantó su cáliz de peltre—. ¿Nicolo Silvano?

—Sí. *Signore*, ahora tengo riquezas. Ahora tengo un hogar. Y una tienda, una *bottega* para vender tintes.

Sforno sonrió.

—Muy bien. ¿Te marcharas de aquí para ocuparte de la tienda?—Se dirigió al tonel de vino y me sirvió un poco.

—Luca no tiene por qué marcharse deprisa —afirmó la señora Sforno. Entró a la habitación vestida con un delantal marrón simple sobre el vestido. Llevaba patatas, repollo y zanahorias en un cesto. No se detuvo a mirarme, sino que se puso a pelar y cortar zanahorias, y pronto hubo una pila de recortes anaranjados traslúcidos. Tenía la cabeza delicada cubierta con el tocado amarillo, inclinada sobre la mesa—. Todavía eres muy joven, Luca. Es mejor que permanezcas aquí y aprendas todo lo que Moshe tiene para enseñarte. Según me cuenta, tienes mucho talento y serás un buen médico.

—Gracias, *signora* —murmuré, complacido ante su aceptación, aunque fuera expresada con cierta brusquedad.

La señora Sforno continuó.

—Además, no sabes cocinar ni limpiar, y no hay muchos sirvientes en la ciudad que puedas contratar. Puedes rentar la tienda...

—¿Cómo lo sabe? —pregunté, asombrado.

—Sólo porque las mujeres nos quedemos dentro no significa que no obtenemos información —afirmó secamente, sonando como Rachel—. Así que alquilarás la tienda.

—No será fácil encontrar inquilinos, con tantos muertos —intervino Sforno.

—Eso cambiará en unos meses —afirmó la señora Sforno—. La mitad de Florencia ha desaparecido, pero otra gente se mudará a la ciudad; llegarán inmigrantes de todas partes. Muchos lugares han sido diezmados por la peste negra, y la gente llegará a Florencia para rehacer sus vidas. —Sonaba segura y razonable, y nunca interrumpió su tarea—. Ahorrarás el ingreso de la renta. Tu dinero se quedará donde está, en el banco. No quiero que lo malgastes en el juego, los dados... —La mano que sostenía el cuchillo se detuvo un momento, y luego reanudó su labor—. O en cualquier otro pasatiempo indigno.

—Sí, *signora* —respondí solemnemente, porque sabía a qué se refería. No era necesario que se preocupara por ello. Hacía mucho tiempo, me había jurado a mí mismo nunca pagar por favores sexuales, si alguna vez los deseaba, algo que parecía poco probable después de mi pasado.

—Cuando crezcas, te mudarás, y tendrás una profesión honorable y buenos ahorros —terminó con firmeza.

—Leah, eres tan práctica y tan amable. —Moshe Sforno rodeó la cintura de su esposa con los brazos. Yo aparté la mirada. Era imposible contradecir a las mujeres Sforno. A pesar de ser una presencia extraña, que no pertenecía allí, estuve cómodamente instalado en el cobertizo durante un tiempo. Me sentía halagado de que le importara mi bienestar lo suficiente como para tomar decisiones por mí y, al mismo tiempo, algo molesto, pues una vez más alguien quería controlar mi vida. Sin embargo, estaba decidido a mostrar respeto por los deseos de la señora Sforno, y eso significaba que no podía marcharme de su casa, del mismo modo que no había podido hacerlo del burdel durante tantos años. Desde luego, esta atadura era mucho más dulce. Pero no pude evitar preguntarme si alguna vez volvería a gozar de la misma libertad que tenía en las calles, y si por siempre albergaría esa sensación de no pertenecer que me carcomía interiormente, como un dolor de muelas.

—Luca —dijo la señora Sforno. Había un dejo de advertencia en su voz, que hizo que me diera la vuelta para mirarla—. Deberás contratar a un tutor para que te imparta las lecciones. No quiero que Rachel vuelva a encontrarse contigo en el cobertizo. No es apropiado que estéis solos.

Me quedé asombrado, y un poco atemorizado de la ira de la señora, por lo que me llevó un momento responder. Tragué saliva.

—Sí, *signora*.

Después de lavarme, me dirigí nuevamente a la ciudad, hacia la callejuela desolada sobre la ribera, cerca del Ponte Santa Trinita sobre la que vivía Geber, que alguna vez había estado sumamente poblada. Subí las escalinatas hasta el piso de mi amigo. Nuevamente, me recibió el vacío, incluso en los peldaños. La puerta no se abrió para recibirme de su propia voluntad, como solía hacerlo, pero cedió al empujarla. Miré en derredor, a la habitación en la que había pasado tantas horas confusas y estimulantes. Exteriormente, todo estaba igual: las mesas estaban atiborradas de objetos extraños, alambiques, bolsos y cajas, animales muertos, piedras y morteros, pero ahora, en lugar de estar en movimiento, como si de algún modo la habitación respirara sus contenidos, todo estaba congelado, quieto, sin vida. Ningún fuego animaba los alambiques, ni llenaba la habitación de humo de colores. Me dirigí hacia una mesa sobre la que había una enorme mariposa anaranjada con las alas desplegadas. Recogí el insecto muerto y lo acerqué a mi rostro para examinarlo de cerca. Cuando mi aliento rozó las antenas, el insecto se convirtió en un fino polvo parduzco que se deshizo entre mis dedos y fue a caer sobre la mesa y el suelo. Proferí una exclamación y, en ese momento, otros objetos de la habitación comenzaron a desintegrarse: flores marchitas, carretes de hilo, montoncitos de arcilla,  una serpiente muerta, un cuenco relleno de un líquido transparente. Todo convertido en polvo. Me di la vuelta y vi que lo mismo sucedía en toda las demás mesas: cuencos con hierbas o líquidos, frascos de pintura o tinta, trozos de lino, frascos de tinturas, pilas de rocas, plumas de pavo real, sacos de sal, vasos de precipitación, todos evaporados hasta convertirse en un fino polvo marrón. Todo terminó en unos segundos. Luego, en la habitación sólo quedaron las mesas de madera vacías, salvo por el polvo, los manuscritos iluminados de Geber y las pilas de papeles con sus anotaciones. Hasta el alambique de tres brazos de Zósimo, del que mi amigo había estado tan orgulloso, había desaparecido. Junté todos los manuscritos en una mesa y volví a la residencia de los Sforno.

Pasaron cuatro años, durante los cuales viví en el cobertizo y aprendí con Moshe Sforno. Me inicié como empírico, observando cómo trabajaba el médico, que atendía pacientes con todas las enfermedades y trastornos que uno se pudiera imaginar, desde la lepra, los edemas y el mal aliento, hasta los huesos rotos, el catarro y la epilepsia. Yo lo ayudaba a poner huesos en su lugar, atender a los pacientes afiebrados, vendar y cauterizar heridas, amputar extremidades gangrenosas, tratar dolores de oídos, usar tazones calientes para llevar los humores a determinadas zonas del cuerpo y administrar purgantes y eméticos. Aprendí acerca de hierbas y medicinas, sobre la preparación y uso de emplastos, cataplasmas, ungüentos a base de grasa y filtros, aunque su preparación debía estar a cargo de un boticario de confianza, siempre que se pudiera contar con uno.

Me busqué un tutor que me enseñara el griego y el latín, y luego leí la extensa obra de Galeno: *Sobre la utilidad de las partes del cuerpo humano*, *Sobre las complexiones* y *Ars Parva*, entre otras. El *Canon* de un millón de palabras de Avicenna, y los *Aforismos* de Hipócrates. Sforno hacía todo lo posible por conseguir los laboriosos manuscritos e insistía en que leyera las obras en su totalidad. También leía a autores de medicina más recientes, como Gentile da Foligno, quien había muerto de la peste por cuidar a los enfermos, Alberto Magno, quien escribía sobre anatomía humana, y

Arnaldo de Villanova, que trató la función del aire y los baños, la actividad o el ejercicio, el sueño, los alimentos y las bebidas, las evacuaciones y las emociones, en la salud. En hebreo, leí los *Diez tratados sobre el ojo*, de Hunain Ishaq, y los tratados de Haly Abbas, Rhazes y Maimónides.

Disfrutaba de la lectura y descubrí que podía leer durante tantas horas como durara el aceite de la lámpara en la noche, y aún así me despertaba por la mañana sintiéndome descansado y enérgico. Sin embargo, no olvidaba mis preocupaciones más prácticas. Contraté a un instructor de esgrima e iba hasta su residencia, ubicada cerca de Santa Croce, para practicar con la espada, la daga y el bastón. Esa actividad provocó la burla de Sforno y de sus hijas; no era el tipo de habilidad que los judíos veían con buenos ojos. Pero yo nunca olvidaba la enemistad declarada de Nicolo Silvano. Sabía que él estaba pendiente de mí. Le había perdonado la vida una vez, un insulto que él nunca olvidaría, y no lo volvería a hacer. Girábamos en círculos el uno alrededor del otro, pues aún no estábamos preparados para la confrontación inevitable. Por acuerdo tácito, pues ninguno de los dos deseaba poner en peligro su nueva posición social, nos mantuvimos lejos del otro durante esos años. Yo estudiaba mientras él trabajaba en la administración de la ciudad. Al parecer, había dejado de difundir rumores acerca de mí, aunque sólo fuera por el momento. Y, ya fuera por mis antiguos sentidos agudizados tras años en el burdel, o por mi conocimiento del hombre, no necesitaba observar a Nicolo para saber que él también practicaba esgrima. Tenía toda la intención de usarla conmigo cuando llegara nuestro encuentro decisivo.

De modo que sólo vi a Nicolo muy poco y a la distancia, lo justo para saber que no cejaba en su intento de cultivar el favor de nobles, magistrados y jueces de Florencia, quienes parecían receptivos a su obsecuencia. La peste negra se había cobrado demasiadas vidas como para que los sobrevivientes se aferraran en extremo a sus antiguos escrúpulos sociales. Nadie responsabilizaría a Nicolo por la profesión de su padre, del mismo modo que yo nunca sería juzgado por asesinar a Bernardo Silvano y sus clientes.

Así que, durante cuatro años, a pesar de que ya había pasado de los treinta años, me veía como un joven de dieciocho. Todavía era delegado y no demasiado alto, aunque tenía los músculos bien desarrollados por el ejercicio intenso que exigía la esgrima. Todavía tenía cabello rubio rojizo largo, y lo metía debajo de una *fogetta* de aspecto común, pues la prefería a otros sombreros por su aspecto humilde. No quería olvidarme nunca de quién era y de dónde provenía: nadie y de ningún lugar. Me creció la barba, pero era tan rala e irregular que me avergonzaba, y me afeitaba por completo. Tenía el pecho lampiño, sin ninguna marca que indicara herejía, como me había anticipado Silvano. Me pregunté si en verdad yo formaría parte de los nobles que había visto Silvano, aunque la mujer en efecto tuviera el cabello de la misma tonalidad que la mía, tan poco usual.

Un día desagradable en que el invierno había cubierto las piedras grises de Florencia de humedad y encerrado el frío entre sus estrechas callejuelas, salí con Sforno a atender una llamada de un paciente, como solíamos hacerlo. No lo sabía entonces, pero se trataba de uno de esos días decisivos que cambiarían toda mi vida. Caminamos alrededor de la amplia Iglesia de Santa María del Fiore, aún sin terminar. Llegamos al otro lado de la extensa catedral, por poco dándonos de lleno contra un grupo de hombres que conversaba, como solían hacerlo muchos en las *piazze* de la ciudad.

—¿De verdad es necesaria esta confraternidad? —decía un hombre robusto y alto, enfundado en ropas de buena calidad. Me resultó familiar. Estaba de pie frente a mí, flanqueado por un hombre delgado de cabello oscuro que también recordaba de algún lugar. Frente a ellos, de espaldas a mí, había tres magistrados vestidos de rojo.

—*Signore* Petrarca, ¡la Confraternidad de la Pluma Roja hará una importante labor por la Iglesia, sembrando las semillas de la idolatría, identificando hechiceros, brujos, astrólogos, prodigios, alquimistas, clarividentes, adoradores de Satán y brujas de todo tipo! —enfatizó uno de los hombres vestidos de rojo—. ¡Los quemaremos y limpiaremos Florencia!

—Esas cosas no existen más que en las fantasías de los ignorantes. Así que, ¿por qué querríamos crear una sociedad para combatirlas? —quiso saber el *signore* Petrarca. Era un hombre mayor, de rostro expresivo y atractivo y, repentinamente, lo reconocí: era el amigo de Giotto, el hombre que había intervenido hacía años, en la Piazza d'Ognissanti, cuando la turba estaba a punto de quemarme por brujo. Había envejecido desde entonces y parecía tener unos cincuenta años, aunque todavía tenía piel lozana, su postura era erguida y sus rasgos agradables—. Hay asuntos más imperativos; la unificación de Italia, el regreso del Papado a Roma, donde pertenece.

—Conozco un joven brujo que usa su arte oscuro para perpetuar su juventud —afirmó uno de los hombres que estaba de espaldas. Reconocí esa estridente voz áspera que casi parecía un gruñido. Busqué mi espada, pero no la llevaba al costado del cuerpo.

—¡Si ese brujo en verdad practicara las artes oscuras, te habría hecho un conjuro a ti, Nicolo Silvano! —exclamé. Nicolo se dio la vuelta, con un remolino de su *mantello* rojo.

—¡Bastardo! —exclamó—. ¡Aquí está ese hechicero! ¿Acaso el Diablo no aparece cuando se habla de él? —Me miró con una mueca de desdén en los labios. Era la verdadera imagen de su progenitor; nariz fina y afilada como la hoja de un cuchillo, barbilla prominente, la barba cuidada afeitada al ras de su rostro marcado. El mismo perfume lo rodeaba. El odio me invadió desde los pies a la cabeza. El deseo de matarlo me quemaba las entrañas, y abría y cerraba los dedos, hasta convertirlos en puños cerrados.

—Observad con detenimiento el rostro de este hechicero —escupió Nicolo—. ¡No cambiará con el tiempo!

273

—Mejor que miren mi rostro que tu cara fea —lo molesté.

—No tiene aspecto de hechicero —musitó Petrarca, inclinando la cabeza y entrecerrando los ojos para contemplarme—. Más bien, parece un apuesto joven con mal gusto para elegir sus sombreros. A ver, jovenzuelo, ¿acaso no puedes encontrar algo más elegante que esa *foggetta* de aspecto ordinario?

—¿Por cuánto tiempo mantendrá el mismo aspecto? —gritó Nicolo—. ¡Durante casi veinte años, tuvo el aspecto de un niño de doce o trece años, mientras trabajaba para mi padre! ¡Eso es brujería!

—¿Entonces es mayor que tú, verdad? —retrucó Petrarca, en tono controlado—. ¿Cómo podrías saber qué aspecto tenía antes de que tú nacieras?

—Había escuchado rumores acerca de su juventud tan singular —intervino un hombre que se encontraba junto a Nicolo. Era algo rollizo, con la piel grasosa, y cuando le dediqué una mirada desdeñosa, vislumbré el atuendo de los dominicos debajo de su *mantello* rojo de magistrado. El hombre levantó la nariz.

—Los rumores son como las fantasías de las niñitas —afirmé, con más calma de la que sentía—. Irreales. ¿Acaso usted es una niñita, Fraile, que confía su fe a las fantasías?

—Exactamente —repuso Petrarca, con aire que imponía respeto—. Todos deberíamos desconfiar de lo que escuchamos hasta poder determinar su veracidad. ¡Sin duda, deberíamos acoger tanto la duda como la verdad, sin afirmar nada, y dudando de todas las cosas, salvo de aquellas para las cuales la duda es un sacrilegio!

—Luca, debemos apresurarnos —me instó Moshe Sforno, tocándome el codo.

—Pero puedo demostrarlo, *signore* Petrarca —continuó Nicolo, maliciosamente—. Sé de una carta que habla de cómo sus padres lo buscaron, y que dice que frecuentaban la compañía de herejes. ¡Y esa carta se escribió hace treinta años!

—Con todo respeto, una carta escrita hace treinta años no prueba nada —objetó Petrarca.

—¡Miradle el pecho! ¡Se supone que lleva la marca del hereje en la piel! —gritó Nicolo. El dominico que estaba junto a él enarcó una ceja, y hasta Petrarca inclinó la cabeza en un gesto de curiosidad. Yo sonreí con frialdad, me abrí el *mantello*, desaté el *farsetto* y, muy despacio, me levanté la *camicia*. Mi pecho no tenía ninguna marca. Nicolo no pensaba darse por vencido—. ¡Oculta su marca con magia negra! Miradle bien la cara, y luego examinad un panel que tienen las monjas de San Giorgio. ¡Allí se ve su cara, con apenas unos años menos que ahora!

—Tiene un rostro apuesto; cualquier pintor querría plasmarlo —respondió Petrarca, encogiéndose de hombros.

—¡Lo pintó Giotto! —exclamó Nicolo, con un gesto ampuloso—. ¡Giotto, que murió más de una década antes de la peste negra! Podéis ver que no envejece como la gente normal. ¡Es un fenómeno, un demonio con forma humana. ¡Usó sus conjuros con Giotto para que lo pintara!

Me invadió la ira. Di un paso en dirección a Nicolo.

—¡No hables del maestro Giotto! ¡Es el artista más extraordinario que vivió jamás, y su nombre es demasiado sagrado para que la escoria como tú se atreva siquiera a pronunciarlo!

Nicolo desenvainó la espada, y apoyó la punta de la hoja contra mi cuello. Tenía la cara flaca pálida, respiraba entre jadeos y le temblaba la mano. Sin embargo, no sentí ningún temor al enfrentar su mirada. No me mataría delante de todos esos hombres. No era su estilo. Esperaría a que estuviéramos solos y que yo le diera la espalda para poder atacarme. Mi tarea era asegurarme de que no me encontrara en esa situación. Nicolo presionó apenas, cortándome la piel. Una gota de sangre corrió por mi nuez de Adán.

—Mejor envaina la espada antes de que te lastimes, Nicoletta —espeté.

—Dejé un obsequio para ti en el burdel de mi padre —me dijo en voz baja, para que sólo yo lo escuchara—. ¡No olvides ir a buscarlo!

—¡Este episodio desagradable ha llegado demasiado lejos! —intervino Petrarca, interponiéndose entre nosotros. Apoyó el índice contra la parte plana de la hoja y la apartó. Nicolo le permitió hacerlo, pero sus ojos no se apartaron de mí.

—Nadie podrá detener a la Confraternidad de la Pluma Roja —afirmó Nicolo, enfurecido—. ¡Cazaremos a todas las brujas y hechiceros para destruir el mal en Florencia!

—¿Y qué harán con las víboras, Nicolo? —le pregunté, presa del deseo de atormentarlo—. Será mejor que las contemplen en el estatuto, o de lo contrario, terminarás exterminándote a ti mismo.

—Haría bien en reconsiderar su postura, *signore* Petrarca. Esto tiene apoyo. Aumentaría su reputación como el mejor poeta de nuestros tiempos —intervino el dominico—. ¡Muchos hombres creen que hay causas sobrenaturales para las dificultades que acechan a Florencia! —Me dirigió una mirada lacerante—. ¡Si libramos a la ciudad de las criaturas maléficas que la habitan, quizá podamos impedir que regrese la peste negra!

—¿Qué opinas, Giovanni? ¿Funcionará esa solución? —Petrarca se volvió al hombre delgado de cabello oscuro, a quien ahora reconocí como el poeta Boccaccio.

—Usted me ha enseñado a recurrir a las grandes voces del pasado en busca de respuestas —respondió éste, con franqueza dibujada en su angosto rostro franco—. Según nos dice San Agustín, «Así como somos nosotros, así serán los tiempos». Creo que eso es lo que salvará a Florencia. Vidas buenas, obras buenas, y no las depuraciones.

—Me inclino a estar de acuerdo —afirmó Petrarca, enarcando una ceja—. ¿Y usted qué opina, buen señor? ¿Podemos evitar el regreso de la peste si quemamos a los brujos? —le preguntó a Moshe Sforno. Petrarca tenía un modo de hablar, una atención y un encanto personal que atraía a los demás, haciéndoles sentirse importantes, incluso a las personas como Moshe Sforno, que eran sumamente reservadas.

—No servirá de nada, como tampoco apedrear a los judíos —respondió Sforno, con tono serio y firme—. Las pestes tienen causas que no tienen nada que ver con las supersticiones y la violencia. ¡Sólo la medicina minuciosa podrá revelar algún día los orígenes de la enfermedad!

—Podemos apedrear a algunos judíos —dijo Nicolo con una sonrisa complacida—. ¡Quizá si erradicamos a los judíos de Florencia podamos evitar la ira sagrada de Cristo para con los malvados que lo crucificaron!

—Venga, Silvano, sus planes me interesan —afirmó el dominico—. Conozco a un cardenal, estimado por el Sagrado Padre Inocente VI, que se sentiría muy complacido con su confraternidad. Su pasión es depurar el mundo para que pueda hacerse la voluntad de Dios. Está sumido en la pena por la mancha que el pecado de Eva ha traído sobre la humanidad. ¡Hace décadas que trabaja arduamente para erradicarlo!

—Os apoyaré con todas las facultades que tenga a mi disposición —agregó el primer magistrado. Se alejó con Nicolo, seguidos del dominico.

Sin embargo, Silvano se dio la vuelta, para mirarme.

—¡Bastardo, dale mis saludos a Simonetta, cuando la veas! ¡Dile que pronto seguirás sus pasos! —Echó la cabeza atrás y se echó a reír.

¿Qué le había hecho a la dulce Simonetta? Mi visión se vio nublada por una nube roja. Gruñí y me abalancé hacia adelante, pero Moshe Sforno, Petrarca y Boccaccio me retuvieron. Aborrecía la muerte en todas sus formas, pero sentía afecto por Simonetta, y habría matado a Nicolo con las manos desnudas en ese mismo instante, a pesar de que él portaba una espada. Nicolo rió y se marchó ampulosamente con los otros dos hombres. Me retorcí y balbuceé, incapaz de hablar, mientras los tres hombres me sostenían. Finalmente, dejé de debatirme. Petrarca y Boccaccio me soltaron, pero Sforno siguió aferrándome el brazo.

—Puede soltarme; no iré tras él —rugí con frustración—. Sforno me soltó.

Petrarca me observaba, como fascinado.

—Con vuestro permiso, caballeros. ¡Acompáñame, joven! —Me apoyó un brazo en el hombro y me condujo hacia el Baptisterio. Permaneció en silencio hasta que nos detuvimos frente al campanario de Giotto, y el silencio me permitió calmarme. Para cuando tuve frente a mis ojos la belleza creada por Giotto con tal gusto para los padres de la ciudad, casi esbozaba una sonrisa, al recordar el sentido del humor y la gentileza del maestro.

—Pareces un hombre atrapado en el recuerdo —observó Petrarca—. Yo también tengo memoria. Una memoria de hace unos doce años, cuando pasé por Florencia camino a Roma. —Frunció el entrecejo y se acomodó el *mantello*—. Me acuerdo de un niño de unos once años, a quien estaban a punto de quemar en la hoguera. Un hombre que evidentemente hacía trabajo esclavo para un hombre malvado. ¿Sería posible que ese mismo niño tuviera dieciocho años ahora, después de todo el tiempo que pasó? ¿Aunque este muchacho no tenga ninguna marca sobre el pecho?

Las palabras que pronunció eran las que yo temía, pero no sentí miedo. Me quedé vulnerable, indefenso.

—Mi vida es un tributo al cruel sentido del humor de Dios, comenzando por mi residencia en las calles de Florencia, luego con mi vida en un burdel de perversiones, y luego como huésped de los judíos, quienes tienen ellos mismos un lugar precario en Florencia. Con respecto a mis orígenes, sólo conozco algunos fragmentos de la historia, y algunos de ellos no encajan. No sé nada con certeza.

—Tienes el aura de los elegidos. De seguro eres hijo de gente refinada. ¡Eres demasiado inteligente como para que no sea así!

Pero claro que parecería inteligente. Las puertas de mi mente habían sido abiertas por personas como el maestro Giotto y Moshe Sforno, fray Pietro, el Errante y Geber el alquimista. Hasta Bernardo Silvano, sin importar cuán deleznable hubiera sido, había logrado impartirme algún conocimiento.

—De mis orígenes, lo único que recuerdo es mendigar en las calles de Florencia.

—Eso no importa. «La memoria hace emerger no la realidad misma, que pasó definitivamente, sino las palabras suscitadas por la representación de la realidad, que al desaparecer deja huellas impresas en la mente mediante la acción de los sentidos». San Agustín pronunció esas palabras, y yo las respaldo —afirmó Petrarca con seriedad.

—¿Eso significa que Luca Bastardo no es aquello que él mismo recuerda haber sido y hecho? —pregunté. Dediqué a Petrarca una sonrisa irónica—. ¡Qué bendición sería esa!

—Significa que, ante el ojo de Dios, el tiempo interior es la resurrección de los momentos pasados, que adquieren vida a través del presente, de las experiencias del presente —explicó Petrarca, con los ojos ardientes—. A través de nuestros pensamientos y nuestros escritos, damos forma y sentido a nuestra travesía. Reordenamos los fragmentos dispersos a través de la memoria que se comunica mediante las historias, escritas u orales. Contarás tu historia algún día, Luca Bastardo. Cuando lo hagas, encontrarás el sentido. ¡De ese modo descubrirás quién y qué eres! —Hizo un gesto en el aire con el puño para enfatizar sus palabras. No dije nada. No sabía cuánto sentido encontraría alguna vez. Petrarca continuó—: Tendrás una larga vida, Luca. Conocerás muchas generaciones. Tendrás oportunidad de comprender la causa oculta de las cosas; eso es una bendición.

—Prefiero la otra bendición; que no me definan las cosas que he hecho —respondí secamente—. O por las cosas que me han hecho a mí.

—«Aunque tuviera yo mil bocas y mil lenguas, y mi voz fuese de hierro y mi pecho de bronce, no podría enumerar todos los pesares del hombre» —afirmó Petrarca, con un tono de voz suavizado por la compasión. Se acercó al campanario y apoyó su mano sobre el intrincado revestimiento de mármol—. Virgilio escribió eso en la *Eneida*. Todos los hombres sufren. También tú. Yo no soy más que un poeta insignificante que sabe muy poco, ¿pero acaso es posible que tus primeros años hayan sido difíciles porque estabas ganándote tus dones? ¿Pues estás entendiendo que tú no eres el mal que has encontrado en tu camino y quizá incluso el mal que has cometido? ¿Que, a pesar de todo, hay un centro donde resplandece el bien en el *anima mundi*, del que formas parte? ¿Que entonces, si has sufrido de jovenzuelo, serás un *senex* afortunado, un anciano feliz?

A pesar del tono suave de sus palabras, éstas me quemaron. Por un instante, vi la cara de Bernardo Silvano, y luego se desvaneció. Los huesos se me hicieron sólidos; la carne, densa y pesada, y al mismo tiempo abierta; el corazón, rítmico. No sabía qué tipo de anciano sería, si feliz o miserable, pero me di cuenta de que la calidad de ese anciano dependía más que nada de mi capacidad de construir con mis propias manos a partir del joven que era hoy. Petrarca me lo había dejado en claro de una manera novedosa: yo era libre de crear a Luca como quisiera. Ni Bernardo Silvano, ni Nicolo con su nueva confraternidad, podían controlar eso, sin importar lo que me hicieran. Sonreí.

—Me consideraré un *senex* afortunado si no muero en la hoguera, miserable y sufriente.

—Quizá puedas perecer en la hoguera y no ser miserable —sugirió Petrarca, en tono de travesura. Sonrió, con una mueca brillante y rápida que podía encantar a cualquiera, fuera mendigo o rey—. Una buena muerte hace honor a una vida plena, Bastardo. ¡Quizá entonces te sientas bendito! —Hurgó en un bolso que llevaba colgado al hombro y sacó algo—. Aquí tienes —me dijo, arrojándomelo—. Un obsequio para ti. Para tus memorias. ¡Ojalá pudiera estar vivo para leerlas!

Atrapé el obsequio de Petrarca en el aire. Era un regalo lujoso: se trataba de un diario encuadernado en cuero con páginas blancas de papel vitela. Era bello y grueso, el cuero era suave y flexible, con páginas parejas y encuadernación perfecta. Un placer al tacto. Todavía lo es ahora, que lo contemplo sentado en esta pequeña celda, cuyas paredes se ciernen sobre mí una vez más. Sus páginas están casi completas ahora; las escribí mientras esperaba mi ejecución. El tiempo aquí, aunque breve, no habría pasado de no haber sido por el obsequio de Petrarca y el pequeño panel de San Juan que me regaló Giotto, dos posesiones que me alcanzó el mismísimo Leonardo *il Maestro*, después de que los soldados de la Inquisición me arrastraran hasta aquí. En ese momento, agradecí profusamente el obsequio del *signore* Petrarca; el papel era un bien costoso y poco común. Él rió con su actitud animada ante mis palabras de gratitud expresadas entre titubeos.

—Estamos frente a la gran criatura de Giotto. ¿Y acaso tú no eras su protegido? Sólo conocí brevemente al maestro, pero la suya era una amistad honorable, y la he valorado con lealtad. Si tú tenías su aprecio, con eso me basta y me sobra.

Así que también me recordaba de haberme visto junto a Giotto. Tragué con dificultad.

—Usted conoce mi secreto. ¿No cree que sea un brujo? ¿No se siente tentado por Nicolo Silvano y su confraternidad?

Petrarca negó con la cabeza.

—Lo cierto es que Nicolo no es una gran tentación, con ese perfume tan denso y su superstición. —Se encogió de hombros—. Si el Autor de todos los tiempos y eras te permite deambular por más tiempo que al resto de nosotros, ¿quién soy yo para cuestionarlo? ¿Quién eres para contradecir la gracia del don que te concedió?

Era la primera vez que alguien presentaba mi juventud prolongada a la luz de la gracia de Dios y me quedé mirando fijamente a Petrarca, sin poder hablar. Me percibí completo de un modo totalmente nuevo. Él volvió a reír y me cogió del brazo, al tiempo que me decía que debíamos ser buenos amigos, pues ambos habíamos cultivado la amistad de Giotto.

Más tarde, cuando ya llegaba la noche, después de rumiar durante horas sobre el significado de las palabras de Nicolo acerca de su obsequio, me dirigí al burdel. Sentía reticencia, pero al mismo tiempo, con la lógica contradictoria del corazón, también deseaba hacerlo. Quería ver mi antigua prisión desde la perspectiva de la libertad. Y debía enfrentar lo que fuera que Silvano me había dejado allí. Nada bueno resultaba de lo que tocara un Silvano, de modo que me apresuré rumbo a las murallas de la ciudad, hacia el límite oriental, atravesando las callejuelas retorcidas en las que los valles creados por las pequeñas casas se entremezclaban con las torres impresionantes y dejaban entrever un poco de luz sobre los adoquines húmedos y oscuros. Finalmente, llegué al *palazzo* al que me había prometido no regresar jamás. Las ventanas del frente no estaban cubiertas y dejaban entrar la luz; yo había arrancado los cortinajes hacía muchos años. El lugar parecía abandonado, como muchos edificios en ese entonces, cuatro años después del primer ataque de la peste que había desvastado a Florencia. A medida que avanzaba lentamente hacia la puerta, se me erizaron los pelos de la nuca. Algo terrible había ocurrido. Cuando empujé la puerta del burdel, me temblaba el pulso.

El interior estaba en silencio, al igual que durante el extenso dominio de Silvano. No era así cuando yo me había marchado. Cuando salí con los brazos y el pecho cubiertos de la sangre de ocho hombres, los niños pululaban a mi alrededor, las criadas cuchicheaban mientras se ocupaban de la limpieza. Con la matanza que había creado, había llevado vida al *palazzo*. Simonetta me había abrazado, me había expresado sus buenos deseos en mi nuevo hogar, y yo le había asegurado que Nicolo no regresaría, pues lo había amenazado con consecuencias nefastas.

Me anuncié a los gritos, pero no hubo respuesta. Atravesé el vestíbulo y percibí el olor dulzón desagradable de la carne en descomposición. Todas las puertas estaban cerradas y, cuando abrí la primera, pude ver una silueta menuda sobre la cama.

—¡No! —grité.

Mi corazón latía con fuerza contra el pecho. Me acerqué a la cama. Era una de las pequeñas delicadas de Catay, una de las adquisiciones más recientes de Silvano. No hacía mucho que estaba en el *palazzo* cuando yo los liberé, y su espíritu aún estaba intacto. Tenía una risita dulce que sonaba como campanillas. Apenas había crecido en los años de mi ausencia, y ahora sus ojos rasgados miraban sin ver desde su rostro de tez amarilla y forma triangular. La habían degollado. A su alrededor, se acumulaba un charco de sangre, y la niña yacía en una pose prolija, con las manos entrelazadas en el pecho. O no se había resistido o la habían matado mientras dormía.

Vomité y luego salí de la habitación a paso rápido. La recámara siguiente era la de un niño rubio, favorito de siempre, que era muy pequeño cuando me había marchado. Yacía hecho un ovillo, boca abajo, en el suelo. También le habían cortado la garganta. Las lágrimas me nublaban la vista para cuando subí las escalinatas, rumbo al ala privada de la casa. Abrí de un golpe la puerta de Simonetta, vi el bulto rollizo de su cuerpo sobre la cama. Estaba recostada como si durmiera, con la larga trenza rubia desplegada sobre la almohada del lujoso terciopelo que era tan característico de ese *palazzo*. El pecho estaba inmóvil y tenía los ojos pacíficamente cerrados, surcados por patas de gallo. No había ninguna marca de sangre o de violencia en su cuello, pero estaba muerta. Su dulce rostro, con la marca roja de nacimiento, miraba a un lado. Tenía las manos entrelazadas sobre el pecho. Nicolo debía de haberla envenenado. Me desplomé sobre el suelo. Simonetta me había dado ternura, y había pagado con la muerte. Nicolo, esa criatura vil, era tan insensible como para haber matado a su propia madre. Era una atrocidad impensable destinada a lastimarme. Había perdido a otra buena amiga. De no haberme marchado a vivir con los Sforno, quizá se habría salvado. No debería haberla abandonado. El arrepentimiento y la ira no la salvarían ahora. No intenté contener las lágrimas que me caían por las mejillas.

Cayó la noche, con sus sombras violáceas arqueándose por cada rincón. Un viento frío sopló contra las ventanas. Caminé por el *palazzo*, encendiendo lámparas y candeleros. Controlé de manera metódica todo el lugar. En casi todas las habitaciones, había un niño muerto, ya fuera sobre la cama o sobre el suelo. La mayoría habían sido degollados, aunque algunos habían sido apuñalados. Ninguno había opuesto resistencia; yo mismo sabía por experiencia que se les había enseñado a no resistirse, y que, ni siquiera tras años de libertad, se liberaban las jaulas de su mente. Dejé mi propia antigua recámara para el final. Había un bulto sobre la cama. Era un pequeño perro de pelaje pardo rojizo, un callejero de los que se veían deambulando por la ciudad, mendigando sobras. Lo habían degollado y tenía el hocico abierto, con la extensa lengua rosada fuera de la boca. Habían colocado la cabeza junto al cuerpo, que tenía varias puñaladas. Le faltaban las patas y los genitales. Era una advertencia clara para mí. En lugar de asustarme, me enfureció. Debería haber matado a Nicolo cuando tuve la oportunidad. Si hubiera sido el hechicero que éste decía que era, lo habría exterminado en ese mismo instante con el pensamiento.

Había casi cincuenta cadáveres en ese lugar para darles sepultura. Eso equivalía a varios días de trabajo si fuera a hacerlo solo. Pero ya había dejado de enterrar a los muertos; mis épocas de *becchini* eran cosa del pasado. Mi vida en ese lugar era cosa del pasado. El dios que ríe, en busca de una nueva broma con la que entretenerse, me había sacudido como lo hace un gato con un ratón, llevándome a otro lugar en la vida. Después de pasar un largo rato sentado sobre la cama, contemplando el can mutilado, supe lo que debía hacer. La respuesta me llegó con la claridad de su simpleza. Exigiría un enorme sacrificio de mi parte, el exilio, pero se trataba de la única respuesta adecuada en ese momento. Cogí una de las antorchas de los candelabros de pared y la acerqué a los pesados cortinajes que bloqueaban la luz en esa pequeña recámara, que había sido mi cárcel durante tantos años. Se prendieron con rapidez y las llamaradas anaranjadas ascendieron hasta el cielorraso. Acerqué la antorcha al lecho, con el colchón de crin de caballo y las sábanas, que silbaron al cogerlas el fuego. Una pequeña chispa cayó sobre el hocico del perro, y corrí escaleras arriba para prender la cama de Simonetta. Contemplé por un momento mientras las llamas envolvían tiernamente su cuerpo, como una manta para dormir. Me fui antes de que me descompusiera el hedor de la carne quemada.

Fui de una habitación a la otra, colocando todos los cuerpos de los niños sobre la cama, si ya no estaban acostados allí. Luego prendía fuego a las sábanas y los cortinados. No rezaba, pues estaba enfadado con ese dios, por permitir que Nicolo cometiera tantos crímenes. Simplemente, confiaba en que el fuego guiara a esos niños hacia un más allá mejor, independientemente de lo que fuera ese más allá. Dudaba que fuera ese cielo aburrido que pregonaban los sacerdotes. Pero era probable que hubiera algo. Hombres más dignos que yo, que habían recibido el bautismo, no habían puesto en duda su fe en la existencia del cielo. Pasé por todas las habitaciones.

En poco tiempo, el *palazzo* crepitaba, gruñía y chillaba en medio de las llamas. Nubes de humo negro se filtraban por los techos y el rostro me quemaba por las corrientes de aire caliente. Las paredes y el cielorraso estaban inundados de un resplandor dorado que me recordaba el halo radiante y expresivo de la obra del maestro de Giotto, Cimabue. Éste había pintado la exquisita pieza del altar de la Madonna en Santa Trinita, una Madonna majestuosa al estilo antiguo, con el rostro ovalado, cejas arqueadas y una nariz delgada y larga. La Madonna estaba representada como una reina sobre un trono rico y monumental, con ocho ángeles que la adoraban a su servicio y cuatro profetas adustos debajo. Existía en el oro que era la tierra fértil de su maternidad divina, y sostenía sobre la rodilla al niño Jesús, cuya mano se levantaba en un gesto de bendición.

Quizás fuera el olor del humo y la carne quemada lo que confundió mis sentidos, o quizás fuera la poderosa Madonna de Cimabue lo que los exaltó, pero por un momento fui arrojado nuevamente al estado descontrolado de la piedra filosofal. El tiempo se desencajó, como una rueda que se desprende del eje de un carro, y las escenas del pasado cobraron vida frente a mis ojos. Las llamaradas se desvanecieron como nubes que se apartan de la superficie del río, y me vi a mí mismo, un niño sucio y escuálido, conducido por el desdeñoso Bernardo Silvano a través de la puerta. Vi al primer cliente entrar a mi habitación, y a los innumerables clientes que vinieron después de él. Pude distinguir cada una de sus caras ricachonas, que tanto odiaba. Aún los detestaba. Aún sentía el fuego de la ira por lo que me habían hecho. Luego vi a otros niños, y a muchos otros clientes que recorrían los vestíbulos, y las múltiples escenas de lujuria desencajada que se habían desarrollado en ese *palazzo* infernal. Me atormentaron y me sentí violado una vez más.

Súbitamente, el tiempo dejó de girar y los cuarenta y ocho niños cuyos cuerpos acababa de incendiar, se encontraban de pie a mi alrededor, formando un semicírculo. Estaban callados, en actitud solemne y reverencial. Vestían *camicie* simples de seda azul y estaban rodeados de halos dorados, al igual que los ángeles de Cimabue. La niñita de Catay era la que estaba más cercana a mí; cuando mi mirada encontró la suya, ella asintió. Ingrid, la pequeña a la que le había dado una golosina envenenada para salvarla de las atenciones de un cardenal, se unió al grupo de niños. Apareció Bella, con sus ojos azules, las manos maravillosamente intactas, luego Marco se unió al semicírculo. Se veía del mismo modo que antes del ataque de Silvano: guapo, elegante, radiante de ternura. Me sentí complacido de verlo feliz y luminoso, y pronuncié su nombre. Él me hizo un guiño con su habitual placidez. De las gargantas de los niños, emanó un sonido que parecía un canto. Simonetta estaba de pie entre ellos. Me sentía exaltado. Se la veía joven una vez más, pero sin las marcas de los latigazos que solía propinarle Silvano. Me sonrió y señaló algo.

¡*Crac!* Una viga se desprendió del techo y fue a caer a mis espaldas, lo suficientemente cerca como para sentir los chispazos sobre el rostro. Me desperté súbitamente de mi ensueño. Mi obra allí había concluido. Apoyé la antorcha sobre el tapete, giré sobre los talones y abandoné la habitación. Caminé cierta distancia, asegurándome de poder ver la sombra púrpura del *palazzo* reflejada en la noche. Escalé el muro de un *palazzo* abandonado cerca de la Porta Santa Croce, que, al igual que toda Florencia, estaba cerrada por la noche. Sin prestar atención al toque de queda, ni a ningún oficial que pasara por allí, me deslicé hacia el techo para observar el espectáculo del burdel de Bernardo Silvano, que ardía hasta convertirse en cenizas. Después de todo, también era mi vida la que ardía entre las llamas. No lamenté verla desaparecer. Parecía adecuado después de lo que me había dicho Petrarca en el campanario de Giotto. Una vida mejor, un Luca mejor, emergería de las cenizas, quizá para que la jaula finalmente se desvaneciera de la mente de un perro maltratado, antes debía arder entre las llamas.

Valió la pena, aunque después de eso, debería abandonar Florencia. Los padres de la ciudad no considerarían el asesinato de inocentes a manos de Nicolo, pero nunca dejarían pasar mi incendio del *palazzo*. Se castigaba con la horca a los pirómanos. Los edificios de Florencia eran muy apreciados; se los consideraba más valiosos que a unos cincuenta huérfanos y a una anciana que los cuidaba. En efecto, era probable que la *Signoria* le agradeciera a Nicolo que hubiera librado a la ciudad de esos marginados pestilentes, vergonzosos recordatorios del vicio en el que habían caído muchos de los padres de la ciudad. Sin embargo, incendiar un edificio que se podría haber reclamado para fines cívicos era una ofensa imperdonable. Sabiendo eso, que ni Dios ni los hombres se encargarían de vengar a esos niños cuya pira funeraria había encendido, ya no podía creer en ningún dios. Hasta un dios cruel debería albergar ternura para los niños esclavizados y para un alma dulce como Simonetta. Claramente, Dios no existía más allá del mal en los hombres.

El alba trajo el frío y la humedad. Los primeros rayos del sol se filtraron, dubitativos, por el horizonte índigo, y se abrieron las puertas de la ciudad. A través de ellas, llegaron los campesinos del *contado* con sus carros cargados con productos para los mercados. Los devotos se apresuraban para llegar a misa por entre los carros y los animales de carga que recorrían las callejuelas. Yo debía regresar a la casa de los Sforno para empacar y, para cuando llegué, caía una suave llovizna. Entré a la casa sin hacer ruido y me dirigí al cobertizo para asearme. Me esperaba Rachel. Estaba sentada sobre el heno, donde yo había dormido por tantos años, pero donde ya no lo haría. Sus rodillas estaban flexionadas contra el pecho, y se había envuelto en mi manta de lana.

—Estaba preocupada por ti, Luca. No te vi llegar anoche —susurró. Sus rosados labios carnosos estaban tensos de preocupación. El largo cabello castaño se le desparramaba por los hombros en una cascada brillante, con algunos mechones rizados alrededor del rostro. Había ojeras moradas debajo de sus enormes ojos. La resuelta Rachel se veía inusualmente vulnerable, incluso a mis ojos exhaustos. Se había puesto muy bella en los últimos cuatro años. Tenía pómulos marcados, tez blanca y sus ojos brillaban con inteligencia y personalidad.

—Rachel, tu madre no quiere que estés sola conmigo —murmuré con suavidad. Me detuve en esa entrada y busqué la pequeña banqueta para sentarme y esperar que se marchara.

—¿Dónde estabas?

—Salí. Creo que deberías irte. No quiero que tu madre se enfade conmigo.

—A veces desapareces —murmuró, al tiempo que se abrazaba las rodillas más cerca del pecho—. ¿A dónde vas, Luca Bastardo? ¿Vas al mercado, a visitar a tus amigos del pasado, a buscar a los padres que nunca conociste? Mamá dice que no debemos hacerte preguntas acerca de tu vida, pues alguien que hizo lo que hiciste tú tiene secretos que el resto de nosotros no debemos conocer.

—Me marcho —afirmé, apartando la mirada—. Ha sucedido algo. No puedo permanecer en Florencia; no es seguro. Ni para mí, ni para tu familia; pronto vendrán a buscarme los *ufficiale*.

—¡No! ¿Por qué, Luca? —Se incorporó de repente, y la manta cayó al suelo. Quedó de pie frente a mí, vestida sólo con su *gonna* color melocotón. Quise apartar la mirada, pues no era apropiado que un hombre viera a una mujer en ropa interior. Las mujeres usaban la *gonna* sólo en situaciones íntimas, frente a sus familiares más cercanos. Pero a la luz del alba, la *gonna* que llevaba Rachel adquiría una luminiscencia que la volvía casi diáfana, revelando la curva de sus pechos plenos y la cintura diminuta debajo de la seda brillante. Me invadió el deseo, y con él, el asombro y la consternación por sentirlo. No podía dejar de mirarla.

—¿Luca, qué sucede? ¿Qué pasó? ¡Debes decírmelo! Podemos ayudarte. ¡Yo puedo ayudarte! —exclamó Rachel. Corrió hacia mí y me tomó de los brazos, para levantarme de la banqueta. Yo respiraba con dificultad, casi entre jadeos—. ¡Ya no estás sólo, nos tienes a nosotros! —Me aferró de los hombros, sacudiéndome. Al hacerlo, la seda del camisón se adhirió a las curvas de su cuerpo. Una extraña lasitud atravesó todo mi ser. Sentía el cuerpo flojo, a pesar de que me hervía la sangre. Conocía todo acerca del deseo, desde luego, pues lo habían usado contra mí durante todos esos años en el burdel. Sin embargo, nunca lo había experimentado en mi propia persona. No había esperado que se sintiera de ese modo, insistente, delicioso, cálido. Me ardían las mejillas. Sentí vergüenza. El deseo me engañaba la mente, como había visto que les sucedía a hombres con esposas e hijos, hasta forzarlos a cometer atrocidades como la violación y el abuso. ¿Qué me diferenciaba, entonces, de esos hombres? La pregunta era mortificante. No quería lastimar a Rachel como me habían lastimado a mí, en especial en ese día en que me había encontrado a mí mismo. Bajé la cabeza.

—¿Luca? —Con suavidad, Rachel me colocó la mano debajo del mentón y me obligó a mirarla.

—Debes salir de aquí —dije con voz ronca—. ¡Ahora!

Di un paso al costado para dejarla pasar. Antes de que pudiera reaccionar, ella me tomó el rostro entre las manos y me besó. Me di cuenta de que era tan alta como yo y que ni siquiera necesitaba ponerse de puntillas, de que sus labios tenían el dulce sabor de la mantequilla, como si hubiera comido pan untado mientras me esperaba. Luego separó los labios y me dejó sentir su lengua suave y exuberante, y me abandonó todo pensamiento. Después de unos momentos, se apartó un poco.

—Eres tan guapo, Luca —murmuró—. ¡Te he deseado por tanto tiempo!

—¿En serio? —pregunté con voz ronca, asombrado y agradecido—. ¿Me deseabas?

—Sólo si tú también me deseas —dijo en un susurro y, en ese instante, supe qué me diferenciaba de los clientes del burdel: Rachel me deseaba tanto como yo a ella. Yo nunca había invitado a los clientes a mi habitación; debía someterme a ellos con ira, desesperanza y desprecio. En Rachel, no había sumisión alguna, sólo ternura recíproca. No podía hablar, así que volví a besarla.

Casi sin que me diera cuenta, ella se quitó la *gonna*, mientras yo luchaba por desembarazarme de la *camicia*. Después de tantos años en el burdel de Silvano, nunca hubiera imaginado que tendría prisa por desvestirme. Movía las manos con torpeza. Rachel profirió una risita, luego me acarició y sólo pude soltar un gemido. En la hora que siguió, buscó el placer en mi cuerpo, como tantos otros antes, pero también me dio placer con generosidad, usando las manos, la boca, con todo su ser. Se cerró la herida que mi oficio anterior había dejado abierta. Las marcas de mi pasado no se borrarían jamás, pero ahora por fin podía ser un hombre, con todo lo que ello suponía. Fue un gran obsequio el que me dio Rachel.

—No te irás ahora, ¿verdad, Luca? —preguntó Rachel, después de un rato. Estábamos recostados en el heno, abrazados. Yo no dejaba de acariciarla, maravillado de su belleza, su dulzura y su fortaleza. De algún modo, sabía que ella no era la mujer que se me había prometido la noche de la piedra filosofal, pero aun así, sentía gratitud y ternura por ella.

—Si no me voy, te pondré en peligro —le expliqué. Al darme cuenta de la importancia de mis palabras, me invadió la culpa. Ahora más que nunca, después de haber amado a Rachel, no podía lastimar a los Sforno. En Florencia, sólo se toleraba con reticencia a los judíos. Sentí congoja al darme cuenta de que lo que había pasado entre Rachel y yo sería repudiado tanto por judíos como por gentiles, y especialmente, por sus padres—. No solamente por lo que hice anoche; también por esto. —Le acaricié un pecho suavemente—. Tus padres me matarán cuando se enteren. ¡Y a ti también!

—No se enterarán; no les diremos nada —me suplicó.

—Tus padres no son estúpidos; sabrán lo que pasó entre nosotros con sólo mirarnos —dije. Me alejé de Rachel y contemplé las vigas del techo. Sentía un nudo en el corazón. Había descubierto algo maravilloso con Rachel, para perderlo un instante más tarde. Habíamos traicionado la confianza de sus padres y quebrantado un tabú importante. Todo después de que yo incendiara un *palazzo*, lo que desataría la furia de la ciudad sobre mi persona. No podía lamentar haberle hecho el amor, pues se sentía pleno y perfecto, pero los demás nos juzgarían y condenarían, en especial a ella. Hasta podían llegar a matarla. Respiré profundamente—. Moshe y Leah se sentirán humillados. Creerán que has deshonrado a tu familia y a tu comunidad. Tu familia podría ser condenada al ostracismo.

—Nadie lo sabrá —repitió Rachel, con terquedad. Le besé la frente.

—La gente siempre se entera —sostuve. Me dolía, pero debía abandonarla, por su propio bien. Me incorporé y busqué mis ropas—. Vendrán por mí, y no quiero traerle dificultades a tu familia. Anoche hice algo por lo que me ahorcarán. No esperarán a un juicio. Ya les desagrado gracias a Nicolo Silvano y a su nueva Confraternidad de la Pluma Roja.

—¿Mataste a Nicolo Silvano? —Rachel me miró fijamente.

—¡Ojalá lo hubiera hecho! —exclamé—. Si tan sólo fuera así de simple. —Había terminado de vestirme y me subí al banquillo para recuperar el panel de Giotto de su escondite. Rachel me observaba con curiosidad en sus ojos inteligentes. Guardé el panel, junto con el diario que me había dado Petrarca, en una maleta que había comprado hacía poco en el mercado, y luego me envolví en el *mantello*.

—No tienes que marcharte, Luca —dijo Rachel—. ¡Por favor, no te vayas! ¡Te amo! —Se puso de pie y me abrazó.

—Quiero quedarme, Rachel —afirmé, pasando las manos por su abundante cabello castaño. Por un instante, me permití imaginar que me quedaba allí. Podía estar con ella, pero sus padres me odiarían por avergonzarlos ante los ojos de su comunidad. Y luego, los *ufficiale* vendrían a buscarme, acusándome de incendiario, un delito mucho más grave que los asesinatos que Nicolo Silvano había cometido. ¿Y si acusaban a los Sforno de darme cobijo? ¿Y si, por mi culpa, dañaban a Moshe y Rachel?

—Debo irme, Rachel, porque me importa lo que te suceda. —Se me quebró la voz—. Si no lo hago, me colgarán, y quizá castiguen a tu familia. Sabes cómo tratan a los judíos. Podrían echaros de Florencia, o algo peor. Como siempre ha temido tu madre. No os pondré en peligro.

—Por favor, Luca, quédate —susurró. Pero yo la besé una vez más en los labios llenos y salí del cobertizo de los Sforno. Dejé Florencia rumbo al exilio.

# PARTE II

# Capítulo 13

Lo que me llevó nuevamente a Florencia fue una carta. No fue una de las cartas de Petrarca, si bien me escribió periódicamente hasta su muerte, en 1374. De alguna manera, sus cartas siempre me encontraban donde estuviera: capitaneando un barco pirata en el mar Adriático, ayudando a Eduardo (el Príncipe Negro) en España, combatiendo a los tártaros en Kulikova, defendiendo a Jerusalén contra los cruzados cristianos y luego llevando la bandera de la cruz nuevamente a aquel antiguo sitio sagrado, transportando ricas telas y exóticas especias por la Ruta de la Seda que atravesó el veneciano Marco Polo, rescatando textos antiguos de monasterios en Grecia, ayudando a los judíos expulsados a huir de España y asentarse en otros lugares, pescando en Portugal... Primero trabajé de médico, ya que era una habilidad lo suficientemente valiosa como para ameritar el pago de otros hombres. También me sentí atraído por otras profesiones. Trabajé de *condottiere*, aunque tomé la precaución de no matar a nadie, ya que de eso había visto demasiado. En su lugar, luché por el placer de tumbar a un hombre de su caballo. También fui bandido, mercader, pescador y comerciante de antigüedades y falsificaciones, y de todo lo que pudiera comprar y revender por una suma mayor. Nada limitaba lo que podía hacer, excepto mi propia conciencia, pues no tenía las ideas de paraíso y de perdición que les pesaban a otros hombres.

Así, durante cuatro décadas, entre 1361 y 1400, viví a mi gusto, ejerciendo todos los derechos de un hombre libre. Hice lo que quise y fui adonde se me antojaba. Recorrí el mundo. Vi sus maravillas, tanto las naturales como las artificiales, conocí a grandes hombres y llevé a la cama a mujeres hermosas. No parecía lógico negarme el placer, con el dolor y el sufrimiento acechando en la cercanía, listos para atacar y reclamar su deuda. Por eso, respondí a las invitaciones de las mujeres y atesoré cada una de ellas, aunque ninguna era la mujer de mi visión. Ya no estaba seguro de merecerla, pero sabía que la reconocería al instante, percibiría su aroma de lilas y luz blanca, y jamás querría volver a tocar a otra mujer. Había una conciencia subterránea de que la encontraría algún día que fluía en mis raptos de ensueño y no se disipaba, un saber que le susurraba a mi piel como una brisa cálida. Había elegido un camino que el destino respetaría. Lo que no sabía era si yo podría concretar ese destino. No supe hasta más adelante que el tiempo de espera fue vacío. Nada insufló de vida mi corazón. Flotaba, soñaba, estaba despierto a medias, porque el amor es lo que nos despierta.

Durante ese tiempo, amasé y perdí fortunas, aunque nunca me permití acabar sin un centavo. Era meticuloso y depositaba parte de mis ganancias. Por medio de sus contactos en la Iglesia, Petrarca conocía un banco en Florencia dirigido por un hombre joven pero capaz, de nombre Giovanni di Bici de' Medici, descendiente de una tradicional familia florentina. Me agradaba la sencillez del tal Giovanni. Se compadecía de los pobres rebeldes de la ciudad, probablemente porque su padre había sobrevivido a duras penas con un magro patrimonio y con el interés sobre préstamos a los campesinos del *contado*. Las calles de Florencia eran su hogar, y era apreciado por el vulgo en general, aunque sus tendencias políticas solían ser contrarias a las de la elite. En la Florencia atestada de burgueses y pendiente de cada florín, ser rico era ser honorable y virtuoso, mientras que ser pobre era ser presa de la desdicha. También me asombró cómo el astuto joven diversificó los negocios de su familia y se dedicó a la administración de fincas, la fabricación de productos de lana y seda, y el comercio internacional. Yo enviaba periódicamente a algún representante al banco de Medici con fondos para depositar.

Seguí el consejo de Petrarca sobre el banco, pero no su sugerencia de disciplinarme en los estudios. Le enviaba los antiguos manuscritos que recuperaba en Grecia y Egipto, pero no me dediqué a estudiar los autores clásicos, como me recomendaba en sus misivas. Me gustaban algunos poetas románticos, pues apelaban a mi nostalgia secreta por la mujer que vendría, y aprendí a tocar la *viola da gamba*, aunque con poca destreza. Practicaba la esgrima y la lucha con cuchillos con cualquier hombre que tuviera un brazo fuerte. También buscaba artistas para analizar sus obras. Tenía la idea de que, algún día, cuando regresara a Florencia y contrajera matrimonio, me dedicaría a coleccionar pinturas.

Consultaba discretamente sobre unas personas relacionadas con los cátaros que hubieran perdido a un hijo. También hacía preguntas indirectas acerca de gente especialmente longeva con una marca en el pecho. No obtuve respuestas satisfactorias. Confieso que mis esfuerzos eran desganados. En ese período intermedio sin complicaciones en el que no se hizo presente ninguna deidad, no deseaba cuestionar mis orígenes, ni nada de mi persona. Los cuestionamientos contradecían el objetivo simple de perseguir el propio placer. Cuando surgían, me impulsaban hacia delante, como si los pudiera silenciar viajando al siguiente pueblo, pasando a la siguiente ocupación. Sólo deseaba mantener un trabajo redituable y proseguir la marcha, tanto porque mi curiosidad inherente lo pedía, como porque el aspecto de mi eterna juventud inevitablemente provocaba comentarios y consternación. Aparentaba ser un hombre de veinticinco años y nunca envejecí más, ni me enfermé tampoco, y toda herida que sufriera sanaba con una rapidez que le era ajena a otros hombres. Aceptaba que era diferente, como siempre lo había sido, y no lo cuestionaba.

Pero si permanecía demasiado tiempo en un lugar, empezaban las habladurías, que atraían la atención de la creciente pero furtiva Confraternidad de la Pluma Roja, que se consideraba un brazo oculto de la Santa Inquisición Romana. Sus miembros se ataban una pequeña pluma roja a la ropa y se saludaban con gestos secretos. La experiencia siempre me indicó que el miedo y el instinto de buscar un chivo expiatorio eran más contagiosos que la peste. A veces, el envejecido Nicolo Silvano y su hijo Domenico, con sus plumas rojas cosidas a los *farsetti*, seguían la ruta de los rumores hasta mí, estuviera yo en Roma o Viena o *Parigi*, como si fueran poseedores de los mismos sentidos extrañamente aguzados que me solían indicar dónde se encontraba Bernardo Silvano, con la diferencia de que esos sentidos ahora estaban fijos en mí y en mi paradero. Aprendí a desaparecer en cuanto arribaba un Silvano. Y pronto los primeros susurros acerca de la brujería se convirtieron en la alerta para seguir adelante, para poder esquivar a Nicolo y, más tarde, a su hijo Domenico, por completo.

Durante esos cuarenta años, me mantuve al tanto de los acontecimientos de Florencia. El año anterior a su muerte, Petrarca me escribió que Boccaccio había leído la *Divina Comedia* en la *chiesa* de Santa Stefano, y que los hombres educados de Florencia estaban furiosos con él por entregar a Dante a las masas como si se tratara de pan común y corriente. La peste negra azotó nuevamente en 1374 y, unos años después, los *Ciompi*, trabajadores de la lana que usaban zuecos en las fábricas, se rebelaron después de que se les impusieran cuotas de producción imposibles. En el mismo año, 1378, fue electo un antipapa, lo que fue causa de nerviosismo en la Florencia papista. La rica familia Albizzi controlaba la ciudad por medio de una red de amigos y designados en la *Signoria*. Actuaban con el típico *ingegno* florentino para expandir los territorios de la ciudad. Y Pisa y Milán eran una amenaza para la Florencia de fin de siglo.

Por ese entonces, yo vivía en la costa noroeste de Cerdeña, en Bosa, un pueblito pesquero ubicado a orillas del río Temo. Allí había retomado mi antigua práctica de la medicina. Había llegado a bordo de un barco mercantil genovés para intercambiar productos por coral, cuando descubrí que muchos bosanos padecían de disentería. La enfermedad había matado al médico local. Me compadecí de los bosanos y me aseguré de que estuvieran lo más cómodos que fuera posible. Para cuando el pueblo se recuperó, yo estaba encantado con Bosa: con las frondosas huertas de naranjos y olivos, y los matorrales de dulces fresas; los añosos bosques de alcornoques y los ricos viñedos que regalaban el delicioso vino ámbar Malvasia; los buitres y las águilas peregrinas que planeaban sobre los altos picos volcánicos; los barquitos pesqueros pintados de rojo, amarillo y azul; y la manera en que la ciudad de piedra rosada abrazaba la colina por encima del brillante mar azul en una medialuna ascendente que escalaba hacia el cielo con angostas callecitas y escalinatas hasta la fortaleza rosada del Castello Malaspina. Los pobladores, agradecidos, insistieron en que me quedara, y sus mujeres eran hermosas, a su manera menuda, oscura y mestiza; así que me dejé persuadir. Compré una casita alejada del centro de la ciudad, que consistía en una intrincada red de callejuelas, pórticos y pequeñas plazoletas donde las mujeres trabajaban en sus telares y bordados. Una tarde calurosa de los primeros días del verano, una voz conocida atravesó, bramando, el umbral de mi casa.

—¿Es ésta la morada de un lobezno? —preguntó la voz.

—No pude evitar que entrara, Luca —susurró Grazia, mi sirvienta, asistente y compañera de cama, de pie en el umbral. Era una mujer menuda, bonita, de cabello oscuro y porte castellano. Era dueña de un encanto vivaz y una inteligencia rápida, y la regla le había cesado a una edad temprana, por lo que el embarazo no sería un problema. Yo había dejado que fuera ella la que me llevara a la cama, por supuesto, y luego la había disfrutado sin culpas y le había pagado bien por las tareas que realizaba en mi casa.

—Está bien, Grazia —le aseguré con una sonrisa—. ¡No hay forma de mantener lejos a los judíos!

—¿Por qué alguien habría de intentarlo? —resopló ella, acomodándose la falda—. ¡Llevan educación y comercio a donde quiera que se asienten!

—Cierto —murmuré. Acababa de terminar de coser la herida de un pescador que había sufrido un corte en el brazo cuando un pez se sacudió sin previo aviso y le hizo resbalar el cuchillo. Eso me había explicado el hombre, aunque yo sospechaba que había discutido con otro joven temperamental en el pueblo. Estaba a punto de advertirle que se mantuviera alejado del otro joven, cuando Grazia señaló detrás de sí.

—Pase, a menos que tenga miedo de que lo muerdan —grité. El Errante ingresó a trancos, y yo me levanté a abrazarlo con una exclamación de alegría. Me estrechó y después se alejó un paso para observarme.

—Ya no eres un cachorro —comentó, sonriendo. Me pellizcó el músculo del brazo—. Mira estos músculos, endurecidos de tanto uso. ¡Luca Bastardo, el cachorro rubio herido, convertido en animal feroz! —Él, en cambio, lucía igual: hombros fornidos que soportaban un costal abultado, muslos y brazos musculosos, una barba negra y blanca, larga y enmarañada, y profundas patas de gallo que se extendían desde sus ojos oscuros que brillaban de manera juguetona, con tristeza y demasiados años vividos.

—No ha cambiado nada, Errante —afirmé, y me alegraba ver que así era. Yo no era el único que envejecía de manera poco natural.

—Nunca cambiaré —respondió con informalidad—. Ni lo harás tú, ahora que eres un lobo adulto.

—Es una extraña particularidad, como una flecha con demasiadas plumas —comenté en voz baja, para mantener nuestras palabras en privado.

—Algunas personas tienen dones inusuales —dijo Grazia alegremente, a nadie en especial—. ¡Tomaso, vete, y no vuelvas a discutir con Guglielmo! ¡La próxima vez, te cortará más que el brazo! —El joven protestó cuando Grazia lo tomó del brazo para escoltarlo a la salida. Resultaba útil como asistente en estas situaciones; era práctica y firme, y los sardos la respetaban.

—¿Qué es el tiempo, para merecer nuestra atención? ¿Qué otra cosa ves en las tinieblas del pasado y en el abismo del tiempo[1]? —preguntó el Errante, tejiendo sus viejas preguntas como una red que me capturaría. Estaba tan encantado de verlo que me limité a sonreír y sacudir la cabeza.

—Es algo de lo que usted y yo tenemos mucho y de lo que otros hombres tienen menos. ¿Por qué será así?

—¿Por qué no? ¿Porque le temes? Temes que seamos de la tierra de las hadas, del deseo del corazón, donde nadie envejece y se ensombrece, donde la belleza no decae y nada se descompone; y donde el tiempo y el mundo por siempre se desvanecen[2] —recitó, con esa especial mueca que había echado de menos más de lo que me había percatado.

—Acertijos acerca de cosas en las que no pienso desde hace años —dije con una risa ahogada.

—Porque no quieres —respondió, tajante—. Entonces han venido a llamar a tu puerta. ¿Qué has hecho con mi burro? ¿Te lo has comido, Lobo?

—Ese burro vivió la buena vida en Florencia, primero en el establo de los Sforno y después en el mío, ¡y vaya si el terco y sucio viejo animal seguía vivo cuando tuve que partir!

—¿Así que eso haces con mi obsequio, lo abandonas y lo denigras? —El Errante rió—. ¡Y aquí él es uno de nosotros, condenado por Dios a vivir más allá de su utilidad! Deberías haberlo traído contigo. Es leal y confiable, un buen aliado para tener a tu lado en una batalla.

—Es un príncipe entre los asnos —dije, tornando los ojos—, pero estoy seguro de que ya está muerto.

1- De La tempestad, de William Shakespeare. (N. de la T.)
2- De Yeats (La tierra del deseo del corazón). (N. de la T)

—¿Jamás cuestionas tus certezas? —preguntó el Errante—. ¿Y qué estás haciendo en este pueblucho pesquero en el medio de la nada?

—Aquí se encuentra la mejor serie de frescos de toda Cerdeña, pintados por un toscano de la corte papal de Aviñón. Incluye una Adoración de los Magos que le quitará la respiración…

—¿Es una broma, verdad? ¿Una serie de frescos? Escucha, tengo una historia para contarte…

—¡¿Una historia?! No lo veo hace, ¿cuánto?, ¿cincuenta años?, ¿y quiere contarme una historia? —exclamé—. Si voy a escuchar una de sus infernales historias, será mejor que sea con un buen vino. Vamos arriba y le pediré a Grazia que nos prepare una comida.

—Esa mujer es pequeña pero formidable, tan bonita como la esposa de Moshe Sforno, y probablemente más veloz con un cuchillo —dijo el Errante—. ¡No querría hacerla enfadar!

Me reí y asentí, y lo guié por las escaleras. Tomamos asiento a la mesa del comedor. Grazia nos trajo una jarra de vino.

—¿Es usted el primero de los suyos en venir a Cerdeña? —preguntó Grazia—. Escuché que los judíos están en busca de lugares donde asentarse. Bosa es una buena opción; aquí hay gente de mente abierta. Quizá inteligente, más que de mente abierta. Muchos bosanos ven la ventaja de tener una comunidad de judíos aquí.

—Los judíos siempre estamos en busca de lugares donde asentarnos —dijo con solemnidad—. Es la voluntad de Dios para nosotros.

—¿Cómo puede alguien conocer la voluntad de Dios? —lo increpó ella. Él le sonrió ampliamente.

—Y usted, ¿qué es lo que busca? —respondió, contestando una pregunta con otra, como de costumbre.

No esperaba que Grazia le contestara. Se caracterizaba por su encanto vivaz, pero era una típica sarda, valiente, trabajadora y distante, reacia a revelar demasiado acerca de sí misma, desconfiada ante los extraños. Para mi sorpresa, se quedó quieta. Inclinó su pequeña cabeza y sus ojos llameantes se suavizaron. Una mirada abierta y vulnerable, como la de una niña, se apoderó de su rostro. Claro, el Errante podía tener ese efecto en las personas; yo ya lo había visto, décadas atrás.

—Amor —dijo suavemente—, un hijo. A mí misma. ¿Usted qué desea, judío?

El rostro curtido y barbudo del Errante adoptó una rara expresión pensativa.

—Paz para mi pueblo —dijo suavemente, sorprendiéndome por segunda vez—. Paz para la Tierra.

—Entonces nuestros deseos están hermanados —dijo ella—. Si todos tuviéramos lo que yo deseo, habría paz. —Luego su fino rostro castellano se armó de su habitual estoicismo sardo—. Traeré comida.

Me quedé sin palabras ante la elegancia de la respuesta de Grazia; nunca se me había ocurrido preguntarle por sus deseos. Los deseos eran inconveniencias que había evitado en las décadas pasadas. La mujer se apresuró a preparar la comida, con las mejillas levemente ruborizadas. Serví vino para el Errante y para mí. Él levantó su copa a modo de brindis silencioso, y ambos tomamos un largo sorbo. Apoyé la copa pesadamente sobre la mesa, de modo que parte del noble líquido ámbar se asomó por sobre el borde. Ambos permanecimos en silencio. Tomé conciencia de los innumerables estímulos sensoriales que nos rodeaban: Grazia que trabajaba ruidosamente en la cocina, la fragancia de los albaricoques casi maduros del árbol junto a la casa, el chillido de una gaviota aleteando hacia una roca en la costa, la risa distante de hombres que trabajaban en el campo, los balidos de un rebaño de ovejas que cruzaba el camino frente a mi puerta. Me acomodé en el momento más pleno y rico que había experimentado en muchos años, como si todo el tiempo que había pasado divirtiéndome hubiera sido sólo una sombra vacilante de lo que

13

podía ser la vida. Sentí mi afinidad con el Errante, que estaba sentado conmigo, quieto y alerta.

—¿Ha venido hasta Cerdeña para contarme una historia? —le pregunté, finalmente.

—¿No sería un viaje meritorio?

—Depende de la historia —dije con picardía, y él se rió entre dientes.

—¿No hay un obsequio al final de toda buena historia? Déjame que te pregunte: tú eres un médico, como lo fue el viejo Moshe Sforno...

—¿Fue? —exclamé, cuando comprendí la implicancia del tiempo pasado.

—Moshe murió hace veinte años —explicó el Errante—. Fue una buena muerte; estaba vivo cuando murió. Ahora, tú eres médico, y sanarías a alguien enfermo que acudiera a ti, ¿verdad?

—Si pudiera, por supuesto, sin duda —afirmé, recordando con una angustia que me partía el corazón las muchas bondades de Moshe Sforno para conmigo. Pensé en Rachel, cálida y dulce entre mis brazos. De alguna manera, no había sido capaz de seguir el rastro de los Sforno durante todos esos años y, ahora que sabía que Moshe estaba muerto, me preguntaba por qué. ¿Sería que simplemente había dejado que mi corazón cayera en desuso, de modo que el tiempo, como una flor congelada, no transcurriera, mientras que otras personas, personas que quería, vivían el verano de su vida que cedía el paso inevitablemente a una cosecha? ¿No había una mejor manera de usar esos días adicionales que me habían sido otorgados?

—Muy bien. Había un hombre...

—¿Cómo se llamaba? —lo impulsé, arrancando una sonrisa cálida del Errante.

—Algunas cosas nunca cambian, ¿verdad, Bastardo? Pero no arruinaré una buena historia limitándola a nombres específicos; no esta vez. Basta con decir que el hombre se encontraba enfermo y sufría terribles dolores, por lo que acudió a un gran rabino. «*Rebbe*, sáneme», suplicó. El *rebbe* se vio conmovido por el sufrimiento del hombre.

—Por supuesto; el sufrimiento es innecesario —acoté llanamente.

—El sufrimiento es parte de la vida; es inevitable —comentó Grazia, posando frente a nosotros un plato con el suave queso campestre de Cerdeña, *prosciutto* de jabalí, sardinas en salmuera, aceitunas, higos tempranos y tomatitos anaranjados, un tazón con aceite de oliva verde, una pequeña copa de sal y dos lonjas de pan planas y redondas. Desprendí un pedazo de pan y lo mojé en el aceite de oliva.

El Errante asintió a la vez que peinaba su frondosa barba.

—Parte de estar vivo es ver el sufrimiento del mundo y nuestro propio sufrimiento, y permanecer íntegros a través de él y a causa de él. No podemos estar íntegros sin incluir el sufrimiento. ¡No podemos partir a Dios por la mitad!

—¿Dios? ¿Qué Dios? ¡Si existiera un Dios, el hombre sería demasiado insignificante para partirlo! —exclamé.

—Luca no reza —Grazia le explicó al Errante, sacudiendo la cabeza.

—Los que rezan dicen «Dios» —le dijo el Errante, y me miró—. La Singularidad lo es todo.

—No me molestaría ser una mitad —bromeé—. ¡Podría haber evitado todo lo que pasé!

—¿No es simplemente que has comido libremente del Árbol de la Vida, por lo que también has recibido la fruta agridulce del Árbol de la Sabiduría del Bien y del Mal? —preguntó, alzando una mano callosa—. ¿Existe algún sufrimiento en tu vida que hayas atravesado, al cual renunciarías ahora que te encuentras del otro lado? ¿Acaso no te ha hecho lo que eres hoy?

Miré a través de la ventana, hacia donde un colibrí zumbaba alrededor de las flores que Grazia insistía en plantar en la jardinera de ventana. El pajarillo se mantuvo suspendido junto a un voluptuoso capullo rojo de heliantemo y luego se alejó rápidamente. Pensé en Silvano y los años en el burdel, en Massimo y Paolo y los años en la calle, en Moshe y los demás Sforno y los años en su cobertizo. El pasado era aún intenso, aún me dejaba hambriento, pero no me anclaba con los mismos antiguos ganchos. Podía sostenerlo como el aire había sostenido al colibrí, sin apretar. Algo en mis épocas nómadas hacía que mi historia me resultara más aceptable. Incluso mi papel en la muerte de Marco, Ingrid y Bella había aflojado su dominio.

—Me hace preguntas que nadie me ha formulado en muchos años, Errante.

—Las preguntas siempre están a la espera —afirmó—. Puedes exiliarte, pero siempre está allí. Reinó antes de que nada hubiera sido creado y reinará luego de que todas las cosas hayan dejado de ser.

—No ha sido un exilio. No me arrepiento de este tiempo. Lo he disfrutado.

—El disfrute es el fundamento de los mundos —afirmó, y se encogió de hombros—. ¿Retomo mi historia? El *rebbe* se compadeció del hombre pero dijo que no, no lo sanaría. El hombre se sintió terriblemente desilusionado y se lamentó penosamente. Por último, el *rebbe* suspiró y dijo: «Vaya a ver al rabí Fulano de Tal. Él lo podrá ayudar». Resulta que el segundo rabino era un rabino de menor importancia, no tan sabio, no tan culto, y no tan perspicaz. Pero el hombre acudió a él, y el rabino lo sanó.

—¿Cuál es la moraleja de esta historia que tardó tantos años y por la que recorrió tanta distancia para contarme? —pregunté con impaciencia. Mordí la fibrosa y agria carne de una aceituna verde, redonda como una ciruela, escupí el carozo en una mano y lo arrojé sobre la mesa. Grazia, que andaba cerca, espiando la conversación, chasqueó la lengua a modo de desaprobación. Trajo un recipiente para los carozos y me lanzó una mirada que significaba que me regañaría más tarde. Sonreí, y así la desarmé. Luego la miré como por primera vez. El Errante le había hecho preguntas con sustancia, y ella había respondido con sinceridad e inteligencia. Nunca se me había ocurrido entablar una conversación de ese tipo, aunque la había tratado con amabilidad. Me pregunté cómo había podido estar tan desvinculado de ella y si me había perdido de algo importante en nuestra conexión. Aunque Grazia no era la mujer de mi visión, era un alma bondadosa. Merecía de mí algo real a cambio de lo que tan generosamente me había entregado de sí. Me pregunté si la había mantenido a distancia para no tener que asumir cuán alienado estaba de ella, y de todos, no sólo por la distinta extensión de nuestros días, sino por mi entendimiento del poder del mal, que nada podía controlar.

El Errante se inclinó hacia mí, dando unos leves golpecitos en la mesa para captar mi atención.

—¿Por qué crees que el gran *rebbe* se negó a sanar al hombre, pero lo derivó a otro rabino?

—¿El hombre no ofreció pagarle lo suficiente? —aventuré. El Errante me lanzó una mirada fría.

—El gran *rebbe* percibió algo importante acerca del dolor del hombre —contestó Grazia—. ¡Pero el gran *rebbe* sabía que el rabí menos importante no se daría cuenta!

—¡Correcto! El gran *rebbe* sabía que el sufrimiento del hombre era la gracia de Dios, y no quería privarlo de ella —explicó, golpeando la mesa con la mano—. ¡La Gracia de Dios!

—¡La cruel risa de Dios, querrá decir! —exclamé, sin poder reprimirme. Me serví más vino y lo tomé de un sorbo—. ¡Otra de las bromas malintencionadas de Dios!

—Luca, las bromas de Dios son abrazos de amor —acotó Grazia, con tono de lástima. Su bonito rostro recobró la suavidad, pero yo mantuve mi conocimiento con obstinación.

—Eso no es lo que he visto yo —afirmé.

—Entonces tus ojos no funcionan —afirmó el Errante—. En cambio, esta mujer ve con claridad. La enfermedad del hombre compensaba una deuda pendiente. ¡Dios le permitía a ese hombre pagarla con su sufrimiento, para poder regresar a la singularidad!

—¿Deuda? ¿Qué deuda?

—¿Necesitas que te lo explique todo? —preguntó el Errante, encogiéndose de hombros—. Una deuda de esta vida, o de otra, ¿quién sabe? El gran *rebbe* sabía que la deuda se estaba pagando con el sufrimiento, y que entonces el hombre avanzaría hacia la transformación. El *rebbe* no quería privar al hombre de esa oportunidad. Tampoco quería dejar al hombre con su dolor, y sabía que el rabino menor no percibiría la Gracia en el sufrimiento. —Se apoyó en la silla y cruzó los brazos sobre el pecho, estiró las piernas y sacudió los pies, como para relajarse.

—¿Otra vida? ¿Qué vida?

—¿Geber no te habló de la transmigración de las almas? —preguntó el Errante, con tono de sorpresa. Bebió un largo sorbo de vino y tomó del plato un tomate que se lanzó a la boca. Escupiendo pequeñas semillas, dijo—: Geber leyó el *Sefer Bahir*, el libro de la claridad. Sabía que las almas deben regresar a la tierra una y otra vez hasta completar su misión. Supongo que se le acabó el tiempo y no pudo enseñarte todo lo que necesitabas saber. Se supone que tú te enseñas a ti mismo, sabes. Ése era el sentido de la piedra filosofal.

—Necesitaba aprender cómo convertir el plomo en oro, y se le terminó el tiempo antes de que pudiera enseñarme —afirmé, con un dejo de mal humor. Siempre me había pesado no haber dominado el secreto máximo de Geber. Con todo el dinero que había recibido por herencia o ganado por medio de diversos emprendimientos, aún sentía que algo me faltaba, y que sólo se podía remediar convirtiendo el plomo en oro con mis propias manos. Me puse de pie y caminé distraídamente por la habitación que, de repente, parecía demasiado pequeña, demasiado alejada del centro de las cosas. Había estado exiliado, sin saberlo siquiera.

—¿Tan estrecho de mente eres, Luca Bastardo? —me regañó el Errante—. El oro, pues, es fácil de conseguir. ¡Yo me refiero a la educación del alma! ¡Me refiero al destino de la humanidad y al orden divino! ¡Me refiero a que todas las almas cumplan con cada mandamiento con la intencionalidad adecuada y el lenguaje sagrado, porque si el destello de un alma no ha cumplido aunque sea un solo aspecto de los tres (acción, habla y pensamiento) debe transmigrar hasta cumplirlos todos!

—Escuché hablar de la transmigración de las almas mientras llegaba en camello a Catay; escuché que las almas se enfundan en nuevos cuerpos de la manera que nosotros nos enfundamos nuevas ropas. ¡No me convenzo! Es un lindo cuento para tranquilizar a la gente. No somos más que pequeños juguetes de polvo y sangre, el divertimento de un dios cruel que no existe. ¿Quiénes somos nosotros para merecer nuevas vidas? ¿Quiénes somos nosotros para merecer la vida, para empezar? Ya es milagro suficiente, o broma suficiente, el hecho de nacer. ¡Más que eso no podemos esperar! —exclamé con pasión—. Nuestra mayor alegría es contemplar la belleza. ¡Esa historia no es para mí, Errante!

—¿Quieres decidir antes de ver el obsequio que conlleva? —preguntó. Extrajo algo de su camisa gris remendada: una carta. Se la arrebaté de la mano nudosa surcada por venas.

—Es de Rebecca Sforno, con fecha reciente —dije con incredulidad. Se me aceleró el corazón ante la idea de tener noticias de Rachel—. No les va bien a los Sforno. La peste visita una vez más a Florencia, y la guerra acecha en la entrada a la ciudad. Dos de los nietos de Rebecca están enfermos. ¡Me pide que regrese para ayudarla! Recuerda lo que decía su padre del *consolamentum*, que yo tenía el don de sanar con las manos. Me pide que lo use con sus nietos.

—Te esperaré mientras empacas —dijo el Errante—. Sé de un barco que zarpa esta noche. El capitán me debe algún que otro favor.

—Yo no dije que tuviera intención de ir —afirmé—. Quiero ayudar a Rebecca; es una vieja amiga, los Sforno fueron buenos conmigo, me cambiaron la vida, y siempre me pregunté qué había sido de Rachel... Supongo que los abandoné, al partir, pero no quería que sufrieran ningún daño por mi culpa... Hay quienes desean verme muerto en Florencia. Me he mantenido fuera de su alcance. —Me debatía entre cuidar de la dulce Rebecca, quien, para mí, siempre sería una niñita con grandes ojos azules acurrucada en los brazos de su padre, y el deseo de mantenerme alejado de Nicolo Silvano y su asesina Confraternidad de la Pluma Roja.

—¿Cómo puedes dar la espalda a viejos amigos? —intervino Grazia, a su manera punzante y entrometida—. Cuando llegaste a Bosa hace unos años, tus manos ofrecieron el dulce alivio a muchas personas enfermas. Ése debe ser el *consolamentum* que pide tu amiga. Si puedes ayudar a sus nietos, debes hacerlo. Te prepararé algo de ropa. —Se apresuró a salir de la habitación antes de que le pudiera responder. La cuestión se decidió en su mente. Pensé que seguramente ella tenía razón. Me habían pedido regresar a Florencia; los lazos de la antigua amistad habían sido invocados, y debía acudir. Sentía reticencia, pero también entusiasmo. Había pasado muchos años lejos de mi hogar.

—Que esa bonita sirvienta tan sagaz nos empaque algunos de estos tomates, ¿sí? —dijo el Errante—. Mejor aún, que prepare una canasta llena de comida. Los alimentos de esta isla son deliciosos.

Entonces, tomé algo de ropa, mi panel de Giotto, las gafas de Geber y el cuaderno de Petrarca y los guardé en la maleta que había visto decenas de puertos en los últimos cuarenta años, años que, de repente, parecían tan vacíos como las páginas del cuaderno. Grazia nos preparó paquetes con comida. Antes de partir, arranqué una hoja de vitela de las últimas páginas del cuaderno de Petrarca, todavía sin usar, y escribí una carta por la cual transfería mi casa y mis pertenencias a

Grazia. Se la di, junto con todo el dinero que tenía en la casa y un beso rápido. Para mi sorpresa, tomó mi rostro con ambas manos y me dio un beso largo y tierno en los labios.

—Has sido bueno conmigo, Luca Bastardo —afirmó.

—¿Cómo puedo haber sido bueno contigo, si ni siquiera te conocí? —pregunté suavemente.

—¿Te conocías a ti mismo? —preguntó con una sonrisa—. Vete ya. Siempre supe que te irías. Tus padres deben de haber sido viajeros que te alumbraron bajo una estrella inquieta. —Su exquisito rostro castellano lucía pensativo; sus ojos oscuros, puros—. No dejarte ir sería un error. Estaría intentando convertirte en alguien que no eres.

—Adiós, Grazia —dije suavemente. Por un momento, la envolví entre mis brazos, sintiendo su pequeño y cálido cuerpo de huesos fuertes. Le deseé suerte; le deseé que encontrara el amor y el hijo que buscaba. Pensé en que ya se tenía a sí misma, aunque era interesante que hubiera incluido eso en su lista de deseos. Si me hubiera quedado, le habría preguntado qué quiso decir.

Emprendí el camino con el Errante, cuesta abajo por la colina hacia la costa. Caminamos por callejuelas adoquinadas y bajamos escalinatas talladas en la ladera de la colina; atravesamos huertas de higueras, olivos y almendros; asustamos gatos monteses, jabalíes y perdices cuando merodeaban por el denso follaje; y finalmente llegamos a una playa redondeada con arena oscura que, según los lugareños, poseía propiedades sanadoras. Había escuchado que las personas con articulaciones rígidas se recostaban sobre una manta en la arena y se sentían mejor, más relajadas y flexibles. La naturaleza estaba repleta de maravillas. Considerando eso, ¿era tan extraño que la naturaleza eligiera a unos pocos hombres para ser especialmente longevos? ¿Era tan extraño que el tiempo pasara de forma diferente para algunos hombres que para otros? Reflexioné al respecto mientras bordeábamos la costa. Era una larga caminata bajo el implacable sol sardo.

—¿No desearías ahora haberte quedado con mi burro, Bastardo? —preguntó el Errante.

—Habría sido la cena en algunos de los lugares donde estuve los últimos cuarenta años —afirmé, secándome el sudor de la frente—. Éste es el momento de distraerme con una historia, Errante.

—¿Piensas que puedo simplemente regurgitar una historia para ti a voluntad, como un perro que ladra ante la orden? —preguntó. Asentí y él alzó ambas manos al aire en gesto exagerado de súplica y espetó unas palabras rápidas en hebreo, de las que entendí sólo unas pocas. Habían transcurrido muchos años desde mis estudios de ese antiguo idioma, y había aprendido únicamente a leerlo, no a hablarlo.

—Cuénteme acerca de ese libro, el *Sefer Bahir*. ¿Qué es lo que dice? —le pedí, para distraerlo.

—¿Qué deseas que diga? —preguntó—. ¿Acaso los hombres no leen libros y toman de ellos lo que ya está presente en su propio corazón?

—Claro, insiste en contestar las preguntas con más preguntas. En los últimos cincuenta años olvidé cuan gratificante era —afirmé, con algo de sarcasmo. Me volví para observar un cormorán que pasaba y advertí que el sol, hinchado y anaranjado, finalmente se ponía sobre el agua, con la promesa de aliviar el calor. Con un rápido destello verde, se hundió en el horizonte.

El Errante esbozó su astuta sonrisa y se acercó tanto que los rebeldes mechones grises aletearon contra mi mejilla. Olía a cuero y vainilla, a viejo pergamino y hojas de cedro. Después de los años pasados en el burdel de Silvano, jamás había logrado reprimir la sensación de rechazo cada vez que un hombre se paraba cerca de mí, aunque fuera un hombre de confianza, y retrocedí.

—Dice que la unión entre un hombre y una mujer es un camino hacia la divinidad. ¿La encantadora Grazia te acercó más a Dios? —susurró.

—Ah sí, en algunas ocasiones invoqué el nombre de Dios al estar con ella —afirmé jocosamente, y luego guiñé el ojo abiertamente.

—Una unión sagrada, en ese caso —respondió con solemnidad—. Entonces, el haber compartido tal unión y no haber criado a un hijo juntos significa que ambos transmigrarán para volverse a encontrar y criar un hijo. Así cumplirán con el mandamiento.

—Si he de transmigrar para estar con una mujer, no será por Grazia. Es encantadora, pero no es «ella», no es «la mujer». ¿Me comprende, Errante? La mujer que me fue prometida. ¡Me fue prometida durante esa alocada noche de visiones inspiradas por la piedra filosofal, con usted y con Geber! ¡He preservado mi corazón por esa promesa!

—¿Lo has preservado, o lo has ocultado? —preguntó. Era la pregunta que aparentemente me había despertado, y no la pude responder. Así que permanecimos en silencio hasta llegar a un barco catalán, donde fuimos escoltados a bordo y nos trataron como a reyes.

Había regresado a Florencia. Florencia: el centro del mundo, la ciudad que inspiraba madrigales que cantaban sobre sus murallas plateadas, que un papa había declarado el quinto elemento del cosmos. Claro que el calor era abrasador. Bajo el sol estival, las piedras grises se calentaban y las calles eran un horno. Y naturalmente, la peste rondaba. Aun así, estaba en casa. Respiraba el aire de Florencia, sonreía a sus mujeres vestidas a la moda. Mis comidas consistían en sopa de pan y alubias, espinaca fresca salteada con aceite de oliva toscano y carne con hueso. Brindaría a la salud de la ciudad con el magnífico vino de Montepulciano. Caminaba por el Oltrarno, maravillado ante tantos nuevos *palazzi* construidos para mercaderes y gremialistas acaudalados. La Via San Niccolo, que conectaba la Porta San Giorgio con la Porta San Niccolo, estaba construida casi como una fachada maciza de ladrillo y estuco sin abertura alguna. Las viviendas eran altas y angostas, de cuatro o cinco plantas, y más profundas que anchas, como se estilaba. Las calles seguían siendo la vital mezcla de *palazzo* y casucha, de fábrica textil y bodega, de iglesia y monasterio. Picapedreros y zapateros se codeaban con banqueros y comerciantes, artesanos y prostitutas. La peste adormecía las calles, pero la ciudad no se veía tan desolada como la primera vez que la peste negra había penetrado las murallas de piedra. La gente había aprendido que no era posible esconderse cuando la muerte acechaba.

Llegué al enclave judío y me dirigí al amplio *portone* tallado de los Sforno. Llamé a la puerta con la aldaba de bronce y, segundos después, una mujer encorvada con aspecto de abuela abrió la puerta.

—¡Luca! —trinó.

—¿Rebecca? —pregunté, algo vacilante.

—Pues claro —afirmó entre risas—. Entra, sal de la calle antes de que te encuentre la peste, y deja que te mire. —Tiró de la manga de mi camisa e ingresé al vestíbulo, que lucía prácticamente igual a la primera vez que había entrado en esa casa, hacía más de cincuenta años. Rebecca se quedó cerca, sonriéndome. Su cabello rizado era ahora blanco, y su rostro presentaba arrugas profundas, pero sus ojos eran tan claros y animados como siempre, y su voz no temblaba. Podía sentir la vitalidad y la dulzura de la niña que vi por primera vez acurrucada entre los brazos de su padre, esquivando piedras asesinas. Me pregunté qué sentiría ella al ver que su viejo amigo seguía siendo un joven. Me pregunté si sentiría odio o envidia. Mi diferencia sería más visible aún, y me hacía ajeno ante ella, incluso más que como cristiano a los ojos de un judío.

—Vine en cuanto recibí tu carta —afirmé, con cautela. Miré hacia el interior de la casa, buscando a Rachel con la mirada, aunque sabía que Rachel seguramente tendría casa propia.

—¡Debes de haber llegado volando! —exclamó—. ¿Dónde está nuestro viejo amigo, el Errante?

—Atormentando a alguna otra persona con sus preguntas —respondí, sonriendo y encogiéndome de hombros—. Desapareció en el mismo momento en que atravesamos las puertas de la ciudad.

—¡Tan típico de él, ir y venir cuando nadie lo espera! —Rebecca tomó parte de mi manga en el puño y tiró con entusiasmo. —Me alegra tanto verte. ¡Sabía que vendrías, aunque no habíamos tenido noticias tuyas en tantos, tantos años!

—Por supuesto —afirmé suavemente, conmovido y complacido con su bienvenida.

—¿Quién es, abuela? —preguntó un joven con semblante serio, que llegó al vestíbulo y me clavó la mirada. Era alto (más que yo), de espaldas anchas y fuertes, con cabello oscuro rizado y cara larga ovalada con pómulos altos que me recordaban a Leah Sforno. Entrecerró sus ojos azules y me examinó de arriba abajo con la mirada.

—Éste es Luca —afirmó Rebecca con una sonrisa—. ¡El mismo que me salvó y luego papá instruyó como médico! ¡Le pedí que viniera a sanar a tu hermano y a tu hermana, que les diera su *consolamentum*!

—¿Ah, sí? —refunfuñó el joven—. Debe de tener hambre. ¿Por qué no lo acompañamos a la mesa?

—Por supuesto, Aaron, tienes razón —afirmó Rebecca, al tiempo que el rostro se le iluminaba—. Qué tontería la mía, quedarme aquí como una tonta. Vamos, Luca, sin duda recuerdas dónde se encuentra la mesa—. Vivaz y risueña, corrió por el pasillo. Yo la seguí, pero el joven me detuvo con una mano sobre el hombro.

—Si eres quien dice ella, entonces esto se trata de magia profana, y tú eres un *golem*, con padres que son demonios —dijo por lo bajo—. Si no eres esa persona, como yo sospecho, entonces eres un aventurero que quiere sacarle dinero a una anciana de mente débil.

—No necesito su dinero —afirmé, soltándome—. He venido a ayudar a tus hermanos.

—Ya nadie puede ayudarlos —afirmó—. Los enterré hace una semana. También a mi tía abuela Miriam, y a mis padres, y a mi tía Ruth, hija de Miriam. La peste nos pegó duro esta vez, quizá porque nos perdonó en todas las demás ocasiones. Sólo quedamos la abuela y yo. Pero ella no lo recuerda, así que no se lo digas. Lo único que lograrías sería angustiarla.

—No es mi intención hacerla sufrir —afirmé con tristeza. Entré al salón comedor y me senté en el viejo banco, y dejé que Rebecca me consintiera. Trajo un plato de pollo hervido frío y una alcachofa frita y me sirvió una copa de vino blanco. En medio de sus diligencias, me tocó el pelo y me pellizcó la mejilla. Su nieto Aaron permaneció parado en el umbral, de brazos cruzados, con la mirada fija y funesta.

—Cuéntame, ¿qué sabes de Rachel? —pregunté, y el corazón de repente se me aceleró.

—Rachel, Rachel. Se fue; desapareció —afirmó Rebecca, con voz apenada.

Aaron sacudió la cabeza y le dijo a Rebecca que trajera algo de pan. Cuando salió del salón, él se dirigió a mí:

—Mi tía abuela se marchó de esta casa décadas atrás. Según supe por Miriam, fue un mes después de que tú te fuiste. Ella pensó que Rachel había ido tras de ti. Todos se escandalizaron. —Sus ojos me miraban con frialdad.

—Jamás volví a verla —afirmé, apartando la mirada, preguntándome qué le había ocurrido a Rachel. ¿Viviría todavía, con amigos, en algún lugar? ¿Había tenido un esposo e hijos, y una vida plena en algún lugar fuera de Florencia? Así lo deseé; Rachel merecía ser feliz. Se me ocurrió que también podía estar muerta, que podía haber muerto sola en algún lugar extraño. Mi corazón se llenó de pesar mientras recordaba a la joven y enérgica Rachel con su mente despierta, su lengua afilada, su sinceridad, su hermoso rostro de

huesos prominentes. Recordaba su ternura cuando nos abra-
zábamos. Tenía la esperanza de que fuera amada y estuviera
saludable en alguna parte o, si no, de que hubiera tenido una
buena muerte, una muerte sencilla, y de que el Errante
pudiera decir que estaba viva cuando murió, como lo había
estado su padre. Se me ocurrió que esa inexplicable longevidad mía no era, necesariamente, un don. Seguía llevando
dentro de mí las calles hambrientas y el burdel, como un
homúnculo viviente que siempre busca más; pero de alguna
manera, en el camino, pese a mi errar, yo acumulaba personas que llegaban a importarme, y a las que debería ver morir.

# Capítulo 14

Me quedé un par de noches en el cobertizo de los Sforno, aunque Rebecca ahora llevaba otro apellido. El lugar se mantenía igual, pero ahora estaba habitado por un gato de pelaje anaranjado que se sentaba sobre las vigas, movía la cola y me observaba sin parpadear con sus ojos color ámbar. El hueco de la pared donde había escondido el panel de Giotto seguía allí. Al revisarlo, encontré una muñeca de madera que de seguro había sido escondida por un niño. Dejé escapar una risita al pensar que alguna pequeña niña Sforno había descubierto el escondite y lo había aprovechado; siempre alguien descubría mis antiguos secretos. Pasaba mucho tiempo con Rebecca, que alternaba sus ratos de lucidez con los de ensueño. En ocasiones, me hacía la misma pregunta una y otra vez: «¿Ya regresas, Luca? ¿Has comido?». Cuando se volvía así de reiterativa, yo le cogía la mano y le hablaba de los viejos tiempos y, lentamente, ella regresaba al presente, o hasta lo que podía tolerar del presente, pues sus hermanas, sus hijos y la mayoría de sus nietos habían sucumbido a la peste. El tiempo que pasé con ella fue triste y alegre al mismo tiempo, y me conmovió de maneras inesperadas. Pero un día tuve que volver a ocultarme, esa vez durante sesenta años.

El día empezó y terminó con un enfrentamiento. En la mitad, hubo muerte, como en tantos días de mi vida. Al amanecer, Aaron entró al cobertizo con un burro que lo seguía entre rebuznos.

—Un amigo mío conservó esta bestia escuálida mientras yo cuidaba a mi familia. Te pertenece.

—No —gruñí. Me senté y me sacudí el heno que se me había adherido al pelo—. ¡Le pertenece al Errante!

—Según la leyenda familiar, es tuyo y lo reclamarías algún día... si eres quien dices ser. De modo que aquí tienes tu noble corcel, y no queremos desviarte de tu camino. —La voz de Aaron tenía un tono decidido, acompañado de un gesto obstinado de la barbilla.

—No he perturbado a tu abuela.

—Sí, lo has hecho —respondió él con firmeza—. Está agitada, su memoria es un embrollo y el tiempo le da vueltas en la cabeza. Tienes el mismo rostro de un hombre que conoció en la infancia...

—Soy ese hombre —repuse con calma.

—Quizá deberíamos informarlo a la Pluma Roja —afirmó Aaron con aire tenso—. Está cazando a brujas y prodigios. Si un judío delata a alguno, se ganaría la aprobación de toda la comunidad. Necesitamos todo el apoyo que podamos conseguir. ¡A los judíos siempre se nos responsabiliza primero por las dificultades que azotan a la ciudad!

—Me marcharé hoy mismo.

—Llévate al animal. Tiene más años que yo, pero se niega a morir. No lo quiero en el establo de mi familia —afirmó—. Si vienen a investigar si hay algún acto de brujería, podrían tocar a nuestra puerta preguntando por él, y eso puede ser peligroso para nosotros. Esa Confraternidad terrible está decidida a desatar el caos. —Hizo una breve pausa—. Es posible que ya nos tengan calados. Hay algo que no sabes acerca de Rachel —agregó, sombrío—. A Miriam le llegó un rumor de que Rachel cayó en manos de Nicolo Silvano, quien la mantuvo prisionera y luego la golpeó hasta matarla unos años más tarde. Mi tía abuela nunca se lo dijo a sus padres, y

sólo me lo dijo a mí en su lecho de muerte. Sin duda tiene que
ver con la enemistad de Silvano contigo. Ya le has causado
suficientes desgracias a esta familia. Vete antes de poder
traernos más penurias. —Me arrojó las riendas del burro y
salió del cobertizo.

Unas horas más tarde, bajo el cielo azul intenso del sol
matutino que aún se asomaba por el horizonte, con una leve
brisa que agitaba mi *mantello*, salí caminando por Florencia
junto a mi burro en busca de una posada que tuviera establos
para albergarlo. La mayoría de los hoteles estaban cerrados
por la peste. Florencia no daba una buena acogida a los foras-
teros cuando rondaba la peste negra. La ciudad estaba muy
cambiada y, al mismo tiempo, seguía igual.

Sin mucho entusiasmo, conduje al burro sobre el
Ponte Vecchio. Todas las tiendas estaban cerradas. Luego me
dirigí hacia el centro de la ciudad. Deambulábamos sin
rumbo, y me invadían múltiples sentimientos contradicto-
rios. Me alegraba estar de regreso en Florencia, y lamentaba
el adiós a Rebecca Sforno. No la volvería a ver. Los últimos
cuarenta años habían transcurrido como un sueño para mí,
sin dejar ninguna huella, pero habían hecho estragos con la
familia Sforno. Había creído que retomaría los hilos de mi
antigua relación con los Sforno, como una mujer retoma su
tejido cuando se sienta frente al telar. Estaba equivocado. Yo
vivía el tiempo de manera diferente que las demás personas.
No quería ver las consecuencias de ello, pero estaban allí,
ineludibles. Eso me sumió en la melancolía y me hizo sentir
un extraño, a pesar de la felicidad que me provocaba el regreso a la inigualable Florencia. Y también estaba el rumor que
corría acerca de Rachel, que me dejó una sensación de inquietud y repulsión de sólo pensar en la suerte que podía haber
sufrido. Volvió a surgir mi antiguo odio hacia Nicolo Silvano.

Un niño bien vestido corría hacía mí con torpeza.
Tenía los ojos abiertos de par en par y la cara pálida. Había

algo extraño acerca del modo asustado en que se movía, de modo que me volví para ver qué era lo que le alarmaba. Tras él avanzaban dos hombres corpulentos, barbudos, vestidos con *farsetti* sucios y desgarrados. Los malvivientes siempre pululaban en épocas de la peste, pues sospechaban, y con razón, que habría pocos *ufficiale* para patrullar las calles cuando los ciudadanos se morían masivamente. El muchacho se cruzó en mi camino, tropezando, y yo lo rodeé con un brazo y lo subí al lomo del burro. No podía soportar ver que lastimaran a un niño, y era evidente que los rufianes querían hacerle daño.

—Por favor, no deje que me hagan daño —rogó el niño. Yo me llevé un dedo a los labios y entoné una tonada chillona, tambaleando como si estuviera ebrio. Los dos rufianes dejaron de correr y caminaron con un pavoneo. Con entusiasmo, entoné una canción sobre una napolitana de pechos generosos y mis proezas extraordinarias como su amante.

—El chico viene con nosotros —dijo uno de los hombres, a medida que se acercaban. Yo canté en voz más alta y me moví con un balanceo, gesticulando de manera exagerada con las riendas mientras con la otra mano sacaba la daga que tenía atada al muslo, debajo del *lucco*. No traté de coger mi espada corta, la *squarcina*, pues habría sido demasiado obvio.

—¡*Y ella adoraba tanto mi enorme instrumento, y nunca me negaba sus favores!* —canturreé, sacando la daga de la vaina y blandiéndola frente a mí.

—Mira, está ebrio —afirmó el otro rufián, con desdén—. ¡Tú encárgate de tumbarlo mientras yo cojo al niño! —Uno de los hombres trató de agarrarme con una sonrisa de satisfacción. Yo me debatía como si estuviera embriagado, dando un puntapié al asno como si en realidad quisiera atacar al rufián. Éste profirió un breve gemido de sorpresa cuando mi daga se le insertó en el medio del pecho. Giré la empuñadura y la saqué en el mismo instante en que el hombre comenzaba a desplomarse. Su compañero se volvió para ver por qué gemía el otro. Apenas pudo proferir una exclamación cuando le asesté la daga en el cuello. Lo hice rápidamente y, con la misma rapidez, extraje la hoja. El gamberro cayó al suelo, y yo limpié la hoja ensangrentada en su *mantello* cubierto de lodo. Los dejé donde habían caído. Los *becchini* que recogían las víctimas de la peste se llevarían también a esos dos.

—Merecían morir; iban a secuestrarme —respondió el chico con vehemencia, con voz dulce y aguda. Lo miré y asentí. Era delgado, tenía cabello castaño claro y nariz angulosa, no era atractivo, pero tenía un aire calmo y honesto que le daba una elegancia singular para su edad. El burro se calmó, y el niño comenzó a desmontar, pero lo detuve.

—Te llevaré con tu familia —le dije—. Quédate allí. —El niño sonrió, y se le iluminó su rostro de expresión seria—. ¿Adónde vamos? —pregunté. Me señaló en la dirección del Baptisterio, así que nos encaminamos hacia la estructura octogonal abovedada que era el corazón mismo de Florencia. De repente, sentí ansias de ver el Baptisterio, con sus formas geométricas armoniosas en mármol verde y blanco. Habían pasado décadas desde que mis ojos se habían regocijado con las puertas meridionales con los paneles exquisitamente esculpidos que representaban la vida de San Juan. Fueron diseñados por Andrea Pisano en 1330, moldeados en bronce de Venecia, y colocados en la entrada meridional en 1336, cuando yo aún era un niño que vivía en las calles de la ciudad.

—Iban a pedirle rescate a mi padre. Es muy rico —me explicó el chico.

—Él les habría pagado —respondí, contemplando el rostro limpio del chico, su cabello prolijo y las ropas de corte elegante.

El muchacho asintió.

—Y me habrían matado de cualquier modo. Ese es el problema de tener dinero; la gente quiere quitártelo. Lo mejor es no dejarse ver demasiado, si tienes mucho dinero.

—Quizá, si la gente sabe que eres acaudalado. —Me encogí de hombros.

—Pero bueno, ¿qué haces si te quedas encerrado todo el tiempo? —preguntó, como si formulara una pregunta de gran peso filosófico.

—Una vez, un amigo me aconsejó leer y estudiar a los grandes hombres del pasado, los grandes pensadores griegos y romanos que tenían un enorme conocimiento de la naturaleza humana.

—Sí, eso suena lógico, hay que aprender sobre la naturaleza del hombre de los antiguos maestros —afirmó el niño, con tono pensativo. Tuve que sofocar una sonrisa para no ofender su dignidad, que era vasta. A Petrarca le habría gustado ese chico. Petrarca se había sentido desilusionado de su propio hijo, que era inteligente pero no estudioso; ese chico solemne y pensativo que estaba frente a mí tenía la actitud de un erudito, y eso le habría complacido—. ¿Cómo te llamas? —me preguntó.

—Luca Bastardo.

—Mi padre conoce a un hombre del consejo del Seis de Comercio, que tal vez sea *Gonfaloniere* pronto y que está en buenos términos con el *Podestà*, y una vez le oí decirle a mi padre que había estado buscando a un hombre llamado Luca Bastardo toda su vida.

—¿Un hombre feo, con nariz finita así —hice un gesto con forma de pico con los dedos— y un mentón prominente?

El chico asintió.

—Mi padre lo llamó Domenico. ¿Usted es ese tal Luca Bastardo?

—No, no lo conozco —respondí deprisa, tratando de ocultar mi alarma. Miré alrededor con cautela. Así que Domenico Silvano, a pesar de no ser más que el nieto del dueño de un burdel, había logrado ascender en la vida. Poseía poder e influencia. Era miembro del prestigioso Consejo de los Seis, orientado al comercio; quizá fuera electo

*Gonfaloniere*, el cargo principal de la *Signoria* que goberna-
ba Florencia; estaba en buenos términos con el *Podestà*, el
capitán de justicia de la ciudad. Sin duda, Nicolo Silvano
había sacado provecho de las oportunidades presentadas por
la peste para mejorar la suerte de la familia, como había dicho
que haría hacía tantos años, y su hijo Domenico gozaba de los
frutos de sus esfuerzos. La Confraternidad de la Pluma Roja
probablemente lo habría ayudado en sus ambiciones, pues
recibía la aprobación de la iglesia. Cambié de tema—. ¿Cómo
te llamas?

—Cosimo —respondió con voz estridente, irguiendo
los hombros menudos. En ese momento, el burro decidió sentarse en sus cuartos traseros, y el chico casi se cayó. Logré
sostenerlo y él me sonrió. Tiré de la cola del burro para que
se parara, y el animal lo hizo con reticencia. Habíamos llegado al baptisterio, y yo miré los alrededores sigilosamente a
ver si había alguien con una pluma roja atada al *farsetto* o
*lucco*. Como no vi a nadie, me detuve frente a las bellas puertas de bronce de Pisano, cada una formada por catorce paneles rectangulares. De los veintiocho paneles, veinte representaban la vida de San Juan Bautista; y los ocho restantes las
virtudes: Fe, Esperanza, Caridad, Humildad, Fortaleza,
Templanza, Justicia y Prudencia, todas cualidades a las que
Florencia aspiraba, pero tenía el infortunio de no poder alcanzar. La virtud fracasada que probablemente generaba más risa
debía ser la Templanza; Florencia era una ciudad que se ponía
de los dos lados de una contienda de manera violenta. Sin
embargo, era algo positivo tener esos ideales frente a los ojos,
expresados en siluetas esculpidas que se movían como personas reales en el espacio, vestidas con lienzos tangibles que
caían de manera convincente, cual pliegues de tela de verdad
alrededor de los cuerpos. Casi parecía plausible que fueran
representadas por florentinos.

El ciclo de la vida de San Juan siempre me recordó a
los frescos de Giotto en la capilla de Peruzzi. Al igual que

327

Giotto, Pisano investía a sus figuras de humanidad genuina. Los rostros y los gestos eran elocuentes y a menudo conmovedores, desde la expresión decidida y concienzuda del rostro del santo mientras entraba al páramo, hasta la pena comunicada por sus discípulos mientras enterraban su cuerpo.

—Tiene los ojos llorosos —señaló el niño. Se había apeado del burro y estaba de pie a mi lado. Me cogió la mano en la suya.

—Lo más importante es el arte, aquello que el arte muestra —repuse con reverencia—. Es el único cielo que podemos vislumbrar. Si es que existe gracia alguna, es en la obra de estos grandes maestros: Pisano, Giotto, Cimabue...

El muchacho contempló el panel de la imposición del nombre del Bautista.

—La que presenta al bebé para que le pongan el nombre es la Virgen; se la distingue por el halo. —Asentí y el muchacho permaneció pensativo—. Es un enorme honor para el Bautista que la Madre de Cristo sea la que lo presenta. Le otorga mayor importancia.

—No lo había pensado antes —confesé—. Pero observa cómo se inclina con tanta ternura sobre el niño, como lo haría con cualquier niño, pues es la madre del mundo. Y mira qué fuertes se ven sus hombros y brazos debajo de las ropas, para poder cargar el peso del sufrimiento del mundo.

—Sí, lo veo —respondió, con el tono maravillado de quien acaba de descubrir algo—. En este panel de Juan bautizando a Cristo, el ángel está sumido en la admiración, y es el único que contempla la escena, lo que nos hace pensar en lo sagrado que es el momento. Y aquí, Cristo habla con los discípulos de Juan, los bendice con dulzura con la mano, pero no tiene halo, pues los discípulos aún no se han percatado de lo que sabe Juan. ¡Que Cristo es el salvador! ¡Lo comprenderán en un instante, y todo cambiará!

—Sabes apreciar el arte, Cosimo —dije sonriendo—. Ve a mirar las pinturas de Giotto en Santa Croce. Te dejarán asombrado.

—¿Las pinturas de Giotto son igual de bellas? —preguntó, al tiempo que señalaba los paneles.

—Giotto fue el maestro de este escultor, y sus obras son sublimes, casi demasiado bellas para creerlo —repuse—. Florencia no sería la que es si no fuera por sus pinturas y los relieves de Pisano, sin todos los grandes artistas que han venido aquí a enaltecerla de color, forma y texturas, para inundar de belleza la ciudad y hacer de ella la envidia del mundo entero.

Cosimo me condujo alrededor del Baptisterio y señaló las puertas norte.

—¿Por qué no hay nada bello en estas puertas también? ¡También deberían ser espléndidas éstas!

—Porque alguien debe pagarlo —respondió una voz enérgica—, y porque es necesario encontrar un artista que pueda hacer un trabajo tan exquisito como Pisano. ¿Y cómo podríamos encontrarlo? —El que hablaba era un hombre más bien robusto, de cara redonda. No parecía llegar a los veinte años, pero el cabello ya le comenzaba a ralear. Examiné sus ropas para ver si llevaba una pluma roja que lo delatara, pero no vi ninguna. El joven hizo una pequeña reverencia—. Os vi admirando las puertas de Pisano. ¡Su belleza conmueve mi corazón!

—Con la peste merodeando, hay bastante tiempo de ocio para todos, salvo para los *becchini* —afirmé.

—Vengo aquí aunque tengo trabajo por hacer —contestó sonriente—. Me llamo Lorenzo.

—Mi hermanito se llama Lorenzo. Yo me llamo Cosimo —le informó el niño, con un tono que sonaba al mismo tiempo altanero y sensato.

—Yo soy Luca Bastardo —me presenté—. ¿Es usted un artista, Lorenzo, dado que tiene tanta sensibilidad para con la belleza?

—Soy orfebre, pero también pinto —afirmó con modestia, al tiempo que el rubor le subía al rostro—. Mi sueño es crear un juego de puertas esculpidas que puedan competir con las de Pisano y agreguen al lustre de Florencia.

—¿Qué escenas representaría? —le pregunté.

—La que fuera necesaria —respondió, desmereciendo mi pregunta—. No se trata de lo que representaría, sino de cómo. Podéis observar la quietud que emana la obra de Pisano; ¡yo haría figuras exuberantes, rebosantes de vida! Llenaría el espacio y aún así haría del espacio un importante elemento. —Estaba de pie frente a las puertas sencillas, gesticulando como si hubiera creado su propio juego de puertas de bronce. Era un truco de la luz pero, por un instante, casi pude ver las puertas de Lorenzo: veintiocho paneles; el primer panel de la hilera superior representaría un poderoso Jesús cargando la cruz… Luego parpadeé y la imagen se esfumó.

—Quizá usted hará estas puertas, pues tiene tan buenas ideas para ellas.

Él chasqueó la lengua.

—No soy más que un orfebre desconocido. ¡Si encomiendan estas puertas a alguien, será a algún artista afamado!

—Nunca se sabe lo que nos depara la vida. Los sueños intensos se las arreglan para concretarse. —Me encogí de hombros—. Quizá haya un concurso para ver a quién se le asigna, y quizá lo gane usted.

—¡Un concurso! ¡Qué buena idea! —exclamó Cosimo, poniendo los brazos en jarras, e inflando el pecho como si fuera un adulto—. Mi padre tiene buenos amigos en el Gremio Calimala que conserva el Baptisterio. ¡Le hablaré al respecto!

Lorenzo se pasó la mano por el cabello escaso.

—¿Ahora? ¿Con Milán que ladra como un perro rabioso a las puertas de la ciudad, y la peste negra diezmando la población? ¿Estarían dispuestos a gastar ese dinero en la comisión de una obra?

—Quizá no de inmediato —respondió Cosimo, pensativo—. Pero se lo mencionaré a mi padre para después. Él me escucha, ¿sabéis?

—Estoy seguro de que lo hace —replicó Lorenzo, sin rastros de burla. Cosimo tenía ese efecto en los demás. A pesar de no ser más que un niño, tenía esa reserva que hacía que lo tomaran en serio. En los años por venir, tendría oportunidad de ver cómo ejercía esa misma seriedad tan singular como adulto, incluso con más eficacia.

—El arte en Florencia siempre ha sido un tema de orgullo cívico —intervine—. El dinero que ofrezca el Gremio Calimala se destinaría a embellecer la ciudad en vista de todas las dificultades que debe enfrentar.

—Es así, el arte es el alma de Florencia —agregó Lorenzo.

—El arte y el dinero —lo corregí, y él me dirigió una sonrisa sardónica que devolví con el mismo gesto.

—El arte, el dinero y los florentinos —nos corrigió a ambos Cosimo.

—Sabiduría de boca de los infantes... Debo regresar a mi taller. La gente quiere gargantillas aun cuando les brotan los *bubboni* —suspiró Lorenzo—. Para impresionar a los vecinos del cementerio, me imagino.

—No olvide su sueño, Lorenzo...

—Ghiberti. Lorenzo Ghiberti. —El hombre hizo una reverencia, y luego se marchó rumbo al Arno.

—Me agrada, Luca. Quiero que se encargue de las puertas. ¡Sé que las hará tan bellas como las puertas del Paraíso! —Cosimo me dirigió una mirada intensa—. Algún día, gobernaré Florencia —afirmó, con la certeza de un hombre que hace una promesa—. Cuando eso suceda, traeré a los mejores artistas a la ciudad. Me crees, ¿no es cierto, Luca? ¿Que gobernaré Florencia? —preguntó el niño con vehemencia—. Sé que, por fuera, parezco un niño escuálido. Pero te das cuenta de que tengo algo especial, ¿no? Lo de afuera es lo menos importante que tiene la gente. ¡Son las cualidades interiores las que verdaderamente importan!

Me volvieron a la mente las palabras que pronunciara Giotto hacía tanto tiempo: «Muchacho, las cosas concretas que puedes sostener en la mano nunca son todo lo que tienes. Son la menor de tus posesiones. Las cualidades que tienes en tu interior son las verdaderas armas que tienes para defenderte».

¿Cómo me había olvidado lo que me había enseñado el maestro Giotto antes que nada, aquello que me había cambiado la vida, ayudándome a preservarla mil veces?

—Lo que tienes en tu interior es la puerta que todo lo abre. Es aquello en lo que te conviertes, lo que haces de tu vida —afirmé, repitiendo las palabras de Giotto como si despertara.

—¡Exactamente! Tú me comprendes. ¿Entonces me crees cuando digo que gobernaré Florencia y la haré más grande que nunca?

Había tanta convicción en la mirada del muchacho que se derritió algo en mi corazón. Sí, con su sabiduría precoz, ese niño gobernaría Florencia. Me arrodillé a su lado en una postura de lealtad. Contemplé atentamente su joven rostro cetrino, para que viera que hablaba con honestidad. Sus rasgos se activaron en mi memoria, y la arquitectura de mi mente se movió como fragmentos de cristal. Tuve una escena retrospectiva de Geber, el alquimista, y la noche de la piedra filosofal. Tras verme muerto, cuando el tiempo había avanzado hacia el futuro ante mis ojos, muchos rostros pasaron ante mí. Uno de ellos era el de un hombre poderoso, un gobernante, que era la imagen adulta del joven Cosimo. Eso me confirmó que ese muchacho era singular y estaba dotado de cualidades especiales. Petrarca diría que Cosimo tenía el aura de los elegidos.

—Te creo. ¡Y cuando gobiernes Florencia, Cosimo, no debes olvidar nunca que su belleza, su arte, pertenece a todos los florentinos, ricos o pobres, sin importar su clase social!

—Lo recordaré, y tú serás mi amigo cuando sea gobernante —decidió. Yo me incorporé, con las manos enlazadas en el pecho, y me incliné en una reverencia. No era un gesto jocoso. El rostro de mi visión era el de Cosimo. Yo siempre había creído que la visión de la piedra filosofal contenía verdad. Y siempre había habido destino en las palabras de Giotto. Todos esos años en los que mi capricho me había conducido por todo el mundo, eso no había sido vivir. Ahora que me encontraba de regreso en Florencia, el capricho se desvaneció como un *mantello* vaporoso y otra cosa, algo mucho más rico y sustancioso, ocupó su lugar: la intención. Estaba aquí *por ella*. La mujer de mi visión. La mujer que había elegido por encima de la larga vida y la tranquilidad. No sabía si era digno de ella, pero una vez más, sentí la llamada impostergable de ese joven que anhelaba una esposa y un amor propios. El anhelo se apoderó de mí, de manera súbita y palpable, con la intensidad que me había llevado a elegir la muerte, si ese debía ser el precio de tenerla. Los sentimientos eran inmediatos y abrumadores. Sentí como si ella fuera a entrar caminando y me fuera a saludar allí donde me encontraba, junto al Baptisterio. Miré alrededor; el corazón me galopaba contra el pecho. Luego me contuve y reí. Maravillado, sentí los compases cálidos de la risa divina también. Iba camino a encontrarme con ella, ahora, aunque había tenido que deambular durante décadas.

—¡Cosimo! ¡Cosimo! —exclamó una voz—. ¿Hijo, dónde has estado? —Un hombre robusto vestido con un *lucco* sumamente elegante de color verde y anaranjado corría en dirección a nosotros. Lo acompañaban una docena de hombres: sirvientes, *condottieri*, *ufficiali* y sacerdotes. Se le veía demacrado por la preocupación, pero cuando se inclinó a coger al niño entre sus brazos, sus rasgos adustos se suavizaron y su mirada se volvió más tierna—. Temíamos que te hubieran secuestrado unos bribones. Uno de los esclavos vio que te cogían unos hombres...

—¡Me llevaron unos bandidos, pero este hombre me salvó! —gritó Cosimo, abrazando a su padre estrechamente. El hombre me dirigió una mirada cargada de alivio y gratitud por encima del hombro de su hijo—. Dos hombres malvados me arrojaron dentro de un carro, y pensaban sacarme de la ciudad, pero mordí a uno, salté del carro y salí corriendo, aunque me dolían las rodillas del salto. ¡Y me persiguieron! Eran enormes y mugrientos. Este hombre los mató. ¡Me complace que lo haya hecho! Merecían morir porque trataron de hacerme daño. ¡Estaba asustado, papá, pero traté de ser valiente!

—Sé que así es, Cosimoletto —murmuró el hombre. Bajó el niño al suelo y me miró con expresión seria. Tenía una nariz de tamaño considerable y mentón generoso, pero poseía el atractivo del aire de majestuosidad que había heredado el niño—. Estoy en deuda con usted, *signore*. Soy Giovanni di Bici de Medici. ¡Haré lo que usted disponga!

—No me debe nada —respondí, negando con la cabeza—. Cualquier hombre ayudaría a un niño en dificultades. Y tiene un hijo muy valiente, *signore*. Pero quizá sería conveniente que envíe alguien a llevarse los cuerpos, para evitar malos entendidos sobre el papel que desempeñé en su muerte.

—Me aseguraré de que no lo perturben por el servicio que nos ha prestado a mi hijo y a mí —respondió, entrecerrando los ojos—. Hay algo en su rostro que me resulta familiar. ¿Puedo preguntarle cómo se llama?

—Papá, caminemos un poco —intervino Cosimo, con su voz refinada y aguda. Miró a los demás con intención, pues podían escuchar lo que hablábamos. Eran varios hombres, que murmuraban con entusiasmo, y caminaban con un deseo servil de felicitar al padre de que el hijo estuviera sano y salvo. Luego Cosimo se volvió hacia su padre. Intercambiaron una mirada de entendimiento tácito, y el padre cogió la mano del niño y la sostuvo con firmeza.

—Vamos, *signore*, caminemos con mi hijo —propuso. Alzó la mano libre con dignidad—. ¡Los tres daremos un paseo! —La multitud profirió un sonido sibilante de desilusión, y muchos ojos hambrientos se clavaron en mí, como bocas que exigían alimentarse. Me envolví con más fuerza en el *mantello* a pesar de que hacía calor en ese día estival y el sol se alzaba sobre nuestras cabezas.

—Por aquí —indicó Giovanni. Con la mano de su hijo entre las propias, nos condujo hacia Santa Maria del Fiori, aún sin terminar, con su excéntrico diseño de mármol verde, blanco y rojo, con forma de rectángulos y flores. Giovanni masculló—: ¡Debemos hacer algo para colocar una cúpula sobre esta enorme catedral! —Se pasó la mano por su rostro de rasgos adustos—. ¡Es inapropiado que el templo más bello y honorable de la Toscana esté prácticamente en ruinas!

—Hay que hacer un concurso, padre, para encontrar a alguien que la construya —afirmó Cosimo—. Pero antes, un concurso para las puertas del Baptisterio.

—¿Así que un concurso, jovencito? —preguntó Giovanni con una sonrisa, pellizcándole la nariz—. No es mala idea. —Se volvió a mí—. *Signore*, ¿tiene algún problema con su identidad?

—Estoy a gusto con mi identidad.

—¡Papá, mi amigo se llama Luca Bastardo! —intervino Cosimo con ansiedad.

Las líneas del entrecejo de Giovanni se hicieron más pronunciadas.

—He oído su nombre. Las cosas que se decían de usted son para preocuparse, pero también lo he visto en los registros de los depósitos realizados en forma regular en una cuenta del banco familiar. Usted es un hombre cauto, Bastardo, que ha ahorrado con mucho cuidado su dinero, durante tanto tiempo.

—No tengo la cautela suficiente como para evitar hacerme de enemigos —repuse. El burro del Errante rebuznó en forma estridente, negándose a continuar. Le di una palmada en la grupa. La bestia me lanzó un mordisco y luego avanzó con reticencia. El sol se sentía cálido en un cielo cerúleo interminable, mi sombra se había encogido y no era más que un charco que parecía manchas de tinta, me quité el *mantello*, lo enrollé y lo metí en la maleta que estaba atada al lomo del animal.

—La Confraternidad de la Pluma Roja estaría feliz de apresarlo —continuó Giovanni, con tono apesadumbrado—. Dicen tener una antigua carta sobre usted que demuestra que es hijo de herejes dotados de poderes especiales; poderes indeseables. Quizá su cautela debería aconsejarle que abandone la ciudad.

—¡Hace tanto que estaba lejos, y eso que soy florentino!

—Yo tampoco tengo ninguna estima por una asociación basada en la superchería y la tortura. —Giovanni se encogió de hombros—. Hay actividades mucho más redituables para un florentino. Sin embargo, la Iglesia ve con buenos ojos la acción de la Pluma Roja. Desde la primera peste negra, la Iglesia ha tenido buena disposición para con los penitentes que se flagelan para expiar sus pecados. Hay más con cada reaparición de la peste. La Iglesia también ve con favor a los piadosos que hacen la obra de Dios depurando a los Satanistas. La Confraternidad de la Pluma Roja espera obtener una bula papal que los declare una rama de la Inquisición, y que les conceda inmunidad para sus persecuciones, del mismo modo en que la bula de Alejandro IV hace ciento cincuenta años permitió todo tipo de torturas para los supuestos herejes, siempre que dos sacerdotes la presenciaran, dos sacerdotes que se absolverían entre sí, incluso después de cometer abusos físicos diabólicos. ¡Y su nombre se menciona como un blanco preferido!

—Sé cómo ocultarme en las calles de Florencia —repuse con terquedad.

—En las calles de Florencia, un florín le comprará lo que sea, en especial el paradero de un enemigo. Y usted tiene uno implacable en la persona de Domenico Silvano y su despiadado padre, Nicolo. —Giovanni hizo un sonido frustrado en la garganta—. ¿En verdad tiene tantos años, Bastardo? ¡Nuestros registros muestran depósitos que datan de al menos treinta años, y usted parece un hombre joven! ¿Es posible que la carta de la Confraternidad diga la verdad? —Le sostuve la mirada sin titubear y, después de un instante, Giovanni sacudió la cabeza—. Quizá prefiero no saberlo, si me va a dejar endeudado con usted por rescatar a mi hijo y luego se niega a ponerse a salvo. ¡Sus padres debían de ser afectos a las travesuras, si concibieron un hijo tan terco!

—Nunca conocí a mis padres, pero sé que los hombres que llevan el apellido Silvano son malvados hasta la médula.

—Luca no es malvado, papá. ¡Él me salvó, y eran dos hombres, mucho más fornidos que él! —intervino Cosimo con ansiedad—. No usó la brujería para matarlos. ¡Sólo fue mucho más astuto que ellos y es muy hábil con la daga!

—Ay, Cosimo —respondió Giovanni, llevándose la cabeza de su hijo al pecho y cerrando los ojos—. Me preocupas. En otras circunstancias, Bastardo, su excentricidad me alarmaría tanto como me confunde, pero usted me trajo de regreso a mi hijo sano y salvo. Debo instarlo a que vuelva a considerar alejarse de Florencia. Se dice que Domenico pronto será Gonfaloniere durante un período de ejercicio. Los florentinos recuerdan por mucho tiempo a sus amigos, pero más a sus enemigos.

—No le mencionaré nuestro encuentro, si usted tampoco lo hace —afirmé.

—Hijo, ¿qué haremos con este terco amigo tuyo? —preguntó Giovanni, al tiempo que aferraba los hombros del muchacho, haciendo de cuenta que pedía su consejo. Por un momento, los envidié. Giovanni tenía un hijo muy especial del que podía enorgullecerse, y Cosimo era amado y apreciado por su padre. Me pregunté si tendría un hijo con la mujer de mi visión, y todos mis antiguos anhelos de tener mi propia familia se elevaron en mi pecho como una gran ave con las alas desplegadas. Tomé la decisión de nunca más malgastar el tiempo que se me había concedido.

—Debemos ayudarlo a abandonar la ciudad antes de que la Pluma Roja venga tras él, y cuidar su dinero, para que tenga lo suficiente cuando lo necesite —se apresuró a responder Cosimo, revelando una vez más su perspicacia singular—. Debemos enviar cartas a todas nuestras oficinas para que él pueda acceder a su dinero adondequiera que vaya, sin que le hagan preguntas.

—¡Ahí lo tiene, Bastardo, un plan! ¡Un plan excelente, de mi extraordinario hijo! Cosimoletto, ¿puedo modificar un poco el plan, para que incluya invitar a nuestro amigo Luca a comer con nosotros? ¡Toda esta conversación me ha despertado el apetito, y tú debes de estar famélico después de la odisea que atravesaste! Usted también debe de tener hambre, Luca, con el trabajo de deshacerse de los rufianes. ¡Al menos permítanos expresarle nuestra gratitud!

—¡Oh, sí, papá! ¡Invitémoslo a cenar! —Cosimo batió las palmas—. ¡Dice cosas tan interesantes! ¡No sabes las cosas que cuenta sobre Giotto!

—Será un honor —aseguré—. Ya que me lo ofrece con tanta generosidad, *signore*, le pediré un favor…

—¡Lo que sea! —juró Giovanni.

—¿Puede proveerme de un establo para este asno? —pregunté, al tiempo que depositaba las riendas de un burro longevo y malhumorado en la mano de uno de los hombres más ricos y poderosos de Florencia.

Ya había atardecido cuando regresé a las calles, esta vez sin el maldito burro. El cielo se oscurecía para volverse de un azul real con rosado en los bordes, como un fino *mantello*. Tenía el estómago lleno después de una comida fastuosa de melón verde fresco, ravioles en caldo de ajo, pintada asada cubierta de una salsa roja a base de canela, llamada *savore sanguino*, ternera especiada, y puerros y remolachas salteados. Habíamos cenado en un entorno íntimo, donde lo hacía la familia todos los días, alrededor de una mesa de caballete cerca de la puerta que daba al jardín, que permaneció abierta para aprovechar la brisa deliciosa mientras la tarde se extendía hacia el atardecer, y la luz se volvió almibarada y teñida de lavanda. Nos sentamos en las tapas de unos arcones, mientras los músicos tocaban una suave melodía en un rincón apartado. Fue un momento tan dulce, inundado de la risa de Cosimo y su hermano Lorenzo, y el cálido agradecimiento de Giovanni. Las palabras de Giotto volvieron a resonar en mi corazón, cuando me dijo que quizá yo me había apresurado a disolver a Dios en la malicia de los corazones humanos, como el azúcar se disuelve en agua caliente. No cabía duda de que, donde había calidez y amor como los que estaba presenciando, Dios debía de estar presente. Un dios, al menos. Quizá mi amigo Geber, que hacía tiempo había muerto, estuviera acertado, después de todo. Había dos dioses, uno benévolo y otro malvado. Tal vez yo había caído bajo la influencia de ese dios menor al reverenciar el capricho y creer sólo en la capacidad del mal que albergaban los hombres. Pero de ser así, todavía estaba a tiempo de buscar al buen Dios, el Dios que reía con ternura y no con crueldad. Todavía estaba a tiempo.

Giovanni me ofreció alojarme esa noche, pero yo no quería traerles más dificultades. Le dije que bastaba con que alojara a mi burro, y partí una vez más en busca de alguna posada abierta. Si no encontraba ninguna, podía dormir debajo de un puente. Aún sabía cómo hacerlo. Había pasado la noche en lugares peores que la orilla del Arno en los últimos cuarenta años.

Se escuchó el canto de un pájaro. Me llamó la atención, pues estaba fuera de contexto: un pájaro de verdad no cantaría a esa hora del día. Era alguien que silbaba, comunicando algo, tratando de ser discreto. Me erizó los pelos de la nuca y se me puso piel de gallina en los brazos, que se tensaron de anticipación, listos para esgrimir la espada. Seguí caminando, pero doblé de manera súbita en la siguiente calle. Oí unos pasos agitados a mi izquierda. Apresuré el paso, y el ritmo de los pasos que me seguían también se aceleró. Identifiqué otro ruido de pasos a mi derecha. El cielo se había oscurecido y era ahora de un tono índigo, y las lámparas de la ciudad aún no se habían encendido, por lo que largas extensiones de sombras oscuras se esparcían por las calles adoquinadas, debajo de las arcadas de piedra que sostenían altos edificios, y alrededor de nuevos *palazzi* a medio construir y casuchas derruidas que probablemente serían arrasadas pronto para dejar lugar a nuevas construcciones.

Las pisadas se acercaron más deprisa. Doblé en una esquina. A mitad de la calle, había dos siluetas vestidas con capa, envueltas entre las sombras. Su contorno resaltaba contra el fondo de luz anaranjada que proyectaban las antorchas de los soportes de bronce del edificio de piedra a sus espaldas. Habían desenvainado la espada. Caminé en la dirección contraria, corriendo hacia la intersección. Otros tres hombres se me aproximaron desde el otro lado. Giré sobre los talones, buscando un callejón, una salida, lo que fuera. Estaba cerca del antiguo Palazzo del Capitano del Popolo, y corrí hacia el sur, más allá de éste, hacia el Arno. Salí a la *piazza* ubicada junto al Pallazo della Signoria. Allí esperaban seis siluetas enfundadas en capas que estaban paradas formando un semicírculo. Los tres hombres que me perseguían se cernieron detrás de mí y dos más llegaron corriendo. Estaba atrapado.

—¿Es usted el hombre llamado Luca Bastardo? —bramó una voz sonora en la oscuridad.

—¿Quién quiere saberlo? —pregunté. Busqué la daga que llevaba contra el muslo. Dos hombres me tomaron por los hombros y, sin cuidado alguno, me la quitaron. Uno me sacó el cinto con la espada. Me habían desarmado. A cada lado, dos hombres me tomaron de un brazo. Más hombres llegaban desde las callejuelas oscuras.

—Yo —respondió una voz anciana y quejumbrosa. Los que llevaban la antorcha encendieron las llamas y, cuando do la luz amarillenta le iluminó el rostro, el hombre se quitó la capucha. Si no lo hubiera reconocido por su voz desdeñosa y nasal, lo habría reconocido por sus facciones, a pesar de que había envejecido. Las profundas arrugas y surcos del tiempo no habían podido borrar la barbilla prominente y la nariz angulosa y delgada tan similar a la de su padre. La misma que tenía su hijo. Nicolo Silvano esbozó una sonrisa—. ¡Yo digo que eres Luca Bastardo, un brujo que usa la magia negra para desafiar el tiempo y la muerte! ¡Yo tengo una carta de hace ochenta años que dice que tus padres son hechiceros que hacen migas con herejes!

—He buscado a Luca Bastardo durante treinta años, y afirmo que eres ese hombre, y no has envejecido desde mi infancia —anunció otra voz. Las antorchas iluminaron las facciones de Domenico Silvano, y mi aliento fue succionado en un frío vacío de miedo que me llenó las entrañas—. ¡Te mantienes joven gracias a la brujería! ¡La brujería te prolonga la juventud, y tu pecado ha desatado la ira de Dios sobre Florencia! —Quise responderle, pero cuando abrí la boca, el hombre que estaba a mi derecha me golpeó con fuerza en el estómago y me doblé en dos, presa de las arcadas—. ¡No lo niega! —gritó Domenico—. No tenemos tiempo de someterlo al potro o al *strivaletto* para obligarlo a confesar. ¡Debemos actuar ahora para limpiar a nuestra ciudad de este flagelo del mal! ¡Atadlo y preparad la hoguera! ¡La carta que mi padre ha guardado durante tantos años servirá como acusación!

Me cogieron de los hombros y me arrastraron para que avanzara. Se me rasgaron las calzas contra el empedrado irregular, y la piel de las rodillas se me caía a jirones. Oí el ruido de la madera al crujir y, cuando la multitud se abrió paso por un instante frente a mí, pude vislumbrar los andamios que estaban colocando en la Piazza della Signoria. Envolvieron una de las vigas con soga y la elevaron. Unos doce hombres trabajaban en los andamios. En minutos, el aparato de ejecución estaba listo. Me obligaron a ponerme de pie; muchos me escupían y me aporreaban. Más que sentirlo, escuché cómo se me quebraban dos costillas, aunque no sé cómo lo percibí entre los gritos de «¡Brujo!», «¡Hechicero!».

Me empujaron contra el poste cubierto de harapos y ensangrentado. Me ataron con una soga gruesa a la altura de los hombros y el pecho.

La turba enfurecida se abrió paso. Nicolo Silvano se acercó hacia mí, cojeando por la vejez. No me habló hasta que estuvo cerca de mí.

—Sabía que este día llegaría, Bastardo. ¡Piensa en mi padre cuando las llamas te hagan cosquillas en los pies, cuando te suban por las piernas para asarte las bolas, y cuando te consuman por completo! ¡Es un castigo justo por incendiar el *palazzo* que era mi herencia! —Se inclinó hacia mí, de modo que pude sentir su aliento hediondo contra la mejilla—. Espero que hayas disfrutado del obsequio que dejé allí para ti. ¡No olvides dar mis saludos a Simonetta y a los demás prostitutos cuando los veas en el infierno!

Una bruma roja me nubló la vista, y me recorrió el antiguo deseo limpio y calmo de matar a Nicolo. Súbitamente, no tuve odio ni miedo; me sentía carente de toda emoción.

—Te debería haber matado cuando te escondías detrás del cadáver de tu padre. —Luego, lo escupí.

—Tu prostituta judía me escupió cuando la maté a golpes —dijo Silvano. Luego gritó—. ¡Quemadlo! ¡Quemadlo lentamente, para que sufra! —Soltó una risotada demoníaca. A mi alrededor, se apilaban trozos de madera y leña. Se aproximó un hombre muñido de una antorcha encendida, que fue recibido por el vitoreo de la multitud. Le entregó la antorcha a Domenico Silvano, que se relamió mientras me sonreía.

En ese momento, alzándose contra la noche oscura como si surgiera del empedrado de las calles de la ciudad, se escuchó el canto:

—*Y ella adoraba tanto mi enorme instrumento, y nunca me negaba sus favores...* —cantaron varias voces ebrias estridentes. Tenían un acento marcado que las delataba como extranjeras. Los hombres que me rodeaban se volvieron para ver de qué se trataba. A través de un espacio entre la línea de las cabezas, vi a un grupo de *condottieri* que se tambaleaban, ebrios, con los brazos alrededor de sus compañeros para sostenerse. Al proyectarles la luz de la antorcha sobre el *mantello* que llevaban, se revelaron los colores de los soldados mercenarios del norte.

—¡Ey! ¡Una fiesta! —silbó alguien. Se oyó un rebuzno quisquilloso; el mercenario que estaba detrás llevaba un burro gris.

—¡Fuera! —bramó Domenico Silvano—. ¡Esto es un proceso privado!

—¡Nos gustan las fiestas! ¡No veo ninguna mujer, pero podemo' mandarla a buscar! ¡Si no hay mujere', traemo' la' acolchada' oveja' florentina'! —aulló el *condottiere*. Sus compañeros festejaron. Soltó la rienda y dio una palmada fuerte al burro. Éste se retobó y luego salió disparado, mostrando los dientes y coceando por doquier, causando consternación a su paso.

—¡Mi burro! ¡Atrapad a mi burro! —exclamó otra voz—. Maldición, dijiste que no lo soltarías, Hans, bruto idiota! —Se oyó que alguien blandía una espada. El *condottiere* que decía ser dueño del burro atacó al desventurado Hans. Éste esgrimió la espada en respuesta, y ambos se enfrascaron en una contienda viciosa.

—Yo cogeré al burro. Lo atraparé. Tiene las patas como las piernas de la hermana de Karl, que tiene un bonito trasero. ¡Pero el burro tiene una cara más guapa! ¡Aunque qué diablos importa eso si se lo das por atrás! —agregó otro *condottiere*, que se apartó de los demás y se lanzó hacia la multitud tras el animal.

—¡Ey! ¿Qué diablos sabes de mi hermana? —exclamó otro *condottiere*, al parecer Karl—. ¡Te destriparé si la has desflorado! —Desenvainó su espada y se lanzó hacia la multitud. Se desató la locura total. Los *condottieri* desenvainaban

343

la espada y se atacaban unos a otros, a los gritos y corridas entre la multitud que me rodeaba. El burro rebuznaba y coceaba mostrando los dientes. Los secuaces de Nicolo se retiraron, entre murmullos y perturbados, sin saber cómo detener el desmán.

—¡Regresad, regresad! —gritaba Domenico, blandiendo la antorcha. Tuvo que retirarla, pues los soldados gritaban por doquier, mezclados con sus propios hombres. En la oscuridad, era imposible blandir la antorcha y saber hacia dónde. El *condottiere* que perseguía el burro saltó cerca de donde me encontraba yo, alzando la espada como si fuera a detener los ataques de Karl. Éste, un hombre corpulento con cabello rubio, me guiñó el ojo. Luego, mientras miraba hacia el frente, deslizó su espada hacia atrás, soltando las sogas que me ataban, que cayeron al suelo. Su espada se movía con tanta prisa que se desdibujaba a la luz de las estrellas, como si el movimiento que me había liberado no hubiera existido. El hombre no dejó de proferir improperios en ningún momento.

—Stefan, impotente, tu madre es aún más fea que tu hermana... No sé por qué te encabronas. ¿Vas a decirme que tú no gozaste de sus favores? ¡Te aseguro que yo no fui el primero en estar allí!

Sin esperar que me lo indicaran, salté por encima de las astillas, aprovechando el momento en el que toda la atención estaba en cualquier lado. Un *condottiere* me entregó un bulto enrollado.

—¡Póngaselo! —espetó, y luego saltó frente a mí cuando la antorcha de Domenico me habría iluminado el rostro. El *condottiere* entonó el canto de la napolitana de pechos generosos y blandió la espada en amplios ángulos, manteniendo alejados a los hombres de Nicolo. Yo desenvolví la capa, un *mantello* de los colores de los mercenarios extranjeros. Me lo puse y me tapé con la capucha, que bajé sobre la cara. El burro se me acercó al trote, seguido por otro *condottiere* que cayó sobre mí en un abrazo húmedo.

—¡Friedrich, eres un buen muchacho! ¡No quiero que nadie más me cubra la espalda cuando luchamos contra esos milaneses piojosos y pulguientos! —Con sigilo, me colocó en la mano una espada de hoja corta y alzó la cabeza para mirarme con sus intensos ojos azules—. ¡No la use! —me susurró, sin ningún rastro de acento.

Masculló una disculpa y, de repente, todos los *condottieri* se abrazaban y se disculpaban, y yo supe qué debía hacer. Pasé el brazo alrededor de los hombros del *condottiere* y apoyé la cabeza contra él, como si me estuviera disculpando. Con la otra mano, cogí la rienda del burro. Caminé como si estuviera ebrio hasta alejarme de la multitud, con la cara apretada contra el hombro musculoso del soldado, mientras éste mascullaba sus disculpas. A través de la ranura de la capucha, vi a Nicolo, que estaba parado a unos metros de distancia. No necesitaba verle, sin embargo. Lo habría percibido incluso de haber sido ciego: la presencia frígida y vacía del mal. Se me erizó la piel y los dedos me ardían del deseo de coger la espada y clavársela, de hacerle pagar la muerte de Rachel, y la de los niños del burdel, de derramar su sangre por los adoquines. El *condottiere* se dio cuenta de que me había puesto tenso. Me dio un pellizco en la costilla quebrada mientras seguía sollozando su arrepentimiento. Era probable que Nicolo también hubiera percibido mi presencia, pues se volvió a mirarnos. No dijo nada, aunque nos examinó con suspicacia, y el corazón me latía con tanta fuerza que estaba seguro de que podría oírlo. Pasamos frente a su mirada intensa.

Tras unos pasos, nos unimos al grupo, que se abrazaba. Uno de los *condottieri* me quitó la rienda del burro y el otro aulló:

—¡Ey, ya sé dónde hay una fiesta de verdad! ¡Tienen las mujeres más bellas de la ciudad; bueno, la mayoría tiene todos los dientes, aunque algunas no se parecen a la abuela de Karl, pero todas son divertidas!

Apresuramos la marcha; con el burro trotando a mi lado. Un segundo más tarde, oímos los gritos enfurecidos que provenían de la *piazza*.

—El juego ha terminado —me dijo el *condottiere* de ojos azules—. ¡Venga conmigo! —Se desvió de los demás *condottieri*. Yo lo seguí y corrimos hacia el oeste, al lado del Arno, hasta llegar al Ponte alla Carraia. Al llegar al puente, en lugar de cruzarlo, me condujo debajo, hacia el agua. Allí nos esperaban dos siluetas con un bote pequeño que se mecía en la superficie ondulante del río, veteada por la luna. Una de las siluetas era de tamaño más pequeño que las otras.

—Cosimo —dije en un jadeo, cuando llegamos a donde estaban—. ¡Te equivocaste con la tonadilla!

Cosimo se quitó la capucha del *mantello*.

—Es verdad, era con el énfasis en «enorme» y no en «instrumento» —me dijo con una sonrisa. Yo le despeiné la cabellera.

—Hay florines y armas en el bote —afirmó Giovanni di Bici de Medici—. Alberto, que es hombre de mi confianza, lo sacará de la ciudad. Me ocuparé de que pueda acceder a su dinero a través de mis representantes y oficinas de cualquier lugar del mundo.

—Le agradezco mucho su ayuda, *signore* —dije—. También a ti, Cosimo. ¿Era tu plan?

—En parte —asintió el niño, complacido, y su padre sonrió y le apoyó la mano en el hombro—. ¡Eres mi amigo!

—Habría estado *arrosto* si no hubiéramos llegado a tiempo —afirmó Alberto en tono sombrío—. Lo tenían atado a la hoguera y la iban a encender.

—Una llegada oportuna —comenté. En efecto, la perfección de la llegada me hacía sospechar que había habido intervención divina, pues ¿qué otra mano más que la del dios benévolo cuya presencia había sentido un poco antes podría concertar mi rescate con tanta eficacia?

—Usted me trajo a mi hijo de regreso con vida —agregó Giovanni—. Siempre lo ayudaré.

—Yo también —dijo Cosimo—. Luca, me ocuparé de conseguir esa carta, la que papá dice que tiene la Confraternidad. Te la daré y estarás a salvo entonces.

Giovanni dio un apretón afectuoso al hombro del niño.

—Pero ahora Luca debe abandonar Florencia, y le recomiendo que…

—Lo sé —lo interrumpí—. Que no vuelva. —Me reconfortaba estar en compañía de una deidad nuevamente, tras décadas de ausencia. Sabía que, con esa compañía, aunque frágil y sospechosa por su carácter divino, mi propósito y mi anhelo no se extinguirían. De modo que subí al pequeño bote con Alberto y, a la medianoche, abandoné la ciudad que amaba.

# Capítulo 15

—Quiero ir, pero tengo miedo —afirmó el niño con tono musical. Estaba de pie con la espalda encorvada y la mano en la rodilla, y luego inclinó hacia mí la cabeza de cabellera dorada y pude ver su rostro exquisito por primera vez. Era increíblemente bello, y me invadió una oleada de recuerdos que, en realidad, era una fantasía de pesadilla; veía a Bernardo Silvano, con su nariz afilada y su mentón protuberante, apoyando su corrupta mano sobre la cabeza del niño, al tiempo que se deleitaba de sólo pensar en lo que podría ganar con él. Quité esos pensamientos extraños de la mente y volví a centrarme en el niño. Su rostro era incluso más bello que el mío. No es la vanidad sino la simple observación lo que me impulsa a afirmar que mi rostro era el más apuesto que había visto jamás, hasta que posé la mirada en aquel niño de facciones delicadas, que parecía tener unos once o doce años.

De regreso en Florencia por la llamada de mi protector, Cosimo de Medici, primero me había dirigido a Anchiano, en las afueras de Vinci. Quería ver cómo iba el viñedo que me había legado el corpulento y pelirrojo Arnolfo Ginori, con quien había trabajado como *becchini* en ocasión del primer azote de la peste negra, hacía más de cien años. El hermoso día me había incitado a subir el Monte Albano, que en una de sus laderas descendía hacia el valle del Arno y

Florencia y, en la otra, ascendía hacia los picos escarpados llenos de peñascos, arroyos fríos y cavernas misteriosas. En mi recorrido ocioso, me había topado con el niño, que ahora se volvía una vez más hacia la entrada de la caverna, protegiéndose los ojos del brillante sol estival con la mano. El pedregal y las rocas que se cernían sobre nosotros en parte absorbían y en parte reflejaban sus rayos.

—¿De qué tienes miedo? —pregunté, arrodillándome a su lado.

—Dentro está oscuro y me da miedo —me respondió el niño, y se sentó en forma abrupta junto a mí.

—Pero quizá haya maravillas dentro.

—¡Sí, sí! —exclamó—. ¡Quiero ver si hay maravillas dentro!

—He ahí la cuestión, ¿no? Desafiar la oscuridad, que se cierne sobre uno con sus posibilidades ominosas, a fin de descubrir las maravillas que alberga en su interior. O quizá espere algo maléfico y peligroso. O quizá sólo el vacío, la nada, lo cual no es fácil de enfrentar —afirmé. Arranqué algunas hojas de hierba y las partí hasta convertirlas en finas hebras verdes—. Las sombras son muy importantes. Dan profundidad a la luz.

El niño enarcó una ceja.

—Usted no está hablando sólo de esta caverna —respondió. Pasó un dedo por uno de sus dorados rizos—. La pregunta es, ¿está hablando de sí mismo o de mí?

—¡Conque eres astuto además de guapo! —exclamé riendo. El niño también echó a reír. El sonido delicioso de la risa invadió el aire, como si el sol saliera de detrás de unos densos nubarrones grises. No pude evitar clavarle la mirada, asombrado de su aspecto y su voz lírica.

—Usted también es muy guapo —agregó luego. Tenía ojos bien espaciados en un rostro de facciones cinceladas a la perfección—. Pero no es simplemente belleza; usted es vivaz, con muchas expresiones. Me agradan las caras como la suya, que son interesantes, ya sean bellas o feas. Dígame una cosa, *signore,* ¿acaso cambiaría su aspecto físico? ¿Siente gratitud hacia sus padres por haberle dado semejante belleza? ¿Cómo ha definido su vida esa belleza? ¿Lo han amado más por ella? ¿Ha sido una bendición o una maldición para usted?

Mi mirada se perdió en el interior de la caverna.

—Ambas cosas.

Las preguntas de ese niño hurgaban en lo profundo de mi corazón sin respuestas. El peligro que significaba el clan de los hombres Silvano me había alejado de Florencia durante seis largas décadas esa vez, pero las preguntas regresaban en el mismo instante en que ponía un pie en la ciudad. De algún modo, la ciudad de piedra de mi juventud me obligaba a enfrentarme a mí mismo con insistencia. Me había hecho prisionero en la infancia en el burdel de Silvano y, sin embargo, me había dado alas con el arte de Giotto. Me había educado gracias al alquimista Geber y al médico hebreo Moshe Sforno, y me había descastado, no una vez, sino dos. Me prometía un destino grandioso de amor y pasión, pero luego me lo retaceaba. Me había obligado a ser testigo de la capacidad inherente del ser humano de cometer asesinatos, maldad y traiciones, y a saber que yo mismo era capaz de esos actos. Y allí estaba yo, a punto de divisar las murallas de la ciudad, y las antiguas preguntas insoslayables regresaban a gran velocidad para tironear mi corazón acorazado con renovada ferocidad. ¿Cuáles eran mis orígenes? ¿Y qué significaban los dones, las cualidades diferentes que se me habían concedido? ¿Cuándo se manifestaría la promesa de la noche de la piedra filosofal? Preguntas, preguntas, y ninguna respuesta a la vista. Me hubiera gustado que el Errante conociera a ese niño tan interesante; podrían haberse hecho preguntas el uno al otro.

—Yo debí enfrentarme a una cueva oscura una vez —afirmé.

—¿Qué hizo cuando se debió enfrentar a la cueva? —Había curiosidad en el tono del niño.

—Entré y luché conmigo mismo —expliqué, cerrando los ojos y el puño—. Tuve una visión asombrosa. Una visión de las cosas por venir.

—¡Cuénteme su visión! —me ordenó, con la calma de quien sabe que será obedecido.

—¿Por qué quieres saber? —le pregunté en tono burlón.

—¡Quiero saberlo todo! —respondió con sentimiento—. Quiero investigar, explorar y descubrirlo todo. ¡Quiero descubrir los secretos de la vida y la muerte, y la Tierra y la naturaleza y todas las cosas! —Se puso de pie de un salto y sus manos delicadas gesticularon con pasión—. Quiero comprender cómo ve el ojo, cómo vuelan los pájaros, cómo funcionan la gravedad y la levedad, y cuál es la naturaleza de la fuerza y de qué están hechos el sol y la luna, y la estructura interna exacta del cuerpo humano, y la experiencia de la nada...

—¡Comprendo! —Alcé la mano—. ¡Quieres saberlo todo!

—Excepto latín —repuso, cerrando los puños junto a la cabeza—. No soy bueno para eso. Es como si lo supiera, pero lo hubiera olvidado, como si hubiera algún portal secreto en mi interior que está cerrado y que me impide hablarlo con fluidez. ¡Pero todo lo demás, sí, quiero saberlo!

—Un amigo me dijo una vez: «¡Siempre que puedas aprender por ti mismo, experimentar por ti mismo, aprehender directamente y sin intermediarios, no dejes de hacerlo!» —le contesté.

—Su amigo era muy sabio —respondió el niño con semblante serio—. Lo he pensado a menudo y, aunque creo que la naturaleza comienza con la razón y termina con la experiencia, debemos hacer lo contrario. Debemos comenzar con nuestra propia experiencia y, a partir de ella, continuar con la investigación de la razón.

—Qué pensamientos profundos para alguien tan joven —observé con empatía, pues yo mismo me había visto invadido por pensamientos opresivos en la infancia. Quizá fuera por eso que los había evitado en el exilio, y por eso regresaban con rapidez para acecharme, ni bien llegaba a casa.

—¿Acaso se supone que debo esperar a ser mayor para pensar cosas profundas? —replicó. Entrecerró sus ojos luminosos—. Pensar abre un mundo para mí, ¡me libera! Usted me resulta familiar, como si ya nos conociéramos... ¿Su amigo sabio le dijo esas palabras en su lecho de muerte?

Asentí, recordando con un aguijonazo dulzón a Geber, el alquimista, debilitado y cubierto de *bubboni* supurantes en su taller. El recuerdo, combinado con las preguntas perturbadoras y los sentimientos desencadenados, amenazó con convulsionarme. Inhalé profundamente. Me obligué a entrar en el estado de calma del que había gozado los últimos sesenta años, durante los que había viajado por el mundo, practicando mi arte como médico, ofreciendo el *consolamentum* en silencio a quien lo necesitara, tratando de aliviar el dolor y el sufrimiento, al mismo tiempo eludiendo a la Confraternidad de la Pluma Roja. Quería que los años lejos de Florencia significaran algo. Que me redimieran, que contribuyeran a mi anhelo y mi sentido del propósito, no que me alejaran de ellos. Había contemplado los rostros hermosos de muchas mujeres de todo el mundo, esperando ver a la mujer de mi visión, aunque todo el tiempo me acompañaba la certeza de que sería florentina. Florencia estaba demasiado embebida en mi esencia como para extirparla. Florencia era mi destino.

—Mi amigo murió una muerte digna. Estaba vivo cuando murió.

—Sé lo que quiere decir. Quizá mientras creemos que estamos aprendiendo a vivir, en realidad estamos aprendiendo cómo morir. Si somos honestos. Así que cuénteme honestamente acerca de su visión —insistió el jovencito con una sonrisa encantadora, y supe que no había modo de resistirse.

Sonreí y suspiré al mismo tiempo. Miré hacia la montaña, con su profusión colorida de flores silvestres; amapolas rojas, lirios color lavanda, rosales trepadores de color rosado. Entre las rocas, crecían puñados de hierba verde y parda, y las abundantes franjas de rododendros y brezos resplandecían más arriba en la montaña. Un águila planeaba en círculos en lo alto. Me tumbé en el suelo para contemplar el cielo azul infinito. Tenía los hombros tensos y la columna rígida por los músculos de la espalda, como si me hubiera caído de un caballo e incorporado súbitamente, sin lastimaduras pero en estado de consternación. ¿Qué me había dicho ese niño tan singular? ¿Que quería comprender la nada? Yo no podía concebir un deseo semejante. Mi deseo más intenso siempre había sido conocer la plenitud, la plenitud del amor y de pertenecer. Ahora que estaba a minutos de Florencia, ese antiguo deseo revivió con toda su intensidad.

—¿*Signore*? —me alentó el niño, volviendo a sentarse a mi lado.

—Mi amigo era alquimista. Y era mi maestro. Una noche, cuando yo me encontraba perturbado, me dio la piedra filosofal. Yo no pensaba con normalidad porque había muerto otro amigo.

—¿Qué es la piedra filosofal? —quiso saber él, con los ojos abiertos a pesar del resplandor.

—Un elixir mágico de la vida —respondí—. Un elixir de transformación. Me llevó al interior de mi persona, y morí. Después de morir, vi cosas…

—Sí, eso es lo que deseo saber. ¿Qué cosas? —exigió saber, y se acercó más, hasta que sus rodillas me tocaron el brazo.

Inhalé profundamente. Aunque habían pasado ciento sesenta años desde los hechos, aún temía que hablar de la noche de la piedra filosofal pudiera invocar su magia. Me dejaría vulnerable a cosas secretas y etéreas, y yo siempre había sido muy concreto.

—Vi el presente y el futuro —dije lentamente—. Vi reyes y artistas y armas que escupían fuego. Vi máquinas que volaban por el aire o nadaban en la profundidad de las aguas.

¡Vi una flecha que voló hasta la luna! Y vi guerras, pestes y hambrunas, y nuevos estados naciones que cambiaron el destino del mundo. Poco de lo que vi ha sucedido, pero ocurrirá. Lleva tiempo que las visiones maduren.

—Quiero volar —confesó el niño—. Quiero aprender cómo vuelan las aves y las mariposas. Me encantan las aves. También los caballos, porque cuando galopan, parece que uno estuviera volando. ¡Me encantan los animales, pero los pájaros y los caballos sobre todo! —agregó intensamente.

—Quizá tú seas quien construya la máquina voladora, entonces —murmuré, con los ojos aún cerrados. El letargo se apoderó de mis extremidades, se suavizaron las puertas de mi mente, y supe que el residuo de la piedra filosofal, incluso después de cien años, conservaba su potencia.

—¡Eso es lo que anhelo! —exclamó—. ¡Observo a las aves y trato de aprender los secretos del vuelo para poder construir una máquina voladora algún día! ¿Vio eso en su visión? ¿Me vio a mí?

Abrí los ojos, sobresaltado por la pregunta del niño, como si me hubieran despertado de un sueño.

—No te vi a ti —confesé, sentándome. Miré de cerca su rostro de finas facciones, ojos inteligentes y cabello dorado rizado con vetas castañas—. No de niño. ¿Qué aspecto tendrás de anciano?

—Tendré el cabello largo y ondulado, y barba larga y ondulada —respondió con toda certeza—. Y seguiré siendo guapo, pero de un modo diferente. Tengo visiones acerca del futuro también, cuando sueño despierto, y he visto esto. Seré importante y respetado, y mi nombre será conocido por todos, aun después de mi muerte, por mucho tiempo. Me llamo Leonardo, hijo de Ser Piero da Vinci.

—Y yo soy Luca Bastardo —me presenté—. No conocí a mis padres. —Aunque había vuelto a buscarlos en mi último exilio.

—Yo también soy bastardo —confesó, con un guiño travieso—. Mi madre es Caterina, una mesera, y es guapa y divertida, y me amamantó ella misma, y la quiero mucho. Pero no importa demasiado si somos bastardos, ¿no cree? Todo el mundo tiene hijos ilegítimos; los sacerdotes, los papas y, en especial, los reyes. Es más importante lo que uno haga de su vida, ¿no le parece? Si uno siembra virtud, cosechará honor, y eso nada tiene que ver con el parentesco.

—Estoy de acuerdo —afirmé con calma, desviando la mirada con sorpresa incómoda. Nadie me había explicado el tema de ese modo antes. Ese muchacho evocaba con demasiada facilidad las preguntas punzantes que yo me esforzaba tanto por evitar. Me obligaba a analizar mi vida y mi persona con más atención. ¿Qué había hecho de mí mismo en los últimos cien años? Me había convertido en un aventurero acaudalado y en amante de mujeres hermosas. En un espadachín habilidoso y en un médico capaz. Había gozado del privilegio de hombres que habían moldeado el mundo, visionarios como Giotto, Petrarca, Boccaccio y Cosimo de Medici, y había aprendido de hombres de genio e inteligencia, como Geber el alquimista, el Errante y Moshe Sforno. Estaba dotado de belleza y de juventud inextinguible. ¿Qué había hecho yo con todos esos privilegios, conocimientos y dones?

Era hora de ponerme firme y tomar el control de mi destino. Uno de los dioses había retomado el hilo de su burla, y Él reía una vez más, pero yo no tenía modo de saber si era el dios malvado o el benévolo. No sabía cuál de los dos había sido, pero en ese momento, decidió enviar un lobezno que pasó corriendo por la montaña, a escasa distancia de donde nos encontrábamos, escurriéndose por el pedregal y por encima de las rocas calientes por el sol. Un instante después, lo siguieron dos lobos estilizados de gran tamaño. A cierta distancia, se oyó el relincho de mi caballo, Ginori, que se encontraba ladera abajo y habría olido a las bestias, para alertarme. Saqué mi espada corta, la *squarcina*, que tenía en el cinto. Los lobos parecían concentrados en su cachorro errante, pero yo siempre era de la opinión de que era mejor estar preparado para las acciones inesperadas de las señales divinas.

—Puede buscar a sus padres —decía el niño. Miró hacia el cachorro que profería pequeños ladridos, seguido de sus progenitores—. Quizá ellos lo estén buscando, y lo encuentren en algún día importante de su vida, en el que será más feliz que nunca. ¿Cómo se llamaba su amigo? ¿El alquimista que le dio la piedra filosofal?

—Un amigo me dijo una vez que una historia se podía arruinar si se la limitaba a nombres específicos —respondí.

—¡Eso es injusto! —exclamó, indignado, poniéndose de pie, con los brazos en jarra—. ¡Y además, no es cierto! Los detalles, como los nombres, mejoran una historia.

—Se llamaba Geber —respondí, riendo—. Al menos, ese era el nombre que usaba entonces.

—Geber, el alquimista, quien fue su maestro —murmuró. Se tocó la cara, se volvió a mirar el interior de la caverna, y luego giró hacia mí. Le brillaban los ojos—. ¡Usted debe ser mi maestro, Luca Bastardo! —Por un instante, me quedé mirándolo, sin poder evitar pensar que él podría ser mi maestro, que me podría enseñar acerca de la franqueza. Luego, a pesar de que hacía sólo un momento había pensado en la posibilidad de quedarme en Florencia, recordé que mi vida corría peligro mientras me quedara en la ciudad. La franqueza era una consideración secundaria cuando la Confraternidad de la Pluma Roja aún estaba detrás de mí para verme muerto en la hoguera. Me había mantenido al tanto de lo que sucedía en Florencia en todo momento, y sabía que la Confraternidad seguía en actividad. En efecto, había acumulado mucho más poder en los tiempos de la peste, pues la gente buscaba un chivo expiatorio. No tenía la menor intención de que me encontraran. No estaba listo para morir.

—No soy maestro —respondí con firmeza, poniéndome de pie—. Eres un niño muy singular, Leonardo hijo de Ser Piero da Vinci, pero tengo un compromiso que debo honrar. Después de eso, dejaré la Toscana. Mi vida depende de ello. —Comencé a alejarme de la caverna—. Además, no sé qué te enseñaría.

TRACI L. SLATTON

—Puede cumplir con su compromiso mientras me
enseña —respondió con terquedad—. Y tiene mucho que
enseñarme. Enséñeme alquimia, como le enseñó Geber.

—Soy un alquimista fracasado. Nunca aprendí a
transmutar el plomo en oro.

—Mejor así; no creo en la alquimia. Puede enseñarme
otras cosas. —Hizo una pausa debajo de un ciprés, en la
depresión cubierta de hierba ubicada debajo de la caverna—.
¿No cree que enseñar y compartir sus secretos justificaría el
riesgo a su vida? Si en verdad existe. Quiero decir, no actúa
como un asesino o un ladrón...

—He sido eso y peor. He sido cosas oscuras que no
puedes imaginarte.

—Alguien así tendría una sentencia, y nunca escuché
de un Luca Bastardo exiliado por razones políticas. Todo el
mundo sabe quiénes son los enemigos de los Medici; son
muy claros al respecto —concluyó, como si yo no hubiera
dicho nada—. ¡Quédese a enseñarme!

—El riesgo es demasiado elevado. ¡Algún día, pondré
en riesgo mi vida, la entregaré, pero será por amor, para mi
gran amor que llegará algún día! —respondí, incómodo.

—Quizá su destino sea buscarlo en Florencia mientras
me enseña —repuso con astucia. Leonardo tenía respuesta
para todo.

Desenvainé la daga que llevaba junto al muslo y la
arrojé de modo que se clavara erguida en la tierra, a los pies
de Leonardo.

—Toma, hay lobos rondando la caverna. Llévala contigo.

Leonardo cogió la daga. Continuó camino hacia la
caverna, se detuvo en la entrada y se volvió hacia mí.

—Los lobos están aquí porque así debe ser. Al igual que
usted, Luca Bastardo. ¡Debajo de la superficie de todas las cosas
hay un estrecho entramado de significado! —Desapareció
dentro de la cueva en el mismo momento en que uno de los
lobos aulló lastimosamente. Sus palabras líricas y el lento y

largo aullido se fusionaron hasta convertirse en una sola palabra que reverberaba por la ladera de la montaña. Esa palabra tenía una similitud asombrosa con la que me había susurrado al oído el Errante hacia más de un siglo, la noche de la piedra filosofal. Luego, al día siguiente, Geber había murmurado en su lecho de muerte la misma oración que había pronunciado Leonardo. Me sentí consternado por la sensación de que el tiempo volvía del pasado y me envolvía como una serpiente alrededor de un caduceo para reclamarme. Quizá el joven Leonardo estuviera en lo cierto y mi destino fuera ser su maestro, pero primero debía ir a Florencia a darle mis respetos al anciano y frágil Cosimo di Medici.

—Ya no queda nadie, Luca —dijo Cosimo, en voz débil. Yacía en un lecho magnífico, cubierto de suntuosos cobertores bordados en hilos de oro y plata, y de los colores más extraordinarios, de carmesí, azul, esmeralda y melocotón. No estaba en el Palazzo de Medici en Florencia, sino en una exquisita villa en Careggi, en los ondulados campos al norte de la ciudad. Cosimo residía allí, para evitar el rebrote de la peste. Tal como lo hacían desde hacía más de cien años, cuando apareció por primera vez la enfermedad. Los nobles y los mercaderes ricos que tenían propiedades en el campo huían de la ciudad y se enclaustraban en sus villas. Aún no había cura para la temida peste negra. Esa villa había sido una granja antes de que la utilizaran como cuartel para un hospital cercano. Había sido comprada por Giovanni di Bici y Cosimo hacía cuarenta años. Aún conservaba la muralla almenada del pasado, aunque había sido renovada por el talentoso arquitecto Michelozzo di Bartolommeo para adquirir una simetría elegante y de buen gusto, con un suntuoso jardín y parques bien cuidados. Había almendros y moreras, plantados por el propio Cosimo, y olivos y viñas que cuidaba personalmente. Se decía que esa apacible villa era su lugar favorito, con o sin la peste.

TRACI L. SLATTON

Los negocios y la política eran implacables y no iban a detenerse, ni siquiera por la peste. Por necesidad, los hombres viajaban hasta ese lugar para ver a Cosimo. Antes que yo, había enviados, embajadores, delegados y magistrados. A mi llegada, se los despidió apresuradamente. Me acerqué al lecho y cogí la mano enjuta y nudosa de Cosimo.

—Lamento verte tan incómodo, Cosimo —afirmé, contemplando su rostro con tristeza. Aquel hombre famoso por pasarse noches sin dormir y días sin comer no tenía buen semblante. Siempre había tenido tez cetrina, pero ahora sufría de gota y artritis. Tenía las mejillas coloradas y una fina capa de sudor le brillaba sobre la frente. Con sólo mirarlo, me di cuenta de que no estaba orinando bien. Las habilidades médicas que me enseñó Moshe Sforno, que tanto había practicado en el exilio, salieron a relucir. Comencé a pensar de qué manera podría aliviar su sufrimiento.

—Me siento mejor contigo aquí —afirmó él, con una sonrisa genuina—. Me alegra que hayas venido. Quería verte una última vez. Nos encontramos muchas veces lejos de Florencia, pero no sabía si volverías, ni siquiera por mí.

—Por ti siempre, Cosimoletto —respondí, y su sonrisa se ensanchó al oír el antiguo apodo con el que lo llamaba su padre. Luego, una expresión triste le cambió el rostro.

—Ya no queda nadie, Luca —repitió—. Mi hijo Giovanni murió el año pasado. Mi nieto Cosimino hace tres años. No había cumplido seis años. Ya no podía quedarme en el *palazzo* sobre la Via Larga. Era demasiado grande para una familia tan pequeña como la que quedaba.

—Es difícil perder a los que uno ama —afirmé con suavidad. Toqué la frente de Cosimo y vi que estaba afiebrado, luego le tomé el pulso en la muñeca.

—En una ocasión, estaba en una reunión con unos delegados de Lucca; estábamos debatiendo asuntos de estado; sabes lo delicadas que son las relaciones con Lucca. —Hizo una pausa, mirándome en busca de confirmación. Yo asentí—.

Cosimino entró a la sala y me pidió que le hiciera un silbato. ¡Un silbato!

—Apuesto a que lo hiciste, en ese mismo momento y lugar —sonreí.

—Me conoces muy bien —respondió, apretándome la mano—. Suspendí la reunión, e hicimos juntos el silbato, el niño y yo, y sólo continué con la reunión cuando él estuvo conforme con el resultado. ¡Los delegados de Lucca estaban ofendidísimos! —Rió entre dientes y yo lo imité. Luego continuó—: Y me alegro tanto de haberlo hecho, Luca, pues nunca más tendré oportunidad de jugar con él. Nunca más se sentará en mi regazo, o me interrumpirá en una reunión, ni meterá un sapo en el bolsillo de mi *mantello* para reírse a carcajadas de mis gritos.

—Sacaste provecho del tiempo que tuviste con tu nieto, y lo amaste mucho —afirmé—. Ese debe ser tu consuelo.

—¡Sí! —exclamó Cosimo. Se le iluminó el rostro arrugado y surcado por líneas—. Lo amaba, y el amor no termina. Los cuerpos mueren; los edificios se derrumban y los estados nación surgen y colapsan; las pinturas pierden su color y las esculturas se resquebrajan; las canciones se olvidan; los manuscritos se queman o se destruyen en pedazos, y hasta la tierra se pierde al mar, pero el amor no tiene fin. El amor es la única inmortalidad a la que podemos aspirar, Luca. ¡Espero que lo hayas encontrado!

—Lo busco. Y tengo un gran afecto por mis viejos amigos. Tú eres uno de ellos, Cosimo. ¡Detesto que mis amigos se sientan mal! Debemos pensar en cómo mejorarte.

—Mejorarme, qué va; no, estoy listo para partir.

—Bueno, eso no quiero escucharlo —respondí con firmeza—. Como médico, he observado que un hombre que está listo para morir, muere.

—¿Y qué tiene de malo morir, eh, Bastardo? No es tan terrible aceptar la muerte.

—A veces, no lo es. A veces, es el fin del sufrimiento y el comienzo de la libertad. Pero de todos modos, no se la debe dejar llegar ni un minuto antes de lo debido —agregué—. ¡La vida es demasiado valiosa como para rendirse fácilmente a la muerte!

—No es rendición cuando un hombre logra superar sus temores y despojarse de esta... de esta... —Levantó su marchito y pálido brazo con la otra mano como si fuera un palo de madera—. ¡De este envase! Pero no te preocupes por ti si yo muero. He dejado instrucciones para tu cuenta; tu dinero siempre percibirá el interés más favorable, y siempre podrás tener acceso a él en cualquier lugar del mundo donde te lleven tus pasos, Bastardo —bromeó, y algo del antiguo brillo volvió a su mirada.

—Pero escucha qué sabias palabras; no podemos privar al mundo de un hombre con tanto sentido común —retruqué. Puse las manos sobre el brazo que Cosimo había despreciado tanto y percibí su fragilidad, su humanidad. ¿Acaso no terminaríamos así todos? En lo profundo del hueso del brazo de ese hombre, quizá en la médula, había un débil tambor, que era como un canto a punto de concluir. Se abrió mi corazón y de mi pecho emanó una calidez deliciosa, que fluyó por mis brazos hasta llegar a las manos de Cosimo. El *consolamentum* de Geber circulaba en mi interior, cual agua suave que fluye por la tubería viviente del cuerpo humano. Cosimo suspiró.

—Tus manos me reconfortan, mi querido Luca —susurró, y sus facciones se suavizaron al aliviarse el dolor. Separó los labios pálidos, que recuperaron algo de su color. Esperé hasta que el *consolamentum* dejó de fluir para hablar.

—Viejo amigo, ¿estás orinando bien?

—No muy bien. —Se encogió de hombros, apartó su rostro de enorme nariz, para evitar el tema—. Tengo algunas pinturas maravillosas que me gustaría mostrarte. Aquí hay algunos paneles hechos por fray Angélico...

—El santo fraile menudo del que me hablaste cuando te vi en Aviñón hace diez años —afirmé—. ¿El que rezaba antes de plasmar personajes sagrados con su pincel?

—El mismo —confirmó Cosimo, complacido de que lo recordara. Pero por supuesto que lo recordaba; nunca me olvidaba de ningún artista ni de ninguna obra de arte. Incluso en este mismo momento, mientras espero al verdugo, puedo rememorar ese instante en la pequeña habitación del burdel de Silvano, cuando me salvaron los frescos de Giotto con toda su belleza y maravilla—. Fray Angélico lloraba cuando pintaba a Cristo en la cruz. Era un hombre de simplicidad sagrada, un artista con el que era de lo más sencillo trabajar. La mayoría es complicada, comete las acciones más indignantes; son como niños que nunca crecen, pero aún así se les debe tratar con el mayor respeto.

—Comprenden y saben plasmar la belleza, por lo que se les perdonan ciertas cosas.

—Aprendí eso de otro artista, un hombre de temperamento opuesto al de fray Angélico; fray Filippo Lippi. Un artista con talento, pero una bestia presa del deseo terrenal y sensual; no podía mantener las manos lejos de las mujeres. Se fugó con una monja; me costó un dineral sacarlo del clero y ni siquiera su gratitud para conmigo bastó para inducirlo a trabajar cuando caía presa de la lujuria. En una ocasión, intenté encerrarlo en sus aposentos hasta que terminara una pintura. ¡Hizo jirones las sábanas, las ató y se escapó por la ventana!

—Los hombres siempre encuentran un modo de escaparse —comenté, lo que me hizo preguntar si en verdad me había escapado de Bernardo y Nicolo Silvano. ¿No era eso lo que me pedía que hiciera Leonardo? ¿Que dejara atrás la prisión de la ira y el miedo para crear una vida allí, en mi hogar, desde cero?

—Es cierto —suspiró Cosimo—. De algún modo, logran escapar de lo que consideran su prisión. Creo que fray Angélico, que era tan piadoso, consideraba la vida en la tierra como su prisión, y la pintura era su escape. Hizo un trabajo espléndido en San Marco, cuando me ocupé de su renovación.

—El antiguo monasterio dominico —recordé, con un súbito deseo de regresar a Florencia, la ciudad, de cruzar por sus puertas sólidas y de pararme en el interior de sus iglesias inigualables y *piazze* ajetreadas, de contemplar sus murallas de piedra y sus elegantes *palazzi*, y los majestuosos e imponentes edificios públicos.

—He financiado una gran cantidad de obras públicas, al igual que mi padre —afirmó Cosimo—. La Crucifixión y los Santos, de fray Angélico, llena toda la pared norte. Es una pintura extraordinaria; hay tres cruces que ascienden hacia un cielo azul, mientras los santos están desplegados al frente. Es un excelente ejemplo de su obra. Posee paz e inocencia, y al mismo tiempo muestra la tragedia del momento, un momento que es el instante efímero de la Crucifixión, pero que, sin embargo, también es eterno y atemporal, como lo demuestra la presencia de los santos de diferentes períodos. Todo artista se retrata a sí mismo; se puede ver en los rostros de fray Angélico, que están colmados de la admiración de Dios. Espero el momento de estar en la presencia del Dios que pueda inspirar esa admiración, Luca, para serte franco. ¡Ahora que estás aquí, debes verlo con tus propios ojos, mi querido Luca! Es decir, si es que piensas quedarte. ¿Me acompañarás hasta el fin?

—Espero que no sea el fin —dije en tono sombrío, tratando de eludir la pregunta.

—Somos amigos hace demasiado tiempo como para engañarnos —respondió—. Aún recuerdo cuando me salvaste de esos rufianes, hace tanto tiempo, el año que azotó la peste, cuando yo no era más que un niño simple.

—Cosimo, de todos los hombres que conozco, tú eres cualquier cosa menos simple.

—¡Eso es un gran secreto! —exclamó Cosimo, con un destello en la mirada—. ¡Debes hacer de cuenta que no lo sabes y escuchar con paciencia las reminiscencias de un viejo enfermo! Me acuerdo que, en ese entonces, cuando me subiste al lomo de ese burro bestial, pensé que parecías un santo o un ángel. Luego desenvainaste la daga y mataste a esos hombres, que obtuvieron su merecido.

—¿Qué pasó con el burro? —quise saber.

—Cuando yo tenía quince años, apareció un judío de barba enmarañada que dijo ser amigo tuyo; pidió que le diéramos el animal y se lo llevó con él. Todavía lo recuerdo; era un hombre corpulento que hacía muchas preguntas. ¿No es extraño las cosas que uno recuerda cuando envejece? Y sin embargo, aquí estás tú, te ves exactamente igual; no has envejecido en absoluto. Es un don muy singular el que te han dado. Te envidio, Luca.

—No lo hagas —repuse rápidamente—. Me hubiera gustado conocer el amor, y la familia que conociste tú.

—Los tendrás —sonrió, como si ya compartiera la broma con el dios que estuviera riendo en ese momento—. También la muerte, pues a todos nos llega. Sin embargo, me pregunto si alguna vez conocerás los achaques de la vejez. No son para los cobardes. Conllevan dolor y humillación. No es una condición para quienes detestan las jaulas.

—Yo he sufrido mi cuota de dolor y humillación —afirmé. Lo miré con seriedad—. ¿Qué novedades hay sobre el Confraternidad de la Pluma Roja?

—No muchas, pero en realidad, no transito demasiado por las calles de Florencia por estos días. Todavía queda algún Silvano. Veamos, hay un joven llamado Pietro, que es igual a Domenico. Tienen la misma nariz y el mentón protuberante. Domenico también tuvo una hija, que se casó y tuvo hijos varones, pero no recuerdo cómo se llaman. Deben de ser adultos ya. Pero, Luca, han pasado sesenta años. Quizá no sea mucho para ti, pero para el resto de nosotros, es toda una vida. Quizá la antigua enemistad ya no exista…

—¡Somos florentinos; las enemistades nunca terminan! —Solté una carcajada—. Sabes eso mejor que nadie, Cosimo. ¡El odio, como el infierno, dura una eternidad!

—¿Entonces no estamos todos siempre en el infierno, pues sentimos odio en forma constante y vehemente? ¿Y siempre en el cielo con nuestro amor? —Se encogió de hombros—. Ahora soy lo suficientemente viejo, y estoy lo suficientemente enfermo, y he dedicado suficiente tiempo a la contemplación últimamente como para desear haber hecho algunas cosas de otra manera en mi vida, Luca. Quizá debería haber mostrado más clemencia en ocasiones.

—No se le muestra clemencia a un áspid. Hay que cortarle la cabeza.

Mi amigo suspiró y volvió a darme un suave apretujón en la mano.

—Quizá necesites tu larga vida para aprender lo que el resto de nosotros aprende en sesenta años. Cuéntame de tus viajes, Bastardo. Ese manuscrito antiguo que me enviaste a través de nuestro agente hace unos tres años, lo conseguiste en Macedonia, ¿no es así? En tu carta, decías que había una larga historia relacionada con él.

—El *Corpus Hermeticum* —respondí—. Lo encontré en un monasterio de Macedonia.

—Conozco el título —repuso Cosimo con picardía—. No sabía si tú lo conocías. ¿Te importaría entretener a un hombre moribundo con la anécdota de tu hallazgo?

Ya había caído la noche cuando me marché. La esposa de Cosimo, Contessina de Bardi, me detuvo. Era una mujer regordeta, alegre y vivaz, a quien yo sólo había visto una vez antes. Eso se debía a que siempre me había encontrado con Cosimo fuera de Florencia y, en sus viajes, éste llevaba a una esclava circasiana a la que le había cobrado especial afecto. A mí me agradaba también, pues la encontraba bonita, complaciente y poco exigente. La muchacha había concebido un hijo de Cosimo, a quien éste había llamado Carlo y que se había criado con los hijos de Contessina. A su esposa no le había importado. Tal como había señalado Leonardo, los hombres poderosos a menudo engendraban bastardos. Ahora, Contessina me apoyó en el hombro su anciana mano regordeta.

—Lo tiene en alta estima —susurró.

—El sentimiento es mutuo —repuse, sin poder contener la felicidad de volver a ver a Cosimo, ni la pena por su muerte cercana, ni el miedo de lo que sucedería cuando no estuviera mi protector.

—Qué conveniente —acotó una voz nasal y áspera. Me volví y vi a un joven alto y fuerte, que tendría unos quince años. Tenía grueso cabello negro que le llegaba casi hasta los hombros, nariz prolongada y chata que parecía quebrada y mal arreglada, y una mandíbula marcada y protuberante. Sin embargo, la combinación de sus facciones desagradables generaba un efecto llamativo, casi fascinante, y sus ojos negros y penetrantes brillaban con decisión e inteligencia. Sonrió con una mueca tensa y calma—. Muchos hombres profesan su respeto por *Nonno* ahora que está muriendo y, sin embargo, todos bien sabemos que fue tan despiadado como caritativo.

—No soy quién para criticar a un gran hombre —respondí con tranquilidad.

—Usted se encerró solo con *Nonno* durante horas, y ahora habla con la habilidad de un espía —ladró Lorenzo. En sus ojos, hubo un destello de miedo, que se apresuró a esconder con su arrogancia—. ¿Es informante de ese tonto de Pitti, o del traidor Agnolo Acciaiuoli, esos perros que atacan los flancos de un viejo león poderoso, tratando de hacerlo caer? ¡Los Medici no toleramos la deslealtad! ¡*Nonno* y mi padre tal vez estén enfermos, pero pronto yo tendré el poder y no dudaré en hacerlo valer!

—Lorenzo, por favor —lo reprendió Contessina. Se volvió hacia mí—. Por favor, sepa disculpar a mi precoz nieto. Los Medici tenemos muchos críticos, y Lorenzo es un gran defensor de su *Nonno*.

—Una cualidad encomiable —respondí con amabilidad, mirando al joven Lorenzo a los ojos—. Soy amigo de su abuelo, *signore*. Me llamo Luca Bastardo.

La suspicacia se desvaneció de su rostro y fue reemplazada por una expresión de astucia iluminada, mientras sus

367

ojos me recorrían de pies a cabeza una y otra vez. Dio un paso hacia mí con los pies separados y el pecho inflado.

—He oído su nombre. Me han dicho que tiene dones especiales. *Nonno* habla muy bien de usted, *signore*. Muchos hombres envidiarían los elogios que no escatima Cosimo de Medici al hablar de usted. No es un hombre que se deje presionar con facilidad. Yo mismo debo esforzarme siempre por destacarme, para lograr un mínimo de las alabanzas que le dedica con tanta generosidad.

—Trato de ser digno de su buena opinión —respondí, sin podar evitar el matiz sarcástico de mi voz. Ese joven Lorenzo era un guerrero, un león más parecido a su abuelo que a su padre Piero, enfermizo y gotoso. Sin embargo, Lorenzo tenía dientes y garras que estaba ansioso por enseñar, mientras que Cosimo siempre había sido un hombre reservado que ocultaba su poder. Aún más, Cosimo había madurado con los años y había aprendido a vivir con franqueza. Lorenzo tenía mucho camino por recorrer, como un puente que cruza un vacío, antes de lograr abrir su corazón. Al igual que yo, me di cuenta, sintiendo un súbito cansancio en todo el cuerpo. Sentía los músculos doloridos y la necesidad de un sueño prolongado.

—Estoy seguro de que es digno de su aprecio, al igual que yo. *Nonno* nunca se equivoca —respondió, acercándose un poco más, de modo que el espacio que nos separaba se cargó de una compleja combinación de rivalidad y aceptación reticente, curiosidad y exigencia. Lorenzo pronto sucedería a su abuelo; la energía magnífica de Lorenzo hacía que su ascenso al poder fuera inevitable. Yo deseaba contar con su protección contra la Confraternidad de la Pluma Roja, tal como la había recibido de Cosimo. Aún no sabía qué quería Lorenzo de mí.

—*Signore*, estuve de pie en la puerta de la recámara de mi esposo, y le oí hablarle con gran vivacidad —intervino Contessina—. Me complació escucharlo así. Pasa demasiado tiempo solo y en silencio. Le pregunté por qué lo hacía, y me respondió: «Cuando viajamos, tú te pasas dos semanas preparando la mudanza. Yo tengo que emprender el pasaje de esta vida a la otra, ¿entiendes que tengo muchas cosas en las que debo pensar?». —Contessina sacudió su cabellera canosa, y adoptó una expresión sombría en su dulce rostro anciano—. Se queda pensando demasiado en el pasado, son pensamientos oscuros que no lo ayudan a recobrar fuerzas. ¡Le ruego que venga a menudo para distraerlo!

Percibí los acordes de la risa divina en su pedido, pues he ahí la pregunta en cuestión: ¿me quedaría en la Toscana? No sabía si el que reía en ese momento era el dios benévolo o el malvado, pero me di cuenta de que debía dejar de viajar y descubrirlo. Tenía que saber, de una vez por todas, cuál de los dioses había puesto su mano sobre mí. O quizá lo habían hecho ambos, y mi vida era un campo de batalla en el que los dos lidiaban, lo que explicaría la mezcla de dones y tragedias que me habían concedido. Uno de los dos saldría victorioso al final. ¿Cuál de ellos sería?

—Por Cosimo, a quien le tengo tanto afecto, haría cualquier cosa —respondí finalmente, y con eso estaba tomada la decisión. Me quedaría. Sin importar cuáles fueran las consecuencias, estaría al lado de mi viejo amigo Cosimo hasta su muerte. Elegía la amistad sobre el miedo y, aunque no lo sabía entonces, eso me conduciría al gran amor que había anhelado toda mi vida, y a la pena más grande también. Al recordar ese día en Careggi, veo las conexiones ocultas y el modo en que seguir el dictado de mi corazón, a pesar del riesgo que suponía, me recompensó de una manera que dio sentido a mi vida entera. En ese momento, simplemente dije—: Me quedaré en Anchiano; seré el tutor de un niño allí. No está lejos a caballo.

—¡Tengo una idea espléndida! —intervino Lorenzo chasqueando los dedos—. Organizaremos una cena en su honor, Luca Bastardo, en unos días. Será un respiro de la peste. Invitaré a algunos amigos de la familia. ¿Conoce al filósofo Marsilio Ficino, que fue mi instructor y es uno de los amigos más estimados de *Nonno*, con quien aún juega al ajedrez? Ficino viene por aquí todos los días; desde su villa se puede ver ésta. Mi hermano Giuliano llegará mañana e invitaré a alguno de los amigos más jóvenes, y primos también. Todo el mundo está en el campo por la peste, de todos modos. ¡Podremos organizar un juego de *calcio* entre todos!

—No soy muy dado a los juegos —aclaré.

—Si no sabe jugar al *calcio*, yo puedo enseñarle. A *Nonno* le gusta mirar; le hará bien al espíritu. Será bueno para el espíritu de todos, con la peste… —agregó Lorenzo con naturalidad—. ¡Un hombre de su talento lo aprenderá enseguida! —Me dirigió la mirada directa, casi desdeñosa, de un hombre que plantea un desafío. Sabía que no había forma de escaparme del partido de *calcio*, y que lo jugarían con letal entusiasmo. También lo sabía Contessina, que suspiró sonoramente y me dio una palmadita en el pecho.

—*Signore* Bastardo, es imposible contradecir a este nieto cabeza dura que tengo; será mejor que se resigne al *calcio* y a la cena. Se le ve bastante fuerte y musculoso; estoy segura de que no será un problema para usted. —Me dedicó una sonrisa amplia y me miró de soslayo como una muchachita que flirtea, luego quitó su mano regordeta de mi pecho.

—Debo trabajar con mi nuevo discípulo —anuncié, listo para marcharme.

—Traiga al muchacho —dijo Lorenzo con una sonrisa—. Le enseñaremos a jugar al *calcio*.

—Os quedaréis a pasar la noche —asintió Contessina, arreglándose las mangas abullonadas de seda—. Ya quedamos así.

Era una tarde típica de junio en la campiña toscana, las colinas estaban iluminadas por riachuelos de luz y exhalaban la fragancia del vino, las hojas y los capullos cerrados para la noche. Me relajé para gozar los aromas dulces de la tierra mientras esperaba fuera, debajo de la luz titilante de la lámpara, que me trajeran el caballo. Era un semental hermoso de pelaje castaño rojizo al que había bautizado Ginori, porque el color del pelaje me recordaba a mi viejo amigo de mis épocas de *becchini*. Lo habían bañado y acicalado mientras estaba reunido con Cosimo. Le habían puesto una montura nueva de confección elegante, que supuse sería un obsequio de Cosimo. Pasé las manos por la silla, admirando el cuero costoso y finamente trabajado, al igual que los accesorios de metal. Era una silla adecuada para un rey; sobre la que uno podría montar con orgullo hacia su destino. Me sentía bien al tenerla, si iba a arriesgar la vida por quedarme en Florencia. Verifiqué que la cincha estuviera bien ajustada y me apresté a montar.

—Tiene buen ojo para los caballos —afirmó una voz aguda a mis espaldas.

—Pagué una fortuna por él, y vale cada *dinari* —respondí, al tiempo que subía al lomo del animal—. Es astuto, está bien entrenado y nunca me abandonó en la batalla.

—Una cualidad encomiable —retrucó Lorenzo. Dio un paso hacia la luz de la lámpara, de modo que las llamas amarillentas disolvieron y recrearon sus facciones feas y directas, y lo hicieron parecer demoníaco un momento y celestial al siguiente—. *Nonno* tiene buen ojo para los amigos. Yo he tratado de cultivarlo; quiero estar a la altura de sus expectativas. Debido a mi posición, me rodeo de amigos como su caballo, amigos que han pasado la prueba airosos y han mostrado su valía. Amigos que estarán allí si los necesito.

—Sus amigos estarán ocupados con todas las batallas que usted deberá librar —afirmé. Él alzó la comisura de los labios en una sonrisa ladeada. Presioné el talón contra el flanco de Ginori y el caballo alzó las orejas y avanzó de inmediato a paso rápido.

—Espero que disfrute de la silla. ¡La mandé hacer para mí, pero su corcel la merece más que el mío! —me gritó. Por un segundo, me quedé demasiado asombrado como para reaccionar. Luego me volví sobre la montura para darle las gracias, pero Lorenzo se había fundido una vez más entre las sombras, y ni siquiera la nariz hábil de Ginori pudo localizar al joven. Otro Medici complicado, pensé, sólo que éste era indescifrable. No había modo de saber si sería un amigo tan leal como lo había sido su *Nonno* o si causaría problemas. Su obsequio no era un obsequio sino una prueba, y decidí darle algo en retribución cuando regresara. Estaba decidido a averiguar cuánto poder tenía la Confraternidad de la Pluma Roja. Debía saberlo por mi propia seguridad, y porque Lorenzo lo sabría. Era un hombre que no temía usar el poder, y mi propia libertad me resultaba demasiado preciada como para renunciar a ella voluntariamente, ni siquiera por un Medici.

# Capítulo 16

A la mañana siguiente, me despertó la caricia del sol dorado y lavanda de la Toscana sobre la cara, como un viejo amigo que vuelve por primera vez en más de un siglo. Había pasado la noche en la única posada de Anchiano, un lugar destartalado y cubierto de hiedra con una taberna al lado, donde el servicio era decente. Fue un alivio despertarse, porque había sido presa de un largo sueño. Nicolo Silvano hablaba desde un púlpito, señalándome con el dedo mientras reía como un maníaco. Luego, estaba atrapado en una red, una red amplia de rosado y verde, con gente que se arrastraba por toda su extensión. Yo me agitaba y rompía los hilos y, de repente, aparecía de pie en un salón, en un baile de máscaras. Había música y la gente estaba disfrazada con ropas impactantes. Se me acercó una silueta femenina, y mi corazón dio un respingo: era la mujer de la visión de la piedra filosofal, la mujer que yo había elegido, sin importar a qué costo. Irradiaba un resplandor cegador, su cara estaba oculta por una máscara, y todo en mi interior se derritió y se abrió. Esa conciencia visceral de la existencia de esa mujer que había sentido tantas veces en el último siglo floreció en su presencia, suave, dulce, tierna. Pero cuando extendí la mano para tocarla, ella dio un paso atrás. Corrí hacia ella, y ella retrocedía aún más. Me latía el corazón locamente de anhelo. Luego sentí unos dedos cálidos que me rozaban la mejilla y, cuando abrí los ojos, era un largo rayo de luz, y no la mano de mi amada.

Me sentí despojado y vulnerable, pero no se podía contradecir el sueño. Ayer ya sabía, cuando le conté al joven Leonardo de mi visión, que lo estaba invocando, echándome al cuello la soga de su hechizo. Me vestí deprisa y bajé a la taberna para desayunar. Una mujer rubia muy bonita me sirvió pan con corteza, un potaje humeante, lonjas de jamón *cottardite* y una pera en rodajas. Yo deseaba romper el hechizo de vulnerabilidad que me había provocado el sueño, y me concentré en ella para distraerme. Tenía rizos dorados que le caían por la espalda de una manera que hacía que un hombre deseara pasar los dedos por ellos. Me miró con un destello en sus ojos color avellana y me sonrió, revelando unos carnosos labios rosados y dientes blancos. Miré los ojos grandes y espaciados en su delicado rostro ovalado, y supe quién era.

—Caterina —dije.

—Usted está en ventaja, *signore*. Yo no sé su nombre —respondió ella con voz ronca.

—Es Luca Bastardo —cantó una voz musical—. Es mi maestro ahora. —Era Leonardo, que llevaba puesto un *lucco* verde esmeralda con un dobladillo desparejo, como si él mismo lo hubiera acortado. Se escabulló entre nosotros y se sentó en el banco ubicado a mi lado.

—¿Ah sí, señorito? —preguntó Caterina, despeinándole la cabellera—. Te traeré un poco de pan con miel, *bambino*. Se marchó, y el vaivén de su *giornea* sin mangas dejó entrever la generosa curva de sus caderas. Tenía los brazos blancos y redondeados por los músculos, probablemente de tanto llevar bandejas y levantar peso en la taberna.

—Creo que no debería mirar a mi madre de ese modo —afirmó Leonardo. Colocó la daga sobre la mesa, a mi lado, y luego deslizó el cuenco con potaje sobre la mesa hasta que quedó frente a él. Lo observé comer, recordando que yo siempre había comido solo en el burdel de Silvano. La comida allí siempre había sido abundante y deliciosa, pero la compañía era escasa e indeseable: yo mismo. Leonardo no conocía esa especie de pobreza del espíritu, o hasta los extremos a los que uno podía llegar para aliviarla. Su vida era impulsada por otra cosa, por algo brillante y libre en su interior.

—No dije que iba a ser tu maestro —afirmé, para ganar tiempo. Aparté la mirada, sin poder evitar el flujo de recuerdos de mí mismo y los demás niños en el burdel. Había algo en la belleza de Leonardo que me recordaba el horror al que me había arrojado mi propia belleza en la infancia. Tras décadas en las que apenas había pensado en el burdel, ahora el recuerdo era demasiado vívido. Recordé la noche en que Bernardo Silvano dejó lisiado a Marco. La sangre que manaba de las piernas del chico y salpicaba el ropaje suntuoso de Silvano. Recordaba cómo Marco se desplomó, entre gritos, y lo recordaba, esmirriado y ensangrentado, sentado contra el pilar del *ponte*. Me acordaba de la pequeña Ingrid y de Bella, con sus ojos azules. Leonardo, tan seguro de sus derechos, no tenía idea de que fuera posible ese tipo de sufrimiento. Lo habría considerado insolente a no ser por su calidez y gracia tan serenos, si de él no emanara una tranquilidad que semejaba los halos de los ángeles en las pinturas.

—Está aquí, lo que quiere decir que me enseñará —afirmó, entre cucharadas de potaje—. Comenzaremos hoy. Estoy listo para aprender, *professore*.

—Hoy voy a ir a Florencia a ver el Duomo —anuncié, un poco molesto, pues no me gustaba sentir que me manipulaban, y eso me estaba pasando bastante últimamente. Mi daga estaba manchada con sangre seca, y la limpié en el *lucco* antes de deslizarla en la vaina.

—¡Florencia! ¡Qué excelente idea! —exclamó. Su madre regresó con un plato de pan untado con manteca y miel—. ¡Mamá, Luca me llevará a Florencia hoy!

—Espera un momento… —comencé a decir.

—Oh, sí. ¿El bello corcel que está en el establo es su caballo? ¿El semental de pelaje castaño? —preguntó

Leonardo con entusiasmo—. ¡Me gustaría traerlo! ¡Empezaré antes de partir!

—¿No crees que deberíamos hablar con tu padre acerca de un nuevo tutor? —preguntó Caterina. Apoyó el plato delante de Leonardo y se sentó frente a nosotros. Su busto lleno se asomaba contra el delantal amarillo que llevaba sobre la *giornea* simple de color azul. El cuello abierto dejaba ver la piel pálida. Olía a carnes cocidas y levadura, a vino derramado, debajo de un perfume floral, y sobre el labio inferior, le brillaba una gotita de miel, lo que demostraba que la había probado. Sentí deseos de lamerle la gotita de miel del labio. Se inclinó sobre la mesa.

—¿Cuánto piensa cobrar, *signore*? Ser Pietro es muy cuidadoso con lo que gasta.

—No sé cuánto ganan los profesores —respondí. Di un gran sorbo de mi tazón de agua para ocultar el modo en que se me aceleraba el corazón al mirarla.

—Le pagaremos bien; hablaré con mi papá —afirmó Leonardo con entusiasmo—. Pero no tan bien como para hacer enojar a papá. —Cogió el jamón de mi plato, sonriendo primero a su madre y luego a mí. Su encanto era irresistible y lo sabía. No había escapatoria posible; sería su maestro. No tenía idea de qué le enseñaría, pero el niño sí lo sabía. Tendría que seguir sus indicaciones. Eso me habría indignado de tratarse de cualquier otra persona, viva o muerta. Desde mi liberación del burdel, mi propia libertad era mi prioridad principal. No había conocido a nadie por quien estuviera dispuesto a arriesgarla, ni siquiera un poco. Hasta el gran amor de mi visión había quedado relegado a un futuro incierto. Ahora, porque me lo había pedido Leonardo, porque Cosimo estaba en su lecho de muerte, porque mi corazón peripatético tenía afecto por ambos, y porque ya no me escaparía de la mano de Dios, ya fuera una mano cruel o bondadosa, estaba dispuesto a asentarme en una ciudad en la que me podían apresar y matar con facilidad. Toda la situación me enfadaba. No sabía si era enfado con Leonardo por lo que me había pedido; conmigo mismo, por lo que no deseaba dar y, sin embargo, anhelaba al mismo tiempo; con Silvano, por cómo me había mancillado; con Cosimo, por estar al borde de la muerte y dejar que mi compañía le diera alivio; con Geber, por inspirar en mí una visión que había marcado mi vida desde que la había tenido, o con el dios que se estuviera burlando de mí en ese momento.

—Debo hacer unos arreglos —anuncié, al tiempo que me incorporaba.

—¿Volverá pronto? —me llamó el niño. Asentí mirando hacia atrás, y vi que Caterina se llevaba la mano de su hijo a los labios, sin apartar la mirada de mí. Contraje el estómago, me paré derecho y saqué pecho. Anchiano sería un lugar de lo más interesante.

Cabalgué hasta el pequeño viñedo de mi propiedad y me presenté a los inquilinos como un descendiente del Luca Bastardo original que había sido dueño de esas tierras. Así me convertí en mi propio hijo, por Leonardo y Cosimo. Una pareja anciana, con dos hijos ya crecidos, se ocupaba del lugar y, al principio, se mostraron desconfiados, pero les recité los números de los últimos diez años, la producción de uva cosechada y los toneles vendidos, y qué mercaderes habían comprado el vino, por qué montos y demás. Les hablé con total precisión, pues llevaba cuentas detalladas de mi parte de la producción. En poco tiempo, logré convencerlos de mi identidad auténtica e hicieron lo imposible por complacerme. Les expliqué que me quedaría en Anchiano por un tiempo no determinado, y se generó alguna discusión sobre dónde me alojaría. Con la riqueza que había acumulado en tantas décadas, podía vivir donde quisiera. No les dije eso, pues el viñedo se ajustaba a mis necesidades. No deseaba hacer alarde de mi dinero, ni llamar la atención a mi persona estableciéndome en un lugar propio. La pareja vivía en la villa principal, con uno de los hijos, mientras

que el mayor, que tenía esposa y un bebé, vivía en una pequeña cabaña en las tierras. Se acordó que la joven familia se
mudaría con los padres y que yo me alojaría en la cabaña dentro de unas noches, una vez que la vaciaran y asearan. Les dije
que esperaba que mi caballo estuviera bien cuidado. El hijo
menor, un muchacho de campo corpulento y de huesos grandes, se mostró entusiasmado y prometió tratar a Ginori
«mejor que los esposos a su mujer».

Una vez conforme con los arreglos, emprendí el regreso a la taberna. Leonardo estaba fuera, jugando un juego de
saltos con rocas dispuestas en un rectángulo. Sostenía un
papel en la mano mientras saltaba de un lado al otro.

—Luca, su caballo. ¿Quiere ver? —exclamó cuando
me apeé.

—¿De dónde sacaste el papel? —pregunté, pues el
papel era un bien de lujo. Había dibujitos por toda la hoja,
rostros, pájaros e insectos, y la forma del Monte Albano
desde una distancia. El dibujante había usado un lápiz burdo
de carbón, pero la mano que guiaba el trazo poseía una delicadeza y percepción extraordinarias, demasiado avanzadas
como para pertenecer a la mano de un niño de once años. El
uso de las sombras para reflejar la profundidad y las gradua-
ciones detalladas de superficie, en particular, era sofisticado
hasta resultar perturbador—. ¿Quién hizo estos dibujos?

—Yo, desde luego. Mamá me compra el papel, cuando
tiene dinero. A veces, logro convencer a mi padre de que me
compre un poco —respondió alegremente, agachándose para
coger unas piedras grises, que se guardó en el bolsillo—. Me
gusta dibujar.

—¿Dónde está el caballo? —pregunté, confundido,
mientras contemplaba las miniaturas, cada una de las cuales
era una expresión deliciosa de habilidad precoz y emotiva. El
amor de Leonardo por las aves se reflejaba en cada curva elegante de un ala; el placer que encontraba en las personas palpitaba de la curva de una mejilla o del brillo de un ojo. Sólo

se necesitaría una capacitación mínima para hacer de ese niño un artista maestro. Sabía que lo que yo podría enseñarle era limitado; estaba destinado a mejores maestros, mejores hombres, que yo. Sentí alivio, tristeza y curiosidad por el destino de Leonardo, todo al mismo tiempo. Me pregunté si debería desalojar a mis aparceros de la cabaña. No estaría al servicio de Leonardo por mucho tiempo.

—Aquí. —Me extendió el papel, lo dio la vuelta. Debajo de un esbozo de un bebé regordete y un perro, se veía un caballo—. ¿Le gusta? ¿Cómo se llama su caballo? ¿Iremos a Florencia montados sobre él? ¿Cuándo partimos? ¿Cuánto tiempo llevará? ¿Podemos irnos pronto?

Sólo había terminado la cabeza, el cogote y una pata del caballo. Había algunos trazos vagos que sugerían las otras tres patas y la grupa.

—Es hermoso, pero está sin terminar —señalé. Leonardo se encogió de hombros. Volví a mirar el papel y observé que la mayoría de los dibujos estaba a medio hacer. La mitad de un rostro estaba dibujada de manera soberbia, mientras que la otra mitad no era más que una sugerencia, o el ala de un pájaro aparecía dibujada con detalle exquisito, mientras que la otra no era más que unos trazos dispersos sobre el papel—. ¿Nunca terminas lo que comienzas?

—Hay tanto para ver —afirmó. Se dibujaron dos hoyuelos traviesos a ambos lados de su sonrisa, tan parecida a la de su bonita madre—. ¿Acaso no es maravilloso cómo el ojo capta las imágenes?

Negué con la cabeza.

—Debes aprender a completar las cosas; es importante. —Me dedicó una sonrisa beata y pensé que, si no podía enseñarle mucho, al menos podía enseñarle perseverancia, que era una de mis cualidades. Mucho más tarde, me reí de mi propia vanidad. No sé qué aprendió Leonardo de mí, pero yo aprendí de él que la enseñanza tiene que ver con hacer brotar aquello que ya alberga el corazón de los hombres, y que los hombres aprenden sólo lo que quieren.

—Puede conservarlo —me dijo, con un movimiento de su mano de querubín. Yo siempre había apreciado los obsequios, y éste recibió el mismo trato. Volví a entrar en la posada. La hoja con los dibujos infantiles era preciada para mí, y pensaba conservarla. Corrí hasta mi habitación y abrí mi maleta de cuero. Esa maleta sólo tenía unos años de antigüedad; la había comprado en un bazar de Constantinopla, donde las mercaderías se compraban a bajo precio desde la caída de esa ciudad, hacía algunos años. Saqué el cuaderno que me había dado Petrarca, que siempre llevaba conmigo, al igual que el panel de San Juan con el perrito de pelaje rubio rojizo que me había dado Giotto. Abrí el libro, encuadernado en cuero, con cuidado, en el medio.

—¿Qué es eso? ¿Un cuaderno? ¿Por qué está en blanco? —preguntó una voz lírica a mis espaldas. Por supuesto, Leonardo, el curioso, me había seguido hasta mi recámara.

—Está en blanco porque aún no he escrito nada en él.

—¿Por qué no?

—No lo sé.

—Debe hacerlo —insistió. Yo suspiré.

—Estoy esperando que pase algo especial. Entonces, lo escribiré.

—¿Algo especial como qué? —me presionó—. ¿Algo sobre su visión sobre lo que vendrá? ¿Como el gran amor del que me habló junto a la caverna, cuando nos conocimos?

Sabía exactamente lo que yo pensaba, desde luego, pero yo no deseaba hablar de ello.

—Preguntas demasiado sobre temas que no son de tu incumbencia —lo reprendí, con el tono más estricto que pude lograr.

—A ver —dijo, cogiendo el cuaderno. Se sentó en el suelo y contempló cada página de vitela como si estuviera llena de estas mismas palabras y él pudiera leerlas a pesar de que sólo se plasmarían en un futuro lejano. Pero si había algún hombre que, en efecto, podía leer el libro del futuro, ése era Leonardo—. Le haré un dibujo. En la primera página, para alentarlo a escribir —dijo con una sonrisa astuta, sacando un viejo lápiz gastado del bolsillo.

—Espera, ¿qué dibujarás?

—Algo maravilloso, especialmente para usted —murmuró. Me contempló con la cabeza inclinada hacia un lado, y luego su mano se movió rápidamente sobre la página.

—Eres zurdo —observé, mientras me sentaba a esperar en la cama.

—Ajá —masculló, inclinando la cabeza sobre la página. De modo que me quedé ahí sentado, observando cómo el niño dibujaba. Era un cálido día de junio, y un único pájaro gorjeaba fuera de la ventana, y el aroma de las flores silvestres llegaba hasta la habitación. Se reflejaba la luz desde las colinas tranquilas y los girasoles brillantes, de las rocas del Monte Albano y de la superficie ondulante de los arroyos, y se suavizaba en una bruma dorada que inundaba el cuarto. Sentí que me acomodaba en un momento que era completo en sí mismo, sentía el cuerpo pesado y mis pensamientos eran vacíos y fáciles. Recordé ese día extenso en Bosa, en Cerdeña, cuando el Errante había ido por mí con la carta de Rebecca Sforno. Al igual que en ese día, las sombras trémulas que formaban el resto de mi vida se desvanecieron, y todo lo que quedó fue ese único momento presente. Fui consciente del espacio, no vacío sino lleno de algo intenso e imposible de definir, que se daba entre ese niño talentoso que dibujaba en el cuaderno que me había dado Petrarca hacía tanto tiempo y yo. De modo que me quedé a esperar y contemplé el dibujo de Leonardo.

Finalmente, levantó la vista para mirarme.

—Me gusta mucho este cuaderno. Me gustaría mucho tener uno así. ¿Me comprará uno? —preguntó con tanta súplica que, sin darme cuenta, le dije que sí, antes de considerar su pedido siquiera. Me dedicó una sonrisa radiante—. Muy bien. Gracias, *professore* Luca. ¡Tiene usted tanta generosidad como belleza!

—Sí, claro —respondí, con cierto escepticismo. Podía darme cuenta de que me estaban engatusando. Leonardo echó atrás la cabeza y comenzó a reír.

—¡No, en serio! —protestó—. ¡Pero yo no dejaré las páginas en blanco! Yo las llenaré con escritura mágica. ¡Y después escribiré otro, y otro después!

—Ajá —dije, esta vez no tan incrédulo. Uno podía creerle al dorado Leonardo que la magia estaba a su servicio. Al ser así, me pregunté si era alguien a quien, algún día, podría confiarle la magia evidente que acechaba mi vida: mi juventud eterna y mi longevidad. Tras décadas de deambular, sólo había conocido a otra persona que poseía el mismo don: el Errante. Quizá hubiera alquimistas, como Geber, que poseían el secreto, pero ninguno lo había confesado, al menos, no en mi presencia. Y eso que había preguntado. Me volví hacia Leonardo—. ¿Cómo harás que sean palabras mágicas?

Se incorporó y me entregó el cuaderno.

—No lo sé. Escribiré al revés, o algo así. —De repente, abrió los ojos de par en par y echó a reír—. Me habló de su visión sobre los tiempos que vendrán. A veces, veo cosas. Se ven borrosas, como un espejo empañado. Sólo vi hombres que vivirán en el futuro, dentro de mucho tiempo, tratando de leer mi letra al revés. Sentirán respeto y admiración mística. Mi letra les parecerá mágica a otras personas, pero la explicación será simple y natural. La magia siempre se puede explicar de ese modo, ¿no cree?

Yo no respondí, pero me quedé observando su esbozo. Mostraba un hombre apuesto, de unos veinte años, con facciones simétricas y huesos fuertes, de aspecto no delicado pero sin duda refinado. Había cierta expresión pensativa y triste en su mirada y una leve sonrisa irónica, casi amarga, se esbozaba en su boca de labios llenos. El hombre era esbelto y musculoso, y estaba de pie con los brazos extendidos, dentro de un círculo que estaba contenido dentro de un cuadrado, como si hubiera estado en movimiento. También tenía un segundo par de piernas abiertas por fuera de las primeras dos piernas.

—Debe de ser muy bueno con la espada, con la cantidad de brazos que tiene. —Sonreí—. ¿Pero cómo se mueve?
¿Trota como un caballo?

—¡Qué tontería! —dijo riendo—. No tiene brazos de
más. Lo dibujé moviéndose de una posición a la siguiente.

—¿Y el círculo y el cuadrado por qué?

—Muestra la perfección de las formas en la naturaleza,
expresadas en el cuerpo humano, y lo geométricas que son las
proporciones de un hombre —explicó—. Usted está bien formado, Luca. Su cuerpo es muy proporcionado. Nunca antes
había visto esta geometría con tanta claridad, pero me asombró
la primera vez que lo vi en el Monte Albano. Aunque no es
muy alto. Espero ser más alto cuando sea grande.

—¿Tan triste estoy?

—¿No lo está? —preguntó con inocencia.

—No.

—Quizá lo esté. —Se encogió de hombros—. Quizá no
alcance su gran amor y esté triste por siempre. En ese caso, ¿no
se alegrará de haber sido mi profesor y de haber tenido mi
amistad al menos? —Lo miré con una mueca torcida. Esperó
mientras yo colocaba con cuidado su dibujo de los animales
sobre el esbozo que había hecho de mí dentro de las figuras
geométricas, cerraba el diario y ataba el lazo de cuero alrededor
para volver a guardarlo en la maleta. Luego me preguntó con
tono alegre—: ¿Iremos a Florencia entonces? ¿Qué vamos a
ver? ¿Puedo montar delante o debo ir detrás?

El Duomo estaba terminado. Nunca lo había visto así.
La majestuosa cúpula roja era la más grande de la Cristiandad
y se erguía sobre la ciudad; su sombra parecía proyectarse por
toda la Toscana. No era necesario ir hasta allí; era inevitable
verla, por encima de las callejuelas angostas, apareciendo con
elegancia en cada esquina y *piazza*. La habían terminado en
mi larga ausencia, y constituía un recordatorio conmovedor
de lo que me había perdido por estar lejos. Aunque Nicolo

Silvano no había logrado quemarme en la hoguera hacía sesenta años, al menos me había despojado de una vida de recuerdos de Florencia, mi hogar, la ciudad cuyas calles mismas parecían haberme gestado, con mi extensa juventud que no parecía humana, cuyas iglesias y *palazzi* eran mi familia y cuyo río Arno me había bautizado.

—Fue construida círculo por círculo —dijo Leonardo, interrumpiendo mis pensamientos—. Con gran creatividad en su estructura interna, lo que hace que no se pueda distinguir el principio del fin, para que la tensión de las fuerzas se distribuya en redondo y no se rompa. ¡Los círculos le permiten elevarse a alturas sin precedentes que nadie hubiera podido soñar antes de esta cúpula!

—Es octagonal.

—Pero por dentro está hecha con círculos —insistió Leonardo—. La *cupola* tiene dos carcasas en el interior que son una serie de anillos circulares concéntricos que disminuyen de circunferencia a medida que ascienden. Así la construyó el Capomaestro Brunelleschi sin andamios. Usó las fuerzas que convergen en el eje de la cúpula, donde la linterna con su peso podría absorber la fuerza y redirigirla hacia fuera. También usó un antiguo diseño romano en espiga, entrelazando cada nuevo grupo de ladrillos con la hilera inferior de modo que la estructura se sostuviera en sí misma. ¡Así, la cúpula se elevó debido a la integridad de su propio diseño!

—¿Cómo sabes tanto, *bambino*? —pregunté, despeinándole la melena corta, mientras contemplaba la cúpula. Era un hermoso día de verano, pero no había mucha gente en las calles.

—Todo el mundo habla del Duomo —respondió—. ¡Yo escucho! ¿Y a qué no sabe qué más? El astuto de Brunelleschi inventó varias máquinas para ayudar a la construcción, ¿no es increíble? —exclamó Leonardo—. ¡Yo también quiero inventar cosas! Inventó una máquina elevadora para levantar y trasladar el peso extraordinario a grandes alturas, una grúa impulsada por bueyes. ¿Se imagina?

¡Levantaba mármol, material de construcción y piedra hasta el cielo! Fue una maravilla esa máquina elevadora, tan grande y poderosa, y tenía un increíble mecanismo reversible...

—¡Basta! —Alcé la mano—. No soy arquitecto o matemático. No sé nada de esas cosas técnicas. ¡Necesitas un maestro diferente, si quieres estudiar esos temas!

—¿Pero no le parece algo fascinante? ¿Estos problemas de fuerza, movimiento, peso y geometría? —Hizo un gesto hacia el Duomo—. ¡Si logramos dominar esos elementos, no hay nada que el hombre no pueda hacer! Podemos construir la máquina voladora que vio en su visión, y la máquina para nadar, y otros inventos tan increíbles que no se pueden creer. ¿No ve la importancia que tiene?

No podía creer que ése fuera el mismo niño que hacía sonar las piedritas en el bolsillo después del juego de saltos en la hierba; sonaba tan maduro cuando hablaba de la máquina elevadora. Merecía una respuesta respetuosa. Me tomé un momento para organizar mis pensamientos antes de hablar. Observé las calles, extrañamente silenciosas, pues parte de mí buscaba un rostro de nariz afilada y mentón protuberante, y parte de mí observaba los efectos de la peste. Me habían dicho que ahora morían unas cuarenta personas por día. Eso era menos que la cantidad que había muerto en el brote de 1348, cuando atacó por primera vez, pero era una cantidad excesiva. Demasiadas madres, demasiados padres, hijos e hijas cuyas vidas habían quedado frustradas. ¿Por qué el dios malvado encontraba motivo de humor en semejante pestilencia horrorosa, y por qué no lo detenía el dios bondadoso? Miré a Leonardo, decidido a protegerlo. El mundo se vería despojado de una riqueza inconmensurable si moría joven. Él me observaba con paciencia en la mirada, y una expresión pensativa dibujada en su rostro bello.

—Me interesa más la cuestión de la belleza. Observa qué grácil es el octágono; es delicado y al mismo tiempo fuerte y sólido, como una escultura...

—La escultura, bah, es un arte menor en comparación con la pintura —afirmó el muchacho—. La pintura es superior a todas las obras humanas, pues abarca muchas posibilidades sutiles. La escultura carece de muchas de las partes naturales de la pintura, y no puede mostrar cuerpos transparentes, luminosos o brillantes, como sí lo hace la pintura. ¡Pero si le agradan las esculturas, acompáñeme al Orsanmichele! —Me cogió de la mano y partimos hacia el sur desde Santa Maria del Fiore, hacia lo que en mis épocas de vagabundo era un granero incendiado, el Orto San Michele. Durante mis años de esclavitud en el burdel, se había construido un mercado comercial de varias plantas; las plantas superiores se usaban para almacenar granos, mientras que la inferior se destinaba a propósitos religiosos. Finalmente, el lugar fue convertido en una iglesia para honrar una imagen milagrosa de la Virgen. Leonardo se detuvo frente a uno de los nichos exteriores.

—Aquí hay una escultura excelente —señaló, entre jadeos. Observé el interior del nicho que señalaba, que era el más occidental en el lado sur del edificio. En efecto, había una escultura extraordinaria de San Marco. Era absolutamente convincente, la postura era perfecta y poseía equilibrio interno. El escultor tenía un control exquisito de la pañería, que caía alrededor del cuerpo del santo como ropa de verdad. El cuerpo del santo era vigoroso y proporcionado, de pie en elegante *contrapposto*. Cada pliegue de sus ropas, y cada lugar en el que el paño se adhería o despegaba del cuerpo, fortalecían la impresión de que, debajo de las prendas, había un cuerpo viviente.

—¿Quién la esculpió? —pregunté con admiración. En ese momento, sonaron las campanas de la iglesia y luego, en toda la ciudad, se oyó el tañido de todas las campanas, una cacofonía de horas cuyo objetivo era repeler la peste. Hubo alguna agitación en las calles, se oyeron gritos y algunos sacerdotes de expresión preocupada sacaron una pintura de la

Madonna a las calles. La procesión de la pintura era para alejar la enfermedad y la muerte. Mi prolongada experiencia como médico me hizo sacudir la cabeza. La superstición no solucionaba nada. Moshe Sforno creía que la peste, como todas las enfermedades, debía de tener causas naturales que debían descubrirse para poder encontrar una cura.

—Donatello esculpió este San Marco, con el patrocinio del gremio textil. Mire cuánta belleza e inteligencia hay en la cabeza —afirmó Leonardo, elevando la voz para que lo escuchara por encima del ruido. El timbre de su voz era lírico y dulce, a pesar del volumen—. Es evidente que está concentrado, pues tiene el entrecejo fruncido. Y mire qué atención hay en su mirada, pues tiene las pupilas grabadas, para que el ojo pueda captar las imágenes del aire. ¡Muy inteligente por parte de Donatello!

—Suenas como un amante de la escultura —afirmé en broma, dándole un empujoncito con el codo en las costillas.

—No puedo negar que es muy bella —contestó—. Pero prefiero la pintura.

—Entonces, ¡vayamos a las capillas de Santa Croce a ver los frescos de Giotto! ¡Eso es belleza!

Tres días después, Leonardo y yo cabalgamos rumbo a Careggi para la cena en la Villa Medici. El alto hijo menor de los cuidadores del viñedo, Neri, iba con nosotros. Le había pedido a Neri que nos acompañara, pues me pareció prudente tener un hombro fuerte cuidándome las espaldas en el juego de *calcio*, aunque no fuera más que el hombro inculto de un campesino. Después de todo, ¿qué era yo sino un vagabundo bastardo, un prostituto, un médico y un aventurero rico convertido en maestro? Mi propia experiencia me había enseñado que el valor de un hombre no se determinaba por su posición social en la vida.

Era una brillante mañana de junio, despejada, y corría una brisa que sacudía la lavanda de los campos toscanos.

Cabalgamos por las colinas, pasamos por varios cuidados viñedos, por cultivos de olivos verde plata y por aromáticos cipreses. Vimos hombres trabajando, pero ninguno nos llamó; todo el mundo temía a los desconocidos por la peste, como siempre. Llevaba conmigo un halcón que me había dado un viejo *condottiere* con el que había combatido en ocasiones. El brusco soldado no era florentino sino franco, pero se había retirado a la campiña toscana después de escuchar mi descripción de ella. Cuando dije que necesitaba un obsequio digno de un rey, por poco había rehusado aceptar mi dinero. Yo había insistido. Después de todo, ya no trabajaba y necesitaba los fondos. Así que me había vendido el mejor halcón peregrino que tenía, una hembra de alas largas, bella y entrenada, que se dejaba encaperuzar con facilidad. Luego, partimos a llevarle el ave a Lorenzo de Medici.

Leonardo cabalgaba delante de mí en la montura, llevaba puesto el guante y la pihuela que ataba el halcón a su mano. Estaba encantado con esa tarea y, entre sus alabanzas y gorgoritos para el ave, me instó a romper en un galope. Yo obedecí y exclamó de júbilo. Ginori dio trancos más largos y en poco tiempo volábamos por las colinas hacia la Villa Medici.

Llegamos a Careggi y avanzamos al trote por entre una masa de carruajes cargados de mujeres que cuchicheaban. Nos detuvimos cerca de un amontonamiento de caballos con las crines y la cola trenzadas. Los jinetes estaban desmontando. Un magistrado alto y hosco examinaba a la gente, buscando señales de la peste. Nos dejó pasar con un movimiento de la mano, y un siervo se acercó para coger mi caballo y el de Neri.

—Luca Bastardo, el invitado de honor —anunció la voz aguda y nasal de Lorenzo—. ¡Bienvenido! —Se abrió paso entre un grupo de hombres que reían y lo dejaron pasar respetuosamente; con quince años, ya poseía el aire de autoridad que merecía el respeto de otros hombres. Se nos acercó con el cabello negro ondulando y una expresión de placer en su rostro de facciones fuertes. O al menos, eso pareció, aunque sospechaba que nada era lo que parecía con Lorenzo.

—*Signore* —dije, con una leve reverencia. Lorenzo rió y me abrazó con calidez.

—Usted es un viejo amigo de la familia. *Nonno* lo quiere. ¡No pensará que le permitiré un saludo tan poco efusivo! ¿Y quién es este pequeño granuja con el bello halcón en el guante? —respondió Lorenzo, dando un paso atrás para examinar a Leonardo. El rostro de Lorenzo se paralizó al ver la belleza de Leonardo. Era una reacción frecuente. Sin embargo, el miedo que destelló por un instante en los ojos de Lorenzo no era frecuente. Me pregunté qué lo habría generado.

Leonardo sonrió con serenidad a Lorenzo; Leonardo casi nunca sentía miedo, sino calma aceptación.

—Usted será muy importante. Liderará al mundo —afirmó Leonardo.

Lorenzo miró al niño con renovado interés.

—¿Te ha conocido *Nonno*, muchacho? Te presentaré a la familia.

—Claro —asintió Leonardo—. Soy Leonardo, hijo de Ser Piero da Vinci —anunció, con tono serio—. Traigo un obsequio de mi *professore*, Luca Bastardo. —Extendió el halcón en dirección a Lorenzo, cuyos ojos destellaron. Lorenzo parecía contener el aliento al contemplar el ave. Desató la pihuela y luego aflojó la caperuza que cubría la cabeza del animal con un movimiento experto de los dedos. Luego cogió la mano de Leonardo en la suya e hizo un movimiento. El ave salió volando hacia el cielo. Se alzó un murmullo desde la multitud y todos levantaron la vista para mirar. El ave voló en círculos por encima de las colinas, hasta convertirse en un puntito oscuro en el cielo; no se vislumbraba más que su silueta contra el destello del sol. Pensé que así debía de haberse visto mi espíritu, hacía tantos años, cuando me trasladaba a ver los frescos de Giotto mientras trabajaba en el burdel de Silvano, aunque yo no era el depredador sino la presa, consumida cada día. De repente, el halcón escondió las alas y se zambulló. Su silueta fue aumentando de tamaño a una velocidad increíble, hasta que atacó algo en una colina, a cierta distancia de la villa. La multitud vitoreó y corrió hacia el lugar de aterrizaje.

—¡Una liebre! —exclamó Lorenzo, quien, naturalmente, se había adelantado a todos los demás para ver la presa.

—¡Una liebre! ¡Bravo! —exclamaron otras voces. Leonardo corrió hacia Lorenzo, que tomó el guante y luego el halcón. Yo me acerqué a ellos, abriéndome paso entre los espectadores.

—Necesitamos carne para alimentar a esta dulce belleza —arrulló Lorenzo. Estaba despeinado y respiraba entre jadeos. Desenvainé la daga y la sostuve de la hoja para ofrecérsela a Lorenzo. Éste rió y me arrojó la liebre—. Córtele un trozo, pues —dijo—. ¡No es un hombre que le tema a la sangre y las tripas! —Me encogí de hombros y abrí el estómago de la liebre.

—Ahora, *professore*, si corta con cuidado, verá la delgada membrana que separa la piel de los órganos —me explicó Leonardo, con un tono que lo hacía parecer un profesor a él—. No la destroce; es una maravilla ver la parte de dentro. ¡La máquina misma de la naturaleza!

Lo fulminé con la mirada.

—¿Quién es el maestro aquí, muchacho? —susurré. Él profirió una risita. Corté los intestinos de la liebre y arrojé un trozo de carne sangrienta a Lorenzo, que alimentó al halcón peregrino.

—Un obsequio muy digno —afirmó, inclinando la cabeza en mi dirección—. Un obsequio digno de un rey. ¡Lo acepto con placer! —Sin embargo, sus ojos eran tan feroces como los del halcón y supe que, aunque había pasado el primer desafío de retribuirle la silla de montar que me había obsequiado, las pruebas que debía aprobar airoso aún no habían terminado.

—No desperdiciemos la carne; désela a sus siervos para que la cocinen en un guisado —sugerí. Lorenzo rió con su buen humor y me señaló al hombre de aspecto morisco. Le arrojé la liebre, y éste hizo una reverencia.

—Debo mostrarle su nuevo *palazzo* a esta princesa —anunció Lorenzo—. ¡Luego, podemos jugar al *calcio*! —Se marchó, seguido de varios hombres que no dejaban de felicitarlo por la belleza y destreza del ave. Me volví a Leonardo.

—¿Sabes jugar al *calcio*? —le pregunté. Leonardo se tapó la boca con la mano, riendo.

—¿Nunca ha jugado?

—¿Quién tiene tiempo para juegos cuando hay que ganar dinero, combatir el hambre y el infortunio, la ruina, las acciones abominables y la muerte? —pregunté en tono demandante. No me gustaban los juegos desde que Massimo, mi viejo amigo de las calles, me había vendido a Bernardo Silvano. Sabía que la gente se tomaba muy en serio las competencias, hasta cuando se suponía que era por entretenimiento—. ¿Y por qué querría alguien jugar a un estúpido juego cuando están las pinturas de Giotto o de fray Angélico, las esculturas de Donatello, para contemplar? ¿Y por qué...?

—Calma, calma, *professore* —respondió Leonardo, con un movimiento de sus bellas manos—. El *calcio* es un juego simple. Hay un balón de cuero, y hay que hacerlo cruzar la línea del otro equipo; eso se llama *caccia*. Hay que correr con el balón o pasárselo a otra persona para que corra con el balón. También se lo puede patear.

—Suena simple —concedí—. ¿Cuáles son las reglas?

—¿Qué quiere decir con eso de las reglas? Hay que hacer pasar el balón por la línea del otro equipo. Pero hay que hacerlo con habilidad; si se hace mal, es media *caccia* para el otro equipo.

—¿Y cómo se hace pasar el balón por la línea del otro equipo?

—Como se pueda. —Leonardo se encogió de hombros.

—Estará en mi equipo, desde luego, pues debo tener hombres con *forza* a mi alrededor —dijo Lorenzo alegremente, al tiempo que me arrojaba un *lucco* verde. El otro equipo vestía el color blanco—. ¡Quiero ver con mis propios ojos algo de esa valía bastarda que tanto alaba el *Nonno*, y aprovecharla tan bien como él! —Se inclinó para darme un apretujoncito en el hombro; el gesto era amistoso, pero la mano era firme y probablemente dejara un hematoma. De modo que ésa era la prueba. Lo bien que jugara para él. Conocer mi valía, para saber cómo hacer uso de mí. No me gustaba en lo más mínimo; ni la prueba ni la intención detrás de la prueba. Si demostraba que era digno, Lorenzo me presionaría para que me pusiera a su servicio; mi libertad de elección quedaría cercenada. Si no demostraba estar a la altura del desafío, me descartaría, y pondría fin a la protección que hacía tiempo me concedía su abuelo. Ninguna de las opciones me resultaba tentadora.

—Déle un *lucco* verde a mi camarada Neri —respondí, señalando al mozuelo con el dedo. Lorenzo dedicó una de sus miradas analíticas fugaces a Neri.

—Refuerzos —señaló—. Muy astuto. —Me arrojó otra túnica verde. Se la entregué a Neri, que tenía una hoja de hierba en la boca y estaba de pie con Leonardo al sol. Neri me dedicó una enorme sonrisa perezosa y se acercó. Le arrojé el *lucco* y se quitó el *farsetto* gastado y remendado para ponerse el *lucco*. Yo también descarté mi *farsetto* y me puse el *lucco* verde.

—Tiene una *camicia* muy linda. Espero que no la cuide tanto como a su caballo. Le gusta que Ginori esté limpio y prolijo —afirmó Neri con sinceridad—. A todos se les rasgan las *camicie* durante el *calcio*.

—¿Has jugado antes? —le pregunté. Se le iluminó la cara.

—Claro, cientos de veces. Soy muy bueno —respondió—. ¡No me lastiman fácilmente porque soy robusto!

—¿Entonces, cuáles son las reglas?

Se rascó la cabeza greñuda.

—Hay que cruzar la línea con el balón para hacer una *caccia*. —Señaló una cerca de madera de la altura de una cómoda que abarcaba todo el ancho al final del campo de juego, que era una extensión de hierba plana detrás de la villa.

—Eso ya lo sé —respondí, apretando los dientes. Vi que colocaban bancos de madera a los lados del campo de juego, debajo de carpas coloridas. De la casa, emergieron mujeres enfundadas en vestidos festivos, cuchicheando sin parar, niños que gritaban y ancianos farfullantes que se acercaron a los bancos para tomar asiento. El bullicio era casi ensordecedor. Me sorprendí al ver una reunión tan multitudinaria en épocas de la peste. Se oyó una exclamación cuando salió Cosimo. Contessina lo sostenía de un brazo, mientras que un hombre de unos treinta años le sostenía el otro. Cosimo alzó la mano a modo de saludo. Al verme, me hizo un movimiento.

—¿Cómo se hace una *caccia* exactamente? —le pregunté a Neri.

—Puede arrojar el balón sobre la línea, o patearlo.

—Hay dos equipos de veintisiete hombres —intervino Lorenzo. Nos hizo un gesto hacia el césped, para que nos reuniéramos a su alrededor. Me presentó simplemente como «Luca» a los otros *Verdi*, muchos de los cuales tenían tradicionales nombres nobles—. El objetivo del *calcio* es hacer pasar el balón por encima de la línea del otro equipo. Se puede correr con el balón, arrojarlo, patearlo o pasárselo a otro jugador. Es necesario eludir a los defensores del equipo rival, que tratarán de ponerse en el medio para impediros pasar; os tumbarán al suelo, os golpearán, patearán, harán cualquier cosa.

—¿Cualquier cosa? —pregunté.

Lorenzo se llevó la mano a la nariz quebrada.

—¿Cómo cree que me quedó así? —Hizo un guiño—. No tiene miedo, ¿o sí, Bastardo? Después de todo lo que me ha contado *Nonno* sobre usted... ¿o acaso se reserva el coraje para él?

—El único honor es la victoria —respondí con sequedad.

—¡Bravo! —vitoreaban los *Verdi* que me rodeaban, y me palmearon la espalda. Lorenzo me guiñó el ojo, pues había captado la ironía, pero también asintió.

—Usted es el tipo de jugador de calcio que me gusta —afirmó—. Valiente y decidido. Nada me importa más que ganar. Me rodeo de hombres que me ayuden a lograr ese objetivo. —Acercó sus labios a mi oreja, de modo que yo solamente pudiera oírlo—. Y los que no me ayudan, son descartados. —Su mirada se dirigió a los *Bianchi*, y me volví para seguirla. Vi a un joven delgado que corría al campo de juego para unirse al juego. Llevaba zapatos de cuero costosos y una *camicia* de confección soberbia; era evidente que era acaudalado y que caía en gracia a los demás nobles, que le hacían burlas por haber llegado tarde. En ese momento, el joven se volvió, y se me hizo un nudo en el estómago. Allí estaba el rostro que me acechaba en mis pesadillas: una nariz afilada sobre un mentón puntiagudo y protuberante. Me volví de repente antes de que su mirada pudiera enfrentar la mía. En mi fuero íntimo, sabía que el clan de los Silvano me recordaría.

—Pietro Silvano —susurré. Sentí que me faltaba el aire.

—Me alegro de que comprenda lo que está en juego —afirmó Lorenzo.

—¡*Forza, Verdi*! —exclamaron algunos de los espectadores.

—¡*Forza, Bianchi*! —bramaron otros.

Giuliano de Medici, el guapo y precoz hermano menor de Lorenzo, capitaneaba el equipo blanco. Era unos años menor que Lorenzo y se pavoneaba de aquí para allá, arrojando besos a las mujeres, que se deshacían en risitas. Una matrona rolliza se puso de pie y gritó algo acerca de sus piernas flacuchas enfundadas en las calzas, y Giuliano se llevó la mano a sus partes íntimas a modo de respuesta, lo que generó más risas y gritos. Lorenzo entornó los ojos. No era alguien a quien le gustara perderse la oportunidad de llamar la atención, pero se limitó a vociferar instrucciones. A mí me asignó la defensa y le dijo a Neri que recibiera los pases. Luego, se oyó el redoble de un tambor y una trompeta. Tras la fanfarria, los espectadores hicieron silencio, expectantes. Los jugadores tomaron sus lugares en el campo. Yo me quedé rezagado, al notar la ubicación de Pietro Silvano, pues deseaba mantenerme lejos de su camino. El espíritu deportivo había abandonado el juego, que ya no me parecía tal.

Un muchacho vestido con un *lucco* verde, que llevaba una bandera del mismo color, se ubicó delante de la cerca de madera ubicada en uno de los extremos del campo de juego, mientras que un muchacho vestido de blanco se apostaba en el extremo opuesto con una bandera blanca. Así marcaban la línea de cada equipo. Algunas voces taimadas les gritaron a los muchachos que alzaran bien sus astas para que su equipo estuviera orgulloso de ellos, lo que los hizo sonrojar. La trompeta sonó tres veces. Un referí corpulento con sombrero de plumas arrojó el balón al aire, y se desató el caos.

Lorenzo era más alto que Giuliano y, como es natural, mostraba predisposición a saltar más alto y golpear con más fuerza para conseguir el balón. La arrojó hacia un jugador verde, y el campo de juego se llenó de jugadores que corrían por todas partes. Corrí hacia Lorenzo, con la intención de liberar a los *Bianchi* de su camino, como me imaginé que debían hacer los defensores. Neri me siguió, y dos *Bianchi* me hicieron trastabillar. Caí al suelo con fuerza y fui golpeado sin piedad. Sabía lo que ignoraban los dos jugadores de *calcio*, que me curaría en un día o dos, pero de todos modos me enfureció. Me reconfortó un poco el hecho de que ninguno de los dos jugadores blanco fuera Pietro Silvano. Por suerte, Neri me había visto caer. Me sacó de encima a los dos *Bianchi*, con una sonrisa.

—Usted era quien debía hacer eso con los *Bianchi*
—aulló, o eso me pareció que dijo por encima del bullicio
de los jugadores que se llamaban a los gritos, y del vitoreo
de la multitud.

—Lo tendré en cuenta —grité, limpiándome la sangre
del labio. Neri salió corriendo y yo miré alrededor, en busca
de Lorenzo, Silvano o el balón. Demorarme fue un error, pues
al instante siguiente, un *Bianchi* se me arrojó encima desde
el aire. Me golpeó y rodamos por el suelo. Me incorporé de
un salto y comencé a correr en zigzag. En realidad no sabía
hacia dónde iba, pero era mejor moverse con rapidez que
quedarse parado y sufrir otra zancadilla. Silvano corrió hacia
mí, pero luego se desvió en otra dirección. Luego, sin que me
diera cuenta, vi que el balón volaba hacia mí. Lo atrapé con
un golpe fuerte en el estómago. Me quedé sin aliento, y sentía como si los ojos me fueran a estallar, pero no dejé de
correr. Aferré el balón al pecho y miré alrededor, para ver si
había alguien a quien hacerle un pase. Neri estaba tratando
de defenderse a las patadas. Seguí corriendo al azar y, en ese
momento, Lorenzo, con el *lucco* rasgado y la cara ensangrentada, se incorporó desde el suelo, al lado de Neri, y me hizo
señas. Le arrojé el balón con fuerza. Era pesado, pero él lo
atrapó sin problemas, y ya estaba corriendo cuando se lo acomodó sobre el plexo solar.

Cuatro jugadores blancos se abalanzaron sobre
Lorenzo, pero yo me zambullí para contenerlos. Lorenzo
pudo salir corriendo, sin obstáculos, hacia la línea, y arrojó el
balón. Los espectadores vitorearon, y se oyó el redoble del
tambor y el sonido de las trompetas. El referí se quitó el sombrero de plumas para concedernos la *caccia*. El banderista de
los *Verdi* hizo flamear la bandera a toda voz y recorrió todo
el largo del campo, con los jugadores del equipo Verdi que
aplaudían y vitoreaban. La mirada de muchos *Bianchi* se
había clavado en mí, algo que yo hubiera querido evitar a
toda costa. Bajé la cabeza y me coloqué en el medio del desfi-

le de los *Verdi*. El banderista de los *Bianchi* cambió de lugar, de modo que las líneas ahora se habían invertido.

Sonó la trompeta, comenzamos a jugar, y yo me quedé en la retaguardia, mientras observaba el lugar de Silvano al otro lado del campo. Tenía el *lucco* blanco roto y la sangre le cubría la cara, como a la mayoría de nosotros. Quería acercarme a él por la espalda y arrojarlo al suelo antes de que pudiera verme. De ese modo, lo sacaría del juego y minimizaría el riesgo de que me reconociera. El juego me enardecía la sangre y me imaginé cómo sería matarlo, lo que cumpliría mi promesa de matar a Nicolo Silvano. Sin embargo, calculé que mis posibilidades de éxito eran escasas. El caos era demasiado. Además, si mataba a un hombre durante un partido de *calcio*, llamaría la atención. Era probable que hubiera otros Silvano en Florencia. No era un buen plan, a pesar de que fuera tentador.

El referí volvió a arrojar el balón al aire. Una vez más, cundió el caos. Esta vez, ya sabía que no debía quedarme quieto. Cuatro *Bianchi* se cerraron a mi alrededor. Estaban enfurecidos porque había ayudado a anotar una *caccia*. Recurrí a todos los trucos que había aprendido en mi vida callejera y como *condottiere* para eludirlos, además de para mantenerme alejado de la vista de Silvano. Aun así, un *Bianchi* me tomó el brazo desde atrás y me hizo girar como un trompo. Trastabillé y caí sobre el grupo de *Bianchi* que me arrojaron al suelo, me saltaron encima y me comenzaron a golpear en la cara y en las costillas. Me volteé, para protegerme la cara y el cuello con los antebrazos, y comencé a dar puntapiés. Pareció una eternidad, aunque es probable que sólo hubiesen transcurrido unos minutos, pero finalmente logré quitarme a los *Bianchi* de encima como sacos de granos que se sacan de una pila. Me incorporé de un salto, dando un puñetazo a un *Bianchi*. Le di en la nariz, que le explotó en una cascada de sangre brillante. El hombre cayó al suelo, con un puñado de los lazos de mi túnica aferrado al puño. El confiable Neri, jadeante, estaba de pie al lado de Lorenzo.

—Veo que está aprendiendo —canturreó Lorenzo. Luego, él y Neri continuaron corriendo, y yo me abalancé sobre un *Bianchi*.

La multitud profirió una exclamación. Esta vez, los *Bianchi* habían logrado una *caccia*. Sonaron las trompetas, el referí se quito el sombrero en dirección a los *Bianchi*, y el banderista blanco recorrió el campo con los jugadores *Bianchi* siguiéndole los talones. La mayoría de los jugadores tenía los *lucchi* blancos manchados de sangre. Muchos hombres ya no tenían el *lucco* ni la *camicia*, pues se los habían arrancado. Silvano era uno de ellos, y estaba de pie al frente, cerca de Giuliano. Al parecer, no me había visto ni reconocido. Me escabullí detrás de algunos *Verdi*. Leonardo hizo un gesto a Lorenzo. Sólo el mágico Leonardo podría haberle ordenado algo de ese modo, pues Lorenzo corrió hacia él y se inclinó sobre los rizos dorados del niño para escucharlo. Leonardo hablaba gesticulando, mientras Lorenzo asentía, y luego Lorenzo se acercó a hablar con Neri y otros *Verdi*. Se amontonaron uno al lado del otro, y luego sonó la trompeta, para que adoptáramos nuestra ubicación en el campo.

El referí arrojó el balón y, en lugar de saltar, Lorenzo se agachó, lo que permitió que Giuliano golpeara la pelota. El joven Giuliano no esperaba llegar a tocar el balón. Lo arrojó de manera incorrecta, y éste picó sobre el suelo, donde lo cogió Lorenzo, quien salió corriendo hacia los *Bianchi*, y luego se desvió para arrojárselo a Neri, que corría a la par de él, derribando jugadores de blanco como un toro derribaría ovejas. Neri no retuvo el balón, sino que lo dejó caer delante de sí, y le dio un puntapié en medio del aire. Eso era una gran destreza, pues el balón era pesado. La pelota hizo un arco en el aire y aterrizó en los brazos expectantes de un *Verdi* veloz que estaba cerca de la línea de los contrincantes. El jugador verde arrojó el balón sobre la línea, y los espectadores rugieron. Otra *caccia* para los *Verdi*, e inmediatamente después de la de los *Bianchi*. Lorenzo le dio una señal afirmativa a

Leonardo, y éste sonrió de oreja a oreja e hizo una reverencia elaborada. Incluso en ese momento, supe que estaba presenciando el nacimiento de una amistad. Me pregunté si, en lugar de forjar mi propio destino, mi regreso a Florencia no serviría para facilitar los destinos de otros hombres. ¿Qué era lo que había logrado?

Más tarde, aunque perdí la noción del paso del tiempo, inmerso en la brutalidad del juego y en la necesidad de permanecer fuera del alcance de la mirada de Pietro Silvano, los tantos estaban cuatro a cuatro. Estaba lleno de machucones y cubierto de sangre, en especial la de otros hombres. Tenía una costilla rota pero, como siempre, había recibido golpes y también los había dado. El hombre responsable de mi costilla fracturada había tenido que salir del campo de juego rengueando, con el brazo roto. Busqué a Silvano con la mirada, y lo vi mirando en mi dirección con la mano en la frente, a modo de visera, para protegerse del sol. Retrocedí. Los *Bianchi* acababan de anotar una *caccia* y Lorenzo miró a Leonardo, que se encontraba de pie junto a Cosimo, que estaba sentado. Leonardo salió corriendo de la protección de la carpa. Lorenzo se le acercó, conversaron, y Leonardo me señaló. Lorenzo me hizo una seña.

—Ahora jugará en el ataque —afirmó con naturalidad.

—¿Qué? No sé cómo. El pase que le hice para la primera *caccia* fue sólo suerte —afirmé, desesperado—. ¡Lo único que quiero es evitar que me pasen por encima en el juego!

—Póngase al frente, a mi izquierda; yo le enviaré el balón.

—¿Al frente? ¿Es una broma? ¡Los *Bianchi* me matarán! ¡Están furiosos porque le quebré el brazo a uno de su equipo!

—El tipo es Lepetto Rossi, descendiente de una de las familias más antiguas y acaudaladas de Florencia, y desposará a mi hermana, Maria —indicó Lorenzo, con una mirada de soslayo. Le habían arrancado el *lucco* y la *camicia* y, al igual que el resto de nosotros, tenía lastimaduras y hematomas por todo el pecho musculoso y el rostro de rasgos duros. La sangre parecía no importarle, y la llevaba con dignidad, como un caballo de guerra triunfante. Se lanzaba al centro de la acción con cada jugada, lo que generaba exclamaciones de «¡Bravo, Lorenzo!» de las mujeres y los ancianos. Creo que se habría sentido humillado de no estar cubierto de sangre y golpes. Hubiera quedado como un cobarde. Hasta podría haber parecido indiferente a su propia posición, lo que más temía.

—Pues sí; su acaudalado cuñado tiene muchos amigos, y ahora todos quieren vengarse —afirmé en tono sombrío. Tenía la esperanza de que la enemistad creada durante el juego no perdurara.

—No se trata de algo personal —me aclaró Lorenzo afectuosamente, mientras me daba un apretujoncito en el hombro—. Simplemente es el *calcio*.

—¿Y qué hay de Silvano? —pregunté, en voz baja, para que nadie más pudiera oírme.

—No se preocupe por la carta que tiene su familia —dijo Lorenzo, encogiéndose de hombros. Yo me sorprendí, y Lorenzo me dirigió una sonrisa ladeada—. *Nonno* me cuenta cosas, también, Bastardo, pero la victoria exige sacrificios, ¿o no? Cuando el referí arroje el balón, corra y espérelo. ¡Será un héroe para mi equipo! —La trompeta sonó y todos los jugadores ocuparon su posición. Corrí hasta el frente, cerca de Lorenzo, como se me indicó, y el hombre que estaba en la posición me sonrió y corrió hacia la parte trasera del campo de juego. Varios *Bianchi* observaron mi presencia, incluido Pietro Silvano, e intercambiaron una sonrisa. El corazón me dio un vuelco. Me darían una paliza. Lo que era peor, me reconocerían. Si sobrevivía a la paliza, Pietro Silvano y la Confraternidad de la Pluma Roja me arrastrarían en un carro para morir en la hoguera. El referí arrojó el balón al aire y Lorenzo saltó para cogerlo. Yo me abalancé hacia la línea de los *Bianchi*. Una docena se arrojó sobre mí. No me di cuenta de si Silvano era uno de ellos. Sentí que me faltaba el aire, luché sin esperanzas de librarme del peso que tenía encima, y con menos esperanzas aún de poner las manos sobre el balón. Luego, al estar debajo de esa masa sudorosa y violenta de cuerpos, me di cuenta de que la idea no era que atrapara el balón. Ése nunca había sido el plan. La idea era que hiciera exactamente lo que había hecho; intentar acercarme a la línea de los blancos, distraerlos, sacrificarme para que Lorenzo pudiera pasarle el balón a alguien que no tuviera defensores que lo derribaran, que pudiera correr o pasar el balón y hacer una *caccia*. Me habían usado. Lo que era peor, yo lo había permitido, a pesar de que tantas veces en mi larga vida me había prometido que eso no volvería a pasar. A Lorenzo de Medici poco le importaban las promesas de los otros hombres, ante sí mismos o ante los dioses. Al quedarme en Florencia por Cosimo, me ponía en una posición en la que era un peón de su despiadado nieto. Había caído en otra especie de esclavitud, de naturaleza mucho más gentil que la del burdel de Bernardo Silvano, pero igual de cierta.

Sonó la trompeta; el plan de Leonardo había funcionado; los *Verdi* lograron anotar un tanto. Luego, se escucharon las trompetas con el redoble de los tambores, lo que marcaba el final del juego. Los dos *Bianchi* del final de la pila, que estaban más cercanos a mí, seguían pellizcándome, mientras que otro me hundía los codos en la rodilla. Me invadió la ira. Rodeé un cuello cercano con las manos y comencé a apretar. No era Pietro Silvano, pero éste se encontraba cerca, quizá en la pila que tenía encima, lo que otorgó una fuerza viciosa a mis manos. El hombre se retorcía, incapaz de hablar. Comenzaron a desprenderse los cuerpos que se amontonaban sobre mí, pero yo no apartaba las manos del cuello del hombre. Éste me tomó de las muñecas, y luego desapareció el último hombre que se encontraba sobre éste. Alguien me cogió de los brazos y me obligó a soltar al hombre. Éste rodó y quedó tumbado sobre el suelo, maldiciendo con voz ronca y frotándose el cuello amoratado. Varios *Bianchi*, incluido Silvano, que se encontraba de espaldas a mí, se arrodillaron a su alrededor. Neri y Lorenzo estaban de pie a mi lado.

—Con calma, *professore* —me advirtió Lorenzo, dándome una mano para ayudarme a incorporarme—. ¡Se trata de un juego amistoso! Hoy no queremos matar a nadie, en especial, no a Francesco de Pazzi.

—Entonces, lo guardaré para otro día —gruñí.

Los ojos vivaces de Lorenzo bailaban.

—¡Muestre un poco de alegría! ¡Es todo un héroe! ¡Ganaron los *Verdi*!

—Gracias a que me puse al frente y me dejé atacar por una docena de *Bianchi* —repuse, enfadado.

—Un sacrificio inteligente. ¡No ha quedado imposibilitado y tendrá una docena de invitaciones de las damas para esta noche!

—¡Me habría gustado saber que me estaban usando! —respondí. Observé a Leonardo, que vitoreaba desde los lados del campo de juego, y sacudí el dedo en su dirección. El niño echó a reír y batió palmas, encantado ante mi enfado. Cosimo me vio y aplaudió por encima de la cabeza.

—¡Bravo, Luca!

—Sabía que Leonardo y yo encontraríamos la manera. Me interesa mucho ese jovencito —afirmó Lorenzo, con suavidad, pero de manera intensa—. ¡Es muy singular! —En ese momento, el equipo de los *Verdi* nos rodeó, entre risas y palmadas en la espalda. Lorenzo dejó que los hombres lo abrazaran y se unió con entusiasmo a las felicitaciones. Lo perdí de vista cuando se incorporaron los *Bianchi* y todo el mundo se abrazó y se besó. Yo retrocedí, pues no estaba de humor para manifestar un entusiasmo fingido. No quería arriesgarme a encontrarme frente a frente con Pietro Silvano. Habían pasado sesenta años desde que su bisabuelo por poco me consignara a las llamas, pero yo conocía a la familia Silvano. El mal se propagaba en la sangre. Nunca renunciarían a su *vendetta* contra mí. Pietro tenía en su poder esa carta que hablaba de mí, era probable que le hubieran mostrado mi rostro infantil en el panel de Giotto, y yo aún me le parecía bastante.

—Buen juego, Luca Bastardo —rió Cosimo. Leonardo, que no era ningún tonto, me vio llegar y se escondió deprisa detrás de la silla de Cosimo. Cosimo extendió sus manos grises y temblorosas hacia las mías—. ¡Bien hecho, mi viejo amigo! ¡Fue una jugada valiente y audaz! ¡Arrojarte al centro mismo de los *Bianchi* para permitir que los Verdi ganaran el partido!

—Fue idea mía —intervino Leonardo, desde su lugar, detrás de la silla de Cosimo—. ¿No fue una estrategia excelente?

—Sin duda, Leonardo; debemos debatir el arte de la estrategia —respondí, en tono sombrío.

—Podéis hablar de estrategia y arte luego. —Cosimo rió—. Ven, Luca, quiero presentarte a uno de mis estimables amigos, el líder de la Academia Platónica, que es la mejor institución filosófica del mundo, el erudito, médico y músico Marsilio Ficino, hombre de muchos talentos. —Un hombre delgado de baja estatura, un poco encorvado, se acercó con una reverencia.

—*Signore* Cosimo, nunca debe evitar que un hombre hable sobre el arte —afirmó Ficino, con una sonrisa y un leve tartamudeo. Tenía tez colorada y pelo rubio ondulado que se le rizaba bien por encima de la frente. Su mirada brillaba con ideas, lo que me recordaba los ojos de Petrarca—. El arte recuerda al alma inmortal de sus orígenes divinos, creando similitudes con ese mundo. Hablar de arte es hablar de Dios, y de nuestros orígenes divinos; nos recuerda que tenemos el poder de convertirnos en todas las cosas, que el hombre puede crear los cielos y lo que en ellos hay si obtenemos las herramientas y el material celestial. ¡Reivindicamos nuestra propia dignidad al hablar sobre el arte!

—¿Si tenemos el poder de convertirnos en todas las cosas y de crear los cielos, cree que podemos construir máquinas voladoras? —preguntó Leonardo, asomando desde detrás de la silla de Cosimo. Yo traté de atraparlo, pero se escapó antes de que mis dedos pudieran cerrarse sobre su cuello. Espió desde el otro lado de la silla y me sacó la lengua. Yo fruncí el ceño, con gesto de indignación. Leonardo rió y volvió a esconderse.

—Joven Leonardo, creo que, dado que el alma inmortal puede volar, no pasará demasiado tiempo hasta que el hombre invente una forma de que el cuerpo pueda seguir el mismo camino. Así es la naturaleza humana —respondió Ficino.

—¡Debemos hablar acerca de la naturaleza humana, *signore* Ficino! —Leonardo volvió a asomar la cabeza para hacerle un gesto a Ficino. Yo volví a extender la mano, pero el niño fue demasiado rápido, una vez más.

—Con Ficino, no hay ninguna discusión que no comience y termine con la inmortalidad del alma —acotó Lorenzo, que se nos acercó—. ¡Salvo que comience y termine con Platón!

—Lorenzo, mi mejor alumno, a una edad tan temprana, ya es un poeta hábil, un diplomático y un atleta destacado. —Ficino hizo un guiño al joven, que ya era más alto que él. Con su rostro de rasgos toscos, sus hombros desnudos musculosos cubiertos de sangre y sudor, y las venas azules que le sobresalían del brazo, Lorenzo parecía una especie de antiguo dios guerrero.

—Todos mis logros son un tributo a los excelentes maestros que *Nonno* me ha conseguido, y a *Nonno* —afirmó Lorenzo con calidez en la voz—. Pero ahora presentaré nuestro heroico Luca a mi madre, que está muy impresionada con sus destrezas. —Comenzamos a caminar hacia el campo—. Mi madre, Lucrezia de Tournabuoni, es una mujer extraordinaria. Todos la adoran, salvo mi abuela, pero eso pasa en las familias; las mujeres riñen. —Se encogió de hombros.

Alguien lo llamó, de modo que saludó con la mano. Luego bajó la voz para que sólo yo lo escuchara—. Me agrada, Luca Bastardo. Es usted fuerte, listo y dispuesto a hacer lo que se necesite para ganar. De seguro es el hijo de un hombre peligroso y de una mujer con la mente clara y tranquila. Un hombre así me puede ser de utilidad.

—¿De utilidad para qué?

—Misiones delicadas, recados que exigen discreción, supervisión de comitivas, recolección de información, una diversidad de cosas para las que un líder requiere de la ayuda de un hombre discreto y leal; usted me entiende —afirmó Lorenzo, encogiéndose de hombros—. A cambio, puedo ofrecer mi protección a ese hombre tan habilidoso y leal.

—¿Qué implicaría su protección? —pregunté con suavidad, preguntándome hasta dónde llegaría Lorenzo para tenerme a su servicio.

—Obtener cierta carta que podría llevar a un hombre a la hoguera por tener padres que fueron hechiceros, todo lo cual se demuestra a través de la brujería que usa para mantenerse joven —respondió en voz baja—. *Nonno* no logró conseguirla a pesar de sus esfuerzos, pero yo no tengo los mismos escrúpulos que él. No tengo miedo de usar los medios que sean necesarios para bloquear a la Confraternidad de la Pluma Roja, que, como quizá haya adivinado hoy, puede haber perdido popularidad, pero aún persiste en secreto.

Caminaba con el ceño fruncido de regreso a mi habitación en la posada. Mascullaba por lo bajo, también, imprecaciones en todos los idiomas que había aprendido en mis viajes. Los sarracenos poseían insultos de lo más coloridos, que expresaban en frases gratificantes y floridas. Lo hacía a viva voz cuando sentí que alguien me llamaba. Debajo de mí, se delineaba el contorno de la silueta curvilínea de Caterina, a la luz de la luna.

—¿Luca, está herido? Baje que lo atenderé —se ofreció. Yo no necesitaba que me lo pidiera dos veces. Me apresuré a bajar tan deprisa como me lo permitió mi cuerpo—. Mire cómo está. ¿Tiene el labio partido?

—Ganamos —respondí.

—Claro, entonces está bien —respondió ella, con una leve sonrisa sarcástica—. Déjeme ver qué puedo hacer por el dolor que lo hace cojear como un lisiado. —Me condujo hacia el interior de la taberna, luego encendió algunas linternas que proyectaron una luz tenue alrededor de sus dorados rizos, como el halo de un ángel en un fresco de Giotto. Atizó las brasas del hogar. Luego, sus manos suaves me condujeron a un banco. Me senté, y ella colocó una linterna sobre la mesa, cerca de mí.

—¿Leonardo no está con usted? —preguntó, y me quitó la *camicia* que me había prestado Lorenzo.

—Quiso quedarse en Careggi.

—Mi hombrecito siempre consigue lo que desea —afirmó, con diversión en sus enormes ojos color avellana—. ¿Supongo que logró que lo invitaran?

—Sí, lo hizo el mismo Lorenzo de Medici —asentí, e intercambiamos una mirada divertida. En ese momento, al pasarme los dedos por el hombro dolorido, encontró un lugar magullado—. ¡Ay! —protesté. Me dio una palmada tan solícita que proferí otro gruñido, más fuerte, con lo que me volvió a acariciar con suavidad. Como es natural, volví a gemir lastimosamente. Era agradable que alguien me cuidara.

—Está todo lastimado —murmuró, comprensiva—. ¡No quiero ni pensar cómo fue ese partido de *calcio*! —Me acarició la mejilla y luego se marchó deprisa. Me di cuenta de que envidiaba a Leonardo, por la infancia que tendría con esa madre que lo cuidara. Desde luego, mis sentimientos por la mujer no eran fraternales en lo más mínimo. Volvió con un trapo húmedo y un ungüento.

—Esto es un linimento hecho con una antigua receta familiar —afirmó—. Son hierbas con una base de grasa purificada. Debería aliviar un poco del dolor. —Me pasó el trapo con suavidad por los hombros y el pecho. No le dije que era probable que yo supiera más acerca de las hierbas y los linimentos para aliviar el dolor que ella, pues eso hubiera arruinado la diversión.

—Sabes, Leonardo es responsable de los peores magullones —observé.

—A ver si adivino —suspiró—. Con su astucia, inventó alguna estrategia que lo hizo salir corriendo directamente hacia la resistencia más fuerte.

—Conoces a tu hijo —respondí. Extendí la mano para tocar un largo rizo dorado que le caía entre los pechos llenos, que luchaban por salirse de su *gonna* transparente. El rizo era tan fino y suave que se sentía como la seda cuando lo enrollví alrededor de mi dedo.

—Y es probable que hayáis ganado el partido gracias a esa jugada —observó ella, al tiempo que colocaba un poco más de ungüento en la otra mano. Lo sostuvo allí por un momento, para calentarlo, antes de masajearme los hombros. El calor me inundaba los músculos donde ella los frotaba. Me relajé.

—Fue la jugada que nos aseguró la victoria —respondí, levantando la otra mano para peinarle los rizos sedosos—. ¡Pero quedé todo magullado! —Me miró, con expresión divertida, y me masajeó el otro hombro, luego continuó con el pecho. La brisa de la noche era granulada y púrpura, y resplandecía con la luminiscencia amarilla de las linternas. La dulce luz destelló en los pómulos esculpidos de Caterina, resaltando su piel perfecta. Las caricias de esa mujer me excitaban sobremanera, y no traté de ocultarlo. Cuando terminó de pasarme el ungüento, se apartó para limpiarse las manos con el trapo. Yo la abracé de la cintura, regodeándome al sentir la curva de su cuerpo. Sus labios rosados se arquearon en una sonrisa, y la senté sobre mi regazo. Le tomé la cabeza con las manos y la besé.

—¡Cuidado! ¡Te lastimarás el labio hinchado! —rió ella.

—Bien lo vale —respondí, y volví a besarla.

—Pero Luca —me interrumpió—. ¿No estás esperando un gran amor que se te ofreció en una visión? Me dijo Leonardo que le dijiste eso.

—Espero, pero no vivo una vida de negaciones mientras tanto. —Hundí la cara en su mejilla.

—¿Pero no debes mantenerte fiel a esa visión?

—Soy fiel a la visión. —Le mordí el lóbulo de la oreja con suavidad.

—¿Al no entregar tu corazón? —murmuró. Yo levanté la vista y mi mirada se encontró con la suya.

—Mi corazón está abierto para ti, Caterina —dije en tono serio y, en ese momento, en verdad eso creía. Su mirada penetró con tanta intensidad en la mía que me recorrió un estremecimiento, y supe de quién había heredado Leonardo sus singulares poderes de observación. Por un instante, me pregunté si Caterina sería, en realidad, la mujer que esperaba hacía tanto tiempo, como una estrella lejana, la mujer cuyo amor me completaría y me haría pleno de todas las maneras ocultas que anhelaba desde que era un huérfano hambriento.

Después de unos instantes, Caterina suspiró.

—No los lugares más profundos de tu corazón.

—Hace mucho tiempo, tuve un amigo que hablaba de los lugares que tenemos en nuestro interior —afirmé, acercándola más a mi cuerpo, pero sin apretarla para que pudiera alejarse si así lo deseaba.

—La puerta de entrada al santuario se encuentra en nuestro interior —murmuró. Se inclinó hacia mí y posó los labios sobre mi boca lastimada—. Está bien, Luca. Es lo que es. Cada uno de nosotros tiene un compañero músico secreto con quien bailar, una canción que sólo nosotros conocemos y podemos oír. Tu compañera es la mujer de tu visión. Puedo aceptarlo. —Me rodeó con los brazos y me alivió el dolor de una manera mucho más completa de lo que había logrado el ungüento.

# Capítulo 17

Cosimo de Medici murió unos meses más tarde. Fue el primero de agosto. Leonardo me había pedido que lo ayudara con un proyecto. Su padre, Ser Piero, después de aceptarme con reticencia como profesor de su precoz hijo y, tras aceptar, con más reticencias aún, pagarme una miseria a cambio, le había dado a Leonardo un pequeño escudo, llamado adarga, hecho de madera de higuera, y le había pedido que pintara algo sobre él. Con su modo cuidadoso y observador, Leonardo había examinado el escudo, que le había parecido tosco y mal terminado. Él mismo lo enderezó sobre el fuego y luego lo entregamos a un tornero, que lo alisó y emparejó su superficie. Leonardo aplicó una capa de *gesso* y lo preparó para pintarlo. Luego, con entusiasmo infantil, decidió pintar algo aterrador sobre su superficie, algo que generara tanto miedo que convirtiera en piedra a quien lo mirara, como la Medusa. Con ese fin, fuimos hasta el Monte Albano, buscando lagartos, grillos, serpientes, mariposas, langostas, murciélagos y cualquier otra criatura extraña que se nos cruzara por el camino. Recogimos los especímenes y los llevamos de regreso a la habitación de Leonardo, en la casa de su padre.

Leonardo alternaba con libertad entre la casa de su padre y la de su madre, pero prefería trabajar en la de su padre; con el calor del verano, la habitación pronto despidió el

olor hediondo de los cadáveres en descomposición. Los sirvientes y la madrastra de Leonardo se quejaron, y Ser Piero
me dijo, enfadado, que estaba consintiendo demasiado a su
hijo. Yo sólo me encogí de hombros, como si alguien fuera
capaz de negarle algo a Leonardo. Así que los animales muertos no se marcharon, y las mujeres debían llevar bufandas
alrededor de la boca y la nariz al pasar cerca de la habitación
del niño. De cualquier modo, Leonardo no estaba conforme.
Era muy exigente y aún no había encontrado la combinación
perfecta de detalles horrorosos para su quimera. Nos arrastramos por las uvas maduras de mi viñedo en Anchiano, en
busca de gusanos y escarabajos extraños. Era un día habitual
en su aprendizaje que, desde el comienzo hasta el final de los
años que pasé con él, se caracterizaba porque yo le siguiera
los pasos, lo ayudara con sus proyectos y me asegurara de
que no se lastimara con tanto entusiasmo. Me agaché para
examinar las hojas de las viñas para ver si había alguna señal
de hongos, que podrían disminuir la cosecha, y Leonardo me
arrojó una pequeña piedra.

—*Professore*, se supone que me tiene que ayudar a
buscar criaturas espeluznantes —me reprendió.

—Los hongos son criaturas espeluznantes para mí.

—¡Usted sabe a qué me refiero! —Arrojó otra piedra—. *Professore*, ¿se enteró lo que dice Ficino sobre la amistad y el *convivium*?

—Ficino, sí. Platón, Platón, Platón, el alma, la música,
los buenos modales, más alma, y todo eso.

—¡*Professore*! —rió Leonardo—. ¡Ficino es un gran
filósofo! Seguramente está de acuerdo con lo que dice sobre
el arte y el amor…

—Con el arte, seguro. ¿Pero el amor?

—Porque usted espera a un gran amor que vio en una
visión, ¿no es así?

—Hago algo más que esperar —respondí, sonriendo
al pensar en Caterina, que colmaba mis noches de una

manera deliciosa después de que Leonardo se acostaba. No era la mujer de mi visión, pero era dulce y tierna, y enriquecía mi vida. Recogí una peluda araña parda de una hoja y se la enseñé. Leonardo negó con la cabeza—. ¡De verdad! ¡La estoy buscando!

—Si en verdad estuviera buscando, no estaría aquí, enseñándome —respondió Leonardo con astucia.

—Quizá todos tenemos un compañero músico secreto con quien bailar, un canto que sólo nosotros escuchamos, y ella es mi compañera —agregué, usando las palabras de Caterina.

—Hasta Ginori produce menos pilas de estiércol —rió Leonardo—. Creo que usted quiere que su amor siga siendo una visión.

—La encontraré —insistí—. No sé cuándo. Cuando sea que así lo decida el dios benévolo que trae dulzura, o el dios malvado que nos trae la crueldad. Es probable que dependa del dios malvado. Tendré a mi gran amor cuando llegue la amarga ironía con él, y ni un momento antes.

—Mi querido *professore*; no es la ironía lo que debe llegar, sino su corazón —afirmó Leonardo. —Tomó un racimo de uvas y las comió, escupiendo la cáscara—. ¡Cuando el corazón está listo, el ser amado aparece! Creo que no quiere encontrarla porque ha sufrido, porque ha vivido una vida extraña llena de dolor, y no está listo para conocer a su gran amor. Pero Dios no controla eso; lo controla uno mismo, con el libre albedrío. Debe elegir el amor por sobre el miedo.

—Siempre elegí el amor por sobre el miedo —dije—. ¡De hecho, en mi visión, me dieron la elección del amor y la muerte o de una larga vida, y elegí el amor, aunque moriré a una edad mucho más temprana!

—Eso fue una elección abstracta —argumentó Leonardo—. En el mundo, su corazón no ha hecho esa elección. Es por eso que está rodeado de tantas mujeres.

—No habíamos visto este escarabajo antes —me apresuré a decir. Miré de soslayo a Leonardo, con la esperanza de

411

que no se hubiera dado cuenta de que la mujer que había en mi vida en ese momento era Caterina—. ¿O sí?

—No quiere hablar de sus secretos —observó Leonardo. Cogió el escarabajo que tenía en la mano y lo examinó—. Creo que usted es diferente de otros hombres, Luca. Oí que Lorenzo le susurraba algo al respecto a su *Nonno*.

—No deberías escuchar conversaciones sobre asuntos que no son de tu incumbencia —protesté—. Vuelve a tus insectos.

—Le pregunté si había oído las opiniones de Ficino sobre el *convivium* porque la amistad proviene del alma —continuó Leonardo—. Es sagrada. Vivimos en una red de vínculos, y esa red nutre el alma.

—He vivido en gran soledad la mayor parte de mi vida —confesé—. Incluso en medio de la gente, siempre me sentí solo.

—A eso me refiero. Su soledad. «Bastardo» es un nombre que la resalta, pero ya no está solo, Luca. Tiene a Cosimo, a Lorenzo, a mí...

—Cosimo se está muriendo; yo diría que Lorenzo me tiene a mí —mascullé.

—Lorenzo lo ayudará; sólo quiere que usted lo ayude a cambio —afirmó Leonardo, arrojando el escarabajo de regreso entre las viñas—. No es un mal hombre; sólo es algo calculador. Será un buen gobernante.

—¿Qué quieres decir, Leonardo? —pregunté, impaciente.

—¿Por qué mantiene esa distancia con la gente? ¿Por qué ha dividido en dos al único Dios, para asignarle diferentes tareas? ¿Es por su historia? ¿En verdad no tiene idea de quiénes fueron sus padres, de sus orígenes? —preguntó.

—¿Todo eso por el *convivium*?

—Todo eso porque soy su amigo, y quiero saber de usted. Y ayudarlo —dijo, con una mirada calma en sus enormes ojos llenos de luz.

Suspiré. No había logrado distraerlo.

—Tengo algunas sospechas acerca de mis padres. Cuando era niño, oí algunas historias acerca de unos extranjeros nobles que eran acompañados por los cátaros y que perdieron a un hijo. Los cátaros son...

—¡Ya sé quiénes son los cátaros! —exclamó Leonardo—. ¡Pero nadie los menciona!

—¿Cómo sabes de los cátaros, *ragazzo*?

—La familia de mi madre descendía de un cátaro que se escapó de la cruzada del Papa.

—¿Caterina desciende de los cátaros? —pregunté, asombrado. Tal vez yo le había ocultado a Caterina los lugares más recónditos de mi corazón, pero ella también guardaba sus secretos.

—¿No es eso lo que dije? Mamá me cuenta en secreto acerca de nuestras creencias. No creemos realmente que la Crucifixión haya matado a Cristo, porque Cristo estaba hecho puramente del espíritu, y no se puede matar al espíritu. Creemos en la experiencia y no en la fe, pues todas las personas pueden experimentar a Dios por sí mismas. Nuestro propósito en la tierra es trascender la materia y alcanzar la unión con el amor divino.

—Leonardo, nunca menciones eso a nadie más —le advertí, apoyando la mano en el hombro del niño—. ¡Muchos hombres han muerto por menos que eso! ¡Y muchas mujeres, también!

—Sí, las mujeres —suspiró Leonardo—. Los cátaros tenían mejor opinión de las mujeres que en Roma. Aunque mi madre me contó una historia poética sobre cómo Satán creó a una bella mujer llamada Lilith para que sedujera a otros ángeles y que lucharan con él en contra de Dios. Los ángeles lucharon con ferocidad, pero sus cuerpos fueron vencidos. Sus almas cayeron. Luego nueve largos y pesados días con sus noches cayeron desde los cielos, más gruesos que hojas de hierba o gotas de lluvia, hasta que Dios se enojó y decidió que las mujeres nunca más atravesarían las puertas del Cielo. Me gusta el modo en que el tiempo cae, como un telón, y así crea el mundo, pero la historia parece contradecir de algún modo la forma en que los cátaros trataban a las mujeres, pues les permitían ser sacerdotisas.

—Sacerdotisas. Eso sería una razón para que el Papa organizara una Cruzada.

—La otra razón eran los tesoros que poseían los cátaros. —Leonardo se encogió de hombros.

Clavé la mirada en él.

—¿Qué sabes de esos tesoros?

—No sé dónde están, pero sé que existen. Artefactos sagrados como el Arca de la Alianza, los manuscritos del templo en Jerusalén, objetos ancestrales poderosos que los cátaros todavía conservan en secreto. Me pregunto qué secreto sobre sus padres estarían protegiendo los cátaros —dijo Leonardo—. ¿Quizá algo que tuviera que ver con un tesoro, como el Arca? ¿O algo sobre el Antiguo Testamento? ¿Qué tipo de araña es ésa? ¿La ve, Luca, la que tiene las rayas pardas?

Leonardo se arrastró hacia una maraña de viñas, y yo me quedé sentado, inmóvil, preguntándome acerca de las extrañas coincidencias de la vida que me habían llevado hasta ese niño tan extraordinario que descendía de los cátaros. Se me puso la piel de gallina. Luego apareció un caballo al galope en la cima de una colina distante, lo que interrumpió mis reflexiones.

—Un caballo; eso debería hacer —exclamó Leonardo, sentándose debajo de una planta. Tenía un racimo de uvas color púrpura alrededor de la oreja, y los rizos dorados y las manos llenas de insectos, y se había quitado el *lucco* por el calor, por lo que parecía un verdadero querubín dionisíaco—. Debería hacer un caballo de arcilla, como Ginori, un pequeño modelo...

—Termina la adarga —respondí—. Debemos complacer a tu padre. Ya se ha mostrado bastante molesto por tener que pagarme un salario. Si es que se puede llamar así. Ganaría más dinero pidiendo limosna en las calles de Florencia, y los florentinos no son precisamente generosos con sus mendigos, ¡te lo aseguro!

—No depende del dinero que le paga mi padre para vivir —respondió Leonardo con astucia—. Es un hombre rico. Posee este viñedo y mucho dinero en el banco de los Medici, como oí que le decía el *signore* Cosimo al *signore* Ficino.

—Quieres decir que escuchaste otra conversación que no era de tu incumbencia.

Leonardo sonrió hasta que se le formaron hoyuelos.

—Usted es más rico que mi padre, y no necesita el dinero que le paga.

—Es una cuestión de principios —insistí—. A un hombre se le debe pagar por su arduo trabajo.

—¿Yo soy trabajo arduo? —Leonardo echó atrás la cabeza y su risa nos envolvió como una melodía—. Ayer pasamos el día nadando en el abrevadero del Monte Albano. ¡Antes de ayer, trepamos a los árboles y arrojamos bellotas a la gente que iba al abrevadero! ¡Aunque me di cuenta de que a usted sólo le gustaba pegarles a las niñas bonitas, y sonreírse con sus grititos!

—Claro; soy tu niñera; por eso me deberían pagar.

—No es mi niñera; es mi *professore* y creo que, dado que es rico, y se está haciendo cada vez más rico, debería comprarme cosas, como un diario. Me prometió que me compraría uno. ¿Cuándo lo hará?

—Pronto; quizá cuando termines el escudo. —Le dirigí una sonrisa alegre, y él me devolvió una mueca. Me mostró una víbora de jardín.

—¿Esto asusta?

—Tiemblo de miedo —respondí con sequedad, ante lo cual, Leonardo me arrojó la serpiente. La atrapé con una mano y, así de simple, al observar el cuerpo verde y pardo del animal, que se retorcía hasta adoptar extrañas formas etéreas que se recortaban contra la luz amarilla del sol, supe que la muerte, mi vieja amiga, me haría una visita—. Ese jinete me viene a buscar a mí —agregué en voz calma. Volví a arrojarle la serpiente al muchacho y me puse de pie, quitándome el polvo de encima. El caballo se nos acercó al trote. Leonardo salió de entre las viñas, se quitó las uvas que tenía sobre la oreja y se puso el *lucco* verde esmeralda que había acortado él mismo para que llegara sólo a la cintura. Esperamos a que el caballo se acercara. Era el sirviente morisco de la villa Medici en Careggi.

—Venga rápido —dijo, jadeando un poco—. Don Cosimo ha muerto.

Leonardo y yo llegamos a la villa al anochecer. Desmonté y le entregué las riendas de mi leal caballo, Ginori, a un sirviente. Leonardo tuvo que bajarse de un salto y avanzar a tropezones para seguirme. Me condujeron de inmediato a los aposentos de Cosimo, donde se reunían mujeres y hombres de expresión sombría. Marsilio Ficino, con quien había desarrollado un vínculo amigable en los últimos dos meses, se apresuró a abrazarme.

—Luca, el Se…señor se…se lo ha llevado —afirmó, tartamudeando entre las lágrimas—. Pero partió con Gra…gracia. Hace unos días, Cosimo se levantó de la cama, se vistió, y se con-confesó con el prior de San Lorenzo. —El hombrecito me apoyó la cabeza contra el pecho y sollozó lastimosamente. Le di una palmadita afectuosa en la espalda.

—Luego *Nonno* pidió que dijeran la misa —agregó Lorenzo, acercándose. El rostro hosco del muchacho mostraba una expresión seria, y tenía los ojos enrojecidos y llorosos—. Mi padre nos dijo que dio todas las respuestas como si estuviera perfectamente bien.

—¡Nunca hubo un li…líder igual! ¡Un hombre tan vinculado con su alma divina e inmortal, de la que brotaban su poder y su sabiduría! Cosimo debe de estar con su amado

Cosimino y su hijo Gi…gi…Giovanni —se lamentó Ficino, sorbiéndose los mocos, mientras yo trataba de quitármelo de encima. Se cubrió la cara con los brazos, luego me miró con expresión agónica—. Luca, debe decirle algunas palabras reconfortantes a Contessina; no ha dejado de llorar.

—Mi abuela puede esperar unos instantes —intervino Lorenzo en tono sombrío—. Debo hablar con Luca. —Me condujo hasta el jardín, que estaba protegido detrás de un alto muro—. El querido arquitecto de *Nonno*, Michelozzo, no pudo reestructurar toda la villa para que reflejara los nuevos principios que adoraba; el orden, el detalle clásico, la simetría, una masa que —Lorenzo hizo una pausa, llevándose su incongruente dedo elegante a la nariz— es inconspicuamente conspicua, como el *palazzo* de la Via Larga. Es una descripción adecuada de *Nonno*, ¿no es así?

—Sí —respondí con una sonrisa—. Siempre fue más de lo que sugería su modesto exterior.

—Me dijo que usted era su amigo. Me contó cosas sobre usted que ni siquiera mi padre sabe. —Miró hacia el jardín—. La villa en sí se parecía demasiado al antiguo estilo de la fortaleza como para renovarla por completo. Sin embargo, este jardín se diseñó de acuerdo a las cartas de Plinio. *Nonno* y Michelozzo observaron a la perfección su énfasis en la integración de habitaciones de la villa con las «habitaciones» del jardín. También siguieron la enseñanza de Plinio sobre la importancia de mantener la armonía entre el jardín y el paisaje circundante. *Nonno* adoraba este lugar. Él mismo plantó los árboles y las flores. Aquí reunió a la Academia Platónica. —Caminamos a la luz del atardecer debajo de arrayanes, álamos, robles y árboles cítricos, rodeados de brillantes y cuidadas flores, orquídeas salvajes, rosas, lavanda y lirios.

—Hay algo más sobre la confesión de *Nonno* —murmuró Lorenzo—. Pidió perdón a muchas personas por sus errores. —Lorenzo hizo una pausa, y sus ojos se clavaron en los míos. Yo no dije nada. Lorenzo continuó—. ¡Usted sabe mejor que yo que hay demasiadas personas agraviadas como para obtener el perdón de todas!

—Su abuelo exaltaba a sus amigos y doblegaba a sus enemigos.

—Exactamente. Las cosas se complicarán de ahora en adelante. —Lorenzo tomó una ciruela de un árbol y le dio un mordisco voraz antes de continuar—. Los enemigos de los Medici verán debilidad y querrán golpearnos. Es probable que ya se estén tramando conspiraciones. ¡No puedo permitir que se acabe con la casa de Medici! ¡Debo estar a la altura de *Nonno* y su legado! ¡Debo proteger lo que él construyó!

—Su padre no conservará el poder por mucho tiempo.

—Estuve de acuerdo—. No tiene ni la salud ni los arrestos que se necesitan. Con suerte, sobrevivirá cinco años en el poder.

—¡No diga eso! —ladró Lorenzo. Arrojó el carozo de la ciruela, y luego se pasó los dedos largos por el cabello negro—. Yo amo a mi padre, pero es verdad. No sé si tendrá la fortaleza como para responder de manera decisiva cuando llegue el ataque. ¡Ahora más que nunca necesitamos contar con nuestros amigos, Luca Bastardo! —Me apoyó las manos sobre los hombros, haciéndome girar para que lo mirara a los ojos.

—Siempre he sido amigo de los Medici, y lo seguiré siendo —respondí, sosteniéndole la mirada. Me soltó en forma abrupta.

—Bien. Esto es lo que necesito que haga: quiero que deambule por Florencia y preste atención para ver si alguien está conspirando en contra de nosotros. La idea es que socialice, que se mezcle con la gente.

—Trato de evitar justamente eso, debido a mi historia.

—He enviado a Pietro Silvano lejos de Florencia, por asuntos de negocios, y estoy haciendo los arreglos necesarios para comprar las órdenes de la Iglesia para dos de los jóvenes de la familia. Los Silvano estarán dispersos. No pasará mucho tiempo hasta que consiga la carta a la que tanto teme; tengo varios hombres habilidosos que trabajan para mí y que son ladrones eximios. Estará protegido de la Confraternidad de la Pluma Roja, Luca Bastardo.

—Me gustaría tener esa carta en mi poder —dije en tono sombrío.

Lorenzo sonrió y apartó la mirada, y me di cuenta de que no era su intención entregármela. Significaba demasiada influencia.

—Nos encontraremos discretamente. Yo fingiré cierta frialdad, distancia. Nada demasiado evidente, pero la gente pensará que usted no me agrada demasiado. Eso hará que parezca confiable a aquellos que conspiran en mi contra.

—¿Me envía al frente una vez más para atraer a la oposición, Lorenzo?

—No lo golpearán esta vez —dijo con una sonrisa—. Si sucede, usted es un sobreviviente, no tendrá problemas. ¡Pero será un héroe aún más grande!

—Volvamos a entrar —respondí, cansado, sabiendo que la alianza que estaba forjando con Lorenzo de Medici me llevaría por un camino de peligro e intrigas—. Quiero darle mis respetos al cuerpo de su abuelo y ofrecerles mis condolencias a su abuela y a su padre.

Caminamos en silencio de regreso a la villa. Cuando entramos a los aposentos de Cosimo, nos recibió una canción dulce y triste. Alguien tocaba el laúd y cantaba, con tanto pesar en el timbre lírico de su voz que hacía llorar a todo el mundo. Busqué entre los allí reunidos y, desde luego, era Leonardo. Estaba de pie cerca del lecho de Cosimo, donde su cuerpo yacía plácidamente. Leonardo sostenía una lira, y cantaba con los ojos cerrados, todo su ser vibraba con amor y la sensación de pérdida, que son inseparables, y que nos persiguen por toda esta vida terrenal.

De acuerdo con sus deseos, Cosimo de Medici fue sepultado con tan poca pompa como se pudo persuadir a la ciudad. Una enorme cantidad de florentinos solemnes se congregaron para despedirlo, frente al elevado altar de la iglesia de San Lorenzo, la iglesia de los Medici. Tenía sus orígenes en la antigüedad lejana, pero la habían vuelto a construir con los fondos donados por Giovanni di Bici y Cosimo. Este último había contratado al afamado Brunelleschi para que la renovara y, aunque la fachada aún estaba sin terminar, el interior era muy bello, hecho de buena *pietra serena* gris. En toda la iglesia y en la sacristía, Brunelleschi había usado los elementos estructurales de la columna y el arco redondo, con el fin de lograr una armonía de proporción y equilibrio. San Lorenzo también tenía obras exquisitas de Donatello y fray Lippo Lippi, artistas que Cosimo había amado y respaldado. La placa simple que se colocó sobre la tumba de Cosimo llevaba su nombre y la inscripción *Pater Patriae*, padre de su patria. Yo lo recordaba, más que nada, como un niño sombrío con sueños ambiciosos que se habían concretado.

Y comencé una nueva vida en la Toscana. Era una vida dulce y, por un tiempo, los dos dioses parecieron celebrar una tregua y mantener la paz en el campo de batalla de mi vida. Caterina se entregaba con generosidad y pedía muy poco, lo que hacía que las cosas fuesen más dulces aún. En nuestros primeros tiempos juntos, le pregunté por su relación con los cátaros. Estábamos recostados en mi habitación, que parecía más segura frente a las incursiones de Leonardo, o de Ser Piero, para el caso, que la de ella. Mientras recorría su espalda de curvas delicadas, sonriendo al imaginarla como una niña que corría, feliz, en Anchiano, recordé lo que me había dicho Leonardo acerca de sus ancestros.

—Caterina, ¿es cierto que desciendes de los cátaros? —le pregunté.

Ella alzó la cabeza, de modo que sus rizos rubios se desplegaron sobre la almohada.

—Has estado hablando con mi hijo. —Asentí. Ella rodó sobre la cama, para mirarme—. Es un asunto privado.

—Mis padres viajaban con los cátaros, o eso dice la historia —afirmé, acariciando sus hombros pálidos, que eran redondeados y musculosos, de tanto levantar las pesadas bandejas de la taberna.

—¿En serio? —preguntó, incorporándose sobre el codo y apoyando la cabeza en la palma de la mano—. ¿Qué sabes de los cátaros?

—Eran cristianos místicos de la época de Cristo que deambulaban de un lugar a otro y que finalmente se asentaron en el Languedoc, donde practicaban la caridad y la pureza. Fueron asesinados por el Papa.

—El sitio de Montségur. —Suspiró—. Las tropas del Papa quemaron a más de doscientos cátaros, pero algunos sobrevivieron y huyeron. Mi antepasado fue uno de ellos. Los pocos que quedaron trataron de conservar el antiguo conocimiento, de mantener vivo el antiguo linaje, de conservar la antigua tolerancia y la caridad.

—Oí que los judíos estaban entre ellos en algún momento.

—Es cierto, aunque veíamos la creación de manera diferente —afirmó—. Nosotros creemos en un dios benévolo que es espíritu puro, y en un dios menor, un dios ciego y engañado, que creó la Tierra. Para nosotros, el dios hebreo Jehová era un tonto, y la Serpiente fue una benefactora que le enseñó a Eva la verdad sobre el espíritu y la materia. Eva fue quien enseñó a sus hijos, es decir, a toda la humanidad.

—Si no hubiera dos dioses, ¿por qué habría sufrimiento, enfermedades, traición, asesinatos y crueldad en el mundo? —pregunté—. Debe de haber algo de verdad en las creencias cátaras.

—Este mundo está lleno de dolor, Luca mío —asintió—, pero a menudo me pregunto acerca de los dos dioses. Creo que esa es una interpretación demasiado básica. Creo que quizá exista el dios que todos conocemos, el de la Biblia, que es celoso, que es amo y rey, creador y juez; y que también está el dios más comprensivo, que es la fuente de todo el ser.

—La mayoría se queda con el primer dios —afirmé.

—Sí —respondió, apoyando el pómulo sobre la mano—. Pero quizá eso sólo sea una imagen de Dios, pero no realmente Dios.

—A la Iglesia no le agradaría tu interpretación —comenté, pasando la mano por su cabello suave—. Los obispos dicen que gobiernan el mundo en nombre de Dios, a través de la misma jerarquía con la que Dios rige la tierra desde el cielo. Si la gente dejara de aceptar a Dios como rey, dejaría de aceptar la autoridad del clero, que son los representantes del rey sobre la tierra. Matan a los que cuestionan su autoridad, su orden.

—No le digo a nadie lo que pienso —afirmó ella con una sonrisa—. Sólo he contado las historias de mi gente a mi hijo, pues quiero que se preserven. Algunas se remontan hasta antes de Cristo. Siempre fuimos los guardianes de muchos secretos, desde los comienzos del mundo. Para nosotros, Cristo fue la concreción, no sólo de las profecías de los hebreos, sino de todas las antiguas tradiciones que hablaban del fuego divino, como una estrella, atrapada entre las personas desde los tiempos de Adán. Cristo fue la encarnación del hijo de Eva, Seth, que engendró una raza de gente con una longevidad extraordinaria.

Me senté súbitamente.

—¿Una longevidad extraordinaria?

—Mi querido Luca, ¿te sobresalté? —Me acarició el muslo—. Es una antigua tradición de mi pueblo. Hablamos de estos setianos, que tenían el don de vivir por siglos.

—¿Llevan la marca de los herejes sobre el pecho? —exclamé.

—Cálmate, *caro*. No tienen ninguna marca sobre el pecho; eso no es más que un tonto rumor que difundió la Iglesia, como la superchería de que los judíos tienen cuernos. La Iglesia esparce rumores ridículos sobre las cosas que van más allá de su comprensión, o sobre lo que teme. Pero quizá este rumor se deba a que el sacerdote Melchizedek, que era setiano, tenía una marca en el pecho con la forma del sol. También poseía las vestimentas de Adán, que entregó a Abraham, que le pagaba el diezmo.

—¿Y qué fue de este tal Melchizedek? —pregunté—. ¿Había otros como él?

—Calma, Luca. —Caterina se sentó a mi lado y se ubicó a mis espaldas para masajearme los hombros—. No sé mucho más. Las viejas historias no están completas en mi familia.

—¡Estoy tranquilo! ¿No sabes nada más acerca de esta gente longeva? —supliqué.

Ella apretó sus suaves y cálidos pechos contra mi espalda, en un abrazo. Su aliento dulce me acarició la mejilla.

—Hay otra cosa, *caro*. Este Melchizedek podía viajar de maneras especiales. Podía viajar por el tiempo y el espacio con su mente, y verlo todo.

Viví dos años en Anchiano. Inspirado una vez más por las historias que me contaba Caterina sobre los cátaros, y después de saber que los setianos no llevaban una marca en el pecho, volví a enviar agentes contratados para que buscaran información acerca de mis padres. Tenía la esperanza de que la mujer del mercado que habían visto Silvano y otras personas fuera mi madre, y de que quizá alguien todavía tuviera alguna información, a pesar de que había pasado tanto tiempo: un fragmento de una anécdota familiar, una leyenda sobre un bebé poco común, un alquimista que había bautizado a un niño usando la magia, lo que fuera. Parecía lógico pensar que mis padres y yo éramos descendientes de ese tal Melchizedek, y que mis padres compartían mi longevidad y mi resistencia. Hacía preguntas generales, con palabras vagas, pero destinadas a despertar la atención de los cátaros ocultos o de las personas con una longevidad peculiar. No obtuve respuesta, como si no tuviera ancestros y hubiera brotado por germinación de las calles de Florencia, como resultado de la unión entre sus piedras grises y el río Arno.

Tenía sueños periódicos que me perturbaban. Nunca había visto el rostro de la mujer de mi visión, pero anhelaba conocerla. Sentía su esencia etérea con claridad en el sueño: su dulzura y su sentido del humor, su inteligencia y su generosidad, su alegría y su tristeza. Hasta podía oler su fragancia: un delicado aroma a lilas frescas en una mañana primaveral, a limón y a cosas blancas, como la luz transparente y las nubes suaves. Era como si ya la conociera por haberla elegido durante la visión de la piedra filosofal, y ahora la echara de menos. Era un anhelo secreto por una mujer que aún no había conocido. Me invadía a pesar de que sentía un enorme aprecio por Caterina. Reflexioné acerca de lo que me había dicho Caterina sobre el canto secreto que nadie más podía oír, y sobre lo que me había mencionado Leonardo acerca de que yo no estaba preparado para el amor, lo que me hizo recordar la pregunta del Errante cuando me fui de Bosa hacía décadas. ¿Estaba salvando a mi corazón o protegiéndolo? Si estaba protegiendo al corazón, ¿era por eso por lo que aún no la había conocido? ¿De qué manera podía prepararme para ella? No tenía la respuesta a esas preguntas, de modo que me mantenía ocupado, practicando con la espada y galopando durante horas con Ginori por la campiña toscana. Gran parte del tiempo lo dedicaba a mi discípulo, Leonardo, hijo de Ser Piero.

Finalmente, Leonardo terminó de trabajar en el escudo. Pintó sobre su superficie una criatura maravillosa y aterradora que emergía de una grieta oscura en una roca. Despedía veneno de la garganta abierta y fuego de los ojos y de las fosas nasales brotaba un humo ponzoñoso que le daba un aspecto horripilante. Cuando Leonardo se lo mostró a su padre, sobre un caballete ubicado en un rincón de su habitación sumido entre las sombras, parecía que la criatura horrorosa saltaba desde la pared. Ser Piero dio un salto y pegó un grito. Leonardo estaba encantado. Ser Piero se pasó la mano por la frente y se deshizo en halagos para su hijo, y hasta me dio una palmada en el hombro y me dijo que estaba haciendo un buen trabajo con el muchacho.

—No interfiero y dejo que aprenda solo —le respondí a Ser Piero con honestidad—. Su hijo es un gran genio y está listo para mejores profesores que yo. —Ser Piero entrecerró los ojos, mientras sopesaba mis palabras. Era un hombre alto, de aspecto respetable, fuerte y con una mente ágil que uno podría llamar astuta o sagaz, más que intelectual. De inmediato, comprendió el significado de mis palabras.

Leonardo, al ver que su padre reflexionaba, corrió hacia él y le puso una mano en el brazo.

—¡Todavía no, papá! Me agrada mi profesor. ¡Aún tengo mucho que aprender de él!

—En verdad tienes mucho talento —observó Ser Piero, al tiempo que cogía el escudo. Lo examinó con detenimiento, sonriendo. Como todo buen florentino, Ser Piero era, en el fondo, un mercenario, y me di cuenta de que hacía cálculos mentalmente. Sin importar cuáles fueran los planes originales, ahora lo vendería. Decidí enviar un representante que se lo comprara.

—Puedo ir a Florencia cuando tenga dieciséis años —afirmó Leonardo con premura—. ¡Aún tengo mucho que aprender de Luca! Además, es mucho más barato que pagarle a cualquier instructor en Florencia.

—Muy bien, ya que quieres quedarte —asintió Ser Piero, apretando los labios—. ¡Además, no quiero que tu madre te extrañe mucho! —Me hizo un guiño y yo traté de mantener una expresión imperturbable. No era ningún secreto en Anchiano que Ser Piero, que había tenido una esposa estéril tras otra, sentía un gran afecto por la guapa Caterina, que le había dado un hijo tan extraordinario. Todavía la visitaba; yo me había visto obligado a salir por la ventana en más de una ocasión, a toda prisa, mientras Caterina me arrojaba la *camicia* y los zapatos.

De modo que Leonardo permaneció en Anchiano, bajo lo que podía llamarse, ridículamente, mi tutelaje, pero que en realidad era su propio programa de descubrimiento de todas las cosas naturales. Estaba obsesionado con volar y, como Ícaro, se fabricó alas de diferentes materiales: madera, huesos de animales, cera, papiros, cuero pegado sobre plumas verdaderas. En más de una ocasión lo rescaté de un peñasco un instante antes de que saltara. Le compré un diario, tal como le había prometido, y él lo llenó de dibujos e ideas, de anotaciones en esa letra pequeña e invertida que consideraba mágica. Después le compré dos nuevos cuadernos. Sabía que los usaría enseguida. Ahora, aquí, en esta pequeña mazmorra en la que espero mi ejecución, me doy cuenta de que fue una época muy feliz. Viví con Leonardo la infancia que nunca se me había permitido.

Al mismo tiempo, me involucré en los asuntos de Lorenzo de Medici. Con sólo quince años, Lorenzo debía afrontar responsabilidades abrumadoras. Ya había consolidado un grupo de conocidos cercanos y asesores confiables. Lo enviaban en misiones diplomáticas a encontrarse con Federigo, el hijo del rey Ferrante de Nápoles; a Milán, a representar a los Medici en la boda del hijo mayor del rey con la hija de Francesco Sforza, Ippolita; a Venecia a encontrarse con el Doge; a Nápoles a ver al mismísimo Rey. En la mayoría de las misiones, Lorenzo me enviaba antes para que evaluara la situación. Debía familiarizarme con el lugar y escuchar los rumores que se corrían en las calles. Lorenzo quería saber la opinión de todos, desde el hombre común hasta el noble. Yo me destacaba en eso; sabía cómo mezclarme entre la gente, podía bromear con zapateros, mendigos y señores de la nobleza, y flirteaba con las doncellas de las damas, que siempre contaban con la mejor información.

Lorenzo me indicó que también estuviera atento a las noticias de Florencia. En 1466, después de la muerte de Francesco Sforza, regente de Milán y aliado firme de Cosimo, informé a Lorenzo que se estaba gestando una conspiración. Había llevado a Leonardo a pasar el día a la ciudad y caminamos hacia la iglesia de Santa Maria del Fiore, conversando sobre pintura y escultura. Nos detuvimos en el muro de la izquierda de la nave, frente a la pintura de Paolo Uccello de Sir John Hawkwood, el extraordinario *condottiere* que había servido a Florencia y ganado su aprecio. Me gustaba la pintura, pues me había agradado el hombre, a quien conocí antes de su muerte, en 1393. Leonardo no opinaba lo mismo.

—Me gusta el monocromo terra verde, que hace referencia a antiguas estatuas ecuestres y honra al *condottiere* como el sucesor de los grandes comandantes romanos —observó Leonardo. Tenía catorce años en ese momento; ya no era un niño, y había pegado tal estirón que estaba tan alto como yo—. Pero mire, *professore*, este fresco tiene dos sistemas diferentes de perspectiva: el sarcófago parece una tumba que se proyecta desde la pared, mientras que el caballo y el jinete están retratados con un perfil estricto de contornos claros que resaltan contra el fondo oscuro.

—No se trabajaba mucho con la perspectiva en la época de Uccello. —Me encogí de hombros, disfrutando, como de costumbre, el intercambio con el precoz joven.

—Todavía no se trabaja adecuadamente con ella —respondió Leonardo, gesticulando con sus manos bellas—. Yo la perfeccionaré. Me haré famoso por ello; la gente hablará de mi trabajo por generaciones. Pero mire, el caballo y el jinete no se comunican en lo más mínimo. ¡Es bien sabido que los jinetes tienen que dar señales a sus caballos! Y Luca, lo peor de todo es que ningún caballo se mueve así, con las patas hacia un lado únicamente. ¡Se caería! Uccello no trabajaba a partir de la naturaleza, como deben hacer los pintores.

Sonreí.

—No voy a discutir sobre eso contigo, *ragazzo*, pero creo que a Giovanni Acuto, como llamamos los florentinos a Sir John Hawkwood, le habría gustado este fresco.

Leonardo inclinó su cabeza de rizos dorados.

—¡Habla como si hubiera conocido al hombre!

—Creo que Florencia debería haber esculpido una estatua de bronce en su honor, tal como le prometieron —respondí—. Sin embargo, los florentinos cuentan cada moneda, y es mucho menos costoso hacer un fresco.

—Si quiere, quédese mirando esta pintura mediocre; yo iré a ver el reloj que pintó Uccello. Me interesa el tiempo y el registro del tiempo. —Leonardo se marchó y, después de un rato, me senté en un banco y alcé la vista, para contemplar la maravillosa cúpula de Brunelleschi. Ésa era mi forma de rezar, las reverencia que tenía para dar: la búsqueda, la admiración y la adoración del arte bello. Los credos, la fe y los mitos del nacimiento de la virgen y la crucifixión significaban poco para mí, pues estaba convencido de que la vida humana era una broma que hacía reír a una inteligencia divina malhumorada o a un dios benévolo, según su posición en una batalla que ningún hombre comprendía. Pero hasta los dioses deben sofocar la risa y hacer silencio frente al verdadero arte, al ver la grandeza divina, la creatividad divina, reflejada en él. En la belleza, en el arte, yo encontraba paz. Encontraba libertad y redención.

Leonardo volvió unos minutos más tarde.

—Luca, Luca —susurró. La preocupación se le reflejaba en el rostro—. Hay unos hombres hablando allí; creo que debería escucharlo. ¡Me parece que están conspirando en contra del padre de Lorenzo! ¡Los escuché y luego tuve una de esas visiones del futuro: sangre en el camino que conduce a Florencia!

Me dirigí con él hacia el frente de la iglesia. Caminamos con paso natural y, al pararnos frente al reloj de Uccello, con su aguja en forma de estrella y el ciclo de veinticuatro horas del día, nos llegó el susurro de una conversación. Había algo en la forma de la catedral que nos hacía llegar sus palabras. Me quedé quieto, mientras escuchaba. Cuando cesaron las voces, sabía lo que debía hacer.

—Salimos de inmediato rumbo a Careggi —le dije a Leonardo—. Primero te llevaré a tu casa.

—Yo iré con usted —insistió—. Siempre me gusta conversar con el *signore* Ficino.

Llegamos a la villa de Medici en Careggi por la tarde. Los caballos estaban empapados en sudor. A mí no me agradaba presionar tanto a Ginori, salvo en un caso de extrema necesidad. El criado morisco se encargó de los caballos, y me informó que Lorenzo se encontraba en el jardín con Ficino y otras personas. Corrí hacia la entrada lateral, con Leonardo siguiéndome los pasos. Ficino y algunos eruditos griegos que estaban de visita se encontraban sentados debajo de los álamos. La espesa luz de la tarde les acariciaba los hombros. Los saludé apresuradamente y pregunté por Lorenzo.

—Lorenzo está dentro —respondió Ficino. Luego se dirigió a Leonardo—. ¡Joven *signore* Leonardo; cada vez está más alto! Dígame, ¿ha regresado para terminar nuestro debate acerca del daimón que conducirá su vida?

—Los daimones son los espíritus sin nombre que motivan y guían la vida —observó Leonardo con una sonrisa—. Usted dice que quienquiera que se examine a sí mismo con detenimiento podrá encontrar su propio daimón. Lo que yo digo es que busco en la profundidad de mi ser para ver cuán profundo es el lugar de donde fluye mi vida. ¡Ésa es la forma de vivir una vida espiritual!

—Yo digo que debo encontrar de inmediato a Lorenzo de Medici —gruñí, presa de la impaciencia—. ¡De lo contrario, la vida no fluirá por buen camino para ninguno de nosotros!

—Está dentro. Piero no está bien otra vez. Llegó hace una hora de Florencia. Lo trajeron en una litera.

Ficino hizo una seña con la mano.

Me dirigí hacia los antiguos aposentos de Cosimo, que ahora pertenecían al inválido Piero. Al llegar a la recámara, vi que lo estaban acomodando. Lorenzo estaba sentado al borde de la cama, hablando con su padre, y había sirvientes por toda la habitación.

—Permiso, *signori*. ¡Os tengo noticias urgentes!

—Calma, Bastardo. ¿Acaso hay un incendio? —me preguntó Lorenzo con una sonrisa.

—Desearía que el Señor me concediera una energía como la suya —observó Piero. No era un hombre feo, en especial tratándose de un Medici. Tenía mandíbula decidida y rasgos bien proporcionados, pero los párpados caídos y las glándulas hinchadas de la garganta le daban un aspecto adormecido y enfermo. Sabía que era paciente y amable, y mi larga experiencia como médico me indicaba que lo que otros percibían como cierta frialdad de carácter no era más que el resultado de sus prolongadas molestias físicas. El hombre contrajo los labios y me di cuenta de que volvía a sentir dolor. El corazón me dio un vuelco. Florencia necesitaba que ese hombre estuviera a la altura del desafío que debía enfrentar.

—La casa de Medici puede incendiarse —respondí, al tiempo que indicaba a los sirvientes que se marcharan—. Leonardo y yo nos encontrábamos en Santa Maria del Fiore y escuchamos una conversación entre unos hombres que hablaban de la locura del hijo de Sforza en Milán. Decían que, debido a la enfermedad de Piero y a que Milán, que es aliada de los Medici, se encuentra en manos de un lunático, Florencia está en un estado de alarma, la fe en los Medici es escasa y que ahora es el momento de atacar contra los Medici.

—*Nonno* hizo de la alianza con Milán el centro de su política extranjera —observó Lorenzo, incorporándose de un salto—. ¡No pudo prever el riesgo en que nos ponía con la muerte de Sforza! Luca, ¿qué fue lo que escuchasteis?

—Dietisalvi Neroni y Niccolo Soderini. Los escuché, pero no los vi —admití—. Hay otras personas involucradas y la solicitud a la república de Venecia y a Borso d'Este, el duque de Ferrara, de ejércitos que marcharan en contra de vosotros. El duque de Ferrara aceptó.

—Los otros conspiradores debían de ser Agnolo Acciaiuoli y Luca Pitti —afirmó Lorenzo, dándose un golpe con el puño en la mano—. ¡Papá; debemos hacer algo!

—Podría ser sólo cotilleo —intervino Piero con un suspiro, deslizándose debajo de la sábana de lino—. La gente habla de más; hace calor, es agosto; a los ejércitos no les gusta marchar con el calor.

—Papá, Luca Bastardo era muy apreciado por *Nonno*, que confiaba en él. He descubierto que Luca es un hombre de suma confianza. Debes escucharlo —lo instó Lorenzo—. ¡Esto confirma otros rumores con los que no quise molestarte durante tu enfermedad! —Tomó a su padre por los hombros. Piero parpadeó unas cuantas veces, y luego permitió que Lorenzo lo ayudara a sentarse.

—Precisaremos una estratagema sobre cómo nos enteramos —masculló Piero, al tiempo que se pasaba la mano por la frente para quitarse el sudor—. No sé por qué, pero el *Nonno* siempre protegió la identidad de Bastardo.

—Tengo secretos peligrosos —comencé a decir, con la esperanza de que mi confesión lo impulsara a actuar.

—No quiero conocerlos —suspiró el hombre, con un gesto de la mano—. Mi padre estaba al tanto, al igual que Lorenzo. Yo no quiero enterarme. Lo único que necesito es una estratagema.

—*Scusi, signori* —dijo Leonardo desde el vestíbulo, con esa sonrisa beatífica que siempre lo sacaba de cualquier embrollo en que se hubiera metido—. No pude evitar escuchar. Para una estratagema, ¿no serviría un mensajero que llegó trayendo una carta?

Lorenzo chasqueó los dedos.

—¡Sí! —exclamó—. Una carta del regente de Bologna, que está en buenos términos con los Medici. ¡El mensajero dice que la carta es urgente; pues se está tramando una conspiración en tu contra!

Menos de una hora más tarde, Lorenzo y yo galopábamos hacia Florencia. Para nuestra feliz sorpresa, Piero se había levantado, preparado su litera y nos había mandado de antemano para preparar su llegada. Yo montaba un brioso semental negro que me había prestado Lorenzo, pues habría sido poco considerado volver a sacar a Ginori, aunque mi fiel caballo había proferido un relincho de reproche desde el establo en el que lo cuidaba un mozo de cuadra al verme montar el corcel negro, y yo sabía que el valiente Ginori habría dado hasta su ultimo aliento por mí, pero no quería arriesgarlo. Lorenzo montaba un bayo de patas largas y galope fluido, y avanzamos a toda velocidad por el camino que conducía a Florencia. Al subir a la cima de una colina toscana, en la luz densa y entrecortada del atardecer, pude divisar unas siluetas negras en el camino, más adelante. Había algo en las oscuras siluetas sinuosas de los caballos al recortarse sobre el campo ocre y dorado de la Toscana que me erizó los pelos de la nuca. Mi antiguo sentido del peligro me invadió, enviando escalofríos que me recorrieron la espalda. Leonardo había mencionado sangre en el camino que conducía a Florencia. Yo estaba dispuesto a confiar en su premonición, pues yo también había echado una mirada al porvenir.

—¡Lorenzo! —lo llamé—. ¡Más despacio! ¡Esos hombres son peligrosos! —Lorenzo me miró por encima de la cabeza del caballo. Al ver mi expresión sombría, aminoró la marcha hasta que ambos íbamos al trote. Eran seis jinetes. Debíamos pasar a su lado. Por un momento, la mente se me puso en blanco y luego, como si apareciera un fantasma del pasado, recordé la tonadilla que me gustaba—. *¡Le gustaba tanto mi enorme instrumento, y nunca me negaba sus favores!*

Asombrado, Lorenzo me miró sin comprender. Pero era astuto y rápido, de modo que entendió al instante. Se metió el cabello negro dentro del sombrero y luego se agazapó sobre el lomo del caballo. Se unió en la tonada, en una voz grave que ni se asemejaba a su tono de voz agudo. Pensé que era una suerte que le hubiera enseñado la letra. A Lorenzo le agradaban las canciones subidas de tono, las bromas obscenas y las historias procaces, y eso lo salvó en ese momento.

—*La napolitana con los enormes melones jugosos y esa figa dulce y madura* —cantamos a coro, avanzando hacia el centro del grupo de jinetes. Entre ellos, vi que se encontraba un nervioso Luca Pitta, que ya no se encontraba en su juventud, y un Niccolo Soderini de aspecto decidido, aunque ninguno de los dos me conocía. Evidentemente esperaban a alguien, que podrían ser aliados o refuerzos que se les unieran, o bien podrían ser los Medici. No sería bueno para Lorenzo y Piero que reconocieran a Lorenzo. Yo hice un gesto grandilocuente, saludándolos, presa del hipo—. *¡Le encantaba mi enorme instrumento!* —entoné, y luego me desplomé, como si estuviera ebrio. Los jinetes rieron, salvo Pitti, que a su edad había dejado atrás semejantes consideraciones amatorias. Lorenzo y yo no nos detuvimos, sino que proseguimos la marcha y, cuando habíamos descendido la siguiente bajada del camino, Lorenzo se sentó erguido en la silla.

—Eran Soderini y Pitti, ¿los vio? ¡Y las bazofias que tienen por amigos! ¡Le debo un tonel de Chianti por ayudarme en esta!

—Sólo si es mejor que el que tomamos la noche en que le enseñé la tonada —respondí. La indignación ante los conspiradores teñía de un rojo carmesí las mejillas de Lorenzo. La intensidad de su ira me llegó hasta donde me encontraba, sobre el semental negro. Los enemigos de Lorenzo pagarían cara su deslealtad.

En lugar de ser depuestos, los Medici consolidaron su poder. En el mes que siguió, sus acciones fueron decisivas. El primer día, ante mi advertencia, Piero buscó un camino poco transitado. Su aparición inesperada en Florencia enfadó a los conspiradores y, en las semanas que siguieron, logró reunir a su ejército, lo envío a Milán en busca de refuerzos, y concertó la elección de una *Signoria* que favoreciera a los Medici en las elecciones siguientes. La *Signoria* resultó electa, con la selección que habían hecho los Medici, y el poder de la familia quedó garantizado. Soderini, Neroni y Accaiuoli fueron exilados de Florencia, mientras que Pitti rogó por el perdón e hizo un juramento de lealtad.

Más avanzado el año, Lorenzo me llevó a Roma. Lo enviaron a felicitar al papa Paulo II, que había sido electo hacía poco, por su ascensión. Desde luego, aunque no era más que un adolescente, Lorenzo tenía que ocuparse de asuntos de negocios; quería negociar unos contratos con el Papa por las valiosas minas de alumbre de Tolfa. El alumbre era esencial para teñir, lo que formaba una parte esencial de la industria textil florentina. Hasta hacía poco, la mayor parte del alumbre provenía del este, en particular de Smirna. En 1460, se descubrieron nuevos depósitos enormes en Tolfa, cerca de Civitavecchia en los Estados Pontificios. El poderoso banco de Medici olfateó la posibilidad de percibir ganancias y, como es natural, quería controlar y explotar ese hallazgo valioso. Lorenzo fue enviado a discutirlo personalmente con el Papa. Para mi asombro, me llevó a una reunión privada con el Santo Padre.

Un cardenal me condujo hasta la puerta de los aposentos del Papa en el Palazzo Vaticani. Lorenzo y Paulo II estaban sentados en sillas de tallado maravilloso. Sus cabezas estaban cerca, pues estaban sumidos en la conversación. Al oír mi entrada, Lorenzo me hizo un gesto. Sobrecogido por estar tan cerca de un Papa, pues nunca había esperado conocer a uno, avancé con pasos algo dubitativos, y luego me hinqué de rodillas.

—Santo Padre, le presento a mi querido amigo Luca Bastardo —dijo Lorenzo. El Papa me extendió la mano y yo la tomé, pero me demoré, con torpeza, antes de besarle el anillo.

—¿No profesas la fe cristiana, hijo mío? —me preguntó, con humor en la voz. Levanté la vista y mis ojos se encontraron con los de un hombre de aspecto atractivo e imponente que me miraba enarcando las cejas, a la espera de una respuesta.

—Soy cristiano, *signore*, o al menos eso creo. No sé si me bautizaron. No quería deshonrarlo besándole el anillo, en caso de que no lo esté. —No me atreví a decirle que, a lo sumo, podía llegar a creer que existía una tregua entre un dios impiadoso y uno benévolo, que no dejaban de reír, y que probablemente en ese mismo instante se deleitaran con la ironía de un bastardo de las calles que besaba la mano del Papa. Casi podía escuchar las risas divinas resonando por los cielorrasos dorados que se arqueaban sobre nuestra cabeza. De cualquier modo, no habría sido prudente confesar mis verdaderas creencias y ganarme el desagrado del Papa. Las llamas hambrientas de la hoguera siempre estaban dispuestas a consumirme lentamente. Yo debía escaparme por siempre.

—Puedo remediar eso —afirmó el Papa, en tono jocoso. Me apoyó la mano sobre la cabeza y habló en tono resonante—. Te bautizo con el Espíritu Santo, en el nombre del Padre, del Hijo y del Espíritu Santo. —Sentí una suave brisa que brotaba de su mano hacia la coronilla de mi cabeza. Me recordó al *consolamentum* de Geber: era una verdadera transferencia de algo espiritual. No formaba parte de mi fe personal. Me quedé consternado. Permanecí sentado sobre los talones, mirando al hombre.

Paulo II sonrió.

—¿Bastardo, eh? Estoy seguro de que tus padres eran buenos cristianos, Luca; un rostro apuesto y delicado como el tuyo sólo podría tener ese origen. No es necesario que conserves ese apellido. Puedo concederte algo con más honra para legarles a tus hijos.

—Es usted más que generoso, Santo Padre —respondí, con renovado respeto—, pero creo que yo soy quien debe imbuir de respeto y orgullo a mi nombre, y no al revés.

El Papa volvió a enarcar las cejas.

—No eres uno de esos humanistas paganos, ¿no es verdad? Esos que usan la retórica para encubrir la degeneración moral bajo una apariencia de aprendizaje, que dedican sus esfuerzos a reconciliar a los antiguos dioses paganos de Roma y Grecia con la única verdadera religión que trajo Jesucristo al mundo. ¡Como si el Cristianismo pudiera reconciliarse o, lo que es peor, fusionarse con la mitología antigua! ¡Esos humanistas le generan mala reputación al aprendizaje!

—Soy un hombre que creció en las calles de Florencia, que trata de lograr algo en esta vida.

—Santo Padre, mi amigo Luca comenzó su vida como un mendigo, luego tuvo un encuentro desafortunado con un comerciante que aprovechó su juventud y su belleza. Se liberó de esa esclavitud y, desde entonces, se ha enriquecido gracias al trabajo arduo y el ahorro cuidadoso. Busca sus orígenes en silencio, enviando representantes que procuran encontrar alguna información acerca de las personas que podrían ser sus parientes —intervino Lorenzo, demostrando poseer información sorprendente acerca de mi vida. Por supuesto, era de esperar que tuviera informantes. Me tuve que recordar que debía ser cuidadoso con Lorenzo. Éste me sonrió con malicia, al percibir mi incomodidad—. Pero sobre todo, Luca es un hombre que aspira siempre a la integridad. Ha demostrado ser un amigo leal a la casa de Medici.

—¡Integridad! —exclamó el Papa. Nervioso, se levantó de su silla tallada y comenzó a caminar por la habitación—. Integridad. Esa palabra perturbará mi papado. Los Cardenales quieren el poder, a pesar del nepotismo rampante y los sobornos en Curia. ¡Mientras tanto, los ladrones acechan los caminos que conducen hacia los Estados Pontificios, los cristianos indigentes se mueren de hambre, las *vendettas* son una humillación a la sección, los musulmanes están fuera de nuestras mismísimas puertas, y en Rusia hay todo un pueblo cristiano que se debe reconciliar con la Madre Iglesia! —Se volvió y nos hizo un gesto sentido—. Entonces, conserva tu integridad, Luca Bastardo, y te deseo lo mejor.

—Le agradezco, señor —susurré. Lorenzo hizo un gesto con la mano y yo me incorporé y retrocedí. El Santo Padre me indicó que me sentara en un banco de caoba tallada que se encontraba en el otro extremo de la habitación, para que no pudiera oírlos. Me entretuve contemplando los finos tapices antiguos y las pinturas exquisitas que colgaban de las paredes. Observé un hermoso panel de la Madonna que sólo fray Angélico pudo haber pintado: su cara dulce y calma, su porte noble, la claridad escultural de su figura, y la forma en que los ángeles extáticos la rodeaban a cada lado, sugiriendo la profundidad del espacio, eran característicos de su estilo reverente. A Cosimo le habría gustado la pintura. Y para el caso, también a Giotto. El Papa y Lorenzo volvieron a enfrascarse en su conversación. Al poco tiempo, Lorenzo se arrodilló a los pies del Santo Padre para obtener su bendición, y luego me indicó que me acercara.

—Me agradas —anunció el Papa—. Hay algo noble en ti. Tienes el aspecto de una buena alma cristiana. Quiero alentar tu fe a medida que avances por la vida.

—Gracias, Santo Padre —respondí, bajando la cabeza en una reverencia. Él alzó la mano.

—El joven Lorenzo me dice que vives fuera de Florencia. ¿Tienes alguna residencia en la ciudad?

—No, *signore* —afirmé, pues hacía tiempo había vendido mis posesiones en Florencia. De hecho, los mandatarios de los Medici se habían ocupado de las transacciones, como de seguro Lorenzo ya sabía.

—La Iglesia tiene propiedades en Florencia. Me encargaré de que le entreguen la escritura de algún *palazzo* apropiado —dijo el Papa.

—¿Cómo? —Me quedé boquiabierto del asombro.

Paulo rió.

—Se trata de un aliciente papal a la vida cristiana recta. Espero que busques una esposa que te dé hijos, y que reciban el bautizo y el catecismo como es debido.

Desde luego que quería que mis hijos crecieran adecuadamente en la sociedad florentina.

—¡Santo Padre! ¡Gracias por su generosidad!

—No es nada. —Sonrió—. Trata bien al joven Lorenzo. Al igual que yo, necesitará de amigos que lo protejan. Tendrá enemigos, aunque veo una carrera larga e ilustre en su porvenir. —Luego, Paulo II suspiró y se pasó la mano por la frente—. Ojalá pudiera decir lo mismo en mi caso —masculló. Luego nos despidió.

Así que Lorenzo y yo cabalgamos de regreso a Florencia, dando otro giro en el camino, y yo comencé una nueva fase de mi vida, en la ciudad que me había visto nacer, en un bello *palazzo* que me concedió el Papa, la autoridad mayor del Cristianismo y el Vicario de Cristo en la tierra.

# Capítulo 18

Llegó el momento de que Leonardo abandonara mi tutela. Tenía dieciséis años, y Ser Piero, como solía hacer, lo trajo a mi *palazzo* un día mientras me encontraba en la ciudad. Al principio pensé que se trataba de una visita común, pero ni bien vi el rostro solemne e introspectivo de Ser Piero supe que algo pasaba, y que Leonardo todavía no lo sabía.

—Bienvenidos —les dije. Me dirigí a Leonardo, que ya me superaba en altura—. *Ragazzo mio*, tu amigo Ficino dice que hay nuevos manuscritos en la biblioteca de Medici. ¿Por qué no te das una vuelta por allí para verlos? —Leonardo no necesitaba que se lo dijera dos veces. Su cara se iluminó, saludó con la mano y emprendió al camino hacia el *palazzo* de Medici en la Via Larga, no lejos de mi propio *palazzo*, una propiedad espaciosa que el papa Paulo II había seleccionado cuidadosamente para mí.

—Mi cocinera preparó una excelente *ribollita* para el almuerzo —le dije a Ser Piero. Él sacudió la cabeza y se sentó pesadamente en un banco de mi vestíbulo. Entonces supe que algo serio ocurría; Ser Piero había declinado mi oferta de comida. Me senté en un banco frente a él y esperé.

—Le he mostrado al pintor Verrocchio algunos de los dibujos de Leonardo —dijo Ser Piero. Era un fresco día de marzo, pero se secó el sudor de la frente.

—¿Cuándo comienza con él Leonardo? —pregunté, fingiendo un tono neutro que contradecía mi tristeza. Sabía que ese día llegaría. Pero no esperaba que fuera hoy. La vida es siempre así, nos arroja sorpresas duras como el pesado balón de cuero en un partido de *calcio*. Crucé los brazos sobre el pecho, deseando aquietar el dolor. Leonardo era lo más parecido a una familia que tenía. Mis averiguaciones acerca de mis progenitores no arrojaron más información que el dato de que unos nobles que andaban con los cátaros habían perdido a un hijo en la década de 1320. Sospeché que Lorenzo de Medici tenía en su poder la vieja carta al respecto, pero no me la quería entregar. Y la mujer de la visión de la piedra filosofal se mantenía esquiva hasta el punto de la frustración, como si la mantuviera alejada de mí el tiempo que caía del cielo como un telón en la anécdota de Leonardo sobre los cátaros. La añoraba más ahora que vivía en Florencia y nunca veía a Caterina, a quien echaba de menos. Leonardo era mi familia, como un hijo para mí. Lo extrañaría.

—Mañana o pasado. ¡Verrocchio estaba maravillado. Le pregunté si sería beneficioso para mi hijo estudiar con él, y después de ver los dibujos del muchacho un momento, me rogó que Leonardo comenzara a ser su aprendiz hoy mismo! —dijo Ser Piero, con mirada orgullosa. Intenté sonreír, pero no pude—. No está sorprendido.

—No, *signore*.

—Usted conoce su extraordinaria inteligencia, por supuesto —masculló Ser Piero, más para sí mismo que para mí. Luego alzó la vista y me miró—. ¿Ha progresado con el latín?

—En realidad, no. Ficino lo intentó, también. Parece haber una compuerta en su mente que está cerrada a su aprendizaje —dije con toda honestidad—. Como si hubiera decidido con anterioridad no aprender esa lengua. No lo he presionado al respecto. Leonardo es como un viejo y sabio caballo que ya conoce el camino para subir la montaña, entonces uno suelta las riendas y no interfiere.

—Comprendo lo que dice, y además se destaca en todo lo demás —dijo Ser Piero con un gesto.

—Especialmente en las matemáticas —comenté—. Le enseñé todo cuanto sé en pocos meses, ¡y ahora no hace más que reír ante mis tristes intentos de discutirlo con él!

—Usted ha hecho un gran trabajo con él, *signore*. Ha disfrutado sus enseñanzas. —Ser Piero se puso de pie y se dirigió hacia la puerta a toda prisa, a pesar de su corpulencia—. Tengo asuntos de que ocuparme, Luca. Usted se lo dirá al muchacho, ¿verdad?

—¿No se lo ha dicho? ¿Que será aprendiz de Verrocchio? —pregunté, perplejo.

—Ésa es tarea suya, ¿no cree? —dijo, escabulléndose por la puerta antes de que pudiera protestar.

El palazzo de Medici se erguía, cuadrado e invulnerable, directamente desde la calle en tres inmensas plantas y diez miradores a cada lado. Las tres plantas estaban graduadas en altura como las del Palazzo della Signoria, enfatizando la relación de los Medici con la política de la ciudad. El primer piso estaba erizado de bloques de piedra con bordes irregulares. Estaba rusticado hasta la altura de unos seis hombres parados uno sobre el otro. Grandes y toscos bloques de longitud y relieve aleatorios producían una textura de lujosas sombras entrecortadas sobre la pared y creaban la impresión de fortaleza, riqueza y poder. Los dos pisos superiores, con habitaciones, presentaban ventanas con arcos redondeados a intervalos regulares. El segundo piso exhibía fina mampostería con patrones prolijos, y a cada lado diez ventanas con arcos redondeados y columnas clásicas. El tercer piso estaba construido de bloques lisos con juntas de argamasa niveladas, y coronado con una formidable cornisa *all'antica* que equilibraba la masa del edificio.

El arquitecto preferido de Cosimo, Michelozzo, había diseñado el *palazzo* para que impresionara a quien lo con-

templara. Su enorme volumen había reemplazado a veinte
hogares, y demostraba un parentesco con las imponentes fortalezas con torre que en una época salpicaban Florencia, y
donde hacía mucho, aún antes de mi nacimiento, había vivido la nobleza en guerra. Así, los Medici habían logrado
demostrar tanto su dominio como su conexión con las antiguas tradiciones de la aristocracia florentina. Pasé por el pórtico principal y olfateé los árboles de cítricos y la agradable
humedad de la sombra sobre la piedra. Después ingresé a un
coqueto patio interno con una arcada abierta sostenida con
columnas clásicas. Rondeles esculpidos que recordaban a los
antiguos *intaglios* romanos de la vasta colección Medici deco-
raban el friso sobre la arcada, y por todas partes se veía el
emblema de los Medici: siete *palle* (bolas) sobre un escudo.

La cantidad de *palle* era fluida, no fija, y se decía que
las *palle* representaban mellas en el escudo del Medici original, un caballero de nombre Averardo que peleó bajo las
órdenes de Carlomagno y recibió las mellas en una heroica
batalla contra un gigante que aterrorizaba a los campesinos
de la campiña toscana, o bien la forma redonda de píldoras o
ventosas, dado que los Medici habían sido originalmente
boticarios. Algunos decían que las *palle* representaban monedas. Yo pensé que la forma indefinida era una brillante treta
de los astutos Medici. Permitía que las personas vieran en las
bolas lo que desearan ver, permitía que coexistieran todas las
variadas leyendas acerca del origen de los Medici. Los Medici
sabían cómo capturar la imaginación, y por lo tanto también
los corazones, de sus compatriotas.

Sobre un pedestal en el centro del patio, se erigía la
escultura del David de Donatello. Admiraba su proeza técnica,
y su audacia por ser el primer desnudo independiente creado
desde la antigüedad. Sin embargo, la escultura presentaba un
erotismo innecesario, con sus caderas sinuosas y afeminadas y
su postura de pavoneo, enfatizada por provocativas botas altas.
¿Por qué debería el David exhibir una pose tan provocativa?

Únicamente para complacer a aquellos hombres que amaban a otros hombres. Recordaba demasiado bien, aunque deseaba poder olvidarlos después de tantas décadas, a los clientes del burdel de Silvano. No había manera de superar ni de comprender la naturaleza intrincada del deseo.

Mis propios deseos carecían de complejidad. Yo simplemente gozaba de las mujeres, disfrutaba de su suave piel y de su largo y sedoso cabello. Así que perseguía mis propios deseos simples y no juzgaba a otros hombres innecesariamente. Mi pasado ensombrecido y las oscuras acciones que había cometido para sobrevivir así lo requerían. Además, Donatello había sido un buen amigo al momento de su muerte, el mismo año que Piero casi fue derrocado. No obstante, debido a lo que viví en el burdel de Silvano, me resultaba difícil sentirme a gusto entre los hombres que amaban a otros hombres.

Encontré al siempre animado Leonardo en un rincón soleado del patio, conversando con un escriba sentado en un banco de mármol, aprovechando el clima amable para copiar manuscritos al aire libre. Los Medici empleaban a decenas de escribas para copiar sus manuscritos, ya fuera para venderlos por dinero o para obsequiarlos a mandatarios extranjeros y así congraciarse con ellos. Era imposible visitar el Palazzo Medici sin tropezar con uno de estos hombres altaneros.

—¡*Professore*! —exclamó Leonardo—. ¿No es éste el manuscrito que le envió a Cosimo?

—¿El *Corpus Hermeticum*? —preguntó el escriba, un hombre delgado, de labios finos, con manos manchadas de tinta y nariz arqueada. Resopló—. No lo creo. Este manuscrito llegó a manos de los Medici en el sesenta y uno. ¡Tu musculoso *professore* —continuó, con burla en los ojos, ya que le parecía gracioso que yo fuera maestro— no debía de tener más que tu edad!

—Soy mayor de lo que aparento —dije.

—¿Y con más criterio? —dijo el escriba con una sonrisa, mirándome por debajo de la nariz, lo que era una hazaña, considerando que él estaba sentado y yo, de pie.

—No lo sé —dije sencillamente—. Pero tengo criterio suficiente para esperar que usted posea otras habilidades, *signore*, además de la de copiar manuscritos. He escuchado que existe un nuevo proceso para imprimir con tipos móviles que en poco tiempo convertirá sus habilidades en obsoletas.

—Mis habilidades jamás serán obsoletas —protestó el hombre en tono agudo—. Ése es un proceso vulgar que practican los bárbaros en alguna ciudad germana. Los verdaderos coleccionistas, como los Medici, se avergonzarían de poseer un libro impreso. ¡Un panfleto tan preciado como éste, la traducción del gran Marsilio Ficino de *Acerca de la sabiduría divina* del preciado *Corpus Hermeticum* escrito por Hermes Trismegistus, un sacerdote de la antigua religión egipcia, jamás se sometería al abuso de un burdo proceso mecánico!

—Hay imprentas en Nápoles y Roma. Pronto habrá una en Florencia. Su uso tiene sentido: producen libros de manera rápida y económica. Su uso se extenderá —dije—. Debería aprender un nuevo oficio, por si acaso. Pastoreo de ovejas, quizá.

—Su mente es baja y ordinaria, *signore* —siseó el escriba. Se llevó el manuscrito al pecho y se alejó bufando. Yo ocupé su lugar y me senté junto a Leonardo.

—No fue muy amable con el pobre Armando. —Leonardo me regañó.

—No me agradan los escribas pretenciosos.

—Creo que está en lo cierto acerca de la imprenta. Usted sabe que cuando sueño despierto siento como si pudiera ver por un momento el futuro. He visto cosas como el mundo repleto de libros que son económicos y abundantes, que todos leen, gracias a la imprenta.

—Es un mundo interesante el que ves.

—Como el que vio usted. Con frecuencia pienso en la visión sobre la que me contó el mismo día que lo conocí. Pero algo no está bien. Luca, usted tiene algo que decir, y no lo complace —dijo el muchacho de manera repentina. Llevaba un *lucco* amarillo y rosado que había acortado él mismo, para cuyo extravagante diseño probablemente había engatusado a la siempre permisiva Caterina, y calzas grises agujereadas. Sabía que poseía por lo menos dos pares de calzas finas e intactas, porque yo mismo había llevado al quejoso Ser Piero al sastre para comprarlas. Pero Leonardo las evitaba y privilegiaba ese viejo par rasgado; su gusto era único en materia de sastrería.

—Eres demasiado perceptivo, *ragazzo* —dije—. Me has leído como al manuscrito de Armando.

—Mejor, espero —Leonardo rió entre dientes—. Armando copia el latín, ¡y yo leo muy mal el latín! Siento como si lo hubiera sabido alguna vez, y no quiero tomarme la molestia de volver a aprenderlo.

—Tu padre te ha ofrecido como aprendiz a Verrocchio —dije llanamente, para no aplazar más el asunto.

—Pero a usted sí lo leo —murmuró Leonardo, como si yo no hubiera hablado—. A veces es como que una luz emana de la gente, y yo apenas puedo distinguirla. Sus luces son como velos con partes rasgadas para que la luz brille a través de ellas, casi sin quererlo. Los agujeros de sus luces no están vacíos, están llenos. Llenos de secretos. Usted abriga secretos, Luca Bastardo. Dones secretos, miedos secretos. Y la mano del destino está sobre usted.

—Todos los hombres tienen secretos.

—No como usted. —Sacudió la cabeza dorada. Le miré el rostro finamente esculpido y noté que una barba rojiza incipiente le oscurecía las mejillas y la barbilla. Ya le asomaba la barba. Debería llevarlo al barbero para que lo rasurara y enseñarle cómo cuidar de la barba. Debería haberlo hecho antes. Había sido descuidado. Lo estaba entregando a Verrocchio incompleto, como uno de los bocetos del propio Leonardo. Parte de mí sabía que Leonardo se me había confiado solamente por poco tiempo, pero otra parte de mí pensaba que nuestro precioso tiempo continuaría sin fin, como parecía ocurrir con mi propia vida. Pese a los grandes períodos que se me concedían sin razón aparente, no comprendía el tiempo. Había cosas que había deseado enseñar y decir a mi joven pupilo, y ya no tendría la oportunidad. Alejé la vista bruscamente y mis ojos se posaron en el David, sin darme cuenta.

—No le agrada la escultura de Donatello —observó Leonardo.

—Me agradaba el artista.

—¿Por qué no le agrada? —preguntó.

—No es que no me agrade —respondí. Cerré los ojos, buscando alcanzar una mayor honestidad con él, ahora que nos separaríamos—. Algo de mi niñez. Me incomoda recordarlo. —Abrí los ojos, y el muchacho me miraba fijamente.

—Su niñez. Eso fue hace mucho tiempo, ¿verdad, Luca Bastardo? Existe un viejo panel que poseen las monjas de San Giorgio. En él se ve a un niño que observa, tiene su rostro. Lo examiné muchas veces, para asegurarme. Los colores, los rasgos, sólo puede ser usted, *professore*. Lo sé. Lo que le dijo al escriba es verdad: usted es mucho mayor de lo que aparenta.

Exhalé lentamente, asentí, alcé la vista al cielo, recordé el hermoso panel de Giotto de la ascensión de San Juan, el cielo azul infinito al que se elevaba el santo con tal elegancia. Ese cielo azul y su promesa de libertad me habían ayudado a atravesar cosas terribles, cosas insoportables, cosas que durante más de cien años había intentado olvidar.

—Giotto pintó ese panel. Me lo mostró sin decirme que había puesto mi rostro en él, y luego, cuando me reconocí, rió y me dijo que un hombre que se conociera a sí mismo llegaría lejos en la vida —susurré.

Fue un alivio para mí admitir esto a alguien en quien podía confiar, alguien que no usaría mi pasado en mi contra. Después de más de un siglo de proteger mi secreto, de ocultar a otras personas el hecho ineludible y alienante de mi avanzada edad, me producía escalofríos pronunciarlo ahora, abiertamente y sin temor.

—Ficino dice cosas de ese tipo —dijo Leonardo, en un tono neutro—. A Ficino le agrada reunir a sus amigos en banquetes y tener discusiones, y hablar acerca del alma inmortal. ¿Qué es el alma? ¿Es posible saberlo? ¿Es siquiera una cosa? ¿Es esencia? ¿Es lo mismo que el espíritu, incorpóreo e invisible? Pienso que el alma es una cualidad o una amplitud, que tiene que ver con la imaginación y el amor y la naturaleza. No me interesa mucho hablar de eso cuando existe tanto por explorar en la naturaleza que no es confuso.

—Ficino dice que la esencia de cada persona se origina como una estrella en los cielos. ¿Pero qué es una estrella? Ésa es la mejor pregunta. ¿Qué es el sol? ¿Qué es la tierra? ¿En virtud de qué reglas operan? Cualquier hombre inteligente que estudie el cielo nocturno se dará cuenta de que la tierra se mueve alrededor del sol, ¡no al revés! Las estrellas son objetos naturales; ¿pueden realmente determinar el destino humano? Ficino le prescribiría un horóscopo, para comprender su inusual longevidad. Es un hombre brillante, pero su astrología, tanto como la nigromancia, es la tontería suprema —dijo el muchacho sacudiendo la cabeza—. ¿Podría una estrella concederle una vida que supere los cien años, *professore mio*?

—Hay quienes dicen que mi larga vida y juventud son producto de la nigromancia y la magia —admití, y mi afecto por ese extraordinario joven aumentó aún más. Le había revelado aquello de lo que me acusaban, y que secretamente temía fuera verdad.

—Precisamente —dijo Leonardo, con algo de satisfacción—. ¡La nigromancia y la magia no existen sino en las mentes de los tontos! Debe existir algún motivo natural de su longevidad. Algo interno de su cuerpo, quizá. —Me observó de arriba abajo, examinándome como si fuera algún espécimen sobre una mesa, como solía ver en el laboratorio de Geber—. Lástima que no podemos examinar a sus padres para saber si heredó sus dones de ellos, tal como se hereda el color del cabello o una cierta forma de la nariz, o si su longevidad es solo suya. Recuerdo que usted me dijo, cuando nos conocimos, que a sus padres los acompañaban los cátaros. Quizá esta longevidad sea el gran secreto que los unió a los cátaros, que son guardianes de secretos.

—He buscado a mis padres. Existen una o dos cosas pequeñas, insignificantes, que les preguntaría —dije, con humor y pesar, y una pizca de la vieja nostalgia.

—Sé que los buscó —dijo Leonardo sonriente—. Nos hacía preguntas a mi madre y a mí acerca de los cátaros y, al día siguiente, sus agentes llegaban a su cabaña en el viñedo. Yo me escondía fuera y escuchaba a hurtadillas las instrucciones que usted les daba.

—¡Qué atrevido, inmiscuirte en los asuntos de los demás!

—Usted no esperaría otra cosa. —Mostró sus hoyuelos a su vieja y aniñada manera, regalándome esa sonrisa que era como el sol que asoma detrás de las nubes. —Existe otra leyenda de los cátaros. Después de que Satanás creó el mundo mediante la rebelión, Dios envió a la tierra un ángel que había permanecido leal. Ese ángel era Adán, el ancestro directo del pueblo de mi madre, los cátaros. Pero Adán fue capturado por Satanás y obligado a tomar forma humana. Porque Adán vivió con esta forma contra su voluntad, fue salvado, junto con todos sus descendientes. Y Adán fue el padre de Seth, quien a su vez engendró una raza de personas longevas. Quizá usted sea uno de esos hijos de Seth.

—Caterina me contó de Seth, y siempre me pregunté acerca de eso —admití—. Pero no sé con certeza si los nobles que perdieron a un hijo fueron mis padres. Simplemente no sé cómo resolver el misterio de mis años. Quizá mi alma esté demasiado ligada a la tierra para liberarse —aventuré, tanto con ironía como con picardía. Si bien no conocía mis orígenes, al menos me conocía a mí mismo. Sabía que no era especialmente espiritual, de la manera que lo habían sido Giotto y

Petrarca, y que lo eran Leonardo y Ficino, e incluso el magnífico y manipulador Lorenzo, poeta, estadista y atleta. Yo era pragmático, obstinado, no particularmente creativo, aunque veneraba la creatividad en otros hombres. Yo no sabía pintar, esculpir ni escribir en verso. Mi don era algo por lo cual no podía reclamar mérito alguno. Sólo podía desecharlo como una buena broma para cualquier Dios que deseara la diversión.

—El *Corpus Hermeticum* implicaría que usted tiene abundancia de la quinta esencia más allá de los cuatro elementos físicos; diría que hay algo especial en su arcano, que su arcano es un receptáculo más grande de los efluvios celestiales que caen como torrente a través de las almas de todas las especies y todos los individuos. Pero yo no lo creo. —Leonardo arqueó sus cejas castaño doradas—. Creo que su longevidad resulta de algo que se puede medir y examinar en la naturaleza. Algo como que sus órganos se renuevan, quizá, o la estructura de sus órganos, o la cantidad y salubridad de sus fluidos físicos. Es una pregunta interesante. Ojalá supiera más acerca de los órganos; algún día haré un gran estudio de las entrañas del hombre. De la estructura mecánica del hombre, para revelar sus misterios internos. Entonces sabré acerca de usted, Luca. Creo que el alma mística de Ficino regresará para fusionarse con el cuerpo de alguna manera. No deseo que me consideren un hereje, pero creo —hizo una pausa, con los ojos encendidos— que el alma reside en el centro del juicio, y que el juicio reside en el lugar donde se encuentran todos los sentidos, que se llama el sentido común; y que los sentidos del oído y la vista y el olfato y el tacto pasan por el cuerpo, el cuerpo es el vehículo...

—Empezarás con Verrocchio pronto. Quizá mañana. Quedó sumamente impresionado con tus bocetos y le rogó a tu padre que te permitiera comenzar incluso hoy —dije—. Tendrás una gran carrera como artista, *ragazzo mio*. El mundo conocerá tu genio. ¡La fortuna y la fama son tuyas!

—Envejeceré antes que usted, Bastardo —respondió Leonardo, con algo de tristeza. Me atravesó con la mirada, como si viera claramente la esencia celestial que otros hombres intuían pero no podían llegar a percibir. Continuó con tono contemplativo—. No sé si moriré antes que usted, sin embargo... creo que usted tiene otros secretos, secretos peligrosos que Lorenzo de Medici conoce y utiliza para mantenerlo atado a él. Veo la manera en que usted lo mira, con desconfianza, enfado y respeto.

—Siempre seré tu amigo —dije suavemente. No discutiría su nuevo puesto de aprendiz y nuestra separación. Era demasiado cercano a su corazón. Después de todo, él me había escogido como su maestro. Me puse de pie y me paré frente a Leonardo.

—Pasarán algunos años antes de que te vuelva a ver, *ragazzo*. Los aprendices trabajan noche y día para aprender su arte. Siempre están a las órdenes de su maestro. Verrocchio te mantendrá ocupado, como debe ser. —Apoyé la mano en el hombro de Leonardo y me sorprendió sentir que comenzó el *consolamentum*, el suave flujo lírico de algo, una transferencia de espíritu o de algo natural, como Leonardo quisiera llamarlo. Se originó en la tibia percusión translúcida de mi corazón y se trasladó al joven sentado en el banco de mármol frente a mí. Su rostro se suavizó y sonrió, cerró los ojos y absorbió el flujo. El resplandor a su alrededor, que siempre lo hacía ver más vital que a otras personas, parecía expandirse y cobrar brillo. Esperé hasta que el flujo del *consolamentum* se hizo más lento, luego retiré la mano de Leonardo y la apoyé en mi corazón—. Ha sido mi alegría y mi honor pasar tiempo contigo. Has enriquecido mi vida.

Los ojos de Leonardo estaban húmedos, parpadeó rápidamente y alejó la mirada. No pudo contestar, y finalmente me marché del patio.

—Descubriré sus secretos, *professore* —gritó detrás de mí—. ¡Y encontraré la manera de ayudarlo con ellos!

Fue así que Leonardo pasó a manos de un maestro mejor que yo. Tuve más tiempo libre disponible para Lorenzo, y él lo aprovechó. A sus diecinueve años, su madre, Lucrezia, escogió a la aristócrata romana Clarice Orsini para que fuera su esposa, lo que escandalizó a Florencia. Que él desposara a alguien que no fuera de la Toscana era equivalente a una traición, especialmente siendo las mujeres toscanas las más hermosas e inteligentes de la Cristiandad. ¿Acaso Lorenzo se consideraba mejor que todos los demás florentinos? Los Medici eran los primeros ciudadanos de Florencia, pero no eran príncipes. Florencia era, después de todo, una república. Pero el cauto Lorenzo prefería escandalizar a toda Florencia antes que fastidiar a ciertas familias al elegir una esposa toscana por encima de otra. También lo atraían las ventajas de aliarse con una familia acaudalada de la vieja nobleza, con conexiones importantes tanto en Roma como en Nápoles. Pero Lorenzo, cuya virilidad se decía inagotable, no soportaba la idea de contraer matrimonio con una mujer fea, especialmente considerando que las mujeres romanas no eran tan bien educadas como las florentinas, y lo urgía poder conversar con la muchacha. Pese a las garantías de su querida madre de que Clarice era bonita, me envió en secreto a evaluarla.

—Escogí esposa por su cuna noble, por el deseo de grandes posesiones, y otras conveniencias —me dijo— pero la mujer no tiene por qué ser fea. Sólo es posible creer a otro hombre en cuanto a la dulzura y madurez de una *figa*.

Tuve que recurrir a sobornar a unos sirvientes y llevarme a la cama a la doncella de la muchacha, además de a otras pequeñas argucias, para disponer que Lorenzo mismo pudiera verla desde lejos en misa. Él aprobó su piel clara, cabello rojizo y pecho generoso y, en junio de 1469, se decidió el compromiso.

Unos meses después, a principios de diciembre, murió Piero el Gotoso. Dos días después de esa muerte, una solemne delegación de la ciudad le solicitó a Lorenzo que se hiciera cargo de su gobierno. Aceptó, aunque tenía sólo veinte años de edad y era tan vigoroso y lujurioso como cualquier hombre de veinte años recién casado. Pero Lorenzo de inmediato demostró su perspicacia y su capacidad para el puesto heredado más de su abuelo Cosimo que de su enfermizo padre, convocando un consejo de hombres curtidos, entre los que estaba yo, para que lo asesorara. Yo permanecí en segundo plano, sin embargo.

El clan de los Silvano estaba lejos de Florencia, pero eso podría ser temporal. Y tenían amigos. La Confraternidad de la Pluma Roja aguardaba un resurgimiento de la Inquisición y de otros instrumentos de la intolerancia eclesiástica. Además, otros hombres podrían notar que yo no envejecía como ellos. La circunspección me resultaba necesaria. Así, Lorenzo me mantenía ocupado con recados privados, misiones diplomáticas delicadas, el envío de mensajes secretos a príncipes y embajadores extranjeros, y otras tareas por el estilo. A veces planificaba que una mujer se encontrara con él; Lorenzo tenía un apetito insaciable por el sexo débil, al igual que yo, aunque yo pensaba ser fiel cuando me casara. No lo juzgaba por su adulterio. Yo había cometido demasiadas acciones oscuras para ocuparme de juzgar a otros hombres y, además, los hombres florentinos ricos se creían con el derecho de mantener amantes. Lorenzo se consideraba primero entre los hombres florentinos, con todos los privilegios que eso conllevaba. Estaba camino de llevar a la ciudad a una mayor gloria, tanto para sí misma como para los Medici, cuando el sendero de la historia dio un giro. El generoso y apuesto Papa Paulo II, un buen amigo de Lorenzo, murió en 1471, y el franciscano Francesco della Rovere ascendió al papado como Sixto IV.

Un bonito día de verano, en junio de 1472, Lorenzo me convocó. Supuse que sería para discutir otro de los carnavales y desfiles con los cuales entretenía a Florencia, y que lo hacían querido ante los hedonistas florentinos. Yo paseaba por el *mercato vecchio* con Sandro Filipepi, quien inexplicablemente se refería a sí mismo como Botticelli, que era el apodo de su hermano. Vagábamos entre los puestos de rosadas frutillas, rojas moras, jamón curado y pescados plateados traídos del mar, y entre mesas con presas frescas como perdices y ciervos. Bromeábamos y negociábamos el precio de un tondo de una Madonna con el niño, que deseaba comprar. No por motivos de devoción, o quizá sí, considerando mis sentimientos hacia el arte. Sandro pintaba de manera elegante, con cuerpos que eran a la vez etéreos y voluptuosos; sus figuras femeninas eran celebraciones de la belleza y la femineidad, la luz y la receptividad. Me interesaba adquirir una de sus obras para mi colección personal y brindarle la reverencia merecida.

—No importa cuánto te pague; lo orinarás de inmediato —dije.

—¡Entonces deberías pagarme un monto muy grande, para poder orinar como un semental! —dijo Sandro, entre risas. Era un hombre inteligente y de buen humor, afecto a las bromas, los juegos de palabras y la buena vida, y su taller estaba siempre activo, aunque, como le había señalado a él, no contaba con las habilidades necesarias para administrar dinero. Era bondadoso y agradable, con ojos hundidos y largos bucles de los que parecía excesivamente orgulloso, una gran nariz y barbilla hendida prominente.

—Cincuenta florines es un monto muy grande.

—Cien florines es el doble de grande. —Hizo una seña con la mano en referencia a las partes masculinas—. ¡El charco será mucho más grande! —Yo había alzado las manos y estaba riendo, cuando me llamó el sirviente morisco de Lorenzo. Sandro me tocó el hombro—. Partes ahora ante el requerimiento de nuestro magnífico Lorenzo, quien no protestaría por cincuenta florines, pero te veré en Careggi en unos días, para la cena de Ficino, ¿verdad?

—Iré a Careggi. Sesenta florines —grité, caminando hacia el moro. Después de todo, algún día regalaría la pintura de Botticelli a mi esposa. Sentía que estaba preparado para ella, y el profético Leonardo, cuya compañía echaba de menos, me había dicho que, cuando el corazón estuviera listo, la amada aparecería.

—¡Setenta y cinco!

—¡Hecho! —respondí. Sandro rió y entrelazó las manos sobre la cabeza en señal de victoria.

—Lo hubiera hecho por cincuenta, ¡me gusta el tema! —dijo.

—Me gusta tu trabajo, ¡yo habría pagado cien!

—Quizá aún lo hagas —gritó amablemente. Le habría respondido, pero el sirviente moro me tiró de la manga.

—*Signore*, Lorenzo requiere su presencia. ¿Quiere llevarse mi caballo? —ofreció, y señaló las afueras del *mercato*, donde se ataban los caballos.

Sacudí la cabeza a la vez que buscaba una moneda para algunos carnosos y anaranjados albaricoques, que el vendedor me dio con presteza. Mordí la dulce y jugosa fruta, mastiqué, y luego respondí.

—Es un hermoso día para caminar, y no tardaré mucho tiempo. Dile a tu señor que estaré allí en breve.

Tommaso Soderini y Federigo de Montrefelto, duque de Urbino, ya se encontraban allí cuando llegué al Palazzo Medici e ingresé a los opulentos aposentos de Lorenzo, con su piso de mármol y techo artesonado. Los hombres estaban de pie junto a una de las tres pinturas de Paolo Uccello de la Batalla de San Romano, pinturas del tipo que se suelen colgar en edificios públicos para conmemorar victorias militares del estado. La ubicación de las pinturas en la recámara privada de Lorenzo le confería a la habitación un aire de salón de príncipe o cámara de consejo público. No obstante, la grandeza de la habitación no me distraía de la sensación de que algo serio sucedía.

—Gracias por regalarnos tu presencia, Bastardo —dijo Lorenzo fríamente, y supe que le disgustaba que me hubiera tomado mi tiempo—. Hablábamos sobre el nuevo Papa, Sixto.

—Ha sido amable, y renovó la administración de Medici de las finanzas papales —dije con cautela y me paré junto a Soderini, cuyo rostro era sombrío.

—Amable pero frío —dijo Soderini, un hombre mayor que era devoto de Lorenzo. Lo había horrorizado el intento de golpe en contra de los Medici y, desde entonces, se había convertido en uno de los amigos más cercanos y uno de los partidarios más leales de Lorenzo. Algunos hombres pensaban que Soderini era el único hombre de Florencia que podía discrepar con Lorenzo; de hecho, Soderini y Lorenzo trabajaban juntos en armonía, y mantenían su amistoso antagonismo sólo a modo de fachada, de manera que los florentinos pudieran conservar su preciado espejismo de república. Luego Soderini se dirigió a mí—. Nuestros viejos rivales, los Pazzi, lo están cortejando. Sus halagos le resultan agradables.

—Los Medici han sido los banqueros papales desde los principios de la carrera de Cosimo —dije—. ¿Rompería Sixto este acuerdo mantenido durante tantos años? Ha sido lucrativo para todos.

—Además, Sixto está consumido por los intereses extranjeros —dijo Federigo. Era un noble de cincuenta años, de renombre como maestro de la guerra y como mecenas de las artes y la erudición. Se decía de su palacio de Urbino que era el más bello de Italia, y su biblioteca rivalizaba con la biblioteca Medici. Su contextura era como la mía, era delgado con músculos pronunciados, y era bastante apuesto del lado izquierdo del rostro, aunque le faltaba un ojo del lado derecho y presentaba cicatrices de una lesión en un torneo durante su juventud. Lo conocía como honorable, un hombre que mantenía su palabra, pero nunca había confiado en él del todo. En su afán de ganar cada batalla, había sitiado ciudades y dejado morir a sus habitantes más débiles, es decir, a los niños y las mujeres. Me parecía indefendible el hacer sufrir a mujeres y niños como medio para derrotar a los hombres. Lo

que fuera que los hombres quisieran hacer se debería hacer
con pares que prestaran su acuerdo, y no obligando a los más
pequeños y débiles. Estaba convencido de ello con todo mi
ser—. El Papa promueve su cruzada contra los turcos y la
autoridad de la iglesia en Francia, donde Luis XI insiste con la
independencia de la iglesia francesa. También desea la reuni-
ficación de la iglesia rusa con Roma.

—Has obviado la promoción más importante: los intereses de sus sobrinos —dijo Lorenzo con tono tenso—.
Quiere poner a Florencia bajo su control, y no son más que
tontos incompetentes.

—¿Cuál es el problema inmediato? —pregunté,
sabiendo que debía existir uno; de lo contrario Lorenzo no
habría mandado por mí. Entrelacé las manos detrás de la
espalda y esperé.

—Volterra se está rebelando —dijo Soderini—.
Debemos enviar tropas.

—Las minas de alumbre son el problema —dijo
Lorenzo, con su tono nasal y medido—. El dinero y las minas
de alumbre. El banco de Medici suministró el capital a quienes recibieron la concesión para desarrollar las minas cuando
se descubrieron hace algunos años. A cambio, se otorgó el
contrato para explotar el alumbre a un consorcio de tres florentinos, tres sieneses y dos volterranos. Los florentinos eran
hombres míos, por supuesto. Ahora las minas han resultado
lucrativas. Y los volterranos, con toda la ciudad detrás, exigen
una tajada más grande de las ganancias.

—Todo siempre se reduce a comisiones y sobornos
—dijo Soderini, paseándose a nuestro alrededor—. Los contra-
tistas están planteando la cuestión ante la Señoría. Sé, debido a
que hablé con ellos, que la Señoría votará que las ganancias
deben ir al tesoro general de todo el estado florentino.

—Es natural que los volterranos deseen el dinero para
Volterra —comenté.

—Con eso contamos. Ellos se sublevarán, y yo
marcharé de inmediato sobre ellos para reprimir la rebe-

lión —dijo Federigo jocosamente. Venía de una ilustre familia de soldados, todos ellos líderes de grandes ejércitos mercenarios de *condottieri*, y ganaba su fortuna gracias al conflicto—. ¡El efecto de la victoria se profundiza por su celeridad, y mi ejército está listo para partir!

—Espere un momento, ¿quiere decir que los volterranos no se han sublevado aún? —pregunté, asombrado.

—Lo harán —dijo Lorenzo. Él y Federigo intercambiaron una mirada significativa—. Se sabe que son turbulentos. Han estado buscando una excusa para declarar su independencia. Piensan que soy demasiado joven para actuar con determinación, que los apaciguaré porque soy débil.

—En la Señoría sugeriré que una demostración de fuerza sería innecesaria y provocativa —observó Soderini, asintiendo—. Recomendaré medidas conciliatorias; le recordaré a la Señoría el antiguo proverbio: «Una onza de paz vale más que una libra de victoria». Haré hincapié en la valentía de Lorenzo. Su determinación y previsión quedarán públicamente demostradas.

—Los volterranos serán un buen ejemplo de lo que ocurre cuando se cuestiona mi autoridad —dijo Lorenzo, con satisfacción—. Serán una lección para todas las ciudades bajo el dominio de la república florentina. ¡No toleraré que Florencia pierda territorios que mi *Nonno* se esforzó tanto por anexar! ¡Probaré que soy merecedor de su legado, fortaleciendo las fronteras florentinas! Además, Sixto verá que yo no vacilo, que soy perfectamente capaz de crear un ejército para defender mis intereses. Le enviaré un mensaje a él también.

—¿Estás enviando tropas en contra de una ciudad que ni siquiera se ha sublevado aún, esperando que lo haga para poder aplastarla? ¿Al menos esperarás que la revuelta comience? ¿Cuántos volterranos morirán para que pruebes tu postura? —pregunté con enfado.

—El menor número necesario —respondió Lorenzo, encogiéndose de hombros.

—¡Pero algunos morirán, y serán mujeres y niños! —espeté.

—Sacrificios por el bien general —respondió con un ademán—. Tú cabalgarás con Federigo, Bastardo.

—Yo no peleo con inocentes —gruñí—. He presenciado la muerte de demasiados inocentes. ¡Ningún bien puede surgir de eso! ¡Crea odio, y el odio trae más destrucción! ¡Se arruinan vidas! ¡Las generaciones cargan con el infortunio!

—¡Podría arruinar tu vida con documentos que obran en mi poder! —gritó Lorenzo. Le lancé una mirada fría y él se suavizó—. No te estoy pidiendo que pelees, Luca mío. Quiero que hagas lo que haces tan bien: tomar el pulso de la gente, mantener los oídos atentos en las calles. Que me cuentes lo que ocurre. Tú eres mis ojos y oídos en Volterra. ¿Están aprendiendo la lección? Me retiraré en cuanto se sometan. Tú puedes ayudar a minimizar las bajas.

Podía escuchar el sonido de una batalla retumbando en el horizonte, pero no era la lección de Lorenzo para sus territorios. Era el viejo antagonismo entre el dios bueno y el dios malévolo. No había manera de evadirlo; nunca la había. Sólo podía comprometerme con el lado de la bondad, como mejor sabía. Si obedecía a Lorenzo, tendría la oportunidad de salvar vidas y ayudar a los volterranos.

—¿Me escucharás si yo te comunico que el conflicto es innecesario? —pregunté, inquieto.

—Yo siempre te escucho, Luca. Confío en ti —prometió Lorenzo—. Tú me lo dices, y mi ejército se retira. ¡No más pelea!

—Yo personalmente no pelearé contra los volterranos —dije—. Siempre y cuando comprendas eso.

—Por supuesto que no lo harás, Luca; tú estás allí para observar, y para moderar —dijo Lorenzo—. No quiero que los inocentes salgan heridos, lo sabes.

Era una mañana de junio acariciada por una fresca brisa marina, y las colinas que nos rodeaban ondulaban, doradas y verdes, con olivos, cipreses y viñedos. Pero el salvaje paisaje volterrano no estaba del todo domesticado. Tenía crudas vistas de barrancos desolados y amenazantes, hendiduras con paredes de arcilla, altos riscos, oscuros bosques, y una vista despejada del mar Tirreno. El perfil de la ciudad era visible desde la colina de arenisca más alta, donde empalmaban los ríos Bra y Cecina. Grises paredes de piedra, de cientos o incluso miles de años de antigüedad, serpenteaban alrededor de la ciudad, situada al suroeste de Florencia. Yo cabalgaba sobre Ginori al frente del ejército de Federigo, pero a un lado de la columna principal de tropas, a una distancia prudencial que me alejara de su suciedad y clamor.

Los ejércitos son bestias ruidosas, sucias, toscas. Aun a la distancia a la que me mantenía, no podía escapar a la cacofonía: los cascos de los caballos golpeando el suelo y las pisadas de los hombres, las armaduras chocando con ruido metálico, los escudos crujiendo y las puntas de las picas arrastrándose, sibilantes, sobre la tierra, las pesadas y grandes ruedas de los monstruosos cañones de hierro de Federigo golpeando el suelo con un ruido sordo, los carros de abastecimiento golpeteando en la retaguardia, y los tambores y las trompetas de los músicos que practicaban durante la marcha. Por encima de todo ello, se alzaban voces, gritos, risas, cánticos, como si la muerte, la destrucción y la mutilación fueran motivo de celebración. El aire estaba espeso de polvo removido del suelo. También apestaba con los olores de cuerpos sudorosos y con los hedores de orina, excremento y esputo humano y animal que despedía cualquier ejército en marcha, sin mencionar la flatulencia provocada por las comidas apenas digeribles de pan duro y carne reseca. Al fondo, detrás de las filas de soldados, se encontraba el personal auxiliar necesario para cualquier ejército en movimiento: curas, médicos y barberos-cirujanos, herreros, armeros, marroquineros para mantener las monturas, mozos para los caballos, y demás. Al menos no había mujeres anexadas al ejército de Federigo. Como el capitán de *condottieri* serio y profesional que era, evitaba la práctica habitual de llevar un contingente de prostitutas para los soldados. Yo estaba mirando nuevamente la alta y verde montaña sobre la que se encaramaba Volterra, cuando Federigo trotó hacia mí desde el cuerpo principal para cabalgar a mi lado.

—Es hermosa —gritó.

—Y está muy bien defendida —observé—. Se puede penetrar únicamente de un lado, cerca de la iglesia de San Alessandro. Los otros lados están muy fortificados. ¿Cuál es su estrategia?

—Cabalgaremos directamente hasta el lado accesible y les solicitaremos amablemente que abran las puertas —dijo, sonriendo con la mitad sana de su boca.

—¿Dirá «por favor, por favor»? —respondí, algo escéptico.

—Sería un bonito detalle, ¿no cree?

—¿Y abrirán las puertas sin más?

—Por supuesto, tengo un buen argumento. —Me guiñó con el ojo bueno, lo que pareció un acto de coraje, considerando que se trataba de un tuerto montado sobre un monstruoso semental gris que trotaba a un buen ritmo. Claro que nadie podía acusar a Federigo Montrefelto, duque de Urbino, de ser cobarde.

Me di la vuelta en la montura para mirar a los diez mil hombres a pie y las dos mil tropas de caballería.

—Tiene doce mil buenos argumentos —dije.

—No. Tengo mil buenos argumentos —dijo—. Pero antes haremos una pausa. Quiero que se celebre una misa para las tropas. Es bueno concentrar las mentes de los soldados en nuestro Señor. En caso de que debamos luchar. —Azuzó a su caballo y dio la vuelta para dirigirse a su ejército.

—¿Por qué mil? —grité.

—¡Ésa es la cantidad de *condottieri* que los volterranos han contratado para defenderse! —gritó, antes de galopar y desaparecer entre los soldados.

Exactamente como lo predijo Federigo, los volterranos le abrieron las puertas. Él dispuso su vasto y experimentado ejército frente al lado accesible. Se asestaron las provocaciones y los insultos típicos por encima de las murallas volterranas. Luego Federigo envió un mensajero al interior para invitar a los líderes volterranos a negociar. Yo no presencié la negociación, pero escuché más tarde que Federigo les señaló a los volterranos que sus *condottieri* estaban impresionados con su ejército, y que era posible que se volvieran en contra de los volterranos y les infligieran violencia. Los soldados mercenarios que no fueran los suyos no eran dignos de confianza; eran poco más que bandidos organizados en busca de ganancias, afectos a cambiar de bando para salvar su propio pellejo. Debió de ser muy convincente, pues los líderes volterranos volvieron correteando a la ciudad y abrieron las puertas sin lanzar una sola flecha ni desenvainar un solo cuchillo. Y fue entonces que la muerte azotó a la ciudad. Fue completamente inmerecido y todavía más atroz debido a la rendición de los volterranos.

Entré a la ciudad a caballo con la parte media de las tropas, y no estaba preparado para la devastación que encontraron mis ojos. Me sacudió hasta lo más profundo de mi ser. Llamas rojas, anaranjadas y azules salían de hogares y comercios. Las calles sinuosas e irregulares estaban plagadas de pertenencias saqueadas: muebles destrozados a hachazos, trozos de vajilla, ropas rasgadas, toneles de vino y frascos de aceite de oliva tumbados y vaciándose sobre la piedra. Los animales habían sido soltados, y caballos, cerdos, ovejas, cabras, vacas y pollos corrían sin rumbo por las calles, chillando. Los *condottieri* tanto del ejército volterrano como del florentino corrían a toda prisa, derribando puertas, apuñalando a hombres desarmados, persiguiendo mujeres, sacando objetos valiosos de los edificios. Los soldados corrían por las calles de la ciudad, destrozando las ventanas desde fuera con picas y espadas, o cargando muebles desde dentro. Aullaban como animales por encima del siseo del fuego y los gemidos de las mujeres, y los chillidos de los ancianos y los agudos gritos de terror de los niños. Vi que tres *condottieri* perseguían a una niña por un callejón y me apeé de Ginori de un salto para seguirlos. El callejón terminaba en un laberinto de callejuelas más pequeñas, y vi que uno de los *condottieri* se detuvo y aferró por el cabello a una mujer encogida de miedo, entonces tomé la espada y se la clavé en la nuca. Cayó sin emitir sonido, y la mujer me tomó por las rodillas, balbuceando.

—¡Escóndete! —le dije, ya que era lo único que podía hacer por ella, y después di la vuelta para encontrar a la niña. Debía protegerla.

Corrí por un callejón, que se curvaba y llegaba a su fin, entonces di la media vuelta en medio de insultos y corrí a toda velocidad por el siguiente callejón, y luego el siguiente. Finalmente, apoyados sobre la pared de piedra de un *palazzo*, vi a los otros dos *condottieri*. Llegué demasiado tarde. Uno de los salvajes se subía las calzas en medio de un ataque de risotadas, mientras que el otro estaba con las calzas bajas y por los tobillos, de rodillas, con los muslos peludos expuestos y una de las piernas de la niña extendida debajo de él. Cacareaba y agitaba una daga ensangrentada. Había terminado de vejarla. Ahora se entretenía haciéndole un corte en la piel. Me lancé sobre él, girando el torso y agitando la espada. Toda la fuerza sobrenatural que poseía surgió a través de mi cuerpo, y lo degollé con un solo movimiento largo y rápido. La cabeza rodó hasta una alcantarilla y la sangre escarlata salió a borbotones del cuerpo descabezado, que cayó sobre la niña. El otro *condottiere* gritaba y buscaba torpemente su arma, pero yo lo atravesé con la espada, abriéndolo al medio como a un pescado.

Me volví a la niña. No emitía sonido, por lo que temí que estuviera muerta, pero al quitarle el cuerpo de encima, se incorporó. Su *gonna* estaba hecha jirones, con la falda rasgada en la cintura. Estaba cubierta de sangre y otras sustancias, y el *condottiere* había hecho un profundo corte a modo de cruz en uno de sus muslos. Volvió hacia mí su rostro agónico y empapado en lágrimas, y vi que sólo tenía doce o trece años, esa edad intermedia entre la niñez y la juventud, aunque su rostro ya reflejaba la mujer imponente en la que se convertiría. Tenía forma de corazón y estaba delicadamente esculpido, con pómulos prominentes, grandes ojos con chispas doradas brillantes de terror, y una boca rosada ancha abierta en un grito silencioso. Tomó la daga de la mano del soldado decapitado. Sabía que su intención era lastimarse. Se la quité.

—Déjeme morir —lloriqueó, y la angustia de su voz no pudo ocultar su melodía ronca.

—¡No, no! —le dije—. Debes vivir. Vivirás. Parece el fin de todo, pero no lo es. Sobrevivirás.

—No merezco vivir. Ya no soy nada —dijo entre lágrimas.

—Basta —dije, severo—. Estás viva, a diferencia de muchas personas después de hoy. Tu ciudad necesitará de ti. Tu familia necesitará de ti. Tú debes ayudarlos. —Busqué en los alrededores los restos de su falda, la encontré, y rasgué algunos retazos largos de tela—. La herida es profunda, pero no tanto para ser peligrosa. La cerraré. Los próximos días deberás ver que no se infecte.

—¿Cómo puede haber días después de hoy? —gritó.

—Los habrá; el tiempo continúa —dije. La miré con detenimiento—.Ve a esconderte. Yo debo ver si hay otros niños que pueda ayudar.

—¿No es usted uno de los *condottieri*? —susurró. Negué con la cabeza—. Otros niños, tiene razón, necesitarán ayuda, yo iré con usted para ayudarlos...

—¡No! ¡Escóndete! No puedes ayudar a nadie en este momento y, si no te escondes, te lastimarán nuevamente. Escóndete en un callejón o una alcantarilla, no en un edificio que se pueda prender fuego. —Terminé de rasgar los retazos de tela, respiré profundamente e impuse las manos suavemente sobre su pierna. Cerré los ojos y dejé que se suavizara mi corazón, esperando poder invocarlo, rindiéndome a la pena que sentía por esa niña, y comenzó: el *consolamentum*, el dulce y tibio flujo, que corría como agua limpia por mi corazón y a través de mis brazos. La niña se aquietó, dejó de llorar. Al finalizar el *consolamentum*, le vendé la pierna—. Esto puede doler, pero detendrá el sangrado.

—Mataron a mi padre —dijo con suavidad—. Se reían. Estaba caído en el suelo con los ojos tan vacíos. No tengo otra familia. No tengo quien me dé una dote, así que nunca me casaré. ¿Y qué hombre me desearía ahora, de todas maneras? Estoy arruinada, manchada. Ya no soy nada.

—No puedes pensar de esa manera —dije ásperamente, ajustando uno de los retazos de tela. Me repugnó nuevamente la crueldad con la que hombres maduros podían tratar a un niño. No comprendía su motivación; era obvio para mí que los niños, como esa chiquilla, necesitaban protección.

—Mi vida no significa nada, sin padres, y ahora así. ¡Me dolió tanto lo que me hicieron! —Encogió los angostos hombros y hundió la cabeza en sus brazos. Tenía una tupida cabellera oscura, pero cuando giró la cabeza y captó la luz del sol, vi que el suave cabello no era en realidad negro. Era de un color castaño variado, veteado con mechas rojizas, ocre, negras, e incluso doradas. Jamás había visto algo igual. Crecería para ser una mujer de una belleza singular.

—Tu vida puede significar lo que tú desees —dije con furia—. Tú no eres lo que se te ha hecho. ¡Eres más que eso! Habrá trabajo aquí en Volterra, para reconstruir la ciudad. Ayudar a otros niños y mujeres. Concéntrate en eso, en ayudarlos. ¡Eso te ayudará a superarlo! —Ella asintió, pero su rostro estaba tan pálido y retorcido de dolor que no sabía si me había escuchado. Terminé de vendarle la herida y me recliné hacia atrás—. Escóndete en algún lugar seguro —los niños siempre conocen los mejores escondites—, y no salgas por ningún motivo hasta que escuches que los *condottieri* se marchan de Volterra. —Se arrodilló con esfuerzo y luego se puso de pie. Tambaleó, miró hacia abajo y se cubrió la desnudez con las manos. Me quité el *lucco* azul y se lo di, y ella se puso la túnica por la cabeza.

—Vete —dije, recogiendo mi espada. Ella corrió y yo me dirigí a la calle. Mis ojos encontraron saqueos y despojos. Clavé la espada en el hombro de un *condottiere* que pasó corriendo, persiguiendo a una mujer con un bebé en el pecho. Cayó con un grito que silencié con un rápido corte en el cuello—. Escóndete —le grité a la mujer, que desapareció en un callejón.

«Escóndete» fue una palabra que repetí miles de veces. Era la única ayuda que podía ofrecer. Era un hombre luchando contra un ejército de doce mil soldados, cada uno de los cuales parecía decidido a cometer las más horribles atrocidades. Perdí la cuenta de cuántos maté, simplemente seguía los gritos. Los *condottieri* eran lascivos y salvajes, y estaban intoxicados de su propia brutalidad. Actuaban como animales en estampida, sin disciplina ni pensamiento, o yo habría tenido un mal final. Aun con habilidades perfeccionadas y practicadas durante más de un siglo, no habría podido enfrentarme a más de cinco o seis hombres armados y entrenados que actuaran en conjunto.

Acababa de enviar a un *condottiere* al más allá para compartir las obscenidades del dios malévolo cuando, por el rabillo del ojo, vi un *lucco* azul conocido. Allí estaba la niña, cargando a un bebé y conduciendo a cuatro niños a través de la calle de adoquines desde una cabaña de madera en llamas hacia un *palazzo* de piedra. Los niños más pequeños la seguían en fila como patitos detrás de su madre. La gente seguía gritando y corriendo en todas las direcciones, y yo pensé que los niños podrían llegar a donde fuera que la niña los estuviera llevando. Entonces crecieron los gritos. Tres *condottieri* trotaron riendo hacia los niños. El soldado principal echó a correr con su espada extendida, y apuntó la hoja ensangrentada directamente a la barriga redondeada del niño más pequeño que caminaba tambaleando al final de la fila. Sabía que su intención era atravesar al niño con la espada. Yo fui más rápido que él. El *condottiere* se encontró con mi espada, en lugar del cuerpito regordete del pequeño. Sus dos camaradas gritaron y se arrojaron sobre mí. Eran hombres grandes, luchadores endurecidos, y bastante enfadados como para escupir fuego, después de verme matar a su amigo. Intercambiaron una mirada y se separaron, uno a cada lado, para acabar más rápido conmigo. Pero yo había estado empuñando una espada durante cien años, y ni siquiera combinados podían esperar igualar mi habilidad y experiencia. Ambos se lanzaron sobre mí al mismo tiempo. Lo vi venir con el primer temblor de los músculos de sus piernas y me alejé de un salto. Luego se sucedió un enfrentamiento rápido como relámpago, golpe, contragolpe, y ambos hombres acabaron muertos en la calle.

La niña seguía cruzando la calle con los otros niños. Corrí detrás de ellos.

—Te dije que te escondieras —dije seriamente, cuando alcancé a la niña.

—Levante a aquellos dos —señaló al pequeño al que casi habían matado y a otro niño frente a él que era poco más grande. Tomé a uno en cada brazo y seguí a la niña hacia el *palazzo* de piedra. Caminó hasta el fondo del *palazzo* e ingresó a una pequeña despensa—. Hay un sótano aquí —gritó. La seguí, y ella gruñó y deslizó una losa del piso —. No soy la única —dijo, señalando. Miré hacia abajo, al interior de un espacio poco profundo bajo tierra. Me miraron varios pares de ojos desde la oscura guarida; otras mujeres y niños ya se encontraban apretujados allí.

—Haced espacio —dije, bajando al pequeño. En silencio, las mujeres se acomodaron para que entraran los demás niños. La niña fue la última en entrar. Le toqué la cabeza suavemente—. ¡Ahora debes quedarte en el escondite!

—Los *condottieri* se llevaron a su madre, y yo no podía permitir que murieran quemados —dijo, con los ojos brillantes, y supe que ella sobreviviría a aquel día con el corazón intacto. Los daños para ella serían terribles, pero sobreviviría. Volví a deslizar la losa para cubrir la entrada, angustiado por esas personas, pero también aliviado porque esa niña no permitiría que se destruyera su esencia.

Durante el resto de ese largo y terrible día del saqueo de Volterra, permanecí en esa calle sin nombre, cerca del sótano. Anulé mis sentidos y me encerré en algún horrible lugar dentro de mí, un lugar despiadado y lunático que ni siquiera la risa de los dioses podía penetrar. Maté a todo *condottiere* que se acercara al escondite de la niña. No eran hombres, sino oscuras figuras en movimiento que anhelaban el beso de mi espada. Yo ya no era Luca Bastardo. O, mejor dicho, era el Luca Bastardo que, de niño, había matado a siete clientes y al propietario de un burdel.

Un sonido retumbaba en mis oídos. Estaba cubierto de sudor y sangre, y estaba tan incansable y terco como piedra. Un hombre gritaba. El hombre con quien estaba luchando gritaba. Era un guerrero habilidoso, formidable, un desafío. Intentaba decirme algo. Salté hacia atrás, con la espada lista.

—¿Qué? —grité. Había una bruma roja delante de mis ojos, y luego se desplegaron haces de luz tenues del cielo encapotado. Se me aclaró el oído junto con la vista.

—Santa María Madre de Dios, ¿a cuántos de mis hombres ha matado, Bastardo? —preguntó Federigo. Me miraba con horror dibujado en la mitad sana de su rostro.

—¿A cuántos niños y mujeres han violado sus hombres? —reclamé—. ¿Cuántos ancianos han sido atacados mientras intentaban defender a sus nietos?

—Lo sé, lo sé, no está bien —murmuró. Sin aviso, el cielo empezó a escupir gordas gotas de lluvia que, un segundo después, se cristalizaron en cortinas macizas de agua. Federigo se escurrió la lluvia del rostro con la mano que no sostenía la espada.

—¿Cómo pudo permitir esto? Violaciones y homicidios al por mayor. ¡Lo denunciaré a Lorenzo!

—¿Quién crees que lo ordenó? —replicó Federigo. Por un momento, el mundo completo permaneció quieto, como si el hacha de un *condottiere* me hubiera partido en dos. Por supuesto, Lorenzo era capaz de eso, y me había mentido cuando dijo que no quería la muerte de inocentes—. A mí tampoco me agrada —dijo Federigo, apartando su único ojo utilizable—. ¿Pero acaso no ve que es necesario? El Papa quiere controlar Florencia, los territorios buscan independizarse, todos consideran que Lorenzo es demasiado joven para mantener unida la república... todo pende de un hilo. ¡Lorenzo debe hacerse valer! Le debe demostrar al mundo que liderará y protegerá a Florencia como sólo lo puede hacer un Medici. Mi dios, hombre, ¿acaso no sabe lo que ocurrirá si el Papa designa a sus imbéciles sobrinos para que gobiernen Florencia? Arruinarán nuestra ciudad y todo lo que han logrado los Medici como mecenas de las artes y la erudición y creadores de la Academia Platónica. ¡Todo eso llegará a su fin!

—¿Y por eso vale la pena arruinar vidas? —pregunté con amargura—. ¿El derecho de Ficino de parlotear acerca del alma es lo suficientemente importante como para permitir la violación de una niña después de ver asesinar a su padre?

—Estamos hablando de la civilización —dijo Federigo, con pasión—. Es el precio que debemos pagar por ella. Lorenzo de Medici es un gran líder que no vacila en pagar el precio. ¡Somos afortunados de que él posea esa fuerza, y las generaciones futuras se lo agradecerán!

—¡No veo que la civilización dependa de la matanza de inocentes!

—Depende de que Lorenzo disuada a aquellos dispuestos a apropiarse de su poder y desarmar la Toscana —replicó Federigo—. Florencia se encuentra en el centro mismo de todo, de todos los adelantos en materia de arte y filosofía. ¡Es nuestro deber protegerla! Lorenzo no está complacido con esto. Reparará el daño. Vendrá aquí más tarde para asegurar que no sabía lo que sucedería.

—¿Reparará el daño? ¿A los niños mutilados? ¿A las mujeres que, en nueve meses, darán a luz a bebés bastardos que nadie querrá mirar? ¡Hay gente muerta, vidas arruinadas! ¿En nombre de la civilización? ¿Puede justificar así el horror a tal escala?

—Ya se lo he explicado; puede elegir comprender o no —gruñó Federigo—. Lorenzo necesitaba que se hiciera un trabajo sucio y me escogió a mí para ejecutarlo. ¡Me pagaron por ello, y lo hice!

—Es por eso que lo llaman prostituirse —dije en voz baja. Federigo alzó la espada y pensé que me atacaría, y me preparé para derribarlo. Lo habría disfrutado, también.

Federigo maldijo y luego se apartó, con una mueca de desprecio. Enfundó la espada y se alejó de prisa para guarecerse bajo los aleros de un *palazzo* cercano. Lo seguí y vi que tomó algo de su *mantello* y lo manipulaba torpemente. Se inclinó sobre el objeto nerviosamente.

No quiero que la arruine la lluvia, es una Biblia políglota única... —farfulló.

—¿Ha tomado una Biblia?

—Colecciono manuscritos; tengo una biblioteca, y esta Biblia es hermosa y única...

—¿Saqueó la biblioteca de un volterrano y sustrajo un artículo religioso? ¿Esto también es parte de la civilización que está dispuesto a defender a cualquier precio? ¿De qué sirve su civilización si no le impide infligir sufrimiento a los demás? —Sentí repulsión y bajo mi mirada se proyectaba la quijada de Federigo—. ¡No es mejor que los animales que lidera!

—¡Esto es una guerra, Bastardo, no se supone que sea agradable! —espetó.

Sentí la fría empuñadura de la espada en mi mano y tuve deseos de matarlo. Pero eso no resolvería nada. Sólo incitaría la ira de Lorenzo. Querría castigarme, pero ni siquiera lo haría él mismo. Simplemente convocaría a los

Silvano, a quienes había enviado lejos de la ciudad con diversos pretextos.

—¿Cuánto más se supone que durará el saqueo?

—Hasta la puesta del sol. Estoy replegando a los hombres en este momento. La lluvia los calmará, también, y sofocará los incendios.

—Quite a sus hombres de esta calle —dije con amargura—. Que no se acerquen. Quien ponga un pie aquí es hombre muerto.

# Capítulo 19

Mi vida cambió nuevamente después del saqueo de Volterra. Esa noche, la lluvia cayó con tal fuerza que originó un alud que llevó más devastación a la ciudad. Las tropas de Federigo se marcharon al ponerse el sol y, una vez que las puertas de la ciudad se cerraron detrás de ellos, abrí de un empujón la losa y dejé salir a las mujeres y a los niños que se habían ocultado en el sótano. Una anciana, de venas azules pronunciadas y piel de papiro, había muerto durante la espera. La saqué en brazos y la entregué a las otras mujeres para que le dieran sepultura. La ciudad se había convertido en un infierno caótico de lluvia, fango, sangre, humo de los incendios sofocados, muebles y artículos de alfarería rotos y revueltos, y heridos. Trabajé toda la noche ayudando a los volterranos en el cuidado de los heridos. Había hombres que habían perdido miembros y mujeres que habían sido violadas y vejadas, con esa particular inhumanidad que la guerra engendra en las mentes desquiciadas de los soldados. El dios malévolo parecía haber ganado esa batalla.

La lluvia cesó a la mañana siguiente, pero el cielo permanecía encapotado. Una vez me habían dicho que el té de raíz de culebra prevenía el embarazo, y se lo repetí a muchas mujeres, con disculpas por no recordar cómo se preparaba. Reuní a niños con sus madres y ayudé a las mujeres a encontrar a sus maridos, padres e hijos, ya fuera que estuviesen muertos o heridos.

A media mañana del día siguiente me encontraba hambriento y exhausto, y me senté contra las ásperas piedras de la muralla de la ciudad para descansar. Todo me dolía: los brazos, los hombros y la espalda de blandir la espada, los muslos de embestir, la garganta de gritar, la quijada de rechinar los dientes de rabia ante la destrucción que había presenciado. Estaba cubierto de lodo y sangre, y no recordaba cuándo había comido por última vez. Cerré los ojos y golpeé la cabeza hacia atrás, lentamente, pero con suficiente fuerza para sentir los bordes irregulares de las piedras contra la cabeza. Maldije al dios malévolo, como lo había hecho muchas veces, porque su cruel humor se alimentaba permitiendo que los hombres cometieran actos de tal barbarie. ¿Por qué no lo impedía el dios benévolo? Entonces, algo rozó mis dedos, y abrí los ojos con desgana. Alguien me puso un plato de comida en las manos.

—Debe comer. —Era la niña que no había podido salvar del ataque de los *condottieri*. Ahora estaba limpia, con el largo cabello despejado de su exquisito rostro con forma de corazón, y llevaba puesta una bonita *gonna* y, sobre ésta, una *giornea* de color rosado claro, un color fuera de lugar entre tanta devastación, que de todas maneras me hizo sonreír—. Vamos, está bueno; jamón y queso duro, y pan con aceite de oliva —dijo con suavidad. Tenía razón, debía comer, aunque mi estómago seguía en llamas por la perversa brutalidad de la que había sido testigo. Mordí un trozo de jamón lentamente. Ella me observaba con sus grandes e inteligentes ojos, que eran de un color marrón pálido con chispas de verde y dorado, e incluso de negro, contra una esclerótica muy blanca. «Sus ojos son tan veteados como su cabello», pensé, aunque en ese entonces no sabía que esos ojos me perseguirían por el resto de mi vida. Aún ahora, puedo verlos en sus cientos de modos: entrecerrados y brillando de risa, o bailando con pensamiento rápido, o bien abiertos con picardía, o las pupilas negras henchidas de amor y deseo. Era como el mercurio; nadie tenía más expresiones y humores que ella. Pero en esa época, era sólo una bonita niña que me observaba comer, y mi atracción hacia ella casi me repugnaba. Hacía mucho tiempo había jurado, por el arte de Giotto y todo lo demás que me era sagrado, jamás dirigir mi lujuria a una niña. Fingí ignorarla y seguí comiendo con más ganas. Me lanzó una sonrisa tentativa, pero no le presté atención, y se alejó.

Cuando terminé de comer, incliné la cabeza hacia atrás y dormí durante una hora. Me despertaron unos lengüetazos suaves en la oreja. En mi estado de ensoñación, pensé que se trataba de la bonita niña, lo que me hizo sonreír y mover la cabeza con somnoliento interés. Luego recordé lo joven que era y me paré de un salto, con una exclamación de sorpresa. Pero el amigo lascivo no era otro que mi confiable corcel Ginori.

—¡Ginori! —exclamé, y lo abracé sin vergüenza. Relinchó y corcoveó, reclamando volver a casa—. No podemos marcharnos ahora; hay trabajo por hacer —le dije. Frotó su nariz contra mí, comprendiendo.

—Sabía que era amigo suyo —dijo la niña, apareciendo del otro lado de Ginori—. Lo vi trotar por allí, olfateando el aire, y supe que estaba siguiendo su olor fuerte.

—Cualquiera tendría un olor fuerte después de pelear como lo hice yo.

—¡No quise decir eso! —dijo, sonrojada—. Quise decir que usted es fuerte, fuerte y valiente por cómo me ayudó a mí y ayudó a tantos otros, ¡por eso debe tener un olor fuerte y valiente!

—Sin importar mi olor, Ginori me encontraría en cualquier lugar. Éste es uno de los grandes caballos del mundo —dije entre risas, rascándole el pescuezo. Estaba cubierto de mugre y sangre, pero no encontré heridas al tacto.

—Yo se lo lavaré y cepillaré —ofreció la niña con timidez. Tenía las manos cruzadas por detrás de la espalda y se mecía sobre sus zuecos. Lucía un encanto insoportable.

—Tú tienes otras tareas que hacer, *ragazza* —dije con seriedad, negándome a ceder a sus encantos—. Es Volterra quien te necesita ahora. Ginori es grande y ha participado en muchas batallas. Sabe ser paciente.

—¿Desea más comida? ¿O algo de vino? ¿Quizá ropa limpia? Está mojado y sucio, ¡yo puedo traerle cosas limpias! —sus palabras salían a los tropezones.

—He estado mojado y sucio, y cosas peores, muchas veces antes.

—No es necesario que lo esté ahora. Conté cómo me ayudó. Los volterranos están muy agradecidos. Le darán todo lo que necesite.

—Puedo cuidarme solo. Si necesito algo, lo conseguiré de alguna manera —aseguré, y me encogí de hombros. Ante eso, la niña resopló y se fue con un contoneo de las faldas que le significaría problemas en unos años. Me volví hacia Ginori, que me tocaba con el hocico, buscando comida—. Grandes problemas en unos años —le dije. Respondió con un suave relincho. Lo conduje hasta la calle para encontrar alimento. Una vez que estuvo satisfecho, quise volver a ayudar a los volterranos a reconstruir su vida.

Lorenzo llegó a Volterra por la tarde. Con mucha pompa, montaba uno de sus magníficos sementales negros, rodeado de una ruidosa camarilla de amigos, asesores y acompañantes. Era un grupo de unos treinta hombres, con aspecto de estar limpios y bien alimentados, y con los rostros locuaces e indiferentes de quienes no han sido tocados por la tragedia. Lorenzo desmontó en las puertas de la ciudad e ingresó a pie, vociferando su ruidosa indignación ante el panorama que lo recibió. Yo me encontraba enderezando el brazo fracturado de una joven mujer rubia que había sido violada, golpeada y dejada por muerta en un callejón. Sin embargo, el ser humano siempre es más resistente de lo que se pueda imaginar, y ella se había arrastrado desde el callejón hacia el improvisado sector en donde el médico local, algunas parteras y yo atendíamos a los heridos. Escuchamos que Lorenzo y su comitiva ingresaban a la ciudad, y la mujer alzó su rostro lastimado hacia mí. Yo me encogí de hombros y ella frunció sus labios inflamados sobre los espacios en su boca donde los dientes habían sido arrancados a golpes. Tanteé el hueso del brazo con los dedos y me pareció derecho, por lo que lo envolví con retazos de tela para que pudiera sanar. La niña bonita se acercó con una jarra de vino y unas copas en una bolsa que llevaba del hombro, y le sirvió una copa a la mujer rubia.

—Isabella, tu cabello está enredado, ¿quieres que lo cepille? —arrulló la niña, palmeando la cabeza de la mujer suavemente, mientras ésta tragaba el vino.

—Terminé —dije, atando el último retazo—. No creo que esté sangrando internamente. No lo podría asegurar. Descanse unos días. No trabaje aún. Vea cómo se siente en tres días.

—¿Has escuchado, Isabella? —preguntó la niña—. Estarás bien después de descansar. Vamos, te lavaré la cara y te peinaré el cabello. —La rubia Isabella se puso de pie, tambaleando. Estiré la mano para estabilizarla, pero ella se estremeció. Pasaría un tiempo hasta que Isabella pudiera tolerar el contacto con un hombre, aunque fuera el de alguien que quisiera ayudarla. La niña pasó su delgado hombro por debajo del brazo de Isabella y ambas se alejaron con dificultad. La niña me lanzó una mirada seria por sobre el hombro.

—Estas atrocidades son horribles, insoportables —dijo una voz detrás de mí.

—¿No era esa la idea? —dije suavemente, con la mirada clavada en los brillantes ojos negros de Lorenzo de Medici. Algo cruzó su rostro y se ocultó rápidamente. Lo cubrió una

475

expresión de profunda compasión e hizo un gesto con la cabeza en dirección a Isabella y la niña que la ayudaba, quienes rengueaban juntas hacia un *palazzo* donde descansaban los heridos.

—Esto es indignante. ¡No tenía idea de que esto ocurriría! ¡Las tropas enloquecieron!

—Sabías perfectamente que esto ocurriría.

—¿Cómo puedes decir algo así? ¡Estoy horrorizado! ¡Todos los ciudadanos florentinos están horrorizados!

—Sí, imagino que lo están. Al igual que lo están todos los demás territorios florentinos y Sixto.

—Bastardo, ¿qué es lo que dices? —gritó Lorenzo. Se alejó a trancos, hacia donde un viejo andrajoso y decrépito estaba sentado sobre un banco. El viejo estaba encorvado, y Lorenzo, con una muestra de ternura, tomó su brazo para ver los cortes de espada que lo atravesaban. Por suerte para el viejo, los cortes eran superficiales. Yo sabía que eran dolorosos, sin embargo, y él había estado esperando con paciencia que pudiera atenderlo. Lorenzo tomó la mano ensangrentada del hombre en la suya y la aferró contra su pecho. Luego Lorenzo se volvió hacia la creciente muchedumbre de volterranos.

—¡Mis hermanos florentinos y yo estamos consternados! Lamentamos esto profundamente; ¡no existen palabras para describir estas atrocidades perpetradas contra Volterra! ¡Vengo para hacer reparaciones! —Hizo un gesto con la cabeza a Tommaso Soderini, quien se apresuró a ponerse de pie al lado de Lorenzo. Asistían a Soderini dos sirvientes moros fornidos que se esforzaban por cargar un pesado baúl. Lorenzo asintió, y Soderini abrió el baúl. Lorenzo extrajo un florín de oro. Lo sostuvo en alto, pero no había sol para iluminarlo, entonces no era más que un disco amarillo sin brillo en sus manos extrañamente refinadas. Miró a la gente, pero nadie emitió sonido.

—¡Esto es una restitución! ¡Distribuiré dinero a todos los que han sufrido pérdidas! —proclamó a voz en grito. No se produjo sonido alguno entre las varias decenas de ancianos, mujeres y niños que estaban de pie, observándolo. Todos estaban sucios y enlodados; la mayoría vestía ropas ensangrentadas; muchos estaban vendados; no había ningún hombre adulto entre ellos. La cabeza de cabello negro de Lorenzo se giró para mirar a un lado y a otro de la muchedumbre, buscando respuesta, pero sólo encontró un silencio absoluto. Le arrojó el florín a Soderini, quien se adentró en la muchedumbre y lo entregó con entusiasmo a una mujer de cabello oscuro con un vendaje en la cabeza. Yo sabía algo que Lorenzo desconocía: que había perdido una oreja cuando el *condottiere* que intentaba violarla no alcanzó la erección y se la arrancó de un mordisco. Ella había sido una de las afortunadas, no obstante: su esposo había sobrevivido. Tenía una herida de puñal que le atravesaba el muslo y era dolorosa, pero viviría. Siempre y cuando no contrajera una infección, viviría. Sin sonreír, sin emitir palabra, la mujer tomó la moneda de Soderini y alejó la vista. Soderini les hizo una seña apurada a los sirvientes moros. Llevaron el baúl y Soderini enterró las manos, dio más monedas a la mujer con un gesto brusco, y después entregó monedas a todos los que estaban congregados a su alrededor. Nadie pronunció palabra. Lorenzo observó la escena a la distancia. Yo me dirigí a Ginori y le quité la montura. Era la misma que me había dado Lorenzo ocho años antes, confeccionada artesanalmente de un cuero flexible y sólido, con herrajes bien trabajados y estribos resistentes; valía una fortuna y, como todas las cosas hermosas que alguna vez me habían obsequiado, la había cuidado muchísimo.

—Tus monedas no volverán a comprar su integridad —dije, y arrojé la montura a la calle embarrada, a los pies de Lorenzo—. Tampoco comprarán mis servicios. —Él miró con atención mi montura y luego inclinó el rostro hacia un lado, como si fuera Federigo y tuviera un solo ojo con el que ver.

—Me enteré de que mataste a más de cincuenta de los buenos hombres de Montrefelto —dijo Lorenzo, con un tono que expresaba algo de envidia y algo de reprobación. Su mirada calculadora se posó en la espada que llevaba al costado del cuerpo. Sabía que él se preguntaba si habría alcanzado un número tan alto.

—¿Cuán buenos pueden ser si son capaces de hacer esto? —dije con desdén, con un gesto hacia la ciudad arruinada y la gente dañada que me rodeaba—. Aunque estuvieran cumpliendo órdenes.

Lorenzo asintió lentamente.

—¿Te das cuenta, mi longevo amigo, de que no puedo protegerte si no te pones bajo mi protección?

—Preferiría la protección del diablo.

—Eso es lo que piensan los Silvano, ¿no? Pronto tendrán una carta en su poder para probarlo. —Sonrió con desprecio, y supe que me había ganado un enemigo acérrimo. No me importó. Apoyé una mano sobre su hombro y le hablé en tono bajo y confiado, de modo que sólo él me pudiera escuchar.

—Mi querido amigo Cosimo de Medici no habría hecho esto —dije—. Jamás habría caído tan bajo. No lo habría necesitado. —Lorenzo retrocedió como si lo hubiera apuñalado, lo cual, por supuesto, era cierto. Lorenzo había crecido a la sombra imperante de un hombre que valía el doble que él, un hombre cuyo genio y logros Lorenzo podía aspirar a igualar, pero nunca superar, y era consciente de ello.

Había anochecido, y largas sombras moradas caían como rejas de niebla sobre la empapada, ensangrentada Volterra. Doblaba una y otra vez la mantilla de montar sobre el lomo de Ginori, pensando en la mejor manera de proteger mis testículos en el viaje de regreso a Florencia, dado que ahora no tenía silla. Rebotar sin protección sobre el lomo de un caballo era difícil para un hombre. Había oído de gitanos y hombres del lejano oriente que cabalgaban a pelo todo el tiempo; quizá si uno nacía y se criaba sobre un caballo como ellos, era tarea fácil. Pero ésa no había sido mi infancia, y cabalgar sin montura me resultaría difícil.

—Maddalena —dijo una voz ronca y lírica detrás de mí.

—¿Qué? —Me volví, y la luz blanca curvada de las antorchas que colgaban de las paredes de piedra en ganchos de bronce iluminaron el rostro de la jovencita cuya inusual belleza me había cautivado.

—Me llamo Maddalena. —Sonrió y alzó una montura grande de forma rara y anticuada. Miré fijo la montura, estupefacto. Ella me la puso en las manos—. ¡Es pesada!

—¿Es para mí? —pregunté, aferrando la montura y sintiéndome como un tonto.

—Me dijeron que le dio su montura al *signore* Medici. Supuse que necesitaría una. Esta era la montura de mi papá. Ya no la necesitará —suspiró. Le dirigí una mirada intensa, vi que estaba triste, pero no acongojada. Me alegró verlo. Siempre aprecié a la gente capaz de soportar el sufrimiento con dignidad. Es una habilidad importante en ese mundo donde el dios cruel se burla ante el dolor que el dios benévolo permite. Coloqué la montura sobre el lomo de Ginori, la deslicé hasta su posición y ajusté la cincha.

—¿Por qué le dio su silla de montar al gran señor? —preguntó Maddalena.

—Tengo mis motivos —dije vagamente.

—Usted no es muy confiado, ¿verdad?

—Confío en que las personas serán quienes son.

—¿Tienen alguna alternativa? ¿Cómo es que no me dijo su nombre? ¡Eso es lo que se debe hacer, cuando uno se presenta! —Sonaba indignada y no pude evitar sonreírle, aunque sabía que debía desalentar su interés. Sabía que debía parecer un héroe ante esa jovencita que había salvado de la espada de un soldado.

—Soy...

—Luca Bastardo —me interrumpió—. Habrá muchos bastardos correteando por Volterra el próximo año. ¡Quizás se llamen a sí mismos «Bastardo» y tenga una gran familia! —El ritmo de su voz se aceleró y batió las pestañas; me estaba provocando.

—Justo lo que siempre he deseado —respondí, con burla. Luego recuperé la compostura—. Quizá las parteras puedan prevenir nacimientos innecesarios.

—Eso espero. No creo que puedan ayudarme a mí. Soy demasiado joven para tener un hijo, pero una mujer me dijo que quizá nunca pueda después de todo lo que ocurrió. —Su voz era neutra, pero contenía un dejo de ansiedad—. Siempre quise tener hijos, y no me falta mucho para tener edad de encontrar marido. ¡Algunas niñas se casan a los catorce y a mí sólo me falta un año! Bueno, ningún hombre se casaría conmigo ahora, pero si hubiera alguno...

Me subí al caballo.

—Encontrarás esposo. Tendrás hijos.

Me lanzó una mirada intensa.

—¿Cómo lo sabe?

—Siempre he encontrado que la mente determina lo que le ocurre al cuerpo —dije, conteniendo a Ginori, que estaba encabritado con el deseo de regresar a casa—. Quien esté listo para morir, lo hará. Quien desee sobrevivir, lo hará. Quien desee vivir plenamente, lo hará. No es complicado.

—Espero que tenga razón —dijo con timidez, y después soltó una risita nerviosa—. ¡Sé que conseguiré esposo porque tomé unos cuantos florines de oro del *signore* Medici y los guardaré para mi dote! —Se cubrió la boca con su mano pequeña y de huesos finos como si hubiera dicho algo atrevido, lo que me recordó nuevamente lo joven que era. Joven pero práctica; era inteligente de su parte ahorrar para una dote. El matrimonio lo era todo para una mujer. Ella acarició el pescuezo de Ginori y alzó la vista—. ¿Volverá a Volterra, Luca Bastardo? —Estiró las sílabas de mi nombre y las pronunció como una canción, de manera seductora, como lo haría una mujer adulta si deseara a un hombre. Tragué con dificultad. Maddalena vio mi reacción—. ¡Me gustaría que así fuera! —agregó en tono seductor.

—Soy el *signore* Bastardo para ti, *ragazza* —dije, luchando por no dejarme seducir por su encanto demasiado juvenil. Pero me sentía atraído hacia ella, no lo podía evitar y, cuando conduje a Ginori hacia las puertas de la ciudad, alejándome, miré hacia atrás y le sonreí a la encantadora Maddalena—. Guarda tu dote unos diez años. ¡Quizá regrese!

Al acercarme a las murallas de Florencia con la primera luz del día, alcancé a ver una figura que se desplazaba por el camino entre los carros de los granjeros que se dirigían a los mercados de la ciudad. La figura tenía forma de llama y se veía de color índigo y anaranjado en la débil luz del amanecer. Pero había algo corpulento y familiar en la silueta de ese hombre que llevaba de la rienda a un burro que continuamente se detenía para pastar. Azucé los flancos de Ginori y llegué al galope hasta donde se encontraba el hombre. El burro nos enseñó los dientes amarillos y rebuznó.

—No puedo creer que esa bestia no esté muerta, Errante —grité.

—¿Por qué debería estarlo? —dijo el Errante, dibujando una sonrisa blanca en el matorral de su barba—. ¿Crees que nosotros somos las únicas criaturas afortunadas que podemos evitar lo inevitable?

—Mi pregunta es: ¿es nuestra suerte buena o mala? —bromeé, feliz de verlo y, precisamente en ese momento, en que me invadía la nostalgia por Volterra.

—¿No es esa la eterna pregunta? —aulló. Desmonté y nos abrazamos, riendo y dándonos palmadas en la espalda. Se alejó un paso y me observó—. El lobo se está convirtiendo en hombre. Por fin se te notan un poco los años, Bastardo. Tienes algunas buenas arrugas bajo los ojos.

—No son los años, sino la batalla —dije con una mueca. Tomé las riendas de Ginori y caminé a su lado. Podía oler el burro, aunque estaba del otro lado del Errante; había olvidado el hedor del animal. Sacudí la cabeza—. ¿Qué lo trae nuevamente a Florencia?

—La pregunta es: ¿qué te trae a ti? ¿Qué harás ahora que has enfadado a tu protector? —dijo, pasándose los dedos torcidos por la barba frondosa.

—¿Cómo es que siempre sabe lo que ocurre? ¿De dónde obtiene la información?

—El mundo entero está repleto de información, si estás dispuesto a escucharla —dijo, con un destello en los ojos—. Ya te lo he dicho antes: «Al principio, cuando la voluntad del Rey empezó a actuar, grabó unas señales en el aura celestial». No hay secretos, sólo hombres que no están dispuestos a prestar atención a las señales que los rodean.

—Déjeme adivinar: tiene algunas ideas acerca de lo que debería estar haciendo —dije con cansancio.

—¿Estás satisfecho con tu educación? Nunca continuaste lo que comenzaste con mi viejo amigo Geber —dijo—. Ahora ha transmigrado al alma de tu joven amigo artista...

—¡Yo no creo en eso; ya se lo he dicho antes! —dije, con algo de impaciencia.

El Errante se encogió de hombros.

—¿De qué otra manera es posible explicar tantas cosas?

—¡Bromas de un dios que ríe!

—Tú y la risa de Dios —dijo, y sacudió la cabeza—. Un día te reconciliarás con Dios, y no encontrarás risa, sino un corazón de canto vivo... Es un simple hecho que la presencia del alma en el cuerpo significa que no ha completado su trabajo, y que debe transmigrar hasta que la tarea esté completa, hasta que todo esté reparado, hasta que haya probado de cada rama del árbol de la vida. El trabajo de la creación lentamente está refinando el espejo de la existencia en un estado más elevado y más sutil, a fin de reflejar en cada hombre una imagen más lúcida de Dios. Luego el alma puede volver a su fuente.

—Usted y Marsilio Ficino os podéis dar la mano con vuestras habladurías de almas que emanan de la

Deidad —dije—. ¿De qué sirve? ¿Acaso mejora nuestras vidas? ¿Acaso previene la guerra, las violaciones, los saqueos, los asesinatos, la muerte de inocentes? ¡Ficino sólo se deprime y tiene que escuchar música para salir de su estado!

—Me gusta cómo suena el tal Ficino —dijo el Errante con una sonrisa—. Tiene potencial.

—Sin duda debería conocerlo.

—Eso parece una invitación; acepto. Tienes una casa grande en Florencia, ¿verdad? Pero todavía no tienes esposa. Burro y yo te haremos compañía. Te ayudaremos a armar un taller como el de Geber, para que puedas retomar tu instrucción —dijo el Errante y me guiñó el ojo.

—Justo lo que deseaba; invitados —refunfuñé, pero no estaba disgustado. Debía ocupar mi tiempo de alguna manera, ahora que había renunciado al servicio de Lorenzo de Medici. Pensé en Geber con su lengua afilada, y los meses que había pasado con él mientras sucumbía lentamente a la peste. Había muerto sin enseñarme lo que verdaderamente deseaba saber: cómo transmutar el plomo en oro. Esa sería una habilidad valiosa, especialmente ahora que Lorenzo estaba molesto conmigo. No había manera de saber si mi dinero, ahorrado con tanto cuidado durante tantos años, estaría a salvo en el banco de Medici, ni si Lorenzo encontraría una manera de confiscarlo a modo de castigo. Lorenzo era vengativo; Volterra lo había demostrado—. La alquimia podría resultarme interesante en este momento.

—La transformación de la que hablo no es la de simple materia —dijo el Errante, acomodándose el *lucco* gris rasgado—. Pero lo que es básico se puede transformar cuando el trabajo y la veneración son uno. Todo comienza con el corazón, con aprender a someter el corazón.

—No me agrada el sometimiento, pero comprendo el trabajo.

—Comienza por donde estás —dijo encogiéndose de hombros—. Es allí donde se abrirán las puertas.

De modo que regresé a mi *palazzo* de Florencia y comencé una nueva etapa de mi vida, con dos huéspedes, el Errante y su burro, si bien el segundo vivía en el establo. El Errante me ayudó a convertir una habitación vacía en un taller como el de Geber. Él solía desaparecer después del desayuno y regresar para la cena con elementos que había descubierto en una casa de empeños o en la basura descartada por un boticario: vasos de precipitado, un alambique, frascos, un inusual mortero de ébano un día y una buena mano de mortero de alabastro el día siguiente. Busqué exhaustivamente por los mercados y me encontré con mercaderes y proveedores de productos exóticos para conseguir otros elementos: pergaminos, frascos de tinta y tintura, arcilla, diversos polvos y elíxires, ceras y pigmentos y aceites, sales y minerales, los cuerpos disecados de animales e insectos, plumas, conchas marinas, y huevos de una gran variedad de especies de aves y lagartijas. Acumulé muestras de azufre, mercurio y vitriolo; por supuesto, de los siete metales alquímicos: plomo, hierro, estaño, mercurio, cobre, plata y oro. También buscaba libros útiles. No comencé a experimentar cómo convertir el plomo en oro, pero me ocupé de todos los preparativos para la búsqueda.

A unos meses de haber comenzado los preparativos, llegué a casa del mercado con un frasco de incienso. Me complacía haber obtenido esa rara y preciosa sustancia, y estaba ansioso por mostrársela al Errante. Corrí al taller, y allí lo encontré junto a un joven alto, barbudo y de cabello rojizo, ambos hojeando un libro desplegado sobre la mesa.

—No sabía que tenía compañía —dije, y ambos hombres alzaron la vista. Miré el rostro del joven con barba—. ¡Leonardo! —exclamé.

Pareció saltar por encima de la mesa para abrazarme, y yo no podía creer cómo había madurado. Ahora era un verdadero hombre, de veinte años.

—¡*Professore mio*, tardaste bastante en reconocerme! ¡Y yo que siempre tuve tu rostro en mente! —dijo, riendo.

—¿Cómo te encuentras? ¿Qué haces aquí? ¿Cómo está tu madre? —Me alejé un paso de él, pero no lo solté, tan complacido estaba de verlo. Tenía puesto un lujoso *lucco* de fina seda anaranjada con bordado plateado, y mangas bien abultadas con rayas negras y amarillas. Noté que su *lucco* era mucho más corto que lo que dictaba la moda y supuse que seguía con sus viejos trucos, convenciendo a Caterina de que le confeccionara sus ropas.

—Mamá está bien, te manda recuerdos. Y a mí me han admitido en la Compañía de San Lucas, el gremio de los boticarios, médicos y artistas —dijo—. Tengo más libertad ahora. Se me ocurrió venir a verte. El otro día escuché hablar de ti, de una manera que no me gustó, en boca de tu antiguo amigo Lorenzo de Medici.

—Ese hombre no es amigo mío.

—Eso lo explica —dijo Leonardo, mirándome a los ojos—. Estaba en el taller de Verrocchio y entró Lorenzo. Yo estaba trabajando en un ángel para una de las pinturas de Verrocchio. Le hablaba a Soderini, que estaba con él. Deben de haber sabido que yo podía escucharlos. —Hizo una pausa y arqueó una ceja marrón dorada hacia mí para ver si entendía lo que eso implicaba. Yo asentí—. Lorenzo habló de convocar a alguien a Florencia. Alguien a quien no le agradas.

Entonces así resultaría, exactamente como lo había imaginado. Lorenzo no me haría nada personalmente; convocaría al clan Silvano, y ellos se ocuparían del asunto en su nombre.

—¿Cómo quedó el ángel? —pregunté en un fingido tono neutro.

—Bien —sonrió y apartó la vista, como si estuviera complacido e intentara no ufanarse. No sólo había crecido en altura, sino que había desarrollado músculos, con hombros anchos y brazos que se veían poderosos, aun con las mangas extravagantes que le gustaba lucir. Se seguía moviendo con una gracia que nadie podía igualar, y ahora había agregado fuerza a su gracia. Con su hermosa cabeza en alto sobre un fuerte cuello, volvió hacia la mesa y se detuvo junto al Errante.

—Escuché que el ángel quedó deslumbrante. Verrocchio juró que jamás volvería a pintar, cuando lo vio —intervino el Errante, haciendo un gesto en el aire con sus gruesos dedos.

—Está dramatizando nada más —Leonardo desacreditó las palabras del Errante—. Luca, te traje un obsequio. Cuando llegué, tu amigo estaba aquí —señaló al Errante, quien meneaba sus cejas frondosas negras y blancas. Agregó entre risas—: Siento que ya lo conozco de alguna parte. ¿Tú nos presentaste cuando eras mi maestro?

—Sí, tú y yo somos viejos amigos —dijo el Errante, con una amplia sonrisa que interrumpía su barba rebelde. Yo sacudí la cabeza, con la esperanza de poder aplazar una conversación acerca de la transmigración del alma.

—No era necesario que trajeras nada, ¡tu presencia es obsequio suficiente para mí!

—Pensé que te agradaría, el *Corpus Hermeticum*, la traducción de Ficino —Leonardo señaló el libro que se encontraba sobre la mesa—. Una hermosa copia manuscrita, aunque estoy seguro de que te agradan esos nuevos libros impresos. Hablamos sobre eso una vez. Veo que te has armado un taller bastante completo, *professore*. ¿Por qué? ¿Entrarás al negocio de boticario, o la fabricación de pinturas?

—Las pinturas te las dejo a ti. Me gustaría cumplir con unas viejas aspiraciones de alquimia.

Leonardo sacudió la cabeza.

—Alquimia, vaya, qué tontería, sabes lo que pienso al respecto, pero me intrigan algunos de los animales que tienes aquí. Por ejemplo éste, ¿qué es?, ¿un gato montés?, ¿o un perro? —Señaló una de mis recientes adquisiciones, de un mercader que viajaba al lejano oriente y regresaba con artículos novedosos. A decir verdad, ni el mercader ni yo habíamos podido precisar qué era el animal. Me gustó el misterio y lo compré para mi taller.

—No sé qué es, Leonardo. ¿Por qué?

—Mmm, curiosidad —dijo, inclinándose sobre él—. ¿Te importaría que lo abra, para ver sus entrañas? —Pero ya estaba buscando sobre la mesa un cuchillo con el cual cortarlo.

—Supongo que te quedarás a cenar —dije.

—Probablemente más tiempo que eso —murmuró, volteando el animal muerto y examinando su columna.

—Le pediré a la sirvienta que te prepare una habitación. Ponte un delantal para no arruinarte el *lucco*.

—¡Mirad esas garras, y esos dientes! ¡Qué extraño! —dijo, como si no me hubiera escuchado. Alzó la vista—. Trabajaré lo más rápido posible, pero me llevará toda la noche alcanzar todos los tejidos y órganos. Comenzará a oler mal.

—Tómate todo el tiempo que necesites; no me molesta el olor —dije con una gran sonrisa, feliz de tenerlo en la casa.

—Cambiarás de parecer mañana, cuando el olor invada toda la casa —rió—. Los recipientes de incienso ayudan, si se preparan con pino o ciprés.

—Espero que te agrade la compañía —dijo el Errante—. Me temo que tendrás mucha a partir de ahora.

Y, durante algunos años más, así fue.

# Capítulo 20

—¿Sodomía? ¿Leonardo? —exclamé. Me alejaba a caballo del austero Palazzo della Signoria, con su campanario de piedra que apuntaba hacia el cielo como un dedo enfadado y admonitorio. Leonardo caminaba a mi lado, pues había sido liberado, con mi intervención, en un comité que supervisaba la moralidad pública. Si alguna vez se demostraba la acusación, Leonardo podía ir a prisión.

—¿Qué quieres que te diga, querido *professore*? —me preguntó con calma, con la voz melodiosa ronca por la emoción—. Ya bastante me avergüenza tu desaprobación. Es una indignidad perturbadora. ¿Por qué habrían de acusarme de ese modo cuando hay tantos hombres que se relacionan con otros hombres? ¡Muchos hombres ni siquiera lo ocultan!

—¿Tú y tus amigos ibais a pagarle a un... a un muchacho? —pregunté, tartamudeando, pues estaba tan molesto que no podía mirarlo. Sentí un ruido en el estómago, como la cuerda rota de una lira, que se revolvía con sonidos innaturales. No pude evitar recordarme de niño, en la pequeña habitación del burdel con las ventanas cubiertas de pesados cortinajes, esperando cuando sabía que llegaría uno de los clientes. Con sus deseos crueles y sus exigencias más crueles aún; el daño que me habían hecho aún dolía, después de más de cien años. Quizá un perro maltratado nunca olvidaba ciertas ataduras, a pesar de haber gozado de la libertad durante un tiempo sumamente prolongado—. ¿Sabes qué se siente al someterse a un hombre? ¿Entiendes que el niño se verá por siempre como un pedazo de mierda por haber estado así contigo?

—No era un niño, Luca; era un hombre.

—¡Da lo mismo! ¡Un hombre! ¡Sodomía!

—¡Soy un hombre adulto, con sus propias pasiones y necesidades!

—¿La necesidad del amor de un hombre?

—Luca, ¿cómo es posible que no te hayas dado cuenta? —preguntó con voz tensa—. Todos esos años en los que fuimos amigos, todo el tiempo que pasamos juntos. Cumpliré veinticuatro años la semana que viene; has sido mi profesor desde los doce años. ¿No sabías lo que soy? —Me apoyó la mano en el hombro, pero yo se la quité. Pero tenía razón. Me debería haber dado cuenta hacía tiempo. Sin embargo, Leonardo era como un hijo para mí... Cerré los ojos y me recorrió un estremecimiento.

—Es insoportable. Que tú seas... así.

—No fuerzo a nadie, ni nadie me obliga a nada. No tiene que ver con hombres que sienten deseo por niños, sino con hombres que desean a otros hombres, sus pares.

—No suelo juzgar a otros hombres.

—Ni tampoco deberías; tienes una mujer diferente cada mes. ¡Te entretuviste con mi madre cuando mi padre todavía le calentaba la cama! —Su mirada era calma e inocente. Yo aparté la mía—. Me voy del taller de Verrochio —afirmó, envolviéndose más en su *mantello* de lana verde con forro de armiño. Era abril, el cielo estaba negro y amenazaba con lluvia, y las calles de piedra gris de Florencia eran recorridas por un viento frío. Giré hacia el Arno, apresurando la marcha sobre el adoquinado. Leonardo apresuró la marcha también—. Es hora de que tenga mi propio estudio. Estoy aceptando encargos, así que puedo pagar una renta.

—Sabes que, si necesitas dinero, puedo prestártelo —le dije, en tono lastimoso. Podía oír la melodía de las risas divinas. Parte de mí sentía rechazo por Lorenzo; pero la mayor parte lo amaba de manera incondicional. Llegamos al Ponte alla Grazie. Estaba construido completamente de piedra y tenía siete arcos abovedados de longitud. Cruzaba el río en la parte más ancha de su lecho. Pasamos por la capillita construida sobre uno de los malecones y por las tiendas y luego nos quedamos mirando el Arno, que se veía oscuro y agitado, con picos de olas que se alzaban en el aire como si quisieran perforarlo.

—No, mi querido Luca, tú no me prestarías el dinero; me lo darías —respondió con una sonrisa—. Y no puedo permitir eso; ahora soy un hombre; me ganaré la vida. —Cruzó el puente hacia el Oltrarno. Yo lo seguí, con un gruñido. Del otro lado, había un pequeño mercado, con puestos con enormes huevos pardos y panecillos crocantes recién horneados, frutos secos y bacalao en sal, vegetales en conserva y quesos de campo, y trozos de manteca envueltos en tela encerada. Leonardo dio un salto y corrió hacia un puesto en el que había una jaula con una paloma. Buscó en el bolsillo y sacó una moneda, la miró y se la entregó a la anciana que atendía el puesto.

—¿Tienes más dinero encima ahora, o eso es lo último que tenías? —le pregunté, con tono de reproche.

—Mira el rostro de la mujer; sería un modelo maravilloso; ¡está prácticamente deforme por la edad! —susurró. Seguí su mirada y, en efecto, parecía como si el tiempo, que me había abandonado a mí, hubiera hecho estragos con ella. La nariz parecía caída, y la piel de la mejilla se plegaba como si fuera una masa blanda. Leonardo siempre observaba esos detalles en las personas. Probablemente volviera más tarde para seguirla y fijar la fisonomía de la anciana en su mente. Luego, iría a casa a dibujarla. La mujer había cogido la moneda con presteza. Le dedicó una sonrisa desdentada, y luego le empujó la jaula. Leonardo sacó la paloma. La sostuvo con las dos manos y se la llevó a la mejilla, apoyando la barba contra el ala del pájaro. Parecía cantarle en una voz demasiado suave para que pudiera oírla. Tras un momento, cerró los ojos y, con reverencia, apoyó los labios sobre la cabeza gris del ave. Luego, la arrojó al aire, profiriendo una exclamación cuando la paloma echó a volar. El rostro de Leonardo se iluminó de júbilo y anhelo, todo su cuerpo deseaba poder seguir a la paloma en su vuelo.

—¿Recuerdas cuando me llevaste a la villa de Medici en Careggi por primera vez y nos detuvimos a comprar un halcón para obsequiarle a Lorenzo? —preguntó Leonardo con un destello en la mirada—. ¿Recuerdas que me dejaste llevarlo mientras galopábamos en tu semental de pelaje rojizo, Ginori? ¡Con el caballo y el ave, fue como volar! ¿Lo recuerdas, Luca Bastardo?

Estaba a punto de responder cuando intervino una joven voz.

—Bastardo, qué nombre tan extraño.

Me di la vuelta con una sonrisa hacia el niñito que me llegaba al codo. Pero en ese instante, me dio un vuelco el corazón y se me cerró la garganta. El mentón insistente y protuberante y la nariz filosa; ese niño diminuto era la viva imagen de Nicolo Silvano cuando tenía su misma edad. El niño me devolvió una mirada curiosa y franca. Mi historia con su clan siniestro reverberó como si el aire que nos separaba estuviera plagado de avispas, y él inclinó la cabeza, como si también pudiera oír el zumbido.

—¿Gerardo? —llamó una mujer—. ¿Dónde estás?

El niño miró hacia atrás.

Sin decir nada, giré sobre los talones y me marché. Leonardo me siguió.

—Luca, ¿qué pasa? —preguntó, preocupado. Le dirigí una mirada incrédula. Leonardo se detuvo—. Deberás aceptar mis predilecciones, y aprender a quererme por el hombre que soy, y no por el hombre que te gustaría que fuera. ¿Pero por qué huiste del niño?

—Es igual a alguien que conocía —masculle.

—Tu pasado vuelve a acecharte en tu presente, como un perro pequeño —afirmó con suavidad—. Ten cuidado de que no te muerda algún día. Dado que te estás ocupando de viejas heridas, hay algo que debes saber. He hecho nuevos amigos recientemente...

—Ajá.

—¡No hagas eso! —repuso, ruborizándose. Luego continuó con tono ecuánime—. Escuché cosas, rumores, en realidad, de una conspiración en contra de Lorenzo de Medici. Lo están gestando los Pazzi.

—Los Pazzi están complacidos, pues lograron quitarle la administración de las finanzas papales a los Medici.

—Sí, pero Lorenzo tomó represalias al promover una ley que desheredaba a las hijas mujeres que no tenían hermanos varones pero si primos. Por lo tanto, la esposa de Giovanni de Pazzi no recibió la suculenta herencia de su padre, con la que habían contado. Los Pazzi están organizando un complot. El Papa lo respalda, pues quiere que Florencia esté bajo control de su sobrino. Y el rey de Nápoles respalda la conspiración. Son muchos los que se beneficiarían con la muerte de Lorenzo; la conspiración no está terminada; más que nada son rumores y habladurías. Pero puede concretarse en unos años. Quizá debieras mencionárselo.

—No hablo con Lorenzo hace cuatro años, desde el saqueo de Volterra. No es mi intención cambiar eso ahora —masculle—. No le caigo en gracia. Soy afortunado de que no me haga quemar en la hoguera. ¿Por qué habría de importarme que los Pazzi o el Papa quieran derrocarlo?

—Es el nieto de un amigo muy cercano; bien podría hacerte un favor y salvarte de la hoguera, si tú lo salvas a él. Y tengo la sensación de que su joven hijo, Giovanni, algún día llegará a ser Papa. No te vendría mal cultivar amistades de esa jerarquía.

—El niño sólo tiene un año; podría convertirse en cualquier cosa —respondí, sacudiendo la cabeza.

Leonardo se encogió de hombros.

—Es una sensación que tengo acerca del niño, una de las visiones sobre el porvenir. Escucha, te invitaré un día a comer a mi estudio, cuando lo arregle adecuadamente para recibir visitas. Vendrás, ¿verdad, Luca? Si puedes dejar por un momento tu trabajo tan ocupado de convertir el plomo en oro. —Su voz se quedó en suspenso, dubitativa, y volvió a ser el niño pequeño que había conocido junto a la entrada de una oscura caverna. Ese niño había cambiado mi vida. Me había designado como su profesor, y luego me había enseñado las lecciones más importantes: lo que significaba la cercanía con otra persona, cómo compartir pensamientos y secretos con total seguridad. En el camino, había conocido a personas a las que les había cobrado afecto y en quienes confiaba parcialmente, hombres como Giotto, Petrarca y Cosimo de Medici. Antes de Leonardo, no había confiado por completo en otra persona. Debía aceptarlo con sus predilecciones, a pesar de que me desagradaran por mis experiencias infantiles. No sabía cómo conciliarlas con el afecto que sentía por ese hombre que era como un hijo para mí. Tendría que encontrar el modo.

—Por supuesto que lo haré —respondí. Y eso me rompió el corazón, pero también lo hizo más grande. Nada de lo que hiciera Leonardo, sin importar cuán repulsivo me pareciera, pondría fin a nuestra amistad. En retrospectiva, al reflexionar sobre los largos años de mi vida, entiendo ahora que, al elegir el amor por encima del miedo, al elegir mi amor por Leonardo por encima de mi propio miedo de los deseos masculinos, finalmente me gané la aprobación del dios benévolo, que está hecho de amor. Así me volví digno de Maddalena.

Me encontré con la Maddalena adulta por primera vez en un domingo de abril del año 1478. Leonardo se apareció en mi *palazzo* e interrumpió mi trabajo en la reconstrucción del alambique de Zósimo.

—Acompáñame a misa, querido Luca —me dijo desde la puerta de mi taller de trabajo.

—¿A misa? No hago esas cosas —respondí—. Además, hoy he avanzado bastante con el proceso de sublimación, y eso me llevará a mejores cosas.

—Has avanzado con el proceso de sublimación, y eso es todo —afirmó Leonardo entre risas.

—¡No, *ragazzo*; hoy puede ser el día en que logre convertir el plomo en oro! ¡Si lo logro, no tendré que preocuparme por el dinero nunca más!

—*Professore*, tú no tienes necesidad de preocuparte por el dinero; eres tan rico como Croesus —acotó Leonardo. Su mirada se posó en el alambique—. La llama está demasiado fuerte —afirmó. Se paseó por la habitación, nervioso, tocando varios objetos que había sobre las mesas rústicas que había comprado porque me recordaban al antiguo taller de Geber. Sin embargo, no había logrado reproducir del todo aquel lugar mágico; faltaba el humo de colores que se inmiscuía por todos lados como dedos curiosos, ni tampoco había logrado que los tubos repiquetearan musicalmente como si hablaran entre sí. Pero había tiempo; en algún momento, me saldría bien—. Espero que sólo busques entretenimiento en la alquimia —continuó Leonardo con un suspiro—. Es como la astrología: una tontería, una pérdida de tiempo.

—Tú hablas así porque tienes a Marte en el signo del Portador de Agua —respondí con suficiencia—. Por eso tienes una naturaleza rebelde y contradictoria.

—¡No me digas que también te ha dado por la astrología! —protestó Leonardo.

—Ficino me da libros y lecciones sobre el tema —admití. La llama del alambique ascendió y se volvió anaranjada y azul, lo que hizo rebalsar el líquido y sacudió todo el aparato. Luego, con un sonido que pareció el último suspiro, la llama murió. Proferí una exclamación de desilusión.

—Ahora no tienes excusa —canturreó Leonardo—. Ven conmigo a misa. Será interesante. ¡De verdad, creo que debes venir!

—Espero que no nos acompañen esos hombres apuestos que siempre te rodean.

—Sólo tú —prometió, de modo que fui con él. Siempre era un placer pasar tiempo con Leonardo. Bastaba con disfrutar de su compañía y compartir sus ideas, aunque eso implicara ir a misa.

Estábamos cerca de la iglesia de Santa Maria del Fiore, con su gran cúpula, y caminamos con paso relajado por la Via Larga, la calle del Palazzo de Medici.

—No creo que a ninguno de los dioses le importe un bledo si los hombres van o no a misa —afirmé en tono sombrío, pero Leonardo cantaba un himno del lamento con su voz dulce y encantadora de tenor. Llegamos a la iglesia, donde se habían congregado varios hombres de atuendo fastuoso.

—El cardenal de San Giorgio, Lorenzo de Medici, el arzobispo de Pisa, el conde de Montesecco, los Pazzi y los Salviati —anunció Leonardo, interrumpiendo su canto. Me miró de soslayo; su expresión era inescrutable—. Sabes que mi primera lealtad es contigo, ¿verdad, *professore*? Desde el día en que te elegí como mi maestro. —Hablaba en tono bajo y apasionado, que no era más que un susurro—. Si pensara que alguien es su enemigo, aunque fuera mi amigo, no me pondría a su servicio.

—Es bueno saber eso, *ragazzo*. Nunca dudé de tu lealtad —respondí, preguntándome qué tramaba. Nunca se sabía con Leonardo. Me apretó el brazo y luego me condujo hacia la iglesia.

—Giuliano de Medici no se encuentra con ellos —murmuró, confundido. Tomamos asiento y, después de un momento, comenzó la misa. Mientras contemplaba la cúpula de Brunelleschi, las palabras pronunciadas en latín me transportaron al ensueño de mis investigaciones alquímicas. La transformación del metal base en oro estaba relacionada de algún modo con la proporción de azufre y mercurio, pensé, hasta que sentí el codazo de Leonardo en las costillas—. ¡Llegó Giuliano!

—*Ite missa est* —proclamó el sacerdote.

Al instante, se escuchó un grito débil de «¡Traidor!». De repente, se oyeron gritos. Leonardo dio un salto para situarse sobre el banco y ver qué sucedía; me tiró de la manga hasta que lo imité. Giuliano de Medici trastabillaba, y le brotaba sangre de una herida en el pecho. A su alrededor se agruparon varios hombres con las espadas desenvainadas.

—¡Cae la cúpula! —exclamó una voz, a la que se le unieron otras. La gente hablaba toda a la vez, y miles de pies golpeaban el piso de mármol. La amplia catedral estaba llena de feligreses indignados, y hombres, mujeres y niños corrían en todas las direcciones, apresurados para salir de la iglesia. Leonardo señaló el lado sur de la iglesia, junto a la antigua sacristía, donde Lorenzo, con la espada corta desenvainada y el cuello manchado de sangre, saltó por encima de la baranda de madera hacia el coro octagonal. Lo cubrían varios hombres, cuando corrió hacia el frente del altar elevado, frente al que el cardenal de San Giorgio, que parecía no tener más de diecisiete años, se encontraba arrodillado en una plegaria. Uno de los Pazzi gritaba sus disculpas dementes, mientras otros corrían detrás de Lorenzo, con las dagas ensangrentadas.

—Salgamos de aquí —dijo Leonardo. Saltó al suelo, arrastrándome detrás de él. Dimos la vuelta, para unirnos a las hordas que abandonaban la enorme catedral hacia la *piazza*. Dejé de sentir su mano contra el brazo, y se perdió entre la multitud. Después de varios empujones, quedé apoyado contra el baptisterio. Me presioné contra la pared para salir del camino de la multitud. Una mujer trastabilló entre la multitud, y la tomé de las mangas para que no cayera. El aroma que emanaba me dejó pasmado: lilas, limón, luz clara y todo lo bueno que había visto, oído, olido, tocado o imaginado en ciento cincuenta años. En ese momento, levantó la vista y me miró. Más allá de mi longevidad, mi vida se redujo a ese instante inequívoco: sus ojos de varios colores perdiéndose en los míos. En ese momento único, la reconocí. Todo su ser, su esencia, su naturaleza vital, su espíritu, su alma, cualquiera fuera el nombre para el punto infinito de luz que cada persona es en el centro de su ser. Era catastrófico y milagroso. Un rayo que me atravesaba todo el cuerpo hasta llegar a los lugares más recónditos de mi propia esencia. Dio lugar a una resonancia musical, que era como un canto silencioso que nos envolvía a ambos. Era mucho más íntimo que un encuentro sexual, y sucedió sin que nuestra piel entrara en contacto.

—Maddalena —dije en un suspiro. Ahora tenía unos diecinueve años, era menuda pero ágil y fuerte, y ese rostro en forma de corazón que recordaba de Volterra había madurado hasta adquirir una belleza maravillosa. La llevé contra mi pecho y sentí la vibración de la vida, como una corriente espumante que le recorría el cuerpo, que estaba enfundado en una *cottardita* de la mejor seda rosada, con amplias mangas blancas, un brocado de hilos de oro, y lustrosas perlas rosadas cosidas alrededor del cuello.

—*Signore* Bastardo —dijo ella, sonrojándose. Se debatió entre mis brazos, y yo la coloqué a mi lado, de espaldas al baptisterio, y luego la protegí con el brazo. Me invadió el miedo; no quería que la lastimaran, ahora que la había encontrado. Tuve la certeza de que, en ese instante, mi vida había cambiado. La promesa de la noche de la piedra filosofal de repente se había concretado, cuando menos lo esperaba. El amor y la muerte me esperaban y, al mirar a Maddalena a los ojos, supe que, hacía decadas, había tomado la decisión correcta.

—¡Entremos! —sugirió ella, soltándose de mi abrazo y empujando la puerta que había esculpido el orfebre Lorenzo Ghiberti, que había sido el triunfador del concurso que el joven Cosimo había sugerido a su padre. Entró al edificio, y yo le seguí los pasos. El lugar estaba vacío y silencioso, y ella se sentó en un banco, respirando sonoramente.

—Giuliano de Medici está muerto; estaba cubierto de sangre —afirmó—. Pero Lorenzo estaba corriendo, así que aún debe de estar vivo. Congregará a los milaneses y buscará ayuda. Los Medici permanecerán en el poder a pesar de los actos de hoy.

—Es probable —admití, sin aliento, sin poder quitarle los ojos de encima, ni siquiera para mirar el espectacular mosaico del Juicio Final incrustado en el cielorraso, o los intrincados diseños geométricos del suelo con teselas. ¡Por fin había encontrado una mujer más cautivadora que el arte de un maestro! Yo estaba de pie, y ella sentada, con las pequeñas manos delicadas entrelazadas en el regazo. Tenía la cabeza inclinada en un ángulo pensativo, y pude ver una larga vena azul que le latía en el cuello esbelto. Afuera, el mundo entero podía arder en un incendio, sucumbir a terremotos y tormentas, y el jinete del Apocalipsis podía traer la muerte, que nada me habría importado. Para mí, sólo existía ese momento en presencia de Maddalena. Fue el momento más sagrado de toda mi vida. Allí nació algo maravilloso que se había gestado por más de un siglo. Tenía sentido que se produjera en el baptisterio. Sentía un estremecimiento que me recorría la piel, el aire que nos separaba palpitaba, colmado de un resplandor invisible y miles de sueños que despertaban a la realidad.

—¡Es increíble! ¡Tan aterrador e irreal, una pesadilla! ¡Se derramó sangre en la misa, se profanó la gran catedral! Florencia nunca será la misma. Me pregunto quién puede haber sido el instigador de estos actos, y con qué propósito —afirmó, con la voz ronca por el terror y un matiz especulador hacia el final.

—Los Pazzi, el Papa, el rey de Nápoles. Por dinero, poder y venganza. Los Medici tienen muchos enemigos. Lorenzo no ha gobernado nuestra ciudad con el talento que tenía Cosimo para conservar las amistades cerca y los enemigos más cerca aún —respondí sin pensar. No podía creer que estuviéramos hablando de política cuando lo único que quería era sentarme a su lado y tocar su bella piel.

—Hay que incluir a Volterra entre sus enemigos, aunque mi ciudad natal nunca se atrevería a atacar, después del saqueo que sufrimos —agregó, y luego me sonrió con timidez, el corazón se me aceleró y me fallaron las rodillas—. Al parecer, nos encontramos cuando hay sangre alrededor, *signore*. Afortunadamente, esta vez no es la mía. Y estoy vestida. Me alegra ver que se encuentra bien también. ¡No ha cambiado en lo más mínimo en todos estos años, desde que me rescató de los *condottiere*!

—¿Qué estás haciendo en Florencia? —quise saber.

—Me mudé aquí hace seis meses —respondió, apartando la mirada. Luego, la puerta de Ghiberti se abrió de un golpe.

—¿Maddalena? *Carissima*, me preocupé cuando te perdí entre la multitud —exclamó un hombre mayor, bien vestido, que se sentó en el banco y abrazó a Maddalena, al tiempo que le besaba la frente. Tenía el cabello blanco y la barba casi del mismo color. Ella apoyó la cabeza contra él por un momento, luego colocó la mano en el pecho del hombre, y yo habría dado cada *soldi* de mi cuenta bancaria y diez décadas de mi vida para ser la tela del *farsetto* de ese hombre y contar con su caricia.

—Rinaldo, este caballero es un viejo conocido, el *signore* Luca Bastardo. Me salvó de una caída. Me habrían pisoteado hasta matarme. *Signore*, me gustaría presentarle a Rinaldo Rucellai, mi esposo. —Le sonrió al hombre, y yo sufrí la conmoción más intensa de toda mi vida, y eso que había sido extensa. Al fin encontraba a la mujer de mi visión (no podía negarse el estremecimiento que me había sacudido el alma), y estaba casada con otro hombre. Ella era la culminación de todo lo que había anhelado. ¿Cómo podía estar casada? ¿Acaso el dios bondadoso me había dado a elegir entre el amor y la muerte, y el dios malévolo nunca dejaría que eso se concretara, debido al sentido intrínseco de alienación del que nunca me podría escapar?

—*Signore* Bastardo, le ruego que acepte mi gratitud por salvar a mi esposa —exclamó Rucellai, poniéndose de pie de un salto para estrecharme la mano—. ¡Debe venir a cenar con nosotros! ¡Insisto, *signore*, en retribuirle su amabilidad para con mi esposa!

—Eso me encantaría —agregó Maddalena, que se incorporó junto a su esposo. El hombre le rodeó la cintura con un brazo. Sentí una agonía al ver la seguridad que demostraba, al pertenecerle a otro hombre.

—¿Se lastimó, *signore*? —preguntó la mujer, en tono preocupado.

—¿*Scusi*? —masculié.

—Tiene expresión de dolor en el rostro. ¿Se lastimó? —preguntó Rucellai. Negué con la cabeza, y el hombre me tomó del hombro—. Los acontecimientos sucios de hoy tendrán consecuencias terribles, y yo debo ofrecer mis servicios a Lorenzo de Medici. Pero quisiera invitarlo a cenar, en dos semanas, ¿le parece?

Se marcharon. Yo me senté en el baptisterio. Por toda la ciudad redoblaban las campanas, a las que les hacían eco las campanadas de las afueras e incluso del *contado*: Florencia se alzaba en armas. Yo oí la conmoción a través de las puertas del baptisterio, la gente que corría y gritaba, presa del miedo, las tropas que marchaban, *condottieri* que recorrían la ciudad al trote, perros que ladraban, y las campanadas. Después de un rato, pude distinguir dos expresiones independientes que se gritaban en las calles: «¡Pueblo y libertad!», que era el grito tradicional para derrocar a un déspota, y «¡*Palle!*, ¡*Palle!*», que se refería a la insignia de los Medici, y era un grito de apoyo a los Medici. Nada tenía sentido para mí. Sólo podía pensar en una cosa: había encontrado a Maddalena, y estaba casada.

Finalmente, me fui a casa, con la cabeza gacha para protegerme del viento frío, congelado hasta el tuétano en la luz grisácea de un sol oscurecido por nubarrones ominosos que surcaban el cielo. Eludí a los hombres que corrían por las calles con una espada en la mano. Algunos llevaban cabezas humanas que chorreaban sangre en la punta de una lanza o una espada; habían encontrado a los soldados de Perugia en el Palazzo della Signoria y los habían asesinado. Llegué a mi *palazzo* sin que nadie me molestara y corrí hacia mi taller de trabajo. Fuera de quicio, cogí un tubo vacío y lo arrojé contra la pared. El sonido del cristal roto me hizo sentir mejor, de modo que cogí un jarro con una sal marina y lo tiré por el aire. Se hizo añicos con un crujido profundo y gratificante. Proferí un aullido. Recorrí la habitación, recogiendo objetos de vidrio y cerámica, y arrojándolos con toda la fuerza que podía juntar. Rompí una jarra de vino púrpura que dejó una mancha en el suelo que parecía sangre. Por último, me detuve, jadeando, en medio de la habitación, una isla en medio de un mar de fragmentos rotos.

—Costará muchos florines reponer todo eso —afirmó Leonardo, que estaba de pie en el umbral, con los brazos cruzados. No tenía idea de hacía cuánto tiempo estaba observándome.

—¡A la mierda con el dinero!

—Bueno, bueno; nunca pensé que te oiría decir esas palabras —afirmó Leonardo—. Estoy bien, gracias por preguntarlo. Logré salir cuando nos separamos en la multitud. Sí, había escuchado rumores sobre algo drástico que tramaban para hoy. No, no advertí a Lorenzo de Medici. No te ha tratado con amabilidad en los últimos tiempos.

No quería saber nada de la política florentina, ni sobre las elecciones de Florencia. Tenía un problema mayor.

—Una mujer. —Me di con el puño en la frente—. ¡Conocí a una mujer hoy! La volví a ver, en realidad, pues la conocí cuando no era más que una niña.

—Así que una mujer, ¿eh? Entonces, comprenderás por qué prefiero quedarme con los hombres. Las mujeres son insalubres. —Leonardo se acarició la barba y sonrió. Yo proferí un gruñido, enseñándole los dientes. Enarcó las cejas castañas, mientras hacía un movimiento apaciguador con las manos—. ¡Calma, calma, *professore*! Bebamos un poco de vino; enviaremos a un sirviente para que limpie este desbarajuste.

—¡El vino no me hará sentir mejor! —exclamé, consciente de dos certezas encontradas: que Maddalena me había llegado a lo más profundo del corazón, y que era imposible estar con ella. No traicionaría a su marido. No dudaba de su lealtad, pues había sentido su esencia al sostenerla en el baptisterio, para evitar que cayera. También había percibido su lealtad, al igual que su inteligencia, su coraje, su dulzura, su sentido del humor y su gentileza. Al mirarla a los ojos, la había conocido por completo. Ninguna mujer me había parecido tan hermosa. La sensación me quemaba, me destrozaba y se condensaba alrededor de mi deseo, en forma simultánea.

—Será tuya. —Leonardo se encogió de hombros—. Eres el hombre más guapo de Florencia, después de mí. Tendrás a cualquier mujer que desees. Lo lograste con mi madre, que no hacía nada que fuera a enfadar a mi padre, que no tenía la menor intención de dejarla libre a pesar de su seguidilla de esposas.

—Está casada.

—¿Y?

—¡No es de las que traicionan a su esposo! —respondí, desesperanzado.

—Eso complica un poco las cosas —admitió Leonardo. Me rodeó con su brazo fuerte, con firmeza, para poder conducirme a su paso—. Ven, Luca, te serviré un poco de vino. Te harás daño si te quedas aquí. Vamos arriba a la galería descubierta; nos sentaremos en la noche y escucharemos cómo los hombres se pelean por controlar Florencia. Me contarás de esta increíble mujer. Puedo escuchar todo lo que quieras; me quedaré aquí esta noche, en la habitación que reservas para mí. No quiero andar por las calles en una noche así. Dime, ¿cómo se llama?

—Maddalena Rucellai —respondí, permitiendo que me sacara del taller.

Leonardo profirió un sonido de admiración.

—Tienes buen ojo; conozco a la dama. Es increíblemente hermosa. Es de Volterra; la nueva esposa de Rinaldo Rucellai. Él es primo del padre del hombre que se casó con la hermana de Lorenzo de Medici, Nannina. La primera esposa de Rinaldo murió hace algunos años. Según me dijeron, el hombre vio a Maddalena en una visita a Volterra, enviado por asuntos de Lorenzo, y se enamoró al instante; debía poseerla. Es un buen partido para ella; el hombre es bastante acaudalado y no tiene hijos, proviene de una antigua familia de renombre. Muchas muchachas de Volterra no pudieron desposarse, ya sea porque fueron mancilladas o porque sus padres fueron asesinados, o sus familias quedaron en la pobreza con el saqueo, y no quedó dinero para una dote.

—Quizá Rucellai no sobreviva a esta noche —repuse con frialdad—. Quizá pueda apurarlo para que se reúna con su primera esposa en el cielo. ¿Dónde está mi espada?

—Luca, no permitiré que cometas una estupidez —respondió Leonardo con firmeza—. Pero puedo decirte dónde vive.

A la mañana siguiente, esperé fuera del *palazzo* de Rinaldo Rucellai a que saliera Maddalena. Las calles de Florencia bullían con el alboroto causado por el asesinato de Giuliano de Medici y el intento de matar a Lorenzo. Todos los hombres estaban enredados en el asunto, de una u otra manera. La noche anterior, los conspiradores y sus soldados contratados habían sufrido finales terribles. Habían colgado a varios hombres, incluido Francesco de Pazzi, que no era un personaje menos exaltado que el arzobispo de Pisa. Ese mismo día se seguían impartiendo los castigos; la ejecución y el exilio. Lorenzo estaría furioso y se mostraría implacable, generando muertes durante meses. No me importaba. Lo único que quería era ver a Maddalena.

Una hora más tarde, salió del *palazzo* con una doncella. Sonreí; no se encerraba en su casa por algo sin importancia como los disturbios y el asesinato en las calles. Después de todo, cuando era una niña que aún sangraba tras haber sido ultrajada, había abandonado la seguridad para rescatar a otros niños. Era valiente. El *palazzo* de su esposo estaba ubicado cerca del Mercato Vecchio, y comenzó a caminar con ese rumbo. La seguí a cierta distancia para que no se diera cuenta de que estaba allí.

Antes de entrar al mercado, un niño de la calle se le acercó con la mano extendida. La conocía, porque la llamó por su nombre. La doncella regordeta le entregó un monedero, y Maddalena buscó una moneda y se la entregó al niño harapiento, que le agradeció con entusiasmo y se marchó. Observé la escena, que se repitió varias veces, con otros mendigos. Finalmente, Maddalena entró en la plaza rectangular del mercado y la criada se arrodilló para atarse el zapato. Esa era mi oportunidad. Me apresuré a acercarme a la mujer.

—El *signore* Rucellai la necesita urgente en el *palazzo* —le dije.

—Pero la *signora*... —La mujer hizo un gesto en dirección a Maddalena.

—Le diré que su esposo la mandó llamar —le informé. La mujer dudaba, y yo me encogí de hombros—. Si lo prefiere, puede explicarle usted misma al *signore* Rucellai por qué no obedeció su orden.

La mujer negó con la cabeza y se marchó por donde había llegado. Yo corrí tras Maddalena. El mercado estaba lleno de gente, que había ido no tanto a hacer compras como a chismosear. Cuando la alcancé, le estaba dando una moneda a otro mendigo. Me paré en silencio detrás de ella, observándola. El corazón se me retorcía como un pez sobre la orilla del río. No sabía si me saldría la voz, pues tenía la boca seca. Maddalena le dio una palmadita al niño mugriento en la cabeza.

—Eres muy generosa, Maddalena —le dije, en tono apenas ronco.

—*Signore* Bastardo, no lo había visto —respondió. Bajó la mirada al monedero de brocado azul que se veía abultado por las monedas, y luego se ruborizó y echó a reír—. Los florentinos son tan prácticos en cuestiones de dinero que debe de pensar que soy tonta. Sólo son *dinari*, pero me gusta tener monedas a mano para los mendigos, en especial para los niños. Después de todo, yo podría estar en su misma situación. Si no fuera por los fondos de restitución y algunos vecinos amables, yo podría estar mendigando en las calles, después de la muerte de mi padre y la destrucción de mi hogar. Soy afortunada. Por eso, siento que debo ayudar a estas almas desafortunadas. Mi esposo es muy amable y me consiente manteniendo este monedero lleno para cuando salgo al mercado.

—¿El *signore* Rucellai está contigo?

—Oh, no; ha ido en ayuda de Lorenzo de Medici —respondió ella, mirando alrededor. En tono confundido, agregó—: Mi criada estaba conmigo, pero ha desaparecido.

—Hay mucha gente aquí hoy; quizá te perdió de vista —respondí—. Puede ser peligroso después de los acontecimientos de ayer. ¿Puedo acompañarte?

—No quiero desviarlo de sus ocupaciones —dijo ella, sonrojándose un poco y desviando la mirada.

—No es inconveniente —respondí con firmeza, y le hice un gesto para que continuáramos.

—Supongo que es mejor que no camine sola hoy —admitió, mirándome de soslayo. Dio un paso hacia delante y yo aproveché la oportunidad de inclinarme y oler su perfume a lilas. Caminamos por las hordas de gente que conversaba, pasamos por una hilera de vendedores con brillantes flores de primavera traídas del *contado*. Ese día, a los vendedores no les interesaba demasiado vender su mercadería; preferían chismosear sobre lo que pasaría en Florencia.

Maddalena se volvió hacia mí.

—Entonces, *signore* Bastardo...

—Llámame Luca; puedes tutearme —dije, aunque sabía que no era apropiado; no me importaba. Ella sonrió a medias, y bajó las pestañas tupidas para ocultar los ojos. Ese día llevaba una *cottardita* de terciopelo índigo, bordada con hilos de plata y con un diseño de perlas incrustadas en todo el corsé. Sobre esa prenda, se había cubierto de un *mantello* de lana blanco. El efecto era suntuoso y cautivador, pues contrastaba con su piel pálida, y los tonos de su cabello, que era una combinación de tonos castaños, rojizos, dorados, ciruelas y negros. Sus ojos eran tan complejos como ágatas.

—Supongo que somos viejos amigos. Me has visto en mi peor momento. En fin, Luca, te ves muy bien; no has cambiado nada desde la última vez que te vi. Es maravilloso ver que mi recuerdo de ti no eran sólo fantasías infantiles después de todo —dijo, riendo fugazmente, otra vez con las mejillas ruborizadas.

—¿Qué tipo de fantasías tenías sobre mí? ¿Eran buenas? —le sonreí sugestivamente.

—¡No quise decir eso! —El rubor le subió desde los hombros delicados hasta el nacimiento del cabello.

—Te he entendido; sólo quería saber qué otros sentidos se le podía dar.

—La sugerencia es el hijo bastardo de las intenciones malvadas.

—Parientes, ambos —respondí, aprovechando el juego de palabras con mi apellido.

—Por favor, Luca; yo no soy como las mujeres sofisticadas de Florencia a las que estás acostumbrado. ¡Esta conversación me parece inapropiada! —Inhaló profundamente—. No pude preguntarte antes: ¿a qué te dedicabas en Florencia? Esa noche en Volterra, vi que luchabas como un *condottiere*, pero también tenías habilidades para tratar a los heridos, por lo que supuse que eras alguna clase de hombre de la medicina.

—He sido médico y soldado, y ahora me dedico al arte de la alquimia.

—La alquimia; qué interesante. —Se le iluminó la mirada—. Fuimos a cenar al Palazzo de Medici hace dos semanas, y Marsilio Ficino hablaba de ese tema. Es un hombre fascinante, tan culto y místico. ¡Sabe muchísimo sobre todos los grandes pensadores de la antigüedad! Me inspira. Quiero aprender sobre la alquimia, y también sobre la astrología. No soy tan educada como las mujeres florentinas que conoces, pero quiero aprender. Me gusta el conocimiento. Tengo apetito por el aprendizaje. Mi esposo es muy amable y se ha ofrecido a contratarme a un instructor.

«Tienes bien merecida la amabilidad», pensé, y me debatí entre la gratitud hacia Rucellai por su generosidad, y la envidia por que fuera él quien podía dársela.

—Incluso en Florencia, son pocas las mujeres que estudian alquimia o astrología.

—A mí me gustaría hacerlo —observó, mientras me miraba, pensativa—. Quizá tú puedas enseñarme.

El deseo de tocarla me abrumaba, y no confiaba en poder decirle algo razonable acerca de enseñarle. En lugar de ello, pregunté:

—¿Qué querías comprar? Si no sabes a quién comprarle, puedo enseñarte los mejores puestos.

—Mi esposo ha sido muy amable; me ha mostrado la ciudad y me ha presentado a todos los comerciantes. —Hizo un gesto con la mano delicada—. Además, en realidad hoy vine a escuchar lo que se rumorea. Los Rucellai están muy involucrados en la vida política de Florencia. Me gusta mantenerme al día de los acontecimientos para poder tener tema de conversación con mis nuevos parientes durante la cena.

—Estoy seguro de que tu esposo aprecia mucho tu dedicación —dije, sin poder evitar un tono áspero. Maddalena se volvió a mirarme, con el ceño fruncido.

—¿Te he ofendido? —preguntó, con una expresión preocupada en su bello rostro.

Negué con la cabeza. Y luego, sin poder contenerme:

—Pensé que esperarías a que volviera a Volterra por ti.

—¿Que esperaría? —Se la veía perpleja—. ¿Te refieres a la última conversación que tuvimos, cuando te subías al caballo, creo que se llamaba Ginori, para irte de Volterra?

—Me pediste que volviera por ti, y dije que lo haría.

Se ruborizó.

—No podía tomar en serio las palabras amables que le dedicaste a una niña herida.

—Deberías haberlo hecho —respondí, en tono mordaz, y ella apartó la mirada.

—¡Maddalena, Maddalena! ¿Qué haces afuera? —gritó una voz conocida. Rinaldo Rucellai corría hacia nosotros blandiendo una espada, flanqueado por dos hombres armados que reconocí como amigos de Lorenzo, otro primo de Rucellai y un Donati.

—*Carissima*, no deberías estar en las calles con estos disturbios —la reprendió el hombre, con nerviosismo, después de besarle la frente—. Hay un volterrano involucrado en la conspiración —continuó, sin aliento—; el hombre que hirió a Lorenzo en el cuello es de Volterra. ¡Debes quedarte dentro, para evitar que la gente te asocie con ese sujeto y busque venganza! No quiero que te maten en las calles de Florencia. ¡Me moriría de pesar si te perdiera!

—El mercado está tranquilo; la gente sólo se ha reunido para intercambiar información; estaré segura aquí —objetó Maddalena, con un gesto que abarcó la multitud que conversaba con entusiasmo.

—Tu vida ahora es mi responsabilidad, querida Maddalena —afirmó el hombre, con un aire de determinación que le sentaba bien, con su estatura y la barba gris cortada al ras, y el cabello blanco. «Sólo basta escucharlo», pensé, «está muy seguro de sus derechos». Yo anhelaba esa seguridad con Maddalena, y me quedé mirando a Rinaldo como si pudiera cambiar de lugar con el hombre con sólo desearlo.

—Podría no seguir así, *signora* —intervino el otro Rucellai, un joven delgado de rasgos delicados que solía estar con Leonardo—. La gente está llegando del *contado* para unirse a los disturbios. Debe escuchar a su esposo y quedarse dentro, donde estará segura. Lorenzo de Medici ha enviado a su esposa e hijos a quedarse con amigos en Pistoia.

—Puedo escoltar a la *signora* a su casa —me ofrecí.

—Le estaría muy agradecido —afirmó Rinaldo Rucellai, aferrándome del brazo a modo de agradecimiento—. Estoy en deuda con usted una vez más. Debo ocuparme de los asuntos de Lorenzo, pero espero que nos acompañe para cenar pronto, *signore* Bastardo. Como muestra de nuestro agradecimiento.

—Sin duda —respondí. Maddalena y yo observamos cómo se marchaban los hombres—. Vamos, *signora*, será mejor que obedezcamos a su amo y señor. —Ella tensó los labios por un instante, y luego los relajó—. Yo no sería tan estricto con mi esposa. Un hombre debe permitir que su esposa decida por sí misma —agregué.

—Entonces, es posible que tu esposa se vea lastimada si hay disturbios callejeros —agregó con ligereza, batiendo las tupidas pestañas negras—. Mi esposo me ama y por eso es tan protector.

—El amor no incluye el encarcelamiento —respondí con sequedad.

—Para mí no es un encarcelamiento; es un placer obedecer la voluntad de mi esposo. Su sabiduría es evidente. ¡Estos son tiempos de incertidumbre!

«No es sabio porque tenga el cabello blanco», pensé, y luego me avergoncé de mis celos. Me alegraba de que Rucellai cuidara tanto de Maddalena. Pero hubiera querido hacerlo yo mismo. Sin embargo, permanecí callado. No lo demostraba, pero temblaba interiormente al tomarla del codo para acompañarla hasta su residencia. Su brazo era pequeño y delicado, de huesos que parecían los de un pajarillo y me deleitaba de placer. Aunque no pudiera tocarla en ningún otro lado, al menos sabía cómo se sentía el codo de esa mujer, a través de la manga.

—Escribí una obra para mis hijos —decía Lorenzo, mientras los sirvientes se llevaban los platos del postre—. Se llama San Giovanni y San Paolo. Todos tienen un papel en la obra, al igual que yo. ¡Me divierte mucho actuar con ellos! Nos disfrazamos y su madre nos mira y se ríe durante toda la representación. Los echo de menos terriblemente. Una buena esposa y muchos hijos son la mayor bendición que pueden ofrecernos Dios y la vida. —Bebió un sorbo de vino y luego me dirigió una mirada sardónica a través de la mesa. Sus ojos negros brillaban por encima del borde de su cáliz de plata—. Debes apurarte a buscar una esposa, Luca. Tienes riquezas y alianzas con las mejores familias. —Señaló a Rinaldo Rucellai, que se sintió complacido ante la atención de Lorenzo e inclinó la cabeza a modo de respuesta—. ¿No crees que ya es hora de que comiences una familia? Te ves muy joven para tu edad, pero en algún momento un hombre debe sentar cabeza y producir herederos.

—He pensado en el tema en los últimos tiempos —confesé.

—Un hombre tan guapo como tú, y tan viril como se dice, debe necesitar una esposa —continuó Lorenzo, jugando su antiguo juego del gato y el ratón—. ¿Es cierto, como se dice, que a veces visitas a más de una dama en una misma noche? ¡Qué energía admirable! ¡Qué envidia! —Maddalena, que estaba sentada junto a su esposo en la cabecera de la mesa, derramó su copa de vino. Un sirviente se apresuró a limpiar el líquido púrpura.

—La virilidad es un rasgo común entre los florentinos, que siguen el ejemplo de sus líderes —respondí, enfrentando la mirada de Lorenzo—. No doy crédito alguno a los rumores.

—Quizá quiere reproducir su apellido —bromeó Sandro Filipepi—. ¡Florencia estará plagada de bastardos! ¡Luca, debes de ser el hijo de un hombre vigoroso y de una mujer insaciable!

—Hay unos cuantos bastardos por ahí —respondió Leonardo—. Sin embargo, hay un solo Luca. —Ya había atardecido y éramos unos doce huéspedes en el salón comedor del *palazzo* ricamente decorado de Rinaldo Rucellai. La comida había terminado y había sido un éxito, y el buen vino nos había asegurado una velada apacible y agradable. Dado que la cena era supuestamente en mi honor, yo estaba cerca de la cabecera de la mesa, junto a Maddalena, que estaba ubicada a la izquierda de Rucellai. Estaba a una distancia que me permitía sentir su aroma a lilas y limón, lo que me hizo trizas la razón durante toda la noche. Lorenzo estaba sentado a la derecha de Rucellai, frente a mí. Era la primera vez que Lorenzo y yo compartíamos una habitación, la primera vez que hablábamos, desde el saqueo de Volterra, hacía seis años. Me sentía incómodo. Lorenzo, con su sagacidad característica, como una rata callejera, lo percibía.

—¿Y entonces, Luca, hay planes de matrimonio a la vista? —me presionó Lorenzo.

—En algún momento —respondí.

—¿Alguna futura esposa en particular? —preguntó Rucellai. Las actividades casamenteras, que involucraban el intercambio de grandes sumas de dinero a través de las dotes, era un tema de sumo interés en Florencia.

—Quizá —respondí.

—Podría presentarle a las madres de algunas de las jóvenes que conocí en Florencia, si es que puede apartarse por un momento de la compañía de sus damas —se ofreció Maddalena, tratándome de usted frente a los demás. Bajó la mirada, por lo que sus ojos cambiantes estaban ocultos detrás de las largas pestañas. Hice un esfuerzo por que la repulsión que me generaban sus palabras no se reflejara en mi expresión. El astuto Lorenzo vio algo que lo hizo enderezarse en la silla.

—Creo que nuestro *caro* Luca está demasiado ocupado con sus intentos de convertir el plomo en oro como para preocuparse por el matrimonio en este momento —observó Leonardo con naturalidad, y logró captar la atención de los demás invitados.

—¡Me encantaría aprender sobre la alquimia! —afirmó Maddalena.

—Luca es el hombre indicado para enseñarle —respondió Leonardo, como si le confiara información que sólo ella podía escuchar—. Estudia y trabaja en su taller hasta tardísimo todos los días. Lee y vuelve a leer la traducción de Ficino del *Corpus Hermeticum*. También tiene otras obras sobre alquimia esparcidas por el taller. ¡Es un hombre poseído por el deseo de descubrir el gran secreto de la alquimia!

—Creí que el gran secreto de la alquimia era la inmortalidad —afirmó Lorenzo, con una sonrisa dirigida a mí, mientras jugueteaba con el pie de su copa de vino.

—Su abuelo me dijo una vez que la única inmortalidad a la que podemos aspirar es el amor que sentimos por los demás —respondí, sabiendo que mi referencia a Cosimo conmovería a Lorenzo, que empujó la copa de plata con un movimiento espástico.

—Me gusta pensar que mis pinturas gozarán de alguna especie de inmortalidad, como lo atemporal de la naturaleza —agregó Leonardo con serenidad, otra vez rescatándome de la atención no deseada de los demás—. Pues la pintura abarca todas las formas universales de la naturaleza. Es por eso que es tan importante pintar a partir de la naturaleza, para aprender de ella. Con ese fin, he contratado como modelos a una joven campesina con su bebé, para los esbozos recientes de la Madonna con el niño. La campesina es muy bella, y quisiera captar la esencia de su belleza de modo que deslumbre al que lo contempla. ¡Y no sólo la belleza, sino el misterio de la femineidad y la gracia!

—Lo que es inmortal es el alma, que se inclina hacia Dios y está impulsada por el amor —comentó Sandro—. Eso es la gracia, ese impulso. Ficino dice que el alma responde de tal manera a la belleza que la belleza terrenal se vuelve una manera de acceder a la belleza divina, que es la bondad y la armonía universales.

—Si alguien puede retratar la belleza universal, sin duda es usted, *signore* Leonardo —afirmó Maddalena con calidez, y mi amor por ella fue aún mayor por defender a Leonardo.

—¡Así que me limitaré a ser un dibujante de segunda a quien la naturaleza le niega sus favores como una esposa que se niega a abrir las piernas para su marido! —exclamó Sandro.

—Oh, no, *signore* Filipepi; no quise decir eso. Sus obras emanan gracia —exclamó Maddalena—. Me encanta su Adoración de los Magos en la iglesia de Santa Maria Novella, con el brillo de la estrella que señala la dulce cabecita del niño Jesús con su halo, que reposa de manera tan adorable en el regazo de su madre, y ni hablar del modo en que captó el rostro emotivo de Cosimo de Medici como hombre sabio, y el *signore* Lorenzo aquí presente, y el joven Pico della Mirandola a quien Ficino le tiene tanto afecto...

—*Signora*, no le preste atención a Sandro; le gusta hablar en broma y está tratando de ganarse su ternura —afirmó Leonardo con una sonrisa encantadora.

—Bueno, no me arruines la broma —se quejó Sandro, pero alzó la copa de vino en dirección a Maddalena, de buen talante.

—¿Sabéis que hay que hacer con una esposa que cierra las piernas? —intervino Lorenzo, con el semblante serio—. ¡Debe ponerla boca abajo!

Sandro estalló en carcajadas; Leonardo se ahogó con el vino tratando de contener la risa, y Rinaldo Rucellai se sonrojó y sonrió detrás de su prolija barba canosa. Había que darle el crédito a Maddalena, que permaneció imperturbable.

—Pobre Clarice; le ofreceré mi compasión si la veo

cojear —observó, con tono indiferente. Su comentario generó silbidos y exclamaciones de los comensales, y ella no se sonrojó ni bajó la mirada, hasta que las esposas de Donati y Tommaso Soderini aplaudieron.

—¡Bravo! ¡Bravísimo! —dijeron las damas.

No podía creer lo adorable que se veía en ese momento. Apenas pude contener las ganas de acercarme a ella.

—¡Propongo un brindis por su esposa, Rucellai, que tiene tanto sentido del humor como belleza! —aplaudió Sandro.

—Es un tesoro —admitió Rucellai, cogiéndola de la mano—. Me encantaría tener el retrato de Maddalena; Sandro, quizá podríamos conversarlo.

Pensar en un retrato de Maddalena pintado por Sandro Botticelli me quitó el aliento, y decidí de inmediato que debía poseer ese retrato. Desde ese momento, mi mente se dedicó a pensar cómo podía conseguirlo, y no presté atención a la conversación. Sin embargo, no dejé de contemplar a Maddalena. Su rostro expresivo reflejaba diversas emociones e ideas en el curso de minutos nada más. Eran como notas que brotaban de las cuerdas de una lira. También sus manos se mostraban activas, resaltando sus palabras, tocando el brazo del marido para que sirviera vino en las copas. No era mi intención mirarla fijamente, pero no podía evitarlo. Sólo logré bajar la vista cuando sentí un pisotón de Leonardo a modo de advertencia. Después de eso, logré confinarla exclusivamente a mi vista periférica. O casi.

Leonardo y yo fuimos los últimos en marcharnos. De pie, a la salida de las enormes puertas talladas del *palazzo* de Rucellai, agradecimos a nuestros anfitriones y nos despedimos.

—Luca, he hablado con mi esposo acerca de aprender con usted. Él está de acuerdo, si usted tiene tiempo —me dijo Maddalena. Estaba de pie frente a su esposo, y la luz amarillenta del candelero le caía por las elegantes curvas de su delgada silueta.

—Le pagaré por su tiempo —intervino Rucellai. Abrí la boca para decirle que no quería su dinero, que lo que quería era a su esposa, pero Leonardo me aferró con firmeza y me empujó hacia la calle.

—Es algo para pensar —afirmó—. ¡Gracias de nuevo!

Nuestros anfitriones nos saludaron. Yo seguía mirando hacia atrás cuando se cerró la gran puerta, y yo quedé fuera, mientras Maddalena se encontraba dentro con ese hombre, su esposo. Casi no podía soportar la idea de que estuviera con él, aunque sabía que el hombre era un buen partido para ella, y que la adoraba.

—¡Basta! —me reprendió Leonardo—. ¡Luca, eres patético! —Me cogió del *farsetto*, por el hombro, y me sacudió una vez mientras avanzábamos a la luz de la luna—. La belleza de esa mujer te quita toda tu hombría.

—¿Crees que alguien más se dio cuenta? —pregunté.

—Quizá Lorenzo. No se le escapa nada —respondió Leonardo con una risita.

—Nunca será mía —me lamenté. Sentía una opresión en el pecho, algo que me apretaba como un cinto de cuero demasiado estrecho; ella era intocable. ¿Cómo podía negárseme el amor cuando lo tenía tan cerca? ¿Acaso esa era la más cruel de las bromas divinas y, de ser así, cuál era el dios que reía? Alcé la vista hacia el cielo, que era de un color índigo intenso, y estaba lleno de estrellas blancuzcas.

—¡No, no la tendrás! ¿Y es tan… insoportable para ti eso? —preguntó. Se detuvo de repente y me volví a mirarlo. Extendió la mano y cogió la mía entre las suyas, alzando nuestras manos entrelazadas en el aire frío. La luz de la luna daba un tinte plateado a su cabello rubio rojizo, y le daba la impresión de estar rodeado por un halo difuso, como el de un santo. Me miraba con una expresión intensa y absorta en su rostro de facciones esculpidas.

—¿Leonardo? —dudé. Me soltó la mano.

—¿No sabes lo que siento por ti? —preguntó con suavidad, mirándome desde su gran altura—. ¿No sabes lo que he sentido desde el día en que te vi por primera vez, caminando por la cima del Monte Albano hacia la caverna? Te he amado durante todos estos años. Sólo a ti, Luca. ¿No puedes imaginar cómo sería estar juntos? —Respiraba profundamente, y pude sentir su presencia masculina, su centro erótico. Había erotismo y también ternura en él; exudaba la fuerza y la vulnerabilidad de un hombre que se ofrecía a mí como hombre. Después de lo que había soportado en la infancia en el burdel de Silvano, hubiera pensado que una situación como esa me habría causado repulsión, ira; me habría llevado a desenvainar la daga que llevaba atada al muslo. Pero se trataba de Leonardo, a quien yo amaba. Nada de lo que hiciera podía asquearme. Su sinceridad me conmovió, pues valoraba la honestidad, al igual que el hecho de que estuviera dispuesto a revelar sus sentimientos, pues no era algo que me resultara fácil en mi propia vida.

—No, *ragazzo* mío, no es quien soy —respondí con ternura. No me alejé de él. Me quedé allí parado, sintiendo mi propia esencia erótica. Esa esencia era colmada por Maddalena, quizá desde la primera vez que la había visto, cuando era apenas una niñita hermosa valiente y lastimada. Yo conocía la vejación que había sufrido a manos de los dos *condottieri*, pues tenía un horror similar grabado en la memoria. La vi ayudar a los demás niños, como yo había tratado de hacer en el burdel. Al morir su padre, quedó sola en el mundo, al igual que yo. Y la había visto sobrevivir a las maldades perpetradas contra ella con el espíritu intacto. Sabía lo que se necesitaba para lograr eso. La entendía y sabía que, durante todas esas décadas, había estado esperando a alguien que me pudiera comprender también. Sólo una mujer que hubiera padecido semejantes atrocidades, que hubiera sobrevivido a ellas, podría hacerlo.

—No eres como yo —gimió—. ¡Te amo y es imposible porque no eres como yo, en lo más mínimo! —Su voz revelaba un dolor crudo. Asentí. Él se apartó como si yo fuera

517

una serpiente. Luego, irguió los hombros y alzó la cabeza de porte noble—. Es una pérdida de tiempo. Tengo mucho trabajo que hacer, debo pintar, observar, estudiar la anatomía; la sensualidad sólo sería un obstáculo a mis esfuerzos. La pasión intelectual acaba con la sensualidad. —Sus ojos se habían vuelto distantes e indiferentes.

—Leonardo, volverás a amar —observé. Me compadecía de él.

—De cualquier modo, me marcharé de Florencia en unos años. Quizá vaya a Milán o a Venecia. Tengo varias ideas sobre unas armas nuevas —observó, como si hablara consigo mismo. Apresuró la marcha y tuve que correr para alcanzarlo—. Ideas para varios inventos. Escribiré una carta, buscaré un empleo nuevo, pero no de inmediato.

—Leonardo; siempre seremos amigos —le dije. Me detuve para tomar la calle de mi palazzo. Él se volvió hacia atrás, al ver que habíamos llegado al cruce con mi calle, e hizo una pausa.

—¿Y tú, Luca? ¿Volverás a amar? ¿Ya que no puedes tener a Maddalena? —preguntó, con una amargura en la voz que nunca le había oído antes, y que no volví a oír en su voz profunda y melódica. No respondí, pues la respuesta era obvia. Maddalena era la única. De ahora en adelante, si no podía ser mía, no habría nadie más. Leonardo asintió—. ¡Eso me imaginé! ¡Sólo hay un amor, y es para siempre!

# Capítulo 21

Unas semanas más tarde, Maddalena me abordó cuando me disponía a entrar a la tienda de un boticario cerca de Santa Maria Novella, cuya fachada había sido reconstruida hacía unos veinte años por Alberti. La renovación fue financiada por Giovanni Rucellai, primo de Rinaldo. Con su renovación, Alberti había alcanzado la meta de los humanistas y, quizá, del resto de nosotros: había logrado integrar el pasado con el presente por completo. Había llevado la roseta, la taracea elaborada y los nichos arqueados de los orígenes de la iglesia hacia un diseño clásico elegante que le daba un aire totalmente moderno.

Esa tienda de boticario, ubicada en la parte occidental de la ciudad, cerca de las sólidas murallas, ofrecía una selección de frascos y alambiques, y yo aún tenía que reemplazar los que había roto en mi rabieta. Me di la vuelta para entrar a la tienda.

—Luca —me llamó una voz ronca y seductora. Cerré los ojos y no respondí, para que tuviera que repetir mi nombre y yo pudiera gozar del placer de escucharlo de sus labios—. ¡Luca Bastardo!

—Maddalena —respondí.

Cruzaba la *piazza* con paso ágil. Ese día llevaba una *cottardita* de brocado verde pálido, con mangas amarillas y azules, y bordado carmesí. El tupido *mantello* de lana era de color púrpura brillante y tenía un ribete de piel de color blanco. Abundaba en colores y texturas, como todo su ser; el atuendo le sentaba bien.

—¿Podemos hablar? —dijo, y se detuvo al borde de la *piazza*. Me dirigí hacia ella, sin poder controlar la respiración entrecortada. Me detuve a cierta distancia, pues no confiaba en mí mismo si estaba demasiado cerca de ella. Podía llegar a tomarla entre mis brazos y a cubrirle la cara y el cuello de besos, ruegos y promesas. Ella tragó y luego continuó—: Sé lo que sientes por mí, Luca.

—¿Ah sí?

—No debemos decirlo en voz alta, pero me preocupa. Quiero poder estudiar alquimia contigo. Mi esposo ha dado su consentimiento. Es un buen hombre, y no lo deshonraré. —Sus ojos eran serios, y hoy divisé unas vetas grises en ellos, como el tono verde grisáceo del Arno cuando se alza sobre sus orillas y se lleva puentes enteros—. Se merece mi lealtad; no importa qué. Le debo mi gratitud por casarse conmigo en circunstancias que habrían desalentado a cualquier otro hombre.

—No a cualquier otro hombre. A mí no.

Ella se ruborizó, pero continuó como si no hubiera hablado.

—No tenía familia y muy poco dinero por dote. Sólo me tenía a mí misma para ofrecerle. Sin embargo, cada día Rinaldo me hace sentir como si el afortunado fuese él. Espero poder darle muchos hijos y que se sienta orgulloso y feliz.

Quise decirle que Rucellai era el afortunado. Al ofrecerse ella misma, le había dado todo. Sentí una agonía en el corazón, pero la desestimé.

—¿Qué puedo hacer por ti?

—Quiero que me enseñes, y que observes el trato apropiado. ¡No quiero que vuelvas a deshacerte de mi criada! Siento un deseo voraz de aprender; quiero ser tan digna como todas las mujeres florentinas de familias ilustres y buena educación. ¡Quiero que me enseñes todo lo que sabes! —Apasionada, dio un paso hacia mí, con los labios entreabiertos, que dejaban ver la punta de la lengua rosada y suave. Me pregunté cómo se sentiría dentro de mi boca.

—La educación no es lo que da dignidad a las personas. La gente nace digna, y el modo en que vive determina si está a la altura de ello o no —respondí. Era lo único esencial que había aprendido en mi extensa vida, y era un obsequio que le di ahora a Maddalena, aunque recibirlo dependía de ella.

—Quiero demostrarme algo a mí misma —respondió.

Me encogí de hombros.

—Soy un alquimista fracasado.

—Respeto mucho a Leonardo; es un hombre extraordinario. Dice que eres el mejor alquimista que hay, sin contar a Ficino, que está demasiado ocupado y es un hombre demasiado importante como para enseñarme a mí.

—Yo no soy un hombre importante —sonreí, desviando la mirada hacia la fachada verde y blanca de la Santa Maria Novella, porque me daba una excusa para no mirarla a ella, y quizá evitar que se diera cuenta del deseo evidente que se reflejaba en mis ojos.

—¡No quise decir eso! —protestó—. Estoy segura de que eres muy importante. Cuando hablo de ti y le pregunto a la gente...

—¿Por qué le preguntas a la gente sobre mí, Maddalena? ¿Qué es lo que quieres saber? Te diré lo que quieras saber. Lo que sea. Sólo tienes que preguntar.

—Por favor, Luca, déjame explicarte. —Maddalena sacudió la cabeza, ruborizada—. Ficino dirige la Academia Platónica. La gente dice que tú no te relacionas demasiado, que sólo frecuentas a unos pocos amigos, que no te involucras en política, eso quise decir con importante.

—Entiendo lo que quieres decir.

—Lo que quiero saber es si puedes enseñarme, como amigo y nada más que como amigo, recordando siempre que soy una mujer casada y fiel a mi esposo.

Mi cuerpo, mi alma y cada parte de mí querían gritar que no.

—Sí —dije en voz alta. Volví a posar los ojos sobre ella y, en ese momento, tomé la determinación de responderle siempre que sí. Si no podía darle el amor que quería, al menos podía darle la certeza de que yo siempre acataría sus deseos. Los deseos que me pidiera, claro.

Su bello rostro resplandecía y ella me apoyó la mano sobre el pecho, con entusiasmo. Luego vio lo que estaba haciendo, y la quitó deprisa.

—¡Gracias! ¿Podemos empezar mañana? Llegaré a tu casa después del desayuno. ¿Debo llevar algo conmigo? ¡Mi esposo me ha dicho que compre lo que necesite para mis estudios!

—Contigo basta —afirmé. Su sonrisa generosa se hizo más grande. Se marchó a los brincos, como una niñita, pero en realidad, apenas tenía dieciocho años, aunque cualquier joven florentina cuya familia podía pagar una dote estaría casada para entonces. La criada le seguía los pasos, pero Maddalena no se detuvo, de modo que la joven terminó corriendo detrás de su señora cuando desapareció al rodear la iglesia. Pensé en entrar a la iglesia a rezar. No solía hacerlo, pero pensé que podía servirme en ese momento. Rezar para lograr la comprensión, para obtener respuestas, para que la muerte le llegara de inmediato a Rinaldo Rucellai, por el privilegio de abrazar a Maddalena aunque fuera por un segundo. En ese momento, un grupo de niños pasó corriendo detrás de una rueda de madera. Estaban bien alimentados y vestidos con lana de buena calidad, y todos se reían. Cuando pasaron, una niñita se volvió hacia mí, con el cabello rubio trenzado despeinado alrededor de la cara, y los ojos iluminados por las risitas.

—¡Es muy divertido! —gritó, señalando algo, pero no vi qué era. Luego me di cuenta de que en realidad eso no importaba. Sus palabras eran una señal; uno de los dioses quería que supiera que la broma había empezado. Como de costumbre, yo era el objeto de ella. No importaba que rezara. Debajo de la superficie de todas las cosas, había un estrecho entramado de significado. He ahí la broma mayor.

Cuando me convertí en amigo de Maddalena y comencé las lecciones sobre alquimia, estaba tan infatuado con ella que la idealizaba. La consideraba una diosa-reina intocable, y esperaba que fuera dócil, que expresara un respeto mayestático por mi conocimiento, y que estuviera deseosa de complacerme. Me gustaba cultivar la idea de que llegaría todos los días envuelta en su propia belleza, como Venus en la concha, y que luego sucumbiría a mi conocimiento superior como una hoja de papiro que se ofrece a la pluma. Desde luego, eran meras ilusiones. El período breve y dulce durante el cual fue mi alumna me enseñó que era una mujer sumamente humana. Maddalena era complicada, inteligente, enojadiza, divertida, incisiva, reflexiva, dulce, astuta, lenta, petulante o terca, según su estado de ánimo. Como alumna, no era tan humilde como lo había sido yo todos esos años en los que Rachel me enseñaba a leer. Por lo contrario, Maddalena parecía una yegua que conocía su propio valor. Yo le presentaba una idea y, si le complacía, o si yo era lo suficientemente firme en las razones que esgrimía para sustentar su importancia, la aceptaba. Su mente en acción, analítica e incisiva, era objeto de belleza. Pero si no lograba llamar su atención caprichosa, me atacaba con preguntas inesperadas o con su desacuerdo mordaz. Luego, se marchaba por las escalinatas y se iba de mi *palazzo* con ese contoneo de sus caderas que le era tan característico, y que me resultaba irritante e irresistible a la vez.

Durante algunos años, nos encontramos una vez por semana cuando ella estaba en Florencia. No la veía cuando se marchaba con su esposo a la villa que tenían en el *contado*, por períodos solitarios que se prolongaban hasta por un mes. Comencé a trabajar con ejercicios en latín, porque la mayoría de los textos sobre alquimia, incluida la traducción de Ficino del *Corpus Hermeticum*, estaban en esa lengua. Maddalena tenía una mente rápida y, en un año, lo sabía mejor que yo. Si yo dudaba sobre una declinación, se mofaba sin piedad. Desde luego, su rico esposo le compraba manuscritos en latín para que complementara lo que yo le enseñaba, lo que era su arma secreta.

Lo mismo pasó cuando comencé a enseñarle sobre el zodíaco, cosa que hice incluso antes de que Ficino terminara mi instrucción. Maddalena comprendió la metáfora de los signos, las casas y siete planetas mucho mejor que yo, pues mi mente era literal. Un día, debatimos sobre el tema, cuando le mostré imágenes de un antiguo bestiario que me había dado Leonardo de regalo.

—Ese es Leo, el imponente y majestuoso animal; significa majestuosidad —dije, señalando. Maddalena estaba de pie a mi lado, inclinándose sobre mi brazo, de modo que podía contemplar la suave columna pálida de su cuello esbelto. Me sentí hipnotizado, al igual que por cada curva y línea de su piel, y por el dulce erotismo que llevaba con tanta naturalidad, como si fuera un cómodo *mantello*.

—Muestra la arena de la vida, en la que el alma es magnífica —afirmó—. Debes pensar en lo que representa cada signo y cada planeta, Luca. El Arquero muestra que el alma emprende una búsqueda.

—El Arquero es un centauro con un arco fuerte en la mano —respondí—. Marte, aquí, es el heraldo de la guerra y la destrucción.

—Marte es el principio de la acción —dijo ella—. Ya sea para construir o para desatar el caos. —Inclinó la cabeza para mirarme de soslayo, y yo me quedé sin aliento al ver la curva de sus pómulos, que era un punto en el que sobresalía su belleza.

—Venus es la diosa del amor y la belleza —observé, tratando de contener un suspiro, pues la misma Maddalena representaba a Venus para mí. Sentí el principio de una erección y giré las caderas para ocultarlo. No estaba con ninguna mujer desde que había reaparecido Maddalena. No era fácil el celibato para un hombre acostumbrado a los interludios amorosos frecuentes, por más que fuera por elección propia. Después de todo, no era un estado natural. A diferencia del alquimista Geber, creía que la carne era para disfrutarla, con gentileza y respeto, desde luego, pero también con aprecio. La tierra estaba colmada de delicias, grandes obras, mujeres bellas y alimentos suculentos, y no venerar esas delicias era un pecado. Después de todo, la tragedia y el sufrimiento acechaban a la vuelta de la esquina, dispuestas a cobrarse su cuota.

—Venus apela a la capacidad de amar y a la apreciación de la belleza —afirmó Maddalena.

—Demasiado abstracto —argumenté—. Con esa apreciación, podrías perder de vista el uso práctico de la astrología; la programación de los momentos específicos. Una fuerte posición de Venus puede mostrar una buena unión romántica.

—¡Luca, los acontecimientos específicos son lo menos importante del significado de la astrología! —protestó, irguiéndose. El vestido de seda se adhería a sus curvas como una capa de agua, resaltándolas de un modo que me dejó sin aliento—. ¡El mundo material está regido por las estrellas, me refiero a la ley astrológica, en el sentido en que las personas siempre buscan la revelación, la comprensión de lo divino y la salvación!

—Si quieres una percepción de lo divino, ve a ver cómo un niño arranca las alas de una mosca. Si quieres saber cuándo se producirán acontecimientos específicos, utiliza la astrología —agregué—. La astrología es significativa en la medida en que se lee como el reloj de un campanario. La tierra y los cielos están entrelazados en un vasto entramado, de modo que abajo sucede lo que arriba. Sin embargo, se trata de un fenómeno impersonal. La salvación del individuo es un gran engaño que orquesta Dios cuando quiere divertirse un poco. Si somos afortunados, es un engaño del dios bondadoso y viene acompañado de algún obsequio en medio del sufrimiento. Si no, si es el dios malvado, sólo resultarán horrores.

—¡No, Luca, no puedes creer que Dios está escindido de esa manera, y que es, en su mayor parte, frío e indiferente! —exclamó Maddalena.

—¿Por qué no habría de creer eso? —pregunté—. Si hubiera un solo dios benévolo, ¿cómo podría permitir el sufrimiento y el mal? —Me dirigí hacia el otro lado de la mesa. La fragancia a agua fresca y lilas que se desprendía de ella me excitaba casi hasta la locura, y el deseo me quemaba durante horas, sin extinguirse. Era algo que no podía más que tolerar; sólo Maddalena podía satisfacer esa necesidad—. ¿Cómo podrías tú creer que existe un dios bondadoso después de lo que te sucedió en Volterra?

—No sé por qué suceden cosas que arruinan vidas —respondió en tono sombrío—. No soy tan sabia, pero sé que esta tierra está impregnada de lo divino, a cada instante. La tierra respira y se mueve con la vida de Dios, y las estrellas son las criaturas vivas de Dios, el sol arde con el poder de Dios, y no hay ninguna parte de la naturaleza que no sea buena, pues todas sus partes son las partes de Dios.

—¿Pensabas eso mientras te violaba el *condottiere*? —le pregunté, con crudeza. Me avergoncé en el instante en que pronuncié esas crueles palabras.

Maddalena permaneció imperturbable.

—Desde luego que no —respondió—. Era una niña pequeña, con la esperanza de que no me mataran cuando terminaran con esa brutalidad. —Se alejó de la mesa y se levantó la falda hasta la cintura. No llevaba medias, y el muslo delgado estaba desnudo. Su criada dio un salto y gritó, consternada—. ¡Calla! Él estaba allí cuando sucedió; me vendó la herida —la calmó Maddalena, y luego se volvió hacia mí—. Todavía llevo la marca de ese día, cuando el *condottiere* me cortó con un cuchillo como si fuera un ave rostizada, cuando terminó de usarme. —Señaló y mi mirada se dirigió hacia la cicatriz delgada con forma de cruz que tenía en la parte superior del muslo. Su bello muslo. Su pierna tenía bellas formas, era larga en proporción a su estatura, y delgada, y también era humana. Tenía algunos sitios decolorados, como si se hubiera hecho algún hematoma al darse un golpe, una cicatriz zigzagueante en la rodilla, que probablemente fuera el recuerdo de una lesión de la infancia, el tipo de cosa sobre la que sus padres aún contarían anécdotas, de seguir con vida. Me volví a entristecer al pensar en la pequeña Maddalena, mutilada por los brutos que cumplían las órdenes de Lorenzo de Medici. Quería abrazarla, y acariciarle la cicatriz con amor, y decirle lo bella que era, cuánto la admiraba por su honestidad y por mostrarse frente a mí. La ternura que me embargaba amenazó con superar mi contención, de modo que bajé la vista. Ella dejó caer las faldas—. Pensaba que esta marca me disminuía.

—No es así; nada podría hacerlo —respondí, en tono sombrío. Sabía lo que era sentirse menospreciado.

—Rinaldo dice lo mismo —repuso ella con dulzura—. Se la enseñé cuando me propuso matrimonio. Se le llenaron los ojos de lágrimas y dijo que sólo me hacía más bella a sus ojos, y que me amaba más por lo que había vivido.

—Rucellai no es ningún tonto —concedí.

Maddalena sonrió.

—Es un buen hombre, y esta cicatriz me lo demostró con creces. Así que algo bueno resultó de tenerla. Pienso en eso, de cómo del mal siempre surge el bien, y de cómo Dios se encuentra en todas las cosas, cuando rezo, y cuando recuerdo ese día horrendo. A veces, cuando rezo, percibo algo, algo que no tiene palabras, o que quizá no se puede decir con palabras, acerca de la perfección de Dios en cada momento, incluso en los que parecen crueles. —Bajó la vista para mirar el bestiario y siguió la melena dorada del león con un dedo delicado. Sus labios esbozaron una sonrisa triste—. Cuando acontece lo peor, como sucede en muchas vidas... cuando alguien sufre una violación, la muerte de un padre, la muerte de un hijo, desaparece todo lo que importa, y es en ese momento en que necesitamos nuestra fe más que nunca.

—Ahí es cuando se ríe el dios cruel.

—Dios no es cruel, querido Luca, y no hay dos fuerzas que se disputan en el universo, el bien y el mal. Sólo hay una gran bondad que impera. Es la tarea de un corazón abierto la de afirmar esa bondad; eso es lo que podemos hacer por Dios. Después de todo, si Volterra no hubiera sufrido el saqueo y yo no hubiese sido lastimada por esos soldados, ¿acaso te habría conocido?

Yo estaba demasiado perturbado por la conmovedora dulzura de su pregunta, y no confiaba en mí mismo para responder. Si hablaba acerca de habernos conocido, le declararía mi amor, y me había dejado bien en claro que no quería que hiciera eso. Era fiel a su esposo. Quizá el hombre hasta mereciera su lealtad. Mi silencio no importó, pues ella pasó la página del bestiario y me preguntó acerca de la condición de la luna, en la dignidad o en su caída. Pronto se convertiría en una astróloga muy superior a mí. Yo había comenzado a estudiar astrología porque pensaba que las estrellas me dirían cuándo lograría convertir el plomo en oro. Maddalena la usaba, quizá, para lo que estaba destinada; como un mapa para el alma.

Finalmente, tras estudiar latín, un poco de griego y astrología, tenía pensado volcarme a los grandes textos de la alquimia: el *Corpus Hermeticum*, que llamaba *Pimander*; el *Sermo Perfectus* de Lactantius y *Ars Magna*, de Raimundo Lulio. Los llevé un día antes de que ella llegara. Cuando entró con la criada, no dije nada. Estaba parado al lado de mi reconstrucción del *keratokis* de Zósimo y me quedé esperando. Maddalena me miró, expectante, y yo seguí esperando. Por último, fue ella la que debió hablar:

—Veo unos manuscritos. ¿Qué son?

—La alquimia es la búsqueda de lo que aún no es, el arte del cambio, la búsqueda de los poderes ocultos en las cosas —afirmé en tono solemne.

—¿Y eso qué tiene que ver con esos manuscritos? —exigió saber, con una expresión indignada. Yo di un paso atrás, deprisa, en caso de que pensara arrojarme algo por la cabeza. Lo había hecho una vez que le corregí las conjugaciones en griego de un modo que no le agradó—. Espero que sea la obra de Ficino; ¡estoy lista para leerla, después de dos años de latín y astrología!

—Dígale que le dé este libro —dijo una voz resonante y familiar que hacía tiempo no escuchaba, y esbocé una sonrisa—. ¿Por qué tarda tanto tiempo en llegar a lo bueno? ¿Le preguntó eso? —preguntó el Errante. Su cuerpo de hombros robustos franqueaba el umbral. Entró a zancadas y se desplomó en el taburete, al lado de Maddalena. Ella lo estudió con atención, y él le devolvió la mirada sin titubear. Después de unos instantes, mi alumna extendió la mano para tocarle la desmarañada barba blanca y negra. Él rió y se echó hacia atrás, evitando el contacto.

—¿Cuánto tiempo tardó en crecer? —preguntó ella, que no se había ofendido.

—¿Cuánto tiempo lleva hacer cualquier obra extraordinaria?

—Eso depende de la obra —afirmó Maddalena, frunciendo el entrecejo—. Puede ser unos días o cientos de años. ¡Puede ser un instante o un milenio!

—Exacto —respondió él, arreglándose la túnica gris con remiendos.

—¿Y cuánto tiempo tuvo usted? —insistió Maddalena, sonriéndole encantadoramente.

El Errante sonrió.

—¿Cuánto tiempo le gustaría que hubiera tenido?

—¡Milenios, desde luego! ¿Acaso no hay leyendas sobre hombres que viven para siempre, y que deambulan por la tierra hasta que regrese el Mesías?

—Hasta que llegue el Mesías —respondió el Errante con astucia—. Sin embargo, la leyenda que menciona tiene que ver con un zapatero que ofendió al gran rabí Jesús en su camino hacia la crucifixión, y por eso fue maldecido por el rabí a vagar solo por el mundo hasta el fin de los tiempos.

—Creí que provino del amado discípulo a quien Jesús dijo: «Yo os aseguro: entre los aquí presentes hay algunos que no gustarán la muerte hasta que vean al Hijo del hombre venir en su Reino» —observó Maddalena—. ¿Cuál le parece que es la correcta?

—Eso depende de si uno piensa que los milenios son una maldición o una bendición —respondió el Errante.

—¿Errante, su burro hediondo está en los establos? —pregunté, cambiando de tema. Yo mismo no había decidido si la longevidad era una bendición o una maldición, y no podría tolerar un debate sobre el tema entre la mujer que amaba y mi misterioso e irritante amigo, que probablemente sabía cuáles eran mis orígenes, pero sólo respondería a mis preguntas con otras preguntas.

—No lo insultaría de esa manera. ¡Está abajo, en el vestíbulo! —afirmó el Errante. No sabía si era una broma, pues todo era posible con él, de modo que hice un gesto desesperado para que la criada fuera a la planta baja a verificar si era cierto. El Errante sonrió con voracidad y me entregó un libro gordo con tapas de cuero y bordes dorados brillantes.

—*Summa Perfectionis* —leí en voz alta. Luego di una exclamación, al darme cuenta de qué era lo que tenía entre mis manos—. ¡Es el manuscrito de Geber, su obra de vida! ¡Lo publicó!

—Lo importante es que te lo traje a ti, para recordarte el objetivo de la alquimia, ¡que no es la creación de oro! ¿Te has prestado atención a ti mismo, estás listo para rectificar el mundo?

—¿Qué es este manuscrito? —quiso saber Maddalena—. ¿Cómo sabías de él?

530

—*Il Bastardo* sabe muchas cosas. ¿Le contaste sobre el *consolamentum?* —preguntó el Errante.

—¿El *consolamentum?* ¿Qué es? —exclamó Maddalena—. Dímelo, Luca.

—Es la transferencia del alma o del espíritu, algo así —respondí, con un suspiro—. Se transmite a través de la imposición de las manos. Lo he hecho con enfermos con buenos resultados.

—Cuando las manos se calientan y te da un cosquilleo y todo parece brillante y suave —exclamó Maddalena—. ¡Lo hiciste conmigo en Volterra, ese día terrible! Me hizo sentir mejor. Hasta creo que me salvó la vida. —Me miró con ternura, casi con reticencia, como si no pudiera evitarlo. Yo me derretí.

—¡Hay un asno en el vestíbulo! —chilló la criada, desde las escaleras. El Errante soltó una carcajada, recostándose sobre el banco con los ojos negros divertidos y la enorme barba moviéndose como el pelaje de un animal que emprende la huida. Maddalena, que se parecía bastante a Leonardo en su curiosidad eterna, dio un salto para ir a ver.

Yo atesoraría siempre una noche en particular, una que fue una enorme victoria personal, a pesar de que también me expuso a un peligro que siempre me acechaba. Se produjo durante un festival patrocinado por Lorenzo para fortalecer el espíritu florentino en los años que siguieron a la conjura de los Pazzi. El festejo comenzó por la mañana, pero yo fui al atardecer, cuando la luz se volvió cristalina y un tono púrpura tiñó el cielo, perfumado con un aroma a lilas. Como todo el mundo, llevaba un disfraz. Estaba vestido de *condottiere*. Me habían invitado a algunas fiestas, al menos una de las cuales de seguro se habría vuelto una orgía, pero prefería estar solo con mis pensamientos sobre Maddalena.

Compré una bota de vino a un vendedor y caminé por las orillas del Arno, que tenía una cualidad perlada, escuchando el sonido de las liras, las flautas, las trompetas, los tambores y las risas que reverberaban por los adoquines. Había grupos de jóvenes nobles que desfilaban por las calles, cantando baladas subidas de tono que avergonzarían a un marinero napolitano. Una procesión con una representación tirada por caballos, diseñada por Leonardo, avanzaba a lo largo de la Via Larga; parte de la representación en madera y yeso, con actores vivos, era una recreación de la historia de los Reyes Magos y el niñito Jesús. Eso hacía referencia a los Medici, que se consideraban los magos de Florencia.

No me sentía demasiado inclinado a observar el desfile, pues lo había discutido hasta el hartazgo con Leonardo, quien me había mostrado sus esbozos para la representación desde el inicio. Hasta había visto cómo los construían de acuerdo con sus indicaciones exactas. De modo que me paseé ociosamente por el Ponte alla Trinita, sorbiendo el vino, mientras deseaba que Maddalena estuviera conmigo. Me sentía solo por partida doble, porque no sólo era una criatura anormal de pasado dudoso, sino que también estaba solo, incapaz de tener al gran amor que se me había prometido. En ese momento, una mujer enfundada en una *cottardita* con plumas, pieles y joyas, ricamente ataviada, se dio de bruces contra mí. Había estado corriendo y estaba sin aliento.

—¡Qué tal, desconocido! —rió la mujer. Tenía el rostro oculto por una máscara con plumas fantásticas, probablemente muy costosa, y llevaba el cabello debajo de un sombrero ridículo con la forma de la cabeza de un gato salvaje. Pero habría reconocido su menuda silueta curvilínea en cualquier lado. Ella rió y me pregunté cuánto habría bebido—. ¿No vas a saludarme?

—Oh, sí —afirmé. La rodeé con los brazos, la acerqué a mí y la besé intensamente, a pesar de la máscara que llevaba. Ella abrió los labios y deslicé la lengua entre ellos, saboreando el dejo a vino de su boca dulce y suave. Todo mi ser había anhelado un momento como aquel, y lo aproveché en su totalidad. Ella se fusionó contra mí, me abrazó con los muslos, y casi le hice el amor allí, sobre el puente. Finalmente, la solté. Su fragancia a lilas, limón y mañana de primavera se me quedó adherida al pecho y a los brazos, como un mágico *mantello*.

—No me refería de esa forma —suspiró.

—Te he entendido.

—¡Otra vez! —pidió ella en tono achispado, dando un paso hacia mí. Estaba a punto de cumplir sus deseos, cuando llegó un grupo de personas que nos rodearon, entre risas. Todos estaban vestidos de animales.

—¡Mirad! ¡Un soldado! —exclamó Rinaldo Rucellai, que llevaba un sombrero con la forma de la cabeza de un león y un *lucco* de piel color pardo. Me alejé de su esposa—. ¿Ha matado a alguien esta noche, soldado? —preguntó con hilaridad ebria.

—Aún no —respondí—. Pero lo estoy pensando. —Eso provocó más risotadas y el grupo, con Maddalena en el centro, continuó su camino hacia otro puente.

Nunca mencionamos ese momento en nuestras lecciones, pues se suponía que no había que mencionar ese tipo de cosas insustanciales que sucedían durante los carnavales, cuando la gente se llenaba de plumas. Y Maddalena no era la única con plumas en esa noche fantástica. En otro puente, más tarde, cuando las estrellas ya habían caído del cielo índigo como si alguien las hubiera sacudido de un mantel, después de haber bebido demasiado vino puro, me encontré con un niño. Lo había visto antes. Su nariz afilada y su mentón sobresaliente eran reconocibles al instante. Tenía unos diez años en ese momento; era un poco mayor que yo cuando su ancestro me había hecho prisionero en su burdel. Tenía unas plumas rojas cosidas a la *camicia*, y él también me reconoció. Me devolvió una mirada de franco desprecio.

—Luca Bastardo —dijo, y me hizo un saludo militar.

—Gerardo Silvano —respondí.

—Hasta pronto —asintió, tocándose una de las plumas rojas, y se alejó. Sentí que se me helaba la sangre, pero nunca lamentaría haber salido esa noche, pues el instante fugaz en que tuve a Maddalena entre mis brazos haría que la muerte valiera la pena.

Todo llega a su fin, incluida mi vida. Y los finales también son comienzos. Aquí, en esta celda en la que espero mi ejecución, no sé qué comienzo tendré después de arder en la hoguera, pero sé que habrá uno. El tiempo precioso que pasé enseñando a Maddalena también llegó a su fin. Poco después del carnaval, alguien llamó a mi puerta. Era tarde y yo sólo vestía una *camicia*, que estaba abierta. Los sirvientes no aparecían por ningún lado, de modo que bajé las escaleras, abrí apenas la puerta y di un vistazo. Era Maddalena, estaba sola y llevaba puesta una simple *gonna* verde. Nunca la había visto vestida con tanta ligereza. Comencé a sudar. Me recorrió un estremecimiento. Podía ver el contorno de sus pechos y los exuberantes puntos oscuros de los pezones a través de la tela translúcida. Ha venido para estar conmigo, pensé, presa del júbilo. Me invadió una luminosidad que nunca había experimentado, que se esparció por todo mi ser, y me sentí mareado. No había conocido la felicidad hasta ese momento, según me di cuenta. Abrí la puerta de un empellón, sin tener en cuenta mi desnudez, ni la erección que se alzaba hacia ella a modo de bienvenida. Abrí los brazos para hacerla entrar al *palazzo*.

—Luca, ven rápido. ¡Rinaldo está enfermo! ¡Morirá! ¡Debes venir a darle el *consolamentum*! ¡Debes salvarlo! —exclamó ella, mientras yo me sentía devastado al sentir su fragancia.

«No», pensé, bajando los brazos. El frío me invadió. «Que se muera Rinaldo».

—Por favor, Luca. —Me cogió del brazo. Su largo y sedoso cabello le flotaba alrededor del rostro y el cuello, incluso a la luz de la vela, y destellaba con sus tonos rojizos, púrpuras y dorados—. ¡Los médicos no saben qué hacer! ¡Pero tú sí! ¡No permitas que muera! ¡Ha sido muy bueno conmigo!

«No, no me puedes pedir eso».

—Es mi única esperanza, Luca, ¡mi última esperanza! Eres mi amigo. ¡Por favor, salva a mi esposo! —me suplicó. Las lágrimas hacían que sus ojos límpidos pareciesen más grandes, esos ojos asombrosos que me acompañaban mucho después de que ella se marchara de las lecciones—. ¡Vístete y ven! ¡Deprisa! ¿No lo harás?

—Sí —respondí. Me había prometido a mí mismo siempre decirle que sí, y el valor de un hombre se mide a través de las promesas que se cumple a sí mismo.

Rinaldo Rucellai no estaba bien. Se veía pálido y sudoroso sobre el lecho, el que compartía con Maddalena. Tenía el cabello desordenado, y las facciones flojas debajo de la barba canosa. Le tomé el pulso, que estaba débil y errático. Observé que su respiración era lenta, y supe que estaba al borde de la muerte. Finalmente, Maddalena sería mía. Esos dos años de lecciones, de mantener la distancia que exigía su lealtad y la proximidad que permitía su amistad, habían sido el purgatorio. Ahora, finalmente, ascendería al cielo. Me lo había ganado. Había esperado a la mujer que se me había prometido en la visión. Era mía por derecho divino; estaba seguro de eso con la misma certeza con que sabía que el dios malvado ríe con crueldad y que el dios benévolo disfrutaba de su reflejo en los frescos de Giotto.

Pero Maddalena quería que lo salvara. Me senté pesadamente sobre el borde de la cama y apoyé la cabeza sobre las manos. Sentía un estremecimiento en todo el cuerpo, en los órganos, los huesos y la sangre; todo se disolvía. Maddalena me había pedido que ayudara a salvar la vida del hombre.

—Cuídela —susurró Rucellai.

—¿Qué? —dije, alzando la cabeza. El hombre me miraba con una expresión compasiva en sus ojos oscuros, que resal-

taban contra su pálido semblante. Respiraba con más dificultad. Me dirigió una sonrisa leve, que me indicó que lo sabía.

Sabía lo que sentía por su esposa y me estaba dando su
bendición. Maddalena podía venir a mí con la conciencia
tranquila, buscando la felicidad, pues su lealtad estaría sacia-
da. Pero quería que lo salvara. Miré a Rucellai, pensé en todas
las personas que había visto morir: Marco, Bella, Bernardo
Silvano, Geber. La muerte no me era desconocida, si bien la
muerte y su hermana, la decrepitud, me habían dejado tranquilo por más de ciento sesenta años. No me asustaba ver
morir a Rinaldo Rucellai.

Sin embargo, Maddalena quería que su esposo conti-
nuara con vida. Maddalena, la mujer que amaba, a quien
nunca podía decirle que no. Miré alrededor, contemplé los
postes de la cama, de madera finamente tallada, los cobertores, el panel de la Madonna que parecía del pincel de Sandro
Botticelli. De las ventanas colgaban vaporosas cortinas de
lino; sobre los muebles había candelabros de plata ornamen-
tados. Era la recámara de un hombre con riquezas. Pero yo
también tenía riquezas. Tenía una fortuna que podía compartir con Maddalena, una fortuna que había ahorrado en el
tiempo de muchas vidas. Sobre un baúl ubicado a los pies de
la cama había un jarrón con una docena de pimpollos de rosa,
rojos, rosados, amarillos y blancos. Parecía un ramo que
Maddalena debía de haber puesto allí para alegrar la habitación para su esposo. Llevaba su firma; la profusión de colores
era a la vez intensa y delicada, pero no frágil; los pétalos
reflejaban todos los estadios de la madurez, pues había pimpollos cerrados y flores abiertas que ya estaban a punto de
marchitarse; el suave aroma, las espinas.

Maddalena quería que su esposo viviera. Yo deseaba a
Maddalena ¿pero acaso el amor no era renunciar a uno
mismo por la persona amada? Sentí la intensidad de mis
ganas de quedarme con ella, de permitir que mis deseos pre-
dominaran por sobre los suyos. Sabía que era egoísta. Mi

vida aún era un campo de batalla en el que se debatían el dios benévolo y el dios impiadoso. Sólo podía lograr una tregua si me comprometía con el amor y la renuncia.

Apoyé las manos sobre el pecho de Rucellai. No sabía si podía salvarlo; estaba al borde la muerte. Y yo nunca había dominado el *consolamentum* por completo. Fluía de mis manos por voluntad propia, no cuando yo lo deseaba. Pero lo intentaría por Maddalena. ¿Qué era lo que había dicho Geber? «Tiene que ver con la rendición, tonto, ¿cuándo podrás comprenderlo?». Cerré los ojos y me dejé ir. Renuncié a mis propios deseos. Dejé que se derritiera mi esencia. Sentía la desesperación de volver a perder a Maddalena; lo sentía como una nueva pérdida, y mi corazón latía con la agonía de anhelar su amor. Me hinché con esos guardianes inseparables inmortales de la vida humana, el amor y la pérdida, y casi no me pude contener.

Se abrió una puerta dentro de mí. El *consolamentum* manó con tanta fuerza que me sacudió todo el cuerpo. Tendría que contarle a Leonardo sobre ese fenómeno; siempre le interesaban los temas que tenían que ver con la fuerza. Era una inundación que brotaba de mí a través de las manos, hacia el pecho de Rucellai. Éste jadeó, arqueó el estómago hacia arriba, haciendo un puente con la columna, y luego volvió a desplomarse sobre la cama. Volvió a jadear. El color le subió al rostro. Volvió a jadear y, esa vez, inhaló profundamente, dirigiendo el aire al abdomen. Exhaló con el sonido de las olas que rompen mientras el río viviente sigue su curso.

Rucellai viviría. El *consolamentum* brotaba a través del recipiente desesperado de mi cuerpo, hasta que se detuvo, como la marea que se asienta. Retiré las manos. Los ojos del hombre estaban abiertos de par en par, y reflejaban asombro. Parecía dispuesto a decir algo, pero yo negué con la cabeza. Me puse de pie; era un hombre hueco, y tropezándome, salí al vestíbulo, donde me esperaba Maddalena. Asentí y ella comprendió. Me rodeó con los brazos, murmurando palabras de agradecimiento. Para mí, era una agonía sentir su cuerpo presionando contra el mío, y le quité los brazos, la alejé antes de volverme loco.

—Ya no puedo seguir viéndote —le dije con sequedad, sin mirarla a los ojos. Porque yo era un ser mortal; no era más que un hombre, y había un límite a lo que podía tolerar. El peso de mis años me cayó encima, como si estuviera en el fondo de un pozo y hubiera piedras presionadas sobre mí—. Búscate otro maestro.

Salí a las calles, con el rostro bañado en lágrimas. Nunca en mi vida, ni siquiera cuando vivía en el burdel de Silvano, me había sentido tan solo como en esa caminata de medianoche de regreso a mi *palazzo*. Siempre antes había tenido mis sueños que me reconfortaban. Ahora se habían desvanecido. Mis sueños de amor, y la promesa que se me había hecho la noche de la piedra filosofal, todos los tesoros profundos del corazón a los que me había aferrado con esperanza terca se habían volado como el heno bajo el fuerte viento de la Toscana. Era una primavera húmeda, demasiado fría y brumosa como para ver las estrellas.

Entré al *palazzo* y fui escaleras arriba. Quería irme derecho a la cama, pero me detuve, asombrado, frente a la puerta de mi taller de trabajo, pues un dedo de humo verde salía de la puerta abierta y se daba contra el cielorraso. Abrí la puerta de un empujón y vi que todos los objetos del taller repiqueteaban como si estuviesen animados. Los alambiques danzaban, las llamas ascendían por la mecha de las velas, había trozos de metal que resplandecían, la sal raspaba el cuenco que la contenía, y los líquidos burbujeaban como si se hubiesen derretido, como si estuviesen llenos de criaturas nadadoras. Presa de la curiosidad y la confusión, atravesé la habitación, para ver mis últimos experimentos con azufre y mercurio. Acuné el matraz con las manos, que todavía me cosquilleaban por dar el *consolamentum*. Una bruma arremolinada apareció en el medio del matraz. Me quedé mirándola fijamente, mirando el centro de aquello que nunca podía conocerse. Se encendió una luz negra que hizo que los objetos oscuros de mi taller parecieran formas de luz lechosa, mientras que el espacio vacío iluminado por la luz de la vela se espesó hasta convertirse en oscuridad sólida. Un crujido intenso, como cuando cae un rayo, atravesó la habitación, y luego la luz se invirtió. En el centro del matraz, había una brillante pepita de oro.

Me acostumbré a vivir sin Maddalena. No me resultó fácil. A pesar de que se me habían concedido tantas décadas, nunca había observado qué vacía era mi vida. Durante meses, no tuve consuelo. Luego, me enfadé. Más tarde, caí presa de la languidez. Me arrastraba por la ciudad, sin el apetito de procurar mis antiguos intereses. En mi mente, seguía viendo su rostro de rasgos delicados iluminado con el amor del aprendizaje, o radiante por la risa, o concentrado en algún problema espinoso de lingüística. Oía una risa en el mercado que me parecía la de Maddalena, pero que resultaba ser la de otra mujer. Miraba las ventanas de los carruajes que pasaban para ver si veía su rostro. Miraba el interior de las *bottegas* y restaurantes, para ver si estaba allí. Me castigaba a mí mismo por pensar en ella. Nada más importaba. Hasta la creación del oro había perdido su encanto. Iba a mi viñedo en Anchiano y me quedaba allí, lamentándome, por varios meses, hasta que no me soportaba más a mí mismo. Basta, me dije a mí mismo; es suficiente. Monté a Ginori y regresé a Florencia.

Era la primavera de 1482 y Florencia gozaba de una paz inquieta, aunque no próspera, después de la guerra con Calabria que había seguido a la conjura de los Pazzi. Lorenzo había pagado una reparación enorme al duque de Calabria para frustrar la ambición del papa Sixto de que sus sobrinos gobernaran la Toscana. La ciudad estaba tranquila, pero los negocios avanzaban a paso rápido. Las tiendas estaban abiertas, las fábricas de lana funcionaban, los herreros estaban ocupados, los mercados eran un bullicio. Los caballos recorrían las calles de piedra al trote, empujando los carruajes, y había carros por doquier, transportando mercaderías del *contado*. Me sentí complacido por estar de regreso. Mi *palazzo* estaba con todas las ventanas cerradas, pues no había avisado a los sirvientes que lo abrieran, pero no me importó. Acomodé a Ginori en los establos y entré. Abrí las ventanas, encendí las lámparas, y subí las escaleras hasta mi taller, donde no había puesto un pie desde la noche en que había logrado convertir el plomo en oro. La habitación estaba en silencio, fría y quieta, al igual que mi corazón, pensé con amargura. Las superficies estaban cubiertas de polvo, pues nunca permitía que los sirvientes limpiaran ese lugar.

—Vi las lámparas encendidas y entré —afirmó Leonardo—. Pensé que regresarías antes. —Había curiosidad en su voz meliflua. Se acercó a mí—. Te esperaba hace un mes. No viniste, así que pensaba ir hasta Anchiano para verte esta semana.

—¿Cómo estás, *ragazzo mio*? —le dije, abrazándolo, feliz de verlo.

—Bien —asintió—. Me marcho de Florencia. Me han dado la bienvenida en la corte de Milán, y Lorenzo está deseoso de que vaya y consolide las relaciones florentinas con Ludovico Sforza.

—Todo el mundo trabaja para cumplir los objetivos de Lorenzo —observé con sequedad.

—Me viene bien —Leonardo se encogió de hombros—. Tocaré el laúd. Y Sforza ha escrito acerca de que me encomendarán un caballo de bronce; es un proyecto interesante. —Me dedicó una sonrisa tranquila—. Pensé en usar mis antiguos esbozos de Ginori. ¡No hay corcel de proporciones más nobles que él!

—Su corazón aún es noble, pero se está poniendo un poco viejo —observé.

—¿Acaso no nos pasa a todos? Bueno, a todos excepto a ti. Tú eres siempre joven y hermoso, pero yo no. Voy a cumplir treinta años. Ya no soy un *ragazzo, professore,* ni siquiera para ti. El tiempo todo lo consume. —Caminó hasta la mesa más cercana, pasó el dedo por la superficie hasta dejar una gruesa línea marcada en el polvo, y luego jugueteó con los tubos del alambique de Zósimo, ordenándolos—. A veces pienso en las leyendas sobre los cátaros que solíamos debatir, en que el pueblo de mi madre creía que nuestras almas son chispas divinas que están atrapadas en una túnica de carne. ¿Lo recuerdas, Luca?

—Almas angelicales capturadas por Satanás el Rex Mundi, o rey del mundo —sonreí—. ¡Cómo si Satanás no fuera el bufón favorito de Dios!

Leonardo, que estaba de un singular humor melancólico, no me devolvió la sonrisa.

—Quizá haya cierta verdad en la perspectiva de los cátaros. Quizá debamos perfeccionarnos para liberar al ángel interior. En los últimos tiempos, he llegado a pensar que, si no restringimos los deseos lujuriosos, estamos al mismo nivel que las bestias. Mis deseos se vieron restringidos por la inaccesibilidad de mi amado, de modo que espero alguna retribución.

—Encontrarás el amor, Leonardo.

—Lo he hecho, gracias a la imposibilidad de estar contigo; amo la naturaleza y sus leyes. La buscaré con determinación vehemente durante el resto de mi vida. ¡Y ella me entregará sus secretos como un prostituto que entrega su dulce trasero redondeado! —Leonardo sonrió, pero yo di un respingo. Una expresión de comprensión y asombro se le reflejó en la cara. Siempre era perceptivo. Habló con su amabilidad habitual—. Querido Luca, ¿sin quererlo he tocado uno de los secretos de tu oscuro pasado?

Crucé la habitación y me puse a mirar por la ventana.

—Cuando era niño, me encerraron por muchos años en un burdel.

—Eso explica muchas cosas —murmuró—. Luca, lo siento tanto…

—¿Por cuánto tiempo estarás en Milán? —pregunté con brusquedad.

—No lo sé. Creo que, a la larga, Sforza será un mejor mecenas que Lorenzo. La gente dice que la fortuna de Lorenzo se está evaporando.

—Nunca subestimes a un Medici —afirmé—. Es posible que Lorenzo todavía logre aumentar diez veces su fortuna.

—Es un estadista de inteligencia —concedió Leonardo—. Pero en lo que al dinero respecta, no es Cosimo.

—Entonces, acércate a Sforza. Iré a Milán de visita; no queda lejos —afirmé, con la misma congoja que venía sintiendo. Primero Maddalena, ahora Leonardo; estaba destinado a perder a aquellos que más amaba.

—¿No estarás ocupado aquí? —preguntó, confundido.

—No lo sé; la alquimia ya no me interesa demasiado. —Eché a reír. Me senté en un banco y estiré las piernas frente a mí—. Me quedaré en Florencia hasta que el calor del verano se ponga insoportable, luego quizá vaya a Cerdeña. Hay un pueblito de pescadores que se llama Bosa...

—¿Un pueblito de pescadores? ¿Maddalena quiere irse a un pueblito de pescadores en Cerdeña?

—¿Maddalena? ¿Qué tiene que ver? —pregunté, confundido.

—Sólo pensé que estaría contigo... —Su voz se apagó. Luego soltó una carcajada—. ¡Oh! ¡No te enteraste! ¿No es extraño? Creí que estabas haciendo tiempo en el campo, para dejar que pasara un tiempo prudencial y así evitar las habladurías...

Me incorporé de un salto.

—¿De qué no me enteré?

—Rinaldo Rucellai murió tranquilamente mientras dormía, hace un mes. Maddalena es viuda ahora.

Cuando llegué, estaba sentada en la sala, acompañada de su doncella. Tenía un libro en las manos. Vestía una *cot-*

*tardita* negra damasquinada de seda translúcida que resaltaba su piel cremosa y las profundidades cambiantes de sus ojos y su cabello. Al verme llegar, levantó la vista, sorprendida.

—Luca...

—Vete —le ordené a la doncella que, con una mirada a mi rostro determinado, dejó caer el bordado. Se marchó de la habitación con toda la prisa que le permitieron sus piernas cortas y rechonchas. Yo me quedé donde estaba, pues no confiaba en mí mismo. No sabía qué pasaría si me acercaba demasiado. Era capaz de ponerme violento, no para con Maddalena, pero sí con el *palazzo*, porque ella no me había mandado a llamar ni bien había fallecido su esposo.

—Pensé que me habías olvidado —dijo, sin aliento.

—Como si pudiera. ¿Tengo el aspecto de un hombre desmemoriado?

—No, quise decir porque no podías estar conmigo...

—Te he entendido. Cásate conmigo.

—Luca... —dijo ella, sonrojándose. Se veía sumamente joven y vulnerable.

—Cásate conmigo ahora mismo —exigí—. ¡No quiero estar lejos de ti ni un minuto más!

Esbozó una sonrisa lenta.

—Cuando no vino por mí, pensé que yo no era más que algo pasajero, que estaba pasando tiempo con otras mujeres.

—No ha habido ninguna otra mujer desde que te vi el día en que intentaron asesinar a Lorenzo —respondí—. ¡No he tocado a ninguna otra mujer en cuatro años!

—No sé si puedo conservar la herencia de Rinaldo —me advirtió—. No tuvimos hijos y él tenía primos varones. No sé qué dote podría darte.

—No necesito una dote. Soy rico, soy más rico que Rucellai. Tendrás un hermoso *palazzo*. Te construiré uno más grande que éste, tan grande como el Duomo. Te daré todo lo que quieras.

—Me casaría contigo aunque fueras pobre —respondió ella con dulzura—. ¡Viviría en las calles contigo!

—Moriría antes de permitirlo —afirmé. Crucé la distancia que nos separaba como si tuviera alas. La aplasté contra mí, gozando de su calidez y del zumbido de vida que resonaba dentro de ella, como la cuerda afinada de una lira. Cuando me tomó el rostro entre las manos y posó sus labios sobre los míos, valió la pena. Valió la pena la espera prolongada. Valió la pena la renuncia. Todo valió la pena.

Pero ahora no estaba dispuesto a esperar más, y ella me condujo a la planta alta. Estaba atardeciendo y había sombras violáceas y verdosas que delineaban los bordes de los objetos y los disolvían desde el interior. Maddalena me condujo a una habitación que no era la recámara donde había dado el *consolamentum* a Rucellai. De inmediato supe que era su recámara privada. Abundaban los colores y las texturas. Al lado de las ventanas, flameaban cortinajes que alternaban paneles verde esmeralda translúcidos con bandas de pesado terciopelo carmesí, y varias de las bonitas pinturas de Botticelli colgaban de las paredes, al igual que un viejo tapiz desgastado que mostraba a San Francisco con los pájaros. Me tomó la cabeza con las manos y la acercó a sus labios, hasta que nos besamos. Di un puntapié a la puerta para cerrarla.

—Eres tan bello. He pensado en esto tanto tiempo —susurró.

—¡Pensé que era el único! —Le quité los broches que le sujetaban el cabello. No tenía prisa, pues quería anticipar la visión de su tupido cabello desparramándose en cascada por sus hermosos hombros.

—¡No podía decirte lo que sentía! ¡Estaba casada! ¡Y Rinaldo era un buen hombre! —Estiró la mano para quitarme el lucco por encima de la cabeza. Dejé que lo hiciera, y luego volví a ocuparme de su pelo, que era suave y caía con peso entre mis manos, como el más delicado satén. Le temblaban las manos mientras me desabrochaba el *farsetto*, y yo me deshice de la prenda y la dejé caer al suelo. Terminé de quitar los broches, y el cabello se deslizó como una cascada de tonalidades castañas, rojizas y negras, desprendiendo la fragancia de lilas, limón y rocío, y de todas las cosas buenas creadas por Dios o por el hombre. Me sentía feliz y embriagado. Me cedieron las rodillas, tenía la boca seca y la habitación me daba vueltas.

—Es demasiado —susurré con voz ronca—. Tú eres demasiado.

—¿Quieres detenerte?

—¡No! ¡No quise decir eso, quise decir que eres tan hermosa! —exclamé.

—Te entendí —dijo ella con una sonrisa, que casi me desarmó por completo.

—Dios debe ser bondadoso si me permite tocarte; casi puedo creerlo en este momento —murmuré, buscando los botones de su *cottardita*—. Un dios, un dios benévolo.

—Créelo —respondió ella, al tiempo que me ayudaba a quitarle la *gonna* de seda. Finalmente, estuvo de pie frente a mí, diminuta y luminosa, tal como la había imaginado en los últimos cuatro años. La cicatriz del muslo resaltaba, de un blanco más intenso sobre la piel blanca, era su pasado escrito en la carne de los frágiles humanos, hechos a imagen y semejanza de Dios para representar todo el tiempo simultáneamente. La llevé hasta la cama. Su piel era inconcebiblemente suave y perfumada. Pasé la lengua por la curva de su hombro. Ella sonrió—. Siempre me dije a mí misma que, si alguna vez estábamos juntos, si alguna vez gozaba de la bendición de tenerte entre mis brazos, siempre te diría que sí. Nunca te negaría nada, ni te ocultaría nada. ¡Así que te digo «Sí», Luca Bastardo!

Volvió a pronunciar el sí once meses más tarde, cuando nos casamos. Y siempre dijo que sí en todos los años felices de nuestro matrimonio, los más felices que conocí.

# Capítulo 22

El tiempo para Maddalena y para mí fluyó de manera tan sinuosa como el curso mismo del Arno, mientras el apogeo y la fortaleza de Florencia bajo el liderazgo de Lorenzo de Medici llegaban a su fin. Nuestra boda fue celebrada en el apogeo del poder de Florencia, y luego vivimos juntos, sumidos en una felicidad sublime, indiferentes a los acontecimientos que se desencadenaban a nuestro alrededor. No percibí las señales del dios que ríe hasta que fue demasiado tarde. Golpeó la tragedia, y perdí todo lo que me resultaba valioso. Ahora pronto perderé la vida, pues ese es el costo de no tener en cuenta los acordes de la risa divina. Quizá siempre estuve destinado a observar y continuar mi camino. Quizá no estaba destinado a formar parte de la textura de la vida humana como otros hombres. Después de todo, yo era un fenómeno sobrehumano, al parecer producto de la unión de las piedras grises de Florencia con su cruel río, el inescrutable Arno. Quizás el don de mi longevidad simplemente tuviera que ver con observar durante un tiempo un poco más extenso de lo normal.

Maddalena me dio lo que siempre había anhelado: mi propia familia. A comienzos de 1437, dio a luz a mi hija. No sabíamos por qué tardó tanto tiempo, cinco años, en concebir. Pensamos que quizá la violación que había sufrido en Volterra podría haber afectado su capacidad reproductiva.

Cuando finalmente quedó encinta, no cabíamos de felicidad. Por mi condición de médico, estuve presente en la habitación cuando la partera trajo al mundo a nuestra hermosa hijita. La bautizamos Simonetta. Heredó mi piel color melocotón y mi cabello rubio rojizo, pero tenía los maravillosos ojos de su madre, veteados de múltiples tonalidades. Me pregunté si habría heredado mi longevidad, un tema que no había discutido con mi esposa. Éramos demasiado felices como para proyectar una sombra en nuestra relación hablando de ese rasgo anormal de mi naturaleza. Tampoco quería precipitar la pérdida hundiéndome en acertijos sin solución. De modo que guardé silencio acerca de asuntos importantes que debería haber hablado con mi esposa, que tenía derecho a saberlo todo sobre mí.

Tuve que enfrentarme con mis secretos una noche de primavera en la que salí por el carnaval, debajo de una luna llena cuya luz plateada proyectaba sombras misteriosas sobre las calles adoquinadas. Parecía haber cada vez más noches salvajes y licenciosas, bajo el fomento de la algarabía por Lorenzo de Medici en Florencia. Habían pasado unos pocos meses después del nacimiento de Simonetta, y yo caminaba con el jovial Sandro Filipepi, que había pasado por mi casa e insistido en que saliera para disfrutar de las festividades.

—No puedes quedarse en casa y permitir que tu bella esposa te ate al poste de la cama todas las noches para esclavizarte a su *figa* —bromeó—. ¡Debes pasar más tiempo con hombres!

—Veo que nunca dejas de burlarte de mí —respondí entre risas.

—Estás loco por tu mujer; eso es una broma en sí —retrucó.

—Una broma que acepto de buen grado.

—Yo diría que la aceptas con entusiasmo. —Sandro chasqueó la lengua—. ¿Quién no lo haría con una potranca tan magnífica? Es comprensible que quieras montarla mientras está joven y firme. La belleza no les dura mucho, ¿sabes? Ni tampoco un hombre puede montarlas por siempre con la misma destreza. Nada dura para siempre.

—La vida está llena de cambios —murmuré. La brillante dulzura de la vida no puede perdurar. Me invadió el recuerdo perturbador de la otra parte, la parte cruel de la elección que había hecho la noche de la piedra filosofal: que perdería a Maddalena. Eso implicaría perderlo todo.

—A ti la vida no te ha cambiado —dijo Sandro. Bebió un sorbo de vino de la bota que llevaba y luego me dio un suave empujón en las costillas con el codo—. ¿Acaso hay algo de verdad en los rumores que circulan, que dicen que no envejeces como el resto de nosotros?

—Sólo las niñas pequeñas creen en las habladurías —musité. A nuestro lado, pasó un grupo de jóvenes que gritaban y reían, ebrios y dispuestos a cometer diabluras. Al día siguiente, la ciudad estaría cubierta de leyendas escritas sobre los muros y de basura, habría caballos robados y vidrieras rotas, alguna joven desflorada con los planes de matrimonio arruinados, y dolores de cabeza que afectarían tanto a los que sufrían de la resaca como a las autoridades municipales, que deberían encargarse de limpiar el desbarajuste causado por Lorenzo.

Sin embargo, Sandro estaba interesado en otro tema.

—Será mejor que no pierdas las esperanzas de envejecer, Luca, si deseas conservar a tu esposa.

Me volví hacia él de manera tan repentina, acusándolo con el dedo en el pecho, que el hombre dio un salto hacia atrás.

—¿Por qué dices eso?

—Calma, calma, hombre. No me importan los rumores. Sé quién eres. Eres Luca Bastardo, comprador de arte que no regatea demasiado el precio con un pintor honesto, un buen médico, un excelente compañero de copas, un hombre locamente enamorado de su esposa. Es sólo que también conozco a las mujeres; todas sufren de la vanidad de Venus, a pesar de que desearíamos que tuvieran la virtud de la Madonna.

—¿Qué pasa con las mujeres? —pregunté, retomando la marcha. Pasamos al lado de una banda de músicos que negociaban con unas prostitutas. Los músicos querían divertirse gratuitamente, pero el dinero era necesario, incluso durante el *carnivale*.

—Una mujer bella le teme más al paso del tiempo que a la muerte —observó Sandro, llevándose el largo cabello hacia atrás—. Y tu Maddalena es dueña de una belleza excepcional.

—¡Maddalena me parecerá hermosa aunque tenga el cabello blanco y esté toda encorvada!

—Te creo. —Sandro sonrió—. Pero ella no se verá hermosa.

—No te creo —respondí, con cierta aspereza, pero era cierto, pues mi esposa se había descubierto una pequeña arruga debajo de los ojos. No le había gustado ni medio. Había salido en busca de cremas y maquillajes, a pesar de que le aseguré que no los necesitaba. Con su perspicacia, pronto se preguntaría por qué envejecía y yo no. Debería haber hablado del tema con ella mucho antes. Pero temía que mi don crearía distancia entre nosotros, y simplemente no podía tolerar eso. No podría soportar que mi esposa me negara acceso a su corazón por el simple hecho de que yo permanecería joven y ella no. Además, el presente era demasiado feliz como para excavar el pasado y rumiar sobre el futuro. La conversación podría esperar. Me invadió la ansiedad y traté de sofocarla con la negación—. Lo que dices no tiene el menor sentido, Sandro. Mi Maddalena es una mujer pragmática.

—Ya verás —respondió Sandro, con cierta arrogancia. Habíamos llegado al Ponte alle Grazie, que emitía un destello plateado, como si las piedras del puente hubieran absorbido la luz de la luna y la irradiaran en múltiples rayos. El Arno daba vueltas chispeantes como un río de oro blanco debajo del puente y el aire fresco del *contado* acariciaba las calles. Sandro inhaló profundamente—. ¡Qué hermosa noche para un *carnivale*! Es mejor aún que la del mes pasado. ¿Cómo está tu hijita? ¿Crece mucho?

Al instante, me deshice en sonrisas. Simonetta encarnaba toda mi felicidad con Maddalena.

—Es asombrosa. Ahora sonríe. ¡Tiene diez semanas de vida y es tan inteligente y hermosa!

—Los primogénitos siempre lo son —canturreó—. Para el tercero, los padres no se sienten tan impresionados con su descendencia. ¿Tenéis pensado tener más? ¿Habéis comenzado a trabajar en ello?

—Un hombre debe esperar un poco después del alumbramiento para recibir los favores de su esposa nuevamente —respondí, con más severidad de la que quería mostrar.

—¿En serio? ¿No has recibido sus favores por varias semanas? ¿Cómo te las arregla? —se mofó Sandro—. ¿Estás visitando a todas las cortesanas de Florencia?

—Le soy fiel a mi esposa —protesté—. ¡Para mí, no existe ninguna mujer más que Maddalena!

—¡Bueno, pero esta noche es *carnivale*! No se aplican las reglas habituales. ¡Cuántos más jolgorios organice Lorenzo, más libertad tendrá la gente! Puedes darte el gusto sin sufrir consecuencias. Hasta las mujeres decentes se entregan a la jarana durante el *carnivale*. Como esa mujer que ves allí, subiendo al puente. Seguro que te parece bastante apetecible en este momento...

A pesar de manifestar mi lealtad para con mi esposa, no pude evitar mirar hacia donde me señalaba Sandro. Un grupo de personas vestidas con disfraces se detuvo frente a mí, sin dejarme ver. Cuando se marcharon, vi a una de las diosas que pintaba Sandro, enmarcada en un halo por la luz brillante de la luna. Era menuda y curvilínea, y sus pechos eran tan voluptuosos que presionaban contra la tela translúcida de su *gonna*, que se veía claramente debajo del *mantello* sedoso. Luego contemplé el largo cabello grueso, que tenía una gran cantidad de pequeños lazos, y que le caía suelto por los hombros y la espalda. Los tonos de negro, castaño, rojo, y dorado resplandecían juntos a la luz plateada de la luna llena. Sandro soltó una carcajada.

—Creo que tu espera ha terminado, amigo. ¡Y cómo te envidio!—.

Sandro desapareció deprisa, y la mujer flotó hacia mí. Su fragancia fue lo primero que me alcanzó: limón, lilas, vainilla, blanca espuma del mar y algo más, algo más intenso: el aroma de una mujer que desea a su hombre. Extendí la mano para tocarla, pero ella se detuvo un instante antes.

—Maddalena, hay algunas cosas que debo decirte —murmuré, conteniendo un gruñido de deseo. Pero no era deseo todo lo que sentía. Amaba a esa mujer plenamente, con toda mi alma—. No quiero tener secretos contigo. ¡No quiero ocultarte nada! Es hora de que sepas algunas cosas oscuras sobre mí.

—Creo que la hora de hablar vendrá más tarde, después del *carnivale* —respondió ella. Su voz ronca estaba cargada de risa—. ¡Venga, disfrutemos de la velada! ¿Recuerdas esa noche de *carnivale*, cuando yo todavía estaba casada con Rinaldo, y me besaste? ¡Me moría de ganas de estar contigo! ¡Ahora puedo!

—Pero espera —dije—. Hay algo que debo decirte. Tengo algunas características que me diferencian de los otros hombres. ¡Muchos dicen que soy un brujo! Las personas que creo eran mis padres vivían junto a los cátaros, una secta que fue erradicada por la Iglesia por considerarlos herejes. Hay una carta que habla de eso y que estaba en poder de los Silvano. Luego Lorenzo de Medici logró conseguirla, pero volvió a entregársela.

—Amante mío, no es el momento de conversar acerca de secretos y cartas —murmuró. Muy despacio, con gesto provocativo, se quitó el *mantello* y lo dejó caer al suelo. Me recorrió un estremecimiento. Ella se acercó más, y me permitió acariciarle el cabello. El calor me inundaba. Luego saltó hacia mis brazos y yo la cogí con las manos detrás de su redondeado trasero. La levanté. Ella me rodeó las caderas con las piernas y la falda se le levantó hasta la cintura. No llevaba nada debajo de la *gonna*. Proferí un gemido de urgencia.

—¿Estás bien como para esto? —le pregunté con voz ronca.

A modo de respuesta, me tomó la cabeza entre las manos y me besó. Me pasó la lengua por los labios y me succionó la lengua. Una de sus pequeñas manos ágiles me acarició la cara, mientras con la otra me aferraba del hombro. Se arqueó para acercarme los pechos a la cara, y perdí todo resto de raciocinio. Me volví y la empujé contra la pared del puente, me bajé las calzas y le hice el amor en ese mismo lugar. Desde luego, no éramos los únicos que hacíamos eso. La escena se repitió en toda Florencia esa noche.

No vimos a la figura envuelta en una capa, que estaba de pie entre las sombras, hasta cuando ya la había colocado en el suelo y le alisaba el pelo sedoso con la mano, pues se había despeinado mucho, y sus varias tonalidades resplandecían con rebeldía a la luz de la luna.

—Nos arrestarán por atentar contra la moral y las buenas costumbres, pero valió la pena —suspiré.

—¡Deberían arrestaros! —gritó entonces la silueta, emergiendo de entre las sombras.

Maddalena trató de cubrirse con el *mantello*. Yo enfrenté al hombre. Era un monje, un dominico, delgado y feo, con nariz ganchuda y ojos demasiado brillantes. Tenía expresión horrorizada e indignada. Su mirada estaba clavada en el rostro de Maddalena, y reflejaba la misma codicia que había visto en el burdel de Silvano. Se me cruzó el extraño pensamiento de que el monje la deseaba, de que nunca la olvidaría.

—Es mi esposa, fraile —le dije con frialdad.

—¿Y la trata como a una prostituta callejera, revolcándose a la vista de todos sobre un puente? —Sacudió la cabeza, sin dejar de mirar a Maddalena—. Vengo a esta ciudad en la que prediqué alguna vez, pues quería ver con mis propios ojos uno de estos carnavales salvajes de los que habla la gente en todo el mundo. ¿Y qué es lo que encuentro? Inmoralidad e indecencia. Prostitución, conductas indecentes, depravación, males de todo tipo y forma; ¡Dios golpeará a este lugar con terribles flagelos!

—¡Estamos en *carnivale*, fraile!

—¡Son locuras satánicas! —gritó—. ¡Lorenzo de Medici ha ido demasiado lejos!

—Regresaremos a nuestra residencia de inmediato; no tiene por qué preocuparse —respondí de mal modo.

—Todo lo que sucede en Florencia me preocupa; el alma mancillada del cuerpo político es mi preocupación —espetó, acercándose. Maddalena se pegó a mí. La rodeé con el brazo. El sacerdote me perforó con la mirada—. Estaba a punto de confesar cosas oscuras, pecador. Confiésese como es debido, conmigo, ¡y le daré penitencias estrictas para que Dios considere perdonarle sus maldades!

—Las cosas oscuras de mi vida son entre Dios y yo.

—¿Y qué hay de esta carta que le oí mencionar? ¿Qué relación hay entre sus padres y los cátaros? ¿Sus padres fueron cátaros, esos herejes mortificantes que merecían morir quemados? ¿También es un blasfemo además de un fornicador? —Se acercó un poco más, demasiado, y extendí una mano para detenerlo. No se sintió disuadido, sino que continuó, escupiendo rabia—. Me ha dicho el joven Gerardo Silvano, que llegará lejos en el clero, que hay una abominación que transita las calles de Florencia. ¿Acaso es usted? ¿Acaso Dios ha concertado la justicia divina para usted a través de mi intervención?

—Ya nos marchamos, fraile. Será mejor que olvide habernos visto —dije, con frialdad.

—¡Le ordeno que se confiese conmigo! —gritó el hombre, escupiéndome con su furia. Cogí a Maddalena de la mano para eludir al hombre. El fraile se interpuso en mi camino, gritando sobre los cátaros y el flagelo de la brujería y la fornicación. Yo seguía tratando de avanzar, mientras el hombre se interponía en mi camino. Luego se volvió a mi esposa—. ¡Prostituta! ¡Concubina de Satanás! ¡Fornicas con un hechicero! —Extendió la mano y le rasgó el *mantello*, atravesando la *gonna*, lo que dejó sus pechos expuestos.

—¡Basta! —rugí, con un estremecimiento de ira. Le propiné una bofetada con la mano abierta con tanta fuerza que el hombre cayó al suelo—. ¡No se atreva a ponerle una mano encima mi esposa! —Desenvainé la espada.

—Tiene una fuerza sobrehumana —afirmó el monje, jadeando—. Su brujería acabaría por socavar todo lo que es bueno y ordenado en este mundo.

—No hay demasiadas cosas buenas y ordenadas en este mundo, monje —respondí—. ¡Mi esposa es lo mejor que hay en él!

—¡Su esposa es una prostituta, que se revuelca en público, y está casada con un adorador de Satanás! —escupió.

Apoyé la espada contra el cuello del monje. Pensé en usarla. Quería matarlo. Lo podría haber hecho fácilmente en ese momento, pero aunque la fe del monje era maliciosa, no quería ser como la Confraternidad de la Pluma Roja, y lastimar a aquellos que no pensaban como yo. En los últimos años, me había reconciliado con la idea de un dios benévolo. Matar a un monje sin duda socavaría el equilibrio delicado de la tregua que había hecho con el cielo, provocaría el desdén divino que yo ya no escuchaba, y que no quería volver a oír, en especial ahora que tenía a Maddalena y a Simonetta. Retiré la espada. Desde ese momento, me he preguntado muchas veces que habría sucedido si no lo hubiera hecho. ¿Tendría conmigo a mi esposa y a mi hija? ¿Florencia seguiría siendo la mejor ciudad del mundo? ¿O la rueda ya estaba en movimiento y seguiría girando a través de las acciones de otro agente en lugar de las de ese monje virulento?

—Cállese la boca o le haré tragarse la lengua —espeté—. Nos vamos ahora. —Llevé la espada desenvainada y aferré la mano de Maddalena con la mano libre. Los ojos destellantes del monje no se apartaron de la cara de mi esposa. Ella levantó la cabeza, aunque estaba sonrojada, y caminamos con dignidad hasta la otra orilla. Podíamos sentir la mirada del monje en la espalda hasta llegar allí.

—¡Dios os castigará! —aulló el monje, sin poder contenerse—. ¡La brujería será vuestra destrucción! ¡No hay escapatoria para los Satanistas y fornicadores como vosotros!

No respondimos, y doblamos por una calle lateral que estaba atestada de juerguistas. Logramos abrirnos camino entre la multitud y, cuando finalmente lo logramos, salimos corriendo.

Una vez en casa, nos dio un ataque de risa que no cesó hasta que nos arrastramos hasta la cama, donde traté de quitarme de la cabeza al monje de los ojos endemoniados. Se disolvió mi intención de revelarle el secreto de mi longevidad a Maddalena; se hizo añicos gracias a las amenazas del monje, que quería olvidar. De modo que me contenté a abrazar a mi esposa con gratitud y dejar que mis secretos permanecieran ocultos.

Cuando Simonetta tenía cinco años, fui llamado a la villa de Medici en Careggi. Ensillé a un nuevo caballo llamado Marco. El incondicional Ginori, cuyo pelaje rojizo ahora estaba veteado de gris, seguía vivo pero sufría de la artritis y la edad avanzada, condiciones que siempre me resultarían ajenas. Yo sólo sabía que era feliz; feliz con la incomparable Maddalena, el amor de mi vida; feliz con Simonetta, mi dulce hija; feliz con mi pequeño círculo de amigos, con mi *palazzo* y mi vasta cuenta bancaria. Cabalgué por las calles de piedra silbando. Florencia era mi hogar, la mejor ciudad del mundo, y finalmente me sentía en casa.

Era abril de 1492, una primavera cálida con muchas tormentas. Yo vestía un *mantello* de lana liviano y disfrutaba del paseo hacia la campiña. Un sirviente me condujo hacia la villa y hasta la recámara de Lorenzo. Aún era joven, tendría unos cuarenta años, pero estaba gravemente enfermo. Padecía una fiebre que atacaba no sólo las arterias y venas, sino también los nervios, huesos y médula. Le fallaba la vista y tenía las extremidades hinchadas por la gota. Quedaba poco de *Il Magnifico*, que se destacaba en todo lo que podía destacarse un hombre: fortuna, familia, posición política, equitación, composición musical, poesía, colección de arte, formación de alianzas, mecenazgo de artistas y filósofos, halconería, *calcio*, el arte de la seducción…

—No sabía si vendrías —dijo en un susurro.

—Me iré si jugarás al gato y el ratón —respondí. Mi comentario lo hizo reír.

—Hemos hecho un gran juego de eso, ¿no es verdad, Bastardo?

—No me gustan los juegos.

—Es cierto; siempre te faltó sentido del humor —respondió con un suspiro. Desvió su cara pálida e hinchada, cuyos rasgos no eran reconocibles, y luego se volvió a mirarme—. ¿Te acuerdas de cuando nos conocimos?

—Aquí, tu abuelo estaba enfermo. —Me senté al borde de la cama.

—Sí. He pensado a menudo en ese día. Te veías como un joven dios, exactamente como ahora, y mi abuelo estaba tan feliz de verte. Tuve tantos celos.

—Eras su nieto. Quizá yo lo entretenía, pero tú eras la luz de su corazón.

—Hiciste mucho más que divertir a Cosimo de Medici. Sentía devoción por ti. ¿Es cierto que estabas con él en Venecia cuando se exilió allí, en su juventud? —preguntó Lorenzo, con una mueca de dolor en sus rasgos poco agraciados. Asentí. Luego, como si se le hubiera ocurrido después—. Nunca tendré tu perdón, ¿no es cierto? —Sacudí la cabeza—. Te he perjudicado, Bastardo, pero la última palabra la tienes tú. Sabes que me estoy muriendo, ¿verdad? No me recuperaré de esta enfermedad. Hay presagios. Dos leones florentinos murieron en una pelea dentro de la jaula. Las lobas aúllan en la noche. Aparecen luces de colores extraños que atraviesan el cielo. Una mujer en Santa Maria Novella fue presa de una locura divina y empezó a correr durante la misa, a gritos, diciendo que había un toro con cuernos en llamas que quería derribar la iglesia. Lo peor de todo —se pasó la mano por la frente—, una *palla* de mármol, una de las bolas, de la linterna del Duomo se cayó en dirección a mi casa. Se cayó la *palla*, la *palla* de los Medici. Es una señal.

—Las señales son lo que uno lee en ellas. En su mayor parte, sólo son las bromas que nos gasta Dios.

Lorenzo se echó a reír, pero con más debilidad. El dolor le transformaba los rasgos.

—Adoras la comedia, y yo que siempre consideré que carecías de sentido del humor.

—¿Qué quieres de mí, Lorenzo? —pregunté, pero no de mal modo.

—Justo antes de morir, *Nonno* me dijo que tenías un poder maravilloso en las manos, que al tocarlo, tuvo un efecto calmante en su corazón. Lo ayudó. ¡Dijo que le dio días adicionales de vida!

—No es un poder; es lo opuesto. Es lo que sucede cuando uno renuncia al poder.

—¿Puedes usarlo en mí? —susurró. Contemplé su rostro feo, con sus destellantes ojos negros. A pesar de ver el sufrimiento reflejado allí, no podía imaginar abrir mi corazón para él, como lo requería el *consolamentum*. El saqueo de Volterra, los años de controlarme a través de mi miedo al clan Silvano, el modo en que usaba a la gente como peones de ajedrez para lograr sus objetivos. No confiaba en él. Me dirigí a la ventana, donde contemplé la frondosa alameda que había plantado Cosimo.

—¿Qué pasó con la carta que conseguiste de la familia Silvano, acerca de mis orígenes?

—La conservé; hice una copia que les di a los Silvano hace unos años.

—Hay un monje que oyó hablar al respecto —afirmé en tono sombrío—. No son buenos augurios para mí o para mi familia. ¿Y esperas que te dé el *consolamentum*?

Lorenzó rió con un sonido sibilante.

—Comprendo, Bastardo; te resulta imposible. Esa carta sólo es la última ronda de los juegos que no te agradan, comenzando por ese partido de *calcio* que jugamos unas semanas antes de la partida de *Nonno*. Hemos gozado de nuestras victorias, aunque la muerte finalmente triunfa.

—Podría intentar darte el *consolamentum* —respondí con reticencia. Lorenzo era el nieto de Cosimo, quien había sido un verdadero amigo.

—¿Pero sería por mí o por él? —susurró Lorenzo, leyéndome la mente con su habitual perspicacia—. ¡No quiero las sobras de Cosimo! ¡Nunca las quise!

—¿Entonces qué puedo hacer por ti?

—Puedes ser testigo —respondió, pasándose la lengua por los labios secos—. Recordar la gloria de mis logros. Tu juventud parece interminable. Quizá también lo sea tu vida. Eres uno de los antiguos patriarcas de los que habla la Biblia, que vivían por cientos de años. Quizá tus padres eran así, y por eso los acompañaban los cátaros misteriosos. Ficino tradujo un documento que parece indicar que así fue.

—Lorenzo, ¿de qué documento hablas? ¿Y cómo sabes tanto acerca de mis padres? ¿Sólo por la carta?

—Quería saberlo todo sobre ti; seguí tus movimientos, pagué a nuestros hombres para que me dijeran lo que hacían para ti, y lo que descubrían. Estaba celoso, celoso del afecto que sentía *Nonno* por ti, y de tus servicios a él. Quería que tuvieras el mismo afecto por mí que sentías por *Nonno*.

—No se puede manipular el afecto de los demás. Es algo que se da libremente.

—Se me había encomendado guiar a la ciudad más grande del mundo. ¡No podía perder el tiempo preocupándome por la libertad de otros hombres cuando la seguridad de Florencia lo exigía todo! —ladró, y luego quedó jadeando por el esfuerzo—. ¡Respondo a la historia, no a los individuos! Es por eso que había que sacrificar Volterra. ¡Si yo no actuaba con autoridad implacable, todo aquello por lo que mi abuelo y su padre trabajaron para crear en Florencia, las artes y las letras, el conocimiento de la Academia Platónica, todo lo noble que hemos conseguido, habría desaparecido para las generaciones futuras! ¿Qué es la libertad comparada con eso?

—La libertad lo es todo; es lo que creó las artes y las letras, y el conocimiento del que tanto te enorgulleces. Las vidas individuales son importantes. —Me volví, pues sentía náuseas—. Me hubiera gustado tener la carta en mi poder. Y quisiera leer el documento de Ficino. Has intervenido en el destino de otros hombres, Lorenzo. ¿Cómo puedes esperar recibir amor cuando haces eso?

—Me ha ocupado más establecer alianzas que lograr el afecto —admitió—. ¡Pero ha sido mi don el de guiar los destinos de los hombres! El de crear la historia, moldear el futuro. Tu don es la longevidad. Ya que no me darás el *consolamentum*, quiero que uses el don de ser testigo de mis logros. Mis logros para Florencia.

—Quizá tu enfermedad se revierta, y te repongas para ocupar su cargo en la *Signoria* de Florencia —respondí—. El *consolamentum* quizá no sea necesario.

—¡No me digas lo que quiero oír; nunca lo hiciste y no te sienta bien!

—Por no decirte lo que querías escuchar en Volterra, convocaste a los Silvano, que habían jurado matarme —espeté.

—Tú dejaste mis servicios por lo de Volterra —respondió Lorenzo—. ¿Por qué sigues tan enfadado? ¿No fue allí donde conociste a la hermosa Maddalena? ¡Oí que fue así! ¿La habrías conocido de no haber sido por el saqueo de Volterra?

—¡Se lastimó a gente inocente! ¡Murió gente inocente!

—¡Nadie es inocente! —retrucó—. ¡Nacer en esta vida nos predispone a todos al sufrimiento! ¡Y nunca sabemos qué acontecimientos dichosos pueden surgir del sufrimiento!

—Y eso es lo que divierte a Dios —respondí, con más ferocidad de la que ningún otro hombre vivo se habría atrevido a dirigir a Lorenzo de Medici.

—¡Si Dios se ríe de alguien, es de mí, pues estoy en mi lecho de muerte! ¡Tú has recibido el abrazo de Dios, el respeto y el afecto de Cosimo, una juventud interminable, y la belleza de Apolo! —espetó Lorenzo. Nos miramos con furia, que lentamente se suavizó, hasta convertirse en dolor. Los dos habíamos tenido nuestros pesares. Cada uno pudo verlo en los ojos del otro. Si bien no podía darle el *consolamentum* por lo que me había hecho a mí y por los acontecimientos de Volterra, ya no lo odiaba. Desde entonces, a la luz de todo lo sucedido, me he preguntado qué habría acontecido si hubiera puesto las manos sobre él, sin pensar ni juzgarlo, en ese momento de comprensión. ¿Habría fluido el *consolamentum*? ¿Lo habría salvado, como lo había hecho con Rinaldo Rucellai? Si el *consolamentum* lo hubiera curado, ¿habría podido yo evitar las tragedias, tanto personales como cívicas, que sucedieron después de la muerte de Lorenzo el Magnífico? ¿Tenía yo parte de responsabilidad en los acontecimientos que me han dejado sin deseos de vivir, no sólo al haber elegido el amor y la muerte en una visión, sino también porque no alteré el curso de la historia cuando tuve la oportunidad de hacerlo, matando a Nicolo Silvano y a Savonarola, o salvando a Lorenzo de Medici? ¿Podría haber cambiado el destino de haber elegido el amor por encima de la ira, por encima del miedo, cuando Lorenzo de Medici, el defectuoso protector de Florencia y de todo lo florentino, yacía en su lecho de muerte? ¿O la rueda ya estaba en movimiento?

—Escucha, Luca Bastardo, que atribuye las esperanzas de salvación a la risa de Dios. Escucha mis logros. He sido un hijo, un esposo y un padre. He sido un hermano y un amigo. He sido el amante de bellas mujeres. He sido atleta, músico y un poeta bastante renombrado. He conducido a Florencia hacia la gloria en el terreno del comercio, las letras y las artes.

561

Me he sentado con papas y he sido excomulgado. Lo que es más importante, he logrado mantener el equilibrio entre los estados —relató Lorenzo, con tono absorto—. He aquí mi mayor logro. Mantuve a Milán y Nápoles lejos de la guerra, mantuve el equilibrio con Venecia y Roma. La paz que consolidé fortaleció a la península de Italia. Esta fortaleza permitió que floreciera la cultura toscana. Generó dinero para que los nobles y los comerciantes pudieran patrocinar las artes, para que los artistas pudieran pintar, esculpir y crear. Hizo que los hombres cultos pudieran promover la educación, el estudio del pasado, la filosofía y la ciencia. ¡Los frutos de este período de paz alimentarán a la humanidad por mil generaciones! ¿No lo ves, Luca?

Guardé silencio por un momento. Luego asentí.

—Hay verdad en lo que dices.

El antiguo placer de la victoria pasó por los ojos de Lorenzo. Al poco tiempo, apareció una expresión de pesar.

—Sin embargo, la fortaleza y la paz de Italia no persistirán después de mi muerte. El monarca franco marchará sobre nuestro territorio. Los estados italianos carecen de unidad fuerte, y él ha unido los estados francos bajo su reinado. Sólo hay una Francia, pero no hay una Italia. Marchará a través de la península. Una ciudad estado tras otra caerá ante sus ejércitos. Aunque no se rinda toda la península, arrasará con el poder de Florencia. Ya lo verás. Amo a mi hijo Piero, pero no logrará mantener el equilibrio. Quizá, si pudiera vivir diez años más, mi hijo podría madurar y ser digno del nombre de Medici, pero es demasiado joven ahora, un poco tonto y temeroso. Débil.

—Tú también eras muy joven cuando tu padre dejó el gobierno de Florencia en tus manos —observé, volviéndome a sentar al borde de la cama, en el mismo lugar en el que había estado para hablar con el débil Cosimo, hacía tanto tiempo.

—Demasiado joven —suspiró Lorenzo—. Aunque fuerte. Sin embargo, he cometido errores.

—¡Nunca pensé que te oiría decir eso!

—He invitado gente de regreso a Florencia que no debería estar aquí.

—Los Silvano.

Rió débilmente, y volvió a cerrar los ojos del dolor.

—También otros, pero lamento el regreso de esa familia, Luca Bastardo. Sinceramente. Me alegré por Maddalena y por ti cuando os casasteis. Sabía que la amabas cuando te vi sentado a su lado en la cena en la residencia de Rucellai. ¿Recibisteis mi obsequio de bodas?

—Varios toneles de vino —afirmé, enarcando las cejas—. Los hice probar antes, para ver si estaban envenenados.

Lorenzo volvió a reír, hasta que fue presa de un ataque de tos. Cuando volvió a hablar, su voz aguda y nasal sonaba casi jovial.

—Así que estaba en lo cierto acerca de mi opinión sobre ti, Luca Bastardo. Eso me consuela. No tiene sentido del humor. Matarte habría arruinado el juego, lo habría terminado de manera demasiado abrupta. ¿Aún no lo comprendes?

—Es más entretenido ver cómo me retuerzo.

Lorenzo asintió, lentamente.

—No es la familia Silvano por quien yo más me preocuparía, en tu lugar. Los has eludido con éxito por mucho tiempo. ¿Ciento cincuenta años? ¿Más? —Hizo una pausa, volviéndose a mí, pero no le respondí. Suspiró—. Hace dos años, invité a regresar a Florencia a quien no debería. Traerá problemas. Un predicador dominico nacido en Ferrara.

—A mi esposa le agrada el elocuente monje agustino, fray Mariano.

—Al igual que a todas las clases altas, pero el *popolo minuto*, el vulgo, tiene diferentes gustos —observó Lorenzo—. Les gusta oír hablar de las depravaciones. Les gusta que se denuncie la vanidad de las clases altas. No pueden darse el lujo de la vanidad que ha impulsado a Florencia hacia la grandeza, de modo que quieren que se la condene.

Entrecerré los ojos, pensativo.

—Hablas del monje idiota que predica en contra del buen arte y la filosofía de Platón, y que amenaza a todos con el fin del mundo si no cambian de costumbres de inmediato. Nunca lo escuché, sólo lo escuché nombrar.

—No es un idiota, aunque es más feo que yo. Dice que Dios habla a través de él, y sus sermones se han vuelto tan populares que San Marco no alcanza para albergar a sus seguidores, por lo que se ha mudado a Santa Maria del Fiore. Nos critica a los Medici continuamente. ¡Quiere que Florencia redacte una nueva constitución, basada en la constitución veneciana, sin la administración del Doge!

Me encogí de hombros.

—No me preocupa. Los florentinos somos quienes somos: amantes del placer, del dinero y de la buena comida, hombres que producen grandes artistas, pensadores y banqueros. Ningún monje, sin importar cuán vehemente sea, podrá reformar la esencia de Florencia y su gente.

—No a largo plazo —susurró Lorenzo—. Pero ha despertado la imaginación de la gente, de modo que causará problemas por unos años; espera y verás. Conozco la naturaleza humana. Sé lo que quiere la gente. Se aprovechará del avance franco para recrear a Florencia según su propio molde. Expulsará a los Medici. Sus sermones llegarán a la Iglesia y la sacudirán. Ya ha llamado a la Iglesia prostituta; desencadenará la ira de Roma sobre Florencia. Quiere reformas, en la Iglesia y en nuestra ciudad. Entre él y los francos, Florencia perderá su poder. Nunca volverá a ser el quinto elemento, la mayor ciudad del mundo. Si yo viviera, lo condenaría al exilio o, mejor aún, lo haría asesinar mientras duerme. Obsérvalo de cerca, Luca. Ten cuidado. Tienes un don singlar y, cuando un Silvano lo señale, Savonarola sospechará que tienes tratos demoníacos. Debes tenerle miedo, Luca. En su lugar, yo tendría miedo por mí y los míos.

—Ya sé que debo temer a los que me llaman «brujo» —dije secamente.

Lorenzó levantó la cabeza.

—Aunque no es demonismo, Luca. Lo sé. Antes me preguntaste cómo sabía de tu familia, y te hablé de un documento traducido por Ficino. Se llama *El último apocalipsis de Seth*, y es un evangelio prohibido, un libro sagrado de los cátaros. Habla de una raza secreta de hombres que engendró Seth, el hijo de Adán. Estas personas tienen una longevidad excepcional, pero no porque sean maléficas. Es porque se ocultaron y mantuvieron pura su sangre.

—La sangre pura no gana el amor de la Iglesia.

—No —admitió Lorenzo, sacudiendo la cabeza—. Según dice la historia, estas personas de sangre pura han sido perseguidas y asesinadas a lo largo de la historia, en particular por los ejércitos papales. Son la prueba viviente de una historia que la Iglesia no quiere que salga a la luz. Pero Luca, la verdadera amenaza a la Iglesia es mayor que tú, y éste es mi obsequio. —Hizo una pausa y yo lo observé con atención, preguntándome qué me iba a revelar. Lorenzo sonrió—. No eres el único que queda. Había una nota reciente en el manuscrito que tradujo Ficino. Dice que hay un grupo grande que vive en una comunidad oculta en unas montañas lejanas. Están esperando a crecer en cantidad, y luego se mostrarán. Tu familia vendrá por ti, Luca. Trata de mantenerte alejado de los problemas y te volverás a reunir con los tuyos.

# Capítulo 23

Lorenzo murió una semana después. No asistí al funeral, aunque envíe una carta expresando mis condolencias y solicitando una copia de la traducción de *El último apocalipsis de Seth*, realizada por Ficino. Recibí una respuesta seca que me indicaba que la única instrucción explícita que había dejado Lorenzo a su muerte era que me entregaran una antigua silla de montar, que fue debidamente llevada a mi residencia. Desde luego, era la misma montura que me había dado él hacía varias décadas y que yo le había devuelto después del saqueo de Volterra. Me quedó la certeza perturbadora de que Lorenzo sabía más acerca de mis orígenes que yo, lo que no era un buen presagio, y que seguía jugando conmigo desde el purgatorio.

Las palabras pronunciadas por Lorenzo en su lecho de muerte se volvieron realidad. Tras su partida, los sermones de Savonarola se volvieron más intensos y apocalípticos. El fraile estaba decidido a erradicar la inmoralidad y la corrupción de Florencia que, según decía, había sido fomentada por los Medici. Sus profecías incluían la catástrofe y el flagelo de la guerra. En 1492, predijo que morirían Lorenzo y el papa Inocente y, cuando eso sucedió, se sintió envalentonado. Salió como trueno del púlpito del Duomo: Florencia sería depurada a manos del ejército franco. Tal como predijo, y como me había dicho Lorenzo que sucedería, en 1494 el rey Carlos condujo a un vasto ejército franco hacia la península. El ejército cruzó los Alpes con banderines de seda blanca con la leyenda *Voluntad Dei*. Ludovico Sforza, regente de Milán, vio una forma de concretar sus propias ambiciones y les dio la bienvenida, a pesar de la alianza de Milán con Florencia.

El ejército marchó hacia el sur y Piero de Medici, hijo de Lorenzo, trató de forjar la paz con Carlos entregándole Pisa y algunas otras fortalezas en la costa del Tirreno. Florencia, que se enorgullecía de su control sobre Pisa, se indignó ante esa conducta pusilánime. Lorenzo de Medici jamás habría permitido semejante cosa. La *Signoria* cerró las puertas a Piero y expulsó a los Medici. El fabuloso Palazzo de Medici, de la Via Larga, fue saqueado por las masas. Savonarola usó su influencia con las masas para crear una nueva República. Prohibió el juego, las carreras de caballos, las canciones obscenas, todo lo profano, el lujo excesivo y todos los vicios. Impuso castigos severos: la horadación de la lengua para los blasfemos, la castración para los sodomitas. El monje luego dio la bienvenida al ejército franco, al considerarlos libertadores. En nombre de Florencia, pidió al rey Carlos que permaneciera fuera de las fuertes murallas de piedra de la ciudad. Sin embargo, el 17 de noviembre de 1494, la persuasión de Savonarola no demostró ser demasiado convincente; el rey Carlos entró a Florencia con doce mil tropas.

Maddalena y yo observábamos los acontecimientos desde nuestro balcón. El ruido de los cascos de los caballos y de las botas del ejército reverberaba por toda la ciudad cuando el ejército invadió sus angostas callejuelas serpenteantes. El rey Carlos lideraba el grupo.

—Mira lo que parece con su armadura sobre ese caballo de guerra tan grande. Luce como una muñeca —observé. Al abrazarla, vi que temblaba—. *Carissima mia*, ¿tienes frío? —Me quité el *mantello* y se lo puse sobre los hombros, envolviéndola para protegerla del viento y el frío.

—No es frío —susurró—. No me gusta ver a un ejército avanzando sobre una ciudad.

—Maddalena, no es como en Volterra —la tranquilicé, al tiempo que la abrazaba más estrechamente.

—Debes de pensar que soy una tonta por sentir miedo. —Rió, pero le temblaba la voz.

—Eso nunca —afirmé, y le di un beso en la coronilla. Su vulnerabilidad hacía que la amara aún más.

Maddalena se volvió hacia mí y sus ojos encontraron los míos con candor, me dejaron ver en lo profundo del corazón de la niñita asustada que todavía habitaba en su interior. Esa chiquilla era aún tan dolorosamente real y vibrante que también hizo aflorar al Luca de la infancia. El Luca que era un niño abandonado, traicionado y maltratado estaba presente con la joven y aterrada Maddalena. Mi dolor y su dolor, mi dicha y su dicha, mi amor y su amor, mi miedo y su miedo, todo existía en simultaneidad, como los picos de las olas de un río agridulce, y se disolvieron las barreras entre nosotros. Por un largo rato, ninguno habló. Un ejército invadía la ciudad, y se escuchaban gritos por todas partes, pero nosotros estábamos inmersos en una profunda comunión de nuestro ser. Luego, salió al balcón Simonetta, con sus trencitas rubio rojizas flotándole alrededor de la carita. Se deslizó entre nosotros hasta que su madre y yo reímos y la incluimos en nuestro abrazo.

—Qué bonitos trajes llevan, papi —observó Simonetta. Tenía siete años y hacía preguntas interminables. Se aplastó la nariz e inclinó la cara—. ¿Los soldados están tan guapos cuando luchan?

—No, cariño. En una batalla de verdad, no se les ve tan elegantes —respondí.

Maddalena dio un respingo.

—Cuando veo a estos soldados, no puedo evitar recordar lo que sucedió en Volterra. Y ahora tenemos a nuestra preciada Simonetta, ¡y sé lo que los soldados les hacen a los niños!

—Lucharé contra todo un ejército para defenderos —afirmé con vigor.

—¡Y le ganarías! —exclamó mi hija. Me dirigió una mirada de adoración que me derritió. Había algo en el amor de una hija por su padre que me decidió a proteger a mi esposa y a mi hija a cualquier costo. Mi vida no significaba nada. Lo único que me importaba era salvarles la vida—. ¿Tendrás que ir a luchar, papá?

—No creo —respondí, dándole un tironcito de la trenza—. El ejército no se quedará aquí por mucho tiempo. Florencia dejó entrar al ejército franco, pero los florentinos no aceptarán que se los trate como a una ciudad capturada. Carlos amenazará y los delegados florentinos lo pondrán en evidencia; Carlos no querrá luchar en esta ciudad. Las calles son tan angostas que el ejército no podrá desplazarse. Los florentinos que conozcan la ciudad estarán en una posición ventajosa. Carlos se arriesga a que su ejército se deba detener a las orillas del Arno. No permitirá que eso suceda. Se llevará dinero y seguirá su camino.

—Espero que tengas razón —afirmó Maddalena, con tono ansioso. Eran épocas inciertas para todos los florentinos. Savonarola asumió el poder y luego el ejército franco ocupó la ciudad. Incluso después de que los francos se marcharan, diez días más tarde, la inquietud persistía en Florencia. Sus tabernas y burdeles estaban cerrados, los jóvenes cantaban himnos en lugar de tonadillas picantes y por toda la ciudad, abundaban pandillas rebeldes de niños que se apodaban «llorones», haciendo cumplir las estrictas leyes de Savonarola. El comercio se resintió, los cultivos se perdieron, y Florencia, la ciudad de los banqueros y mercaderes, quebró.

De algún modo, las tensiones de esos primeros días no nos afectaron a Maddalena y a mí. Vivíamos de manera simple, sin hacer demasiado aspaviento, para evitar atraer la atención. Estábamos enfrascados en nuestro amor compartido y en el orgullo que sentíamos por nuestra amada hija. Eso nos protegía. Mi esposa no puso objeciones a adaptarse a los estrictos códigos de vestimenta impuestos por Savonarola, pero no concurría a sus sermones. En privado, ambos pensábamos que su severidad era desequilibrada, y nos manteníamos lejos de él y sus seguidores. Luego, un día de febrero de 1497, Maddalena llegó a casa y nos pidió a Simonetta y a mí que asistiéramos a un *carnivale* de sobriedad y abnegación de los que organizaba Savonarola.

Cuando llegó, mi hija y yo estudiábamos latín. Yo había decidido no contratar a un instructor, pues prefería pasar ese tiempo con mi hija. Yo era un buen maestro. Le había enseñado a la madre de esa chiquilla inteligente. Había sido profesor ni más ni menos que de Leonardo, de cuyo trabajo en Milán nos llegaban opiniones extraordinarias. Leonardo me había enviado una carta con un esbozo que describía un fresco de *La última cena* en el refectorio de Santa Maria delle Grazie. Tenía pensado ir a Milán para verlo. Sandro Botticelli lo había visto, y le caían las lágrimas mientras lo describía. Dijo que era una expresión abrumadora y extraordinaria de un único momento dramático, el instante después de que Cristo dijo: «Uno de vosotros me traicionará». Cada uno de los discípulos estaba plasmado al detalle en su expresión, el asombro en la boca abierta de Andrés, al deseo pugnaz y avasallante de Pedro de declarar su inocencia, hasta el moreno Judas de mirada penetrante que se apartaba de Cristo con culpa y aislamiento. El mismo Leonardo me había escrito: «El pintor tiene dos objetivos, el hombre y la intención de su alma. El primero es fácil, pero el segundo es difícil, pues debe representarlo a través del movimiento de sus extremidades».

Sin embargo, Leonardo había logrado retratar a la perfección cada alma del fresco, en el que se incluía un Cristo cuya serenidad y belleza conmovían en sumo grado. Leonardo había incorporado a sus retratos extraordinarios una composición sublime de triángulos ocultos y una tensión

571

deslumbrante que se cernía entre los elementos comunes y corrientes, aunque transfigurados, de la última cena y de la primera sagrada comunión: las copas de vino, los tenedores, las hogazas de pan y los platos de peltre. El pan de la vida presagiaba la muerte. Pero, inmanente en la última cena, estaba la santidad de la comunión, una bendición continua para los creyentes. Así, la muerte está implícita en la vida, y el instante más ordinario contiene tanto redención como tragedia.

Uno de esos momentos ordinarios nos encontró a Simonetta y a mí en la planta superior, en el taller de trabajo que había sido remodelado como cuarto de juegos para que usara mi chiquilla. Trabajábamos en una traducción de Cicerón. Era difícil para una niña de diez años, pero Simonetta era muy lista y lo estaba haciendo bien. Sentimos un ruido en la puerta y bajamos a ver quién había llegado.

—¡Mamá! ¡Que alegría verte! —Rió la niña dando un salto para abrazar a su madre.

—Simonetta mía —dijo Maddalena, mientras la abrazaba—. ¿Cómo van tus lecciones?

—La hora del latín fue una tortura para la *ragazza* —observé. Me incliné por encima de la cabeza rubia de la niña para besar a Maddalena, inhalar su fragancia a limón y lilas y acariciarle la suave mejilla. Nunca perdía la oportunidad de tocar a mi esposa, lo que me sirvió de consuelo más adelante.

—Luca, fray Savonarola está organizando otro *carnivale*.

—¿Es así como llama a esos eventos aburridos? ¡El *carnivale* es cuando una mujer hermosa vestida con un disfraz besa a un hombre sobre un puente y lo hace sentir como el único hombre del mundo!

Maddalena rió.

—Éste valdrá la pena; toda la ciudad está fuera, escuchando su sermón y participando de la procesión. ¿Por qué no vamos los tres?

Yo había evitado acercarme al monje desde que el perspicaz Lorenzo me advirtiera al respecto, pero hacía mucho tiempo me había hecho la promesa de nunca negarle nada a Maddalena, de modo que acepté. Me puse el *lucco* y el *mantello* más sobrio que tenía y salí con mi familia.

La furia arrasaba las calles de Florencia: la furia de la pureza, de la perfección, de la obediencia irracional a un lunático que se había autoproclamado la voz de Dios. Debería haberme dado cuenta de que esa especie de insistencia en la pureza inevitablemente debía conducir a la tragedia, la muerte y el dolor. Hordas de personas vestidas con ropas aburridas se congregaban en dirección a la Piazza della Signoria. Un grupo de los jóvenes matones que seguían a Savonarola se nos acercó cuando doblamos para tomar la Via Larga.

—¡Dadnos una vanidad! —exclamó un niño de cabello oscuro, que debía de tener unos doce años—. ¡Alguna posesión material que atente contra la virtud de vuestro corazón! —Una docena de niños, todos vestidos de blanco, nos rodearon cada vez más cerca. Simonetta, que tenía diez años, los miró con curiosidad—. ¡No nos marcharemos hasta que nos deis una vanidad; las estamos recolectando para el mismo Savonarola!

—Tomad —rió Maddalena. Se quitó el *mantello* y se sacó las mangas, que eran de la más fina seda verde esmeralda. Se las había puesto pensando que el *mantello* las ocultaría. Los niños vitorearon y tomaron las mangas. Yo sonreí al ver los brazos blancos de Maddalena, que me inspiraban pensamientos licenciosos que el piadoso Savonarola jamás aprobaría.

—¡Tendréis vuestra recompensa en el cielo! —gritó el niño, y el grupo se marchó.

—Eres demasiado generosa, Maddalena —dije secamente, mientras la ayudaba a volver a cubrirse con el *mantello* gris.

—Mamá siempre es maravillosa, pero me parece que ahora no le quedó opción —observó Simonetta, con su habitual ironía—. ¡Esos niños estaban decididos! ¿Creéis que tendrían mejores modales si leyeran a Cicerón? —Desde luego, sus palabras nos hicieron reír y abrazarla, y los tres avanzamos juntos hacia la *piazza*.

Hasta las zonas aledañas a la *piazza* estaban atestadas. Los murmullos que se alzaban entre la multitud parecían tener un aire de siniestro propósito, lo que hizo que se me hiciera un nudo en el pecho por la ansiedad. Sabía por experiencia propia que las grandes masas de gente podían comportarse cruelmente con mucha facilidad. Recordaba la muchedumbre que quería quemarme en la hoguera por hechicero y la turba que había apedreado a Moshe Sforno y a la pequeña Rebecca durante el primer brote de la peste. Pensé en el ejército que había saqueado Volterra. Había algo en la naturaleza humana que permitía que se desatara la destrucción sin sentido cada vez que se congregaba la cantidad suficiente de personas. Consideré la posibilidad de darme la vuelta e irme a casa, pero el mar de gente era demasiado denso y pertinaz. Maddalena, Simonetta y yo nos vimos presionados para avanzar por la gente que venía detrás. Yo sostenía con firmeza la mano de Simonetta, mientras que Maddalena la tenía de la otra mano.

En el centro de la *piazza*, vimos un espectáculo horroroso; una gran pirámide de objetos amontonados que ascendía unos diez pisos de altura. A medida que avanzábamos lentamente hacia el borde de la pirámide, los objetos fueron adquiriendo formas específicas; eran las cosas bellas que hacían de Florencia una ciudad tan rica, plena y sedienta: libros, pelucas, pinturas, máscaras de *carnivale* de la época de Lorenzo, espejos, polveras, naipes y dados, maquillaje, frascos de perfume, sombreros de terciopelo, tableros de ajedrez, liras e innumerables objetos. Algunos eran baratijas, pero otros eran preciosos. En la pila, pude distinguir pinturas de Botticelli, algunas de Filippino Lippi, otra de Ghirlandaio y una que, sin duda, era una de las obras tempranas de Leonardo, lo que dio un vuelco a mi corazón. Vi *cottardite* y *mantelli* suntuosos, muebles pintados, brazaletes de oro, cálices de plata y hasta crucifijos enjoyados. La gente arrojaba más cosas al montón, se deshacía de los preciados objetos que habían hecho de Florencia la reina brillante de las ciudades de la península itálica. Si Lorenzo de Medici hubiera estado con vida, habría reunido al ejército florentino en contra de Savonarola y sus seguidores para impedir semejante profanación de Florencia y de todo lo florentino. Me pregunté hasta qué punto yo había desempeñado un papel en esa obscenidad por no haber dado el *consolamentum* a Lorenzo, lo que podría haberle prolongado la vida.

—¡Abajo, abajo con el oro y los adornos, abajo donde el cuerpo es alimento para los gusanos! —gritó una voz, y me di cuenta de que pertenecía al mismo Savonarola. Nunca lo había visto, nunca me había interesado en asistir a sus sermones, no había querido tener nada que ver con él, ni Maddalena. Sin embargo, en ese momento, traté de buscar un ángulo desde el que pudiera verle la cara. Después de todo, ese fraile estaba cambiando a Florencia. Sus palabras generaron un alboroto que casi ahogó sus siguientes palabras—. ¡Arrepentíos, florentinos! ¡Vestid las ropas blancas de la purificación! ¡No esperéis más, pues quizá no haya más tiempo para el arrepentimiento!

Finalmente, le vi la cara. Lo reconocí al instante. Era el monje delgado de ojos feroces que nos había observado a mí y a Maddalena haciendo el amor sobre el Ponte alle Grazie hacía años, que le había desgarrado el vestido y nos había gritado. Recordé sus amenazas. Sentí que se me ponía la piel de gallina y se me revolvía el estómago.

—¡Maddalena! ¡Debo irme de aquí! ¡Ahora!

No me oyó. Se había armado un alboroto a nuestra izquierda, pues alguien con acento veneciano ofrecía veinte mil *scudi* por todas las obras de arte de la pila. Un hombre inteligente entre las bestias, pensé, pero la multitud furiosa profirió un aullido de desaprobación, y la voz del veneciano fue rápidamente acallada. Volví a gritarle a Maddalena, pero no me escuchó. Se oyó el sonido de trompetas, campanas, y mis palabras quedaron sofocadas. Me incliné, pero Simonetta me soltó la mano. Señaló algo y salió corriendo, arrastrando a su madre con ella. Traté de seguirlas, pero me quedé atrapado detrás de un grupo furioso de personas que habían agarrado al veneciano, le habían quitado el abrigo y habían creado una efigie de él con paja y un palo de escoba. Di puntapiés y puñetazos, pero no pude salir del medio por varios minutos, hasta que arrojaron la efigie del veneciano sobre la pila. Para ese entonces, Simonetta y Maddalena habían desaparecido de mi vista.

Busqué entre la multitud, presa del pánico, llamándolas a los gritos, pero estaban llegando guardias a la *piazza* para rodear la hoguera, y ni siquiera yo oía mi voz por encima del bullicio de la multitud y las campanadas de la ciudad. Parecía que los cien mil habitantes de Florencia de la época estaban en la *piazza* y en las calles aledañas. Seguí empujando entre la multitud, buscando entre los rostros, desesperado. Llamé a mi esposa y a mi hija hasta quedarme ronco. Los guardias encendieron la hoguera de las vanidades, mientras la desafortunada *Signoria* observaba la escena desde su balcón. Trepé a muros y portones para ver a la multitud desde la altura, pero fue en vano. Después de unas horas, me volví al *palazzo*, sabiendo que Maddalena y Simonetta regresarían allí, si ya no lo habían hecho.

Me abrí camino entre la marea de gente que se dirigía hacia la hoguera de Savonarola, que ardía con llamas anaranjadas y rojas, como una pira funeraria para Florencia, iluminando los cielos. Cuando finalmente llegué al *palazzo*, Sandro Filipepi me esperaba en la puerta. Supe que algo no estaba bien apenas lo vi. Sandro, ese hombre de buen talante, sollozaba.

—No entres —me advirtió Sandro con voz quebrada, mientras me abrazaba. Su rostro estaba empapado en lágrimas.

—¿Qué pasó? —exclamé—. ¿Dónde están Maddalena y Simonetta?

—Será mejor que te prepares, Luca —sollozó Sandro, aferrándome de ambos brazos—. Creí que Savonarola era nuestro salvador, que nos ofrecía una especie de resolución. ¡Y ahora esto!

Corriendo, atravesé la puerta abierta del vestíbulo, donde había un pequeño círculo de personas de pie, mis sirvientes, la doncella rechoncha de Maddalena, dos amigas de ella, y algunos desconocidos. Todos lloraban. Aullé de terror, al comprender. Se corrieron para dejarme pasar. Sobre el suelo, estaban Maddalena y Simonetta. Estaban empapadas; sus vestidos oscuros se esparcían alrededor de los cuerpos incandescentes y pálidos, como manchas de un río negro. Al verlas, supe que estaban muertas, pero de todos modos me fijé si tenían pulso. Primero me arrodillé junto a Simonetta, pues Maddalena habría querido eso. El cabello rubio anaranjado de mi hija, del mismo color que el mío, estaba empapado, al igual que la simple *corttardita* parda que exigía Savonarola. Le faltaba el *mantello*; le quité un rizo de cabello del rostro antes de apoyar mis dedos temblorosos sobre su cuello. Nada. Tampoco en la muñeca. Lo mismo en el caso de Maddalena. Volví hacia mi hija, le tomé la dulce cabecita entre las manos, la incliné hacia atrás y soplé aire en la boca. No sé cuántas veces lo hice, mientras deseaba que se despertara, hasta que Sandro me obligó a detenerme.

—¡Basta! ¡Ya es suficiente! Se han ido, Luca —exclamó, con el rostro bañado en lágrimas—. ¡Pero voy a pintar el hermoso cabello de tu hija y el dulce rostro de tu esposa hasta que el Señor me mande llamar, para que vivan para siempre!

—¿Cómo sucedió esto? —pregunté, atontado. Había antorchas encendidas, pero me resultaba difícil ver. Todo se derretía a mi alrededor, las personas y las paredes se fundían y se volvían borrosos; era un calidoscopio de colores que se colapsaba como un muro de piedra para cernirse sobre mí. Apenas podía concentrarme. Sentía el cuerpo sin aire, sin aliento, encerrado.

—Yo lo vi, de casualidad —afirmó la doncella de Maddalena, sollozando—. El mismo Savonarola la señaló entre la multitud. Unos hombres la levantaron sobre los hombros para que el monje pudiera verla, y él denunció el libro que sostenía, que trataba de salvar de la hoguera. Debía de ser un libro de astrología, porque el fraile le gritaba: «¡Prostituta!, ¡Astróloga! ¡Mujer de un hereje!» Se cayó de los hombros de esos tipos y una multitud enfurecida la persiguió hasta el Arno. Le gritaban que era una prostituta y que la astrología era una blasfemia, y que debía depurarse. ¡Simonetta los persiguió y corrió al agua para ayudar a su madre, subió una oleada a la superficie del agua y ambas se hundieron! Un poco después, aparecieron en la orilla.

—La niña siguió intentándolo, aunque Maddalena le decía que se fuera y se salvara —agregó Sandro con tristeza—. Simonetta estaba decidida e insistió.

—Era muy decidida —dije con voz ronca—. Sentía devoción por sus padres.

Estaba rodeado de rostros acongojados, y les hice una señal de que se marcharan. Se fueron, incluida la doncella de Maddalena, que tuvo que ser arrastrada por los demás sirvientes.

Cuando estuve solo, me recosté en el suelo entre Simonetta y Maddalena. La pesada tela de sus vestidos, que estaba empapada, hizo ruidos húmedos mientras me acomodé. Cogí una mano de cada una de ellas. El agua del río que tenían en la ropa se acumuló en un charco que se absorbió en mi ropa, en mi piel y mis huesos, como si fuera a disolver lo que quedaba de mí después de que me despojaran de mi amor: mi cuerpo físico vacío e inútil. Permanecí en silencio, esperando la muerte, rezando por que llegara. Recé como sólo lo había hecho en dos ocasiones más; de pie frente a los frescos de Giotto de San Juan el Evangelista en Santa Croce y después de enterrar al robusto Ginori, de cabellos rojos, en las colinas de Fiesole. Envidiaba a Ginori por haber muerto poco tiempo después de su familia, y por eso rezaba. Recé por que me llegara la muerte. Recé por reunirme con mi esposa y mi hija, dondequiera que estuvieran. Le rogué a Dios, le supliqué, le prometí lo que fuera, si tan sólo ponía fin a su broma.

Mis plegarias cayeron en oídos sordos. Fue evidente que la muerte no me llegaría esa noche, de modo que les hablé a Maddalena y a Simonetta. Les dije cuánto las amaba. Les dije todo lo que habían significado para mí, lo importantes que eran, les dije la gratitud infinita que sentía por la posibilidad de haberlas amado. Les había dicho eso mismo muchas veces antes, lo que me dio algún consuelo. Y luego, les conté mis secretos, los secretos que debería haberle dicho a mi amada Maddalena cuando tuve la oportunidad, pero que no había hecho, debido al miedo que sentía.

—Me llamo Luca y, según parece, soy inmortal —les dije—. Tengo más de ciento setenta y ocho años de edad. No envejezco como los demás hombres. Conocí a Giotto, y mi mejor amigo, Massimo, me vendió al dueño de un burdel. He matado a muchas personas. —A medida que mi voz proyectaba sombras sobre las paredes iluminadas por las antorchas, ellas parecieron sentarse a mi lado, y escuchar.

Cuando Sandro vino a buscarme a la mañana siguiente, yo había perdido la razón.

No era yo mismo durante el entierro de mi esposa y mi hija. Sandro me vistió y me mantuvo quieto durante el funeral, para que no saliera corriendo y aullando por la nave de la iglesia. Luego abandoné mi *palazzo* y me marché a las calles. Las riquezas, la abundancia de alimentos y una bella residencia ya no tenían el menor valor para mí. Tal como lo había hecho en la infancia, dormía en las *piazze* y al lado de las iglesias, debajo de los cuatro puentes que atravesaban el Arno, y al lado de las enormes murallas de piedra de la ciudad. Comía lo que encontraba o lo que alguien me daba. Era una vez más un mendigo, vestía harapos y llevaba el cabello largo y sucio, y una barba enorme y desgreñada.

Hubo un fugaz momento de lucidez en el que una pira funeraria descorrió los velos de mi mente y me dejó ver algo más diáfano. Había fuego en la Piazza della Signoria. En el lugar donde Savonarola había hecho la hoguera de las vanidades, se había erigido un patíbulo rodeado de leña. El cadáver de Savonarola fue quemado con el de dos monjes más, después de morir en la horca a mano de los inquisidores. Me sentía casi el de siempre mientras contemplaba las llamas que se alzaban hacia el cielo. En un estado que lindaba tanto la locura como la razón, pude ver con claridad cómo se había equivocado el monje. Savonarola no había percibido un hecho esencial. Aunque es cierto que las cosas del otro mundo dan sentido a esta vida, también es cierto que las cosas de este mundo dan sentido a las del más allá. La verdad fundamental del corazón humano es que, aunque somos dioses, como creía Ficino, también somos polvo y lodo, el rico lodo pardo rojizo de las colinas y los bosques verdes, y los campos oscuros arados para los cultivos. Somos criaturas tanto del cielo como de la tierra. No es nuestra pureza lo que nos salvará, sino nuestra riqueza.

En unas horas, ya no quedaba nada de los tres monjes, sólo brazos y piernas ennegrecidos que finalmente cayeron al suelo. Algunas partes de los cuerpos permanecían adheridas a las cadenas que los ataban al patíbulo, y la gente les arrojó piedras para desprenderlas. Luego, el verdugo y sus ayudantes desarmaron los andamios y lo quemaron en el suelo, agregando unas malezas y azuzando el fuego sobre los cadáveres para que no quedara nada. Con unos carros, se llevaron las cenizas hasta el Arno, cerca del Ponte Vecchio, para que no quedara ningún resto que pudiera ser venerado por los tontos de Florencia que habían ascendido al poder a quien los llevaría a la destrucción.

El tiempo daba vueltas en un nudo sin sentido para mí, de modo que no sé cuánto tiempo pasó hasta que el sacerdote vino por mí. Pasé mis días cerca del Arno, contemplando sus profundidades, que representaban el cosmos. Los bellos rostros de mi esposa y de mi hija se reflejaban como la película de los pigmentos disueltos, un arco iris iridiscente sobre la superficie del agua. En ocasiones, si entrecerraba bien los ojos, hasta podía ver a Marco. Marco, mi viejo amigo, que me había dado golosinas y buenos consejos. Recordaba sus pestañas largas y su porte elegante. También vislumbraba a otras personas en las olas del río: a Massimo y su cuerpo deforme y su mente despierta; Ingrid, con el cabello rubio y la mirada magullada; Bella, cuyos dedos habían sido cortados para castigarme por tratar de escapar del burdel; Giotto, lleno de amabilidad cálida y una inteligencia vivaz; el médico Moshe Sforno y sus hijas, en especial, Rachel, que me había enseñado, se había reído de mí, y me había dado su amor; Cosimo y Lorenzo de Medici; Geber y el Errante, y Leonardo. Siempre estaba Maddalena con sus ojos que me acechaban y el sedoso cabello de múltiples colores, que nunca me cansada de tocar y besar. A veces, cuando veía sus ojos que me devolvían la mirada desde el agua, también podía olerla; la fragancia de las lilas en la luz clara, con su dejo de limón. Me despertaba en el suelo lodoso, con su aroma en la nariz y en la lengua, como si la hubiera amado en sueños. No quería despertar. Y no podía eludir a mi dulce pequeña Simonetta, para quien había tenido tantos sueños. Iba a ser una erudita y filósofa, como Ficino, y también pintaría, como Leonardo o Botticelli, y se casaría con un rey; con su belleza y su encanto, y la generosa dote que podía darle, no había límites a sus posibilidades. Y sería por siempre joven, como yo.

Un cálido día de primavera, se me acercó una mujer. Me trajo pan.

—Gracias, *signora*, pero no tengo hambre. —Se lo devolví, pero se negó a cogerlo.

—No me gusta que la gente pase hambre —dijo—. Por favor, cómalo.

—No tengo hambre ahora —sonreí—. Hace casi dos siglos, cuando era un niño, siempre estaba famélico.

—¿Dos siglos? —me preguntó, asombrada—. ¿Sabe lo que dice? ¿O está loco?

—Quizá. Poco importa. Tenía una hermosa hija con el cabello como el mío, y una esposa que elegí en una visión, y Dios me las quitó. Ya nada importa.

—¡Debe venir conmigo! —exclamó, perturbada de repente. Se le iluminaron los brillantes ojos violetas, lo que me confundió.

—No —respondí—. Debo quedarme cerca del río; aquí está Maddalena, todos están aquí. ¡Todo! —La mujer insistió y me aferró del brazo, pero yo la rechacé y salí corriendo. El pan cayó al suelo y lo cogió un perro, pero así es la vida; se pierden las cosas necesarias.

Al día siguiente, vino el sacerdote.

—Es hora, Luca Bastardo —dijo. Sonrió con satisfacción. Tendría unos treinta años, y había algo que me resultaba familiar en su rostro, pero no pude identificarlo. Las únicas facciones que podía interpretar eran las de Maddalena, mi esposa, y la de Simonetta, mi hija, que me cantaban desde el río que todo lo abarca.

El sacerdote me dedicó una sonrisa aún más amplia.

—Es hora.

No comprendí. El hombre no era más que un destello sobre un adoquín hirviendo en un día de calor sofocante, pero lo acompañé de buen grado. Era vagamente consciente de que me conducía a su refectorio. Un sirviente me lavó, me afeitó, me vistió con ropas limpias. Luego me condujo hacia donde estaba el sacerdote, sentado frente a un enorme escritorio, y comencé a comprender que era importante. Miré alrededor y vi que me encontraba en el monasterio de San Marco, al que los Medici habían aportado tanto dinero. Había un retablo exquisito hecho por fray Angélico, ese pintor reverencial que lloraba antes de aplicar el pincel para plasmar la sagrada figura de Cristo. El retablo mostraba a la Madonna y al niñito Jesús en un trono dorado, con claridad de composición y un fondo de cipreses y cedros de la Toscana.

La niebla que confundía mi mente se desvaneció un poco. Me volví hacia el sacerdote y examiné sus rasgos con atención. Tenía el cabello oscuro, la cara angosta, el mentón protuberante y una nariz afilada como un cuchillo. Lo reconocí: era un Silvano. El torbellino de imágenes y recuerdos confusos en el que había estado sumido cobró claridad repentina, como un árbol que es fulminado por un rayo, y vi todo con nitidez. La cordura se apropió de mi ser y, con ella, la agonía de la pérdida. Proferí un grito y caí de rodillas.

—Sí, es cierto. —El sacerdote se veía complacido—. Veo que sabe quién soy.

—Silvano —musité, sin aliento, porque la muerte de mi esposa y de mi hija me estaban horadando interiormente. No podía respirar y me doblé en dos, con arcadas.

—Gerardo Silvano —asintió—. Soy descendiente de Bernardo Silvano, de Nicolo Silvano. He visto su cara en una pintura de Giotto y, desde la infancia, se me ha instruido sobre la importancia de destruirlo. Mi familia ha esperado mucho tiempo para cobrarse su venganza. Usted es un monstruo, una criatura blasfema, un hechicero de longevidad inhumana. ¡Un asesino! La muerte de su esposa y de su hija ha debilitado sus poderes demoníacos y ahora está listo. Lo llevaré a la justicia, y haré realidad la maldición que le echaron mis ancestros. Y lo usaré con ese fin. Usted causará su propia caída. Un cardenal que tiene posibilidades de ser Papa pasará cerca de usted, y confesará.

—Estoy listo.

—¿Entiende lo que debe hacer? ¿Comprende lo que sucederá?

—Sí —respondí—. Diré mi nombre y mi edad, y el cardenal me hará ejecutar por brujo. —Mi vida sin Maddalena, una vida que no valía nada, llegaría a su fin. Ya no tendría que sufrir la agonía de la pérdida de mi esposa e hija. Me invadió un alivio enorme; finalmente estaría con ellas. Me pareció bello, una broma digna de la Divina Providencia, que fuera un Silvano quien me liberara. Levanté la vista hacia Gerardo Silvano, con reverencia y gratitud. Ahora escuchaba con mayor claridad las carcajadas divinas que me habían acompañado durante casi doscientos años, y me di cuenta finalmente de aquello que me intentaba enseñar mi extraña vida: que Dios no se ríe con crueldad sino con amor. Hasta en la peor de las situaciones, la gracia de Dios es completa. Quizá no se exprese con facilidad en el lenguaje de los hombres, o no sea evidente desde fuera. Sin duda, no sigue una lógica. Pero se puede percibir, sentir, comprender en esa parte más amplia del alma humana que no se manifiesta con palabras y que sólo le pertenece a Él, de cualquier modo. Dios es Uno, Dios es benévolo, Dios es amor, sólo amor.

Me encontraba de pie en la Piazza del Duomo, con la sombra de la incomparable cúpula de Brunelleschi irguiéndose sobre mí. Llevaba una pluma roja atada debajo del *lucco*. Gerardo me había indicado exactamente lo que debía hacer, y lo había comprendido. Hasta estaba bien dispuesto. Giovanni, el hijo de Lorenzo, que era un importante cardenal, estaba de visita en Florencia, con miembros de la Inquisición. Saldrían de la iglesia de Santa Maria del Fiore después de la misa. Cuando lo hicieran, yo los abordaría.

El día era cálido y soplaba una suave brisa; era uno de esos deliciosos días de la Toscana en los que el cielo se eleva en cortinas de azul y blanco, y el *contado* que rodea a Florencia estalla en las tonalidades brillantes de las flores primaverales. Yo estaba de pie sobre un pequeño cajón de madera, ansioso. Estaba limpio, bien alimentado y vestía un *lucco* de seda de buena calidad. Mi corazón me latía libremente en el pecho, y me invadía una felicidad que rozaba el delirio. Pronto me reuniría con Maddalena. Pronto mi amor me uniría con ella y con mi dulce Simonetta en el amplio río del amor, que era Dios. Los feligreses emergieron de la inmensa catedral; las mujeres vestidas con *cottardite* de seda y terciopelo, con sus hijitas aferradas a las faldas, los tenderos y los trabajadores de la lana, un grupo de mercenarios, notarios, banqueros y herreros, armeros y mercaderes, y algunos granujas callejeros que se sentaban en el fondo de la iglesia y mendigaban monedas al final del servicio, con la esperanza de que la misa hubiera inspirado a los feligreses la caridad cristiana.

El hijo de Lorenzo de Medici, Giovanni, salió de la catedral. Estaba ricamente ataviado. Leonardo, con su clarividencia, me había dicho que Giovanni sería Papa. Yo sólo vi a un hombre alto, corpulento con cara pálida, nariz respingona y estrabismo. Se parecía a su madre romana, Clarice. Caminaba despacio, rodeado de sacerdotes de rostro adusto, vestidos con sencillez, que sabia eran inquisidores. Gerardo Silvano se encontraba entre ellos, y lo miré con afecto.

—¡Soy Luca Bastardo! —grité. La gente de detuvo y se volvió a mirarme, incluido el grupo sombrío que acompañaba al cardenal—. ¡Tengo más de ciento ochenta años de edad! ¡Venero al dios que ríe y sólo a él! ¡Soy Luca Bastardo!

Salvo por la elección específica que hice hace mucho tiempo en una noche de alquimia y transformación, la historia de mi encarcelamiento y tortura es idéntica a la de tantas miles de víctimas de la Inquisición. Me condujeron a una mazmorra, donde me interrogaron. El papa Inocente había emitido una bula papal en contra de la brujería en 1484, y los dominicos mantuvieron un conjunto de procedimientos para el procesamiento de los brujos, que siguieron con precisión y seriedad de propósito. Me desnudaron, me afeitaron y me examinaron para ver si llevaba la marca del diablo. No encontraron nada en mi cuerpo, de modo que dos sacerdotes me perforaron con agujas, buscando lugares insensibles que demostraran una invulnerabilidad hechicera. Consideraron someterme al potro de tormento, lo que implicaría atarme de las muñecas y los tobillos y luego estirarlos hasta que se dislocara cada una de mis articulaciones, o al *strappado*, que consistía en atar los brazos juntos detrás de la espalda y atar la soga a un andamio, y luego arrojarme del andamio reiteradamente hasta que los brazos se salieran de lugar y se dislocaran los hombros. Gerardo Silvano era partidario de usar las turcas para sacarme las uñas con agujas calientes y luego pincharme la piel con agujas. Giovanni, que presenció los procedimientos un rato, se impacientó y ordenó que me flagelaran: doscientos latigazos. No le dio el estómago para observar más y se marchó cuando las pinzas destellaron de rojo en el fuego y se consideró que estaban lo suficientemente calientes como para quemarme.

El primer día llegó a su fin, aunque en realidad era el final del segundo día, pues me habían interrogado durante la noche. Finalmente, los inquisidores se cansaron de la diversión y desistieron. De cualquier modo, yo no era un buen entretenimiento. Confesaba todo lo que me preguntaban de buena gana. Sí, era un brujo y un hechicero; sí, veneraba al demonio; sí, practicaba la nigromancia; sí, seguro, bebía la sangre de los niños cristianos en una ceremonia satánica que se mofaba de la Sagrada Comunión. Me arrojaron en una mazmorra. Sangraba por los latigazos que me habían dado en todo el cuerpo, las quemaduras supuraban pus. Tenía los dedos del pie izquierdo rotos, me habían destrozado el tobillo izquierdo con un martillo hasta que el hueso quedó hecho papilla y la piel, jirones. Me acosté en el suelo, respirando sonoramente, sin importarme las lágrimas que me corrían por la cara. De hecho, me sentía afortunado de haber conservado los ojos. Gerardo había sugerido sacarlos con un hierro candente.

Pasó el tiempo, quizá un día, o dos, y me dejaron en paz. Alguien me pasaba agua y pan duro mohoso por debajo de los barrotes de la celda. Luego, oí una voz que me llamaba.

—¡Luca, querido Luca!

Incluso a través del dolor, reconocí la voz musical de Leonardo. Me incorporé para sentarme con la espalda apoyada contra la pared de piedra de la celda, dolorido.

—*Ragazzo mio*, ¿cómo estás? —susurré.

—Mejor que tú —afirmó Leonardo. Pasó el brazo por los barrotes de la celda para tocarme la cabeza con suavidad. Sus bellos ojos se llenaron de lágrimas, su rostro noble se retorció de dolor—. Haré todo lo que pueda por ti, *caro*. Haré que Sforza le escriba al Papa, rogando por tu vida. ¡Haré que los nobles acaudalados intervengan, lo que sea necesario!

—¿Qué estás haciendo aquí? —pregunté, parpadeando por la intensidad del dolor, que llegaba en oleadas palpitantes y prolongadas.

—Filipepi envió un mensajero a Milán cuando te arrestaron. Le llevó unos días al mensajero encontrarme. Vine de inmediato. Soborné al carcelero y a los sacerdotes para poder entrar a verte. Ay, Luca, ¿cómo pasó esto? —murmuró, en tono de congoja.

—No me importa —susurré—. No quiero vivir sin Maddalena y Simonetta.

—¿Por qué no me mandaste llamar cuando murieron? —preguntó, desesperado—. ¡Te habría consolado! ¡Me enteré meses después y, para entonces, habías desaparecido!

—Perdí la razón —respondí con suavidad, extendiendo la mano para tomarle la suya—. He estado esperando ser libre para unirme a ellas. Maldecía mi vida prolongada que me alejaba de ellas.

—La vida no es una maldición —dijo, llorando—. Y tú no eres brujo, Luca. ¡Debemos salvarte!

—¿Por qué no habría de ser un brujo? —pregunté—. Estoy marcado por esta maldita juventud que he tratado de ocultar por tanto tiempo. Quizá los dominicos tengan razón y sea una magia sobrenatural la que me mantiene joven, una magia maléfica que amenaza al mundo.

—¡No! ¡Hay una explicación en la naturaleza para tu vida! Tus órganos y fluidos se regeneran, o algo. ¡No sé ahora lo que es, pero en el futuro, los hombres de ciencia te estudiarían y descubrirían cómo funciona tu anatomía!

—¿Quién sabe? La naturaleza es caprichosa. Quizá le daba placer generar una criatura como yo. —Me encogí de hombros—. Alguien que viva más de lo normal, que viva demasiado. Y «demasiado» llega para un hombre con la muerte de su esposa y su hija.

Me observó por un momento y luego asintió.

—Quizá los cátaros tenían razón, y tu espíritu ha estado atrapado en tu cuerpo físico. Y la naturaleza quería observar cómo luchaba contra su anhelo de volver a su fuente.

—Ahora mi espíritu se liberará. —Sonreí a pesar del dolor—. Mañana moriré en la hoguera.

A través de sobornos y engaños, Leonardo consiguió un permiso para traerme ropa limpia. Se marchó y volvió con las prendas, con el diario de Petrarca y el panel de Giotto, que le dejé como legado. Se sintió perturbado y no quiso aceptarlo, pero yo le supliqué. Finalmente, se marchó y, a pesar de mi gran afecto por él, me sentí aliviado con su partida. Su dolor me pesaba.

Me puse a escribir las crónicas de mi vida, de la que no lamento ni un momento, a pesar del sufrimiento que padezco ahora. Ni siquiera lamento los horrores que debí soportar en el burdel de Silvano, pues me hicieron anhelar el amor, y amar. Y he amado a Maddalena, que es todo lo que importa. Que ella me correspondiera fue la gracia de Dios. Algunas personas nunca conocen un amor así, y darían lo que fuera por una longevidad como la mía o las riquezas como las que he acumulado. No se dan cuenta de que el tesoro más preciado es el del corazón.

He escrito toda la noche en las delicadas páginas de papel vitela del cuaderno que me dio Petrarca. Casi ha amanecido, y hoy seré conducido a la hoguera. Estoy sentado contra la pared de piedra de esta mazmorra, con la espalda lacerada. A mis pies se ha formado un charco de mi propia sangre.

Escucho un sonido contra los barrotes de mi celda, y un guardia bruto asoma la cara.

—Han pagado bien para verte, brujo. ¡Espero que valgas la pena! —Me escupe y luego se macha. Cierro los ojos y me pregunto quién puede haber venido a verme durante esta indignidad final.

—¡Luca! —me llama una voz femenina. Al levantar la vista, veo a una bella mujer joven, de cabello oscuro y ojos inteligentes, de un azul violáceo. La miro fijamente, y luego la reconozco como la mujer que me trajo el pan a orillas del río. A su lado, hay un hombre y una mujer maduros, que parecen tener unos cuarenta años. Son guapos y de porte elegante, y están ricamente vestidos, aunque no con ropas florentinas. Sus ojos están llenos de lágrimas. La mujer tiene mi mismo color de pelo, con algunas vetas grises; los rasgos del hombre son como los míos. Sé quiénes son incluso antes de que pronuncien una palabra, y apoyo las manos contra la rugosa superficie de la piedra y me incorporo con dificultad. Las lágrimas me caen por las mejillas, pero no son por el terrible dolor, que es mucho peor que lo que me pudiera imaginar, incluso de lo que viví en el burdel. Ruego no perder el conocimiento. Me esfuerzo por mantenerme lúcido. Pronto el dolor, y todo lo demás, desaparecerá.

La mujer mayor solloza mientras extiende la mano a través de los barrotes. Camino rengueando hacia ella, sobre mis piernas quebradas y quemadas, me caigo en el camino, quedo de rodillas y no puedo levantarme.

—Lo siento —susurro.

—Por favor —me dice, y su voz tiene un leve acento. Se arrodilla, pasando las manos por los barrotes, se estira hasta más no poder y, finalmente, logra tomarme de la mano—. Soy tu madre.

—Y yo tu padre —dice el hombre. Se arrodilla junto a mi madre, estira la mano y me aferra del hombro. El contacto con sus manos es suave, tierno, con todo el afecto que siempre anhelé, y al que ya me había resignado a no conocer. Los contemplo, y ver el parecido me produce una enorme felicidad. Dios es bondadoso por devolverme a mis orígenes cuando estoy tan cerca del final.

—Debo saberlo de vuestros labios —dijo con voz ronca—. Me robaron cuando era un bebé, ¿no es cierto? No me abandonasteis en las calles. ¿Y vosotros sois tan diferentes de los demás como yo?

En la hora que sigue, mientras la luz se aclara del índigo al lavanda, hasta llegar al dorado, me contaron mi historia.

—Somos hijos de Seth —dice mi padre. Su voz es grave y no me quita las manos fuertes y cálidas del hombro—. Nuestro linaje se remonta directamente a los descendientes de Seth que no murieron en el diluvio. Hay otras familias como nosotros. Por mucho tiempo, vivimos junto a los mortales comunes. Luego comenzaron a temernos y amenazarnos, así que nos esparcimos y nos ocultamos. En los últimos siglos, volvimos a reunirnos, y estamos fortaleciéndonos, para poder volver a vivir abiertamente una vez más.

—Vendrán tiempos mejores —afirmé, aunque sé que no viviré para verlos.

Mi padre asiente.

—Ha sido difícil para nosotros, aunque los cátaros nos han protegido por milenios. Ellos guardan nuestro secreto.

—Oí hablar de unos nobles extranjeros que perdieron a un hijo y que viajaban en compañía de los cátaros —afirmé—. Había una carta sobre ellos.

—Esos éramos nosotros, ¡una pareja de extranjeros! —exclama mi madre—. ¡Sabías de nosotros!

—Los cátaros originales eran primos de los hijos de Seth, y nos han servido desde el comienzo de los tiempos, que fueron muy diferentes de lo que la historia registra —agrega mi padre—. La historia del hombre en la Tierra es extensa y extraña hasta lo inimaginable. La gente aún no está preparada para conocer la verdadera historia, que los dioses descendieron de las estrellas y mezclaron su semilla con los seres primitivos de la tierra para crear a los primeros humanos. El primer hombre creado así fue Adán, que tuvo tres hijos. La semilla de Seth se volvió a mezclar con la de los dioses de las estrellas, y así se creó nuestra raza. Los otros hombres nos temen por nuestros dones especiales.

—Todos fuimos creados a partir de los dioses de las estrellas —dijo, maravillado.

—A nosotros, los setianos, se nos han encomendado los secretos de esos dioses, porque somos los que más nos parecemos a ellos —continúa mi padre—. Ellos regresan en diversos momentos y nos mantenemos en contacto con ellos. La verdadera historia del hombre está llena de estos encuentros, que han sido ocultados por reyes y papas, o que se explicaron erróneamente como visitas de ángeles. No querían que los seres humanos comunes supieran sobre los verdaderos orígenes del hombre, y sobre la existencia de una raza secreta de hombres. Temían que ese conocimiento destruyera su poder, que destruyera el orden cívico y la ley que, debido a la inmadurez humana, depende de ver a Dios como un juez vengativo que es externo a ellos.

—Solía preguntarme acerca de la naturaleza vengativa de Dios —señalo—. Ahora veo que Dios es amor, dentro de cada cosa, dentro de cada uno de nosotros.

—Los cátaros también lo sabían, y trataron de mantener vivo este conocimiento en el mundo, en épocas de ignorancia y barbarie —responde mi padre.

—La gente dice que los cátaros tienen tesoros que son codiciados por los que tienen el poder —señalo.

—Son tesoros que nosotros les confiamos —asiente mi padre—. Por ejemplo, los creadores de las estrellas nos indicaron cómo hacer el Arca de la Alianza, que dimos en custodia a los cátaros justo antes del saqueo del Templo de Jerusalén. Luego fue nuestro turno ayudarlos después de la cruzada. Los ocultamos y los ayudamos a construir escondites para todos los artefactos, reliquias y documentos que registran la verdadera historia. Algún día, dentro de varios siglos, revelaremos todo esto, cuando asumamos nuestro debido papel como guías y asesores de la humanidad.

—¿Y dónde habéis estado hasta ahora? —quería saber yo.

—Hemos vivido en unas montañas lejanas, ubicadas al este de aquí. Yo tengo más de quinientos años —dice mi padre, y me aferra con más firmeza.

—Estábamos viajando. Tus padres estaban en Aviñón y yo estaba en Florencia, cuando te vi al lado del río —dice la joven mujer, mi prima Demetria—. Eso que dijiste sobre haber pasado hambre hace doscientos años, el color de tu cabello, tus rasgos; ¡fui a ver a tus padres de inmediato!

—Te llevaron de la cuna cuando aún no habías cumplido los tres años —agrega mi madre, angustiada. Me acarició el brazo, lo que alivió un poco la agonía de mi cuerpo, como si me estuviera dando el *consolamentum*. No era eso, pero sí una caricia maternal que poseís efecto calmante, y me sentí afortunado de conocerla en ese momento, cuando más la necesitaba, y cuando el impacto de conocer a mi madre era tal que me hacía olvidar el dolor—. Despedí a una niñera que buscó venganza. Vivíamos lejos de aquí, en un pueblo cerca del río Nilo. Te busqué por todas partes, incluso aquí en Florencia. ¡Te debería haber encontrado! ¡Nunca dejé de buscarte!

—De no haber sido por una niñera enfadada, habría tenido una familia y un hogar —susurro. Una sensación de tristeza, arrepentimiento e ira me atravesó, y luego toda la situación me pareció divertida. ¡Una simple niñera, desbaratando la vida de personas dotadas con la longevidad y la resistencia de los dioses! Me reí, aunque sólo por un instante, porque hasta reír era doloroso—. Pero no cambiaría nada, pues al vivir esta vida, pude amar a Maddalena. Eso hace que todo haya valido la pena.

—Me hubiera gustado conocer a tu esposa —llora mi madre—. ¡Y a mi nieta! Debería haber intentado más, debería haber buscado en diferentes ciudades. Debe de haber habido algo más, alguna otra cosa que podría haber hecho para encontrarte.

—Yo también traté de encontraros —digo con suavidad—. Hice averiguaciones, envié agentes.

—Nos escondemos muy bien —afirma mi padre—. Debemos hacerlo, pues de lo contrario, nos persiguen y nos matan. —Profiere un gruñido y se golpea la frente—. ¡Nunca pensamos que nos podrías estar buscando!

—No sé cómo podemos sacarlo de aquí —interviene Demetria. Es alta, delgada y hermosa, con manos ágiles y una expresión siempre alerta. Camina por la celda.

—Ya es demasiado tarde —respondo—. Es mi destino. Voy a reunirme con Maddalena. Estoy listo.

Mi madre emite un sonido que parece un hueso que se quiebra, y se abraza con Demetria.

—Puedo pagarle al verdugo para que te quiebre el cuello antes de que te alcancen las llamas, para que no sufras —sugiere mi padre. Su rostro es crudo; la voz, grave, y sé lo que debió costarle decir eso, pues yo también fui padre. Quizá para mí fue más fácil, pues no tuve que verla morir, como él a mí. Me aferra el hombro con firmeza, con ferocidad, como si pudiera meterse en mí y tomar mi lugar en la hoguera. Me pregunto cómo habría sido crecer y conocerlo, ser amado por él, protegido por él. Sin embargo, no habría conocido ni amado a Maddalena en esas circunstancias diferentes, más afortunadas. Y ella es todo el sentido que siempre ha buscado mi alma, de modo que no cambiaría ningún aspecto de mi vida. Ni las calles, ni el burdel de Silvano. Cualquier cambio alteraría todo el trayecto. Al menos, en estas horas finales, puedo conocer la intimidad y el afecto de una familia. Mi familia, que es como yo, a quien pertenezco. Ya no soy un fenómeno sobrenatural, ya no soy un extraño que escucha las risas de desprecio de Dios. Soy hijo de alguien, pertenezco. Tengo el amor de mi familia y de Dios.

—No pagues al verdugo. Quiero estar vivo cuando muera —digo, con dicha en mi corazón—. Así será una buena muerte.

Me atan y me amordazan, y me conducen por entre la multitud despectiva hacia la Piazza della Signoria. Hay un poste y una pila de leña esperándome, que siempre ha estado allí. La gente me golpea, me escupe, hasta me hace cortes con espadas y me arroja desperdicios, pero no me importa. Puedo sentir que Maddalena está cerca. Puedo oler su fragancia a limón y lilas, como si caminara a mi lado, y esbozo una sonrisa. Me atan al poste. El sacerdote Gerardo Silvano da vueltas alrededor, se fija que las cadenas alrededor de los pies y los tobillos estén firmes. Entre la multitud, veo a Leonardo, hijo de Ser Piero da Vinci, que llora. Está de pie cerca de Demetria, que rodea a mis padres con sus brazos esbeltos. Ellos también lloran. Lamento verlos tan tristes, aunque sé que no hay modo de evitar su sufrimiento. Aún no ven la perfección de Dios en cada momento, incluso en los que llevan máscaras crueles, como me dijo Maddalena.

Luego, un hombre se abre paso entre la multitud. Es corpulento, tiene el pecho amplio como un barril, una barba tupida y enmarañada, y una melena de cabello negro y blanco. Sus ojos son pozos inconmensurables de pesar y vacío, y hay algo en ellos que me quita el dolor, lo que me alivia enormemente. Le hago un gesto de agradecimiento al Errante, que él me devuelve. Hace un movimiento y veo que, en una de sus manos de dedos nudosos, sostiene la mano de Maddalena y, en la otra, la de Simonetta. La bella cabeza de Maddalena está inclinada hacia atrás, su hermoso rostro está serio y lleno de dolor. No le gusta verme sufrir. En un grupo cercano, detrás de ellas, están Geber, Marco, Massimo, Giotto, Ginori, Ingrid, Moshe Sforno y sus hijas, Petrarca, Cosimo de Medici, todas las personas que he amado. Todos están presentes, esperando. Pego un grito estridente de felicidad y libertad, alabando a Dios. Las llamas se alzan sobre mi cuerpo. Estoy de pie en el centro del sol. Hacia donde mire, veo la luz.

www.ingramcontent.com/pod-product-compliance
Lightning Source LLC
Chambersburg PA
CBHW070537030726
47505CB00001B/73